AF178639

Elyanor

Zwischen Eis und Feuer

Stückler-Wede, Alexandra
Elyanor – Zwischen Eis und Feuer
ISBN 978 3 522 50716 5

Umschlaggestaltung: Carolin Liepins
unter Verwendung von Bildern von shutterstock.com
Lektorat: Sonja Hartl
Innentypografie und Satz: Kadja Gericke
Druck und Bindung: CPI buchbücher.de GmbH
Reproduktion: DIGIZWO Kessler + Kienzle GbR
© 2020 Loomlight
2019 erstmals als E-Book erschienen
in der Thienemann-Esslinger Verlag GmbH, Stuttgart
Alle Rechte vorbehalten.
2. Auflage 2022

Alexandra Stückler-Wede

Elyanor
Zwischen Eis und Feuer

Für Maren, du weißt warum.

Und für die Menschen,
die meine Ewigkeit zu der unseren machen.

Später

Zwei laute, klare Schüsse durchschnitten die Luft, schneller, als ich es hätte sehen können, und fanden mühelos ihr Ziel.

Ich spürte den Schmerz erst, als ich auf dem Boden aufschlug und mein Blickfeld schwindelerregend schnell von alles verschlingender Schwärze übernommen wurde. Mein Körper wurde taub und schwer, auf meiner Brust schien mit einem Mal das Gewicht einer Tonne zu lasten.

Er stieß ein lautes Brüllen aus, fiel neben mir auf die Knie und zog mich in seinen Schoß. »Lya! Bei der Hölle, Lya!«

»Sie kann dich nicht mehr richtig hören und sehen. Geschweige denn spüren. Es ist Gift. Grausames, lähmendes Gift, das ihren Körper mit jeder Sekunde, die vergeht, weiter auffrisst.«

Ich versuchte zu blinzeln, ein Zeichen zu geben, irgendetwas, aber da war nichts – gar nichts.

»Und wenn du nicht willst, dass sie stirbt, dann rate ich dir: Lass sie und mich jetzt gehen!«

»Den Teufel werde ich tun!«, fuhr er auf und ein schwaches Echo seiner Energie erreichte mich. Tränen rannen über meine Wangen.

»Ich lasse nicht zu, dass ihr den Ursprung vernichtet.«

»Dann wird Lya hier und jetzt in deinen Armen sterben. Ich habe das Gegenmittel nicht bei mir. Es ist deine Entscheidung. Ihr Leben liegt in deinen Händen: Sie oder die übernatürliche Welt, wie entscheidest du dich? Ihre Zeit läuft ab.«

Er fluchte. Laut und schnell und viel. Ich wünschte, ich könnte sein Gesicht sehen, seine wundervollen Züge, seine goldenen Au-

gen, aber da war nur noch Schwärze, die mich auseinanderriss. Ich driftete ab, spürte nichts mehr bis auf einen dumpfen Schmerz, der mit jeder Sekunde zunahm und mir den Atem raubte. Er durfte sich nicht für mich entscheiden. Damit würde er das Todesurteil aller unterzeichnen.

Schreien. Ich wollte schreien, aber nicht einmal das konnte ich mehr.

»Tick-tack.« Eine eisige Welle rauschte über mich hinweg. Mein Kopf schien jeden Moment zu bersten und in unzählige Teile zu zerspringen.

Nein. Nein. Nein. Nein.

Und dann, aus scheinbar unendlicher Ferne, drangen die Worte zu mir, vor denen ich mich so sehr gefürchtet hatte. »Sie. Ich würde jedes verdammte Mal sie wählen.«

Nein! Verdammt noch mal nein!

Mein Bewusstsein wurde mit einem Schlag aus meinem Körper gerissen und in die ewige Finsternis geschleudert. Die unbarmherzige Kälte von hellblauem, klarem Eis empfing mich, bis ich nichts mehr spürte als Schmerz.

TEIL EINS

Kapitel 1

Die laute Musik pulsierte um mich herum und brachte die stickige, heiße Luft zum Schwingen. Überall, wo ich hinschaute, sah ich glühende Augen, verschwitzte Haut und nackte Leiber, die sich im Takt des dröhnenden Basses auf der Tanzfläche unter mir wiegten.

Mein Volk.

Der mit Abstand beliebteste Nachtclub des Hades war hoffnungslos überfüllt, die Dämonen zu einer einzigen Masse verschmolzen, sodass es unmöglich war zu sagen, wo der Körper des einen endete und der des anderen begann. Sie rieben sich aneinander, berauschten sich gegenseitig an der Energie des anderen und tauchten in der Menge unter, um zu etwas Großem zu werden. Was gäbe ich dafür, jetzt eine von ihnen zu sein.

Von meinem Platz aus, einer blutroten Ledercouch, die auf der Empore stand, und zum VIP-Bereich des Clubs gehörte, hatte ich den vollen Überblick über das Chaos.

Ich sah die wenigen, benebelten Menschen, die von ihren Herren hierher gezerrt worden waren und mit blinden Augen durch die Dämonen taumelten, die überfüllte Bar, hinter der Barkeeper alle Hände voll damit zu tun hatten, den Wünschen der Gäste zu entsprechen, und die Käfige, die von der Decke herabhingen. Halbnackte Dämonen rekelten sich zur Musik darin, ihre Augen glühten im Zwielicht.

Unzählige Lichter blitzten immer wieder auf, tauchten den weitläufigen, unterirdischen Club in grelle Helligkeit, nur um ihn im nächsten Moment in absolute Finsternis zu werfen.

Wohin das Auge blickte: Lodernde Augen zwischen Licht und Dunkelheit, Hörner und Flügel, die hin- und herzuckten, und dunkle Magie.

Das reinste Paradies.

»Ich hätte nicht gedacht, dass du hier wirklich auftauchst, Lya.«

Meine Lippen verzogen sich zu einem freudlosen Grinsen, als ich mich meiner Freundin Reena zuwandte. »Ach ja? Was hat dich davon abgehalten?«

Ihre eisblauen Augen blitzten auf, als sie sich die hüftlangen, schwarzen Haare nach hinten strich und die Beine überkreuzte. Genauso wie ich war sie komplett in Schwarz gekleidet und zeigte mehr Haut, als gut für sie oder mich war.

»Du hast dich in der letzten Zeit ziemlich verkrochen, dich kaum mehr blicken lassen.«

Ich gab ein unbestimmtes Murren von mir. »Falls es dir entfallen sein sollte, die Hölle zu leiten ist kein Nebenjob, Ree.«

Lachend beugte sich Reena nach vorne und griff nach ihrem grünen Drink, aus dem weißer Nebel aufstieg. »Und was hat sich dann plötzlich geändert? Muss ja etwas Großes sein, wenn die Königin aus ihrem Palast in ein Drecksloch wie dieses flieht.«

Selbst nach dreihundertdreiunddreißig Tagen in der Hölle, dreihundertdreiunddreißig Tagen als Herrscherin über den Hades, war es noch ungewohnt, als Königin der Unterwelt bezeichnet zu werden.

Noch immer hatte ich das Gefühl, dass das hier nur eine Übergangslösung war, dass Dad jeden Moment wiederkommen, das Zepter an sich reißen und mich in Stück reißen würde.

Oder dass meine älteren Brüder Avan und Xaver Anspruch auf die Krone erheben würden – aber das würde nicht geschehen.

Ich hatte meinen Vater umgebracht und als Dank hatte er mir sein Vermächtnis übertragen, es im wortwörtlichen Sinn in meine Haut geritzt und mich an den Hades gebunden.

Für die Ewigkeit – oder bis zu meinem Tod.

Schwer zu sagen, was früher eintreten würde.

Ein sarkastisches Lächeln stahl sich auf meine Züge. »Drecksloch? Das *Hell's Fire* ist eine Institution, Ree. Wir haben hier früher so gut wie jede Nacht verbracht.«

Kopfschüttelnd setzte sie den Drink an die Lippen und ließ mich dabei nicht eine Sekunde aus den Augen. »Vermutlich hast du den Club deshalb noch nicht in ein Inferno aus Feuer und Asche verwandelt, was? Oder liegt es vielleicht doch an der unvergleichlichen Atmosphäre hier unten?«

Es gab unzählige Orte wie diesen in Aker, der Hauptstadt der Hölle, und das *Hell's Fire* mochte der beliebteste sein, aber das war nicht der Grund für meinen spontanen Ausflug.

Vielmehr hatte es etwas damit zu tun, dass mir im Palast die Decke auf den Kopf gefallen war.

In den letzten Tagen und Wochen hatte ich mehr Verhandlungen, Regelungen und Anhörungen ertragen müssen, als mir lieb gewesen war. Dazu kam dieses überzogene Verhalten, mit dem mich neuerdings jeder bestrafte. Selbst meine Brüder verhielten sich mir gegenüber anders. Machten weniger bescheuerte Sprüche, wählten ihre Worte mit Bedacht.

Dabei hatte sich an mir nicht viel verändert, bis auf die Tatsache, dass ich nun ein Brandmal mehr auf meiner geschundenen Haut trug und mir in den vergangenen Wochen das eine oder andere Tattoo hier unten hatte stechen lassen.

Und das war's. Zumindest aus meiner Sicht.

Für die anderen schien sich *alles* verändert zu haben. Angefangen damit, dass ein Hybrid aus Licht und Finsternis, eine schräge Kreuzung aus zwei verfeindeten Arten, über die Hölle herrschte.

Und das ging mir verdammt noch mal auf die Nerven. Ich hatte eine Auszeit von den ganzen Idioten gebraucht, die um mich herumscharwenzelten, mir Honig ums Maul schmierten und mehr für sich herausholen wollten. Eine Auszeit von dem neuen Leben, zu dem ich verdammt war.

Und vielleicht, ganz vielleicht hatte es auch etwas mit einem gewissen Dämon mit goldenen Augen zu tun.

»Eine Mischung aus beidem«, antwortete ich Reena achselzuckend und blickte auf, als eine Bedienung, die für den VIP-Bereich verantwortlich war, vor uns trat.

Die grünen Augen auf den Boden gerichtet, verneigte sich der weibliche Dämon tief vor mir und wagte selbst dann nicht aufzublicken, als ich ihr bedeutete, sich wieder aufzurichten.

Genau das meinte ich. Früher hatte es kaum jemanden gejuckt, wer oder was ich war.

»Meine Königin, wünscht Ihr noch etwas zu trinken?«

Am liebsten hätte ich ihr gezeigt, was ich von ihrem Getue hielt, von ihrem Gekrieche und der Unterwerfung. Wenn ich gekonnt hätte, hätte ich den ganzen verdammten Hades wissen lassen, wie mich das ankotzte, aber ich war ihre Herrscherin und wenn ich eines von meinem Vater gelernt hatte, dann, dass ich keine Schwäche zeigen durfte. Unabhängig davon, wie es in meinem Inneren aussah.

Der Hades, mein Volk, erwartete eine unnachgiebige, harte Königin, die sie lenkte und anleitete.

Meistens gelang mir das auch ganz gut. Ich kehrte meinen

inneren Dämon nach außen und verschloss all das, was mich als Lya ausmachte, tief in mir drin. Auch das Licht.

Aber in Momenten, in denen meine Gedanken außerhalb des Hades waren, bei zwei Personen, die mir mehr ans Herz gewachsen waren, als gut für mich war, fiel es mir unglaublich schwer, nicht meine Sachen zu packen und zurück nach London zu gehen. Das alles hier einfach hinter mir zu lassen.

Nur war das nicht so einfach. Ich *war* die Hölle und die Hölle war ich. Wir waren untrennbar miteinander verbunden. Ein und dasselbe.

Ich verengte die Augen und schob das Kinn ein Stück nach vorne. Meine Augen leuchteten auf. »Bring mir einen Caipi und eine Flasche Whiskey. Und sorg dafür, dass sie etwas Erträglicheres spielen, ja, Liebes?«

»Natürlich«, antwortete die Bedienung und trat dann rasch ihren Rückweg an, froh, wieder gehen zu können.

Reena schüttelte grinsend den Kopf. »Du bekommst das besser hin, als du glaubst.«

Ich pustete mir eine Strähne meiner gelockten Haare aus dem Gesicht und sah sie von der Seite an.

Während der Zeit, die ich jetzt schon hier unten in der Hölle verbrachte, hatte meine Haarfarbe von honigblond zu dunkelblond gewechselt – ein Umstand, der mir ziemlich auf den Wecker ging.

»Glaubst du wirklich, ich, deine beste Freundin seit einer kleinen Ewigkeit, würde nicht bemerken, wenn mit dir etwas nicht stimmt? Mag ja sein, dass wir unsere Differenzen hatten, aber *daran* hat sich nichts geändert. Ich kenne dich, Lya.« Reenas eisblaue Augen blitzten auf. »Königin hin oder her, wir hocken in einem Club mit mehr oder weniger guten Drinks in den Händen, also spuck's aus.«

›Differenzen‹ war gut. Reena hatte mich, als hier im Hades im wahrsten Sinne des Wortes die Hölle los gewesen war, an meinen Vater verraten. Ich hatte ihr längst verziehen, was zum großen Teil daran lag, dass mein Vater nicht unbedingt die Art von Person gewesen war, der man etwas hatte abschlagen können.

Meine Augen hefteten sich auf eine beängstigend schlanke Dämonin, die in einem der Käfige mit einem halbnackten Menschentypen rummachte und dabei kleine Flammen über ihre Haut tanzen ließ.

Neben mir erklang ein dramatisches Seufzen. »Wirklich, du hast echt deinen Biss verloren, seit du die Krone übernommen hast, Lya. Wo ist die Dämonin abgeblieben, die kein Blatt vor den Mund nimmt?«

Ruckartig wandte ich mich meiner Freundin zu und sandte eine kleine Menge meiner inneren Energie in meine Augen, sodass sie bernsteinfarben aufleuchteten. »Vorsichtig, Ree, nicht, dass du dich verbrennst.«

Lachend schüttelte sie den Kopf. »Die Welt da oben hat dir eine Gehirnwäsche verpasst – oder warte, vielleicht war es auch nur ein ganz gewisses Federvieh? Wie war sein Name noch? Zack?«

Ich biss die Zähne zusammen und umfasste das Glas in meinen Händen so fest, dass der Drink darin zu kochen begann. Kleine Dampfwolken stiegen davon auf.

Eigentlich schade um den guten Alkohol.

»Zayden«, sagte Reena schließlich und leckte sich über die blutroten Lippen, die im krassen Kontrast zu ihrer hellen Haut standen. Menschen würden sie vermutlich für einen Vampir halten.

Zayden.

Ich atmete aus und fuhr meine Energie herunter.

Zayden.

Seit unserem Abschied auf dem Schulfest vor knapp einem Jahr nach Hades-Zeitrechnung, hatte ich kein Sterbenswörtchen mehr von ihm gehört. Keine Nachricht, kein Brief, kein Treffen, ja nicht einmal eine einzige verdammte WhatsApp-Message – und ja, hier im Hades hatte man exzellenten Handyempfang.

Zayden hatte auf keine meiner Nachrichten reagiert und als ich mich kurz nach meinem Abschied von der menschlichen Welt zurück nach London gestohlen hatte, war er wie vom Erdboden verschluckt gewesen. So, als wollte er überhaupt nicht, dass ich ihn wiederfand oder wir weiter Kontakt hatten.

Als hätte all das zwischen uns nie existiert.

Als hätten wir nicht die Hölle überstanden, die Dad über uns gebracht hatte.

Als hätten wir nicht allen Widrigkeiten zum Trotz zueinandergefunden.

Als hätten wir uns nicht *geliebt*.

In meinen dunkelsten Momenten war ich der festen Überzeugung, dass das alles nur ein Traum und meine Zeit auf der Erde niemals real gewesen war.

Aber dann griff ich nach meinem Handy, scrollte durch die Bilder, die Zayden, Annie und ich gemacht hatten, versank in den Erinnerungen und spürte erneut das Kribbeln, das diese Momente in mir ausgelöst hatte.

Das waren die einzigen Augenblicke, in denen ich es mir erlaubte, schwach zu sein und zu weinen, meine harte Schale abzulegen.

Und Annie ... wir hatten uns zu Beginn regelmäßig geschrieben, taten es jetzt noch, auch wenn es deutlich weniger geworden war. Ich hatte Angst, dass es irgendwann ganz aufhören würde. Sie hatte da oben ein neues Leben. Ein Leben ohne mich und vielleicht war das gut so.

Annie war in eine WG gezogen und studierte mittlerweile. Es ging ihr gut, sie hatte Freunde gefunden und endlich den Anschluss, der ihr gefehlt hatte. Sie hatte sich ihr eigenes Leben ohne Hilfe aufgebaut, fernab von allem Übernatürlichen, und ohne weitere Gedanken an Dämonen, die Hölle oder Iljos zu verschwenden.

Genau das, was ich mir nach allem, was Annie hatte durchstehen müssen, immer für sie gewünscht hatte. Und deutlich mehr, als ich zu hoffen gewagt hatte. Annie hatte wegen mir die Hölle durchleben und durch meinen Vater mehr ertragen müssen, als ein Mensch normalerweise aushielt. Dass sie jetzt ihren Weg ohne mich als ihren dunklen Schatten ging und glücklich war, grenzte beinahe an ein Wunder.

Auch wenn es schmerzte. Es schmerzte sogar ziemlich und erwischte mich oft in den ungünstigsten Momenten.

Mit einem Ruck löste ich mich von diesen Gedanken, schob meinen Dämon nach vorne, der in meinem Inneren immerzu mit der Helligkeit konkurrierte, die ihren Kern in dem Iljos-Teil hatte, der in mir hauste, und distanzierte mich resolut davon.

»Wenn du seinen Namen noch einmal aussprichst, ziehe ich dir bei lebendigem Leibe die Haut von den Knochen«, erwiderte ich schließlich gefährlich ruhig und stellte den dampfenden Drink zur Seite, ohne Reena aus den Augen zu lassen.

Ree bleckte die Zähne und hob vielsagend die Augenbraue, in der neun Ringe steckten, in Richtung des Drinks, von dem

15

nichts mehr übrig war. »Schon verstanden, jede Königin hat ihren wunden Punkt.«

»Du legst es wirklich darauf an, was?«

Elegant zuckte sie mit einer Achsel und leerte ihren Cocktail. »Schätzchen, hast du allen Ernstes etwas anderes erwartet?«

Darauf erwiderte ich nichts und hob stattdessen den Blick, als die Bedienung wieder vor mich trat und meine Bestellung servierte. Beinahe im selben Moment wechselte diese grauenvolle Mischung aus Punk und Metal und wurde zu einem sauberen Mix aus Techno und Elektro. Viel besser.

»Kann ich Euch noch etwas bringen?«

Ein diabolisches Grinsen stahl sich auf meine Lippen, als ich meine Augen auf Reena richtete. »Wie wäre es mit einem heißen Schürhaken, scheint, als hätte meine Freundin hier eine Lektion bitter nötig.«

Rees Gesichtsausdruck wanderte von *cool und lässig* zu *unsicher und verwirrt*. Sie begann darüber nachzudenken, ob sie nicht doch zu weit gegangen war. Sehr gut.

Die Bedienung wagte einen winzigen Blick in meine Richtung und starrte sofort wieder mit geröteten Wangen auf ihre hohen, neonpinken Schuhe. »Majestät?«

Ohne sie eines Blickes zu würdigen winkte ich ab und machte eine wegwischende Geste. »Vergiss es. Du kannst gehen.«

Das ließ sie sich nicht zweimal sagen.

»Oh Mann, du bist wirklich schräg, Lya. Und das ist kein Kompliment.«

Schulterzuckend stürzte ich den Caipi runter, in der Hoffnung, dass die Wirkung des Alkohols dieses Mal länger anhalten würde, und stand dann auf. Für einen winzigen Moment schwankte der zwielichtige Raum um mich herum, ehe sich wieder alles an den alten Platz bewegte.

»Und wenn schon, wir gehen jetzt tanzen.«

Reena sah mich aus verengten Augen an. »Und wenn ich lieber hier sitzen und chillen will? Es kann nicht mehr lange bis zur Eskalation dauern und du weißt, ich liebe es, wenn das *Hell's Fire* in Chaos und Verwüstung untergeht. Das ist das Beste am ganzen Abend hier.«

Unbeeindruckt verschränkte ich die Arme vor der Brust und kam nicht umhin zu bemerken, wie sich die Blicke der anderen, die hier oben im VIP-Bereich saßen, auf mich richteten. Als würde ich jeden Moment eine Szene machen und alles in die Luft fliegen lassen.

»Dann sieh es als Befehl an. Ich befehle dir, jetzt sofort mit mir tanzen zu gehen.«

»Wow, du bist echt gestört. Was auch immer sie dir im Palast geben, lass es sein«, antwortete sie grinsend und ergriff meine ausgestreckte Hand.

»Hab dich auch lieb.«

Gemeinsam durchquerten wir den VIP-Bereich und liefen die gewundene Eisentreppe mitten ins Gewusel runter. Im ersten Augenblick wichen uns die anderen sofort aus, versuchten, uns so viel Platz wie nur möglich zu lassen, als sie jedoch Reenas und meine Blicke bemerkten, fanden sie sich wieder zu einer Masse zusammen.

Und verschlangen uns. Endlich.

Die Arme in die Luft gerissen tauchte ich gemeinsam mit Ree in die Musik ab, genoss den Rausch, den der Alkohol und die stickige Luft in mir auslösten, und ließ alle Hüllen fallen.

Zum ersten Mal seit einer kleinen Ewigkeit, in der ich stets darum bemüht gewesen war, meine Haltung zu wahren und niemanden unter meine Rüstung blicken zu lassen.

Aber hier, hier war mir das egal.

Ich vergaß das alles und wurde wieder zu Lya, der Dämonin, die mit Reena, Avan und meinen Freunden früher eine Nacht nach der nächsten eskaliert war.

Und das tat verdammt noch mal gut.

Reena besorgte uns neue Drinks und kam schließlich mit einer Flasche Wodka und zwei Joints zurück zu mir ins Gedränge.

Dankbar griff ich nach beidem, trank und ließ den beißenden Rauch in meine Lunge, wo er sich angenehm in mir breitmachte und meine Sinne benebelte. Das Zeug hier im Hades war was ganz anderes als das, was Menschen darunter verstanden. Normalerweise hatte ich nichts dafür übrig, aber heute hatte ich das Gefühl, dass es förmlich nach mir rief. Und ich brauchte diese Pause von meinem Leben, mochte sie noch so kurz sein.

Ich beugte mich zu Reena und blies ihr eine Rauchwolke entgegen. »Wo hast du das Zeug denn so schnell herbekommen?«

Grinsend deutete Ree hinter sich. »Kontakte. Und wenn man dann noch durchblicken lässt, dass man die beste Freundin der verdammten Höllenkönigin ist, da erledigt sich das quasi von selbst.«

»Und zu mir sagst du, ich wäre gestört.«

Der Song ging nahtlos in den nächsten über, der Bass wurde drängender, hämmerte in meinem Körper und Schädel und brachte alles zum Schwingen. Reena und ich schwangen unsere Körper im Takt, rissen die Arme in die Luft und leerten den Wodka Zug um Zug.

Die ganzen Verhandlungen, Gesetze und Aufgaben, die mich tagtäglich terrorisierten, verstummten, wurden durch laute Musik, Qualm und Alkohol überlagert und hoben mich empor. Es war großartig.

Nach eineinhalb Flaschen Wodka verloren die anderen um uns herum ihre Berührungsängste und nach zwei weiteren Joints tanzten sie mit uns, wie mit jedem anderen.

Es war mir egal, was sie von ihrer Königin dachten.

Ob sie mich für schwach hielten.

Ob sie dachten, ich hätte nicht genug Selbstbeherrschung.

Ich war ihre verdammte Königin, ich konnte tun und lassen, wonach mir der Sinn stand. Und wem das nicht passte, der sollte es mir ins Gesicht sagen und damit sein Todesurteil unterzeichnen.

Mir gefiel diese neue Art zu denken, die mir der Rausch eröffnet hatte. Vielleicht hätte ich das schon viel früher mal tun sollen.

Schweiß lief mir den nackten Rücken herunter, zwischen meinen Schulterblättern und den langen, hässlichen Narben entlang, die meine Haut entstellten und aller Welt zeigten, dass ich auf ewig zwischen zwei Rassen stehen würde. Mein Vater hatte sie mir persönlich verpasst.

»Pause?«, schrie Reena über die ohrenbetäubende Musik hinweg und packte meinen Oberarm, als ich mich gerade drehen wollte.

Sie war genauso erhitzt wie ich. Ihre pechschwarzen Haare klebten ihr im Gesicht und ihre eisblauen Augen hatten einen irren Glanz angenommen.

Vermutlich sah ich nicht anders aus.

Ich nickte, leerte die dritte Wodkaflasche und warf sie achtlos hinter mich, dann schnappte ich mir Reenas Hand und folgte ihr zurück in unseren sicheren VIP-Bereich, der mittlerweile deutlich voller geworden war.

Mehrere Paare hingen auf den Sofas herum, gingen sich an die Wäsche, andere standen am Geländer und starrten gierig in die Käfige. Bis auf unsere Couch war so gut wie jeder Quadratzentimeter besetzt.

»Mittlerweile lassen die auch jeden rein, was?«, bemerkte Reena leicht lallend und ließ sich in das Leder sinken.

Ich warf mich in die andere Ecke und strich mir die verschwitzten Locken aus der Stirn. »Der Hades ist nicht mehr das, was er einmal war.«

Herausfordernd hob Reena ihre schwarzen Augenbrauen. »Muss wohl an der neuen Besitzerin liegen, was?«

»Womöglich. Ich werde ein ernstes Wort mit ihr sprechen und ihr raten, die Regeln wieder anzuziehen. Mehr Hinrichtungen, mehr Folter, keine Partys mehr.« Mein Lachen war trocken und rau. Feuer knisterte an meinen Fingerspitzen.

»Hervorragende Idee und vergiss nicht, die Patrouillen mit Höllenhunden und diesen widerlichen Spinnenviechern aufzustocken.«

Ich legte den Kopf schief, als müsste ich darüber nachdenken, und griff gedankenverloren nach der Whiskeyflasche auf dem Tisch. Die Wirkung des Wodkas begann sich bereits zu verflüchtigen.

Verdammtes Dämonenblut.

»Vielleicht sollte ich dich zu meiner Beraterin machen. Deine Art zu denken gefällt mir, Ree.« Was Royath wohl davon halten würde? Eigentlich konnte es mir auch egal sein.

Mit einem koketten Kichern hob Reena die Hand in bester Bitch-Manier. »Und das fällt dir erst jetzt auf?«

»Ich –!«

Ein lautes Krachen unterbrach mich, dann verstummte die Musik mit einem Ruck. Die Lichter sprangen mit einem Surren an und ließen mich geblendet zurückweichen.

»Was zum Teufel?«, rief ich gereizt, sprang auf und lief an das Geländer, um nach dem Grund der Störung zu suchen. Die anderen sprangen mir willig aus dem Weg, brachten sich in Sicherheit vor ihrer erzürnten Herrin. Reena trat zu mir und gab ein genervtes Schnauben von sich.

»Scheint, als hätte dich dein Hündchen gefunden.«

Die Augenbrauen zusammengezogen starrte ich nach unten, wo sich die Menge hektisch verdünnisierte und dem Killerkommando in schwarzen Rüstungen und seinem Befehlshaber Platz machte. Mein Killerkommando, die persönliche Leibgarde der Höllenkönigin.

Karamellfarbene Augen, in denen eine wütende Energie loderte, bohrten sich in die meinen, während sich alle Soldaten außer ihrem Anführer synchron vor mir verbeugten.

Royath hingegen verzog keine Miene, legte nur eine Hand an das Schwert an seiner Seite und reckte das Kinn.

Er war sauer. Verdammt sauer.

Langsam nickte ich und antwortete Ree: »Scheint so, ja.«

Kapitel 2

»Ich werde nicht fragen, was du dir dabei gedacht hast, denn ich weiß mit nahezu hundertprozentiger Sicherheit, dass du überhaupt nicht nachgedacht hast.«

Gelangweilt schwang ich ein Bein über die Lehne meines Throns und pulte an einem Fingernagel herum. »Dann lass es bleiben. Nur geh mir bitte nicht auf die Nerven.« Mit geschlossenen Augen legte ich den Kopf in den Nacken und lauschte auf Roys angespannte, feste Schritte, die sich rasch näherten. In meinem Kopf spürte ich noch immer den Nachhall der drängenden Bässe und vibrierenden Luft. Ich hätte gut und gerne noch eine kleine Ewigkeit in dem Club bleiben können, dann wäre mir zumindest noch etwas mehr Luft zum Atmen geblieben. Hier im Palast zwischen meinen Wachen und Bediensteten, zwischen den Adeligen, die um mich herumtänzelten, und *Roy*, hatte ich das Gefühl, zu ersticken.

»Was ist los mit dir? Du hast schon immer bescheuerte Ideen gehabt, aber mit heute Nacht hast du dich mal wieder übertroffen, Lya.«

»Übertroffen?«, wiederholte ich spöttisch und öffnete ein Auge. Ein auf dem Kopf stehender Royath funkelte mich mit leuchtenden, bernsteinfarbenen Augen an. »Ich war feiern. In einem Club. Solltest du auch mal probieren.«

Ein Muskel unterhalb seiner rechten Braue zuckte, dann packte er mich bei den Schultern und richtete mich auf. Mein heißes Blut schoss durch meinen Körper und meine Haut wurde dort, wo er mich berührte, wärmer.

»Du warst *feiern*.« Roys Finger bohrten sich in meine Schultern. »Feiern, da draußen mit diesen ganzen abgedrehten Idioten, von denen dich immer noch gut ein Drittel tot sehen will. Du magst viele überzeugt haben, aber noch lange nicht alle. Bei der Hölle, Lya, wann geht das in deinen Schädel?«

Ich sandte einen Energieimpuls durch meine Adern und verfolgte mit Genugtuung, wie sich Roy ruckartig von mir löste, als hätte er sich verbrannt. Mein Vater hatte mir nicht nur die Herrschaft über den Hades ins Fleisch getrieben, sondern im gleichen Zug auch seine ungeheure Macht, vor der ich selbst Jahre gezittert hatte. Daran musste ich mich noch gewöhnen.

Mit erhobenem Kinn stand ich von meinem Thron auf und strich meinen kriminell kurzen Rock glatt.

»Und wann geht es in *deinen Schädel*, dass ich deine Königin bin und du lernen solltest, wie du dich mir gegenüber zu verhalten hast?«

Schnaubend verschränkte er die Arme vor der Brust. Muskulöse Arme, über denen der schwarze Stoff seiner Uniformjacke spannte. »Dann benimm dich auch so, Luzi.«

Ich imitierte seine Haltung und stellte mich an den Rand des Podests, auf dem mein Thron aufragte, sodass unsere Gesichter auf gleicher Höhe waren. Wir waren einander so nahe, dass ich die goldenen Sprenkel und das Feuer in seinen Augen sehen, seinen Atem spüren konnte und seine Nase beinahe die meine berührte. Sein Geruch nach Asche, Hitze und Erde umnebelte mich, genauso wie seine Energie, die frei in der Luft umherwirbelte.

Royath erwiderte meinen Blick ungerührt, sah so tief in meine Augen, wie ich es tat, und stand dabei ganz still, wartete ab, was ich als Nächstes tun würde. Nur ein Zucken an seinem Kiefer verriet ihn. Verriet, dass ihn das hier stärker traf, als er es mich sehen lassen wollte.

»Was ist mit dir los, Lya? Sprich mit mir«, wiederholte er, leiser dieses Mal. Seine Stimme hatte sich merklich verändert.

Ich biss die Zähne zusammen, spürte, wie sich mein innerer Dämon aufbäumte, und wandte mich dann ruckartig ab. Hinter mir erklang ein leises, resigniertes Seufzen.

»Es geht mir gut, Roy. Ich habe alles im Griff. Du kannst dich zurückziehen«, erwiderte ich, ohne mich umzudrehen. Ich wusste auch so, was in seinen Zügen geschrieben stand. Sorge, Verwirrung, Zuneigung, Ablehnung ... ein hübscher Haufen an Gefühlen, denen wir in den letzten Monaten aus dem Weg gegangen waren. Genauso wie den Gesprächen, die irgendwann noch geführt werden mussten. Unangenehme Gespräche mit Themen, die diese fragile Stabilität zwischen uns beiden mit Leichtigkeit einreißen konnten.

Wir waren super damit klargekommen, als Roy in den vergangenen Monaten oben bei den Menschen in meinem Namen für Ordnung gesorgt und ich hier in der Hölle alles andere geregelt hatte. Der Abstand hatte die *Spannungen* zwischen uns – um es mal milde auszudrücken – auf Eis gelegt. Doch jetzt war er wieder hier und mit ihm all die Probleme, die zwischen uns standen, nachdem ich unsere Freundschaft mit Füßen getreten hatte.

Keine Ahnung, was zum Teufel ich mir dabei gedacht hatte, Royath von seinem Dienst auf der Erde abzuziehen und zurück in den Hades zu beordern. Alles war wunderbar gewesen, jeder war seinen eigenen Weg gegangen, ohne die Notwendigkeit, in alten Wunden zu stochern, ehe sie nicht vollkommen verheilt waren.

Aber dann hatte ich vor zwei Wochen einen Boten geschickt, um Roy herkommen zu lassen und seitdem ... gingen wir uns beinahe in einer Tour an die Gurgel.

Nicht meine klügste Entscheidung, so viel stand fest.

Vielleicht hatte ich gehofft, dass mein bester Freund, der schon immer an meiner Seite gestanden hatte, die Fähigkeit hatte, mich von der Dunkelheit in meinem Inneren abzulenken und mich auf Spur zu halten, wo ich es selbst nicht mehr konnte.

Vielleicht hatte ich mich auch einfach nur nach jemandem gesehnt, der die alte Lya kannte und diese nicht einfach zur Seite schob, nur weil sie jetzt eine Krone auf dem Kopf trug.

Weit gefehlt.

Stattdessen war Roy zu einer regelrechten Glucke mutiert, die ununterbrochen dafür sorgte, dass ich mich an Regeln und Zeitpläne hielt. Er wich mir kaum von der Seite und machte jedem, der meine Autorität infrage stellte, die Hölle heiß, noch bevor ich einen Finger rühren konnte.

Aber die Dunkelheit hatte er nicht verscheucht.

Auch wenn er stets in meiner Nähe war, kam er mir nicht mehr *zu* nahe. Er war da und gleichzeitig meilenweit entfernt. Roy verhielt sich nicht mehr wie in unserer Zeit in London.

Ich konnte ihm das schwerlich zum Vorwurf machen. Durch meine Beziehung mit Zayden und das, was im Hades geschehen war, hatte ich Roy nicht nur verletzt, sondern im selben Zug auch noch unsere Freundschaft zerstört.

Noch etwas, das ich dort oben zurückgelassen und verloren hatte.

Unter der Last der schweren Gedanken drohten meine

Schultern herabzusacken, aber ich hielt sie oben, zwang mich, weiter aufrecht zu stehen. Hier waren zu viele Augen und Ohren, zu viele, die jeden einzelnen meiner Schritte in die Waagschale legten.

»Wir wissen beide, dass das nicht stimmt«, murmelte Royath schließlich und ich hörte, wie er auf das Podest trat, bis er so nah an meinem Rücken stand, dass meine Narben zu kribbeln begannen. »Aber wenn du nicht mit mir sprichst, kann ich dir auch nicht helfen.«

»Ich habe nie von dir verlangt, dass du mir hilfst. Ich habe nie ...« ... *gewollt, dass alles so kompliziert und vermaledeit wird. Mit dem Hades, mit Zayden und Annie und mit dir.* Aber diesen Satz beendete ich nur in Gedanken.

»Das musst du auch gar nicht. Es ist mein Job, oder nicht? Ich bin dein Erster Offizier, dich beschützen steht an erster Stelle meiner Stellenbeschreibung.« Roy klang beinahe bitter, als er das sagte.

Ich kniff die Augen zusammen und ballte die Hände zu Fäusten, dann drehte ich mich langsam zu ihm um. »Warum hast du mich aus dem Club geholt? Was ist so wichtig, dass du mir nicht einmal diese eine verdammte Nacht zugestanden hast?«

Roy nahm den abrupten Themenwechsel ungerührt hin und straffte die Schultern. Seine rechte Hand lag locker auf dem Griff des Schwertes, das an seiner Seite hing – dabei brauchte er diese Waffe genauso wenig wie die drei Dolche, die er am Gürtel trug. Aber sie gehörten zu seiner Rüstung, so wie die Krone und meine düsteren, prächtigen Kleider zu meiner. Er spielte seine Rolle, ich meine, weil es leichter war, als sich mit dem anderen, *echten* Teil auseinanderzusetzen. Viel leichter.

»Der erste Abgesandte ist eingetroffen«, verkündete er ruhig. »Er wartet mit seinen Leuten im kleinen Saal.«

»Wer?«

»Rickson und seine drei wichtigsten Clanführer. New York, San Francisco und Miami«, antwortete Royath sofort und ließ mit seinen Augen nicht einen Moment von den meinen ab, als würde er versuchen abzuschätzen, was diese Informationen in mir auslösten.

Aber da musste ich ihn enttäuschen. Außer Langeweile und Müdigkeit verspürte ich in diesem Augenblick nichts. Eine schwere, scheinbar niemals endende Müdigkeit.

Dabei war die dreitägige Versammlung, die morgen starten würde, wichtig. In vielerlei Hinsicht.

Sämtliche Hohedämonen, denen die Leitung eines Kontinents dieser Welt übertragen worden war – quasi die Führungsebene direkt unter mir – trafen sich, um die neusten Entwicklungen zu besprechen. Diese Treffen fanden jährlich nach Hadesrechnung statt und bevor ich diesen Laden so unverhofft übernommen hatte, hatte mich mein Vater im Gegensatz zu Xaver und Avan außen vor gelassen.

Ich war froh darüber gewesen. Doch jetzt wünschte ich mir, Beliar hätte mich daran teilnehmen lassen. Dann hätte ich zumindest einen groben Plan, was ab morgen auf mich zukam.

Roy wartete immer noch auf eine Antwort, als ich um ihn herumlief und mich wieder auf meinen Thron setzte, den einen Arm aufgestützt und den Blick nachdenklich in die Ferne gerichtet.

Ich hatte die anderen Hohedämonen bereits kennengelernt. Nach dem Sturz meines Vaters hatten wir viele Stunden zusammengesessen, Territorien und Verträge neu verhandelt.

Viele von ihnen hatten Abmachungen mit Beliar gehabt, deren Inhalte unweigerlich auf mich übergegangen waren. Unschöne Inhalte und es hatte mich Überredungskünste, Bestechungen und Drohungen gleichermaßen gekostet, meinen Kopf aus der Schlinge zu ziehen und sie mit neuen Verträgen an mich zu binden.

Aber in diesen Stunden war ich ihnen gegenüber in einer anderen Rolle aufgetreten. Nicht als Königin der Hölle, sondern als Tochter meines Vaters, die versuchte, all das, was nach seinem Fall in Flammen gestanden hatte, zu löschen. In ihren Augen war ich nur ein überfordertes Kind gewesen, niemand, dem man mit Respekt und vor allen Dingen Furcht begegnete.

Das musste sich dringend ändern, wenn ich auf diesem unbequemen Stuhl sitzen bleiben wollte.

Dieses Mal würde ich als ihre Herrscherin vor sie treten, sie nicht durch Abmachungen und Schmiergeld auf Kurs halten, sondern durch meine Macht. Ich musste als *Teufel* vor ihnen stehen. Unerschütterlich und keinen Raum für Zweifel lassend.

Nur war ich im Augenblick alles, aber nicht unerschütterlich. Meine Gedanken waren ein Flickenteppich, meine Gefühle ein Mysterium und das, was ich wollte ...

Kopfschüttelnd fuhr ich mir über das Gesicht und spielte an der Kette, die um meinen Hals hing, herum, drehte den Anhänger mit meinem Wappen in den Fingern hin und her und fixierte eine der gewaltigen Säulen aus schwarz-rotem Marmor.

»Hat er schon etwas von sich gegeben?«, fragte ich schließlich und verengte die Augen. Ich konnte Rickson nicht ausstehen. Er war einer derjenigen, die mit aller Macht den Standpunkt vertraten, dass *jeder* besser als Teufel geeignet wäre als ich.

Ein absoluter Kotzbrocken.

»Nein. Er verlangt mit dir zu sprechen. Nur mit dir.« Roy verzog das Gesicht und trat wieder vor mich.

Meine Augenbrauen hoben sich kaum merklich, dann drängte ich mich mühelos in Roys Geist und machte mich darin breit, um das aussprechen zu können, was ich mir hier im Thronsaal nicht erlaubte.

Du hättest mich einfach in diesem bescheuerten Club lassen sollen. Mit Rickson und seinem Gefolge von Mistkäfern kann ich mich morgen auch noch beschäftigen.

Roy ließ sich nicht anmerken, dass ich in Gedanken mit ihm sprach, sondern strich nur schweigend über den Griff seines Schwertes, während er antwortete: *Mistkäfer gefällt mir, Lya, auch wenn ich bezweifle, dass du in dieser Absteige in besserer Gesellschaft warst.*

Ich hob nur eine Augenbraue und setzte mich aufrechter hin. *Sprichst du von Reena?*

Ein kaum merkliches Zucken seiner Mundwinkel war mir Antwort genug.

Reena und Roy hatten sich noch nie leiden können. Vermutlich, weil sie sich zu ähnlich waren. Ich konnte beide Seiten verstehen, wenn ich ehrlich war.

»Wie lauten deine weiteren Befehle, Mylady?«

Mit Mühe unterdrückte ich ein genervtes Seufzen und zog mich mit einem Ruck aus seinem Kopf zurück, was er mit einem Zucken quittierte.

»Bring die Clanführer im Gästeflügel unter und schick nur Rickson zu mir. Einer reicht für den Anfang.« Ich wedelte mit der Hand, sodass meine Armreifen klingelten.

29

Royath deutete eine knappe Verbeugung an, wobei er die rechte Hand zur Faust geballt gegen seine linke Schulter drückte. Die offizielle Verneigung vor der amtierenden Herrscherin.

Aus irgendeinem Grund schoss mir die Hitze in die Wangen und das wollte schon etwas heißen, wenn man bedachte, dass Feuer in meinen Adern brannte.

Dunkles Feuer und helles Licht.

Ich wischte diesen Gedanken zur Seite, in der letzten Zeit hatte ich mich oft genug damit gequält, und zupfte an meinem durchsichtigen Top herum.

Roys glühende Augen folgten meinen Fingern, dann hielt er den Blick zu Boden gesenkt. »Wenn ich noch einen Vorschlag machen darf, Lya ... du solltest dir etwas anderes anziehen, wenn du Rickson empfängst.«

Spöttisch breitete ich die Arme aus und drehte mich einmal im Kreis. »Warum? Früher hat dich meine nackte Haut doch auch nicht gestört, Roy.«

Mein Erster Offizier sah auf, etwas Dunkles loderte in seinen Augen und ich sah seine Kiefermuskeln arbeiten. »Früher nicht, nein. Aber das ist Vergangenheit. Du bist nicht länger nur Lya und ich nicht länger nur Roy. Jetzt ist alles anders, Elyanor. Ich werde nach Rickson schicken, geh dich umziehen, *Mylady*.«

Während Roy den Thronsaal mit steifen, langen Schritten durchmaß und schließlich durch die breite Tür verschwand, die ihm zwei Wachen öffneten, starrte ich ihm mit klopfendem Herzen nach. Mein Mund war trocken und ich spürte mein Blut heiß durch meinen Körper rauschen.

Du bist nicht länger nur Lya und ich nicht länger nur Roy. Jetzt ist alles anders, Elyanor.

Die Frage war nur, wer zum Teufel ich jetzt war, wenn nicht *Lya*.

Anaïs, meine Erste Zofe, hatte innerhalb von ein paar Wimpernschlägen aus *Lya, der Partyqueen* die Königin des Hades gemacht. Auch wenn ich nichts dagegen gehabt hätte, Rickson noch länger warten zu lassen.

Mit geschickten Fingern hatte sie meine Haare eingedreht und hochgesteckt, sodass nur einzelne, helle Strähnen mein Gesicht umrahmten. Anschließend hatte sie eine meiner Kronen, eine filigrane Anfertigung aus geschwärztem Gold und unzähligen, winzigen Diamanten in meiner Frisur befestigt und passenden Schmuck dazu ausgewählt.

Anstelle eines schweren, dunklen Kleides hatte Anaïs mir eine leichte, weite knöchellange Hose in einem undurchdringlichen Schwarz herausgelegt, die bei jedem meiner Schritte um meine Beine waberte und raschelte. Dazu trug ich eine gleichfarbige, dünne Tunika, in die silberne Fäden eingewebt worden waren.

Ich fühlte mich wohl in diesen Kleidern, mehr wie ich selbst und trotzdem sah ich aus wie eine Herrscherin. Edel, unnahbar, gefährlich.

Ich hätte meine Zofe küssen können.

Als sie mir in die schwarz-silbrigen Schläppchen half, bedankte ich mich lächelnd bei ihr, woraufhin sie sich nur tief verneigte und erwiderte, das sei ihre Aufgabe.

Kopfschüttelnd sah ich Anaïs nach und griff, als sich die Tür hinter ihr geschlossen hatte, nach meinem Handy, das auf meinem Schreibtisch unter einem Berg Papier gelegen hatte. Das schlanke Telefon in der Hand, trat ich an die gewaltige Glasfront, von welcher aus man einen uneingeschränkten

Blick über die Hauptstadt des Hades hatte: Das dunkle, verfluchte Aker mit all seiner brutalen Schönheit.

Nachdem mich die Dämonen zu ihrer Königin gekrönt hatten, war ich in die umgebauten Gemächer meines Vaters eingezogen. Es war noch immer ungewohnt, hier zu schlafen, an diesem Ort, den ich früher nicht einmal hatte betreten dürfen. Und jetzt gehörte das alles mir. Nicht nur die offizielle Residenz des Teufels mit ihren acht verbundenen Schlafzimmern, von denen eines prächtiger war als das andere, sondern der ganze verdammte Hades. Die Welt.

Ein leises Vibrieren in meiner Hand erinnerte mich daran, dass ich aus einem bestimmten Grund ans Fenster getreten war, anstatt es endlich hinter mich zu bringen und zu Rickson zu gehen.

Mit einem Seufzen entsperrte ich das Handy und tippte auf den Messenger, dabei wusste ich längst, dass dort nichts auf mich wartete. Zumindest nichts, auf das ich hoffte. Die einzige Nachricht, die mich dort begrüßte, war von Reena, die sich erkundigte, ob ich Roys kleinen Tobsuchtsanfall überlebt hatte.

Aber sonst: Nichts. Keine Lebenszeichen von Annie und Zayden. Bei Zayden hatte ich nichts anderes erwartet ... aber Annie? Meine letzte Nachricht hatte meine beste Freundin laut dem einsamen grünen Häkchen nicht einmal gelesen.

Ich spürte, wie Wut in mir aufflammte – nein, keine Wut, etwas anderes –, Enttäuschung und ein dumpfer Schmerz, der sich in meine Eingeweide bohrte wie eine stumpfe Klinge. Mein warmer Atem entwich hörbar.

Dann ließ ich die Hand mit dem Handy sinken und gab der Energie, die auf meine Emotionen reagierte, freien Lauf. Das Telefon in meinen Fingern begann zu glühen und zischen, der Geruch nach verbranntem Plastik füllte die Luft um mich herum und im nächsten Moment war von dem Ding nichts mehr übrig. Als hätte es nie existiert. Als hätte das alles niemals existiert.

Meine glühenden Augen blickten mir aus dem Glas entgegen, dahinter Aker, das mir in einen unheimlichen rötlichen Schein gehüllt zu Füßen lag. Es war nicht von Bedeutung, was in London geschehen war oder dass es nicht mehr existierte. Das alles spielte keine Rolle, weil ich jetzt hier war, weil der Hades jetzt alles war, was zählte.

Ich biss die Zähne zusammen und wandte mich vom Fenster ab, um mit gestrafften Schultern zurück in den Thronsaal zu gehen.

Zwei Soldaten aus meiner Leibgarde wurden zu meinen Schatten, während ich lautlos durch die breiten, schier endlosen Gänge des Palastes lief, bereit, mich gegen jede Gefahr zu verteidigen. Lächerlich, angesichts der Tatsache, dass ich jetzt das gefährlichste Wesen hier unten war, aber ich hatte aufgehört, mich gegen so etwas Banales aufzulehnen.

Royath hatte jeden einzelnen Dämon aus meiner Garde persönlich ausgewählt, trainiert und *abgerichtet*, wie er es ausdrückte. Restlos loyale Diener, die, ohne zu zögern, für ihre Königin in den Tod gehen und ausnahmslos jeden Befehl ausführen würden.

In letzter Zeit jedoch, seit seiner Rückkehr in den Hades, war es meist Roy selbst, der diese Aufgabe übernahm und mir nicht von der Seite wich.

Ironischerweise war es eigentlich schon immer so gewesen. Als ich noch jünger gewesen war, nicht mehr und nicht weniger als die Tochter des Teufels, hatte mein Vater Roy beauftragt, ein Auge auf mich zu haben und jetzt ... es schien, als würden manche von Daddys Befehlen über seinen Tod hinaus noch ausgeführt werden.

Zwei namenlose Wachen öffneten eine Doppeltür, die aus meinem privaten Flügel in den Hauptteil der Festung führte. Während meine Gemächer meist wie ausgestorben waren, pulsierte hier das Leben des Palastes. Unzählige Diener waren damit beschäftigt, die hellen Steine der Burg auf Hochglanz zu polieren, der Boden wurde geschrubbt und gefegt und die schweren, roten Vorhänge ausgeklopft. Ausnahmslos jeder hielt in seiner Arbeit inne, als er mich bemerkte, und sank noch im selben Moment in eine respektvolle Verbeugung. Ich hatte keine Blicke für sie übrig, weil sie es nicht erwarteten, und sobald ich an ihnen vorbeigegangen war, verfielen sie wieder in ihre Aufgaben.

Orangefarbenes Licht flutete den breiten Flur, den wir entlangliefen, fiel durch gewaltige Fenster, die nach oben hin spitz zuliefen, und ließ das helle Gestein, aus dem die Festung erbaut worden war, wie flüssiges Gold glänzen. Nicht zum ersten Mal fragte ich mich, warum mein Vater den Palast nicht aus demselben dunklen Stein hatte erbauen lassen, aus dem die restlichen Bezirke der Hölle bestanden. Nun, jetzt würde ich darauf auch keine Antwort mehr bekommen.

Eine gewaltige, gewundene Treppe führte mich in das dritte Stockwerk hinunter, dorthin, wo neben den Versammlungsräumen auch der monströse Thronsaal lag – das Herzstück des Palastes. Vermutlich hatte kein anderer Raum in der gesamten Anlage mehr Blut und Schrecken gesehen, als dieser Saal, nicht einmal die gewölbeartigen Verliese unterhalb der Oberfläche. Es war stets Dads Bemühen gewesen, das Grauen, das er verbreitete, sichtbar zu machen.

Was bringt es, Feinde klammheimlich, begraben unter Tonnen von Gestein, zum Flehen und Betteln zu bringen? Nein, Lya, du musst dafür sorgen, dass es jeder sieht. Jeder hört. Jeder riecht. Du musst deine Macht sichtbar und öffentlich machen.

Oh ja, dafür hatte er gesorgt. Immer und immer wieder.

Der steinerne Boden des Saals gierte regelrecht nach Blut und Tod, sog beides gleichermaßen auf und gab nichts mehr zurück.

Ich ballte die Hände zu Fäusten und zog die Schulterblätter zusammen, als wir den Hauptkorridor des dritten Stockwerks betraten. Dunkler, beinahe schwarzer Teppich schluckte unsere Schritte, während uns unzählige Blicke folgten. Eine Gruppe von Bediensteten war gerade dabei, die Wappen der Hohedämonen für die morgige Tagung an den Wänden aufzuhängen und die Kronleuchter über unseren Köpfen, die aus den verrußten Knochen der unzähligen Ungeheuer des Hades', deren Namen ich nicht einmal kannte, bestanden, mit neuen, dunkelroten Kerzen zu bestücken.

Schien so, als wäre jeder hier für die Vollversammlung bereit, selbst die Festung – abgesehen von mir. Der Hauptrolle bei diesem Zirkus.

Der Schlund der Hölle – so hatte mein älterer Bruder Avan die goldene, gewaltige Tür getauft, die in den Thronsaal führte – öffnete sich auf meinen Wink hin, erzitterte beinahe unter der Macht, die aus mir herausströmte, und gab den Blick auf das Herz des Palastes frei.

Ich atmete tief durch und folgte dem blutroten Teppich, der den breiten Weg zu dem Podest, auf dem mein Thron stand, säumte. Die schwarz-roten Marmorsäulen ragten rechts und links von mir auf, flankierten mich wie stumme Wächter, während ich den Blick nicht von meinem Thron abwandte. Ich spürte die Energie von Royath, der sich rechts davon positioniert hatte, und eine fremde, unangenehme Macht, die mich die Zähne zusammenbeißen ließ.

Rickson.

Der Hohedämon, dem das Kommando über Nordamerika übertragen worden war, stand wartend knapp zwei Meter vor dem Podest. Sein hochgewachsener, kräftiger Körper steckte in einem nachtschwarzen Anzug, die hellblonden Haare trug er ordentlich zur Seite gekämmt. Ein silberner Reif, der ihn als Oberhaupt auszeichnete, ruhte darauf. Es war schwer zu sagen, wie alt er wirklich war, Rickson hatte schon lange vor meiner Zeit an der Seite meines Vaters gestanden, aber die Menschen hätten ihn vielleicht für Anfang vierzig gehalten.

Sobald er meine Ankunft spürte, wandte er sich zu mir um und sank in eine Verbeugung, aus der er sich erst wieder erhob, als ich mich auf meinem Thron niedergelassen hatte. Roys Blick lag kribbelnd auf mir, aber ich widerstand dem Drang, mich ihm zuzuwenden.

Stattdessen hob ich das Kinn und sah von oben auf Rickson herab; die Krone lag mahnend auf meinem Haupt, als wollte sie mich an die Rolle, die ich hier zu spielen hatte, erinnern.

»Rickson«, begrüßte ich ihn kühl und faltete die Hände unter dem Kinn. »Ich habe gehört, Ihr wolltet mich schon vor dem Beginn unserer offiziellen Versammlung sprechen.«

Der Hohedämon strich sich über das Jackett und neigte leicht den Kopf. »Meine Königin. Ich danke Euch für Eure Audienz. Mir ist bewusst, Ihr seid sicher sehr beschäftigt.«

Beschäftigt damit, mir die Erinnerungen an ein anderes Leben aus dem Kopf zu trinken, ja, so könnte man sagen.

»Dann tätest du gut daran, meine Zeit nicht mit unnötigem Geplänkel zu verschwenden«, erwiderte ich nur und ließ nicht einen Moment von ihm ab. Gleichzeitig schlüpfte ich in

Roys Gedanken, so wie wir es bisher immer bei Besprechungen gehandhabt hatten. Mir war seine Meinung wichtig, außerdem wollte ich nicht, dass jeder zu hören bekam, was ich mit ihm besprach.

Royath nahm die Verbindung lautlos und ohne mit der Wimper zu zucken zur Kenntnis.

»Natürlich, Mylady. Alles Weitere werde ich morgen vor den anderen Abgesandten vortragen, aber ich dachte mir, es wäre ratsam, Euch vorab über einige Entwicklungen in Kenntnis zu setzen«, begann er bestimmt und mit einem Funkeln in den eisblauen Augen, das mir ganz und gar nicht gefiel.

Weißt du, wovon er spricht?, wandte ich mich stumm an Roy, der wie eine Statue neben mir ruhte, seinen aufmerksamen Blick auf den Hohedämon vor uns gerichtet.

Nein, aber ich habe so eine Vermutung, dass uns nicht gefallen wird, was er gleich ausspricht.

Darauf erwiderte ich nichts.

»Werde deutlicher, Rickson.«

Die schmalen Lippen des Abgesandten zuckten in Richtung eines spöttischen Lächelns, als er meine Ungeduld bemerkte. Er schien es nur allzu offensichtlich zu genießen, dass er mehr wusste als ich und ich begann mir in den schillerndsten Farben auszumalen, wie ich ihm dieses Grinsen aus den Zügen schneiden konnte.

Neben mir erklang Roys unterdrücktes Hüsteln, was mich unwillkürlich lächeln ließ.

»Ich habe zwei meiner fähigsten Leute nach London geschickt, nachdem es dort in Kreisen, für die ich verantwortlich bin, zu Unruhen gekommen ist.«

Ungeduldig wedelte ich mit der Hand und bedeutete ihm, fortzufahren, als er mich abwartend ansah.

»Eine reine Routineunternehmung, wenn Ihr versteht, was ich meine. Nun, der Kontakt zu meinen Vertretern ist abgebrochen.«

»Dann waren sie anscheinend nicht halb so fähig, wie du angenommen hast, verehrter Rickson.«

Meine Worte sorgten dafür, dass seine höfliche Maske für einen Augenblick verrutschte. Darunter kamen Hohn, Spott und Wut zum Vorschein – das, was er wirklich über mich dachte.

Lya, finde einen anderen Weg, ihn auf deine Seite zu ziehen ..., begann Roy in meinen Gedanken warnend, doch ich ignorierte ihn und ließ stattdessen meine Augen aufleuchten. Dieser Abschaum, der sich Hohedämon schimpfte, war meine Mühe nicht wert. Noch nicht.

Ricksons Maske schob sich wieder an Ort und Stelle, aber ich hatte bereits genug gesehen.

»Ich bürge für diese beiden Dämonen, Mylady. Vertrauenswürdige, äußerst loyale Männer. Glaubt mir, wenn ich sage, dass sie niemals desertieren oder einfach verschwinden würden. Dahinter steckt etwas anderes. Etwas, von dem ich gehofft hatte, es nie wieder auch nur aussprechen zu müssen.«

Langsam, aber sicher ging mir sein Spielchen auf die Nerven und momentan war ich nicht gerade dafür bekannt, einen besonders langen Geduldsfaden zu haben. Das wusste auch Royath, dessen Hand sich unwillkürlich fester um den Schwertgriff schloss.

Ricksons Augen glitten von Roy zu mir. Gut, er hatte augenscheinlich begriffen, dass er eine riskante Grenze erreicht hatte.

»Spuck es aus, oder ich werde es mir aus deinem Schädel holen, Rickson«, sagte ich gefährlich ruhig und schob ein dünnes Lächeln auf meine Lippen, das an ein Raubtier kurz vor dem tödlichen Sprung erinnerte.

Dem Zucken seiner linken Hand in Richtung seines Gürtels, wo ich seine Waffe vermutete, entnahm ich, dass er von meinen Fähigkeiten, in den Geist eines Dämons einzudringen, gehört hatte. Und sie fürchtete. Zu Recht.

»Meine Königin, ich spreche von den *Madúr*.«

Mein gestandener Erster Offizier, den sonst nichts so leicht aus dem Konzept brachte, der einem Gemetzel beiwohnen konnte, ohne einen Muskel zu rühren, *zuckte zusammen*, als Ricksons Worte den Thronsaal füllten.

Ich ballte die Hände zu Fäusten und warf ihm einen raschen, fragenden Blick zu.

Die Madúr *sind Kreaturen, die vor Jahrzehnten ausgemerzt worden sind. Ein blutiger Kampf und einer der wenigen, bei denen die* Iljos *Seite an Seite mit Dämonen gekämpft haben.*

Meine Stirn legte sich in Falten, während ich Rickson mit Blicken durchbohrte.

Was für Kreaturen?, fragte ich an Roy gewandt, während ich laut sagte: »Ich dachte, sie wären längst vom Erdboden getilgt.«

Menschen.

Mir wäre beinahe ein Schnauben über die Lippen gekommen. Royath machte so einen Aufstand wegen *Menschen*? Doch seine nächsten Worte erstickten meinen Spott genauso schnell, wie Wasser Feuer tötete.

Menschen, die es sich zur Aufgabe gemacht haben, alles Übernatürliche zu vernichten. Sie haben Waffen entwickelt, die Iljos *und Dämonen gleichermaßen innerhalb von Sekundenbruchteilen töten – und dafür müssen sie nicht einmal in der unmittelbaren Nähe sein.* Madúr *sind das schlimmste Geschwür, das es in der Geschichte des Übernatürlichen jemals gegeben hat.*

Auch wenn Rickson die Unterhaltung, die zwischen Roy und mir stattfand, nicht mitbekam, schien er doch zu wissen, dass wir in direktem Kontakt miteinander standen, und wartete ab, bis ich kaum merklich den Kopf schüttelte.

»Ich bin der gleichen Annahme gewesen, wurde jedoch eines Besseren belehrt. Eine Familie hat die Säuberung überstanden. Die McIntyrs. Es scheint, als hätten sie ihr Geschäft wieder aufgenommen, Mylady.«

Ich ließ mir seine Antwort durch den Kopf gehen und legte die Hände flach auf meine Oberschenkel. Die Ringe an meinen Fingern blitzten auf. »Was veranlasst dich zu dieser Annahme, Rickson?«

Der Abgesandte griff in sein Jackett und zog einen bläulichen, runden Stein hervor, in den ein schwarzes Zeichen geritzt worden war. In dem rötlichen Licht schimmerte er wie poliertes Saphirglas.

Royath stieß einen unsauberen Fluch aus und umfasste sein Schwert so fest, dass seine Knöchel weiß hervortraten. Alleine das hätte mir schon Warnung genug sein müssen.

Mit einem kurzen Wink ließ ich den Stein zu mir fliegen und drehte ihn dann langsam in den Händen. Er war eiskalt.

Ich kannte weder das Zeichen darauf noch das Symbol, für das der Stein an sich stand, aber ich vermutete, dass es nichts Gutes bedeutete.

Roys warmer Atem fuhr über meinen Nacken, als er sich zu mir herabbeugte und ließ mich erschaudern. Seine Energie umwirbelte ihn, wie unsichtbarer Nebel und prickelte wie unzählige Nadelspitzen auf meiner Haut.

Das ist ein Eisstein, Lya, mit dem Todeszeichen der Madúr darauf. Ihre Art, einen Gruß zu schicken.

Ich umschloss den Stein fester und biss die Zähne zusammen. *Lass mich raten, das Todeszeichen ist kein freundlicher Gruß.*

Nein. Der Eisstein ist ein Versprechen dafür, dass Blut vergossen wird. Das unsere und das der Iljos.

Rickson machte einen Schritt auf das Podest zu und sah mich eindringlich an. »Die *Madúr* haben den Kampf wieder aufgenommen, Mylady. Und sie erwarten eine Antwort.«

Und keiner von ihnen wird ruhen, ehe jedes übernatürliche Geschöpf dieser und jeder anderen Welt vernichtet worden ist, schloss Royath und richtete sich wieder auf.

»Warum?«, fragte ich an beide gewandt. »Warum jetzt?«

Ich spürte, wie Roy und Rickson einen bedeutungsschweren Blick tauschten, der ein unangenehmes Kribbeln in meinem Rücken auslöste. Meine Energie flackerte auf.

»Weil sie ein neues Ziel haben. Ein Mittel, mit dem sie uns nicht nur den Krieg erklären können, sondern auch eine Chance bekommen, ihn endgültig zu gewinnen.«

Noch bevor er es laut aussprechen konnte, wusste ich, was er sagen würde. Meine Finger krallten sich in die Lehnen meines Thrones, der Stein knirschte unter meinen Nägeln.

Ricksons eisblaue Augen bohrten sich in die meinen, hielten daran fest. Dann verkündete er mit beherrschter, fester Stimme: »Euch, meine Königin. Ein Wesen aus Licht und Finsternis. Eure Macht ist die ultimative Waffe und wird uns alle vernichten, sollte sie jemals in die Hände der *Madúr* fallen.«

Kapitel 3

Zu sagen, ich wäre angespannt, wäre die Untertreibung des Jahrhunderts. Ich war nicht nur angespannt, ich war ruhelos und aufgekratzt und suchte händeringend nach einem Ventil, um diese Anspannung loszuwerden.

Ein großer Teil in mir drängte mich dazu, einfach loszuziehen und irgendetwas zu Kleinholz zu verarbeiten oder mich in irgendeiner Absteige des Hades für einige kostbare Augenblicke der Besinnungslosigkeit hinzugeben.

Nur, um endlich Ruhe zu bekommen. Ruhe vor meinen eigenen, sich drehenden und windenden Gedanken.

Ich hatte angenommen, es wäre nervenaufreibend und schmerzhaft gewesen, über Annie, Zayden und mein Leben in London nachzudenken. Mir sowohl in jeder wachen Sekunde als auch in meinen Träumen den Kopf über das alles zu zerbrechen.

Aber das war nichts im Vergleich zu dem gewesen, was mich nun umtrieb.

Bei der Hölle.

Die *Madúr.* Menschen, die sich darauf spezialisiert hatten, alles, was nicht im Einklang mit ihrer Weltauffassung stand, zu vernichten. Und wieder einmal hatte ich wie die letzte Idiotin dagestanden, als Rickson mir von dieser vermaledeiten Entwicklung berichtet hatte.

Mein Vater hatte meine Brüder und mich in allem, was für unser Leben im Hades von Bedeutung war, unterrichten lassen. Ich konnte sämtliche Höllenfürsten rauf- und runter-

beten, kannte die Abgesandten der Kontinente und die dreizehn Clans in London, Paris und New York – aber dieses winzige Detail, die Tatsache, dass es auf der Erde eine Horde von
wild gewordenen Jägern gegeben hatte – wieder gab –, die
uns zu Freiwild erklärt hatten, hatte man mir offensichtlich
verschwiegen. Und nun hatten eben jene Jäger uns den Krieg
in Form eines gleichermaßen schönen und tödlichen Steines
und mich zu ihrer vernichtenden Waffe erklärt.

Wütend sah ich von meinen schwarzen Schuhspitzen auf
und begegnete meinem funkelnden Blick im Spiegel. Anaïs
hatte mich bereits für die heutige Eröffnung der Vollversammlung eingekleidet und anschließend auf meine Bitte hin
alleine gelassen. Genauso wie gestern Abend trug ich auch
heute eine schwarze Hose aus fließendem Stoff und darüber
ein silbrig-schwarzes Oberteil, das knapp oberhalb meines
Hosenbundes endete. Die Ärmel und ein Großteil des Rückens
waren durchscheinend, gaben den Blick auf meine Tattoos
und Narben frei und verrieten meine Geschichte. Die silberne
Krone auf meinen hochgesteckten Haaren hatte die Form einer sich windenden Dornenranke, in die ein gutes Dutzend
Blutrubine eingesetzt worden war, passender Schmuck blitzte
überall an meinem Körper. Abgerundet wurde meine Erscheinung von meinen gewaltigen Schwingen, die hinter mir auf-
ragten. Gefiederte Flügel, die schneeweiß aus meiner Haut
brachen und an den Spitzen zu dem Schwarz tiefster Nacht
wurden. Funkelnde Perlen waren in die empfindsamen Federn am Ende eingewebt und klimperten leicht, als ich meine
Flügel zusammenzog.

Schon in meinen jungen Jahren hatte ich gelernt, dass unsere Flügel das wohl stärkste Symbol unserer Macht waren.
Beliar hatte sie bei jeder Versammlung offen zur Schau ge-

tragen, um jedem ins Gedächtnis zu rufen, *wer* er war. Als hätte das jemals irgendeiner vergessen können.

Nur wenige Dämonen waren überhaupt mit Schwingen gesegnet und noch viel weniger besaßen gefiederte Flügel, wie die meinen.

Keine Dämonen, aber die Iljos *sehr wohl. Sie haben dieselben, herrlichen Federn*, erinnerte mich eine süßliche Stimme in meinem Kopf, die ich resolut zur Seite schob.

Ich hatte im Moment ganz andere Sorgen als meine Funkstille nach *oben*, wie mir Royath nach unserem Gespräch mit Rickson offengelegt hatte.

Die Sorge, die in seinen goldenen Augen gestanden hatte, während er mir alles, was er über das alte Jägergeschlecht wusste, berichtet hatte, verursachte mir noch jetzt einen Schauder. Und Roy war niemand, der sich besonders oft sorgte.

Er hatte mir von den verheerenden Opferzahlen erzählt, die *Iljos* und Dämonen in der Zeit der letzten *Madúr*-Beutezüge zu verzeichnen gehabt hatten. Von den vielen Menschen, die im Zuge des Konflikts zwischen den Parteien ihr Leben gelassen hatten, und von den Ausmaßen der Zerstörung, die über die Erde hinweggefegt waren.

Selbst Beliar war in diesem Kampf an seine Grenzen gekommen – und er war immerhin der Teufel gewesen und hatte Jahrtausende Zeit gehabt, um zu wachsen und Erfahrungen zu sammeln.

Ich hingegen ...

Kopfschüttelnd wandte ich mich vom Spiegel ab und erschrak, als ich plötzlich eine Gestalt entdeckte, die lässig auf meinem Bett fläzte, als wäre das hier sein Territorium.

Ich verengte die Augen und sah den jüngeren meiner beiden älteren Brüder mit verschränkten Armen an. »Avan«, begrüßte ich ihn und ließ meine Flügel in meinem Rücken verschwinden.

»Mylady«, erwiderte er mit einem schiefen Grinsen und stützte sich auf seine Unterarme. »Du warst nicht beim Frühstück.«

Als hätte ich in meiner derzeitigen Verfassung Zeit und Geduld für ein gemütliches Frühstück mit meinen Brüdern. Alleine bei dem Gedanken daran, etwas zu essen, verkrampfte sich mein gesamter Körper. Mit dem Druck, den die Vollversammlung auf mich ausübte, wäre ich klargekommen, auch wenn ich mir unzählige Dinge vorstellen konnte, die ich lieber gemacht hätte.

Doch Ricksons Eröffnung hatte das Blatt um hundertachtzig Grad gedreht und alles, was bisher wichtig erschienen war, weit in den Hintergrund gerückt.

Man erwartete jetzt nicht nur, dass ich Ordnung in den Hades und die Reihen der Dämonen brachte, sondern, dass ich eine globale Masterlösung fand und gegen die *Madúr* vorging. Das wiederum setzte voraus, dass ich mich mit einem weiteren großen Problem befasste, von dem ich mich in den letzten Monaten tunlichst ferngehalten hatte: Die Friedensverhandlungen mit den *Iljos*. Ein heikles und sensibles Thema, das ich vor mir herschob, seit ich meinen Thron bestiegen hatte. Nicht zuletzt, weil ich mir nicht sicher war, wie solche Abkommen und Verhandlungen in meinen Augen aussehen sollten und ob überhaupt beide Seiten dazu bereit waren.

Und jetzt war es mit einem Schlag unausweichlich geworden.

Wenn ich eines aus den Erklärungen von Rickson und Royath gelernt hatte, dann, dass die Dämonen alleine keine

Chance gegen diese neue Bedrohung hatten. Ohne die *Iljos* und eine entsprechende Kooperation würden uns die *Madúr* einen nach dem anderen niederstrecken.

Unnötig zu sagen, dass ich dafür nicht im Geringsten bereit war. Ich hatte ja kaum vollständig verstanden, wer genau diese Bastarde eigentlich waren und warum sie das alles taten. Vermutlich hatten sie nicht mal einen handfesten Grund für diesen sinnlosen Konflikt.

Avans aufmerksamer Blick lag auf mir, dann fuhr er sich mit dem Daumen über die Unterlippe, ohne mich aus den Augen zu lassen. »Ich kann deine Gedanken bis hierher hören, Schwesterchen, und das ganz ohne dein unheimliches Talent, das ich glücklicherweise nicht mein Eigen nennen darf.«

Ich verlagerte mein Gewicht auf mein rechtes Standbein und hob eine Augenbraue. »Du weißt längst, was Sache ist, Avan. Also was willst du?«

Sein Lächeln wurde breiter, seine einnehmende Energie leuchtete golden in seinen hellen Augen auf.

Avan und ich waren uns schon immer sehr nahe gewesen, hatten eine Menge Mist zusammen verzapft und sowohl Xaver als auch Dad regelmäßig in den Wahnsinn getrieben, doch meine Krönung hatte unsere Verbindung merklich geschwächt. Früher hätte ich nicht nachfragen müssen, ich hätte gewusst, was er im Schilde führte, weil ich an seiner Seite gestanden hätte.

»Brauche ich einen Grund, um meine Königin zu besuchen, die ganz zufällig auch meine kleine Schwester ist?«

Mein Gesichtsausdruck musste ihm Antwort genug sein, denn er erhob sich mit einem leisen Seufzen und kam auf mich zu, bis uns kaum eine Unterarmlänge trennte. Avan war, genau wie Xaver, gut einen Kopf größer als ich, seine

Haare waren dunkler als mein helles Blond, seine Schultern breit und stark. Hinter seiner lockeren Haltung, dem charmanten Funkeln seiner Augen, das er als seine persönliche Maske zur Schau trug, lag ein tödlicher Soldat, der bereits in einigen Aufständen im Hades gekämpft hatte. Ebenso wie eine Sanftheit, die mich an Stunden erinnerte, in denen er mich im Arm gehalten und getröstet hatte.

Ich schluckte und sah zu ihm auf.

»Was hast du vor, Lya? Was wirst du ihnen sagen?«, fragte er leise und strich eine Haarsträhne hinter mein Ohr.

Ihnen, den acht Abgesandten aus allen Winkeln der Erde, die darauf warteten, dass ich ihnen eine perfekte Lösung für dieses weitreichende Problem präsentierte.

Einen Moment lang wünschte ich mir nichts mehr, als mich wieder in Avans Arme zu werfen, wie ich es früher so oft getan hatte, wenn mich unser Vater bestraft hatte. Mich einfach in dem Trost meines großen Bruders vergraben und darin versinken, aber diese Option hatte ich verloren, als ich mir die Krone hatte aufsetzen lassen.

Unwillkürlich trat ich einen Schritt zurück und strich mein Oberteil glatt.

»Ich werde zuhören und abwarten. Und erst dann entscheiden.«

Kurz zuckte ein winziger Anflug von Bedauern über seine Züge, dann neigte er den Kopf und versenkte die Hände in den Hosentaschen. »Zweifelsohne eine gute Strategie, aber was würdest *du* machen? Du alleine?«

Mein Atem entwich mit einem leisen Zischen. »Mir einen Überblick verschaffen. Ich kenne diesen Feind nicht, ich weiß nichts über die *Madúr* oder ihre Techniken und Waffen. Wie soll ich antworten, einen Gegenschlag planen, wenn ich

nicht einmal weiß, gegen *wen* ich überhaupt vorgehen soll?«
Meine Stimme war unwillkürlich lauter und drängender geworden, als mir die Gedanken über die Lippen kamen, die
mich beinahe die gesamte Nacht über wach gehalten hatten.
Die Nacht und die letzten Wochen. »Wie zum Teufel soll ich
die Herrscherin sein, die zu sein mein Volk von mir erwartet,
wenn ich doch nicht einmal weiß, ob ich das überhaupt sein
kann?« Ich spürte einen harten, festen Kloß in meinem Hals
wachsen und kniff die Lippen zu einer schmalen Linie zusammen, nur um im nächsten Moment zu seufzen. »Ich stehe
hier, ich halte Audienzen, kläre Konflikte und bestrafe, aber
ich bin ...« Ich brach ab und sah meinem Bruder fest in die
Augen, das erste Mal, seit diese verfluchte Krone auf meinem
Kopf saß. »Ich bin nicht wirklich hier«, flüsterte ich erstickt.

Avans Mund wurde zu einem weißen, festen Strich in seinem Gesicht, dann zog er mich wortlos an seine breite Brust,
hüllte mich in seinen Geruch und seine Dunkelheit, in der
seine vertraute Energie tanzte. Ich selbst mochte mir diese
Option des Trostes versagt haben, aber Avan ließ mir ganz
einfach keine Wahl und ich war ihm dankbar dafür.

Ich schloss die Augen und ließ die starre Haltung von
mir abfallen wie Kleidung, die mir zu groß geworden war,
sank in mich zusammen. Und mein großer Bruder hielt
mich aufrecht und an Ort und Stelle, sodass ich nicht stürzen konnte.

Ich mochte seine Königin sein, aber in diesem Moment,
war er es, der mich in den Fingern hielt und die Macht über
mich hatte. Seine Hand fuhr beruhigend über meinen Rücken, sparte die Stellen, an denen meine langen, grausamen
Narben verliefen, aus und murmelte leise Worte, die ich nicht
verstand.

In den letzten Monaten hatte ich es mir verboten, mich so gehen zu lassen und so viel Kontrolle abzugeben. Ich hatte mit allem, was in mir war, an meiner Haltung festgehalten, vielleicht, weil ich das Gefühl hatte, dass meine Rüstung alles war, was mich daran hinderte, einfach unter dem Druck zu zerbrechen. Mit zusammengebissenen Zähnen hatte ich mit aller Macht versucht, zu Elyanor, der Königin über den Hades, zu werden. Das zu sein, was alle von mir erwarteten, und mir nur in leisen, heimlichen Momenten gestattet, mich zusammenzurollen und lautlos zu weinen. Vielleicht hätte ich schon viel früher erkennen müssen, dass diese Elyanor nicht mehr existierte – dass es sie womöglich nie gegeben hatte.

»Was soll ich nur tun?«, wisperte ich. »Ich wollte das alles nicht. Weder die Krone noch die Verantwortung, die mir Vater ins Fleisch getrieben hat.«

Avan nickte und legte sein Kinn auf meinen Kopf. »Wir können uns nicht aussuchen, was uns auf unserem Weg begegnet, aber wir haben die Möglichkeit, das Beste daraus zu machen. Und ich bin mir absolut sicher, dass du das Beste bist, was der Hölle passieren konnte.«

Ich schob Avan, meinen lustigen, niemals ernsten Bruder eine Unterarmlänge von mir und zog skeptisch die Augenbrauen zusammen. »Wann bist du so weise geworden, Avan?«

Er lachte leise und fuhr mit einem Finger unter meinem rechten Auge entlang. Eine einzelne Träne glitzerte auf seiner Haut. »Nicht weise, nur ein guter Beobachter, Lya. In den letzten Monaten hast du es geschafft, die gesamten Abläufe im Hades neu zu strukturieren, du hast Leute an einen Tisch gebracht, die sich vorher zerfleischt haben. Du machst das besser, als du glaubst.«

»So etwas Ähnliches hat Ree auch gesagt.«

Sein altes Grinsen schlich sich zurück auf seine Züge. »Reena hat einen siebten Sinn für so etwas.«

Ungläubig verschränkte ich die Arme vor der Brust und sah meinen Bruder aufmerksam an. »Ich ziehe meine Behauptung, du wärst weise, zurück. Ree mag ja vieles sein, aber sensibel für solche Themen?«

Avan winkte ab und lehnte sich an einen der Pfosten meines riesigen Betts. »Hab nie etwas anderes behauptet.«

Es schien, als wäre der ernste Moment von Avan schon wieder Vergangenheit. Schön, dass sich manche Dinge nicht änderten. Auch dann nicht, wenn die ganze Welt – der ganze Hades – Kopf und wir am Rande einer Katastrophe standen und uns durchgeknallte Jäger den Krieg erklärten.

Die Madúr.

Dieser Gedanke war wie ein Eimer kaltes Wasser, das jemand unsanft über mir ausleerte. Das Lächeln, das Avan in mir heraufbeschworen hatte, fiel in sich zusammen und machte meiner Ratlosigkeit Platz, die beinahe schon an Verzweiflung grenzte.

Ohne meinen Bruder aus den Augen zu lassen drehte ich einen meiner Armreifen hin und her und runzelte die Stirn. »Was würdest du an meiner Stelle machen, Av?«

Ich konnte förmlich sehen, wie Avan Luft für einen dummen Spruch holte. So etwas wie *Mich musst du nicht fragen, ist nicht mein Job* oder *Was? Du fragst wirklich deinen Bruder, dem du sonst nicht einmal deine Wäsche anvertrauen würdest?*

Doch dann schloss er bloß den Mund und schüttelte langsam den Kopf. »Ich wünschte, ich könnte es dir sagen, Lya. Das hier ist eine Situation, die wir bisher noch nie in dieser Konstellation hatten.« Avan fuhr sich über den Nacken. »Und na ja, der Einzige, der dir mehr über diese Maden verraten könnte, wäre Dad, aber den ...«

»... habe ich umgebracht. Schon klar.« Ich konnte nicht verhindern, dass sich Bitterkeit in meine Worte schlich. Bisher hatten meine Brüder mir nicht zum Vorwurf gemacht, dass Beliar durch meine Klinge gestorben war, ganz im Gegenteil. Sie hatten mich in meiner Position bestärkt, unterstützten mich und waren an meiner Seite, auch wenn sie nach wie vor eine gewisse Distanz hielten.

»Aber vielleicht solltest du deiner ersten Eingebung folgen. Du hast dich zwar in den vergangenen Jahren in ziemlich viel Scheiße geritten, aber im Endeffekt hat sich dadurch alles zum Besseren gewendet, oder?«

»Wow, du verstehst es wirklich, mich aufzubauen und meinen Glauben an mich selbst zu stärken.«

Er warf mir nur einen vielsagenden Blick zu und zupfte an seinem schwarzen Oberteil herum. »Das brauchst du doch überhaupt nicht. Du hast den Teufel besiegt, Schwesterchen.«

»Ja, aber da ging es auch nicht darum, die ganze übernatürliche Welt zu retten. Jetzt habe ich mein gesamtes Volk im Rücken und auf der anderen Seite die *Iljos*, die ...« Ich brach ab und fuhr mir über das Gesicht, was Anaïs vermutlich mit einem missbilligenden Schnauben quittiert hätte, nachdem sie so viel Mühe in mein Make-up gesteckt hatte.

»Hey.« Avan legte mir eine Hand auf die Schulter, ich spürte seine warmen Finger auf meiner Haut kribbeln und zog die Unterlippe zwischen die Zähne. »Du kriegst das hin, okay? Außerdem hast du noch Xaver und mich. Und Royath, diesen idiotischen Bastard. Niemand verlangt von dir, dass du das ganz alleine durchziehst, Mylady.«

Warum fühlte es sich dann so an?

Warum hatte ich das Gefühl, jede Entscheidung, jeder Schritt würden ganz alleine auf meinen Schultern lasten und sich mit jeder Sekunde, die verstrich, verdreifachen?

Im Hades liefen Tag und Nacht anders ab. Sie folgten keinen festen Regeln, so wie auf der Erde, sondern schienen ihre eigenen zu haben.

Die meiste Zeit über war der Himmel in ein orangerotes Licht getaucht, als würde die gesamte Hölle in Flammen stehen – was nicht der Fall war. Tatsächlich gab es hier weniger Feuer, als die Menschen in ihre absurden Geschichten hineindichteten. Im Hades befanden sich keine Feuergruben, in denen *böse Seelen* gequält und verbrannt wurden, oder Flammen, die sich ununterbrochen an unseren Gebäuden entlangwanden. Keine Ahnung, wie sie darauf kamen.

Genauso wenig gab es hier eine Sonne oder eine definierte Quelle, von der das Licht ausging, es war vielmehr so, als würde die Hölle von sich aus leuchten. Das Brennen des Himmels wurde heller und dunkler, ein bisschen wie das Tageslicht auf der Erde, aber nur ganz selten versank der Hades wirklich in absoluter Finsternis.

Diese Tage, manchmal Wochen waren nicht voraussehbar, es geschah ganz einfach. Von der einen auf die andere Sekunde wurde es undurchdringbar dunkel, bis sich nach und nach die Lichter der Gebäude einschalteten und die glühenden Augen der Dämonen durch den Hades streiften.

Ich hatte als Kind immer geglaubt, dass diese Finsternis eine tiefere Bedeutung hatte, dass sie eine Art schlechte Vorbotin war. Einen wirklichen Beweis dafür hatte ich nie gefunden.

Bis heute.

Denn als ich mich von dem Balkon, auf dem ich bis eben gestanden hatte, abwenden wollte, bereit, meine Prokrastination zu beenden und mich endlich der Eröffnung der Vollversammlung zu stellen, wurde es mit einem Schlag absolut finster um mich herum.

Das Glühen des Himmels erlosch ohne Vorwarnung, die blühende Stadt Aker vor mir verschwand in scheinbar endloser Dunkelheit.

Ich krallte die Finger um das steinerne Geländer und verfolgte, wie sowohl in der Stadt als auch in unmittelbarer Nähe des Palastes nach und nach Lichter entzündet wurden, die wie körperlose Flammen in der Dunkelheit tanzten.

Ein unangenehmes Kribbeln zuckte über meinen Rücken und ließ mich die Schulterblätter zusammenziehen. Ich erschauderte, als ein ungewöhnlich kalter Wind über den Hades hinwegfegte.

Bisher mochte die Finsternis kein schlechtes Omen gewesen sein, aber jetzt ... jetzt tauchte sie ausgerechnet in dem Augenblick auf, in dem uns allen ein Krieg bevorstand, der alles Übernatürliche zu vernichten drohte.

Ein Krieg, den ich verhindern sollte. Musste.

Ich sog die Luft tief in meine Lunge, zwang mich dazu, mich zu entspannen und löste meine Finger vom Geländer.

Hinter mir erklang das leise Öffnen und Schließen der Tür, dann das Rascheln von Kleidung, als sich der Neuankömmling verneigte.

»Mylady, die Versammlung wartet nur auf dich.«

Mein Atem entwich mit einem kaum hörbaren Seufzen. Der Wind strich kitzelnd, beinahe lockend über die feinen Federn an den Spitzen und löste den unbändigen Wunsch in mir aus, mich einfach abzustoßen und mich für eine kleine

Weile in der Freiheit da draußen zu verlieren – etwas, das ich viel zu lange nicht mehr getan hatte. Wie gerne würde ich diesem Wunsch nachgeben und das alles für ein paar kostbare Momente hinter mir lassen.

Aber ich tat es nicht. Natürlich nicht.

Stattdessen faltete ich meine Schwingen säuberlich hinter mir zusammen und strich meine Kleidung glatt, ehe ich mich zu Roy wandte, der mit starrer Haltung neben der Tür wartete.

Für einen kurzen Moment begegneten sich unsere Blicke, ich konnte die unausgesprochenen Gedanken darin lesen, all das, was er mir gerne sagen würde und doch nicht in Worte zu fassen wagte. Aus welchen Gründen auch immer.

Ich schritt auf ihn zu, bis uns nur noch wenige Handbreit trennten, und legte ihm eine Hand auf die Brust. Unter meinen Fingern spannte er sich merklich an und ich spürte, wie sich sein Herzschlag beschleunigte.

»Ich brauche dich heute an meiner Seite«, sagte ich leise und sah ihm fest in seine bernsteinfarbenen Augen.

Roy neigte den Kopf und öffnete die Tür, ehe er mir bedeutete voranzugehen. »Wie du wünschst.«

Ich riss mich von meinem Ersten Offizier los und lief mit raschen Schritten an ihm vorbei; der wallende Stoff meiner Hose bauschte sich um meine Beine.

Royath blieb hinter mir und folgte in kurzem Abstand. Glücklicherweise, denn so konnte er nicht sehen, wie viel Kraft es mich kostete, meine Haltung zu wahren.

Kapitel 4

Während meiner Zeit auf der Erde hatte mir Annie von der Artus-Sage erzählt, eine ihrer liebsten Geschichten, und mich fast schon dazu genötigt, sie ebenfalls zu lesen. Also hatte ich ihr den Gefallen getan und mich letztlich in einer ziemlich sinnfreien Diskussion mit Annie wiedergefunden.

Angefangen damit, dass die *Runde Tafel* ganz sicher keine Erfindung von Artur war, sondern vielmehr auf dem Mist meines Vaters gewachsen und das Herzstück des Hauptversammlungssaals war.

Und an eben jener Runden Tafel saß ich nun auf einem entsetzlich unbequemen Stuhl und mit zunehmender Langeweile, während sich die acht Kontinentführer und ihre Begleiter über die aktuelle Lage den Mund fusselig redeten. Seit mittlerweile fünf Stunden, die nur durch ein angespanntes Mittagessen unterbrochen worden waren.

Es war ein beeindruckender Saal. Beinahe so groß wie der Thronsaal, mit hoher Decke, bodentiefen Fenstern und einem gewaltigen steinernen Kamin, der als Portal diente. Über dem ebenholzschwarzen Tisch, der einen Durchmesser von rund sieben Metern hatte, hing ein Monstrum von einem Kronleuchter, in den mehrere geschwärzte Knochen eingearbeitet worden waren. Seine Kerzen waren neben dem Kamin und den Leuchtern an den Wänden die einzige Lichtquelle.

Schwere Krüge und filigrane Kelche standen auf der dunklen Oberfläche und funkelten im flackernden Kerzenlicht, lautlose, beinahe unsichtbare Diener sorgten dafür, dass keine

Kehle trocken blieb, während stumme Soldaten in den Ecken Position bezogen hatten.

Meine Hände lagen flach auf dem Tisch, meine Flügel waren fein säuberlich hinter meinem Rücken zusammengefaltet und mein Blick flog unablässig über die Anwesenden. Bisher hatte ich außer einer knappen Begrüßungsrede nichts von mir gegeben und nur zugehört und beobachtet.

Ich verfolgte, wie Rickson, der sich, genau wie jeder andere hier, für außerordentlich wichtig hielt, seine Meinung lautstark in die Runde schleuderte und dabei jedes Mal einen kurzen Blick in meine Richtung warf. Seine drei bedeutendsten Clanführer stärkten ihm den Rücken.

Und ich bemerkte, wie Eoghan, Graf von Aker, Vater von Royath und gleichzeitig Führer von Nordeuropa sich überdurchschnittlich oft zu Solea, der einzigen anderen Frau an der Tafel, beugte, um ihr etwas ins Ohr zu flüstern, wann immer er glaubte, es würde mir entgehen.

Solea war eine unangenehme und gefährliche Frau und führte Südeuropa mit eiserner Hand, wie mir immer wieder zu Ohren gekommen war. Bei ihrer Erscheinung und der Art, wie sie jedes Mal die Augen verengte, schenkte ich den Gerüchten ohne zu zögern Glauben.

Soleas Art zu regieren war ein weiteres Problem auf meiner schier endlosen Liste, mit dem ich mich früher oder später auseinandersetzen musste.

Rechts neben Eoghan thronte der schmale Ruben, den ich bisher erst ein einziges Mal gesehen hatte. Was vermutlich daran lag, dass in Ozeanien nicht besonders viel dämonische Aktivität stattfand und sich mein Vater nie besonders für diesen Teil der Erde interessiert hatte. Sein Augenmerk hatte schon immer auf den großen, überfüllten Zentren der Welt gelegen – dort, wo Gier und Neid herrschten, dort, wo er viel gewinnen und seine fragwürdigen Verträge schließen konnte.

Mir direkt gegenüber saß der dunkelhäutige Taron, der Schriftführer in der heutigen Sitzung war und den Dämonen von Südamerika vorstand. Seinem Äußeren nach würde ich ihn auf mein Alter schätzen, aber ich wusste es besser. Taron war einer der Ersten gewesen, die meinen Vater bei der Einführung der weltweiten Hierarchieordnung unterstützt hatten, und das lag Jahrhunderte zurück.

Ich zog eine Hand an und stützte meinen Kopf auf, während sich meine Augen auf die beiden Vertreter aus Asien hefteten: Aric für den Süden und Li-Hon, der die nördlichen Gebiete verwaltete. Beide waren gleichermaßen für ihre scharfen Zungen bekannt und hatten ein gefährliches Talent dafür, Zwietracht und Zweifel zu säen. Nicht nur aus diesem Grund hatte ich mir vorgenommen, keinen der beiden aus den Augen zu lassen.

Der Letzte im Bunde war Rydar, verantwortlich für Afrika und die arabische Halbinsel, der jüngste der Kontinentführer und mit Abstand der attraktivste – was er auch nur zu gut zu wissen schien. Ich selbst hatte vor einer kleinen Ewigkeit schon die eine oder andere Erfahrung mit diesem eingebildeten Mistkerl gemacht, auf die ich gut und gerne hätte verzichten können – und den Blicken nach, die er in regelmäßigen Abständen in meine Richtung abfeuerte, hatte er ebenso wenig vergessen, was zwischen uns gelaufen war.

»Ich frage mich immer noch, was du in meinen Gebieten zu suchen hattest, Rickson. Wenn ich mich recht entsinne, dann gehören die gesamten britischen Inseln zu *meinem* Verantwortungsbereich.« Eoghan faltete die Hände unter dem Kinn und funkelte Rickson über den Tisch hinweg an.

Ich verkniff mir ein Seufzen nur mit Mühe. Um dieses Thema drehte sich die Unterhaltung seit einer knappen halben Stunde. Nicht darum, wie man gegen die *Madúr* vorgehen konnte oder warum sie auf dem Spielfeld aufgetaucht waren, nachdem wir sie eigentlich vernichtet hatten, sondern um *Besitzansprüche*. Es war zum Verzweifeln.

»Du solltest froh sein, dass *meine* Leute dort gewesen sind, sonst wären es jetzt *deine* Männer, die mit aufgeschlitzten Kehlen vor deinen Füßen lägen«, erwiderte Rickson ungerührt und richtete sich weiter auf seinem schweren Holzstuhl auf, als wäre das hier seine Versammlung. »Zumal meine Abmachung mit deinen Clans kein Geheimnis sind. Wir haben seit Jahrzehnten Handelsabkommen, Eoghan. Oder ist dir das bei deiner vielen Arbeit in Aker etwa entfallen?«

Tarons Feder hielt kurz über dem gelblichen Papier inne, nur um im nächsten Moment noch schneller darüber hinwegzufliegen. Ich fragte mich wirklich, warum er diesen Kindergarten hier festhielt. Wenn überhaupt war das hier ein Zeugnis des männlichen und absolut idiotischen Balzverhaltens.

Eine zarte Berührung an meinem Oberarm ließ mich kurz zu Roy schauen, der neben mir stand und mich nun mit einem vielsagenden Blick bedachte. Ich verstand die Einladung und schlüpfte in seinen Geist.

Wie lange willst du noch still dasitzen und das hier über dich ergehen lassen? Wenn du noch länger wartest, dann werden sie sich an die Kehle gehen.

Meine Lippen wurden zu einer festen Linie in meinem Gesicht, um das Grinsen zu unterdrücken, das in mir kribbelte. *Ich weiß. Könnte interessant werden, meinst du nicht?*

Royaths Skepsis flutete durch meinen Kopf, dicht gefolgt von Missbilligung. *Was treibst du?*

Warte es ab.

Mit diesen Worten löste ich mich aus seinem Geist und rutschte auf dem Stuhl etwas höher. Wenn mein Plan aufging, dann würde mir entweder Rickson oder Eoghan gleich auf einem Silbertablett servieren, worauf ich schon seit Beginn dieser Versammlung abzielte. Keinem von beiden kaufte ich ab, dass sie wirklich so wenig über die *Madúr* wussten, die aus der Versenkung aufgetaucht waren, wie sie uns glauben lassen wollten. Und mir war klar, dass weder Rickson noch Eoghan freiwillig mit ihrem Wissen herausrücken würden. Nicht hier, wo Wissen wertvoller war als Geld und purer Macht gleichkam.

Also würde ich sie dazu bringen, sich selbst gegenseitig zu verraten – und ich war auf dem besten Weg, genau das zu erreichen.

»Möchtest du damit andeuten, dass ich meine Pflichten vernachlässige, Rickson?« Royaths Vater straffte die Schultern und funkelte seinen Kontrahenten an. In seinen Augen tanzte dieselbe aufgebrachte Energie, die ich auch von Roy kannte.

»Meine Herren, vielleicht sollen wir ...«, setzte Ruben an und strich sich über die haselnussbraunen Haare, auf denen derselbe silberne Reif saß, wie auch auf den Häuptern der anderen Abgesandten.

»Mit Verlaub, aber ich glaube nicht, dass wir zu einem hilfreichen Ansatz kommen können, solange diese Sache hier im Raum steht«, fuhr ihn Rickson an und biss die Zähne zusammen. Seine eisblauen Augen richteten sich direkt auf mich, aber ich ließ den Blick an mir abprallen und schaute stattdessen betont in Eogahns Richtung. Meine Haltung erzielte die gewünschte Reaktion.

»Ich möchte damit sagen, dass du deine Leute nicht im

Griff hast, Eoghan!«, brauste Rickson im nächsten Moment auf. »Oder warum sonst tauchen diese Bastarde ausgerechnet auf deinem Grund und Boden auf?! London ist das reinste Rattenloch, die tanzen unter deiner Nase – aber warum wundert mich das noch? Du hast deine Prioritäten schon immer falsch gesetzt.«

Einer meiner Mundwinkel zuckte, als ich mich weiter nach vorne lehnte.

Eoghans aufbrausende Energie flutete die Luft, ließ sie flimmern und flackern. Meine eigene Macht erwachte aus ihrem Schlaf und reckte gierig den Kopf.

»Wie kannst du es wagen? Du wirfst mir vor, ich hätte England nicht im Griff, dabei sind die *Madúr* erst aufgetaucht, nachdem du dein Abkommen mit meinen dreizehn Clans in London geschlossen hast«, entgegnete Eoghan mit ruhiger, fester Stimme, die im krassen Kontrast zu seiner brodelnden Energie stand.

Wieder spürte ich Roys Berührung, doch dieses Mal überging ich sie.

Ricksons lautes, trockenes Lachen rauschte durch den Saal und ließ selbst das leise Gespräch zwischen Aric und Li-Hon verstummen. »Meine Abkommen tragen mitnichten die Schuld daran, dass du deine Macht auf verfaultem Boden aufbaust. Es würde mich nicht wundern, wenn du deine Finger längst in dieser Sache hast. War nicht deine Familie daran beteiligt, dass es überhaupt zur Entstehung der *Madúr* kam?«

Blanker Hass loderte in Eoghans Augen auf und ich bemerkte, wie sich Roy hinter mir versteifte.

»Das hätte er nicht sagen dürfen«, murmelte er so leise, dass nur ich es hören konnte.

»Doch, genau das hat er sagen *müssen*«, antwortete ich

und ließ zu, dass sich ein leises Lächeln auf meinen Lippen ausbreitete.

»Vorsicht, Rickson«, begann Royaths Vater leise und ließ einen Teil seiner Energie in die Richtung des Kontinentführers von Nordamerika züngeln. Die anderen am Tisch spannten sich merklich an, bereit einzugreifen, während die Flammen der Kerzen um uns herum wild zu flackern begannen. »Du weiß nicht, wovon du sprichst.«

Kalte, düstere Befriedigung, weil er es geschafft hatte, den sonst so beherrschten Eoghan aus seiner Reserve zu locken, leuchtete in Ricksons Gesicht auf. »Oh glaub mir, Eoghan, ich weiß ganz genau, wovon ich spreche. Besser gesagt von wem. Quila war ihr Name, oder nicht ...?«

Damit hatte er definitiv nicht nur eine unsichtbare Grenze überschritten, sondern auch gleich noch auf ihr herumgetrampelt und Quila verhöhnt. Ich kannte die hässliche Geschichte von Roys Mutter und den Gerüchten, die sich um sie rankten.

Und ich wusste, wie schmerzhaft jedes einzelne davon für Royaths Familie war.

Roy stieß einen unsauberen Fluch aus und trat näher an meine Seite, als sein Vater, schneller als es das menschliche Auge erfassen konnte, aufsprang. Ein hasserfülltes Grollen drang aus Eoghans Mund, dann schleuderte er seine Energie in Ricksons Richtung, der sich im selben Moment erhob und in die Offensive ging.

Sowohl die Wachen als auch Royath griffen nach ihren Schwertern, während die anderen Kontinentführer ihrerseits nach ihren Energien riefen.

Doch noch bevor sich Eoghans und Ricksons Macht treffen oder einer der anderen eingreifen konnte, fegte eine dunkle, undurchdringliche Energie durch den Saal. Eine Macht, die alle anderen im Keim erstickte und zurück auf ihre Plätze schickte.

Meine Energie.

Die Kerzen erloschen mit leisem Zischen, genauso wie die Energien der Abgesandten. Eoghan und Rickson wurden zurück auf ihre Stühle geworfen, unfähig auch nur einen Muskel zu rühren, die Wachen an die Wände gedrückt und sämtliches Gemurmel erstickt, bis es totenstill geworden war.

Alle Augen waren auf mich gerichtet, die Emotionen, die mir daraus entgegensprangen, so unterschiedlich wie Tag und Nacht.

Diesen Moment nutzte ich, um mich anmutig von meinem Stuhl zu erheben, die Hände auf den Tisch gestützt, die Flügel hinter mir aufragend.

»Es reicht«, sagte ich ruhig und fest. Meine Stimme ließ keine Widerworte zu, selbst wenn die anderen es in diesem Moment gekonnt und meine Macht ihnen nicht sämtliche Freiheiten geraubt hätte. »Mich interessieren eure Streitigkeiten nicht, solange sie nicht von übergeordneter Wichtigkeit sind. Es ist mir gleich, wie ihr eure Dispute regelt, sofern ihr meine kostbare Zeit nicht damit vergeudet, euch dabei zuhören zu müssen.« Meine Augen, in denen meine Energie tanzte, wanderten einmal über die Abgeordneten und blieben dann an Eoghan hängen. »Was mich interessiert, ist ein Weg, die *Madúr* von der Bildfläche verschwinden zu lassen. Ein für alle Mal. Und falls ihr keinen hilfreichen Beitrag zu einer Lösung liefern könnt, dann rate ich euch dringend, zu schweigen. Andernfalls sehe ich mich gezwungen, andere Maßnahmen zu ergreifen.«

Meine Macht rauschte ein weiteres Mal durch den Raum,

ließ Kerzen und den Kamin neu auflodern, bevor sie sich zurückzog und die Kontinentführer freigab.

Ich setzte mich und faltete die Hände im Schoß. »Taron, welche Informationen haben wir bisher über unseren Gegner?«

Der Schriftführer räusperte sich, stand auf und deutete eine knappe Verbeugung an. »Mylady, die *Madúr* haben in den vergangenen zwei Wochen insgesamt dreiundvierzig Dämonen verschleppt, dreißig von ihnen wurden bereits tot aufgefunden. Bisher haben sie nur im Großraum London agiert – die Vermutung liegt nahe, dass sich dort ihr Hauptquartier befindet.«

»Wobei sich die Lage in den letzten fünf Tagen verändert hat«, ergänzte Eoghan und warf Rickson einen düsteren Blick zu, aus dem der Wunsch nach Vergeltung sprach. Ihre Uneinigkeiten würden sie an einem anderen Ort und zu einer anderen Zeit bereinigen müssen.

»Werde deutlicher«, wies ich ihn knapp an und hob das Kinn, eine kleine Warnung und gleichzeitig ein Versprechen.

Der Graf von Aker erhob sich, nachdem sich Taron gesetzt hatte, und verbeugte sich seinerseits. Es hatte eine Zeit gegeben, da war Eoghan so etwas wie ein Onkel für meine Brüder und mich gewesen. Durch seine enge Zusammenarbeit mit Beliar war er häufig im Palast gewesen und hatte uns bei vielen Dingen begleitet. Doch wie so vieles schien sich auch das verändert zu haben. Angefangen damit, dass er meinen Vater dazu gebracht hatte, mich Royath zu versprechen ...

Ich spürte erst, dass sich meine Fingernägel in die Lehnen meines Stuhls gegraben hatten, als mich Roy kaum merklich anstupste.

Eoghan ließ sich nicht anmerken, ob ihm aufgefallen war,

dass ich für einige Augenblicke abwesend gewesen war. »Seit dem letzten Vermisstenfall sind fünf Tage vergangen, ungewöhnlich in Anbetracht der Tatsache, dass die *Madúr* normalerweise in Intervallen von ein bis zwei Tagen zuschlagen und sich dabei in der Hierarchie nach oben arbeiten.«

Rickson stand auf und richtete sein Augenmerk von Eoghan auf mich. »Wenn Ihr erlaubt, meine Königin, würde ich dazu gerne eine Vermutung äußern.«

Mit einer raschen Handbewegung ließ ich ihn gewähren.

»In der letzten Leiche wurde der Eisstein gefunden. Die klare Aufforderung an uns, Stellung zu beziehen. Sie geben uns damit eine Frist von einem Monat.«

Nicht uns, sondern mir, dachte ich bitter und nickte langsam. »Warum diese Frist?«

»Das ist Tradition, wenn man so will, Mylady. Bei einer direkten Kriegserklärung wird der Gegenseite eine Vorbereitungszeit von dreißig Tagen eingeräumt«, antwortete Rickson, wobei mir sein belehrender Tonfall mächtig gegen den Strich ging.

Was für ein Schwachsinn.

Nicht, dass ich mich beschweren würde, ich konnte diesen Monat definitiv gebrauchen, aber wäre ich an der Stelle der Jäger, hätte ich niemandem Schonfrist eingeräumt. Ich hätte zugeschlagen. Schnell und mit dem Überraschungsmoment im Rücken.

Zumal ich auch keinen blassen Schimmer hatte, was ich den *Madúr* auf ihre Herausforderung antworten sollte – aber das stand im Augenblick noch auf einem anderen Blatt.

Rickson räusperte sich und fuhr fort. »Bis Ihr eine eindeutige Antwort gegeben habt, werden die *Madúr* keine weiteren Schritte einleiten, es sei denn, Ihr überzieht die Frist.«

Solea schnaubte nicht besonders damenhaft und wischte Ricksons Behauptung mit der Hand beiseite. »Das ist Unsinn und das weißt du auch, Rickson. Wir können uns nicht darauf verlassen, dass sie für diese Zeit die Beine stillhalten, während wir hier in aller Ruhe darüber nachdenken, welche Maßnahmen wir ergreifen wollen.«

»Und was schlägst du vor, verehrte Solea?«, fragte Aric mit süßlicher Stimme und legte den Kopf schief. Seine beinahe schwarzen Augen blitzten auf.

»Zuschlagen. Was denn sonst?« Die Wangen der Dämonin färbten sich rötlich. »Sie tanzen uns seit Wochen auf der Nase herum. Wenn wir es noch länger erlauben, geben wir ihnen nur die Möglichkeit, wieder an Macht zu gewinnen. Wir sollten diese Hunde vernichten, bevor sie zu einem wirklichen Gegner werden.«

»Aber beweist der Eisstein nicht, dass sie es längst sind? Und dass sie augenscheinlich gefährliches Wissen über unsere verehrte Königin in Erfahrung gebracht haben?« Li-Hon verzog die schmalen Lippen zu einem undurchsichtigen Lächeln, das Kerzenlicht spiegelte sich auf seiner polierten Glatze, auf die chinesische Schriftzeichen tätowiert worden waren.

Wieder richteten sich alle Augen auf mich, prickelten auf mir und bohrten sich in meine Haut. Daran würde ich mich nie gewöhnen.

Ich stieß den Atem aus und nickte langsam. »Die *Madúr* sind in jedem Stadium ein ernst zu nehmender Gegner und ich stimme Solea zu, wir dürfen uns nicht darauf verlassen, dass sie uns Zeit geben, uns zu formieren. Sie werden wieder zuschlagen, ob wir nun eine Antwort senden oder nicht.«

Aus dem Augenwinkel sah ich, wie Rickson protestierend Luft holte, doch ich gebot ihm mit einem warnenden Blick

Einhalt und fuhr fort. »Gleichzeitig ergibt es keinen Sinn, in diesen Krieg zu laufen, ohne dass wir uns genauer mit dieser Situation auseinandergesetzt haben. Damit würden wir ihnen nur in die Karten spielen.«

Rydar stieß ein leises Brummen aus. »Und was schlagt Ihr dann vor, Mylady?« Bei ihm klang meine Anrede beinahe wie eine Beleidigung, ein Fluch. Und gewissermaßen war mein Titel das ja auch.

Ich würdigte ihn keines Blickes und heftete meine Augen stattdessen auf Taron, der in seine Mitschrift vertieft der Unterhaltung lauschte. Ein Ruck ging durch ihn durch, als er aufblickte und gleich darauf respektvoll den Kopf neigte. Manchmal hatte ich die Vermutung, dass er der Einzige im Raum war, der schlau genug war, die wahre Reichweite meiner Macht zu erkennen.

»Wenn ich mich richtig erinnere, dann wacht einer deiner Leute über das Hades-Archiv. Oder irre ich, Taron?«

Das Hades-Archiv war eine unendliche Bibliothek, die aus scheinbar endlosen Gewölbegängen und gewaltigen Hallen bestand. Ein unterirdisches Labyrinth aus Büchern, Schriftrollen und Regalen ohne erkennbares Ende, in dem unheimliche Kreaturen genauso hausten wie die Schriftlinge. Knorrige, dunkle Wesen, über die man mir die scheußlichsten Geschichten erzählt hatte. Einer der Gründe, warum ich bisher keinen Fuß in das Archiv gesetzt hatte und mich an die Bibliothek im Palast hielt.

Der Schriftführer nickte langsam und legte die Feder zur Seite. »Das ist richtig, Mylady. Dort wird das gesamte Wissen der Hölle aufbewahrt und tagtäglich ergänzt.«

»Sehr gut. Ich möchte, dass dieses Archiv bis auf die letzte Seite nach Informationen über die *Madúr* durchforstet und anschließend zusammengefasst wird. Wir brauchen alle Hinweise, die es gibt, unabhängig davon, wie unbedeutend sie scheinen«, ordnete ich an. »Taron, darum wirst du dich kümmern.«

»Natürlich«, antwortete er sofort und nahm die Feder wieder auf, sichtlich erleichtert, dass er nun eine Aufgabe hatte und sich meine Aufmerksamkeit wieder auf die anderen richtete.

»Gehe ich richtig in der Annahme, dass Eure Strategie darin besteht, *Bücher* zu wälzen?« Rydars provokante Frage durchbrach die Stille, die nach meiner Anordnung entstanden war. »Nehmt es mir nicht übel, Mylady, aber es wird Jahrzehnte dauern, das gesamte Archiv zu durchsuchen. Jahrzehnte, die wir nicht haben.«

»Meine Strategie, Rydar«, wandte ich mich an den Mistkäfer und legte die Hände flach auf den Tisch, sodass meine Armreifen leise klimperten, »besteht darin, mein Volk zu schützen und eine langfristige Lösung zu finden. Nachdem die letzte Vernichtung augenscheinlich keine besonders effektive Methode gewesen ist, würde ich es vorziehen, dieses Mal einen anderen Weg zu gehen. Und dieser Weg schließt eine Informationsphase genauso ein wie einen Angriff.«

»Nun gut, wenn sich Tarons Leute um die Schriften kümmern, was sollen wir Eurem Plan nach unternehmen? Däumchen drehen? Bis wir auf hilfreiche Hinweise stoßen?« Rickson hob herausfordernd die weißen Augenbrauen und faltete die Hände unter seinem Kinn.

»Wir alle werden Informationen beschaffen, Rickson, auf unterschiedliche Art und Weise«, erwiderte ich und erhob mich ein weiteres Mal. Meine Knochen und Muskeln protestierten nach dem stundenlangen Sitzen und ich spürte ein unangenehmes Ziehen in meinen Flügeln. »Nach dem Ende unserer Versammlung wird jeder von euch in sein Gebiet zurückkehren und dort Sicherheitsvorkehrungen treffen. Wie genau diese aussehen, überlasse ich euch im Einzelnen, ich bin mir sicher, euch fällt etwas ein, um eure Leute zu schützen. Oberste Priorität hat im Augenblick, keine weiteren Verluste an die *Madúr* zu machen und Territorien zu schützen«, begann ich und sah die Mitglieder meiner Führungsebene der Reihe nach an. »Führt weiterhin Verhandlungen mit den Menschen, aber bestellt weitere Soldaten ab und durchleuchtet jeden Geschäftspartner gründlicher und öfter. Wir dürfen nicht zulassen, dass sie noch tiefer in unsere Strukturen vordringen. Weist eure Leute an, sich bei dem kleinsten Anzeichen auf *Madúr*-Aktivität an die nächsthöhere Instanz zu wenden, und nehmt Verdächtige hoch, wenn es nötig erscheint. Ich will Informationen. Über ihre Anzahl, ihre Pläne, ihre Standorte.« Meine Worte donnerten durch den Saal und hallten von den Wänden wider. »Außerdem werdet ihr genauso einer Überprüfung unterzogen wie eure Leute.«

Soleas Stirn legte sich in tiefe Falten, als sie mich durchdringend ansah. »Eine Überprüfung? Wie darf ich das verstehen?«

»Genau so, wie ich es gesagt habe, Solea«, erwiderte ich ruhig und mit einer Tonlage, die keinen Raum für Diskussion ließ. »Ich werde eine speziell für dieses Vorhaben bestellte Einheit in eure Territorien schicken lassen. Ich bitte euch in dieser Hinsicht um Kooperation. Royath wird sich darum kümmern.«

»Kooperation?«, spuckte Rickson aus und schüttelte den Kopf. »Gehe ich richtig in der Annahme, dass Ihr Eure engsten Vertrauten genauso durchleuchten lassen wollt, wie das gemeine Fußvolk? Ihr stellt uns auf eine Stufe?«

»Mylady, Euer Vater hat sich in der Zeit seiner Herrschaft immer auf uns verlassen können. Wir haben ihm und auch Euch niemals einen Grund dafür gegeben, uns in irgendeiner Angelegenheit zu misstrauen«, fügte Aric an und wechselte einen schnellen Blick mit Li-Hon, dessen Kelch bei meinen Worten regungslos vor seinem Mund erstarrt war.

Ich lächelte undurchsichtig. Interessant, dass sie genau bei dieser Angelegenheit plötzlich alle auf einer Seite standen, anstatt sich an die Gurgel zu gehen. Interessant, aber wenig verwunderlich. Meine Leute hatten Leichen im Keller, genauso wie ihre Königin.

»Genau dieses Vertrauen in diejenigen, die ihm am nächsten standen, hat meinen Vater das Leben gekostet, oder nicht?«, antwortete ich scharf und ließ zu, dass ein Teil meiner schwarzen, zähflüssigen Macht den Saal einnahm. »Ich mag den Platz meines Vaters eingenommen haben, aber ich bin mitnichten wie er. Ich werde dieses Risiko nicht eingehen und ihr tätet gut daran, nicht zu vergessen, dass meine Bitte um Kooperation nichts anderes ist, als ein hübsch verpackter Befehl. Ihr mögt weitaus länger auf eurem Posten sein, als ich es bin, aber niemand von euch ist unersetzlich.«

Meine Energie zog sich zurück, als ich mich setzte. Für einen Moment wurde es ganz still, Kelche wurden an die Lippen gesetzt, bedeutungsschwere Blicke ausgetauscht.

Schließlich war es Eoghan, der als Erster wagte, wieder die Stimme zu erheben. Vielleicht, weil er die engste Beziehung zu mir hatte, vielleicht, weil sein Sohn stocksteif neben mir stand oder er sich erhoffte, als Einziger an mich appellieren zu können. »Wir alle verstehen, dass die Bedrohung, die von den *Madúr* ausgeht, Euch beschäftigt und unter Druck setzt, aber ich bitte Euch, diesen drastischen Schritt noch einmal zu überdenken. Die Ressourcen, die für diese umfangreiche Durchsuchung vonnöten sind, könnten sinnvoller eingesetzt werden.«

Ich sah ihn ruhig an und verzog die Lippen zu einem dünnen Lächeln, das nicht über meinen Mund hinausreichte. Meine Energie ließ meine Augen warnend aufleuchten. »Hast du etwas zu verbergen, Eoghan?«

»Nein, Mylady, ich bin Euch treu ergeben, so wie jeder hier am Tisch.«

Es kam kein Protest von den anderen; ich nickte langsam.

»Dann sollte es kein Problem darstellen, wenn ich mir ein eigenes Bild von dieser Treue mache, oder nicht?«

Wie erwartet kam kein weiteres Wort von ihm. Er schien also doch noch so etwas wie einen Selbsterhaltungstrieb zu besitzen.

»Ich werde die nötigen Vorbereitungen treffen lassen und in den nächsten Tagen die weiteren Schritte einleiten«, schloss ich und schaute einen nach dem anderen an. Ich konnte es kaum erwarten, den heutigen Sitzungstag zu beenden. In den kommenden Tagen würde noch genug Mist auf mich zukommen. »Morgen werden wir uns genauer Gedanken über das Vorgehen hinsichtlich der *Madúr* machen, außerdem erwarte ich noch detaillierte Berichte über die letzten zwei Quartale. Ansonsten wäre die heutige Versammlung von meiner Seite aus geschlossen. Es sei denn, es gibt noch Anmerkungen oder Fragen, die nicht warten können.«

»Die gibt es tatsächlich, Mylady«, begann Ruben, der bis jetzt erstaunlich still gewesen war, und stand auf.

Ich bedeutete ihm fortzufahren.

»Was gedenkt Ihr wegen des Eissteines zu unternehmen? Und welche Maßnahmen werdet Ihr bezüglich der *Iljos* ergreifen?«

Ich unterdrückte das leise Seufzen, das mir auf der Zunge lag, und drückte stattdessen den Rücken durch. Eigentlich hatte ich gehofft, diese Frage erst morgen ansprechen zu müssen, aber Ruben hatte schon immer ein Talent dafür gehabt, die unangenehmsten Themen hervorzugraben.

»Die Bedeutung des Eissteines ist mir wohl bewusst, tut jedoch für die ersten Schritte nichts zur Sache. Was meine Aufgabe betrifft, Ruben«, ich schlug die Beine unter dem Tisch übereinander und lehnte mich zurück, »ich werde sobald wie möglich persönlich nach London reisen und mich mit der Führung der *Iljos* treffen. Wir werden in dieser Angelegenheit zusammenarbeiten, sofern wir uns hinsichtlich des Vorgehens einigen können. Ich hoffe, damit ist deine Frage geklärt. Und jetzt wünsche ich eine angenehme Nacht.«

Kapitel 5

Die Tür schlug lautstark hinter Royath zu, als er in mein Arbeitszimmer stürmte. Seine Energie flackerte unkontrolliert um ihn herum und seine Augen leuchteten wie Glühwürmchen in der andauernden Finsternis. Er war verdammt wütend.

Mal wieder.

Mit einem Wink entzündete ich die Kerzen und ließ mich dann in den großen Sessel hinter meinem schweren Schreibtisch fallen. Roy folgte mir auf dem Fuß wie ein rachsüchtiger Schatten und stützte sich schwer auf die Tischplatte, sodass uns nur wenige Zentimeter trennten. Die Knöchel an seinen Händen traten weiß hervor und seine Energie prickelte auf meiner Haut. Ich leckte mir die Lippen und hob herausfordernd eine Augenbraue.

»Wann hattest du vor, mir von deinem hirnrissigen Plan zu erzählen, Luzifer?«

Luzifer.

So hatte er mich schon lange nicht mehr genannt. Bisher hatten ihn sein Respekt oder die Distanz, die zwischen uns entstanden war, zurückgehalten, dieses Kapitel wieder aufzuschlagen. Aber anscheinend hatte er, was auch immer ihn bisher aufgehalten hatte, nun erfolgreich überwunden.

Als ich nicht antwortete, sondern ihn nur direkt ansah, schnaubte er und schüttelte fassungslos den Kopf.

»Lass mich raten – du hattest nie vor, dieses Vorhaben mit mir zu besprechen. Richtig? Du hast dir das schön in deinem hübschen Köpfchen zurechtgelegt, ohne einen Gedanken an die Konsequenzen oder diejenigen, die hinter dir aufräumen dürfen, zu verschwenden.« Royath fuhr sich knurrend durch die Haare, sodass sie wild abstanden. »Bei den Ewigen Flammen, Lya, wann fängst du endlich damit an, nachzudenken, bevor du losstürmst?!«

Unbeeindruckt von seinem Ausbruch lehnte ich mich weiter nach vorne und sah ihm fest in die Augen. »Ich muss niemandem Rechenschaft für meine Handlungen ablegen, Offizier. Und ganz sicher nicht dir gegenüber.«

Roy kam ein trockenes, freudloses Lachen über die Lippen, das mich an braunes, gefallenes Laub erinnerte. »Redest du dir das ein, um die Katastrophe, die unweigerlich folgen wird, zu rechtfertigen?«

Ich pustete mir eine Strähne aus dem Gesicht. »Du scheinst dir ziemlich sicher zu sein, dass mein Plan scheitern wird.«

»Scheitern?«, stieß er hervor und ein Muskel an seinem Kiefer zuckte verdächtig. »Das, was du einen *Plan* nennst, ist absolut bescheuert, Lya. Angefangen damit, dass du zugelassen hast, dass sich zwei der Abgeordneten beinahe an die Gurgel gegangen sind – in *deiner* Vollversammlung –, und du danach allen mit einem düsteren Lächeln verkündet hast, du würdest ihnen nicht vertrauen und sie überprüfen. Hölle noch mal, was hast du dir dabei gedacht?«

Lässig schlug ich die Beine übereinander und legte mein Kinn auf die verschränkten Hände. »Kannst du so eine Einheit zusammenstellen? Schnell?«, überging ich seine Frage und drehte meinen Siegelring am Finger hin und her.

Royath mahlte mit den Zähnen und nickte abgehackt. »Das stellt kein Problem dar.«

»Gut. Setz sie so bald wie möglich auf die Kontinente an,

die Abgesandten werden vermutlich schon damit begonnen haben, ihre Leichen verschwinden zu lassen«, fuhr ich fort und lächelte, als ich sah, dass Roy zu verstehen begann. Kleine Funken erschienen in seinen Augen, dann breitete sich ein finsteres Leuchten darin aus. Mein Vorhaben schien aufzugehen.

Wenn nicht einmal Royath, der mich schon mein ganzes Leben kannte, auf den ersten Blick durchschaute, was ich im Schilde führte, dann würden es die anderen erst merken, wenn sie mir bereits in die Falle gelaufen waren.

»Du spielst ein verdammt gefährliches Spiel, Luzifer.«

Elegant zuckte ich mit einer Schulter, erhob mich aus meinem Sessel und stellte mich an die große Fensterfront, den Blick auf Aker gerichtet. »Und ich habe gerade erst begonnen.«

Roy trat zu mir, blieb aber ein gutes Stück hinter mir, wie der Schatten, zu dem er in den vergangenen Tagen geworden war. Immer nah genug, um mir zu Hilfe eilen zu können, und doch weit genug entfernt, damit er mir nie zu nahe kam. »Dann wirst du nicht wirklich nach London reisen, nehme ich an?«

Ich verschränkte die Arme vor der Brust. »Oh doch, das werde ich. Es war mein voller Ernst, als ich verkündet habe, ich würde die Verhandlungen mit den *Iljos* persönlich führen.«

Seine Antwort war ein undeutlicher Fluch, gepaart mit seiner Macht, die die Luft um uns herum schwängerte. Auf einen Wisch von mir zog sie sich ebenso schnell zurück, wie sie gekommen war. Eine von Daddys Fähigkeiten, die mir langsam, aber sicher wirklich zu gefallen begann.

»Abgesehen davon«, fügte ich mit einem raschen Seitenblick auf Roy hinzu, »erhalten wir so einen direkten Hinweis auf den Maulwurf in unseren Reihen.«

»Du glaubst, das alles geht von einem Dämon aus?« Ich hörte seine gerunzelte Stirn förmlich aus seinen Worten heraus.

Ja, das glaubte ich sehr wohl und genau aus diesem Grund hatte ich diese ganzen Aussagen fallen lassen und Taron ins Archiv geschickt. Ich konnte mir nicht vorstellen, dass die *Madúr* eine solche Macht über das Übernatürliche gewonnen hatten, ohne Hilfe erhalten zu haben. Und diese musste unweigerlich entweder von den *Iljos* oder den Dämonen gekommen sein. Wenn dem so war, dann sollte es darüber Aufzeichnungen geben und Taron würde sie mir diskret übermitteln. Dafür hatte ich gesorgt, während die anderen zu beschäftigt damit gewesen waren, sich auf das Offensichtliche zu konzentrieren.

Ich nickte und strich mir einige Haarsträhnen hinter die Ohren. »Dafür lege ich meine Flügel ins Feuer«, bestätigte ich und wandte mich Roy zu. Sein nachdenklicher Blick lag eindringlich auf mir und es war unschwer zu erkennen, was er von der ganzen Sache hielt. »Wenn ich mich in London blicken lasse, dann wird der Drahtzieher seine Chance wittern, mich den *Madúr* auszuliefern.«

»Warum sollte ein Dämon oder überhaupt ein übernatürliches Wesen die Jäger unterstützen und ihnen die ultimative Waffe gegen unsereins vor die Füße legen? Das ergibt keinen Sinn.«

Mein Blick glitt über seine angespannten Züge, ich sah das aufmerksame Funkeln in seinen goldenen Augen, die verworrenen, schwarzen Haare und den dunklen Bartschatten auf seiner markanten Kieferpartie.

Ich schluckte und sah wieder nach draußen. »Wir wissen nicht genau, wie ihr Plan aussieht, Royath. Bisher stützen wir uns auf das, was uns gesagt wurde, und ich werde mich auf nichts verlassen, das ich nicht mit eigenen Augen gesehen habe. Womöglich hat der Maulwurf ein Abkommen mit den *Madúr* geschlossen, das ihn und seine Leute verschont – keine Ahnung. Vieles ergibt keinen Sinn, am allerwenigsten die Handlungen von machtgierigen Bastarden.«

»Hmpf«, machte er nur und schüttelte langsam den Kopf. »Das ändert nichts daran, dass mir nicht gefällt, was du vorhast.«

»Ich fürchte, du wirst damit leben müssen. Meine Entscheidung diesbezüglich ist gefallen und ich werde mich nicht umstimmen lassen«, erwiderte ich sofort und verengte die Augen.

»Dann werde ich dich begleiten. Ein weiteres Mal.« Roys Stimme war leiser und fester geworden und schien näher als Augenblicke zuvor.

Ich schüttelte den Kopf und fuhr gedankenverloren über den dünnen Stoff meiner Hose. »Nein. Ich brauche dich hier. Du musst die Inspektion leiten und dich darum kümmern, dass alle spuren, während ich oben bin.«

»Und dich da oben schutzlos rumlaufen lassen? Zwischen den *Iljos*, den *Madúr* und nicht zu vergessen Dämonen, die noch immer einen Groll gegen dich hegen? Ganz sicher nicht. Verzeihung, Mylady, aber diesen Befehl weise ich zurück.«

Mir kam genervtes Schnauben über die Lippen. »Schutzlos? Ich könnte dich mit einem Fingerschnippen für immer verschwinden lassen, Royath. Es wäre nicht einmal ein Staubkorn von dir übrig.«

Royaths Mund verzog sich zu einem dünnen Lächeln, dann

trat er noch einen Schritt näher, sodass ich seine Hitze auf meiner Haut prickeln spürte. »Das würdest du nicht wagen, Lya. Nicht, nachdem du mich extra hierher bestellt hast.«

»Sei dir dessen mal nicht zu sicher, Roy. Du magst vielleicht mein Erster Offizier sein, aber auch du bist nicht unersetzlich.«

Wieder lachte er, lauter dieses Mal und ich bekam unwillkürlich eine Gänsehaut. »Rede dir das nur weiter ein, Prinzessin. Wenn du dann besser schlafen kannst.«

Ich warf ihm einen scharfen Blick zu und wurde wieder ernst. »Sobald wir die Versammlung beendet haben, werde ich abreisen und den *Iljos* in London einen Besuch abstatten, um die Themen zu erörtern. Das sollte genügen, um mehr Licht ins Dunkel zu bringen und um im selben Zug herauszufinden, wer uns einen Strick zu drehen versucht. Zwei Fliegen mit einer Klappe.«

Roy legte locker eine Hand an den Griff seines massigen Schwertes. »Ausgerechnet, London, hm?«

Ich ging nicht auf seinen Unterton ein. »Du hast Eoghan und Rickson gehört. Das Nest der *Madúr* befindet sich irgendwo in dieser verdammten Stadt. Außerdem scheint es mir, als hätte dein Vater ein gutes Stück seiner Kontrolle über die Stadt eingebüßt. Ein Besuch kann also nicht schaden.«

»Hm«, machte er nur und biss die Zähne zusammen. »Was mein Vater treibt oder nicht, ist völlig gleich. Du könntest genauso gut nach Edinburgh reisen oder New York, um Verhandlungen zu führen und den Maulwurf hervorzulocken. Es muss nicht London sein.«

Mir war nur zu bewusst, worauf er hier anspielte, und es begann mir auf die Nerven zu gehen. Die Sache zwischen Zayden und mir ging ihn nichts an. Genauso wenig wie meine

Differenzen mit Annie oder mein Wunsch, die kurze, aber glückliche Zeit, die ich in London erlebt hatte, zu wiederholen – auch wenn das unmöglich war.

Mir war bewusst, dass es Wunschdenken war, einfach da weiterzumachen, wo es auf dem Dach der Schule vor scheinbaren Ewigkeiten geendet hatte, aber es gab einfach noch viele ungeklärte Dinge, die mich umtrieben.

Avan hatte mich während seines zweifelhaften Zuspruchs unwissentlich auf einen simplen, aber wichtigen Grund für meine Unruhe gestoßen: Solange ich mit meinen Gedanken noch bei den vielen, offenen Enden auf der Erde war, konnte ich nicht voll und ganz hier unten und die Königin des Hades sein, die wir jetzt mehr denn je brauchten.

Meine Verhandlungen mit den *Iljos* würden womöglich gleichzeitig auch eine Gelegenheit bieten, das alles endlich abzuschließen und das *Warum* auf so viele meiner Fragen zu erhalten.

»Doch«, sagte ich mit unmissverständlich fester Stimme, »es muss genau London sein, Royath.«

Schatten flogen über sein Gesicht, ehe seine Züge ausdruckslos wurden.

»Ich hoffe, du weißt, was du tust. Die Sache ist zu wichtig, um nicht voll und ganz dabei zu sein. Du solltest dir keine Ablenkung in Form dieses geflügelten Idioten leisten«, antwortete er tonlos und hob das Kinn, den Blick auf unsere Hauptstadt gerichtet, die in der andauernden Finsternis nur von den entzündeten Flammen erleuchtet wurde.

»Ich weiß genau, worauf ich mein Augenmerk legen muss, Royath, also zügle deine Zunge.«

»Ach ja«, knurrte er und mahlte mit den Kiefern. »Sah in der Vergangenheit anders aus.«

Ein großer Teil von mir wäre ihm am liebsten an die Gurgel gegangen oder hätte ihn wahlweise aus dem Fenster geschleudert und seine Kräfte gebannt, sodass er ungebremst zu Boden stürzen würde. Doch ich zwang diesen Teil zurück und seufzte nur leise.

Ehrlich gesagt hatte ich mich bereits gefragt, wann es so weit sein würde, dass wir auf dieses Thema zu sprechen kommen würden. Schließlich tänzelten wir seit Wochen um diese Sache herum. Es war nur eine Frage der Zeit, bis es aus einem von uns beiden herausbrechen würde.

Sicher, nach dem Tod meines Vaters hatten Roy und ich gesprochen. Stundenlang. Über unsere Gefühle, das, was zwischen uns geschehen und die Tatsache, dass ich ihm versprochen gewesen war.

Aber das hatte bei Weitem nicht gereicht, um die starken Emotionen in irgendeiner Art und Weise zu besänftigen oder zu klären. Man konnte etwas Derartiges nicht einfach zur Seite schieben, schon gar nicht, sobald Liebe im Spiel war.

Dieses gefährliche, trügerische Gefühl, dem man hoffnungslos ausgeliefert war. Egal, welche Macht einem innewohnte.

Also straffte ich die Schultern, sammelte Kraft und drehte mich zu Roy um, sodass ich direkt vor ihm stand und den Kopf in den Nacken legen musste, um in sein Gesicht sehen zu können. Meine glühenden Augen spiegelten sich in den seinen wider.

»Sag, was du zu sagen hast, Royath.«

Sein warmer Atem fuhr über mein Gesicht, als er sich weiter zu mir runterbeugte, bis unsere Nasen sich beinahe berührten. Für einen winzigen Moment glaubte ich irrationalerweise, dass er mich küssen würde. Einfach so, nach allem, was geschehen war.

Doch das tat er nicht.

Er schüttelte nur den Kopf und flüsterte mit rauer Stimme: »Du hast noch nie gewusst, was gut für dich ist, Lya.«

Ich biss die Zähne zusammen, um ihm eine saftige Erwiderung um die Ohren zu hauen und spürte, wie meine Energie in Stellung ging, bereit, meinen Worten Nachdruck zu verleihen, doch da hatte sich Roy schon wieder aufgerichtet und Distanz zwischen uns gebracht.

»Ich werde die Untersuchung der Kontinentführer veranlassen, meine besten Leute bestellen, um jeden Winkel des Hades und der Welt da oben im Blick zu behalten, und alles für deine Abreise vorbereiten lassen, Mylady«, verkündete Royath kühl und deutete eine knappe Verneigung an.

»Roy ...«, knurrte ich warnend und machte einen Schritt auf ihn zu, meine Augen flammten auf.

»Und ich werde dich begleiten«, schloss er ungerührt, richtete sich auf und machte auf dem Absatz kehrt, sodass sich sein nachtschwarzes Jackett hinter ihm aufbauschte. »Wir brechen in drei Tagen auf. Ich leite alles in die Wege.«

»Royath, wage es nicht, jetzt einfach durch diese Tür zu verschwinden«, warf ich ihm gefährlich leise hinterher und ballte die Hände an den Seiten meines angespannten Körpers zu Fäusten. Mein Blut rauschte heiß und viel zu schnell durch meine Adern.

Er sah sich nicht noch einmal um. Natürlich nicht, das war nicht seine Art.

Ohne ein einziges Wort ließ er die Tür auffliegen, trat hindurch und warf sie lautstark hinter sich zu.

Dann war ich alleine.

In mir tobte ein bedrohlicher Wirbelsturm aus Energie, Emotionen und der Last, die unnachgiebig auf meine Schultern drückte. Und mit diesem Gespräch war eine weitere Last hinzugekommen.

Ich biss die Zähne aufeinander, bis ein Knirschen zu hören war, dann kniff ich die Augen zusammen und ließ meinen heißen Atem durch meine Nase entweichen, der einen schalen Nachgeschmack von Asche auf meiner Zunge hinterließ. Immerhin schaffte ich es, meine Macht zurückzuhalten und nicht alles in Schutt und Asche zu legen, obwohl mir im Augenblick sehr wohl danach war, das Ungeheuer, in das sich mein Dämon durch die Macht meines Vaters verwandelt hatte, heraus und wüten zu lassen.

Aber ich tat es nicht. Gestattete es mir nicht – sondern zwang mich dazu, den Druck in meinem Inneren Stück für Stück zurückzudrängen, bis nur noch ein schwacher Schatten zurückblieb und der Dämon wieder in seinen Käfig gesperrt war.

Für den Moment.

Ein leises Klopfen an der Verbindungstür zu meinem Schlafgemach ließ mich aufblicken und noch bevor ich die Tür mittels meiner Fähigkeiten öffnete, wusste ich, wer davor wartete.

Die Dämonin in dem schlichten, dunkelgrauen Kleid trat ein und sank in eine tiefe Verbeugung, ehe sie mit fester Stimme zu sprechen begann. Anaïs mochte mir Respekt zollen, doch sie hatte sich noch nie vor mir gefürchtet. Insgeheim glaubte ich, dass sie einige der wenigen war, die unter meine Maske aus Grausamkeit und Finsternis schauen und das Mädchen, das ich darunter war, sehen konnte.

»Mylady, soll ich Euch ein Bad einlassen? Ihr hattet sicherlich einen anstrengenden Tag.« Anaïs wusste von dem Teil in meinem Inneren, der mich zu Wasser und der Entspannung, die ich nur dort fand, hinzog und an ihrem bedeutungsvollen Blick konnte ich ablesen, dass sie weit mehr mitbekommen hatte, als mir lieb war. Aber was hatte ich erwartet? Die Sache zwischen Roy und mir – so nannte ich es nur noch: *Sache* – war ein offenes wie lästiges Geheimnis.

Ich horchte in meine verspannten Muskeln hinein und ließ die Schultern fallen. Ein stechender Schmerz bohrte sich in meinen Rücken, dort, wo meine Flügel saßen, die ich den ganzen Tag zur Schau gestellt hatte.

Ein Bad war eine verdammt gute Idee, aber ich brauchte noch etwas anderes – und ich wusste ganz genau, wo ich es finden würde.

»Vielen Dank, Anaïs, aber ich komme zurecht. Sei doch so lieb und bring mir einen Stapel frischer Kleidung, den Rest bekomme ich alleine hin.«

Das leise Tropfen von Wasser, das unablässig auf schwarzen Stein fiel, war das einzige Geräusch hier unten und hallte von den massiven Wänden wider. Wasser, das über die Jahrtausende diese gewaltige unterirdische Höhle hatte entstehen lassen und mit ihr den natürlichen, kristallklaren Pool in ihrem Herzen. Die vielen Bergkristalle, die in den Stein der Höhle verwachsen waren, funkelten im Schein der Fackeln, die auf einen wispernden Befehl von mir hin aufflammten, und spiegelten sich in dem türkisen Wasser, sodass es wirkte, als wäre das Gestein mit unzähligen Sternen besetzt. Stalagmiten und Stalaktiten aus mitternachtsschwarzem Tropfstein, die sich trafen und so Säulen bildeten, hielten das gewölbte Dach der Höhle und schimmerten in dem flackernden Licht des Feuers.

Das hier war schon immer mein liebster Ort im Hades gewesen. Nicht irgendein Nachtclub, wie ich die meisten glauben ließ, und auch nicht der höchste Turm des Palastes, auf den Avan und ich früher so oft geflogen waren.

Nein, es war diese einsame, geheime Höhle, die vermutlich niemand außer mir kannte. Es war die Stille hier, das Vibrieren des Gesteins, das leise Summen der Luft und das Rauschen des Wassers. Das alles macht diesen Ort so magisch.

Ich hatte die Höhle vor einiger Zeit auf einem meiner verbotenen Streifzüge durch die schier endlosen Labyrinthe unterhalb der Festung entdeckt und bisher mit niemandem geteilt. Damals wie heute packte mich die schiere Faszination, sobald ich einen Fuß in die beeindruckende Höhle mit der gewölbten, funkelnden Decke setzte. Eine Faszination, für die ich nun nach so vielen Jahren endlich eine Erklärung hatte.

Wasser tötete Dämonen, sobald sie davon eingeschlossen wurden. Es erstickte ihr inneres Feuer, löschte es aus, bis nichts mehr davon übrig war. Ich hatte das selbst einmal am eigenen Leib erfahren, als mich eine Londoner Schülerin in einen Pool geworfen hatte, und wusste, wie schmerzhaft diese Erfahrung war.

Und dennoch hatte mich Wasser schon immer beeindruckt und gefangen genommen. Die Ruhe, die diesem Element innewohnte, und die zerstörerische Kraft, die darin lauerte. Diese Faszination für Wasser war etwas, das bei einem Dämon nicht vorkommen sollte, schon gar nicht bei einer Hohedämonin wie mir.

Früher, wenn ich dem Hof und ganz besonders meinem Vater hatte entkommen wollen, hatte ich mich stundenlang hier unten verkrochen, gelesen oder mit meinem Feuer gespielt, während mich das Tropfen und Glitzern des Wassers begleitet hatte. Ich war dem natürlichen Pool nie zu nahe gekommen, hatte höchstens mal einen Fuß hineingestreckt und die Hitze des Wassers prickelnd auf der Haut genossen. Mehr nicht.

Doch ich war nicht mehr das unwissende Kind von damals und auch nicht länger eine vollwertige Dämonin. Ich war ein Wesen aus Licht und Finsternis. Feuer und Wasser. Weder das eine noch das andere und diese Erkenntnis war es, die mich kaum drei Tage nach meiner Krönung das erste Mal wieder hatte hier runtergehen lassen.

Zayden hatte mir vieles über die *Iljos* erzählt, über ihre Fähigkeiten und ihre Bindung zum Wasserelement und ich hatte gelernt, dass ich zwischen den Wesen, die in meiner Brust wohnten, wechseln konnte. Anfangs war das ungewollt geschehen, doch mittlerweile war ich sehr gut darin geworden, die eine Seite zu verbergen, wenn ich nach der anderen verlangte.

So wie jetzt.

Der dunkle Steinboden unter meinen Füßen knirschte, als ich näher an die Kante trat und den Blick über das klare türkisfarbene Wasser gleiten ließ. Ich wusste, dass man sogar an seiner tiefsten Stelle den Boden und das Funkeln der Kristalle auf dem Grund sehen konnte und dass im Herzen des Pools spitze, dunkle Felsen aus dem Wasser ragten, wie die Zacken einer unterirdischen Krone.

Das Becken erstreckte sich schier endlos über die vielen Gänge und Höhlen, die noch an dieser lagen – bis heute hatte ich den Ursprung des Wassers nicht ausmachen können, aber er musste sehr tief im Urgestein des Hades liegen.

Ich ging in die Hocke und hielt eine Hand ins warme Wasser. Sofort bäumte sich mein innerer Dämon protestierend auf, wollte mich zurückdrängen, doch ich scheuchte ihn fort und griff nach dem Licht in meiner eigenen Dunkelheit. Dem Teil, den mir meine Mutter hinterlassen hatte. In Gedanken umschloss ich dieses helle Stück meiner selbst, packte es und schob es an die Oberfläche, während ich meine Finsternis in einen ebenso dunklen Käfig sperrte.

Sobald der *Iljos*-Teil aus seinem Gefängnis war und das Wasser an meinen Fingern spürte, brach er aus, bahnte sich seinen Weg durch meine Blutbahnen, bis ein kühles, angenehmes Summen durch meinen Körper jagte. Auch wenn meine Flügel in diesem Moment in meinem Rücken verborgen lagen, wusste ich, dass sie nun die Farbe von frisch gefallenem Schnee angenommen hatten und das undurchdringliche Schwarz verschwunden war.

Leise seufzend schloss ich die Augen, erhob mich und streifte meine Kleidung ab. Anaïs hatte ja keine Ahnung gehabt, wie richtig sie mit einem Bad gelegen hatte. Das hier war genau, was ich brauchte – eine Auszeit von allem, was oben auf mich wartete. Das Ultimatum, die Kontinentführer, die Verhandlungen, Royath.

Früher hatte ich mich vor meinem Vater versteckt, jetzt zog ich mich vor meinem Leben zurück und verlor mich für einige kostbare Momente in der Helligkeit, die hier unten nichts verloren hatte.

Entblößt stand ich an der Wasserkante, genoss die warme Luft, die über meine kühle Haut strich, ehe ich mich in das Becken gleiten ließ.

In London hatte mich das Wasser des Pools beinahe getötet, weil ich zu dieser Zeit voll und ganz Dämonin gewesen war, aber jetzt ... jetzt war ich eine *Iljos* und der Dämon nur noch ein leises Echo in meinem Inneren.

Ich lächelte, als das Wasser meinen Bauchnabel umspielte, meine Brüste, die Kette mit dem Wappen meines Hauses, und mit jedem Zentimeter etwas von der Anspannung aus meinen Gliedern spülte.

Dann schloss ich die Augen und tauchte unter. Das Wasser schlug über mir zusammen, während ich immer tiefer sank. Es war so wundervoll still um mich herum, selbst das Tropfen war verschwunden, bis ich nur noch meinen eigenen Herzschlag in meinen Ohren pochen hörte, der mit jedem Meter, den ich tiefer glitt, ruhiger wurde.

So groß die Differenzen zwischen Dämonen und *Iljos* auch sein mochten, ihre lichten Fähigkeiten waren faszinierend. Dank des Lichts in meinem Blut brauchte ich keine Luft unter Wasser, hörte das Flüstern und spürte das Summen der Wasserenergie auf jedem einzelnen Quadratmillimeter meiner Haut.

Ich summte.

Die Zeit schien sich zu verlangsamen, während ich durch das Wasser schwebte und mich auf den Grund sinken ließ. Die Oberfläche des Beckens glitzerte über mir und funkelte in einem orangerötlichen Schein, als hätte man sie in Brand gesetzt.

Zwei Gegensätze so unglaublich nah beieinander und doch Welten voneinander entfernt.

Genauso wie Zayden und ich.

Der Gedanke kam unerwartet schmerzhaft und ließ mich die Augen zusammenkneifen. Im Nächsten Moment sammelte ich Kraft in den Beinen, stieß mich ab und brach durch die schillernde Oberfläche.

Royath hatte recht gehabt. Es hätte nicht unbedingt London sein müssen, ich hätte an vielen Orten auf der Erde Verhandlungen führen können. Zumal der Hauptsitz der *Iljos* in Alaska, eingefasst von Schneewüsten, lag.

Doch ich *wollte*, dass es London war. Ich hatte dort oben noch einige Rechnungen offen.

Angefangen mit Zayden.

Kapitel 6

»Bei allem Respekt, Mylady, aber ich halte es nach wie vor für kein besonders geeignetes Vorgehen in dieser Angelegenheit.« Die tiefbraunen Augen des Kontinentführers von Südasien blitzten auf. »Meint Ihr nicht, dass Ihr dadurch mehr Zwietracht sät, als Loyalität gewinnt?«

Meine Lippen verzogen sich unweigerlich zu einem schiefen Lächeln. »Und dabei dachte ich immer, das wäre deine Spezialität, Aric.«

Ich spürte seinen Seitenblick prickelnd auf mir, während wir auf dem Weg in die Versammlungshalle waren. Er hatte mich auf der Treppe abgefangen, als ich mich gerade innerlich auf den abschließenden Teil des dritten und letzten Tages des Treffens vorbereitet hatte. Zumeist der längste und anstrengendste, denn der Tradition nach wurde in der Nacht des dritten auf den vierten Tag, an dem sämtliche Abgeordnete wieder abreisten, gefeiert. Ein rauschendes Fest mit unzähligen Gästen, grenzenlosem Essen und noch viel mehr Getränken.

Unnötig zu sagen, dass mir im Augenblick absolut nicht nach Feiern zumute war. Aber Roy und auch meine beiden Brüder hatten das gestrige Abendessen genutzt, um mir klarzumachen, dass der Verzicht auf diese Festivitäten einer Kriegserklärung an die Dämonentraditionen gleichkommen würde. Und na ja, *ein* Krieg reichte mir vollkommen. Außerdem hatte ich nur gute Erinnerungen an dieses Abschlussfest, dem ich schon früher beigewohnt hatte.

Aric räusperte sich vernehmlich und schüttelte langsam

den Kopf. »Ihr tut mir unrecht. Es ist nicht in meinem Interesse, Zweifel zu streuen, vielmehr ist es mir ein Anliegen, die Struktur des Hades zu stärken und Euch zu unterstützen.«

Genau wie Li-Hon, der den Norden Asiens verwaltete, besaß auch Aric eine geschickte Zunge, aber ich hatte früh gelernt, mich von dieser nicht täuschen zu lassen.

Ich blieb stehen und hob eine Hand. »Und ich danke für diese Unterstützung, doch in dieser Hinsicht ist meine Entscheidung gefallen. Meine Leute sind bereits auf ihrem Posten und diese Aufgabe angesetzt, Aric.«

»Das ist ein Fehler, Elyanor.«

Schatten huschten über seine Züge und zeigten für einen Moment, was wirklich unter seiner aufgesetzten Maske aus Respekt und Süßholz lauerte. Ein Ungeheuer, bereit, sich auf seine Beute zu stürzen.

Nur war ich das größere Ungeheuer.

Einer meiner Mundwinkel zuckte, dann drängte ich mich in sein Bewusstsein und machte mich darin breit, sodass meine dunkle Energie durch seine Bahnen rauschte.

Aric verzog das Gesicht und ich kam nicht umhin, eine grimmige Genugtuung zu empfinden, als ihm ein leises Stöhnen über die Lippen kam. Meine mentale Präsenz war an sich keine schmerzhafte Erfahrung, aber ich konnte sie zu einer werden lassen, wenn mir der Sinn danach stand.

Du tätest gut daran, meine Befehle nicht infrage zu stellen, Aric. Vergiss nicht, wo dein Platz ist. Und wer ich bin.

Meine Stimme flutete ungebremst durch seinen Geist und ich hielt sie nicht auf. Ich wusste, dass sich meine Worte für ihn wie unzählige Nadelstiche anfühlten, die sich in seine innersten Strukturen bohrten und an seinem Wesen festbissen. Und es konnte noch weitaus schlimmer werden.

Der Abgeordnete presste die Hände an die Schläfen und ging in die Knie, das Haupt vor mir gebeugt, wie ein gewöhnlicher Dämon.

»Mylady ...«, stieß er zwischen zusammengebissenen Zähnen hervor. Seine Energie bäumte sich kurz auf und erstarb binnen Sekundenbruchteilen.

Ich erhöhte den Druck noch ein Stück, lächelte, als sich seine Finger in sein glänzendes, schwarzes Haar gruben, das er im Nacken geflochten trug.

»Mylady, verzeiht mir ...«, sagte er schließlich und blickte flehend zu mir auf.

Mein Einfluss verschwand, zog sich zurück wie sich windende schwarze Schlieren und gaben Aric frei, der vor meinen Füßen zusammenbrach.

Ich spürte die Blicke der Dienerschaft um mich herum, ihre Furcht, ihr Beben, ihren Stolz auf ihre Königin und straffte die Schultern. Dann stieg ich über Aric hinweg und lief auf die breite Tür des Versammlungssaals zu, die von stummen Wachen geöffnet wurde.

Entgegen der allgemeinen Ansicht unter den Dämonen war das, was ich gerade zur Schau getragen hatte, nicht mein richtiges Wesen, aber es war das, wonach sie verlangten, und in einem Fall wie Aric war ich nur allzu bereit, diesem Wunsch nachzukommen.

Sämtliche Augen der Anwesenden am Tisch, die sich nun erhoben und verneigten, richteten sich erst auf mich und dann auf Aric, der hinter mir mühsam wieder auf die Beine kam.

»Guten Abend«, begrüßte ich die Führer der Kontinente und setzte mich auf meinen Platz. Erst dann ließen sich auch die anderen nieder. »Lasst uns beginnen, damit wir schnell zu den weit erfreulicheren Dingen des Lebens übergehen können.«

Zustimmendes Gemurmel erklang, dann wurden Schrift-rollen ausgerollt und Dokumente hervorgeholt. Royath be-zog ein weiteres Mal Stellung zu meiner Rechten. Seit dem Abend vor zwei Tagen hatten wir kein Wort miteinander ge-sprochen und ich konnte seine Missbilligung förmlich auf mir spüren. Immer noch.

Ruben ergriff als Erster das Wort und wartete auf meine Erlaubnis, ehe er mit einem Wispern seiner Magie eine detail-lierte Karte Londons, auf der mehrere bunte Markierungen verzeichnet waren, vor mir ausbreitete. »Nach der Ankündi-gung Eurer bevorstehenden Reise nach London habe ich mir erlaubt, mithilfe der Informationen von Taron, Eoghan und Rickson diese Karte anzufertigen.«

Ich warf den besagten Dämonen einen kurzen Blick zu und faltete die Hände unter dem Kinn. »Werde deutlicher, Ruben.«

»Sehr gerne. Bei der Karte handelt es sich um eine Spezi-alanfertigung, auf der sämtliche Plätze, an denen die *Madúr* zugeschlagen haben, sowie mögliche Nester eingezeichnet sind. Außerdem habe ich die öffentlichen Höllenportale mar-kiert und die Standorte der *Iljos*-Stellungen eingetragen. Da-mit sollte Euch der Aufenthalt in London erleichtert werden. Mit Eurer Erlaubnis würde ich diese Karte auch an die zu-ständigen Posten in London und Umgebung weiterleiten, um die Suche nach den Jägern effizienter und übersichtlicher zu gestalten.«

Ich legte die Stirn in Falten und nickte langsam. Im Au-genwinkel sah ich, wie sich Taron erhob. »Eine Anmerkung, wenn Ihr gestattet. In diese Karte wurde eine spezielle Ma-gie verwoben, dank derer sich die Karte selbstständig aktu-alisiert, sollte jemand an anderer Stelle eine Änderung vor-nehmen.«

»Wie viele dieser Karten gibt es?«, fragte ich und machte eine knappe Handbewegung woraufhin die magische Karte auf Papiergröße schrumpfte und in meine Finger flog. Wirklich ein kleines Meisterwerk.

»Derzeit gibt es dieses Exemplar und eine weitere Kopie«, erwiderte Ruben und zog eine zweite, identische Karte hervor, um sie flach auf den Tisch zu legen.

Ich ließ auch die Kopie zu mir fliegen und reichte sie wortlos zusammen mit dem Original an Royath, ohne ihn anzusehen. *Sorg dafür, dass deine Leute – und nur deine Leute – Zugang zu der Karte bekommen, wenn sie London hochnehmen,* wies ich ihn über die mentale Verbindung an.

Seine Antwort kam sofort und kühl. *Natürlich, wie du wünschst.*

Dann heftete ich mein Augenmerk auf Ruben. *Es wird bei diesen zwei Exemplaren bleiben, Ruben. Sollte mir zu Ohren kommen, dass weitere Kopien auftauchen, werde ich dich finden.*

Ruben schluckte sichtlich und neigte den Kopf. Ich lächelte zufrieden.

»Sehr gute Arbeit, ich weiß euren Einsatz in dieser Angelegenheit sehr zu schätzen. Vorerst werden die Karten bei mir bleiben, bis ich mir über das weitere Vorgehen im Klaren bin.« Meine Finger strichen über den dunkelblauen Stoff des langärmeligen Kleides, das ich heute trug. Ein breiter, silberner Gürtel hielt den dünnen, leichten Stoff an der Taille zusammen, der bis auf den Boden reichte. Meine blonden Haare fielen mir ungehindert in großen Locken über den Rücken, eine silberne, gezackte Krone saß darauf. Genauso wie meinen Tonfall und mein Verhalten, hatte ich auch meine Kleidung mit jedem Tag mehr der Herrscherin angepasst, die der Hades in mir sehen sollte. Ich hatte in meine Rolle gefunden.

Vielleicht, weil meine Abreise zurück nach London kurz bevorstand und damit auch eine Pause von dem dunklen Spiel, das ich hier tagtäglich spielte.

Weil ich dem Hades für ein paar Tage den Rücken kehren konnte.

Auch wenn das alles andere als ein spaßiger Spaziergang werden würde.

Ein Monat. Ein verdammter Monat – mehr blieb mir nicht, um diese nahende Katastrophe zu verhindern und ich hatte bisher wenig Anhaltspunkte, um eine Lösung zu finden. Aber ich wusste, ich musste es: Ich musste eine Lösung entwickeln.

Wie auch immer mir das gelingen sollte.

Die letzte Sitzung der Vollversammlung zog sich ewig in die Länge – zumindest kam es mir so vor. Immer wieder drehte sich unsere Diskussion um die Jäger, um ihre Motive und das Vorgehen, das sie bei den bisherigen Überfällen an den Tag gelegt hatten. Es wurden Für und Wider abgewogen und Themen besprochen, mit denen ich an sie herantreten sollte.

Kurz vor Schluss kamen auch meine Brüder, die ich bisher bewusst aus der Tagung rausgehalten hatte, auf meinen Wunsch hinzu, als wir die Inhalte einer möglichen Verhandlung mit den *Iljos* erörterten. Xaver hatte Vater bei früheren Treffen mit den Lichtträgern begleitet und in dieser Hinsicht viel Erfahrung und gute Einwände mitgebracht.

Außerdem wurden neue, striktere Gesetze, über die wir gestern und heute Morgen gesprochen hatten, verabschiedet und letzte Dokumente unterzeichnet.

Und dann war meine erste Vollversammlung als Königin endlich beendet.

Als ich den Saal verließ, um mich für das anschließende

Fest fertig zu machen, strudelten gemischte Gefühle und Gedanken durch meinen Kopf. Sosehr mir diese Versammlung auch gegen den Strich gegangen war, sie hatte mir vieles gezeigt und in vielerlei Hinsicht zu einem Fortschritt beigetragen. Dessen war ich mir sicher.

Ich hatte meine Stellung gefestigt und bewiesen, dass ich diese Angelegenheit sehr ernst nahm, und die Kontinentführer, die zähesten Individuen in der dämonischen Hierarchie, hatten mich nach und nach anerkannt. Selbst Aric, der gescholten wie ein Hund auf seinen Stuhl gekrochen war und danach still und ohne Gegenwehr jeden meiner Befehle zur Kenntnis genommen und in die Wege geleitet hatte.

Ich sollte zufrieden sein, erleichtert und voller Tatendrang, stattdessen fühlte ich mich seltsam rastlos, während ich mit großen Schritten durch den Palast in Richtung meiner Gemächer lief. Zwei von Royaths fähigsten Soldaten folgten mir auf dem Fuß, nachdem Roy noch immer schmollte.

Aber ehrlich gesagt war ich froh, dass er wieder Abstand zwischen uns brachte. Vor zwei Tagen waren wir auf eine Art und Weise aneinandergeraten, die mir unter die Haut gegangen war.

Das durfte nicht noch einmal geschehen.

Ich hob den Kopf, als ich vor mir eine Unruhe spürte, und blieb abrupt stehen. Die Wachen hinter mir griffen nach ihren Waffen, bereit, mich zu verteidigen und traten vor mich. Doch als ich den Grund für die heftige Diskussion erkannte, gebot ich ihnen stumm Einhalt.

Mit einem Kopfschütteln trat ich zu den drei Dämonen, die sich lautstark miteinander anlegten und dann prompt verstummten, als sie mich bemerkten.

Die Dienerin und der Wächter sanken sofort in eine tiefe

Verbeugung, die dritte Dämonin bleib herausfordernd stehen und grinste mich frech an.

»Hallo, Reena«, begrüßte ich sie und verschränkte die Arme vor der Brust.

»Kannst du mir verraten, warum ich mir erst meinen Weg durch die Festung kämpfen musste, um zu dir gelassen zu werden?«

Ich nahm sie beim Arm und führte sie von den anderen fort, weiter in Richtung meiner privaten Räume. »Kämpfen?«

Ree winkte ab und zupfte ihre schwarze Lederkluft, die ihr wie eine zweite Haut am Körper klebte, zurecht. »Ich habe niemanden verletzt, falls du das befürchtest. Aber man hat mir den Zugang verwehrt und na ja, da bin ich eben kreativ geworden. Hast du mir Hausverbot erteilt?«

Wir erreichten die breite, ausladende Treppe, die nach oben führte. Schwerer, dunkelroter Teppich schluckte unsere Schritte. »Nicht dass ich wüsste.«

Sie stieß einen unsauberen Fluch aus und fletschte die Zähne, sodass sie beinahe so aussah, wie uns die Menschen immer in ihren Horrorgeschichten darstellen. Nun, auf jeden Fall kam sie damit dem Klischee der Kopfgeldjägerin, als welche ich sie angeheuert hatte, verdammt nahe.

»Ich wusste, dass der Mistkerl dahintersteckt.« Rees schwarze Augen blitzten wütend.

»Ich fürchte, da musst du genauer werden. Es gibt ziemlich viele Mistkerle innerhalb dieser Mauern«, erwiderte ich mit einem undurchsichtigen Lächeln, obwohl ich längst wusste, worauf sie hinauswollte. Besser gesagt auf *wen*.

»Royath. Wer denn sonst? Nachdem er dich zurück in deinen goldenen Käfig gesteckt hat, hat er mir damit gedroht, eine Palastsperre für mich zu verhängen, weil – ich zitiere –

ich dich auf dumme Gedanken bringe. Als bräuchtest du mich dafür.«

Ich warf ihr einen schrägen Seitenblick zu und tätschelte ihren Arm. »Vielleicht hast du ihn ein paarmal zu oft gereizt.«

Darauf erwiderte sie erst gar nichts, sondern warf nur ihre glänzenden, schwarzen Haare zurück. Meine Augen glitten zu den großen Fenstern des Gangs und die Dunkelheit draußen. Es war ganz normal, dass die Finsternis im Hades mehrere Tage andauerte – und trotzdem blieb das ungute Gefühl in meinem Magen zurück.

So etwas wie Omen gibt es nicht. Nicht in der Hölle. Hier folgt alles seinen eigenen Gesetzen und Regeln.

»Sein Glück, dass ich mir zu helfen weiß. Was ich wohl mit ihm angestellt hätte, wenn ich es nicht rechtzeitig zur Party reingeschafft hätte?«, fragte Reena, als man uns die Tür in mein Schlafzimmer öffnete, wo bereits Anaïs und zwei ihrer Helferinnen mit gesenkten Köpfen warteten. Die Stille Post der Festung funktionierte offensichtlich einwandfrei.

»Du weißt schon, dass es eine offizielle Festivität ist und keine *Party*, oder Ree?«

Überschwänglich legte sie mir einen Arm um die Schultern und drückte mich an sich. »Hat uns das jemals davon abgehalten, eine Party daraus zu machen? Und jetzt bist du die Königin, was soll uns da noch im Weg stehen?«

Mir fielen auf Anhieb dreißig Hindernisse ein, aber ich schob sie allesamt beiseite und nickte nur grinsend. »Wo du recht hast ...«

Mehr hatte Reena nicht gebraucht. Als wäre sie in einem Palast aufgewachsen und nicht in dem Drecksloch, aus dem ich sie vor einer Ewigkeit herausgeholt hatte, erteilte sie Befehle an meine Bediensteten und sorgte dafür, dass wir innerhalb einer Stunde vorzeigefertig waren. Inklusive gestylten Haaren, Schmuck und der breiten Schärpe, die uns als Mitglieder des amtierenden Adels auswies.

Ich war beeindruckt. Und ihre aufgedrehte Art und Weise schaffte es tatsächlich, die Sorgen, die Aufregung und die vielen Dinge, die mir durch den Kopf gingen, zum Verstummen zu bringen, bis ich mich tatsächlich ein bisschen wie früher fühlte. Einfach ein Mädchen, das mit ihrer besten Freundin das Fest der Erwachsenen unsicher machte.

Vielleicht sollte ich doch ernsthaft in Erwägung ziehen, Reena fest in den Palast zu bestellen – auch wenn ich mir damit nur einen weiteren Haufen Schwierigkeiten auf den Teppich kippte.

Als Anaïs mit geschickten Fingern die letzte funkelnde Spange in meine aufgesteckten Haare gesetzt hatte, betrachtete ich mich zum ersten Mal im Spiegel – und hielt den Atem an.

Ich erkannte mich selbst nicht wieder.

Statt in dunkle Farben hatte mich meine Zofe heute in ein hellgraues, beinahe weißes Kleid gehüllt, das am Oberkörper eng anlag, nach unten in fließenden, leichten Bahnen meine Beine umschmeichelte und in einer kurzen Schleppe endete. Der rautenförmige Ausschnitt betonte meine Schlüsselbeine und endete knapp oberhalb des Brustansatzes. Die langen, durchscheinenden Ärmel fielen mir bis auf die Handrücken und schimmerten im Kerzenlicht, als hätte man Sternenstaub darauf verteilt. Eine Krone aus kristallisiertem Dämonenglas thronte auf meinem Kopf, passender Schmuck glänzte an meinen Fingern und in Form einer filigranen Kette um meinen Hals.

Ich starrte mein Spiegelbild an und strich vorsichtig über

den glatten Stoff. Er fühlte sich herrlich kühl und seidig unter meinen Fingerspitzen an. »Ich sehe aus wie ...«

Eine Bewegung hinter mir, dann trat Reena in einem langen, schwarzen Kleid neben mich. Auch sie hatte sich augenscheinlich an meinem Schmuck bedient, denn überall auf ihrem schlanken, muskulösen Körper glitzerten Gold und Rubine. »Du siehst aus wie eine Herrscherin, Lya«, sagte sie leise und griff nach einer meiner kühlen Hände; ihre Hitze prickelte auf meiner Haut. »Manchmal vergesse ich einfach, was unter deiner Hülle steckt, aber so ... niemand wird jemals vergessen, wer du bist, Lya.«

Ich nickte nur und kniff die Lippen zusammen. Schwer zu sagen, was diese Worte ausgerechnet aus dem Mund meiner ältesten Freundin bei mir auslösten, die sonst nichts auf Ränge oder Hierarchie gab.

Anaïs räusperte sich leise und deutete auf die Tür, die aus dem großen begehbaren Kleiderschrank in mein Arbeitszimmer führte. »Man erwartet Euch, meine Königin.«

Ihre Worte reichten, um mich endlich aus meiner Starre zu lösen. Mit einem Lächeln dankte ich ihr und schickte sie fort, damit sie sich selbst für die Feier zurechtmachen konnte. Traditionell durfte der ganze Hofstaat eines jeden Kontinentführers an den Festivitäten teilnehmen. In den letzten Jahrzehnten hatte es sich jedoch dahingehend entwickelt, dass zwar der gesamte Staat des Herrschers, aber nur die Führer und ihre dreißig wichtigsten Vertrauten daran teilnahmen. Es waren auch so schon genügend Dämonen auf einem Haufen.

Und ich würde sie alle bändigen müssen.

Reena drückte meine Finger und zwinkerte mir verschwörerisch zu, als hätte sie bereits einen perfekten Plan ausgeheckt. Definitiv ein Grund zur Sorge. »Los geht's.«

Ich erwiderte den Druck mit einem schiefen Lächeln und sandte warnend einen kleinen Strom meiner Energie in ihre Richtung; meine Augen begannen gefährlich zu funkeln. »Sei schön brav, kleine Ree, sonst überlege ich es mir doch noch anders und lasse Royath auf dich los.«

Kapitel 7

Hatte ich Reena wirklich davon überzeugen wollen, dass die Versammlungsfestivitäten eine hochoffizielle Angelegenheit waren?

Das Einzige, was an dem Durcheinander aus Alkohol, Essen und viel zu viel dämonischer Energie *offiziell* war, waren die Schärpen, die die Dämonen ihren Häusern zuordneten. Aber das war es auch schon.

Das Fest war weder geordnet noch gesittet und ich war froh darüber. Manche Dinge änderten sich nie und das war auch gut so. Der Abschluss der Vollversammlung war schon früher ein rauschendes Fest gewesen, auf dem für diesen einen Abend die verschiedenen Stände aufgehoben und Fehden ausgesetzt wurden. In dieser einen Nacht durfte kein Blut vergossen, kein Hass zur Schau getragen und kein Kampf angezettelt werden. Es durfte niemand bestraft oder zur Rechenschaft gezogen werden. Avan, Reena und ich hatten das früher zum Anlass genommen, uns den Regeln meines Vaters entgegenzustellen und jede Menge Scheiße zu verzapfen – was letztlich trotzdem eine miese Idee gewesen war. Beliar hatte uns im Umkehrschluss einfach erst am nächsten Tag bestraft.

Die guten Erinnerungen waren dennoch geblieben und fluteten durch mich hindurch, während ich von meinem erhöhten Thron aus den Blick über den gewaltigen Saal schweifen ließ, in dem das Fest, begleitet von unglaublich lauter Musik, stattfand.

Körper drängte sich an Körper, ein Kelch nach dem nächsten wurde geleert und Unmengen an Speisen verdrückt. Einige Dämonen tanzten vor der Band, deren Musik weitestgehend aus dunklen Geigenklängen, einer hellen Flöte und schweren Bässen bestand, andere standen in Gruppen zusammen und unterhielten sich. War mir ein Rätsel, wie sie das bei der Lautstärke hinbekamen.

Unzählige Kerzen und die drei großen Kamine tauchten den Thronsaal in einen orangefarbenen Feuerschein und ließen Schatten an den hellen Steinwänden tanzen.

Immer wieder trat ein Dämon vor das Podest, um seine Königin mit einer tiefen Verbeugung zu begrüßen oder mir zu danken. Für was auch immer. Aber abgesehen davon ließ man mich in Ruhe. Selbst Reena war mit Avan irgendwo in der Menge untergetaucht und Xaver hatte ich mit der ältesten Tochter von Li-Hon verschwinden sehen.

Ja, die Stände gab es nicht für diese eine Nacht – das schien auf alle zuzutreffen, einmal abgesehen von mir. Als Prinzessin war dieses Fest spannender gewesen.

Ich richtete mich auf meinem Thron auf und fuhr gedankenverloren über den glatt polierten, onyxfarbenen Stein, aus dem er geschlagen worden war. Vielleicht sollte ich einfach aufstehen, mir etwas weniger Auffälliges anziehen und mich unter die Leute mischen. Mir war es früher schließlich auch ganz gut gelungen, meine Identität zu verbergen und dank meiner *Iljos*-Signatur konnte ich meine Dämonenenergie quasi unsichtbar werden lassen ...

Eine leichte Berührung an meiner Schulter ließ mich in meinen Überlegungen innehalten und aufblicken.

»Ist alles in Ordnung bei dir?«, erkundigte sich Royath. Die ersten Worte, die er nach unserem fragwürdigen Streit sagte.

Ich zog die Augenbrauen zusammen und nickte. »Warum auch nicht?«

»Weil sich eine steile Falte in deine hübsche Stirn gegraben hat und ich dich heute Abend noch nicht einmal habe lächeln sehen«, erwiderte er überraschend sanft, ein leises Schmunzeln zupfte an seinem Mundwinkel und ließ seine Augen aufleuchten.

»Wo hast du die letzten Tage gesteckt?«, erwiderte ich, ohne auf seinen Einwand einzugehen oder den Blick von einer Gruppe Dämonen zu nehmen, die gerade ihre Kelche auffüllen ließen.

»Ich war nie besonders weit entfernt, falls du das glaubst, Lya.« Sein warmer Atem strich über die empfindliche Stelle unterhalb meines Ohres. »Aber ich habe uns beiden Zeit gegeben.«

Ich riss mich von den anderen los und sah meinen Ersten Offizier herausfordernd an. Ich wollte, dass er es aussprach. Dass er in Worte fasste, was mich – uns – umtrieb. »Zeit wofür, Roy?«

Er schüttelte langsam den Kopf und richtete sich wieder auf. »Ich werde dir keine Antwort auf eine Frage geben, deren Antwort du schon kennst. Hast du dir das mit London noch einmal durch den Kopf gehen lassen?«

Was für ein subtiler Themenwechsel! Aber hier und jetzt war ohnehin nicht der richtige Ort für dieses Gespräch. Ich schluckte all die Erwiderungen, die mir auf der Zunge lagen, herunter und neigte knapp den Kopf.

»Wir werden morgen abreisen. Ich hoffe, du hast schon gepackt.«

Ich meinte seine Zähne knirschen zu hören, blieb jedoch vor einer Antwort verschont, weil in diesem Moment ein Dämon mit der dunkelroten Schärpe meines Hauses vor mich trat und auf die Knie sank.

»Mylady, ich danke Euch für die Einladung und Euren Einsatz im Reger-Viertel«, sagte er mit fester Stimme und wagte es, mir für einen Moment direkt in die Augen zu schauen.

Roys Blick lag fragend auf mir, doch ich ignorierte ihn und nickte dem Dämon zu. »Danke für dein Kommen.«

Er verbeugte sich ein weiteres Mal, dann tauchte er wieder in der Menge unter. Ein warmes Gefühl in meiner Brust blieb zurück.

»Das Reger-Viertel?«

»Ist ein kleines Projekt«, antwortete ich mit einer wegwischenden Bewegung.

Das Reger-Viertel war gewissermaßen das Elendsviertel von Aker und meinem Vater immer ein Dorn im Auge gewesen, weil es seine Bilanz runterzog. Er hatte alles daran gesetzt, es dem Erdboden gleichzumachen. Dabei war er es völlig falsch angegangen.

Ausgerechnet im Geschichtsunterricht in London hatte ich gelernt, dass ein Königreich immer nur so stark war, wie das schwächste Glied in seinen Reihen. Also musste ich dieses stärken, statt es zu vernichten. Das hier war mein erster Schritt.

»Du überraschst mich immer wieder, Lya«, murmelte Roy leise und sorgte dafür, dass sich meine Lippen zu einem leichten, aber ehrlichen Lächeln verzogen.

Dann änderte sich die Musik schlagartig und erinnerte mich daran, dass ich noch eine Pflicht zu erfüllen hatte. Eine lästige Pflicht, die ich bis eben erfolgreich verdrängt hatte.

Die Dämonen verstummten und positionierten sich so, dass sich eine halbkreisförmige Fläche vor dem Thronpodest bildete. Unzählige erwartungsvolle Blicke richteten sich auf mich und angespannte Energie summte in der erhitzten Luft.

Mir lag ein Fluch auf den Lippen, doch ich drängte ihn resolut zurück und erhob mich langsam und – wie ich hoffte – anmutig von meinem Thron. Der helle Stoff floss an mir herab, während ich mich vor meinen Gästen aufrichtete und tief einatmete.

Die Musik verstummte schließlich und es wurde totenstill.

Ich erinnerte mich noch zu gut an diesen Teil des Festes, als mein Vater noch der Herrscher über den Hades gewesen war.

Ein Tanz. Ein einfacher Tanz – mochte man meinen, doch dahinter steckte so viel mehr. Dieser Tanz konnte über Krieg und Frieden entscheiden. Über eine erfolgreiche Zusammenarbeit oder gescheiterte Allianzen. Alles stand und fiel mit der Wahl des Tanzpartners und nun war es an mir, denjenigen zu wählen, dem ich diesen bedeutenden Tanz und eine Verneigung schenkte. Der einzige Moment, in dem der Herrscher des Hades das Haupt senkte.

Ein Schauer der Aufregung raste durch mich hindurch und mir wurde unwillkürlich schlecht, während mein Blick über die Anwesenden glitt.

Ich konnte mir nicht vorstellen, das Knie vor einem der Kontinentführer zu beugen, das würde die falschen Signale vermitteln. Und ein gewöhnlicher Dämon?

Ich blieb an den funkelnden Augen meiner Brüder hängen. Ein Tanz mit ihnen könnte zu hässlichen Gerüchten führen, die ich absolut nicht gebrauchen konnte und ... goldene Augen krallten sich in die meinen und hielten mich an Ort und Stelle.

Royath.

Mein Erster Offizier. Ein Adeliger und doch nicht länger

einem der Kontinentführer zugehörig, nachdem er in meinen Dienst getreten war. Er kämpfte für die Rechte aller Dämonen ...

... *und für mich.*

Ich schob den Gedanken mit zusammengebissenen Zähnen zur Seite und ballte die Hände an meinen Seiten zu Fäusten. Dann setzte ich mich langsam in Bewegung, mein helles Kleid waberte um meine Füße wie kühler Nebel. Das leise Rascheln war das einzige Geräusch, während ich auf meinen Ersten Offizier zulief und nicht einen Moment von ihm abließ. Von seinen breiten Schultern, die von der schwarzen Uniformjacke betont wurden, den muskulösen Armen, den markanten Gesichtszügen – und dann blieb ich vor ihm stehen. Keine Armlänge von Roy entfernt.

Ein Muskel zuckte an seinem Kiefer, seine Augen leuchteten golden auf und seine Energie legte sich knisternd um meine eigene.

Dann senkte ich den Kopf, brach die Verbindung ab und sank vor Royath auf die Knie. Mein Kleid breitete sich um mich herum aus, wie eine Decke aus frisch gefallenem Schnee.

Ein leises Murmeln ging durch den Saal, hallte von den Wänden wider, doch ich war viel zu sehr mit meinem hämmernden Herzschlag beschäftigt, dem Rauschen meines heißen Blutes und der Energie, die in mir pulsierte und jeden Augenblick aus mir auszubrechen drohte.

Die Zeit schien für diesen einen Moment stillzustehen.

Ich presste meine zitternden Hände auf den warmen Boden, betete, dass Roy seinen Teil der Aufforderung schnell hinter sich bringen würde.

Die wenigen, harten Worte aussprechen und mir endlich gestatten würde, mich aufzurichten.

Doch die Worte kamen nicht.

Stattdessen erschien Royath plötzlich in meinem Blickfeld, als er sich zu mir kniete, auf Augenhöhe, und damit alle Regeln dieser Tradition brach.

Ich sah ihm ungläubig ins Gesicht, biss mir auf die Lippe und begegnete nur einem sanften Lächeln, das mich an eine längst vergangene Zeit erinnerte.

Dann griff er behutsam nach meinen Händen und erhob sich gemeinsam mit mir, ohne die Augen auch nur einen Moment von den meinen zu nehmen.

»Tanz mit mir, Lya«, bat er leise und drückte meine Hände.

»Roy, wir dürfen nicht ... nicht so«, begann ich kaum hörbar und schluckte.

Das hier ging in die völlig falsche Richtung. Der Tanz sollte etwas Offizielles sein, eine Tradition, nichts weiter.

»Wer sagt das?«, raunte er nur, legte eine Hand auf meinen unteren Rücken, was unzählige widersprüchliche Gefühle in mir auslöste, und führte mich in die Mitte des Halbkreises. Die Dämonen um uns herum brachen entsprechend der Tradition in Applaus aus, begrüßten das Tanzpaar in ihrer Mitte.

Dann setzte die Musik ein und die Welt um uns herum verschwand von der einen auf die andere Sekunde, als hätte sie nie existiert.

Roys warme Finger umschlossen meine eine Hand, während er seine andere an meinem Rücken ließ und mich bestimmt in die ersten Takte der Musik führte. Zuerst langsam, dann immer schneller wirbelte er mich umher und folgte mühelos dem Tanz, den man mich schon als Kind gelehrt hatte.

Ich hatte nicht gewusst, dass er so ein begnadeter Tänzer war. Royath verschmolz förmlich mit der Musik, zog mich eng an seine unnachgiebige Brust, nur um mich im nächsten Augenblick in einer schnellen Drehung von sich zu schleudern.

Mir blieb der Atem weg und ich spürte, wie mich im nächsten Moment eine ungewohnte Leichtigkeit überkam. Der Druck fiel von mir ab, genauso wie sämtliche schweren Gedanken, bis nur noch die Musik übrig war.

Und Royath.

Sobald sich unsere Finger wieder ineinander verschränkt hatten, hob mich Roy in einer schnellen Bewegung hoch, schwang mich durch die Luft und setzte mich in einer perfekten Drehung ab.

Mein Herzschlag galoppierte in meiner Brust, so sehr, dass ich glaubte, es müsste mir jeden Moment aus dem Körper springen, und dann lag ich wieder in seinen Armen. Unsere Blicke verhakten sich ineinander und ich konnte sehen, dass sein Atem genauso schnell ging wie der meine. Seine goldene Energie wirbelte um ihn herum und ließ ihn von innen heraus leuchten.

Ein einzelner, verbotener Gedanke rauschte durch mich hindurch und ließ mich zusammenzucken.

Wunderschön. Er ist wunderschön.

Dann durchbrach eine Wand aus lautem Applaus diesen Moment zwischen uns und die Musik ging wieder in irgendein anderes Stück über. Der Tanz war vorüber, doch Roy ließ mich nicht los. Wir standen wie erstarrt inmitten der anderen, die auf die Fläche kamen, um zu tanzen. Ich wollte Abstand zwischen uns bringen, denn ich hatte plötzlich das Gefühl, nicht länger atmen zu können, doch ich war unfähig, auch nur den kleinen Finger zu rühren.

»Warum, Roy, warum hast du das gemacht?«

»Warum hast du mich ausgewählt?«, fragte er genauso leise und hob eine Augenbraue.

Mir passierte es wirklich selten, dass mir die Worte fehlten, aber jetzt ... jetzt wusste ich nicht, was ich sagen sollte. Ich konnte Royath nur anstarren und den Kopf schütteln.

Das hier war ein Fehler gewesen. Ein Fehler, dessen Konsequenzen ich nun tragen musste.

Die Blicke der anderen lagen schwer auf uns, brannten sich wie kleine Flammen durch mein Gewand und leckten unangenehm an meiner Haut. Doch Roy schien das alles nicht mitzubekommen, für ihn gab es nur ihn und mich und die Musik, die uns einhüllte.

Als ich nichts sagte, löste er seine Hände von mir, um mir eine Haarsträhne hinters Ohr zu streichen. Eine so schmerzhaft vertraute Geste, dass ich zur Seite schauen musste. »Ich habe mich zu dir gekniet, weil du dich niemals vor irgendjemandem verbeugen solltest, Lya. Schon gar nicht vor mir.« Die Muskeln an seinem Kiefer zuckten. »Und weil ich deine Angst gespürt habe.« Wieder fuhren seine schwieligen Finger über die empfindliche Haut an meinem Hals. »Ich habe geschworen, dich zu beschützen – unabhängig davon, wie die Bedrohung auch aussehen mag. Selbst wenn es deine eigene Angst ist, die dich zu verschlingen droht.«

Meine Kehle wurde trocken, als ich aufsah, direkt in seinen goldenen Blick, in dem sich so unglaublich viele Gefühle um die Vorherrschaft stritten. Furcht, Sorge, Trauer, Pflichtgefühl, Wut und Liebe.

Das letzte Gefühl schmerzte besonders, doch ich zwang mich hinzusehen, weil ich daran schuld war. Ich ganz alleine.

»Ich werde dich immer beschützen, Lya. Auch, wenn du es vielleicht nicht möchtest. Vergiss das hier nicht, wenn du bei *ihm* bist.« Royath beugte sich zu mir, hauchte einen federleichten, bittersüßen Kuss auf meine Wange und trat dann zurück.

Unfähig etwas zu erwidern, beinahe hilflos, sah ich mit an, wie er sich vor mir verneigte, als hätten die vorigen Augenblicke nie stattgefunden, und dann zwischen den anderen Dämonen verschwand.

Meine Finger krallten sich in den dünnen Stoff meines Kleides, während mein Blick auf der Stelle lag, an der Roy Sekunden zuvor gestanden hatte. Seine Berührungen kribbelten noch immer auf meiner Haut, seine Worte hallten in meinen Ohren wider.

Wie konnte er es wagen, mir so nahe zu kommen? Auf diese Weise und nach allem, was geschehen war? Wie konnte er es wagen ... diese Gefühle in mir auszulösen?

Ich biss die Zähne zusammen und versuchte, das aufgebrachte Rauschen meiner Energie zu besänftigen, doch sie pulsierte nur stärker in mir, je mehr ich mich zu beruhigen versuchte. Als würde sie genau spüren, was wirklich in mir vor sich ging, als würde sie wissen, dass ich gerade gegen alles ankämpfte, was verboten war und dennoch genau das, was ich spüren *wollte*.

Ich wollte es.

Ich wollte es, obwohl Zayden und ich ... Mein Herzschlag beschleunigte sich, Energie ließ meine Augen aufleuchten.

Und dann lag plötzlich eine warme Hand auf meiner Schulter, ließ mich mit einem erstickten Keuchen herumfahren.

»Scheiße, du brennst ja förmlich«, sagte Reena gedämpft und packte mich fester am Arm. »Atme, Lya. Atme.«

»Das war ein Fehler. Das war ein verfluchter Fehler«, erwiderte ich scharf und suchte ihren Blick. Der Standleuchter, der uns am nächsten war, flackerte auf. »Wie kann dieser ...!«

Ihr Griff wurde stärker, beinahe schmerzhaft, dann zog sie mich von der Tanzfläche in einen der schmalen Gänge, die vom Thronsaal abgingen und normalerweise den Bediensteten vorbehalten waren.

»Glaub mir, ich habe schon viele *Fehler* erlebt, Elyanor, aber das ... ich habe euch beide gesehen. Das mag vieles gewesen sein, aber ganz sicher kein Fehler.«

Jedes einzelne ihrer Worte war wie ein Messerstich in meine Eingeweide. Ich hatte das Gefühl zu verbluten.

»Roy – er und ich – ich empfinde nichts für ihn. Nicht so wie er. Nicht so wie für Zayden«, stieß ich stolpernd hervor.

Endlich. Es war raus. Ich hatte es ausgesprochen, ich hatte seinen Namen ausgesprochen und das, was mich noch immer zu ihm hinzog.

Zayden und ich. Das, was uns verband – verbunden *hatte*, das war ...

Ich liebte ihn.

Ich liebte das, was ich mit ihm erlebt hatte, und ich verabscheute, dass er einfach so verschwunden war. Ohne ein Wort. Dass er mich in dieses Wrack verwandelte, wo ich doch gerade mehr Stärke brauchte, als ich geben konnte.

»Wen willst du eigentlich überzeugen, Lya? Dich oder mich?«, entgegnete Reena nur kühl und zog die dünnen, schwarzen Augenbrauen hoch.

Ich presste die Lippen zusammen und sah sie aus zu Schlitzen verengten Augen an. »Niemanden. Ich muss niemanden überzeugen, Ree. Und ich werde diese verdammte Sache klären, ein für alle Mal.«

Mit vor der Brust verschränkten Armen lehnte sich meine

Freundin an die Mauer in ihrem Rücken und sah mich eindringlich an. »Ich habe schon gehört, dass du einen Trip nach London gebucht hast. Nur habe ich bisher angenommen, dass es dabei um das Wohl der Dämonen geht.«

Ich imitierte ihre Haltung und hob meine vernarbte Augenbraue. »Vorsicht, Schwester, gefährliches Terrain. Ich bin Königin, natürlich geht es mir um das Wohl meines Volkes.«

Reena schnaubte nur. »Du willst das Federvieh suchen, gib es schon zu. Ihn und die Kleine, die dir so ans Herz gewachsen ist.«

Darauf ging ich gar nicht erst ein. Ree nahm das zum Anlass, mit ihrer Moralpredigt fortzufahren. »Weißt du was? Ist mir auch egal. Klär' deine Angelegenheiten, Lya. Mach, was du für richtig hältst, aber pass dabei auf, dass du nicht vergisst, was du wirklich *willst*. Du neigst dazu, dich in Dinge zu verrennen, obwohl die richtige Lösung direkt vor deinen königlichen Füßen liegt. Vielleicht schon immer gelegen hat.«

Aus irgendeinem Grund ließ mich ihre Antwort für einen Moment erschaudern.

Doch der Moment verschwand genauso schnell, wie er gekommen war.

»Und falls du dich verrennen solltest, bin ich ja auch noch da, um dich mit der Nase auf das Offensichtliche zu stoßen.«

»Reena, du – Augenblick – *Was*?«

Sie grinste so süffisant, wie nur sie es konnte, und löste ihre verknoteten Arme, um sie in die Hüfte zu stemmen. Der viele Schmuck an ihr, von dessen Wert man sich locker drei Luxusautos kaufen könnte, klimperte hell. »Richtig, Lya, ich werde dort sein. Zufälligerweise hat Eoghan gerade eine neue Stelle in London zu besetzen. Beim Hellisar Clan.«

Ich verschluckte mich beinahe an meiner eigenen Spucke

und sah sie ungläubig an. Hellisar war einer der dreizehn Clans von London und lag im Herzen der Stadt. Außerdem war er für die Grausamkeit seiner Verträge und Vertreter bekannt. Ich gab es ja nicht gerne zu, aber Reena passte perfekt ins Bild dieses Clans. Trotzdem ...

»Ausgerechnet der *Hellisar*? Und wer zum Teufel hat das autorisiert? Ich habe dich als meine persönliche Kopfgeldjägerin eingestellt, Reena.«

Nickend fuhr sie sich mit der Zunge über die Unterlippe. »Und genau als diese werde ich den Hellisar auch unterstützen. Sieh mich als Ass im Herzen des Londoner Gebildes an, das dir jeden Moment deinen knackigen Arsch retten kann. Royath hat sein Okay bereits gegeben.«

»*Royath*?« Oh ja, er hatte anscheinend ebenfalls eigene Pläne und Ziele, die er verfolgte. Und Reena, einen Teil meines Lebens hier unten, in meiner Nähe zu halten, war augenscheinlich eines der Puzzlestücke. Schien so, als hätte Roy noch nicht aufgegeben und würde langsam, aber sicher sein ganz persönliches Netz aus Abmachungen, Gefallen und Stolperdrähten aufbauen.

Reenas Zähne blitzten auf, als sie die Lippen zu einem breiten Lächeln verzog, das eher an das Fletschen eines Raubtieres erinnerte. »Ob du es glaubst oder nicht, aber in dieser Angelegenheit waren wir ausnahmsweise einmal einer Meinung.«

Ich nickte nur und stieß hörbar den Atem aus. »Das glaube ich nur zu gerne, Reena.«

Der Idiot konnte etwas erleben.

Kapitel 8

Ein Jahr. Es war ein verdammtes Jahr nach Höllenrechnung her, dass ich den Hades verlassen hatte. Ein Jahr lang hatte ich nichts anderes als Dämonen gesehen, Feuer, Finsternis und das Summen der düsteren Magie der Hölle gespürt. Hatte Verhandlungen geführt, meine Wünsche und Hoffnungen zurückgestellt, war Königin gewesen.

Ich hatte regiert, neue Strukturen geschaffen und Ordnung in das Chaos gebracht, das mit dem Tod meines Vaters entstanden war. Und es war mir gelungen – mehr oder weniger –, ich hatte viel erreicht.

Es war Zeit, für eine Weile ein neues Kapitel aufzuschlagen.

Auf der Erde waren inzwischen nur etwa sieben Monate vergangen. Trotzdem eine verflucht lange Zeit.

Es kam mir eher wie eine Ewigkeit vor.

Eine Ewigkeit, in der viel geschehen war, es viele Veränderungen gegeben hatte, und ich konnte nicht leugnen, dass ich mich fürchtete.

Ja, ich fürchtete mich vor dem, was mich in London erwartete, denn ich bezweifelte nicht, dass es nicht mehr dasselbe London war, das ich vor den sieben Monaten nach Menschenrechnung verlassen hatte. Ganz sicher nicht.

Mein letzter aktiver Kontakt mit Annie war knapp zwei Monate her, von Zayden ganz zu schweigen.

Da oben hatte sich viel getan und womöglich passte ich gar nicht mehr in das Leben dort. Es war sogar sehr wahrscheinlich, dass ich in London eigentlich nichts mehr verloren hatte. Annie hatte ihren neuen Alltag, neue Freunde, neue Dinge, die sie bewegten und von denen ich nichts wusste. Da brauchte sie keine übernatürliche Höllenkönigin vor ihrer Haustür, oder? Nicht jetzt, wo sie das scheinbar Unmögliche geschafft und sich ein gewöhnliches, neues Leben aufgebaut hatte.

Aber ich war schon immer egoistisch gewesen, hatte mir genommen, was ich wollte, das lag nun mal in meiner Natur als Dämonin.

Und was Zayden trieb – keine Ahnung. Ich wusste nur, dass ich ihn finden musste. *So oder so.*

Meine Gedanken sprangen wild umher, von Zweifeln und Vorsätzen zu Ängsten und vagen Hoffnungen, zu den Pflichten, die in London auf mich warteten und den Gefahren, die dort lauerten, während ich über den dunkelroten Teppich auf das Hauptportal zuschritt.

Rechts und links des Teppichs hatten sich sämtlich Bediensteten und Angestellten versammelt, um ihre Herrscherin zu verabschieden. Sie neigten respektvoll die Häupter, als ich an ihnen vorbeiging – in schwarzer Löcherjeans, durchscheinender, dunkler Bluse und Turnschuhen. Ich hatte nie weniger wie die gefährliche Herrscherin der Hölle ausgesehen.

Neben dem Portal warteten Roy, Anaïs und meine Brüder. Reena würde erst in ein paar Tagen nachkommen, wenn Tellin, der Leiter des Hellisar Clans, alles vorbereitet hatte. Ehrlich gesagt war ich froh darüber, so hatte ich etwas Luft, um mich wieder in London und unter den Menschen einzufinden. Denn ich würde Zeit brauchen.

Ich hatte das Gefühl, dass mich noch nie so viel von den Menschen unterschieden hatte, wie in diesem Moment.

Xaver, mein ältester Bruder, würde während meiner Abwesenheit die Geschäfte führen, mich über alles Wichtige informieren und dafür sorgen, dass die Hölle blieb, wie ich sie geformt hatte. Und Avan ... nun ja, vermutlich würde er nach wie vor Scheiße bauen und den Untergrund des Hades aufmischen.

Als ich zu ihnen trat, eine karierte Kuriertasche über die Schulter geworfen, verbeugten auch sie sich gebührend vor der Königin des Hades.

Dann machte Avan einen Schritt in meine Richtung und grinste mich schief an. Seine feste Stimme durchbrach die angespannte Stille, die sich über den Thronsaal gelegt hatte, mühelos. »Es wird langweilig hier unten ohne deine schlechte Laune.«

»Witzig, ich freue mich darauf, endlich mal Abstand von dir zu bekommen«, erwiderte ich in demselben Tonfall und zog ihn in eine rasche, aber feste Umarmung. Ich sog seinen Geruch ein, die Erinnerungen, die daran hafteten, und schloss sie ganz tief in mir ein.

»Pass auf dich auf, Schwesterchen, und tu nichts, was ich nicht auch tun würde. Ganz besonders im Hinblick auf diesen Idioten.«

Ich wusste nicht genau, von welchem Idioten er sprach – Roy oder doch Zayden –, aber ich fragte nicht weiter nach, sondern hauchte nur einen leichten Kuss auf seine Wange und schlich mich sanft in seinen Geist. *Bau nicht zu viel Mist, Avan. Xaver wird deine Unterstützung brauchen, wenn er die Dämonen hier zusammenhalten will, sobald sich die Nachrichten über die Madúr verbreiten.*

Seine Augen leuchteten kurz auf, dann nickte er. *Das werde ich, Lya. Du kannst dich auf mich verlassen.*

Ich sah ihm noch einen Moment fest in die Augen, dann wandte ich mich an Xaver und reichte ihm meine Hände, als er danach griff.

»Bei der Hölle, Lya, gib auf dich acht. Ich meine zu wissen, was du vorhast, *aber* der Hades braucht dich.«

Wir brauchen dich, schienen seine Augen zu sagen, aber er sprach diese Worte nicht laut aus. Das brauchte er auch gar nicht, ich verstand sie auch so.

Also neigte ich lächelnd den Kopf. »Halte die Leute hier auf Kurs, Xav. Ganz besonders die Hohedämonen und Kontinentführer. Ich habe so eine Vermutung, dass uns von dieser Seite noch unangenehme Überraschungen bevorstehen. Und keine Kompromisse ohne meine Einwilligung.«

»Natürlich, Mylady«, erwiderte er mit ernster Miene, aber ich sah das Lächeln in seinen Augen.

Auch Xaver nahm ich kurz in den Arm, ehe ich den Gurt meiner Tasche fester umfasste und näher an das Portal trat. Und an Royath. Ein Prickeln schoss meine Wirbelsäule hoch.

»Sind deine Leute in Position?«

Er nickte knapp, ohne mich anzusehen. Ich fragte mich, wie lange wir dieses Spiel noch spielen wollten, aber manche Wunden waren zu tief, um sie innerhalb eines Jahres vergessen zu können.

»Alle auf ihrem Posten. Der Einsatz auf den Kontinenten hat bereits begonnen und man hält mich über alle Aktivitäten auf dem Laufenden. Außerdem habe ich eine Einheit nach London geschickt. Alles wartet auf deine Befehle, Elyanor.«

»Gut. Sorge dafür, dass auch Xaver informiert ist und weitere Schritte einleiten kann, sofern es nötig sein sollte«, entgegnete ich und straffte mich. »Ich möchte keine Risiken eingehen. Weder hier noch sonst wo auf der Erde.«

Für einen kurzen Moment sah er mir in die Augen, dann senkte er den Kopf. »Wie du wünschst.« Das sagte er immer. *Wie du wünschst.* Aber es fühlte sich so an, als wollte er damit noch ganz andere Sachen ausdrücken, die er nicht auszusprechen wagte.

Ich wandte mich an Anaïs und drückte ihre faltigen Hände. »Seid Ihr sicher, dass ich Euch nicht doch begleiten soll? Wer kümmert sich dort oben um Euch, Mylady?«

Ein warmes Lächeln schlich sich auf meine Züge. »Ich komme schon zurecht, Anaïs. Das weißt du doch. Hüte in der Zeit meiner Abwesenheit den Palast und behalte die Dienerschaft im Auge.«

»Alles wird makellos bei Eurer Wiederkehr sein, meine Königin.«

»Davon gehe ich aus«, antwortete ich und gab ihre Hände frei, dann stellte ich mich direkt vor das Portal, rief meine Energie auf und ließ sie wispernd in den gewaltigen Kamin fahren.

Sofort flammte darin ein loderndes Feuer auf, dessen Hitze auf meiner Haut prickelte und mir verlockende Worte zuflüsterte. Für einen winzigen Moment meinte ich in den Feuerzungen einen ersten Blick auf London erhaschen zu können. Sehnsucht und Aufregung packten mich.

Meine Macht flutete mühelos den Saal, erfasste die Kerzen der Leuchter und rauschte dunkel und klar wie ein finsterer Wind über die Anwesenden hinweg.

Überall leuchteten Augen auf, als die Energie der Dämonen auf meine eigene reagierte. Ein berauschendes Summen erfasste meinen Körper und ich sog es in mich auf, bis ich förmlich trunken davon war.

In diesem Augenblick verzog sich die andauernde Finsternis, die über dem Hades gelegen hatte und ging in ein helles Orangerot über.

Ein neues Zeichen?

Royath trat an meine Seite, genauso in Menschenkleidung gehüllt, wie ich es war. Eine ausgewaschene Jeans, ein schwarzes Shirt und seine geliebte Lederjacke verwandelten ihn in den Dämonen, der mich bereits bei meiner ersten Reise auf die Erde begleitet hatte.

Ein dünnes, beinahe trauriges Lächeln zupfte an meinen Mundwinkeln. So viel war seitdem geschehen. So viel hatte sich verändert ...

Ein letztes Mal drehte ich mich um, ließ den Blick über die Mitglieder meines Hauses wandern, nahm den Anblick des gefüllten Thronsaales, meiner Festung in mich auf.

Dann wandte ich mich dem lodernden Portal zu und ließ mich fallen, ohne mich ein weiteres Mal umzublicken.

Hinein in die pulsierende Macht, die mich an einen ganz anderen Ort, eine scheinbar andere Zeit bringen würde, die so viel für uns bereithielt. Pflichten, Gefahren und Hoffnungen.

Doch noch ehe ich in der prickelnden Energie versinken konnte, griffen warme Finger nach meiner Hand, verschränkten sich mit meinen Fingern und hielten mich fest. Bewahrten mich vor dem alleinigen Sturz.

Roy folgte mir, ohne zu zögern, durch die Flammen des Portals, die uns mit einer Wucht erfassten, die meinen ganzen Körper zum Vibrieren brachte. Ich biss die Zähne zusammen und schloss die Augen.

Und dann fielen wir gemeinsam.

In eine andere Welt. Ein anderes Leben.

Ein anderes Kapitel.

TEIL ZWEI

Kapitel 9

Es war dunkel und verdammt kalt. Und das sollte schon etwas heißen, wenn *ich* das sagte, denn in mir brannte das verfluchte Feuer der Hölle.

Trotzdem, das änderte nicht das Geringste an der Tatsache, dass sich eine mordsmäßige Gänsehaut auf meinem Körper ausbreitete, da hatte ich kaum zwei Füße auf Londoner Boden gesetzt.

Vermutlich hatte ich einfach zu viel Zeit in der Hitze des Hades verbracht, denn das war kein erfundenes Klischee der Menschen. Die Hölle *war* heiß.

Oder womöglich war das hier auch gar nicht London. Denn als ich das letzte Mal hier gewesen war, war es ziemlich heiß gewesen und – ich blickte auf und sah die schicke Fassade des *Royal Park Hotel* vor mir. Die dunkelgrünen Markisen, die goldenen Fensterrahmen, den dunklen Stein.

Doch. London. Ich war in London.

Ein Knacken neben mir ließ mich den Blick von dem Hotelgebäude abwenden.

Royaths Schritte knisterten auf dem gefrorenen Rasen, als er neben mich trat und die Arme vor der Brust verschränkte.

»Da wären wir wieder«, murmelte er. »Einmal Hölle und zurück. Willkommen zurück in London, Lya. Und augenscheinlich auch im Winter«, fügte er mit einem zerknirschten Unterton an und stieß den Atem aus, der zu einem kleinen Wölkchen vor uns in der kalten Luft gefror.

»Was haben wir für einen Tag?« Ich blies zitternd einen

Schwall meiner inneren Hitze in meine Hände, die sich schon jetzt wie Eiszapfen anfühlten. Es wurde Zeit, dass wir aus dieser entsetzlichen Kälte herauskamen.

Als hätte Roy meinen Wunsch gespürt, setzte er sich in Bewegung und führte uns über die Grünfläche aus dem Hyde Park auf die Straßenseite, die dem Hotel gegenüberlag. Von hier aus konnte ich sogar den Portier sehen. Malcom. Daran hatte sich also nichts geändert.

»Wir haben den zweiundzwanzigsten Februar und es ist kurz vor Mitternacht«, antwortete Royath verzögert, schaute nach rechts und links und schob mich dann über die schwach beleuchtete Straße.

Wir würden also wieder im Hotel wohnen, in derselben Suite, in der ... ich schüttelte diesen Gedanken ab und zog mir den Gurt meiner Tasche weiter über die Schulter. Ich hatte weitaus wichtigere Dinge, über die ich nachdenken musste, als *das*.

Der Portier erkannte uns sofort, als wir unter das dunkelgrüne Vordach auf den roten Teppich traten, der mich an meinen Palast erinnerte.

»Miss Edenmore!«, begrüßte er mich höflich und tippte sich an den Zylinder. »Wir haben Sie bereits erwartet. Die Suite und ein leichtes Abendessen sind für Sie vorbereitet worden.«

»Guten Abend, Malcom. Es ist schön, wieder hier zu sein«, sagte ich ehrlich und lächelte.

Er erwiderte das Lächeln und seine braunen Augen blitzten auf, dann richtete er seinen Blick auf Royath. »Ich war so frei, Ihr Motorrad inspizieren und reinigen zu lassen.«

Roy neigte dankbar den Kopf und legte eine Hand auf meinen unteren Rücken. »Haben Sie vielen Dank. Eine angenehme Nacht noch.« Mit diesen Worten schob er mich in das Hotel, direkt zu einem der goldenen Fahrstühle.

Ich hatte kaum Gelegenheit, mich in der prachtvollen Lobby umzusehen und das alles zu genießen, denn wir hatten kaum den Aufzug betreten, da schlossen sich auch schon die Türen hinter uns.

»Warum hast du es so eilig?«, fragte ich Roy und betrachtete sein Spiegelbild, das meinen Blick grimmig erwiderte.

»Wir müssen uns nicht unnötig lange im Freien aufhalten, wenn möglich würde ich deine Sichtbarkeit in London auf ein Minimum reduzieren.«

»Und mich in die Suite sperren? Das kannst du so was von vergessen, Royath.« Meine Augen glühten warnend auf. »Zumal es Teil meines Plans ist, mich sehen zu lassen, falls es dir entfallen sein sollte.«

Seine Antwort war ein missbilligendes Brummen, das so gut wie alles hätte bedeuten können. »Ich kenne deinen sogenannten Plan sehr wohl.«

»Ich komme schon klar, Roy, also fahr deinen Beschützermodus runter und genieß die Londoner Luft.«

Die Türen des schicken Aufzugs öffneten sich mit einem leisen *Pling*, dann betraten wir den Flur, an dessen Ende das Penthouse lag. Vor dem breiten Eingang wartete bereits ein weiteres bekanntes Gesicht in Frack und mit einem Tablett in der einen Hand, auf der zwei schicke Gläser standen.

»Guten Abend, Paul«, sagte ich, als ich mit großen Schritten auf unseren persönlichen Butler zulief. Es fehlte nicht mehr viel und ich hätte ihn in die Arme geschlossen. Einfach, weil er sich kein Stück verändert hatte und einen Teil einer vergangenen, schönen Zeit repräsentierte.

»Miss Edenmore, willkommen zurück in London. Ich hoffe,

Sie hatten eine angenehme Reise? Möchten Sie vielleicht ein Glas Champagner?« Selbst seine knarrende Stimme, auf der ein schwerer britischer Akzent tanzte, klang noch genauso, wie ich sie in Erinnerung gehabt hatte.

»Vielen Dank, ja, die hatten wir.« Ich nahm eines der Gläser in Empfang und nippte daran. Mir wäre beinahe ein genüssliches Seufzen über die Lippen gekommen.

Roy schnappte sich das andere Glas und öffnete die Eingangstür der Suite im obersten Stockwerk des beinahe historischen *Royal Park Hotels*.

»Brauchen Sie noch etwas, Miss? Das Essen ist in der Küche angerichtet.«

Ich winkte ab und sah Roy hinterher, der bereits in den Tiefen der großen Wohnung verschwunden war. »Ach was, wir haben alles. Danke, Paul, und eine angenehme Nacht.«

»Falls Sie etwas benötigen, lassen Sie es mich einfach wissen.« Paul neigte den Kopf und schloss die Tür hinter mir, als ich den Eingangsbereich der Suite betreten hatte.

Malcom hatte nicht übertrieben. Es war wirklich alles vorbereitet worden. Es war, als wären wir nie weggewesen. In der Garderobe hingen sogar unsere Jacken und unsere Schuhe standen ordentlich aufgereiht darunter und in dem Schrank zu meiner Linken.

Gedankenverloren strichen meine Finger über das dunkle Holz der Möbel, die festen Stoffe der Jacken und Mäntel, die schwere, raue Tapete.

Wir waren wieder hier. Wir waren wirklich wieder hier.

Meine Füße trugen mich in das ausladende Wohnzimmer mit dem riesigen Kamin, den schweren Sofas und dem gewaltigen Esstisch. Alles war noch genauso, wie wir es verlassen hatten – mit der Ausnahme, dass der gigantische Fernseher noch größer und flacher geworden zu sein schien und jetzt kein Feuer im Kamin brannte.

Ein leichter, kühler Luftzug ließ mich nach rechts schauen, dorthin, wo die große Fensterfront lag, durch die man auf die Dachterrasse gelangte, auf der Roy seine Liebe zur Botanik entdeckt hatte.

Die Tür war nur angelehnt und bewegte sich leicht im Wind.

Ich schnappte mir rasch einen gefütterten Parka, ehe ich raus auf die Terrasse trat, wo der eisige Wind sofort in meine Haare fuhr und sie wild tanzen ließ. Ein Schauer durchfuhr mich und ich zog die Jacke fester um meinen Körper. Dann verschränkte ich die Arme vor der Brust und lief zum Geländer, an dem Roy stand und den Blick über das leuchtende und blinkende London schweifen ließ.

Als er meine innere Energiesignatur spürte, wandte er den Kopf in meine Richtung. Resignation stand in seinen goldenen Augen. »Ich hoffe, dass es die richtige Entscheidung war, herzukommen«, sagte er leise und umfasste das Geländer fester.

Ich legte die Unterarme auf die Brüstung und nahm den Anblick, der sich uns bot, in mich auf. Der Hyde Park, der dunkel vor uns lag, das bunt funkelnde *London Eye* in der Ferne und der Big Ben mit seiner gelbgrünlich leuchtenden Uhr. Es war kurz nach Mitternacht.

»Es ist die einzige Möglichkeit. Und eine Chance«, erwiderte ich.

»Eine Chance? Worauf?« Roy klang bitter, als er das fragte.

Ich seufzte leise und warf ihm einen kurzen Seitenblick zu. Wie lange wollten wir noch um dieses Thema herumtanzen und auf diesem Grat balancieren? Weitere sieben Monate? Jahre?

»Darauf, Dinge zu klären, Royath. Und eine Lösung für die Welt des Übernatürlichen zu finden. Wir können uns Klarheit verschaffen und weiterkommen«, erwiderte ich und atmete tief durch.

»Ich glaube, dass wir eine unterschiedliche Vorstellung von Klarheit haben, Lya. Für mich sind manche Dinge, nach denen du so händeringend suchst, schon lange klar.«

»Sprichst du von Zayden?« Ich sah ihn herausfordernd an und biss die Zähne zusammen. Vielleicht war hier und jetzt der richtige Zeitpunkt, um den Finger in die Wunde zu legen und den Splitter, der tief darin saß, endlich herauszuziehen, um der Wunde die Chance auf Heilung zu geben.

»Nein, Lya, ich spreche von uns.«

Seine Worte sorgten dafür, dass sich ein harter, unnachgiebiger Kloß in meinem Hals bildete. Ich versuchte ihn herunterzuschlucken, aber es gelang mir nicht. Damit hatte ich nicht gerechnet.

»Es gibt kein ›uns‹, Royath. Ich weiß, dass du etwas für mich empfindest und ...«, begann ich seltsam atemlos.

Er fuhr ruckartig herum und sah mich mit glühenden Augen an. »Nein, Lya. Du weißt *gar nichts*. Weder über das, was ich empfinde, noch über meine Gefühle. Also maß dir nicht an, darüber zu urteilen.«

Die Heftigkeit seiner Worte ließ mich zusammenzucken und dennoch hielt ich der prickelnden Energie in seinen Augen stand. »Ich weiß mehr, als du denkst.«

»Lass einfach gut sein«, brummte er und mahlte mit den Kiefern.

»Nein. Wir können nicht ewig so weitermachen, Roy, irgendwann müssen wir darüber sprechen und diese Angelegenheit bereinigen. Ich brauche einen klaren Kopf und du ...«

»Ich bin ein Störfaktor? Oh, du musst keine Mühe an mich verschwenden, Lya. Ich komme alleine klar, keine Sorge«, antwortete er mit dröhnender Bitterkeit in der Stimme.

Ich schüttelte nur den Kopf und fuhr mir über das Gesicht. Meine Haut war kühl von dem frischen Wind, der über die Dachterrasse hinwegzog.

»Ich werde dich nicht belästigen, Elyanor. Du wirst mich die meiste Zeit nicht einmal bemerken«, murmelte er dann und stieß sich vom Geländer ab.

Für einen winzigen Moment kniff ich die Augen zusammen, dann wandte ich mich zu ihm um und verschränkte die Arme vor der Brust. »Warum wolltest du dann unbedingt mitkommen, Royath?«

»Weil es mein verfluchter Job ist.«

Ich winkte ab und funkelte ihn herausfordernd an. »Mich hätte jeder deiner Männer begleiten können, wenn es hier nur um einen Job und meine Sicherheit geht, und das weißt du.«

Roys Schultern sackten ein Stück herab und seine Hände ballten sich an seinen Seiten zu Fäusten. »Ich würde jedem von ihnen ohne zu zögern mein Leben anvertrauen. Meines, aber nicht deines. Schon gar nicht in diesen Zeiten oder an diesem Ort. Und außerdem ...« Er unterbrach sich selbst und ließ den Kopf hängen. Die letzten Reste seiner Rüstung aus Distanz und Gleichgültigkeit verschwanden. Mein Magen zog sich schmerzhaft zusammen.

»Außerdem ist mein Platz an deiner Seite, Lya. War es immer und wird es immer sein. Auf welche Art und Weise du es auch zulässt, ich bleibe an deiner Seite. Ist es das, was du hören wolltest?« Wieder brannte seine innere Energie in seinen bernsteinfarbenen Augen, aber aus einem gänzlich anderen Grund. Ein Grund, der mir den Atem raubte.

»Und jetzt entschuldige mich«, fügte er leiser an, fuhr herum und lief mit schweren, langen Schritten zurück in unsere Suite.

Ich blieb zurück und fühlte mich, als hätte ich, anstatt den Splitter herauszuziehen, einen zweiten und dritten hineingetrieben und alles noch viel schlimmer gemacht.

Die Lippen zu einer festen, schmalen Linie zusammengekniffen, umschlang ich mich selbst mit den Armen.

Ich bekam keine Luft, ich hatte das Gefühl, in meinem eigenen Körper eingesperrt zu sein und jeden Moment zu bersten.

Luft. Ich brauchte Luft und Abstand.

Es kostete mich nur einen winzigen Gedanken. Einen wispernden Befehl an meinen innersten Kern und schon rauschte meine Macht mit einer Intensität durch meinen Körper, die die Kälte um mich herum mit einem Schlag vertrieb.

Goldene Energie flutete meine Augen, jeden Gedanken, dann brachen meine nachtschwarzen Flügel aus dem Rücken, der Beweis für das Chaos, das in meinem Inneren tobte und jeden Funken der hellen Macht vertrieben hatte.

Der Wind zupfte an den Federn, strich flüsternd darüber, sodass ich erschauderte und die Zähne zusammenbiss.

In meinem Rücken spürte ich Roys Energiesignatur, als er wieder auf die Dachterrasse trat. Ich musste hier weg. Sofort.

»Lya!«, rief Roy warnend, doch da hatte ich mich auch schon vom Boden abgestoßen und in die kalte Luft erhoben.

Mit einigen kräftigen Schlägen meiner Flügel war ich innerhalb von Sekundenbruchteilen so weit weg, dass ich Roy nicht länger spürte und das unangenehme Kribbeln in meinem Nacken endlich verstummt war.

Stattdessen verspürte ich nun eine ganz andere Art von Kribbeln und Pulsieren.

Über mir breitete sich der mitternachtsfarbene Himmel aus, an dem vereinzelte, hellgraue Wolken vorüberzogen. Ein halbvoller Mond leuchtete über mir, zusammen mit vereinzelten Sternen, während unter mir das Lichtermeer der Stadt funkelte. Und es war so wundervoll still.

Ich zog meine mentalen Barrieren hoch, damit es auch so bleiben würde, und steckte meine Energiesignatur darunter, um auf dem Radar der anderen unsichtbar zu bleiben.

Die Themse zog sich wie ein silbernes Band durch London, eine Schleife für das Geschenk, das unter mir schlief. Busse und Autos folgten den verwinkelten Straßen dieser Stadt aus Licht und Finsternis, wenige Schiffe glitten lautlos auf dem Wasser des Flusses entlang.

Ich drehte nach Osten ab, überquerte die Themse und flog eine Schleife um das Riesenrad, das in diesem Moment in einem kräftigen Rot erstrahlte. Mein Bauch kribbelte, meine Haare flogen ungezähmt vor meinen Augen umher und mein Herz schlug stark und kräftig in meiner Brust. Ein seltsames Hochgefühl, das so sehr im Kontrast zu meinem Konflikt mit Royath stand, ergriff Besitz von mir und ließ mich lächeln.

Ich lächelte London zu, breitete die Arme aus und ließ mich von dem Wind über die historischen Gebäude am Themseufer tragen.

Im Hades war ich oft einfach drauflosgeflogen, hatte Aker und die Randbezirke wieder und wieder umkreist, mein Reich von oben betrachtet und mich von der Hitze, die der Hölle innewohnte, treiben lassen.

Aber das hier ... war etwas vollkommen anderes. Ich konnte es nicht in Worte fassen, aber ich spürte es an dem

Summen, das mich kitzelte, an dem leichten Gefühl in meinen Gliedern.

Ich fühlte mich frei. Das erste Mal seit einer scheinbar endlosen Zeit.

Ja, Annie, Zayden und der Konflikt mit den *Madúr* und *Iljos* mochten Gründe für meine Rückkehr nach London sein. Aber mein Verlangen nach dieser Freiheit, die ich bisher nur an diesem Ort verspürt hatte, hatte mich genauso zurückgezogen.

London hatte mich in seinen Fängen. Mit Haut und Haar und Seele.

Ich bemerkte, dass ich etwas abgesunken war, und brachte mich mit ein paar Schlägen wieder höher, um nicht Gefahr zu laufen, entdeckt zu werden. Auf dem breiten Fußgängerweg, der direkt an der Themse entlang verlief, war trotz der späten Stunde noch einiges los und ich hatte nicht das Verlangen, irgendwelchen ahnungslosen Touristen zu offenbaren, dass die Hölle wirklich existierte.

Geführt von dem frischen Wind glitt ich über dem Fluss in Richtung Westen, überflog die große Station *Embankment* und die zugehörige Brücke, auf der gerade ein Zug einlief. Links von mir erstrahlte die gewaltige *St. Pauls Cathedral* in einem hellen Weiß und auf der *Millenium Bridge* tummelten sich noch immer unzählige Menschen, die das nächtliche London genauso genossen, wie ich es tat. Wenn sie wüssten, was ihnen da unten alles entging ...

Ich beschleunigte, ließ beides hinter mir und steuerte auf den *Tower of London* und die berühmte *Tower Bridge* zu.

Sobald ich in Nähe der alten Festung war, erfasste mich das Kribbeln der Urenergie, die das Höllenportal, das sich unterhalb des Towers befand, verströmte, und ließ meine Barrieren erzittern.

Als würde die Hölle nach ihrer Königin rufen – aber ich ignorierte sie und verstärkte meine mentalen Mauern nur weiter.

Es war kein Gerücht, dass das Gefängnis, das sich einmal im *Tower of London* befunden hatte, die Hölle auf Erden gewesen war. Dads Leute – meine Leute – hatten in der Hochzeit des Kerkers ein mehr als lukratives Geschäft eingefahren. Die Insassen waren nur allzu bereit gewesen, zu den übelsten Konditionen Verträge mit den Dämonen zu schließen, solange es sie nur aus dem Tower brachte.

Mittlerweile war so etwas nicht mehr denkbar. Auch die Abmachungen des Hades waren jetzt an Regeln und Gesetze gebunden. Regeln, die ich gerade erst reformiert hatte.

Kopfschüttelnd verscheuchte ich die Politik aus meinem Kopf und umkreiste den linken Turm der Tower Bridge zweimal, ehe ich mich auf dem Dach niederließ und die Flügel hinter mir zusammenfaltete.

Die Arme um meine angewinkelten Beine geschlungen, das Kinn auf die Knie abgelegt, ließ ich den Blick über die Themse, den Tower und das Gewusel gleiten, das noch immer dort unten herrschte. Man mochte meinen, Mittwochnacht wäre nichts los und man hätte die Stadt für sich ...

Ich atmete tief durch und sah zum Himmel hoch, zu den wenigen Sternen, die dort aufblitzten, und dem blinkenden Flugzeug, das vermutlich in Heathrow runterkommen würde.

Unter mir hupte ein Bus, ich hörte das leise Gemurmel der Menschen, ihre Gedanken und das Rauschen des Windes, der verheißungsvoll an mir zupfte.

Wer hätte gedacht, dass mir das alles so gefehlt hatte? Die ganz eigene Magie Londons, die Gegensätze hier, das Leben, das in den Straßen pulsierte.

Ich hatte im Hades alles, was man sich wünschen konnte: Die absolute Macht, Reichtum, alles und jeder hatte meinen Befehlen Folge zu leisten, aber hier ... hier an diesem Ort besaß ich Grenzenlosigkeit.

Eine ganze Zeit später – am Horizont zeichnete sich bereits ein leichter, rosafarbener Schimmer ab – und nach einem Abstecher zu der *Shard*, wo ich für drei Stunden die Augen geschlossen und geschützt von einer Hülle aus meiner eigenen Hitze gedöst hatte, landete ich unweit des Coffeeshops. Der *Caramel Corner* war bei meinem ersten Besuch hier in London zu einem meiner Eckpfeiler geworden und ich hatte sowohl den Kaffee dort als auch die Donuts in beinahe jeder Sekunde schmerzlich vermisst.

Denn auch wenn ich das Zepter des Hades an mich gerissen hatte, gab es noch immer keinen vergleichbaren Laden in der Hölle. Oder Donuts. Das vertrug sich schlichtweg nicht mit der dämonischen Philosophie.

Jetzt aber war ich wieder hier und hatte Glück. Es war kurz nach halb sieben, der Shop hatte also gerade erst geöffnet und damit würde ich die freie Wahl bei den Donuts haben. Mit einem beinahe dämlichen Grinsen betrat ich den Coffeeshop, sog den Geruch nach Kaffeebohnen, Zucker und frischem Kuchen in mich auf und ging an den Tresen – bis mir auffiel, dass ich kein Geld bei mir trug.

Warum auch?

In der Hölle hatte ich kein Geld gebraucht und bei meinem spontanen Aufbruch gestern hatte ich nicht wissen können, dass ich mich so lange rumtreiben würde.

Dann eben auf die alte Methode, es war sowieso nicht genug los, als dass es jemandem auffallen könnte. Die vielen, zusammengewürfelten Tischchen waren noch nicht besetzt und auch an der Theke saß nur eine einzige Person, die mit Kopfhörern in den Ohren vertieft auf ihren Laptop starrte. Sollte also kein großes Problem werden, einen winzigen Funken meiner inneren Magie anzuzapfen.

Der junge Mann vor mir nahm seinen Becher entgegen, legte das Geld auf den Tresen und war schon wieder fast aus dem Coffeeshop verschwunden, als ich mich an die junge, asiatische Barista wandte.

Ihre braunen Augen weiteten sich, als sie mich wiedererkannte, dann breitete sich ein strahlendes Lächeln auf ihren Zügen aus. Noch etwas, das sich nicht verändert hatte, dabei hatte ich angenommen, dass sie mittlerweile nach Wellington gegangen war.

»Lya! Du bist es ja wirklich!«, rief sie und kam ohne Umschweife um die Theke herum, um mich in den Arm zu schließen.

Ihre Berührung schickte sofort ein heftiges Kribbeln über meinen Körper und erinnerte mich daran, dass ich auf der Erde besonders auf meine Mauern achten musste.

Erst zögerlich, dann genauso fest erwiderte ich ihre Umarmung und lächelte sie schief an, als sie mich eine Unterarmlänge von sich schob.

»Was machst du denn hier?«

»Hi, Judy. Ich bin zurück. Zumindest für eine Weile, es gibt noch ein paar Dinge, die ich klären muss.«

Grinsend schüttelte sie den Kopf, als könnte sie es immer noch nicht fassen. »Du wirkst verändert – auf eine gute Art. Es ist schön, dich wiederzusehen, Lya.«

»Ich freue mich auch, wieder in London zu sein.«

Judy ging zurück hinter den Tresen und zog einen Kaffeebecher heran. »Wohin hat es dich verschlagen? Du bist letzten Sommer einfach verschwunden.«

»Eine dringende Familienangelegenheit«, antwortete ich und öffnete den Reißverschluss meines Parkas. Hier drin begann ich langsam, aber sicher zu schwitzen. »Und was ist mit dir? Wolltest du nicht in Wellington studieren?«

Ein Schatten huschte über ihre Züge und vertrieb das Leuchten aus ihren braunen Augen. »Ja, wollte ich ... aber es ist viel passiert seitdem. Mein Dad ist gestoben und ... es gibt einfach zu viel zu tun. Ich kann nicht verschwinden. Vorerst nicht.«

»Das tut mir leid zu hören.«

Sie nickte nur und drehte den Becher in ihren Händen. »Manche Dinge kann man nicht ändern, was? Vielleicht sollte ich nicht nach Wellington gehen und das war ein Zeichen. Oder so etwas Bescheuertes.«

Ich winkte ab und legte die Unterarme auf die Holzoberfläche in die Nähe ihrer Hände, aber ich berührte sie nicht. Daran musste ich mich erst wieder gewöhnen.

»Judy, so etwas solltest du nicht einmal denken. Wenn Wellington dein Traum ist, dann verfolge ihn weiter. Glaub mir, wenn du in etwas feststeckst, was dir keine Erfüllung schenkt, dann wirst du nicht glücklich werden.«

Sie sah auf und betrachtete mich aufmerksam. »Klingt, als wüsstest du, wie sich das anfühlt.«

Als Antwort zuckte ich nur mit den Achseln. »Hör nicht auf, an deinen Traum zu glauben. Mehr möchte ich gar nicht sagen, Judy. Und wenn ich dir irgendwie helfen kann ...«

Tränen glitzerten in ihren Augen und sie wischte sie rasch weg. Ich hatte sie trotzdem gesehen.

»Danke, Lya.« Judy zwang sich zu einem Lächeln, doch

es erreichte kaum ihre Augen. »Also, was kann ich dir bringen? Das Übliche?«

»Sehr gerne. Was bekommst du?«

Nickend schrieb sie meinen Namen auf den Becher und notierte den *Caramel Macchiato*. »Der geht heute auf mich. Zur Feier des Tages.« Irgendwie klang sie traurig, als sie das sagte. Ich zog die Stirn kraus.

Während die Maschine leise Kaffee mahlte und der Duft von Karamell durch den Coffeeshop wehte, lehnte ich mich ans Ende der Theke, um auf meinen Kaffee zu warten.

»Wie lange wirst du bleiben?«

»Ich weiß es noch nicht, aber besonders lange wird es nicht sein. Sobald *die Sache* geklärt ist, muss ich zurück.«

Ich nahm dankbar den Becher und sofort einen großen Schluck des kochend heißen Kaffees. Mir kam ein genüssliches Seufzen über die Lippen, das in ein heiseres Lachen überging, als ich Judys geschockten Gesichtsausdruck bemerkte. Stimmt ja, Menschen hatten ein Problem mit Hitze.

»Geht es dir gut?«, fragte sie und zog die schwarzen Augenbrauen zusammen.

Ich setzte hastig den Becher ab, tat, als hätte ich mich verbrannt und nickte. »Mist. Heiß. Ich habe den Kaffee bloß einfach so vermisst, weißt du?«

Immerhin schaffte ich es durch diese dämliche Aktion, dass ein echtes Lächeln auf ihr hübsches Gesicht trat. »Du bist schräg, Lya. Aber es ist super schön, dich wieder hier zu haben. Wer weiß, vielleicht bleibst du ja doch.«

Ja, wer weiß das schon?

»Komm bald wieder vorbei, ja?«, setzte sie hinzu und nickte dem neuen Kunden zu, der an den Tresen getreten war.

»Darauf kannst du Gift nehmen. Und, Judy?«

Sie wandte sich noch einmal zu mir um, der schwarze Dutt auf ihrem Kopf wippte hin und her. »Hm?«

»Wenn du etwas brauchst, dann sag es mir, ja? Ich helfe gerne.«

Ihre Augen begannen zu leuchten, dann neigte sie den Kopf. »Du bist eine von den Guten, Lya.«

Kapitel 10

Royath war nicht da.

Nicht, dass ich nach unserem Streit gestern Nacht besonders erpicht darauf gewesen wäre, ihm über den Weg zu laufen. Wir waren beide sehr emotionale Kreaturen und unsere Gemüter brauchten Zeit, um abzukühlen. Dennoch fand ich es merkwürdig, dass er nicht auf meine Rückkehr gewartet, sondern mir nur einen Zettel hinterlassen hatte.

Bin bei den Lerox.
Hoffe, du hattest einen schönen Ausflug.
Warte mit den Dingen, die du klären musst, nicht auf mich.
Ich finde dich, wenn ich hier fertig bin.
R.

Der Zettel ging in einer kleinen Rauchwolke auf, als ich die Faust darum schloss und meine Gefühle für einen winzigen Moment aus dem goldenen Käfig ließ, in den ich sie fein säuberlich gesperrt hatte. Kleine Ascheflocken rieselten zwischen meinen Fingern hervor und waren gänzlich verschwunden, noch ehe sie auf dem Boden aufkommen konnten.

Roy nahm es anscheinend ziemlich ernst, mir Freiraum zu geben – und das, obwohl er doch so darauf bestanden hatte, dass ich Schutz brauchte.

Kopfschüttelnd wischte ich mir die Hände am Parka ab und lief in mein Schlafzimmer.

Dort sah es noch genauso aus wie an dem Tag, an dem ich

es verlassen hatte. Selbst im Kleiderschrank fand ich mehrere Sortimente von Kleidung, die, nach meinem Geschmack, ins Schwarze trafen.

Wenn Roy sich rarmachen wollte und Zeit brauchte, bitte, aber wie er bereits richtig erkannt hatte, ich würde nicht warten. Die Zeit arbeitete gegen mich und mir bleib nur eine gewisse Spanne, um alles zu erledigen, was ich hier zu regeln hatte.

Angefangen mit der *Iljos*-Sitzung, die am Sonntag stattfinden würde.

Also schlüpfte ich aus meiner Kleidung, genehmigte mir eine schnelle, heiße Dusche und stand wenig später angezogen in der Küche, wo ich ein vorbereitetes Frühstück vorfand.

Paul musste es hergebracht haben, als ich unter der Dusche gewesen war. Es war beinahe unheimlich, wie lautlos sich unser Butler bewegen konnte – vielleicht sollte ich doch noch mal checken, ob er nicht zur Hälfte Dämon oder *Iljos* war.

Während ich zwei Croissants, Obst und eine Wagenladung Joghurt verdrückte – alles Dinge, die wir im Hades nicht hatten –, fuhr ich meinen Laptop hoch und machte mich an die Arbeit.

Ich brauchte eine knappe Stunde.

Dann hatte ich Annie gefunden. Nicht wortwörtlich, aber ich wusste jetzt, wo sie sich aufhielt. Vermutlich hätte ich deutlich weniger Zeit gebraucht, wäre da nicht die Tatsache gewesen, dass ich ziemlich aus der Übung war, was menschliche Technologie anbelangte. Es hatte mich ein gutes Stück an Geduld, die ich normalerweise nicht besaß, gekostet, um mich wieder in die Funktionsweise des Internets einzudenken und herauszufinden, wie ich an die Informationen gelangen konnte, die ich benötigte. Aber jetzt hatte ich, wonach ich gesucht hatte.

Annie studierte an der *Royal London University* Journalismus und war offensichtlich Teil der Uni-Zeitung und absolvierte ein erfolgreiches Praktikum beim *London Telegraph*. Ein Artikel über ihr außerordentliches Engagement bei der Tageszeitung hatte mich schließlich zu ihr geführt, die Seite der Universität hatte den Rest beigetragen.

Mal sehen, wie sie reagieren würde, wenn ich plötzlich wieder bei ihr auftauchen würde.

Mit Fragen. Jeder Menge Fragen.

Ich klappte den Laptop zu und war innerhalb von Minuten auf dem Dach. Gekleidet in schwarze, enge Jeans mit Löchern auf Kniehöhe, einen dicken, weinroten Pullover, senffarbenen Schal und den Parka erinnerte ich nicht mehr im Geringsten an die Königin, die ich eigentlich war. Meine Haare hatte ich zu einem unordentlichen Knoten auf meinem Kopf festgesteckt und ein goldenes Band – okay, das war echt Gold – saß wie ein Haarreif darauf, passender Schmuck in Form von dünnen Ringen steckte auf meinen Fingern.

Ich sah beinahe so aus wie an dem Tag, an dem ich London verlassen hatte – einmal abgesehen von dem Hades-Mal, das aus dem Ausschnitt des Pullovers herauslugte.

Damit sollte ich sie zumindest nicht zu sehr überrumpeln.

Bereit, mich in die Luft zu erheben, erstarrte ich in der Bewegung, als ich eine bekannte Energie auf mir kribbeln spürte.

Seufzend fuhr ich herum. »Du bist früh zurück.«

Roy zuckte nur mit den Achseln und verschränkte die Arme vor der Brust. »Und du wolltest wirklich am helllichten Tag fliegen?«

Ich zupfte die Tasche an meiner Seite zurecht und sah in den verhangenen Himmel. Heute war es ein wenig wärmer als gestern Nacht, doch von der Sonne war nichts zu sehen.

»Du musst mir keinen Vortrag darüber halten, mich nicht blicken zu lassen, Royath.«

»Hatte ich auch nicht vor. Mir geht es nur darum, dass du dich nicht auch noch auf dem Präsentierteller zeigen musst, wo wir schon in London sind. Komm, ich fahre dich.«

Die Augen verengt musterte ich ihn, dann fiel mein Blick auf die drei dunkelgrünen Kisten hinter ihm. »Ich kann genauso gut die U-Bahn nehmen, Roy. Was ist das?«

Er murmelte einen Fluch und lehnte sich an die Wand in seinem Rücken. »Musst du über jede Kleinigkeit diskutieren? Ich werde dich begleiten und ganz sicher nicht in diese überfüllten, viel zu lauten Metallmonster steigen, wenn ich auch auf meiner Maschine sitzen kann, Lya. Also ... Ich fahre dich, Mylady. Punkt.« Er sah mich an, als erwarte er Widerspruch, aber na ja, die Wahrheit war, ich war auch nicht besonders erpicht auf die Londoner Tube, also nickte ich nur.

Roy seufzte leise. »Und was das hier angeht«, sagte er und deutete auf die Kisten, »ich gedenke nicht, untätig rumzusitzen. Das Gewächshaus ist beheizt, Paul hat −«

Meine Augen weiteten sich und ich musste grinsen. »Du willst wieder Gärtnern.«

Achselzuckend sah er mich an und ich bemerkte das Lächeln, das an seinen Mundwinkeln zupfte. »Warum nicht? Also, wollen wir?«

Unsere Blicke verhakten sich für einen Moment und ich machte unwillkürlich einen Schritt in seine Richtung. »Roy, wegen gestern ...«

Ruckartig hob er eine Hand und deutete hinter sich. »Nicht jetzt. Ich will nicht in die Rushhour kommen, okay? Los geht's.« Mit diesen Worten wandte er sich auch schon ab und verschwand im Inneren des Penthouses. Das war ... interessant.

Ich schüttelte nur den Kopf und folgte ihm. *Die Rushhour, ja sicher.*

Als hätte Paul nur darauf gewartet, dass wir aufbrechen, hielt er uns beiden einen Helm entgegen, als wir in den Flur traten, und öffnete dann die Tür.

»Ich wünsche einen angenehmen Tag«, verkündete er und deutete eine leichte Verbeugung an.

»Danke, Paul«, entgegnete ich und ließ mich von Royath in die Tiefgarage führen. Er schwieg hartnäckig und ich beließ es dabei.

Würde sich das irgendwann ändern? Würden wir irgendwann wieder normal miteinander umgehen können, ohne dass wir jedes Mal an diesen Punkt gelangten?

Roy und ich hatten ein beinahe unendliches Leben vor uns, dieser Augenblick würde irgendwann kommen. Musste er einfach, oder nicht?

Ich klammerte mich an diese Hoffnung, während ich hinter ihm auf die Maschine stieg, nachdem er meine Tasche verstaut und den Helm auf meinem Dutt positioniert hatte. Als er vor mir saß, so nahe, wie wir uns seit dem Tanz auf der Versammlungsfestivität nicht mehr gekommen waren, drehte er sich zu mir um.

»Wo soll es hingehen?«

Ich ließ den Blick über sein Gesicht wandern. Seine Nase berührte beinahe meine eigene und ich konnte die hellen und dunklen Sprenkel in seinen goldenen Augen erkennen.

Mein Körper kribbelte auf eine altbekannte Weise und ich verfluchte mich dafür. Aus so vielen Gründen.

»Lya?«

»Hm?«

»Wohin?«, wiederholte er, ohne den Blick von meinen Lippen zu nehmen. Ich sah ihn schlucken.

Kaum merklich schüttelte ich den Kopf und riss mich resolut von ihm los. »London Royal University.«

Er neigte den Kopf, klappte den Ständer hoch und startete die Maschine. »Halt dich fest, Prinzessin.«

Und dann beschleunigte er ohne Vorwarnung so heftig, dass ich gerade noch meine Arme um seine schlanke Taille schlingen konnte.

Der Motor röhrte und wir rasten auf die geöffnete Schranke zu, hinaus in den Londoner Morgen. Wind riss an meiner Kleidung und trug den üblichen Lärm einer Stadt heran, die erwachte. Royath lenkte das Motorrad geschickt durch Autoschlangen, manövrierte uns um Staus herum und wich Passanten aus, die es wagten, vor uns auf die Straße zu springen.

Ich spürte, wie sich seine Muskeln unter meinen Fingern abwechselnd an- und wieder entspannten, wann immer er schaltete, beschleunigte oder bremste. Seine Wärme und Energie prickelten unter meinen Fingern und sein Geruch ...

Ich biss die Zähne zusammen und riss mich davon los. Bei der Hölle, was war mit mir? Unwillkürlich versuchte ich etwas Abstand zwischen uns zu bringen und konzentrierte mich stattdessen auf etwas anderes, während meine Augen die Stadt um uns herum in sich aufnahmen.

Was hast du bei den Lerox gewollt?, fragte ich Roy, nachdem ich in seinen Kopf geschlüpft war. Nichts war so eine zuverlässige Ablenkung, wie die Politik des Hades und die Dämonenaktivitäten auf der Erde.

Mein Vater hat mir eine Aufstellung über die Clans in London zukommen lassen, aber ich will mich lieber selbst über die Lage in den Clans informieren, bevor ich darauf baue.

Ich ließ ihn meine Dankbarkeit und Anerkennung spüren. *Was hast du über die Lerox in Erfahrung gebracht?*

Roy schmunzelte, ich spürte es als leichtes Summen in meinem Kopf. *Oh, Greyton macht seinen Job großartig. Nach deinem letzten Auftritt dort habe ich auch nichts anderes erwartet. Du hast dort alle zu Tode erschreckt, als du Cimarron in die Ewigen Flammen gesteckt hast.*

Meine Lippen verzogen sich zu einem breiten Grinsen bei der Erinnerung. *Ach ja, die guten alten Zeiten.*

Wir passierten die *Westminster Bridge* und kamen nach Waterloo. Die Universität lag unweit der *Shard* in unmittelbarer Nähe der Themse und des *Borough Market* – ein weiterer Lieblingsort von mir in London.

Was wirst du Annie sagen, wenn du ihr gegenüberstehst?, wollte Roy dann über unsere mentale Verbindung wissen.

Ganz ehrlich? Ich weiß es noch nicht. Es gibt vieles, das ich sie fragen möchte, aber vielleicht lasse ich das einfach auf mich zukommen. Wir haben uns ewig nicht gesehen und der Kontakt ...

Sie hatte den Kontakt abgebrochen. Die alten Ängste und Zweifel stiegen wieder in mir auf und ich presste die Lippen fest aufeinander. Es war gut möglich, dass sie mich gar nicht in ihrem Leben haben wollte, dass sie mich verwünschen und zurück in die Hölle schicken würde. Mir sämtliche Schimpfwörter an den Kopf werfen würde, weil ich gegangen war.

Davor hatte ich Angst, weil ich es verdient hatte. Jede einzelne Beschimpfung.

Aber noch viel mehr fürchtete ich mich davor, dass sie mich mit Nichtachtung strafen würde. Sich vor mir und dem, was ich war, ängstigen und nichts mehr mit mir zu tun haben wollen würde.

Eine warme Hand legte sich auf meine verschränkten Finger, drückten sie.

Sie wird sich freuen, Lya, sagte Roy leise, der meine Gefühle über unsere Verbindung mitbekommen hatte.

Ich erwiderte nichts darauf, zog mich wortlos aus seinen Gedanken und legte den Kopf an seinen Rücken.

Hoffentlich behielt er recht.

Kurz darauf erreichten wir das gewaltige Gebäude, in dem die Universität lag. Ein historischer Bau aus braungrauem Stein, der sich vor uns in den Himmel erstreckte. Auf dem Dach wehten mehrere Flaggen und eine breite Treppe führte zu dem großen Eingang, der von breiten Säulen flankiert wurde. Der Name der Universität stand in goldenen Lettern darüber und auf dem kleinen Platz vor der Uni waren mehrere Informationstafeln aufgestellt worden.

Royath parkte sein schwarzes Motorrad direkt vor der Treppe und schaltete den Motor ab.

Ich rutschte vom Sitz und zog mir den Helm vom Kopf. Nervosität sorgte dafür, dass meine Finger ein wenig zitterten, als ich an dem Riemen herumspielte.

»Soll ich dich begleiten?«

Kopfschüttelnd griff ich nach der Tasche, die er mir hinhielt, und reichte ihm im Gegenzug den Helm. »Wenn wir da zu zweit auftauchen, überrumpeln wir sie nur noch mehr. Das muss ich alleine machen.«

Er neigte den Kopf. »Ich werde in deiner Nähe bleiben, Lya.«

Ich umfasste den Träger meiner Tasche und schritt auf die große Treppe zu. Mir kamen die acht Stufen anstrengender vor, als alles, was ich jemals hatte durchstehen müssen. Eine scheinbar unendlich schwere Last drückte auf meine Schultern, bremste mich aus und ließ meine Hand beben, als ich nach der Klinke griff.

Nur mühsam schaffte ich es, sie zu öffnen und schließlich in das kühle Innere der Universität zu schlüpfen.

Trotz meiner Aufregung und dem Knoten in meinem Magen, kam ich nicht umhin, die Uni zu bewundern. Ich stand in einer gewaltigen Eingangshalle mit hoher Decke und eindrucksvollem Kreuzgratgewölbe. Säulen, an denen sich steinerne Weinranken in die Höhe schlängelten, stützten die Decke und beeindruckende Lüster erleuchteten das Bild, das sich mir bot. Ich fühlte mich beinahe zurück in den Hades versetzt.

Rechts und links von mir führten ausladende Treppen auf eine Empore, die in den Raum eingezogen war, direkt vor mir lag eine doppelflügelige Holztür, die in den Innenhof führte.

Überall um mich herum wuselten Studenten, sie saßen auf Bänken in der Eingangshalle, standen in Gruppen zusammen oder waren in Bücher vertieft, die auf ihren Knien lagen. Einige hatten es sich sogar mit Computern auf den Treppenstufen bequem gemacht.

Das Summen ihrer Stimmen und Gedanken lag in der Luft und erinnerte mich an den Grund, warum ich hergekommen war: Annie.

Ich trat weiter in die Eingangshalle und suchte mir eine ruhigere Ecke, um meine mentalen Barrieren ein Stück zu senken und die Fühler nach einer ganz gewissen Studentin auszustrecken. Ich brauchte nur Sekundenbruchteile, um sie aufzuspüren und machte sofort auf dem Absatz kehrt, bevor ich es mir noch anders überlegen konnte. Aufregung und Spannung kribbelten in mir, mein Rücken stand förmlich in Flammen, als wollten mir meine Flügel jeden Moment aus dem Rücken springen.

Das fehlte mir gerade noch.

Mit zusammengezogenen Schulterblättern folgte ich der rechten Treppe ins erste Obergeschoss und ließ mich von der Karte in meinem Kopf zu einer weiteren, eindrucksvollen Tür, in die bemerkenswerte Schnitzereien eingearbeitet worden waren, führen, hinter der die Bibliothek lag.

Und Annie.

Ein Flügel der Tür war bereits geöffnet und das, was dahinter lag, erinnerte mich stark an die Bibliothek des Colleges, auf das ich vor knapp acht Monaten gegangen war.

Unmengen an Büchern, deckenhohe Regale aus schwerem, dunklem Holz und dazwischen immer wieder Sitzgruppen, an denen Studenten arbeiteten. Alles war mit einem dunkelgrünen Teppich ausgelegt und der schwere Geruch nach Papier, Staub und Druckerschwärze lag in der Luft.

Zögerlich machte ich einen Schritt hinein – das war sonst so gar nicht meine Art.

Ich ballte die Hände zu Fäusten und ging auf eine der gewundenen Eisentreppen zu, ohne auf die finsteren Blicke der Bibliothekarin am Eingang zu achten.

Annie war in der oberen Ebene der Bibliothek, wie ich meinen Fühlern entnahm, und nicht alleine. Fünf andere Studenten saßen mit ihr an einem ausladenden Tisch, unzählige Papiere, Bücher sowie Laptops vor sich. Anscheinend steckte sie mitten in einer Lerngruppe oder so etwas.

Daran konnte ich jetzt auch nichts mehr ändern.

Und dann sah ich sie. Ihre weißblonden, schulterlangen Haare, die angespannten Gesichtszüge, während sie mit dem rothaarigen Mädchen neben sich diskutierte. Ihr Anblick war beinahe schmerzhaft vertraut und ließ mich an dem Regal, an das ich gelehnt stand, innehalten.

Ich verfolgte, wie sie auf etwas in einem Buch deutete und den Kopf schüttelte, was ein hektisches Gespräch unter den anderen auslöste, und musste lächeln.

Annie war glücklich. Sie hatte Freunde, studierte, was offensichtlich ihrem Traum ziemlich nahekam und sah gesund aus. Nichts wies mehr auf die Hölle hin, die sie dank mir im wahrsten Sinne des Wortes durchlebt hatte. Nichts zeugte von den Qualen, die ihr zugefügt worden waren, es gab keine sichtlichen Narben. Mehr hätte ich mir nie für sie wünschen können.

Konnte ich wirklich ...?

Ja. Ich konnte. Und ich wollte. Ich musste das hier klären.

Ich gab mir selbst einen Arschtritt und kam hinter dem Regal hervor, bis ich direkt hinter ihrem Stuhl stehen blieb.

Die Blicke der anderen richteten sich auf mich, die Unterhaltung brach ab.

»Was –?«, begann Annie die anderen zu fragen, dann fuhr sie herum und zuckte zusammen. Eine ihrer zarten Hände wanderte zu der Stelle, an der ihr Herz schlug, und ihre Augen weiteten sich ungläubig. »Himmel, Lya!«

»Eher Hölle«, murmelte ich mit einem gequälten Lächeln und zog die Schultern hoch. »Hi, Annie.«

Sie schüttelte den Kopf. Wieder und wieder, als könnte ich dadurch verschwinden, aber ich blieb und hielt mühsam ihrer prickelnden Musterung stand. Ihre braunen Augen huschten über meinen Körper. Von oben nach unten und wieder hoch. Sie brannten sich förmlich durch meine Kleidung auf dem Weg in mein Innerstes.

Es war klar, was sie suchte.

Sie suchte nach Hinweisen darauf, *was* ich war. Nach irgendetwas. Beweise dafür, dass ich mich verändert hatte. Dass ich der Teufel geworden war.

Aber sie fand nichts.

Ich war als Lya hier. Nicht mehr und nicht weniger.

Unsere Blicke verhakten sich ineinander, blieben aneinander hängen, und dann tat Annie etwas, das ich niemals erwartet hätte.

Ich hatte mir dieses Wiedersehen auf so viele Arten ausgemalt. Auf die schrecklichsten, schmerzhaftesten Weisen, hatte ihre Angst und ihren Hass quasi schon gespürt. Ihre Abneigung und Ablehnung.

Doch jetzt … jetzt stand sie nur wortlos auf und zog mich mit erstaunlicher Kraft in ihre Arme.

Sie hielt mich fest, drückte mich an sich, als wäre ich ihr Rettungsring und sie dabei, zu ertrinken.

Alles in mir versteifte sich, wartete darauf, dass sie mich von sich stieß, verfluchte, aber nichts davon geschah. Annie hielt mich einfach nur in den Armen, so fest, dass ich ihren schnellen Herzschlag spürte, der mit meinem um die Wette galoppierte.

Und dann löste sich endlich meine starre Haltung.

Ich erwiderte ihre Geste, drückte sie fest an mich, sog ihren Geruch, ihr ganzes Wesen in mich auf – und spürte, wie heiße Tränen in mir hochstiegen. Tränen, die ich mir bis heute versagt hatte. Tränen der Erleichterung, der Sorge und der Hoffnung.

Ich kniff die Augen zusammen, legte den Kopf auf ihre schmale Schulter und ließ den Tränen freien Lauf.

Annies Hand fuhr sanft über meinen Rücken, sodass sie die Narben, die unter der Kleidung verborgen waren, aussparte, und ließ mich nicht mehr los. Ich spürte, wie ihre eigenen Tränen den Stoff an meiner Schulter durchnässten und die leisen Schluchzer, die ihren Körper schüttelten, als würde sie in diesem Moment genau dasselbe empfinden wie ich.

Nach einer kleinen Ewigkeit löste sie sich von mir und trat ein winziges Stück zurück. Ihre Augen waren rot, ihre Wimperntusche verschmiert, aber das Leuchten darin übermalte das alles.

»Lya«, sagte sie noch einmal und fuhr sich über die Augen, was alles nur noch schlimmer machte. »Es tut gut, dich zu sehen, ich ... ich habe nicht damit gerechnet, dich wiederzusehen.«

Meine Stirn legte sich in Falten und ich drückte ihre Hände fester. »Wie kommst du auf diese hirnverbrannte Idee, Annie? Ich werde dich immer wiedersehen wollen.«

Annie warf einen Blick über ihre Schulter zu den anderen, die uns neugierig musterten, ehe sie ihre Augen wieder auf mich richtete. »Hast du Lust und Zeit für einen Kaffee? Ich denke, wir haben einiges zu besprechen.«

Ich nickte lächelnd und gab ihre Hände frei, als sie sich zu ihren Kommilitonen drehte. »Leute, das ist Lya. Meine beste Freundin, von der ich euch schon so viel erzählt habe.« Annie präsentierte mich gerade nicht wirklich wie einen verloren geglaubten Welpen, oder?

Und das mit *den* Pandabäraugen! Bei den Ewigen Flammen.

Da sich nun sämtliche Augenpaare auf mich richteten, fühlte ich mich gezwungen, eine Hand zu heben und so etwas wie *Hey, wie geht's?* zu nuscheln. Offensichtlich reichte das für den Anfang. Auch wenn ich mich fragte, was zum Teufel Annie denen über mich erzählt hatte. Ihren Gesichtern nach und nachdem mich Annie auch nicht mit *Leute, das ist Lya, meine beste Freundin und gleichzeitig der Teufel in Person* vorgestellt hatte, nahm ich nicht an, dass irgendwer darüber Bescheid wusste, wen sie hier wirklich vor sich hatten.

»Hi, Lya, ich bin John, willkommen an der RLU! Wirst du auch hier studieren?«, fragte mich ein dunkelhäutiger Typ mit einem breiten Grinsen. Seine hellen Zähne leuchteten in seinem Gesicht.

»Mal sehen, was sich so ergibt, aber eigentlich bin ich aus geschäftlichen Gründen in der Stadt«, entgegnete ich ausweichend und legte den Kopf schief.

Meine Antwort entlockte ihm ein leises Lachen. »Geschäftlich? Was treibst du so?«

»Dies und das ...« Ich winkte ab und bevor ich noch mehr hinzusetzen konnte, hatte sich Annie auch schon ihre Tasche geschnappt und sich bei mir untergehakt.

»Ihr kommt für den Rest des Tages auch ohne mich aus, oder?«, wandte sie sich an die Lerngruppe und steckte ihr Handy in die Hosentasche.

»Klar, aber wollten wir nicht noch den Teil mit den Höllenportalen durchgehen? Du hattest da doch gewisse Vorstellungen«, erwiderte das Mädchen rechts neben John.

Ich verschluckte mich beinahe an meiner eigenen Spucke und warf Annie einen schrägen Blick zu, der ihr, der leichten Röte auf ihren Wangen nach, nicht entging. Wie ich das vermisst hatte.

»Das können wir auch morgen klären. Macht einfach mit

der Personenbeschreibung weiter. Wir sehen uns morgen zur selben Zeit, ja?«

Dann hatte sich Annie auch schon verabschiedet und zog mich erstaunlich schnell in Richtung Treppe und Ausgang.

»Höllenportal?«, fragte ich sie, als wir in der großen Eingangshalle ankamen, die noch voller geworden zu sein schien.

Annie sah mich kurz von der Seite an und führte mich dann nach draußen auf den Vorhof der Universität. Roys Motorrad war verschwunden, aber ich wusste, dass er in der Nähe war. Royath war niemand, der sein Wort brach – oder mich zu lange aus den Augen ließ.

»Ist eine längere Geschichte, Lya.«

Belustigt hob ich die Augenbrauen und spitzte die Lippen. »Scheint, als hätten wir wirklich einiges zu bereden, was? Wie gut, dass ich etwas Zeit mitgebracht habe.«

Kapitel 11

Das Gemurmel unzähliger Stimmen begrüßte uns, als Annie die schmale Holztür eines Cafés aufstieß, das sich direkt an das Ufer der Themse schmiegte. Sie summten in der Luft und erinnerten mich daran, meine Mauern oben zu lassen.

Meine Hand in der ihren, führte mich meine Freundin zielstrebig durch den verwinkelten Raum, in dem ein herrlicher Duft nach frisch gemahlenem Kaffee, Kuchen und Zucker hing. Die alten Holzdielen knarrten unter unseren Schritten und waren von den vielen Menschen, die hier über die Jahre ein und aus gegangen waren, ausgetreten. Hier und da lagen Teppiche mit komplizierten Mustern auf dem Boden unter den vielen, kleinen Tischchen aus dunklem Holz. Gemütliche Sessel in dunklen Rot- und Grüntönen schmiegten sich darum und auf jedem Tisch standen ein winziger Strauß aus frischen Blumen, Zucker und ein Milchkännchen. Es gab mehrere Nischen, die von Bücherregalen gebildet wurden, in denen weitere Tische standen, eine lange Theke aus demselben Holz, aus dem auch die halbhohe Vertäfelung der Wände bestand, und zwei große Schaufenster, die das graue Tageslicht in den Raum ließen. Goldene Lüster, die von der hohen Decke herabhingen, taten ihr Übriges.

An einem Platz direkt vor einem der Fenster, von welchem aus man einen perfekten Blick auf die Themse hatte, hielt Annie an und legte ihre Tasche und Jacke ab. »Hier können wir besser reden, meinst du nicht? Außerdem haben sie hier die besten selbst gebackenen Donuts.«

Ich sah mich um, während ich aus meinem Parka schlüpfte, und ließ mich ihr gegenüber nieder. »Du hast meine Donut-Leidenschaft also nicht vergessen.«

Sie schüttelte den Kopf. »Ich habe gar nichts vergessen, Lya. Nicht eine Sekunde.«

Für einen Moment bohrten sich ihre braunen Augen in meinen Blick und ihr Tonfall ließ mich die Speisekarte in meinen Händen fester halten. Dann räusperte ich mich und legte die Karte beiseite. »Ich habe angenommen, dass du vergessen möchtest.«

»Dich?« Annie riss die Augen auf. »Wie kommst du darauf? Ich meine, nachdem du auf keine meiner Nachrichten reagiert hast, bin ich eher davon ausgegangen, dass du kein Interesse mehr an mir oder dem Leben hier oben hast. Dass dir einfach zu viel dazwischengekommen ist.«

Mit zusammengezogenen Augenbrauen erwiderte ich ihren durchdringenden Blick, in dem eine unverhohlene Anklage lag. »*Ich* habe nicht mehr reagiert? Du hast meine Nachrichten nicht mal gelesen ...«

Kopfschüttelnd zog Annie ihr Handy hervor und hielt es mir vor die Nase. Da waren sie. Unzählige Chatbeiträge von ihrer Seite und kein einziger von mir. Nur hatte mich keine davon erreicht, daran hätte ich mich erinnert, und dem Datum der Nachrichten nach, hatte Annie die meisten davon bereits abgeschickt, bevor ich mein Handy zu Staub zermahlen hatte.

»Vor ein paar Wochen hat mein altes Handy den Geist aufgegeben und ich habe eine neue Nummer bekommen. Diese habe ich dir auch geschickt, aber es kam nie etwas zurück«, entgegnete Annie und tippte auf ihrem Display herum.

Ich schnappte es mir kurzerhand aus ihren Fingern und rief mein Profil auf, als mich eine leise Ahnung beschlich. »Du konntest mich überhaupt nicht erreichen.«

»Warum? Ist der Empfang in der Hölle doch nicht so gut, wie du gesagt hast?« Spöttisch hob sie eine ihrer beinahe weißen Augenbrauen.

»Nein«, murmelte ich, »der ist exzellent. Aber ich nehme mal an, du bräuchtest trotzdem meine richtige Nummer, oder? Du hast eine 6 vergessen. Am Ende.«

Annie zog mir das Handy aus der Hand und starrte auf die Nummer. »Das heißt, meine ganzen Nachrichten ... Ach verdammter ...«

Mir kam ein leises Lachen über die Lippen, in dem Erleichterung lag. Auch wenn ich nicht wirklich daran geglaubt hatte, so hatte ich doch gehofft, dass es einen sinnvollen Grund für die Funkstille gab – und hier hatte ich ihn.

Annie schüttelte grinsend den Kopf. »Oh Mann, und ich dachte schon ... ich meine, du hast bestimmt viel zu tun und –«

»Hey«, ich griff nach einer ihrer Hände und drückte sie, »ich werde mir immer Zeit für dich nehmen, egal, was im Hades los ist, okay?«

»Okay.« Mit schnellen Fingern tippte sie die neue Nummer ein und präsentierte mir das Ergebnis. »Jetzt kann nichts mehr schiefgehen. Gibt mir mal deins, dann bekommst du gleich meine aktuelle Nummer.«

»Ich fürchte, ich habe mein Handy in Flammen aufgehen lassen. Irgendwie.« Entschuldigend zuckte ich mit den Achseln und schmunzelte, als Annie in helles Gelächter ausbrach, das in meinen Ohren wie Glöckchen klang. Ich hatte diesen Klang vermisst. Ein warmes Gefühl breitete sich in meiner

Brust aus. Dort, wo bis gerade eben noch die Sorge um den Verlust meiner besten Freundin gelegen hatte.

In diesem Moment trat ein junger Mann mit hellblauer Schürze an unseren Tisch, ein schiefes Lächeln lag auf seinen schmalen Lippen. »Kann ich euch schon etwas bringen?«

Annie bestellte einen großen Milchkaffee und einen Brownie, ich einen Cappuccino und einen Vanille-Donut. Vielleicht sollte ich mir dieses Mal wirklich einen ganzen Vorrat mit in die Hölle nehmen.

»Also, jetzt erzähl, was hast du die ganze Zeit so getrieben?«, fragte Annie, nachdem der Typ verschwunden war, um unsere Bestellung weiterzugeben.

Bilder der Ratssitzungen, Bestrafungen, Verhandlungen und meiner exzessiven Partys mit Reena kamen mir vor Augen. Das und meine Schwierigkeiten mit Royath. Nichts davon wollte ich hier und jetzt breittreten, wo ich meine ohnehin begrenzte Zeit mit meiner Freundin verbringen wollte. Das alles würde mich früh genug wieder einholen.

Ich winkte ab. »Eigentlich interessiert es mich viel mehr, was hier so passiert ist. In der Hölle ist es doch immer dasselbe.«

»Irgendetwas sagt mir, dass das nicht stimmt, Lya. Sobald du deine Finger im Spiel hast, ist es immer aufregend und unberechenbar. Aber gut, wenn dich mein stinklangweiliges Leben so sehr interessiert ...«

Ich hob vielsagend die Augenbrauen. »Du hast vorhin von Höllenportalen gesprochen, Annie. Wenn du in den Hades willst, brauchst du nur zu fragen. Und dann geht es schneller, als du schauen kannst per erster Klasse in die Hölle.«

»Okay ... Echt, das ist schräg, aber was habe ich auch anderes erwartet? Immerhin sitze ich mit dem Teufel an einem

Tisch in einem zuckersüßen Café.« Lächelnd zuckte sie mit den Achseln. »Schätze, manchmal vergesse ich einfach, dass das alles real ist – und nicht nur eine fiktive Geschichte auf dem Papier.«

Abwartend sah ich sie an und verschränkte die Finger unter dem Kinn.

Annie seufzte, als ich nichts sagte. »Ich studiere Journalismus und musste mich für ein Pflichtwahlfach entscheiden. Es ist kreatives Schreiben geworden und da meine Psychologin meinte, es wäre gut, wenn ich einen eigenen Weg fände, das Geschehene zu verarbeiten, habe ich mich entschlossen, darüber eine Geschichte zu schreiben.«

Mir fielen beinahe die Augen aus dem Kopf. Annie hatte also noch an dem, was im Hades passiert und was mein Vater – was ich – ihr angetan hatte, zu knabbern. Das war zu erwarten gewesen, ehrlich gesagt hätte mich eher alles andere gewundert und überrascht. Aber dass sie eine Geschichte schrieb? Über die Hölle und mich?

»Worum geht es dabei, Annie?«

Wieder erschien eine leichte Röte auf ihrer hellen Haut. »Na ja, prinzipiell um ein Mädchen, das sich mit der Tochter des Teufels anfreundet. Sie ist aus meiner Sicht geschrieben.«

Mein Atem entwich mit einem leisen Pfeifen. »Das ist schräg.«

Kopfschüttelnd lehnte sich Annie weiter zu mir, die Röte verschwand. »Das ist nicht schräg, das ist genial«, verteidigte sie ihre Geschichte und schob mit blitzenden Augen ihr Kinn nach vorne. »Meine Gruppe und auch meine Dozentin sind begeistert. Innerhalb kürzester Zeit haben sich mehrere gemeldet, um daran mitzuarbeiten und mittlerweile ist es nicht länger eine kurze Geschichte, sondern vielmehr ein Roman.«

Ich ließ mich nach hinten fallen. »Du schreibst wirklich einen *Roman* über das, was du erlebt hast? Über den Hades, Roy und mich?«

Annie nickte, ohne mich aus den Augen zu lassen.

»Nun, ein kreativer Einfall. Irgendwie.«

Ihre braunen Augen verengten sich und es hätte mich nicht gewundert, wenn sie jeden Moment irgendetwas hätte in Flammen aufgehen lassen. Dann schlich sich ein süffisantes Grinsen auf ihre Lippen. »Wenn dir die Idee so gut gefällt, warum kommst du dann nicht morgen zu unserer Teambesprechung mit? Wir könnten noch ein bisschen Input für unsere *Grace* bekommen.«

Grace? Sie hat mich in ihrer Geschichte nicht wirklich Grace *genannt, oder?* Doch irgendetwas sagte mir, dass ich lieber den Mund halten sollte. Künstler waren, was ihre Werke anging, also tatsächlich überempfindlich. Grinsend nickte ich. »Klar, warum nicht?«

Die Bedienung brachte uns die Getränke und das Gebäck und ließ uns dann wieder alleine.

»Sehr gut. Das wird interessant, da bin ich mir sicher.«

Ich nahm einen Schluck von dem heißen Kaffee und schloss die Augen. Meine Koffeinsucht war aus ihrem Höllenschlaf erwacht und gieriger denn je. »Was gibt es sonst so Neues? Was habe ich verpasst?«

Annie umschloss ihre Tasse mit den Händen und zog die Unterlippe zwischen die Zähne. »Eigentlich nicht viel. Ich habe mich ziemlich in das Studium gestürzt. Montags und samstags helfe ich in einem Supermarkt in der Nähe des Wohnheims aus und ansonsten bin ich eigentlich nur am Lernen oder mit der Gruppe unterwegs.« Sie nahm ihren Brownie und tunkte ihn in den Milchkaffee. »Und auch keine neuen Jungsgeschichten, falls du das gerade fragen wolltest, Lya.«

»Du nimmst mir die Worte aus dem Mund«, erwiderte ich und hob einen Mundwinkel.

Nachdem der Rest des Brownies in ihrem Mund verschwunden war, legte sie die Unterarme auf den Tisch. »Jetzt aber genug von meinem langweiligen Leben. Was ist mit dir? Wie ist das Leben als Königin der Hölle?«

Ich verzog das Gesicht, umfasste die Tasse und erhitzte meinen Kaffee, bis er wieder kochend heiß war. »Anstrengend und nicht halb so spannend, wie du vielleicht denkst. Es gibt viele ... Konflikte, um die ich mich kümmern muss.« Das war definitiv die Untertreibung des Jahrhunderts. »Ständig will jemand etwas von dir oder ist dabei, dir in den Arsch zu kriechen und Royath ...«

Annies Augenbrauen flogen nach oben. »Roy ist auch hier?«

Langsam nickte ich und versuchte ihre Reaktion einzuordnen. »Er klebt an mir wie ein lästiges Pflaster, das man nicht mehr loswird.«

»Das ist ja auch sein Job, oder nicht? Ist er nicht dein Erster Aufpasser, oder so?«

»Erster Offizier, ja.«

Sie nahm einen Schluck ihres Kaffees. »Ich würde mich jedenfalls freuen, ihn wiederzusehen.«

»Das lässt sich bestimmt einrichten, Annie.«

Zufrieden verzogen sich ihre Lippen zu einem feinen Lächeln. »Hast du noch mal etwas von Zayden gehört? Hat er dich mittlerweile besucht?«

Die Tasse verharrte regungslos vor meinem Mund, dann schüttelte ich den Kopf. »Nein. Ich habe seit dem Sommer nichts von ihm gehört.«

Annies Ausdruck wurde finster, das Lächeln verschwand. »Mistkerl. Aber eigentlich sieht ihm das gar nicht ähnlich, oder? Vielleicht ist doch etwas passiert?«

Anfangs hatte ich das auch noch gedacht, aber dann hatte ich meine Fühler ausgestreckt und die Hoffnung hatte sich verflüchtigt. Wäre ein *Iljos* von Zaydens Stand gestorben, dann hätte ich es mitbekommen. Ich hatte meine Augen und Ohren überall und mir war kein einziges Wort über einen Unfall oder eine Tragödie zugeflogen.

»Er ist einfach verschwunden, ohne ein Wort«, erwiderte ich tonlos und leerte meinen Kaffee.

Annie schnaubte. »Wahrscheinlich warst du ihm einfach eine Nummer zu groß. Immerhin leitest du jetzt die Hölle und wenn ich das richtig verstanden habe, dann sind er und du so ziemlich das genaue Gegenteil voneinander, oder nicht?«

Nachdenklich legte ich die Stirn in Falten. So hatte ich das noch gar nicht betrachtet. »Mag sein und selbst wenn du recht hast, ist das schon okay. Manchmal lebt man sich auseinander und es ist viel Zeit vergangen ... aber ich will die Sache nur einfach abschließen können, verstehst du?« Ich pustete mir eine Strähne aus dem Gesicht und stellte die Tasse ab. »Ihn fragen, was sein verdammtes Problem ist, und anschließend einen Schlussstrich ziehen. Ich habe gerade genug anderes im Kopf, das meine gesamte Aufmerksamkeit erfordert, da kann ich mich nicht noch mit so etwas auseinandersetzen.« Meine Stimme war leise geworden.

Auch wenn Annie und ich uns lange nicht gesehen hatten und es genug unausgesprochene Dinge zwischen uns gab, um ein ganzes Buch zu füllen, schienen ihre Beste-Freundin-Sensoren noch einwandfrei zu funktionieren. Denn sie griff ohne große Worte nach einer meiner Hände und strich darüber. »Was ist passiert?«

Ich sah ihr in die Augen und nahm einen tiefen Atemzug. »Es gibt ein Problem. Ein großes Problem, das mir vermutlich ziemlich bald um die Ohren fliegen wird.« Ja, ich machte mir Sorgen wegen den *Madúr*, dem Eisstein und allem, was damit im Zusammenhang stand, aber etwas anderes belastete mich in diesem Moment viel mehr, beherrschte meine Gedanken und lag viel schwerer auf meinen Schultern. Was auch immer das über mich als Königin aussagen mochte. »Und dann wäre da noch die Sache mit Royath.«

»Roy? Was ist vorgefallen?«

Ich winkte ab. »Es liegt nicht an Roy, sondern an mir«, sagte ich und meinte es auch so. Diese Erkenntnis war mir auf der *Shard* während meines Ausflugs gekommen. Es ging nicht darum, wie sich Royath mir gegenüber verhielt, sondern vielmehr darum, dass ich nicht damit klarkam, weil ich immer noch in der Schwebe hing.

»Und genau deswegen muss ich Zayden so dringend finden.«

»Verstehe. Glaube ich. Kannst du nicht deine Leute auf die Suche nach ihm schicken?«

Kopfschüttelnd drehte ich meine Tasse auf dem Tisch hin und her. »Nein, ich möchte nicht, dass das irgendwie rauskommt. Das ist privat und nun ja ... das Bild, das ich mein Volk von mir sehen lasse, ist ein anderes, als du es jetzt gerade vor dir hast.«

Annie betrachtete mich aufmerksam und knetete ihre

Finger. »Okay, dann werden wir ihn finden. Er kann ja nicht vom Erdboden verschluckt worden sein und außerdem wissen wir, wo seine Familie wohnt.«

»Danke für deinen Einsatz, Annie, aber ich fürchte, die *Iljos* haben gerade ganz andere Probleme.«

Hörbar stieß sie den Atem aus. »Sag mal, was genau habe ich eigentlich alles nicht mitbekommen, seit ich mich in mein schrecklich spektakuläres Menschenleben zurückgezogen habe?«

Mir kam ein freudloses Lachen über die Lippen. »Glaub mir, das willst du gar nicht wissen.«

»Oh doch – schon vergessen? Wir sind immer noch beste Freundinnen. Außerdem bekomme ich dann vielleicht sogar noch Stoff für einen zweiten Band, oder was meinst du?«

Kopfschüttelnd verschränkte ich die Arme vor der Brust. Ich wollte sie ganz sicher nicht auch noch in die Schusslinie der Jäger bringen oder ihnen ein Druckmittel liefern. »Annie ...«

»Ich habe deinen Vater überlebt, oder nicht? Dann werde ich wohl auch mit allem anderen klarkommen. Also, Mädelsabend und Geschichtsstunde? Freitag bei dir?«

Für meinen Geschmack ging sie das Ganze viel zu enthusiastisch an und das, nachdem sie bereits am eigenen Leib erfahren hatte, was mit Menschen geschah, die zwischen die Fronten der übernatürlichen Welt gerieten.

Aber Annie war Annie und ich legte meine beiden Flügel dafür ins Feuer, dass sie sich nicht von dieser Idee abbringen lassen würde. Und vielleicht schadete es nicht, eine weitere Meinung zu dem ganzen Scheiß einzuholen. Annie war klug und hatte eine gute Intuition. Beides konnte ich definitiv gut gebrauchen.

Seufzend nickte ich. »Meinetwegen, aber ich komme zu dir und du besorgst dieses üble Zeug –Tequila.«

»Abgemacht.«

Annie und ich hatten bis in die frühen Abendstunden in dem kleinen Café gesessen, Kuchen und Sandwiches gegessen und geredet. Nicht über die ernsten Themen, die Hölle oder Roy und Zayden, sondern über alles andere. Sie hatte mir bis ins kleinste Detail von ihrem Projekt erzählt und wie sie ihre Erlebnisse in Worte fasste, und ich hatte ihr von Reena, meinen Brüdern und der großen Bibliothek meines Palastes erzählt.

Die Stunden waren dahingeflogen und innerhalb weniger Momente war es so, als wäre ich nie weggewesen – auch wenn es noch genug gab, das uns im Weg stand und diese Situation schneller kaputt machen konnte, als ich *Ewige Flammen* sagen konnte.

Doch für den Augenblick genoss ich es einfach, meine beste Freundin wieder an meiner Seite zu haben und als *halbwegs normales* Mädchen neben ihr zu sitzen.

Als wir aufstanden, bezahlten und in die Kälte traten, war es längst dunkel. Die Straßenlaternen tauchten London in gelbliches Licht und leichter, eiskalter Nieselregen hatte eingesetzt. Den hatte ich ganz sicher in der Hölle nicht vermisst.

Annie verabschiedete sich, nachdem wir uns für morgen zu ihrer Teamsitzung verabredet hatten, und verschwand in einem U-Bahneingang und ich saß wenig später auf Roys Motorrad, der uns zurück ins Hotel brachte.

»Was hast du den Tag über so getrieben? Oder hast du wirklich die ganze Zeit vor dem Café rumgehangen, um sicherzustellen, dass ich nicht doch an meinem Kaffee ersticke oder mich mit dem Buttermesser schneide?«, fragte ich Roy, als ich meine Jacke aufhängte und ins herrliche warme Wohnzimmer trat, in dessen Kamin nun, da wir wieder in London waren, helle Flammen loderten.

»Du weißt, ich genieße deinen Sarkasmus, Prinzessin, aber ich muss dich enttäuschen. Das sind mitnichten die Gefahren, die dir im Nacken sitzen.«

Ich winkte ab und ließ mich auf die Couch fallen, Royath folgte mir beinahe lautlos und ging zu der Glastür, die auf die Dachterrasse führte.

»Wie auch immer. Also, was hast du gemacht?«

»Mich umgehört, Elyanor, und Unterlagen für dich abgeholt. Liegt alles auf dem Esstisch. Wenn du mich nicht mehr brauchst, würde ich im Gewächshaus weitermachen. Paul hat die neuen Setzlinge gebracht.«

»Im Februar?«

»Die Heizung macht es möglich«, erwiderte er schulterzuckend und drehte sich noch einmal zu mir um. Dabei fiel mir ein winziges, blinkendes Detail an ihm auf, das heute Morgen noch nicht da gewesen war.

»Du warst beim *Piercen*?«

Roy verschränkte die starken Arme vor der Brust und zog den silbernen Ring an seiner Unterlippe in den Mund. »Habe ich damit gegen einen deiner Befehle verstoßen?«

Überrascht schüttelte ich den Kopf. »Nein, ich ...«

Herausfordernd hob er eine dunkle Augenbraue und musterte mich abwartend.

»Es gefällt mir. Das Piercing, meine ich.«

Ein winziges Lächeln huschte über seine Züge, dann neigte er den Kopf und verschwand nach draußen in die winterliche Kälte Londons.

Kopfschüttelnd sah ich ihm nach, ehe ich den Blick wieder ins Feuer richtete. *Was war das denn bitte, Lya?*

Die Feuerzungen loderten auf, tanzten wilder, höher, als würden sie die Flammen in meinem Inneren spüren, und knisterten leise. Ich bildete mir sogar ein, dahinter die Energie des Hades zu spüren, die nur darauf wartete, ihre Königin wieder in ihre Fänge zu ziehen.

Noch nicht.

Mit einem leisen Seufzen wandte ich mich ab und fasste den Stapel Dokumente ins Auge, von dem Roy gesprochen hatte. Vermutlich handelte es sich dabei um Informationen, die Taron aus dem Archiv der Hölle hatte hervorholen lassen. Oder wieder nur irgendwelche langweiligen Ersuche, die meine Unterschrift benötigten. Ich hätte Xaver gleich meine Siegel dalassen sollen.

Mit einem letzten Blick auf Roy, der bereits in seinem dunklen Gewächshaus verschwunden war – Licht brauchten Dämonen schließlich nicht, um irgendetwas erkennen zu können –, schnappte ich mir einen Teller mit frischen Sandwiches und die Unterlagen und verschanzte mich in meinem Arbeitszimmer.

Mit Roy und seinen Anwandlungen konnte ich mich morgen auch noch auseinandersetzen.

Kapitel 12

Der Himmel hatte die Farbe von klarem, bläulichem Eis. Es war keine einzige Wolke am Himmel zu sehen und verdammt kalt, als ich auf die Dachterrasse trat und mich augenblicklich für das dunkelrote Latzkleid aus Cord, das ich gewählt hatte, verfluchte. Darunter trug ich einen senffarbenen Pullover und eine dicke, schwarze Strumpfhose. Der kalte Wind fuhr trotzdem mühelos durch den Stoff auf meine Haut.

Mit zusammengebissenen Zähnen verschränkte ich die Arme und ging zum Eingang des Gewächshauses, dessen Tür nur angelehnt war.

Mit einem leichten, mentalen Schubs von meiner Seite glitt die Tür aus Milchglas auf und gab den Blick auf mehrere Hochbeete, in denen unzählige verschiedene Setzlinge steckten, Pflanztische mit Kübeln und zwei Gießkannen frei. Und mittendrin Royath, der zusammengerollt auf der gepolsterten Bank in der Mitte des geräumigen Hauses lag und schlief.

Meine Lippen verzogen sich unwillkürlich zu einem Lächeln, als ich mich in den Türrahmen lehnte und ihn betrachtete.

An seinen Händen hing Erde, seine schwarzen Haare standen in alle Richtungen ab und zwischen seinen Augenbrauen hatte sich eine tiefe Falte gebohrt, als würde er selbst im Schlaf über wichtige Angelegenheiten nachdenken. Wenn ihn irgendjemand so zu sehen bekommen würde, würde niemand auf die Idee kommen, dass er mein gefürchteter Erster Offizier war, der tötete und Schlachten führte, ohne mit der Wimper zu zucken.

Ich stieß mich vom Rahmen ab und ließ mich leise neben ihm auf der Bank nieder. Nachdenklich betrachtete ich meinen ältesten Freund, lauschte seinem regelmäßigen Atem.

Ich vermisste ihn. Ich vermisste meinen besten Freund mit all seinen Macken und nervigen Angewohnheiten. Ich vermisste die Lockerheit, die immer zwischen uns bestanden hatte und nun in Einzelteile zerschmettert zwischen uns lag.

Roy unterstellte mir, nicht zu wissen, was er fühlte, aber die Wahrheit war, ich wusste es schmerzhaft genau, weil ich dasselbe fühlte. Dieselbe Zerrissenheit.

Nur stand ich nicht wie Roy zwischen Ehre, Pflicht und der Liebe, sondern zwischen den beiden Seiten meines Lebens.

Licht und Finsternis.

Zayden und Roy.

Denn auch wenn es mich quälte, dass Zayden verschwunden war und mich alleine gelassen hatte, ich konnte meine Gefühle für ihn nicht einfach abschalten. Aufgeben, was wir wochenlang geteilt hatten.

Und aus genau diesem Grund durfte ich meinen Gefühlen für Roy nicht nachgeben. Nicht solange ich ihm nicht das geben konnte, was er verdient hatte: Jemanden, der ihn mit Körper und Seele liebte. Bedingungslos und ohne Widersprüche. Das war ich ihm schuldig und mir selbst.

Egal, wie sehr es auch wehtat, den Schmerz in seinen Augen zu sehen, oder die Distanz, die er gewählt hatte.

Ich kniff die Lippen zu einer schmalen Linie zusammen und strich ihm eine Strähne aus der Stirn, ehe ich meine Hände davon abhalten konnte.

Roys Augen öffneten sich, goldene Energie tanzte in seinen bernsteinfarbenen Pupillen, als er mich erblickte und schweigend ansah. Meine Finger lagen noch immer auf seiner Wange, kribbelten dort, wo wir uns berührten, und ich nahm sie nicht fort, obwohl ich das Gefühl hatte, mich an ihm zu verbrennen. An ihm und dem, was in seinem Blick stand.

»Ich muss los«, murmelte ich kaum hörbar. »Annie wartet.«

Royath nickte langsam, rührte sich aber kein Stück. »Ich fahre dich.«

»Warst du die ganze Nacht hier draußen?«

»Ich habe Zeit zum Nachdenken gebraucht. Das geht am besten, wenn meine Hände mit Pflanzen beschäftigt sind.«

Mein Blick glitt zu dem funkelnden Ring in seiner Lippe, doch bevor meine Finger meinen Augen folgen konnten, zog ich sie zurück und legte sie in meinen Schoß. Roy setzte sich langsam auf, sodass unsere Gesichter nur noch wenige Zoll voneinander entfernt waren.

»Warum hast du dir das Piercing stechen lassen?«

Seine Zunge fuhr einmal über den Ring und ich war unfähig den Blick abzuwenden. »Es erinnert mich an meinen Schwur. Ein Ring, ein Kreis, eine Einheit. Ohne Anfang und Ende.«

Selbst wenn ich gewusst hätte, was ich darauf hätte erwidern sollen, bekam ich keine Gelegenheit dazu, denn Roy hatte sich bereits erhoben und streckte sich nun ausgiebig, wodurch ich einen Blick auf die gebräunte Haut seines Bauches erhaschte, als sein Shirt hochrutschte.

»Ich ziehe mir nur schnell etwas Frisches an, dann können wir. Wir wollen Annie ja nicht zu lange warten lassen.« Mit diesen Worten beendete er seine Dehnübungen und verschwand aus dem Gewächshaus, als hätte dieser Moment zwischen uns nicht existiert. Vermutlich sollte ich dankbar dafür sein.

Mit einem gemurmelten Fluch fuhr ich mir über die Haare und stand ebenfalls auf. Roy hatte recht, ich sollte Annie nicht warten lassen.

Eine knappe Stunde später – dank der Londoner Rushhour hatte es eine kleine Ewigkeit gedauert, vom Hyde Park zur Universität zu kommen und Royath hatte sich vehement dagegengestellt, zu fliegen – stand ich mit einem Kaffee in der Hand in der Eingangshalle und hielt Ausschau nach Annie.

Lange brauchte ich nicht auf sie zu warten. Ihre einmalige, menschliche Signatur schob sich keine fünf Minuten später in mein Bewusstsein, ehe sie, drei Bücher an ihre Brust gedrückt, aus dem breiten Gang kam, der rechts von mir lag.

Ich leerte meinen Becher, warf ihn weg und kam Annie entgegen.

»Du bist ja wirklich gekommen«, begrüßte sie mich und zog mich in eine kurze Umarmung, wobei sich die Bücher schmerzhaft in meinen Bauch drückten.

»Du klingst so überrascht. Meinst du wirklich, ich würde mir entgehen lassen, wie du unsere Geschichte aufdröselst, völlig fremden Menschen präsentierst und filetierst? – Nicht zwingend in dieser Reihenfolge natürlich.«

Annie verzog das Gesicht und führte mich über eine der breiten Treppen ins erste Obergeschoss und von dort aus in die Bibliothek. »So wie du das sagst, möchte man meinen, ich würde etwas Verwerfliches tun.«

Ich zuckte die Achseln. »Lass dich davon nicht abhalten.«

Wir betraten gemeinsam einen der Lernräume, die getrennt vom restlichen Teil der Bibliothek lagen, und wurden von denselben fünf Gesichtern, die auch gestern am Tisch gesessen hatten, begrüßt.

Der dunkelhäutige Junge – John – stand auf und hielt mir eine Hand hin. »Hi, Lya, cool, dass du dabei bist. Hast du schon Erfahrung im kreativen Schreiben?«

Mit einem schiefen Lächeln ergriff ich seine Finger. »Nicht wirklich, aber man könnte sagen, ich wäre eine Expertin auf dem Gebiet Hölle und Dämonen.«

Annie kaschierte ihr Lachen mit einem Hüsteln und legte ihre Bücher auf den Tisch. »Ich dachte mir, es wäre gut, etwas frischen Wind in die Story zu bekommen.«

»Ja, sicher. Das schadet nie«, erwiderte ein rothaariges Mädchen mit rahmenloser Brille. »Ich bin Allison.«

Ich ließ mich neben Annie nieder und überschlug die Beine. In den nächsten Minuten stellten sich mir die anderen kurz vor, fragten mich ein wenig aus und kramten ihre Sachen raus. Ich erfuhr, dass der große, schlanke Typ neben John Marty hieß und die beiden anderen schwarzhaarigen Mädchen, die sich glichen wie ein Ei dem anderen, die Zwillinge Hazel und Jenny waren.

»Wenn du dich mit dem Thema auskennst, dann hast du doch bestimmt Vorstellungen von der Hölle oder nicht?«, wandte sich Allison an mich, doch noch bevor ich antworten konnte, öffnete Marty den Mund.

»Das ist ein verdammt kritisches Gebiet, darüber haben wir doch schon gesprochen. Die Dozentin meinte, wir müssten aufpassen, dass wir in dieser Hinsicht keine Regeln oder so etwas festlegen. So ähnlich wie *du sollst dir kein Bild von Gott machen.*«

Annies Gesichtsausdruck spiegelte exakt wider, was ich dachte und schließlich war ich es, die es aussprach. »Du vergleichst gerade nicht wirklich den Hades mit eurem Gott, oder?«

Alle Augen richteten sich auf mich.

»Hades? Das ist doch der Gott der Unterwelt, aus der griechischen Mythologie«, meinte Hazel und pustete sich einige der schwarzen Ponyfransen aus dem Gesicht. Ihre Zwillingsschwester tat es ihr nach.

»Keine Ahnung«, erwiderte ich achselzuckend. Mich hatten die verschiedenen Bilder der Hölle, die sich Menschen ausgedacht hatten, nie wirklich interessiert. Vielleicht, weil ich wusste, wie es da unten wirklich aussah. »Aber *Hades* ist im Endeffekt ein anderer Name für die Hölle.«

John schmunzelte und machte sich eine Notiz. »Nun Lya, und wie stellst du dir dann den *Hades* vor?«

Annies Blick lag kribbelnd auf mir, als ich mich nach vorne beugte und mein Kinn auf die aufgestellten Hände legte. »Netter Versuch, aber ich fürchte, das kann ich dir nicht beantworten. Die Hölle sieht für jeden anders aus, weil jeder Mensch andere Albträume hat, die ihm den Atem rauben.«

»Interessanter Ansatz«, kommentierte er und schrieb wieder etwas in sein Heft. »Was meinst du, Annie?«

Meine beste Freundin nickte. Sie hatte den Hades nicht gesehen. Nicht so, wie Verurteilte ihn zu sehen bekamen, aber genug, um zu wissen, dass dort all jene Ungeheuer hausten, von denen sich Menschen seit Anbeginn der Zeit erzählten. Und, dass die einen schlimmer waren als die anderen. »Der Gedankengang gefällt mir. Seid ihr mit der Gestaltung von *Grace* weitergekommen?«

Ich war mir ziemlich sicher, dass Annie das nur zur Sprache brachte, um mich zu ärgern. Sie mochte erwachsener und stärker geworden sein, aber ihren Biss hatte sie ganz offensichtlich nicht verloren. Ich schenkte ihr ein freudloses Grinsen.

Jenny gab ein Brummen von sich. »Uns bereitet die Sache mit den Flügeln Kopfzerbrechen. Ist es nicht etwas kitschig anzunehmen, Dämonen hätten flauschige Engelsflügel?«

Mir kam ein Schnauben über die Lippen. Kitschig? Meine Flügel mochten aus Federn bestehen, aber richtig eingesetzt waren sie tödliche, rasiermesserscharfe Waffen.

»Warum? Der Teufel ist im Prinzip ein gefallener Engel, oder nicht?«, warf Allison ein und nahm einen Schluck ihres grünen Smoothies.

Das war tatsächlich eines der absurdesten Gerüchte, die sich die Menschheit ausgedacht hatte. Dämonen, die Hölle und *Iljos* mochten ja existieren. Und diese vermaledeiten *Madúr* seit Neuestem auch wieder, aber Engel? Der Himmel?

Dafür gab es bis heute keine Beweise und meinen Vater als einen gefallenen Engel darzustellen ... er war der Teufel gewesen. Die Dunkelheit des Hades, hervorgekrochen aus den tiefsten, finstersten Abgründen der Hölle. Nicht mehr und nicht weniger.

Hazel stimmte ihr zu. »Ich finde, das ist mal etwas anderes. Außerdem hätten wir dann die christliche Sicht des Themas mitaufgegriffen.«

»Okay, dann flauschige Flügel für die Tochter des Teufels. Und unser *Hottie* Leroy?«

Ich presste die Lippen aufeinander, um ein breites Grinsen zu unterbinden. Hoffentlich hatte Roy das nicht gehört, das würde seinem ohnehin viel zu großen Ego nur noch mehr Futter geben. Vermutlich würde ich mir dann die nächsten hundert Jahre anhören müssen, dass ihn eine Gruppe Schreiberlinge – und Annie – für heiß und unwiderstehlich hielten. Das fehlte mir gerade noch. Zeit, das Thema in eine andere Richtung zu lenken.

»Verpasst ihm auch Flügel. Starke, lederne Schwingen mit Krallen an den Gelenken und feinen, dunklen Adern«, antwortete ich. »Ähnlich wie die einer Fledermaus. Nur kräftiger, mächtiger.«

»Dass ich da noch nicht draufgekommen bin«, lachte Allison und ließ ihren Bleistift wie irre über einen Block fliegen. Auch wenn ich ihr gegenübersaß und ihre Zeichnung für mich auf dem Kopf stand, erkannte ich doch recht schnell ein Paar Flügel, die Roys in der Tat erstaunlich ähnlich sahen.

Hazel beugte sich zu ihr und nickte begeistert. »Also, wenn ihr mich fragt, sollten wir es noch mal überdenken, dass Grace sich für den Engel Kellan entscheidet. Leroy ist bei Weitem heißer.«

Ich biss mir so fest auf die Lippe, dass ich meinte, Blut zu schmecken. Genial, jetzt diskutierte Annies Buchclub anscheinend auch schon meine Beziehungsprobleme. Vielleicht würde ich hier ja tatsächlich eine hilfreiche Antwort auf diese verflixte Situation bekommen. Ich verdrehte die Augen.

»Aber er hat nicht die Eier in der Hose, um es ihr klar und deutlich ins Gesicht zu sagen. Kellan schon.«

Dabei hatte Roy es gesagt. Jahrelang, immer wieder. Mit seinen Taten, seinen Augen, seinen Worten. Ich hatte nur nicht richtig hingehört und jetzt war es vermutlich zu spät.

Das Gespräch drehte sich weiter um die Gestaltung der Dreieckskonstellation, aber ich hörte nicht mehr richtig zu. Das schien auch Annie nicht zu entgehen, denn sie nahm wortlos eine meiner Hände unter dem Tisch und drückte sie leicht. Ich erwiderte den Druck und schenkte ihr ein trauriges Lächeln.

Sie hatte keine vierundzwanzig Stunden gebraucht, um zu verstehen, was mich gerade wirklich beschäftigte. Ich schätze mal, das war es, was unsere Freundschaft ausmachte, sie so besonders machte – egal, wie viele Welten zwischen uns standen.

Am frühen Nachmittag ging die Gruppe nach scheinbar endlosen Diskussionen um Dinge, die in meinen Ohren absolut unwichtig klangen, auseinander. Dennoch war es interessant, seine eigene Geschichte aus einer neuen Perspektive zu hören. Annie hatte sich Großes mit diesem Projekt vorgenommen und ich zweifelte nicht eine Sekunde, dass sie das großartig machen würde. Was ihren Roman anging, hatte sie sich feste Regeln und Ziele gesetzt und mit der Unterstützung ihrer Teamkollegen und vielleicht noch etwas Input von meiner teuflischen Seite würde das garantiert ein Erfolg werden.

Über den Tag hinweg war der Himmel zugezogen und aus tiefgrauen Wolken fiel schwerer Regen, der in Sekundenbruchteilen alles zu durchnässen vermochte. Das ideale Wetter für einen Flug. Niemand hielt sich lange mit dem auf, was über einem geschah, wenn es Bindfäden regnete.

Als wir aus der Bibliothek traten, streckte ich meine Fühler nach Royath aus und fand ihn merkwürdigerweise auf dem Dach der Universität.

Was machst du da oben? Im strömenden Regen?

Ich konnte ihn mir förmlich vorstellen, wie er mit verschränkten Beinen an einer Mauer lehnte und undurchsichtig grinste. *Dich im Auge behalten, Prinzessin. Außerdem hat mir ein Vögelchen gezwitschert, dass du gerne einen Ausflug machen möchtest, da habe ich das Motorrad vorzeitig in die Tiefgarage gebracht.*

Ein ziemlich idiotisches Lächeln breitete sich auf meinen Zügen aus. Annie tippte mich an und hob fragend die Augenbrauen. »Alles klar? Du siehst aus, als würdest du gleich ein Dämonenei legen.«

Bin gleich oben. Kopfschüttelnd löste ich mich von Roys Geist und schnappte mir Annies Hand. »Dämonen legen keine Eier. Zumindest ist mir nichts Derartiges bekannt, aber wer kann schon sagen, welche kranken Sachen meine Leute zustande bringen? Lust, Roy zu treffen? Er wartet auf dem Dach.«

»Aber der Dachgarten ist während der Wintersession ... ach weißt du was, vergiss es. Klar, ich bringe dich hoch.« Sie erwiderte mein Lächeln und zog mich zu dem Treppenhaus, das sämtliche Stockwerke des riesigen Universitätsgebäudes miteinander verband. Gemeinsam kämpften wir uns durch die allgemeine Unruhe der vielen Studenten, die nach der letzten Vorlesung nach unten wollten, und hangelten uns Stockwerk für Stockwerk über die breite Steintreppe nach oben. Ich fühlte mich in unsere Zeit auf dem King Albert College zurückversetzt und genoss dieses Gefühl in vollen Zügen.

Wir erreichten das achte Stockwerk, hier oben befand sich ein Studentencafé, zu dem auch die Dachterrasse gehörte – allerdings hatte es, wie Annie bereits gesagt hatte, in den Wintermonaten geschlossen. Außerdem lagen hier noch zwei Lernräume und ein Computerraum, wie sie mir erklärte, ehe sie mich zu der verschlossenen Glastür des Cafés zog.

»Beherrschst du noch dieselben Zaubertricks wie früher, Lya?«

Ich sah sie schief an. »Die und noch viele neue. Du wärst überrascht, kleine Annie.«

Behutsam, um nicht gleich die gesamte Tür zu sprengen,

schickte ich einen kleinen Teil meiner Energie in Richtung des Schlosses. Meine Augen flammten für einen Sekundenbruchteil auf, dann stand uns das Café auch schon offen.

Anerkennend nickte Annie und betrat den Raum, der in Dunkelheit lag. Am Ende des Cafés führte eine weitere Doppeltür nach draußen. »Ich hatte ganz vergessen, wie praktisch das ist.«

Der Geruch nach altem Kaffee und abgestandener Luft folgte uns, ehe ich kurzen Prozess mit dem Dachzugang machte und uns augenblicklich eiskalter, feuchter Wind entgegenschlug, in dem eine Spur von Roys Macht lag.

Geschützt unter dem transparenten Dach, auf das die Regentropfen trommelten, verschränkte ich die Arme und verfolgte grinsend, wie sich Annie von mir löste und zu Royath lief, um ihn in eine ihrer Umarmungen zu ziehen.

Überrascht fing Roy sie auf und erwiderte ihre stürmische Geste, sodass sie vom Boden abhob.

»Dich gibt es ja auch noch«, feixte Roy und wollte der deutlich kleineren Annie durch die Haare strubbeln, doch meine Freundin brachte sich noch rechtzeitig mit einem hohen Quietschen vor seinen Händen in Sicherheit. Den beiden zuzusehen, war, als würde man zwei Welpen dabei beobachten, wie sie miteinander herumtollten.

»Ist auch schön, dich wiederzusehen, Roy. Anscheinend hast du gut auf Lya aufgepasst.«

»Ich stehe zu meinem Wort, Annie«, erwiderte er mit einem ernsten Blick in meine Richtung.

Die Ärmel meines Pullovers über die Hände gezogen trat ich zu den beiden.

»Warum feiern wir unser Wiedersehen nicht bei einem Abendessen? Ich kenne einen sehr guten Spanier nicht weit von hier«, schlug Annie vor und sah von Roy zu mir und zurück.

Roys schwarze Augenbrauen zogen sich zusammen. »Ich fürchte, das müssen wir verschieben. Ihre Majestät erwartet heute Abend wichtigen Besuch.«

Ruckartig sah ich zu meinem Ersten Offizier und runzelte die Stirn. »Ach ja?«

»Es hat ein weiteres Opfer gegeben, Prinzessin. Der Clanchef der Kataran, Rogery, hat um eine Audienz gebeten«, verkündete er mit ernster Stimme und sah mich bedeutungsvoll an.

Ich biss die Zähne zusammen und nickte knapp. »Sorg dafür, dass die Verantwortlichen ihren Clanchef begleiten, Royath, wenn sie bei mir aufkreuzen.«

Mein Erster Offizier, jetzt wieder ganz in seiner Rolle, deutete eine knappe Verbeugung an. Ich wandte mich an Annie und nahm ihre Hände. »Es tut mir leid, wir holen das nach, okay? Und wir sehen uns morgen bei dir – unser Mädelsabend steht.«

Meine Freundin sah mich mit starrer Miene an. »Was für Opfer, Lya? Was geht hier vor sich?«

»Ich erkläre es dir morgen«, sagte ich nur und nahm sie kurz in die Arme, wobei ich einen schnellen Kuss auf ihre Wange hauchte. »Pass auf dich auf, ja?«

Royath breitete seine Flügel aus, seine starken, ledernen Schwingen, ganz so, wie Allison sie gezeichnet hatte, und wartete, bis ich mich von Annie löste und neben ihn trat. Dann befreite ich auch meine Flügel, deren schwarze, graue und weiße Federn sich im Wind wiegten, und winkte meiner Freundin zum Abschied. Es war ein bisschen wie an dem Tag, als Roy und ich in die Hölle zurückgekehrt waren.

Aber dieses Mal würde ich nicht zurückgehen und für Monate verschwinden, noch nicht.

»Bis Morgen, Annie.«

Roy und ich traten unter dem Dach hervor in den prasselnden, kalten Regen, dann stießen wir uns ab und flogen den grauen Wolken entgegen, während Annie unter uns immer kleiner wurde.

Kapitel 13

»Das kann nicht dein Ernst sein«, murmelte ich eher zu mir selbst, als dass ich mit Rogery, dem Anführer des Kataran-Clans sprach. Dabei lief ich vor der Couch, auf der er mit dem Haufen von Idioten saß, die er mitgebracht hatte, auf und ab, die Arme hinter dem Rücken verschränkt. Dem Sofa gegenüber prasselte das Feuer im Kamin und wärmte immer eine meiner Seiten, rechts davon stand Roy mit unbewegter Miene und einer Hand an seinem geliebten Schwert. Ja, er hatte wirklich sein verdammtes Schwert mit nach London genommen.

Zumindest schien es Eindruck zu schinden, denn Rogerys Blick flog immer wieder zu der Klinge meines Ersten Offiziers, ehe er sie wieder auf den Boden heftete.

Die Dämonen auf der Erde bekamen nicht oft Mitglieder des Palastes zu sehen, schon gar nicht ihre Königin und Royaths Name an sich reichte schon aus, um Waschlappen wie sie hier vor mir standen, in Blubberblasen aufgehen zu lassen. Er war eine Legende.

»Mylady, mir ist bewusst, dass wir uns an strengere Regeln halten müssen, was unsere Geschäfte betrifft, aber dieser Deal war zu gut, um ihn ziehen zu lassen«, begann der Clanführer und seine Stimmlage hüpfte immer wieder von hoch zu tief, als würden seine Emotionen verrücktspielen. *Gut so.*

»Anscheinend war er wirklich *zu gut*, um wahr zu sein, was?« Ich hielt inne, um Rogery direkt ins Auge zu fassen und ließ meine Energie aufflammen. »Und was hat deine Ratten dazu veranlasst, sich meinen Befehlen zu widersetzen?«

Er biss die Zähne zusammen und schüttelte den Kopf. »Das war nie ihre Absicht«, begann der Clanführer für seine drei Mitarbeiter zu sprechen, die stocksteif neben ihm saßen. Nummer vier fehlte. Den hatten die *Madúr* erwischt. »Aber der Druck ist höher geworden, meine Königin. Die Abgaben ...«

»Es gibt keine festen Abgaben, Rogery«, erwiderte ich scharf. »Versuch nicht, mich für dumm zu verkaufen. Ich kenne die Regelungen des Vertragssystems.«

»Nein, nein, das würde ich nie wagen!«, beteuerte er sofort und faltete die Hände vor der Brust. Rogery war ein schrecklich dürrer Kerl, der die Farbe von Milch hatte, seine Haare waren beinahe genauso farblos. »Master Eoghan ...«

Ich wechselte einen kurzen Blick mit Royath und trat näher zu Rogery, der unwillkürlich tiefer in das Polster sank, als könnte er zwischen den Kissen verschwinden. »Eoghan hat was ...?«

»Mylady, er ...« Seine Pupillen wurden unnatürlich groß in seinen grünen Augen und das Weiße schien heller zu werden, wie bei einem Pferd, das scheute. »Er wird es nicht gutheißen, wenn ich mich beschwere, denn das will ich gar nicht, er ist ein guter Master. Er ...«

»Oh bei der Hölle, verschone mich mit deinem Gestotter, Rogery. Im Augenblick bin ich dein größeres Problem, oder nicht? Also, spuck aus, was du zu sagen hast, bevor ich mir die Antworten selbst hole. Du weißt, ich kann das.«

Er nickte hektisch und senkte den Blick. Ich seufzte und wandte mich zu Roy um, der mich leicht am Ärmel berührt hatte. Eine stumme Aufforderung, in seinen Geist zu schlüpfen, wie ich mittlerweile wusste.

Eoghan ist nicht gerade dafür bekannt, gerne mehr abzugeben, als unbedingt nötig. Ich kann mir vorstellen, dass der Mistkerl die Abgaben so angepasst hat, dass mehr für ihn dabei rausspringt.

Ich hob eine Augenbraue und war mir der prickelnden Blicke der Kataran-Dämonen wohl bewusst. Mittlerweile hatten die meisten meiner Leute von meiner Fähigkeit, in jeden Kopf eindringen zu können, gehört, aber vermutlich glaubten es nur die wenigsten, ehe sie es nicht mit ihren eigenen, verfluchten Augen gesehen hatten.

Du schenkst deinem Vater ja außerordentlich viel Vertrauen und Loyalität, Roy.

Eoghan hat sein Recht, sich als mein Vater bezeichnen zu dürfen, verwirkt, als er meine Mutter Quila verriet, kam seine scharfe Erwiderung, die wie ein Messer durch meine Gedanken fegte.

Ich neigte leicht den Kopf und zog die Augenbrauen zusammen. Roy hatte mir nie die ganze Geschichte erzählt, aber ich wusste, wie schmerzhaft sie für ihn war und dass er sich selbst die Schuld an dem Unglück gab. *Vielleicht solltest du seine Position einnehmen. Eoghans meine ich.*

Kaum merklich schüttelte Royath den Kopf. *Lass uns das zu einem anderen Zeitpunkt diskutieren, Mylady.*

Ich drehte mich wieder zu Rogery um und hob fordernd das Kinn. »Also?«

»Master Eoghan verlangt Lebensjahre. Mehr Lebensjahre, als durch übliche Aufträge unter Berücksichtigung Eurer Gesetze eingeholt werden können, meine Königin. Ich wies meine Leute an, Eure Regeln etwas zu beugen. Das tun alle Clanführer«, beeilte er sich anzufügen und wagte es, einen

179

kurzen Moment aufzusehen. »Denn falls wir die Abgaben nicht einhalten ...«

Als er verstummte, nickte ich und verschränkte die Arme vor der Brust. *Wer ist der Stellvertreter von Eoghan?*, fragte ich Royath lautlos, während ich gleichzeitig sagte: »Keine dieser Abgaberegelungen von Eoghan wurde von mir autorisiert. Dein Clan und alle anderen mögen ihm unterstehen, aber eure Loyalität gehört alleine *mir*.«

»Natürlich«, erwiderte er sofort und neigte sein Haupt.

Tellin ist der direkte Vertreter, Lya.

Ausgerechnet dieser Idiot, aber gut. Bitte sorge dafür, dass Eoghan eine Auszeit nimmt, werde ruhig kreativ. Ich bin mir sicher, deine Leute finden noch mehr Schmutz unter seinen Fingernägeln. Und erhebe Tellin solange in das Amt des Kontinentführers.

Ich wartete nicht auf eine Antwort, sondern wandte mich wieder an den Haufen Elend, zu dem Rogery mittlerweile geworden war. »Du kennst meine Gesetze, oder?«

Er nickte.

»Und auch die Regeln, denen die Verträge mit Menschen unterliegen?«

Wieder nickte der Clanführer. Schweiß bildete sich auf seiner Oberlippe. Ob das nun an meinem gefährlich leisen Tonfall oder der Tatsache, dass ich immer näher kam, lag, vermochte ich nicht zu sagen.

»Man hat dich über die Ergänzungen der Gesetze unterrichtet, die aufgrund unserer Schwierigkeiten mit den *Madúr* in Kraft getreten sind?«, hakte ich weiter nach und blieb schließlich kaum eine Armlänge vor ihm stehen.

Rogery hielt akribisch den Kopf gesenkt, ein Beben durchlief seinen dürren Körper und es hätte mich nicht gewundert, wenn ich seine Knochen klappern gehört hätte.

»Ja, Mylady.«

»Gut, dann weißt du, woran du dich zu halten hast. Und nur daran, verstanden?«

»Ja, Mylady.«

Ich ging geschmeidig vor ihm in die Hocke, sodass unsere Augen auf einer Höhe waren und er die dunkle Macht in meinen lodern sehen konnte. »Wer ist dein bester Mann, Rogery?«

»Skip ... Skip ist der Beste«, gab er stockend die Antwort und starrte wie ein Kaninchen im Scheinwerferlicht, das ganz genau wusste, dass gleich etwas Schlimmes geschehen würde, in meine Augen. Der Latino neben ihm zuckte zusammen. Das war also Skip. Von seinem besten Mann hätte ich mehr erwartet.

Mühelos kam ich wieder auf die Beine. »Rogery, du wirst ab heute ohne Skip auskommen müssen und sollte mir noch einmal zu Ohren kommen, dass du dich meinen Gesetzen widersetzt oder dass eines der Opfer auf dein Konto geht, dann wird London ohne *dich* auskommen müssen. Verstanden?«

Der Clanführer wurde unter der Wucht meiner Worte ganz klein und hielt den Kopf gesenkt, während Skip neben ihm aschfahl wurde. Zweifelsohne war beiden nur allzu bewusst, welche Auswirkungen meine Strafe hätte. Auf beide.

Ich gab Roy ein Zeichen, woraufhin dieser sich vom Kamin, an den er sich gelehnt hatte, löste und Skip grob von der Couch hochzerrte. Direkt vor mir drückte er den zitternden Dämon auf die Knie. Ich konnte in Royaths goldenen Augen lesen, wie sehr ihm diese Szene missfiel, mir ging es genauso, aber uns beiden war bewusst, dass es notwendig war, um eine stabile, andauernde Struktur aufzubauen. Die Hierarchie und

Ordnung im Hades hatte immer auf Angst und Furcht gegründet und es war bei Weitem zu früh, um dies von heute auf morgen zu ändern.

»Skip vom Kataran-Clan, ich, Elyanor, Königin des Hades, verbanne dich mit sofortiger Wirkung für eine Zeit von drei Jahrhunderten in die Ewigen Flammen«, verkündete ich mit leiser, fester Stimme, ließ meine Energie heiß und gnadenlos aufflammen und leitete sie, ohne zu zögern, auf Skip.

Es dauerte nur einen Wimpernschlag und Skip war verschwunden, als hätte er nie existiert.

Meine Macht flutete den Raum, ließ Rogery und seine idiotischen Dämonen keuchen und zog sich im nächsten Moment mit einem Schlag in mich zurück.

»Und jetzt verschwindet!«, donnerte ich dann, ohne sie noch eines weiteren Blickes zu würdigen. Für heute hatte ich genug.

Sie taten es nur allzu gerne. Beinahe lautlos huschten sie so schnell aus dem Penthouse, als hätte ich ihnen meinen Höllenhund Lucy auf die Fersen gehetzt, und ließen mich endlich alleine.

Mit einem gemurmelten Fluch sank ich auf den großen Sessel, der dem Feuer am nächsten stand, und überschlug die Beine. »Falls wir diesen Wahnsinn mit den *Madúr* auf die Reihe bekommen, werde ich mich als Nächstes mit neuen Strukturen auf den Kontinenten befassen müssen.« Ich hatte das Gefühl, dass immer mehr Baustellen auftauchten, die eigentlich keinen Aufschub duldeten und damit das Paket, das schwer auf meinen Schultern lastete, beinahe untragbar machten.

Royath nickte langsam und fuhr sich durch die dunklen Haare. »Eins nach dem anderen, Lya. Du hast eine Ewigkeit lang Zeit und niemand verlangt, dass du das alles alleine innerhalb von ein paar Monaten regelst.«

Nachdenklich nickte ich und sah dann in die Flammen. Aber was war, wenn ich das selbst von mir verlangte?

Bisher hatte ich keine Vorstellungen von Wohnheimen für Studenten gehabt. Ich hatte angenommen, dass es dem Internat des King Albert Colleges ähnlich war, in dem Annie, und zwischenzeitlich auch ich, gewohnt hatte, während wir dort den Unterricht besucht hatten. Nette, schick eingerichtete Einzelzimmer, klassische Ausstattung und eine historische Bauweise – aber *das* hier?

Das war eine Beleidigung für die menschliche Architektur. In jeder Art und Weise.

Zweifelnd sah ich zu dem Betonplattenbau auf und zog die Augenbrauen zusammen. Ich hatte nicht mal gewusst, dass so etwas überhaupt im Herzen Londons stehen durfte, denn die Lage war trotz allem genial. Der absurd hässliche Bau stand direkt am Themsenufer in Waterloo und bot damit einen perfekten Blick auf den Fluss und Westminster. Wahrscheinlich mussten die Studenten – oder besser gesagt die Eltern der Studenten – einen Haufen Geld dafür bezahlen, dass ihre Sprösslinge in dieser Geschmacksverirrung wohnen durften. Aber nun ja, vielleicht lag die wahre Schönheit ja hinter den grauen, besprayten Mauern. Viel Hoffnung hatte ich allerdings in dieser Hinsicht nicht.

Ich brauchte einen Moment, bis ich Annies Namen auf dem überdimensionalen Klingelschild fand, und hörte wenig später ein durchdringendes Summen. Man gelangte von der Tür aus in einen erstaunlich beengten Flur für ein so großes Bauwerk, der über und über mit Briefkästen vollgestopft war. Der Geruch nach kaltem Rauch, Alkohol und Schweiß lag in der Luft und ließ mich die Nase rümpfen. Von irgendwoher drang laute Elektromusik zu mir.

Neben dem großen Treppenhaus, das sich irgendwie auch noch in den Eingangsbereich quetschte, führte ein schmaler Gang weiter ins Innere des Betonmonstrums.

Von Annie wusste ich, dass sie im elften Stock wohnte und der Aufzug im Augenblick außer Betrieb war, also wandte ich mich der Treppe zu und begann Stockwerk für Stockwerk zu erklimmen.

Immer wieder erhaschte ich durch angelehnte Türen einen Blick auf Partys, die dahinter im vollen Gange waren – schließlich war Freitagabend und ich umzingelt von Studenten. Vielleicht sollte ich überlegen, ein paar meiner Leute hier abzustellen. Feierwütige Studenten waren eine wundervolle Einnahmequelle.

Nach einer kleinen Ewigkeit und unzähligen Stufen erreichte ich den elften Stock und wurde prompt von dem herzlichen Lächeln meiner besten Freundin begrüßt.

»Nächstes Mal fliege ich einfach direkt in dein Zimmer, okay?«

Annie lachte leise, zog mich in ihre Arme und führte mich durch eine Tür, die mit brauner Holzfolie beklebt worden war, in ihr Wohnheimzimmer.

Zwei Betten, ein großes Regal, das den erstaunlich geräumigen und doch nicht minder vollgestopften Raum in zwei Hälften teilte und jede Menge Klamotten, die überall herumlagen, bildeten den Kern des Ganzen. An der rechten und linken Wand standen jeweils ein überladener Schreibtisch, ein Kleiderschrank und zwischen den Betten führte eine schmale Tür auf einen Balkon.

Ich runzelte die Stirn und verschränkte die Arme vor der Brust. Das alles hier sah Annie so gar nicht ähnlich.

Doch noch ehe ich den Mund aufmachen konnte, kam ein bekanntes Gesicht hinter dem Regal hervor und zupfte sich Kopfhörer aus den Ohren. »Oh hey, Lya!« Hazel, eine der Zwillinge aus Annies Lerngruppe, grinste und umarmte mich, als wären wir schon ewig Freunde.

»Hazel und ich teilen uns den Raum, um die Miete stemmen zu können. Es ist erstaunlich, was sie für diesen hässlichen Schuhkarton verlangen«, meinte Annie und schob einen Berg Klamotten auf die andere Seite des Zimmers. Anscheinend war Hazel das wandelnde Chaos in diesem Raum.

Ich grinste. »Genau dasselbe habe ich mir auch gedacht. Freut mich, Hazel.«

Sie fasste ihre schwarzen Haare zusammen und schlang ein glitzerndes Band darum. »Bin auch schon so gut wie weg, dann habt ihr das Paradies ganz für euch alleine, um in alten Erinnerungen zu schwelgen.«

Annie und ich wechselten einen schiefen Blick, während Annie immer noch damit beschäftigt war, ihre Hälfte freizuschaufeln. Alte Erinnerungen, vielleicht, aber die Gegenwart und unsere unmittelbare Zukunft hatten im Augenblick definitiv Vorrang.

Annie hielt in ihrem Aufräumwahn inne, um ihre Mitbewohnerin überrascht anzusehen. »Du gehst also wirklich zu Logan?«

Hazel zuckte mit den Achseln und positionierte sich vor dem großen Spiegel, der zwischen Schreibtisch und Kleiderschrank an der Wand hing, um Lipgloss aufzutragen. »Warum nicht? Wenn ich da nicht aufkreuze, gibt es nur noch mehr Gerüchte.«

Meine Freundin schüttelte den Kopf. »Das ist es nicht wert.«

»Danke für deine Sorge, Süße, aber ich bekomme das schon hin.« Hazel schnappte sich eine kleine Handtasche, hauchte ein Küsschen auf Annies Wange und winkte mir zum Abschied. »Bin oben auf dem Dach, falls ihr mich sucht. Macht euch einen schönen Abend.«

Dann war sie auch schon aus dem Zimmer gerauscht.

»Dach?«, fragte ich und ließ mich auf dem Bett, das Annie gehörte, nieder.

Annie nickte und schnappte sich drei Bücher, um sie auf die Regalseite von Hazel zu stellen. »Logan feiert seinen Geburtstag oben auf der beheizten Dachterrasse. Ist ein bisschen wie auf der Uni und definitiv das Highlight an diesem Gebäude.«

»Bist du auch eingeladen?«, fragte ich und zog das Erdbeerkissen, das ich noch aus ihrem Internatszimmer kannte, auf meinen Schoß.

Sie machte eine wegwerfende Geste und strich sich die hellen Haare aus der Stirn. »Ja, aber das ist nicht so wichtig. Da finden ständig Partys statt, Lya.«

Ich schob die Augenbrauen zusammen und schüttelte den Kopf. »Quatsch. Wir reden jetzt ein bisschen, genießen den Tequila und dann stellst du mich deinen Freunden vor.«

»Ehrlich gesagt habe ich es nicht so eilig, da hochzukommen. Logan ist ein Arschloch und ...«

Auch wenn sie es nicht aussprach, wusste ich, was hier ungesagt zwischen uns in der Luft hing. »Du hattest was mit ihm, nicht? Und er hat sich absolut danebenbenommen.«

Annie gab ein Geräusch von sich, das so gut wie alles hätte bedeuten können.

»Ein Grund mehr, da hochzugehen«, beschloss ich und klatschte in die Hände.

Ein zweifelndes Lächeln schlich sich auf Annies Züge. »Du bist unmöglich, weißt du das, Lya? Un-mög-lich.«

Kokett hob ich eine Schulter und ließ meine Augen aufleuchten. »Ich bin der Teufel und eine Königin, was erwartest du?«

»Natürlich, Mylady«, antwortete Annie, verbeugte sich spöttisch und zog dann eine Flasche Tequila aus dem Bücherregal. »Darf ich euch die heutige Empfehlung des Hauses vorstellen? Tequila. Garantiert nicht original aus Mexiko und so günstig, dass es schon verdächtig ist.« Mit zwei Gläsern, Zitrone und Salz in den Händen kam sie zu mir aufs Bett und machte es sich gemütlich. Ein großer Atlas diente uns als provisorischer Tisch auf der karierten Decke.

Ich sorgte mit einem Wink dafür, dass das Hauptlicht erlosch und stattdessen die unzähligen Lichterketten ansprangen, die überall herumhingen.

Annie stieß den Atem aus und sah sich um. »Manchmal vergesse ich wirklich, wozu du imstande bist, Lya. Dass du mehr als ein gewöhnliches Mädchen bist.«

Lächelnd nahm ich eine ihrer Hände und drückte sie. Ihre Finger lagen kalt auf meiner warmen Haut. »Aber im Augenblick bin ich ein gewöhnliches Mädchen. Mit ein paar *Special Effects*, okay? Ein normales Mädchen, das mit ihrer besten Freundin über ganz gewöhnliche Probleme redet und dabei Tequila trinkt.«

Zweifelnd hob sie eine fast weiße Augenbraue. »Gewöhnliche Probleme? Zum Beispiel die Tatsache, dass es offensichtlich übernatürliche Schwierigkeiten gibt? Oder dass du dich nicht zwischen einem ganz gewissen Dämon und seinem hellen Pendant entscheiden kannst?«

Ich versetzte ihr einen Knuff und hätte dabei beinahe mein Glas ausgeleert. »Autsch, das ging unter die Gürtellinie.«

»Beste Freundin – schon vergessen? Das ist quasi mein Job.«

Zweifelnd warf ich ihr einen Seitenblick zu und schnappte mir dann ein Stück Zitrone und Salz. »Okay, du hast recht. Es gibt Schwierigkeiten. In der Hölle und in meinem Privatleben. Zufrieden?«

Annie füllte ihr Glas und sah mich aufmerksam an. »Darum geht es nicht, Lya. Welches der beiden Probleme beschäftigt dich mehr?«

Ich konnte ziemlich genau sagen, was meine Gedanken beherrschte, aber das machte mich zu einer schlechten Königin. Das Wohl meines Volkes, der gesamten übernatürlichen Welt, sollte für mich an erster Stelle stehen – nicht zwei junge Männer, die mir im wahrsten Sinne des Wortes den letzten Nerv raubten.

»Hey, ich werde dich nicht verurteilen, okay? Zwei normale Mädchen, erinnerst du dich?«

Seufzend hielt ich ihr das Glas zum Anstoßen hin und kippte den Inhalt runter. Das Zeug brannte angenehm in meinem Inneren – zumindest für einen winzigen Moment. Annie verzog angeekelt das Gesicht, füllte jedoch wieder auf.

»Ich nehme dich beim Wort, Schwester.« Mit gespielt ernstem Blick stieß ich ihr einen Zeigefinger in die Brust. »Roy und Zayden. Sie sind es, die mich wach halten. Was ironisch ist, wenn man bedenkt, dass Missgeburten, die sich die *Madúr* nennen, aus dem Dreck gekrochen kommen, um sowohl *Iljos* und Dämonen auszulöschen. Und sie haben bereits damit angefangen.«

Die Stirn meiner besten Freundin legte sich in Falten, als

sie über meine Antwort nachdachte. »Herz und Kopf sind zwei verschiedene Dinge, Lya.«

»Mag sein, aber ich sollte mit beidem bei einer Sache sein und nicht irgendwie dazwischen«, erwiderte ich und stürzte das nächste Glas runter. Dann erzählte ich Annie in allen Einzelheiten von dem Konflikt mit den Jägern und meinen Kontinentführern – raushalten würde ich sie ohnehin nicht können und Annie belügen kam für mich nicht infrage.

»Heilige Scheiße«, murmelte sie, als ich fertig war. Der Tequila hatte dafür gesorgt, dass sich ihre Wangen rot färbten und ihre Augen leuchteten. »Und wer hat das alles an diese Jäger verraten? Und inwiefern bist du die ultimative Waffe?«

Ich sah von meinem kunstvoll verzierten Dolch, den ich in den Fingern drehte, auf. »Wir wissen noch nicht, wer der Maulwurf ist, aber keine Sorge, das bekommen meine Leute schon noch raus. Was mich als Waffe betrifft ... die Tatsache, dass in mir zwei Energien vereinigt sind, scheint zu reichen. Wie sie das einsetzen – keine Ahnung. Ich habe allerdings auch nicht das Verlangen, das persönlich herauszufinden.«

Nachdenklich nickte Annie und strich sich einige weißblonde Strähnen aus dem Gesicht. »Und die *Iljos*?«

»Die werden hoffentlich Seite an Seite mit uns in diese Sache ziehen. Am Sonntag steht ein Treffen des Kopfes der *Iljos* und mir an. Danach bin ich schlauer. Hoffe ich zumindest.«

»Was genau wollen diese Jäger? Also mal abgesehen davon, alles Übernatürliche zu beseitigen?«

Ratlos erwiderte ich ihren Blick und ließ meine Klinge ein paar Zentimeter über meiner Handfläche schweben. Die Insignien des Dolchs leuchteten orangegold auf. »Sie sind religiöse Fanatiker, Idioten, fehlgeleitete Irre – ich kann es dir nicht sagen. Nur, dass sie brutal vorgehen und nicht fragen.

Eigentlich gab es eine Zeitspanne von einem Monat, die sie mir als Frist gesetzt haben, aber die neuen Opfer zeigen nur, dass dieser Abschaum keine Ehre, keine Grenzen kennt. Was auch immer sie wirklich vorhaben, es kann nichts Gutes sein. Weder für *Iljos* und Dämonen noch für die Menschen.«

Ein Anflug von Furcht flog über Annies Züge und ich rutschte näher an sie heran, während wir beide an die Decke starrten, an der die Punkte der Lichterketten tanzten.

»Ich hoffe wirklich, dass ihr schnell eine Lösung findet, und wenn ich dir irgendwie helfen kann ...«

»Danke, Annie.«

Wir sahen uns an, lächelten und ich wusste, wir dachten in diesem Moment genau das Gleiche. Uns mochten Welten, buchstäblich die *Hölle* trennen, aber wir waren uns näher denn je. Weil keine Geheimnisse zwischen uns standen und uns etwas sehr Wertvolles verband. Etwas, das nicht in Worte zu fassen war.

»Habe ich dir eigentlich je gesagt, dass ich Roy versprochen war?«, fragte ich sie nach einer Weile, in der wir schweigend unseren Gedanken nachgehangen hatten.

»Du solltest ihn heiraten?« Annies Stimme war leise, beinahe zögerlich.

Ich nickte. »Wenn sich Dämonen binden, dann ist es für die Ewigkeit, weißt du? Mag sein, dass viele von uns wahre Bettspringer sind, aber eine Hochzeit ... die Bindung, die damit einhergeht, ist unendlich.«

»Hättest du das gewollt?«

»Vermutlich hätte ich nicht besonders viel Mitspracherecht gehabt. Mein Vater hat das arrangiert und ich hätte seinen Befehlen Folge geleistet. Roy wäre keine schlechte Partie gewesen und wir haben uns schon immer sehr gut verstanden«, murmelte ich und steckte meinen Dolch in die Scheide, die von meiner langen Bluse verdeckt wurde.

»Jetzt hast du die Wahl. Du kannst dich frei entscheiden und niemand kann dir in dieser Hinsicht Vorgaben machen, Lya. Würdest *du* dich für Roy entscheiden?«

Ich presste die Lippen aufeinander, weil ich keine Antwort darauf hatte. Diese Frage verbot ich mir selbst zu stellen und das aus gutem Grund. Meine Gefühle für Royath als kompliziert zu bezeichnen, wäre eine grandiose Untertreibung, vor allen Dingen, weil sie sich veränderten. Ständig und in letzter Zeit immer schneller.

Aber das, was ich für Zayden empfand, für den Zayden, den ich kennengelernt hatte, das war konstant, hatte sich nicht geändert wie ein fester Bestandteil in meinem turbulenten Leben. Ich liebte den Zayden, der mir auf dem Hauptplatz Akers das Leben gerettet hatte, der mich beschützt und verteidigt hatte. Diese alte Version, die sich in meinen Kopf gebrannt hatte. Ich liebte diese Erinnerung und das, was wir gehabt hatten.

Roy hingegen war real, ständig in meinem Umfeld, eine sich unaufhörlich ändernde Variable.

Und ich ... war mittendrin.

»Bis vor ein paar Wochen hätte ich ohne zu zögern Nein gesagt«, erwiderte ich schließlich kaum hörbar, aber jetzt ... ist alles anders. Und ich habe das Gefühl, dass auch Roy das merkt. Sein Wesen berührt mich mehr, als es dürfte, er geht mir unter die Haut, tanzt in meinen Gedanken, während mein Herz noch bei Zayden hängt. Wie kann das sein, Annie?«

Meine Freundin griff nach meiner Hand und verschränkte ihre Finger mit meinen. »Weil du den einen liebst, wohingegen du in den anderen verliebt bist. Zwei gänzlich verschiedene Dinge, Lya. Man verliebt sich schnell und sprunghaft, tut Dinge überstürzt und vielleicht überhastet, die man im Nachhinein nicht nachvollziehen kann. Aber Liebe ist beständig, geht weiter und tiefer. Sie ist alt, ein ewiger Begleiter.«

Ich kniff die Augen zusammen.

»Jetzt musst du nur noch herausfinden, was du für wen empfindest, aber ich habe das Gefühl, das weißt du längst. Du musst es dir gegenüber nur noch zugeben und akzeptieren.«

Annie und ich waren nicht mehr auf das Dach gegangen, aber sie versprach mir, mich bald auf eine der Wohnheimpartys bei einem der *besseren Kerle*, wie sie es ausdrückte, mitzunehmen. Eigentlich schade, nach dem aufwühlenden Gespräch hatte ich es bitter nötig gehabt, angestaute Energie loszuwerden. Und wenn es dann auch noch den Richtigen getroffen hätte – umso besser.

Trotzdem waren wir in ihrem Zimmer geblieben, hatten weitergesprochen, Annie hatte mir mehr über ihr Leben erzählt, über ihre Kurse und ihren Berufswunsch, eines Tages als freie Journalistin die Welt bereisen zu können. Im Gegenzug hatte ich mich breitschlagen lassen, etwas über den Hades zu erzählen. Über meine Brüder, die Regeln und Abläufe dort und auch von Anaïs und Reena.

Letztere wollte Annie unbedingt kennenlernen und da sie in den nächsten Stunden hier auftauchen würde, versprach ich ihr, ein Treffen zu arrangieren. Auch wenn ich dabei ein mulmiges Gefühl in der Magengegend hatte. Reena war wie ein außer Kontrolle geratenes Feuer: Absolut unberechenbar und zerstörerisch, wenn sie es drauf anlegte.

Um kurz nach Mitternacht war ich schließlich gegangen, hatte mich vom Balkon in die kalte Luft geschwungen und war dann ein Stück vom Hotel entfernt gelandet. Ich brauchte noch ein bisschen Zeit und frische Luft, um über das alles nachzudenken. Über die *Madúr*, Roy und Zayden.

Royath war für den heutigen Abend in die Hölle zurückgereist, um meine Befehle auszuführen und neue Informationen zu beschaffen und eigentlich sollte in dieser Zeit Vaso, einer von Roys Männern, ein Auge auf mich haben, aber den hatte ich schon vor ein paar Minuten abgeschüttelt.

Die Hände in den Taschen meiner schwarzen Stoffhose schlenderte ich am Hyde Park entlang und ließ meinen Gedanken freien Lauf – etwas, das ich mir nur selten gestattete.

Morgen würde ich endlich mit der Suche nach Zayden beginnen und jeden Stein in London umdrehen. Annie mochte recht haben, mit ihrer Behauptung, ich wüsste längst, wem mein Herz gehörte, aber ich wollte Gewissheit und ich wusste, sobald ich Zayden gegenüberstehen würde, würde ich sie haben. Ein für alle Mal.

Merkwürdigerweise wurden nach diesem Entschluss meine Schritte ein wenig leichter.

Ich legte den Kopf in den Nacken und betrachtete den leuchtenden Mond. Es war eine schöne Nacht.

Ein kleines Lächeln huschte auf meine Lippen, dann bog ich in die Straße, die mich zum Hotel führen würde, und blieb erstarrt stehen, als plötzlich ein klarer, sauberer Schuss die Stille durchschnitt.

Dämonen trugen keine Schusswaffen, da sie keinerlei Auswirkungen auf uns hatten, aber ich wusste durchaus, was eine Pistole war und wie sie klang.

Hinter mir gab es ein platschendes Geräusch, das ich ebenfalls kannte. Es war das unverkennbare Klatschen, mit dem ein toter Körper auf dem harten, unnachgiebigen Boden aufkam.

Wie von der Tarantel gestochen fuhr ich herum, sammelte Energie in meinen Händen und schaute auf die in sich zusammengesunkene Gestalt, die Blutlache, die sich um den Körper bildete und dann in das verhüllte Gesicht des Täters. Für einen Moment glaubte ich, dass ich einen Jäger vor mir hatte, eines dieser *Madúr*-Schweine, die mein Volk einen nach den anderen abschlachteten. Meine Augen begannen zu glühen.

Doch als ich die Angst in seinem Blick spürte und er sich kurz darauf umdrehte und davonrannte, revidierte ich meine Meinung. Ein Jäger wäre nicht geflohen. Er hätte geschossen. Mitten in mein verdammtes Gesicht.

Ich stieß einen Fluch aus und ging neben dem Opfer in die Knie, um zu schauen, wie schlimm es war. Aber noch bevor ich den jungen Mann überhaupt berührte, wusste ich, dass er schon so gut wie tot war. Ich spürte seine menschliche Signatur kaum, sie war nur noch ein Schatten dessen, was sonst in den Menschen steckte. Sein Blut durchtränkte bereits meine Kleidung, warm und feucht und der metallische Geruch stieg mir in die Nase.

Trotzdem zog ich den Mann auf meinen Schoß und holte meinen Dolch hervor. Vielleicht würde ich ihm doch noch helfen können. Denn mit der Übernahme der Hölle waren alle meine Kräfte stärker geworden – auch meine außergewöhnliche Heilfähigkeit.

In diesem Moment erfüllte ohrenbetäubender Lärm die Nacht, gefolgt von blaurotem Licht. Sirenen. Die Polizei. Erst jetzt fiel mir die Menschentraube auf, die sich gebildet hatte. Die Fahrzeuge, die gehalten hatten. Und ich kniete mittendrin neben einem Menschen, der jeden Moment seinen letzten Atemzug tun würde, hätte beinahe meine Magie offenkundig genutzt, um ihn von der Klippe des Todes zurückzuholen.

Verflucht.

»Waffe weg! Und nehmen Sie die Hände hoch!«, wies mich ein dicklicher Beamter nur Sekundenbruchteile später an.

Ich biss die Zähne zusammen, es war offensichtlich, was sie dachten. »Officer, ich –!«

»Waffe weg oder ich schieße!«, brüllte er mich an.

Drei weitere Polizisten umstellten mich. Für einen Moment erwog ich tatsächlich, einfach den Teufel raushängen zu lassen, denn nach den aufreibenden Gesprächen zwischen Annie und mir hatte ich eigentlich keinen Nerv mehr für diesen Mist hier. Ein Fingerschnipsen und diese jämmerlichen Typen wären innerhalb eines Wimpernschlags Staub und ich verschwunden.

Aber dann übernahm meine rationale, vernünftige Seite. Diese Typen machten auch nur ihren Job und ich befand mich nun mal in einer misslichen Lage, umzingelt von Schaulustigen, vor denen ich ganz sicher keine Szene machen wollte.

Also stieß ich meinen warmen Atem aus, legte den Mann vorsichtig ab und ließ den Dolch sinken. »In Ordnung, aber der Mann braucht dringend einen Arzt.«

Meine Worte gingen in dem Tumult unter, der ausbrach, sobald ich meine Klinge aus den Händen gelegt hatte. Ein Polizist drängte mich brutal zu Boden, bis mein Gesicht schmerzhafte Bekanntschaft mit dem kalten Asphalt machte, ehe er mir die Arme auf den Rücken drehte und Handschellen einrasten ließ. Das hier war erniedrigender, als alles, was mir bisher passiert war. Niedergerungen von einem leicht übergewichtigen Menschen.

Der Kerl packte nach den Handschellen, um mich daran hochzureißen, doch ein bisschen Rebellion hatte ich mir noch vorbehalten. Es gab Grenzen für eine Königin, auch wenn sie zwanghaft versuchte, das Richtige zu tun. Mit meiner Energie sorgte ich dafür, dass sich die Fesseln erhitzten, bis sie kurz vorm Glühen standen und der Officer sich mit einem lauten Fluchen von mir löste.

»Beim Allmächtigen!«, stieß er hervor und rieb sich die roten Handflächen, dann packte er mich am Oberarm und bugsierte mich zu seinen Kollegen.

»Wir brauchen hier einen Leichenwagen«, verkündete eine junge Polizistin, die sich neben das Opfer gekniet hatte, eine behandschuhte Hand am Hals der Leiche.

Der Kerl, der mich immer noch gepackt hielt, bohrte seine Finger weiter in mein Fleisch. Ich mahlte mit den Kiefern und zwang meinen inneren Dämon zur Ruhe, der in mir wütete und tobte und darauf wartete, endlich freigelassen zu werden.

»Leichenwagen? Sieht aus, als hätten Sie sich einen Mord eingefangen, Miss. Abmarsch.« Seine dicklichen Finger schubsten mich zu einem schlanken, hochgewachsenen Officer, der mich auf die Rückbank des Polizeiwagens verfrachtete und meine Handschellen an einer Stange über mir befestigte. Dann stieg er wortlos auf den Beifahrersitz und wartete.

Auch wenn meine Laune gerade definitiv ihren Tiefpunkt erreicht hatte, nutzte ich die winzige Chance, die sich mir bot. »Ich war das nicht.«

Er sagte nichts und zog sein Handy hervor, um – *Fruit Ninja* zu spielen, ernsthaft?

»Ich hatte einen Dolch dabei, ja, aber keine Schusswaffe verdammt!«, sagte ich nun deutlich lauter und ruckte versuchshalber an den Handschellen. Ein Blick, ein Wispern meiner Macht würde genügen, um sie zu öffnen, aber was dann? Ich konnte ja schlecht vor allen Augen meine Flügel auspacken und davonfliegen.

Aber der Polizist strafte mich nur weiter mit Schweigen. Ich begann mir in Gedanken auszumalen, was ich mit ihm tun würde, sobald er in der Hölle anklopfte. In den schillerndsten Farben und das besänftigte mein inneres Feuer ein wenig.

Nach einer kleinen Ewigkeit hockte sich der Dicke auf den Fahrersitz, warf mir einen finsteren Blick im Rückspiegel zu und startete den Motor.

Ich hätte einfach auf diese verdammte Dachparty gehen sollen.

So kalt der Londoner Winter war, so stickig und heiß war es in diesem verfluchten Verhörraum, in den man mich vor dreieinhalb Stunden gesteckt hatte. *Dreieinhalb* Stunden, das musste man sich mal auf der Zunge zergehen lassen. Ich hatte das Gefühl, jeden Moment in meinen eigenen Körperflüssigkeiten gekocht zu werden und das wollte schon etwas heißen, schließlich war ich der verdammte Teufel.

Die Polizisten aus dem Auto hatten mich beinahe kommentarlos an zwei Mitarbeiter des Scotland Yard übergeben, die mich abgetastet und dann in das Zimmer geschleppt hatten. Ich war an den Tisch gefesselt und seit dreieinhalb Stunden meine einzige Gesellschaft, außerdem hatte ich Durst, musste auf die Toilette und war kurz davor, das ganze Scotland Yard in Flammen aufgehen zu lassen. Aber das waren nur meine kleinsten Probleme.

Denn viel mehr hatte ich mit meinen mentalen Barrieren zu kämpfen, die summten und vibrierten, seit ich einen Fuß in dieses Gebäude gesetzt hatte. Ein Phänomen, das *Iljos* bei mir auslösten, was wiederum bedeutete, dass sie ihre Finger im Spiel hatten.

Wenn sie es wirklich wagten, die Königin der Hölle fest-nehmen zu lassen, während da draußen *Madúr* Amok liefen, dann würde ich mich definitiv zur Wehr und dem hier ein Ende setzen. Wir hatten Wichtigeres zu tun, als dieses Kin-derspiel hier.

Mordlustig funkelte ich die tickende Uhr an und starrte dann in den Spiegel. Ich wusste, dass es ein Einwegspiegel war, dass dahinter Beamte standen und mich musterten, wie eine Auster auf einem Silbertablett und genau aus diesem Grund legte ich meine gesamten dunklen Gedanken in mei-nen Blick.

Vermutlich war Roy schon am Durchdrehen und hatte den armen Vaso bereits filetiert, weil er mich verloren hatte und ich nun verschwunden war. Tja, und mir blieb nichts anderes übrig, als hier zu sitzen, zu warten und irgendwie meine men-talen Barrieren in den Griff zu bekommen, bevor mir die Kon-trolle entgleiten konnte und ich der Welt spektakulär bewies, dass ich kein Mensch, sondern das personifizierte Böse war.

Mein Kopf landete mit einem leisen Poltern auf der zer-kratzten Tischplatte, dann schloss ich die Augen und ver-suchte meinen rasenden Herzschlag zu beruhigen.

Wenn ich mit meiner Vermutung richtiglag und hier *Iljos* im Spiel waren, warum zur Hölle tauchten sie dann nicht auf? Wollten sie ihre Macht, die sie über die Hadeskönigin hat-ten, auskosten? Jetzt, wo ich sie ihnen so bereitwillig über-ließ? Womöglich sollte ich sie mal daran erinnern, dass ich nicht für ewig brav hier sitzen bleiben würde.

Ich biss die Zähne so fest aufeinander, dass es knirschte, und ballte die Hände zu Fäusten. Mir lief die Zeit davon und ich war noch nie dafür bekannt gewesen, besonders gedul-dig zu sein.

Schwer zu sagen, ob ich tatsächlich eingeschlafen war, aber als ich wieder zu mir kam, hörte ich einen Schlüssel im Schloss klappern. Ein leises Geräusch, das in meinen ungeduldigen Ohren wie Musik klang.

Für einen Augenblick glaubte ich zu träumen, doch dann warf mir die Realität im nächsten Moment gnadenlos einen nassen, kalten Waschlappen ins Gesicht.

»Hallo, Lya.«

Mein Herzschlag setzte aus und ich richtete mich so ruckartig auf, dass die Handschellen schmerzhaft in meine Haut schnitten.

Nein, das konnte unmöglich wahr sein. Nicht hier, nicht ausgerechnet jetzt, nachdem ich monatelang nichts von ihm gehört hatte. Nicht nachdem ich von Menschen festgenommen worden war, als wäre ich nicht mehr als eine gewöhnliche Kriminelle.

Ich stieß den heißen Atem aus und ließ zu, dass meine Energie meine Augen zum Leuchten brachte und prickelnd durch meinen Körper rauschte.

Jetzt hatte ich auch den Grund für die Instabilität meiner Mauern und die Unruhe in meinem Inneren. Es hatte immer nur eine einzige Person gegeben, die so etwas in mir ausgelöst hatte.

Und hier stand er vor mir in schwarzer Hose und Hemd, mit funkelnden grünen Augen und kurzen, dunkelblonden Haaren.

Zayden.

Kapitel 14

»Ich habe nicht angenommen, dass wir uns unter solchen Umständen wiedersehen, Lya, aber ich muss zugeben, die Ironie dieser Situation ist amüsant.«

Das reichte aus.

Diese Worte reichten aus, um die letzte Sicherung, die mich zurückgehalten hatte, durchbrennen, in einem regelrechten Funkenregen explodieren zu lassen und die Fesseln zu lösen. Die Handschellen sprangen auf und ich erhob mich schneller, als es ein Mensch je gekonnt hätte. Meine Macht umgab mich, wie dunkle Schatten, die sich um meinen Körper schlangen. Bereit, zuzuschlagen.

»*Amüsant*? Wo zum Teufel hast du die letzten Monate gesteckt? Und was machst du hier?«

Anmutig verschränkte Zayden die Arme hinter dem Rücken und lehnte sich mir gegenüber an die Wand. »Nun *Majestät*, man hat mir mitgeteilt, dass eine junge Frau festgenommen wurde, die sich *äußerst* merkwürdig verhalten hat. Ich habe angenommen, dass es entweder ein Dämon oder ein außer Kontrolle geratener Junkie ist. Aber die Höllenkönigin ...«

Das konnte unmöglich sein Ernst sein.

Das war nicht Zayden. Das war nicht der Mann, der mich gehalten hatte, als ich beinahe bei einem Autounfall ums Leben gekommen war, der mich geküsst, geliebt hatte.

Schmerz stach so durchdringend und gnadenlos in mein Innerstes, dass mir die Tränen in die Augen schossen. »Nein«, brachte ich hervor. Das war alles. Zu mehr war ich schlichtweg nicht imstande. Ich fühlte mich, als hätte mir jemand eine rostige Eisenstange direkt in die Eingeweide gebohrt.

Zaydens Augenbrauen zogen sich zusammen, seine grünen Augen flogen über mich, nahmen jedes Detail auf. Ich musste schrecklich aussehen. Niedergeschlagen, fassungslos, ungläubig und *wild*.

»Wie kann es sein, dass du dein Königreich verlassen hast und dann ausgerechnet irgendeine arme Seele in London umlegst?«

Ich fand meine Stimme wieder und kam um den Tisch herum. Auf seine Fragen ging ich erst gar nicht ein, ich war viel zu sehr damit beschäftigt, das wenige, das in mir noch ganz war, zusammenzuhalten. »Wo bist du gewesen? Was ist passiert, Zayden?«

Seine Lippen teilten sich zu einem undurchsichtigen Lächeln, das ich niemals zuvor an ihm gesehen hatte. »Ich bin meinem Vater zur Hand gegangen und hatte in den letzten Monaten viel zu tun, Lya. Falls es dir entfallen ist, die *Iljos* sind Teil der Behörden und Sicherheitsinstitutionen der Welt. Was passiert ist ... nun ich habe gehofft, das von dir zu erfahren, schließlich hat man *dich* mitten in der Nacht neben einer Leiche gefunden.«

Zayden war jetzt Teil des Scotland Yard? Was war aus dem jungen, leidenschaftlichen Mann geworden, der keinen festen Regeln folgte und seinen eigenen Weg ging? Ich hatte das Gefühl, im falschen Film zu stecken, auf einem anderen Planeten aufgewacht zu sein, auf dem zwar alle wie sie selbst aussahen, aber gänzlich andere waren.

»Du weißt längst, dass ich niemanden umgebracht habe, Zayden, also lass den Scheiß«, erwiderte ich scharf und funkelte ihn finster an. »Was hat sich verändert? Was ist mit *dir* geschehen?«

»Ja, Schusswaffen sind nicht dein Ding, ich weiß, und man hat bei dir nur deinen hübschen Dolch gefunden – der wird sicherlich einige Fragen aufwerfen.« Zaydens Stimme war genau wie sein Gesichtsausdruck, aalglatt, ohne Ecken und Kanten, als er meine Fragen geschickt überging. »Trotzdem werde ich mich mit dir unterhalten müssen, Elyanor Edenmore. Schließlich bist du nun in einen Mordfall verwickelt.«

Er verarschte mich. Es musste ganz einfach so sein. Mein Puls beschleunigte sich, pumpte heißes, energiegeladenes Blut viel zu schnell durch meinen aufgekratzten Körper. Das Licht begann zu flackern.

»Wenn du also so freundlich wärst, dich zu setzen, damit ich mit dir das Protokoll durchgehen kann?«

»Mir ist das Protokoll scheißegal, Zayden! Ich will wissen, was mit dir los ist! Warum hast du dich nicht gemeldet? Wohin bist du verschwunden? Nicht mal Annie konnte mir irgendetwas über dich sagen!« Ich wurde immer lauter, mit jedem Wort, das meinen Mund verließ, kam ich ihm näher, bis uns nur noch wenige Zoll trennten und ich seinen einnehmenden Geruch wahrnehmen konnte.

Sein kühler Atem strich über meine erhitzte Haut und seine kalte, klare Energie kam meiner eigenen entgegen.

Aber es war anders. Ganz anders, als vor meiner Zeit im Hades. Unsere Mächte vermischten sich nicht länger und das Glühen, das in seinen grünen Augen gelegen hatte, wann immer er mich betrachtet hatte, war verschwunden.

Hatte ich mir das alles nur eingebildet? Hatte es womöglich niemals existiert? Ich erschauderte.

Er beugte sich noch näher zu mir, sodass sich unsere Nasenspitzen beinahe berührten, sah mir direkt in die Augen und löste seine Arme hinter dem Rücken, um sie vor der Brust zu verschränken. »Ich war beschäftigt, Lya. Und bei allem Respekt, aber ich denke, wir haben Annie bereits zu weit in die Welt des Übernatürlichen gezogen. Es hat ihr nicht gutgetan. Es tut keinem Menschen gut. Ich hielt es für angebracht, sie nicht weiter damit zu belasten, was ich in meiner Freizeit so treibe.«

Ich hasste seine Stimme, den kühlen Sarkasmus darin, die Kälte, die an meiner Substanz nagte. Kopfschüttelnd verengte ich die Augen. »Du lügst doch! Das alles hier ist eine einzige große Lüge.«

»Nein, Lya. Du weißt, dass ich nicht lüge, das ist nicht meine Art«, sagte er und lehnte sich zu mir. Sein Atem strich über die empfindliche Haut meines Halses, als er in mein Ohr flüsterte: »Nicht mehr.«

Ich schluckte, als mich ein unangenehmer Schauder durchfuhr, und ballte die Hände zu Fäusten, sodass mir die Nägel in die Haut schnitten. Ein Schmerz, der mir half, mich zu fokussieren. »Dann hast du gelogen, als du sagtest, du würdest mich lieben«, erwiderte ich genauso leise.

Wortlos zog er sich zurück und deutete mit einem Finger auf den Tisch. »Setz dich.«

Das Kinn nach vorne geschoben machte ich noch einen Schritt auf ihn zu, sodass meine Fußspitzen gegen seine braunen Lederschuhe stießen. »Einen Scheiß werde ich, Zayden. Du kannst mich mal.«

Ein Muskel an seinem Kiefer zuckte, dann schob er mich bestimmt von sich. Seine Fingerspitzen brannten dort, wo er mich berührte, kalt auf meiner Haut wie der Kuss von Eis. Einen Augenblick starrte ich ihn verständnislos an, dann riss ich mich, einen Fluch auf den Lippen, ruckartig von ihm los, ehe diese schmerzhafte Kälte noch tiefer in mein Innerstes vordringen konnte.

»Was bei den Ewigen Flammen war *das* gerade?!«, stieß ich hervor und verfolgte, wie Zayden ungerührt um mich herum ging und sich auf einem der Stühle niederließ.

»Setz dich«, wiederholte er und nickte auf den anderen Platz.

Ich rieb mir über die Stellen, die seine kalten Hände berührt hatten, und ließ mich auf den freien Stuhl fallen. Die geschmolzenen Überreste der Handschellen lagen vor uns auf dem Tisch und glänzten in dem weißen Licht der einzelnen Lampe über uns.

»Zayden ...«, begann ich warnend und beugte mich über den Tisch. »Rede endlich mit mir. Das bist du mir verflucht noch mal schuldig. Wenn ich –«

»Nein, kannst du nicht, Elyanor. Du kannst nichts an dieser Situation ändern, rein gar nichts«, fuhr Zayden hitzig auf und ein leises Funkeln trat in seinen Blick. Das erste Zeichen des alten, aufbrausenden Kerls, in den ich mich verliebt hatte.

Ich erstarrte, musterte jedes Detail seines Gesichts, doch das Funkeln verschwand genauso schnell, wie es gekommen war und mit ihm ein weiterer Splitter der lächerlichen Hoffnung in meinem Herzen.

»Hör zu. Wir hatten eine schöne Zeit, Lya, und haben viel durchgemacht, aber es sind fast acht Monate seitdem vergangen. Du hast dich verändert, ich genauso. Es stehen Welten zwischen uns. Standen sie schon immer und das wussten wir von Anfang an. Du leitest die Hölle, Lya, du bist *ihre Königin*, was erwartest du? Und ich ...«

Mein Blick fiel auf den Anhänger, der aus dem Kragen seines Hemds gerutscht war. Ein Anhänger mit einem komplizierten Muster, das ich nur zu gut kannte, genauso wie die Bedeutung dessen, dass Zayden dieses Zeichen trug.

In den ersten Tagen nach meinem Abschied von der Erde hatte ich unzählige Bücher über die *Iljos* und ihre Verbindung zu den Dämonen gelesen, hatte Dokumentationen über die Kriege und Auseinandersetzungen, über ihre Fähigkeiten und Riten verschlungen, weil ich eine gute Basis für Verhandlungen mit den *Iljos* haben wollte. Dabei war ich auch über dieses Symbol gestolpert.

Mein Herzschlag setzte ein paar Takte aus und Resignation legte sich schwer auf meine nächsten Worte, als ich aufblickte und sagte: »Du hast das Eisritual durchgezogen und augenscheinlich auch erfolgreich abgelegt.« Keine Frage, sondern eine Feststellung.

Ein winziger Teil seiner starren Maske verschob sich und gab den Blick frei auf das, was sich darunter befand. »Ich habe einen Abschluss gebraucht, Lya. Einen klaren Schlussstrich. Wir wussten die ganze Zeit über, dass das mit uns nichts für die Ewigkeit ist«, begann er ruhig und gefasst und legte die Unterarme auf den Tisch, nachdem er das Amulett zurückgesteckt hatte. Dabei wünschte ich mir so sehr, dass er lauter wurde, aufbrausend, emotional. Irgendetwas. »Wir sind Wesen zweier übernatürlicher Arten, die nicht zusammengehören.«

Meine Stimme war belegt und schwer, als ich antwortete. »Ich dachte, wir hätten diese Grenze überwunden, Zayden. Wir ...«

Sein Kopfschütteln unterbrach mich. Seine Maske saß wieder perfekt an Ort und Stelle und der kleine Splitter des alten Zaydens verschwand spurlos. »Diese Grenze kann nicht überwunden werden. Dieses *Wir* hatte ein Ablaufdatum und dieses ist in dem Moment überschritten worden, als du Königin geworden bist und ich mich für das Ritual entschieden habe. Dir ist genauso bewusst wie mir, dass es kein Zurück gibt und sich daran auch nichts mehr ändern wird.«

»Und wann wolltest du mir das sagen? Dir ist nicht einmal in den Sinn gekommen, mich in den sieben Monaten zu kontaktieren? Mir einen beschissenen Brief zu schreiben?«

»Es ist und war besser so.«

»Für mich oder für dich?«, fuhr ich ihn an und knallte die flachen Hände auf den Tisch. Der Schlag hallte von den Wänden wider, doch Zayden verzog keine Miene.

Er schien das Ritual mit Auszeichnung bestanden zu haben, das junge *Iljos* zu Kriegern machte, ihre Fähigkeiten, Sinne und Körper stählte und beinahe schon an Masochismus grenzte. Zumindest das, was ich darüber gelesen hatte, aber augenscheinlich hatte er dadurch neue Fähigkeiten dazugewonnen. Dieses Bootcamp für *Iljos* hieß nicht ohne Grund *Eis*ritual.

»Es hat keinen Sinn jetzt darüber zu diskutieren«, sagte er nur und lehnte sich auf seinem Stuhl zurück. »Es ist spät und ich kann mir vorstellen, dass du gerne nach ... *Hause* willst.«

»Nein, ich will es verdammt noch mal verstehen, Zayden. Dich, das alles hier und ich lasse mich ganz sicher nicht mit ein paar Sätzen abspeisen. Nicht nachdem wir so viel durchgemacht haben.«

Ein beinahe abwesender Ausdruck glitt über seine Züge. »Hast du dich mal gefragt, *warum* wir so viel durchgemacht haben? Weil wir von Anfang an nicht dazu bestimmt gewesen sind, zusammen zu sein.«

Mit jedem Wort, das Zayden von sich gab, schlug meine

Enttäuschung und der Schmerz, der daraus resultierte, mehr in Wut und Frust um. »Scheint, als hätte das Ritual ganze Arbeit geleistet. Haben sie dir da eine Gehirnwäsche verpasst?«

»Nein«, knurrte er, »sie haben mich daran erinnert, was gut und richtig ist, als ich mich vergessen habe. Dämonen und *Iljos* sind nie dazu bestimmt gewesen, eine Einheit zu bilden.«

Eine Einheit bilden, mehr war das nicht gewesen? – Hörte er sich überhaupt selbst zu?

»Und du tätest gut daran, das endlich auch zu verstehen, Elyanor«, setzte er hinzu und zupfte an den Manschettenknöpfen seines makellosen Hemds.

»Du tust mir leid, Zayden. Du tust mir wirklich so unendlich leid«, antwortete ich schneidend und lehnte mich näher zu ihm. »Man hat dir die Wahrheit quasi vor die Füße gelegt und du hast sie von dir gestoßen und dich stattdessen weiter in der Dunkelheit vergraben.«

Darauf erwiderte er nichts, sah mich nur abwartend an, als würde ich jeden Moment austicken. Aber diese Genugtuung würde ich ihm nicht geben. Im Augenblick war der Schmerz viel zu tief unter Wut begraben, als dass er mich dazu verleiten konnte, hier zusammenzubrechen. Viel mehr musste ich mich gerade davon abhalten, diesen Mistkerl nicht zu schnappen und seinen Kopf mit aller Wucht auf den Tisch zu knallen.

Sieben Monate hatte ich mich nach Zayden verzehrt, mich nach seinen Berührungen, seinen Worten gesehnt. Er war in meinen Gedanken gewesen, meinen Handlungen, meinen Erinnerungen und hatte mich nicht losgelassen. Ich hatte unzählige Male von ihm geträumt, hatte gelitten, mir Sorgen gemacht und den Fehler wieder und wieder bei mir gesucht. Nächtelang hatte ich mich zu einer kleinen Kugel zusammengerollt, hatte mich in den Schlaf geweint, während mich an anderen Tagen der Blutdurst beinahe wahnsinnig gemacht hatte. Ich war seinetwegen immer wieder an meine Grenzen gekommen, hatte am Abgrund gestanden und das alles für ...

Ich riss die Augen auf und blickte hoch.

In diesem Moment öffnete sich die Tür und ein älterer Mann mit ernster Miene betrat den Raum, ich erkannte ihn als Julien wieder – Zaydens Vater, der jahrelang in einem der tiefsten Höllenkerker eingesessen hatte. Dort hatte ich ihn auch kennengelernt und später als eine meiner ersten Amtshandlungen begnadigt.

»Hat es einen Grund, warum das hier so lange dauert?«, wandte er sich an seinen Sohn, ehe er zu mir schaute und knapp den Kopf neigte. »Hallo, Elyanor.«

»Julien«, entgegnete ich kurz angebunden und runzelte die Stirn. Auch an seinem Hals erkannte ich das Amulett des Eisrituals. »Wie geht es Colleen und den anderen?«

Ein seltsamer Ausdruck flog über seine Züge und seine Haltung wurde merkwürdig steif. »Gut, nehme ich an.«

»Sie sind in Kanada«, murmelte Zayden, als er meine gehobene Augenbraue bemerkte, und mahlte mit den Kiefern.

Okay, bei der Hölle, was ging hier eigentlich vor sich? Schien so, als hätte ich mehr verpasst, als nur Zaydens Transformation zum Eissoldaten der *Iljos*. Irgendetwas stimmte hier ganz und gar nicht und ich hatte das dumpfe Gefühl, dass es nichts Gutes war.

Julien löste sich aus seiner Starre und legte ein Klemmbrett vor mir auf den Tisch. »Wir brauchen eine Unterschrift für deine Entlassung aus der Untersuchungshaft, dann kannst du gehen. Ich kann mir vorstellen, eine Königin hat sicherlich Wichtigeres zu tun, als ihre Zeit mit belanglosen Fragen zu vergeuden.«

Ruckartig sah Zayden zu seinem Vater, doch dieser brachte ihn mit einem raschen Blick zum Verstummen, noch ehe er den Mund hätte aufmachen können. Eisblaue Energie flackerte in Juliens Augen auf.

Ich nahm den Stift entgegen und setzte meine Edenmore-Krakel-Signatur auf den schwarzen Strich, ehe ich das Dokument zurück über den Tisch schob und mich erhob. »Die ersten sinnvollen Worte, die ich in diesem Raum höre«, erwiderte ich und marschierte zur Tür, ohne Zayden oder seinen Vater eines weiteren Blickes zu würdigen. Ich wollte nur noch hier raus, weg von Zayden, weg von dem, was er in mir auslöste und mir bewusst gemacht hatte.

Als könnte ich vor dem fliehen, was er in mir losgetreten hatte.

»Elyanor«, hielt mich Julien zurück, als ich die Tür mit einem Wispern meiner Macht auffliegen ließ. Widerwillig wandte ich mich um und vermied es dabei resolut, zu Zayden zu schauen.

»Pass auf dich auf. Es sind gefährliche Zeiten, nicht wahr? Der Wind dreht und wir wissen noch nicht, in welche Richtung es letztlich gehen wird.«

Der durchdringende Blick in seinen Augen ging mir durch und durch und ließ mich die Zähne zusammenbeißen; Ich spürte, wie meine Iriden unwillkürlich aufleuchteten.

Einer von Juliens Mundwinkeln zuckte.

Irgendetwas sagte mir, dass mehr hinter seinen Worten steckte, als es in diesem Moment den Anschein hatte, aber ich war im Augenblick nicht darauf aus, mir weiter Gedanken darüber zu machen. Nicht jetzt.

Jetzt wollte ich endlich verschwinden, mich irgendwo zusammenrollen und alleine sein.

Denn ich spürte bereits, wie der Schmerz in meinem Inneren unnachgiebig an der Mauer aus Wut zu nagen und sie einzureißen begann. Und das, was dahinter wartete.

Ein frischer Wind zog über meinen Kopf hinweg, der einzige Körperteil von mir, der aus der überdimensionalen, weichen Strickdecke herauslugte, in der ich mich vergraben hatte.

Um mich herum brannten unzählige Kerzen, ihre Flammen tanzten um mich herum, wie Wächter, die ihre Herrin beschützten, während über mir bereits die ersten Anzeichen für den nahenden Morgen aufzogen.

Ich war vor knapp zwei Stunden auf der Dachterrasse gelandet und hatte mich in einen der runden Sessel zurückgezogen, während mir stumme Tränen über die Wangen gelaufen waren. Ich hatte keinen einzigen Laut von mir gegeben, nur in den dunklen Himmel geschaut, den Geräuschen um mich herum gelauscht und das Gespräch mit Zayden wieder und wieder Revue passieren lassen. Seinen Gesichtsausdruck, als er mir sagte, er würde nicht lügen. Nicht mehr. Dass es nie ein richtiges *Wir* gegeben hatte.

Konnte sich jemand so schnell ändern? Reichte diese Zeit – ein Ritual – um dieses *uns* zu zerstören?

Oder hatte ich nur nie sehen wollen, was unsere Beziehung wirklich gewesen war?

Die Fragen bohrten sich tiefer und tiefer in meinen Kopf, zwangen mich dazu, wunderschöne Erinnerungen wieder und wieder zu durchleben und in einem anderen, kritischeren Licht zu betrachten, aber es war, als würden sie sich mir entziehen. Mit jedem Mal, das ich danach griff, rutschten sie weiter aus meiner Reichweite, als hätte die Begegnung mit Zayden alle Fäden durchtrennt, die ich so sorgsam um jede kostbare Erinnerung geschlungen hatte. Als wären sie nichts weiter, als flüchtige, durchscheinende Bilder, die ich irgendwo aufgeschnappt hatte.

Ich rutschte tiefer in den Sessel, sog den frischen Geruch der Decke ein, die mir Paul gebracht hatte, als er die Pflanzen hatte gießen wollen und mich hier draußen entdeckt hatte.

Ich war so unendlich erschöpft, als wäre eine Kraft, die mich so lange vorangetrieben hatte, plötzlich versiegt und hätte nichts als gähnende Leere hinterlassen.

Und doch konnte ich nicht schlafen. Irgendetwas hielt mich davon ab. Vielleicht der dumpfe Schmerz in meinem Herzen oder meine kreisenden Gedanken oder die eiskalte Erkenntnis, die Zaydens Worte hervorgerufen hatten. Eine Erkenntnis, vor der ich mich fürchtete, weil sie so klar und deutlich war, weil sie alles veränderte, woran ich geglaubt hatte, und ich war definitiv nicht bereit für diese Art der Veränderung. Sie könnte alle zerstören.

Ich könnte alles zerstören.

Weil du den einen liebst, wohingegen du in den anderen verliebt bist. Zwei gänzlich verschiedene Dinge, Lya. Man verliebt sich schnell und sprunghaft, tut Dinge überstürzt und vielleicht überhastet, die man im Nachhinein nicht nachvollziehen kann. Aber Liebe ist beständig, geht weiter und tiefer.

Annies klare Stimme hallte durch meinen Kopf und ließ mich zusammenzucken.

Jetzt musst du nur noch herausfinden, was du für wen empfindest, aber ich habe das Gefühl, das weißt du längst. Du musst es dir gegenüber nur noch zugeben und akzeptieren.

Ich schloss die Augen und spürte, wie bereits neue Tränen in mir hochstiegen. Beinahe ein Jahr lang hatte ich mich an das, was zwischen Zayden und mir gewesen war, geklammert. Unsere Momente wie einen wertvollen Schatz gehütet und niemanden auch nur in die Nähe meiner Gefühle gelassen, weil ich Angst gehabt hatte, neue Gefühle könnten das, was mir von meiner kostbaren Zeit auf der Erde mit Zayden geblieben war, zerstören. Ich hatte nur daran denken können, ihn wiederzusehen, wieder dort anzuknüpfen, wo wir aufgehört hatten, und nicht gemerkt, dass ich nicht Zayden liebte, sondern das Gefühl, *geliebt zu werden*.

Meine Augen öffneten sich und ich nahm die kalte Luft des frühen Morgens tief in meine Lunge auf. Der Wind fuhr über meine feuchten Wangen und ließ die Tränen trocknen. Erste helle Streifen des neuen Tages leuchteten am Horizont, färbten den Himmel in ein helles, sanftes Blau.

Als ich Zayden richtig kennengelernt hatte, hatte ich das Gefühl, geliebt, verstanden und akzeptiert zu werden. Er hatte beide meiner Seiten akzeptiert, Licht und Finsternis und mich genommen, wie ich war.

Wir waren zwei unruhige Seelen gewesen, die ihren Platz in der Welt gesucht hatten und waren auf diesem Weg für eine Zeit Hand in Hand gegangen. Dann waren wir angekommen ...

Ich hatte nicht bemerkt, dass unser Abschied auf dem Dach des Colleges ein Abschied in mehr als nur einer Hinsicht gewesen war.

Kopfschüttelnd zog ich meine warmen Hände unter der Decke hervor und strich mir einige Strähnen aus dem Gesicht.

Verdammt.

Wieso hatte Zayden das alles mitgemacht? Wieso war er diesen Weg gerade mit *mir* gegangen? Zayden hatte von Anfang an gewusst, dass es mit mir nicht leicht werden würde, dass wir mit unzähligen Schwierigkeiten würden kämpfen müssen ... nicht zuletzt mit dem wahrhaftigen Teufel, was uns beinahe das Leben gekostet hätte.

Ich umschlang meine angezogenen Beine und legte mein Kinn auf die Knie. Die ersten Sonnenstrahlen hüllten London in goldenes Licht. Ein neuer Tag. Ein neuer Anfang.

Es gab so vieles, das ich nicht verstand, das in meinen Augen keinen Sinn ergab und trotzdem ... fühlte es sich an, als wäre plötzlich ein Teil der Last, die mich monatelang niedergedrückt hatte, verschwunden. Etwas, das eine kleine Ewigkeit in mir gewütet hatte, mich bewusst und unterbewusst getrieben hatte, war endlich verstummt.

Ich konnte wieder freier, tiefer atmen, *weiter schauen.*

Ich machte mir keine Illusionen, die Wunde würde noch lange schmerzen, dafür hatte ich sie zu oft aufgerissen, zu viel darin herumgestochert, aber sie würde heilen.

Irgendwann.

Meine Lider senkten sich und mein Herzschlag wurde ruhiger. Das entfernte Rauschen des Verkehrs unten auf der Straße wurde zu einem leisen Murmeln, das sich mit dem leichten Wind vermischte.

Annie hatte recht gehabt, ich hatte es nur nicht erkennen wollen.

Das Nächste, was ich wahrnahm, war eine hauchzarte Berührung auf meiner Wange. Goldene Energie knisterte darin und ließ mich die Lippen zu einem kaum merklichen Lächeln verziehen.

Ich blinzelte, hob die Lider und begegnete bernsteinfarbenen Augen, in denen tiefe Sorge lag.

Es war längst hell geworden, der Verkehr lauter und in der Ferne läuteten irgendwo klare Kirchenglocken.

»Wo bist du gewesen, Lya?«, fragte Royath und ließ sich auf dem Hocker mir gegenüber nieder. »Als ich wiedergekommen bin, warst du nicht hier und ich habe dich sofort überall gesucht, nachdem Vaso mir mitteilte, dass er dich verloren hat. Und ich ... ich habe dich nicht gespürt. Als würdest du deine Signatur verbergen. Warum?«

Ich richtete mich auf und fasste meine Haare zu einem Knoten zusammen, damit meine Finger etwas zu tun hatten. »Zayden, ich habe Zayden gefunden«, antwortete ich leise und verfolgte, wie sich Roys Miene verdunkelte.

»Du hast ...« Er schüttelte den Kopf und fuhr sich über das Gesicht. Dunkle Schatten lagen unter seinen Augen, die die Farbe von dunklem Honig angenommen hatten, und tiefe Falten hatten sich in seine Stirn gegraben. Er trug einen schweren, schwarzen Mantel und ich sah sein Schwert aufblitzen. Er wirkte wie ein ruheloser, dunkler Geist. Ein Dämon. »Ich dachte, dir wäre etwas passiert. Ich habe ... Dann bist du die ganze Zeit bei *ihm* gewesen?« Mir entging der Schmerz nicht, der in seinem Blick aufloderte.

Langsam nickte ich und zupfte an der Decke herum. »Aber nicht so, wie du denkst.«

Meine Antwort ließ Roy eine Augenbraue heben. »Wie darf ich das verstehen? Wie hast du ihn überhaupt gefunden? Ich habe ihn monatelang suchen lassen.«

Überrascht riss ich die Augen auf. »Was? Warum?«

»Weil«, Roy knetete seine Finger und fixierte einen Punkt hinter mir, »weil ich nicht länger mit ansehen konnte, wie

214

du leidest, Lya. Du hast jeden Tag da unten, an dem du nichts von ihm gehört hast, ein wenig mehr von deinem Leuchten verloren.«

Seine Worte beschworen einen Kloß in meinem Hals herauf.

Ja, ich hatte gelitten, aber aus einem anderen Grund, als er vermutete. Nicht, weil mir Zayden gefehlt hatte, sondern vielmehr, weil ich nicht zugelassen hatte, dass mich jemand anderes liebte. Ich hatte es mir selbst verboten, mich selbst in einen Käfig gesperrt, in dem ich mehr und mehr zugrunde gegangen war. Doch Annie und letztlich auch meine unangenehme und schmerzhafte Begegnung mit Zayden hatten diesen Käfig verschwinden lassen und mir Dinge vor Augen geführt, für die ich so lange blind gewesen war.

»Du hättest *Zayden* zu mir gebracht?«, fragte ich leise und krallte die Finger in die weiche Decke. »Obwohl du ihn nicht leiden kannst und lieber tot sehen würdest?«

Wortlos nickte Roy und sah überall hin, nur nicht zu mir. »Hast du immer noch nicht verstanden, dass ich alles für dich tun würde, Lya?« Die Muskeln an seinem Kiefer zuckten unruhig.

Auch wenn er es nicht aussprach, ich hörte die Worte, die in seiner Antwort mitschwangen. Sie hallten laut und deutlich in meinen Ohren wider, durchdrangen mich, brachten jede einzelne Zelle in meinem Inneren zum Schwingen.

Weil ich dich liebe.

Und dieses Mal hörte ich sie.

Schweigend griff ich nach seinen angespannten Händen, verflocht meine Finger mit den seinen. Unsere Handflächen schmiegten sich aneinander und seine Energie kribbelte sanft auf meiner Haut. Ich spürte seinen rasenden Herzschlag, die

Hitze, die in ihm brannte, und lächelte, weil sie meiner eigenen so ähnlich war.

Dann beugte ich mich nach vorne und hauchte einen federleichten Kuss auf seine Wange, atmete seinen vertrauten Geruch nach Geborgenheit ein.

Unter meiner Berührung erstarrte Roy, seine Finger schlossen sich fester um meine Hände und ich spürte, wie sich seine Energie aufbäumte, als ich meine Stirn an seine legte.

Sanft drang ich in seinen Geist, hüllte meine mentale Stimme in leichte Magie. *Ich höre dich, Royath und ich verstehe dich.*

Roys Herzschlag beschleunigte sich, bis er in demselben Tempo pochte wie mein eigener. Ich wusste, dass er auch die Gedanken lesen würde, die ich ihm nicht bewusst zeigte, und dass er verstand, um was ich ihn bat.

Zeit.

Zeit, um zu heilen. Zeit für uns beide. Zeit, bis wir mehr Ruhe hatten und sich das Chaos, das um uns herum tanzte, etwas gelegt hatte.

Royath verstand, so wie er es schon immer getan hatte. Wir gaben einander Zeit, wir hatten keine Eile. Schließlich hatten wir noch eine ganze Ewigkeit vor uns.

Langsam zog ich mich zurück und öffnete die Augen. Wir waren uns so nahe, dass ich jeden Sprenkel in seinen glühenden Augen erkennen konnte und wir dieselbe Luft atmeten. Eine leichte Gänsehaut überzog meinen Körper und ich rutschte ein Stück von ihm ab, um mich wieder in die Decke zu wickeln, die mir von den Schultern gerutscht war.

Royath räusperte sich und zog die Augenbrauen zusammen. Vielleicht bildete ich es mir auch nur ein, aber ich meinte eine leichte Röte auf seinen gebräunten Wangen zu erkennen.

»Verrätst du mir, was du die Nacht über getrieben hast?« Seine Stimme war heiser und leise, als er das nach einer kleinen Weile fragte.

Ich nickte nachdenklich und wurde ernst. Der Ausdruck in Juliens Augen und das, was er gesagt hatte, kamen mir wieder in den Sinn. »Ja, ich habe ein paar interessante Dinge in Erfahrung gebracht und ich denke, wir sollten vieles noch einmal überdenken. Angefangen mit der Rolle der *Iljos* in diesem Krieg.«

Kapitel 15

Es fühlte sich seltsam an, eine Krone auf der Erde zu tragen. Beinahe so, als würde man zwei Leben, die nicht an einen Ort gehörten, in einen Rahmen sperren und sie zwingen, zusammenzupassen.

Das filigrane, goldene Diadem, in dem dreizehn Rubine funkelten, ruhte ungewöhnlich schwer auf meinen gelockten, dunkelblonden Haaren und erinnerte mich daran, welche Bedeutung in dem heutigen Treffen lag. Und daran, dass ich mich endlich auf das, was um mich herum geschah, konzentrieren sollte.

Aber das konnte ich nicht. Aus irgendeinem Grund fiel es mir heute besonders schwer, mich mit den politischen Spannungen und den wichtigen Persönlichkeiten in diesem Raum auseinanderzusetzen. Ich war nicht bei der Sache, ganz und gar nicht. Meine Gedanken sprangen wild umher, blieben kaum lange genug bei einem Punkt, um sich wirklich damit auseinanderzusetzen, ehe sie schon wieder bei einer ganz anderen Sache waren.

Davon konnte man Kopfschmerzen bekommen.

Ich schloss die Augen und kniff mir in den Nasenrücken, um das Pochen hinter meiner Stirn auszublenden.

Das Treffen mit Emanuel MacLeran, dem Kopf der *Iljos*, fand in ihrem Londoner Hauptquartier im obersten Stockwerk statt. Ein historisches Gebäude in Temple, das als Stützpunkt des Pharmakonzernes, den die *Iljos* weltweit als Deckung betrieben, genutzt wurde. Von dem großen Saal aus, dessen hohe

218

Stuckdecke über und über mit himmlischen und heroischen Malereien bedeckt war, hatte man einen ungehinderten Blick auf das London Eye, die Menschenmassen, die sich trotz des Mistwetters davor tummelten und den Westminster Pier, an dem von Zeit zu Zeit Schiffe an- und ablegten. Das trübe, bräunliche Wasser der Themse floss gemächlich, während aus dem Himmel wahrliche Wassermassen herabstürzten und unzählige kleine Kreise auf dem Fluss hinterließen.

Es regnete schon den ganzen Morgen, der Himmel war grau und undurchsichtig und es war ungewöhnlich warm für Ende Februar.

Ich lehnte mich in meinem Stuhl weiter zurück und beobachtete, wie Raphael, Zaydens Onkel und einer von fünf Vertretern, die Emanuel zu diesem hochoffiziellen Treffen mitgebracht hatte, eine Statistik über die Überfälle auf *Iljos* in den letzten vier Wochen erläuterte. Ein Projektor warf die entsprechenden Grafiken an die weiße Wand, die dem großen, ovalen Tisch aus schwerem Kirschholz gegenüber lag.

Ich ließ die Augen über die Zeichen, Kurven und Balken fliegen und zog die Augenbrauen zusammen, als Raphael einen Stadtplan Londons aufrief, in den sämtliche Übergriffe auf *Iljos* – in Hellblau – und auf Dämonen – in Rot – eingezeichnet worden waren.

»Sie bewegen sich in Kreisen«, murmelte ich und umfasste die Lehnen fester. Ich spürte, wie sich Roy, der als mein Erster Offizier hinter mir stand und den blauen Saal im Blick behielt, anspannte. Der gestrige Tag hatte viel zwischen Royath und mir verändert – in vielerlei Hinsicht. Mir saß noch immer jedes Wort, das wir gestern gewechselt hatten, in den Knochen, ich war mir Roys Blicke plötzlich viel bewusster und mein Rücken schien unaufhörlich zu kribbeln.

Ein angenehmes Gefühl.

Aber Roy hielt sich an meine Bitte, respektierte meinen Wunsch und hielt Abstand. Er war an meiner Seite, ja, aber als mein Offizier und Berater und nichts an seiner Haltung ließ den Schluss auf etwas anderes zu.

Raphael unterbrach sich, alle Augen richteten sich auf mich.

»Die *Madúr* bewegen sich in Kreisen auf das Zentrum zu«, wiederholte ich und fasste Emanuel ins Auge. »Sie nehmen sich jeden meiner Clans vor und steuern das Zentrum an.«

Der Kopf der *Iljos* nickte langsam und wechselte bedeutungsvolle Blicke mit seinen Leuten – vermutlich begleitet von telepathischen Worten, aber ich hatte mich bisher nicht in ihre Köpfe geklinkt. Diesen kleinen Trumpf hob ich mir für schlechte Zeiten auf. Außerdem war ich hier, weil wir *zusammen* an diesem Problem arbeiten mussten und meine unheimliche Fähigkeit sich definitiv kontraproduktiv auf die Kooperation auswirken würde.

»Unsere Patrouillen wurden ebenfalls auf konzentrischen Kreisen angegriffen, Sir«, erwiderte Raphael in Richtung Emanuel.

Immer wieder spürte ich Raphaels Blick auf mir, ich wusste, er wollte mit mir unter vier Augen sprechen, aber bisher hatte sich noch keine Gelegenheit dazu ergeben.

Griffin, ein weiterer von Emanuels Leuten, räusperte sich vernehmlich und deutete auf die Karte. »Allerdings entgegengesetzt derer, die sie im Hinblick auf die Dämonen ziehen. Wenn sie in diesem Tempo fortfahren, werden sie in circa drei Wochen in Westminster aufeinandertreffen.«

»Und diese Zeit entspricht exakt der Zeit, die sie uns als

Frist gesetzt haben«, schloss ich. Man hatte nicht nur in einem meiner Dämonen einen Eisstein gefunden, auch die *Iljos* waren in diesen Genuss gekommen.

»Warum brechen sie mit der Tradition und morden in der Ruhespanne?« Tellin, ehemaliger Anführer des Hellisar-Clans und seit Neuestem Kontinentführer von Nordeuropa, richtete sich in seinem breiten Holzstuhl auf, der rechts von mir stand.

Ich kannte Tellin schon von früher, mein Vater hatte ihn oft für Besprechungen bei sich, als er noch die Seeleneinführung im Hades geleitet hatte, und er hatte sich bis heute nicht verändert. Ein ungemütlicher, brummiger Kerl mit der Größe und dem Aussehen eines nordischen Wikingers und einem beinahe beängstigend scharfen Verstand. Ich war froh, ihn an und auf meiner Seite zu wissen.

»Sie setzen uns unter Druck, oder versuchen es zumindest«, erwiderte ich. »Mit den Opfern, die sie uns wohlüberlegt vor die Füße legen, erinnern sie uns daran, dass die Uhr tickt und sie problemlos in jeden Clan reinkommen. Ob Lerox, Kataran oder Lasyn, diese Bastarde graben sich einmal durch unsere Ordnung, als bräuchten sie nur etwas, um sich die Zeit zu vertreiben. Sie erhoffen sich zweifellos eine unüberlegte Handlung von unserer Seite.« Meine Stimme war scharf geworden und schneidend.

Tellin neigte den Kopf in meine Richtung. »Mylady, mit Verlaub, aber was werdet Ihr dagegen unternehmen? Den *Madúr* sind in den vergangenen Wochen bereits bedenklich viele Dämonen zum Opfer gefallen. Den Unterlagen der *Iljos* nach zu urteilen, sieht es auf der anderen Seite nicht anders aus und die Jäger werden sicherlich weiterhin intervenieren. Wenn auch indirekt.«

Ich faltete die Hände unter dem Kinn und wandte mich an Emanuel. »Worin bestanden die Strategien der *Iljos* im letzten Konflikt mit den *Madúr*?«

Der Anführer der *Iljos* hob den Blick von den Dokumenten, die die Frau neben ihm vor einer Stunde gebracht hatte. Unzählige weitere Listen, Aufzeichnungen, Studien. »Wir haben uns in Geduld geübt, Elyanor. Informationen gesammelt und Spione ausgeschickt. Wenn ich mich recht erinnere, hat uns Euer Vater dabei unterstützt.«

Ein kleiner Hieb in meine Richtung, aber nichts, womit ich nicht klarkam. Ich überging die Spitze und hob das Kinn. »Nun, ich würde nicht hier sitzen, wenn ich nicht Ähnliches im Sinne hätte, Emanuel«, antwortete ich und ließ eine der Listen zu mir fliegen – eine Aufstellung der bisherigen Maßnahmen, die meinen, die ich bei der Vollversammlung beschlossen hatte, nicht unähnlich waren. Bisher hatten die *Iljos* durchaus Vergleichbares im Hinblick auf die *Madúr* im Sinne, wie ich. Informationen sammeln, die Füße still halten, ihnen keine Hinweise auf unsere Pläne geben.

Nur hatten wir bisher auch keine weiteren Pläne beschlossen. Die Frist würde ablaufen, die Jäger erwarteten eine Antwort und wie diese aussehen mochte … keine Ahnung. Und wir waren in dieser Angelegenheit auch noch nicht besonders weit gekommen, dafür, dass wir bereits knapp vier Stunden an diesem Tisch saßen.

»Natürlich, Elyanor«, erwiderte Emanuel sofort und legte die Unterarme flach auf die Tischplatte, in die unzählige feine Schnitzereien eingearbeitet worden waren. »Wir werden in dieser Sache kooperieren, so wie wir es bei der letzten Krise getan haben. Das steht außer Frage. Was schlagt ihr hinsichtlich des Ultimatums vor? Wie sollen wir reagieren? Ich fürchte, ein offener Krieg wird schwer zu verhindern sein, sobald die Frist abgelaufen ist.«

»Dann sollten wir es gar nicht erst so weit kommen lassen«, brummte Tellin und ballte die Hände zu Fäusten.

»Werde deutlicher«, forderte ich und verengte die Augen. Der Kontinentführer Nordeuropas erhob sich, woraufhin Raphael wieder auf seinen Platz sank. »Die Strategie des letzten Kriegs hat dazu geführt, dass wir einen offenen, blutigen Konflikt hervorgerufen haben«, begann er und sorgte dafür, dass eine der vorigen Folien auftauchte, die Berge von Leichen zeigte. So unkenntlich verstümmelt, dass man nicht einmal mehr sagen konnte, ob es sich dabei um *Iljos* oder Dämonen handelte.

Ich biss die Zähne zusammen. Das Übernatürliche mochte den letzten Krieg gegen die *Madúr* gewonnen haben, aber die Verluste waren enorm gewesen. Kein Wunder, dass man diese dunkle Zeit gewissenhaft verschwieg.

»Wir haben gesiegt, oder nicht?«, warf Reena ein, die bisher erstaunlich ruhig gewesen war. Ich hatte lange überlegt, sie mit in diese Versammlung zu nehmen, mich dann jedoch für sie entschieden, weil Reena das Talent hatte, Dinge aus einem völlig anderen Blickwinkel zu sehen. Meine anfänglichen Bedenken, dass sich meine aufbrausende Freundin, die keinen Wert auf Hierarchie und Etikette legte, sich nicht benehmen könnte, waren längst Vergangenheit. Reena wirkte in ihrer glänzenden schwarzen Lederkluft nicht nur wie eine Vertreterin des Hades, sie verhielt sich auch so. Von den gehässigen Blicken, die sie ab und an in Roys Richtung schickte, einmal abgesehen.

Tellin schoss einen warnenden Blick in ihre Richtung, der rückstandslos an ihr abprallte. »Ja, das haben wir, aber das war kein besonders erfolgreicher Sieg.«

Emanuel nahm den Faden auf und rutschte näher an den Tisch. »Das ist korrekt, wir haben große Verluste gemacht und dieses Mal könnte es weitaus schlimmer werden, betrachten wir die Tatsache, dass sich Elyanor als Waffe gegen das Übernatürliche herausstellen könnte.«

Ich stieß hörbar den Atem aus. Noch etwas, von dem wir nicht wirklich viel wussten. Die Jäger verlangten nach meiner Auslieferung – denn in ihren Augen war ich die ultimative Waffe gegen alles, was sie so sehr hassten –, aber wie genau ich zu einer Waffe werden sollte, wussten wir nicht. Nur, dass ich mich möglichst lange aus ihrer Reichweite halten sollte.

Nickend faltete Tellin die Hände hinter dem Rücken und stellte sich vor die Kopfseite des Tischs. »Aus diesem Grund sollten wir eine andere Strategie in Betracht ziehen.«

Der Asiate mir gegenüber, seinen hellblauen Augen nach ein starker *Iljos*, neigte den Kopf. »Darüber habe ich bereits nachgedacht, Tellin. Ich bin froh zu sehen, dass ich nicht der Einzige bin, der die bisherige Vorgehensweise *ungünstig* findet, einmal gelinde ausgedrückt.«

Ich tauschte einen bedeutungsvollen Blick mit Emanuel und gab dem Asiaten – Hugo, wenn ich mich recht entsann – ein Zeichen, fortzufahren. »Was schwebt dir vor? Friedensverhandlungen, nachdem sie bereits knapp hundert von uns umgebracht haben?«

Angesichts meines knurrenden Untertons zuckte Hugo kurz zusammen, ehe er sich räuspernd fing. »Wir jagen sie. Ein Frontalangriff. Ich schlage einen Frontalangriff vor, noch ehe sich die Jäger weiter formieren oder weitere Schritte einleiten können.«

Es wurde still am Tisch. Ein direkter Angriff? Und dieser Vorschlag kam ausgerechnet von den so selbstgerechten *Iljos*, die sonst immer so auf Frieden und rosafarbene Wölkchen standen? Beinahe hätte ich gelacht, wäre diese Situation nicht so ernst gewesen.

Hugo erhob sich und stützte die Hände auf die Tischplatte. Er war groß, sehr schlank und schien nur aus Sehnen und Knochen zu bestehen. »Wir lauern ihnen auf, drehen den Spieß um und verhören sie, um effektiver an Informationen zu kommen. Ich habe von Eurem Einsatzkommando und der besonderen Karte vor Euch gehört, Elyanor, aber ich denke, Ihr könntet weitaus mehr tun.«

Ich erwiderte seinen Blick und ließ meine Augen aufleuchten. Hugo bewegte sich auf dünnem Eis und das wusste er, dem Hauch von Panik nach zu urteilen, der über seine Züge flog. Vermutlich war ihm gerade wieder klar geworden, mit wem er hier sprach.

Royath griff hörbar nach seinem Schwert und trat näher neben mich, doch ich gebot ihm mit einer Hand Einhalt und nickte langsam. »Und was genau kann ich deiner Meinung nach tun, Hugo?«

Die Muskeln an seinem Hals traten deutlich hervor, als er schluckte. »Ich – wir – haben von Eurem besonderen Talent gehört, Elyanor. Von Eurem gefährlich scharfen Geist.«

Tellin schien regelrecht angetan von dieser Idee und spann den Gedanken von Hugo weiter. »Unsere Patrouillen könnten darauf abgerichtet werden, wichtige *Madúr* festzunehmen und zu verhören, anstatt sie nur zu beobachten. Sobald wir einen der Drahtzieher in die Hände bekommen, könntet Ihr in seinen Geist dringen und Informationen herausziehen, Majestät.«

Ich schob die Idee in meinem Kopf hin und her.

»Wir teilen unsere Streitkraft in zwei Lager auf«, sagte dann Reena und sah in die Runde. Der Ernst in ihrem Gesicht wirkte regelrecht fremd. Wüsste ich nicht, dass darunter meine verrückte Freundin steckte, hätte ich nie geglaubt, dass diese junge Frau und der Dämon, der mit mir durch den Hades gezogen war und eine Spur aus Chaos hinterlassen hatte, ein und dieselbe Person waren. »Während ein Teil damit beauftragt wird, die übelsten der Bastarde in die Finger zu bekommen, eliminiert der andere Teil sämtliche Ratten, die uns nichts bringen. So räumen wir auf und bekommen gleichzeitig mehr Futter für weitere Pläne.« Das klang schon mehr nach Reena.

»Ein direkter Angriff. An der Oberfläche? Wie wollen wir garantieren, dass die Menschen nicht in den Konflikt mit hineingezogen werden, wenn plötzlich überall Leichen auftauchen?«, gab Raphael zu bedenken und legte die Stirn in Falten. Er schien in den letzten Monaten merklich gealtert zu sein, auch wenn sein Äußeres noch immer makellos war. Dreiteiliger, dunkelbrauner Tweedanzug, dunkelblaue Krawatte und perfekt polierte Lederschuhe.

»Wir gehen diskret vor. In den letzten Jahrhunderten haben wir es ja auch geschafft, die Menschen aus unseren Angelegenheiten rauszuhalten, oder nicht?«, hielt Hugo dagegen und strich sich über das blütenweiße Hemd.

»Ein direkter Angriff«, murmelte Emanuel, der sich bisher alles schweigend angehört hatte. »Ich bin mir nicht sicher, ob es ratsam ist, die *Madúr* anzugreifen, ehe wir nicht Näheres über ihre Absichten in Erfahrung gebracht haben.«

»Absichten? Sind die nicht völlig klar? Sie wollen die unnatürliche Welt vernichten, weil sie nicht in ihre Vorstellungen passt. Das schließt Dämonen, wie *Iljos* ein«, antwortete

Reena und zuckte mit den Schultern. »Brauchen wir weitere Absichten?«

Emanuel warf ihr einen strafenden Blick für ihren spitzen Tonfall zu. »Natürlich nicht, aber ich möchte vor einer überhasteten Reaktion warnen. Ist es nicht das, was sie provozieren wollen?«

Tellin schüttelte vehement den Kopf. »Nein, sie fordern eine Entscheidung von uns. Dass wir öffentlich Stellung beziehen, nicht, dass wir damit beginnen, sie Stück für Stück auszuräuchern.«

»Und genau das sollten wir tun. Sie einen nach dem anderen umlegen, bevor sie uns noch näher kommen können«, fügte Hugo mit einem knappen Nicken in Tellins Richtung an.

»So etwas hat es bisher noch nie gegeben«, murmelte Emanuel in seinen hellen Vollbart und fuhr sich über das Gesicht.

»Die Vergangenheit hat gezeigt, dass sowohl *Iljos* als auch Dämonen großartige Kriegsführer sind, oder nicht? Warum diese Talente zurückhalten?«, wandte sich Reena an den Kopf der *Iljos* und klackte mit den Fingernägeln auf die hölzerne Oberfläche. »Wir vernichten sie, noch ehe sie ihre Kreise schließen können.«

Emanuels blonde Augenbrauen zogen sich zusammen, doch ich war es, die antwortete. »Royath, wie schnell kannst du eine Assassineneinheit aufstellen?«

Mein Erster Offizier beugte sich zu mir herunter, sodass sein warmer Atem über meine kühle Haut fuhr. Hier war es deutlich kälter, als ich es gewohnt war, was vermutlich an den mächtigen *Iljos* um mich herum lag, von denen beinahe jeder das Eisritual durchgezogen hatte.

»Betrachte es als erledigt«, erwiderte er und seine goldenen Iriden leuchteten auf.

Ich nickte und sah zu Emanuel, der mich, einen Ellenbogen auf die Lehne seines Stuhls gestützt, musterte. »Ein interessanter Einfall, Elyanor. Ich habe bereits viel von Eurem Ersten Offizier und seinen Fähigkeiten gehört.«

»Ich würde meine Flügel für Royaths Talente ins Feuer legen, Emanuel. Wenn ich ihm den Auftrag erteile, uns Drahtzieher zu liefern, dann wird er sie uns bringen.«

Der Kopf der *Iljos* richtete sich auf und deutete auf den Mann zu seiner Linken, der vom Aussehen her gut und gerne Tellins Bruder sein könnte, wären da nicht die eisblauen Augen, die in diesem Moment beinahe weiß funkelten. »Mein Kriegsführer Vannor wird Royath unterstützen.«

Royath und Vannor musterten sich gegenseitig. Respekt und Achtung lagen in der Luft, die ich gut nachvollziehen konnte, wenn er es drauf anlegte. Ich hatte meine Hausaufgaben gemacht und wusste, dass Vannor genauso tödlich war, wie Roy es sein konnte. Die beiden zusammen können vermutlich den Hades und die Erde in Asche legen und dabei noch einen Kaffee schlürfen. Eine beängstigende und gleichzeitig beruhigende Aussicht.

»Danke, Emanuel.« Ich neigte den Kopf, eine Geste, die er sofort erwiderte.

»Auch wenn ich solche Maßnahmen unter gewöhnlichen Umständen nicht befürworte, in dieser Angelegenheit bleibt uns offensichtlich keine andere Wahl, als neue Wege zu gehen«, erwiderte Emanuel und strich sich über den Bart. »Allerdings schließt das Autorisieren des Eingriffkommandos Eure Intervention aus, Elyanor.«

Das Weinglas, nach dem ich gerade gegriffen hatte, verharrte regungslos vor meinem Mund. »Wie bitte?«

Emanuel griff seinerseits nach seinem Krug, ohne mich aus

den Augen zu lassen. »Sobald Eure Fähigkeiten gefragt sind, werdet Ihr eingreifen, aber bis dahin solltet Ihr Euch aus dem direkten Angriff heraushalten. Wir können nicht zulassen, dass Ihr den *Madúr* in die Hände fallt, während wir mitten in unserem Feldzug gegen sie stecken«, erläuterte der Kopf der *Iljos* und nahm einen Schluck seines Ales.

»Ich soll mich also verkriechen, bis Ihr meinen *scharfen Geist* braucht?« Das sah den *Iljos* und ihrer Zweizüngigkeit ähnlich. Sie erweckten den Anschien, als würden sie Zugeständnisse machen, zusammenarbeiten und dann hielten sie sich doch wieder eine Hintertür offen, um die Oberhand zu behalten.

»Richtig. Ich würde sogar so weit gehen und sagen, es wäre von Vorteil, wenn Ihr bis dahin zurück in den Hades geht und die Verhöre dort durchgeführt werden. Ihr habt in der Hölle ein beachtliches Repertoire an Gefängnissen und Möglichkeiten, jemanden zum Reden zu bringen.«

»Die brauche ich gar nicht«, knurrte ich und spürte, wie meine Energie in Angriffsstellung ging. Neutralität hin oder her, das hier ging zu weit. Ich würde mir keine Vorschriften machen lassen. »Und ich werde nicht zurückgehen, ehe dieser Konflikt nicht geklärt ist. Meine Leute greifen hier genauso ein, wie die Euren und ich werde den Teufel tun und sie ohne Führung lassen. Ich erkläre mich bereit, besonderes Augenmerk darauf zu legen, keine Angriffsfläche zu bieten, aber damit endet meine Zurückhaltung auch.«

Royath berührte mich leicht am Arm und ich schuf auf seine stumme Bitte hin, ein mentales Band zwischen uns.

Sosehr mir dieser Mistkäfer auch auf den Zeiger geht, er hat recht, Lya. Im Hades bist du sicherer und wir dürfen nicht riskieren, dass die Jäger dich doch noch in die Finger bekommen.

Meine Augenbrauen zogen sich zusammen. *Du weißt genau, dass ich nicht gehen werde, Roy, also spar dir deine Belehrungen.* Daraufhin zog er sich mit einem Ruck aus meinen Gedanken zurück.

»Seid Ihr Euch sicher, Elyanor?«, fragte Emanuel mit eindringlichem Blick. In seinen hellen Augen tanzte das genaue Gegenteil meiner eignen Energie.

»Absolut«, entgegnete ich mit fester Stimme, die ich sonst nutzte, um Urteile zu verkünden und ließ damit keinen Raum für weiteren Widerspruch. »Und jetzt lasst uns zu den wichtigeren Themen kommen. Wie organisieren wir die Spione und die Assassinen?«

Die Sonne war bereits untergegangen und es regnete noch immer in Strömen, als wir die Versammlung schlossen. Mein Kopf schwirrte und ich wollte nichts mehr, als mich wahlweise in meinem Bett zu verkriechen oder in einem Club abzuschießen. Solange ich nur keine Interventionsregelungen oder Vorschriften mehr hören musste.

Royath und ich verließen den Saal um kurz vor acht am Abend, gefolgt von meinen Leuten, die sich wohlweislich im Hintergrund hielten und mich nicht ansprachen. Vermutlich sah man mir meine Anspannung und Gereiztheit nur zu deutlich an.

»Elyanor, auf ein Wort.«

Wir hielten und wandten uns der Stimme zu. Raphael kam die Stufen des großen Treppenhauses herunter, einen Stapel Dokumente unter den Arm geklemmt.

»Royath, warte draußen auf mich. Ihr anderen könnt gehen«, wies ich meine Dämonen an und kam Raphael entgegen.

»Es ist schön zu sehen, dass es dir gut geht«, begann er und ein Teil der Härte, die er das ganze Treffen über auf den Zügen getragen hatte, fiel von ihm ab. »Du bist zu einer starken Anführerin geworden, aber daran habe ich auch nicht gezweifelt. Du hast deine Leute gut im Griff.«

»Danke, Raphael«, erwiderte ich mit einem leichten Lächeln und neigte den Kopf vor meinem alten Direktor. »Mir bleibt in dieser Hinsicht auch nicht viel anderes übrig.«

»In der Tat«, er nickte kurz, »es liegt eine ganze Menge Verantwortung auf deinen jungen Schultern und dieser ganze Konflikt ...«

»Bitte, Raphael, für den Augenblick brauche ich etwas Abstand dazu.«

Er gestattete sich ein kurzes, trockenes Lachen. »Aber sicher, ich wollte dich ohnehin nicht noch länger mit dem Thema behelligen, Elyanor. Ich habe gehört, du hast meinen Neffen getroffen.«

Meine Lippen wurden zu einer schmalen, weißen Linie in meinem Gesicht, als ich knapp nickte.

Ein bedauernder Ausdruck flog über seine Züge. »Ich habe ihn von dem Ritual abhalten wollen, weißt du? Ich und auch meine Schwester, aber der Einfluss seines Vaters war stärker.«

»Die Sache zwischen Zayden und mir ist geklärt, Raphael.« Was für eine Lüge.

»Das glaube ich nicht«, antwortete er erstaunlich schneidend. »Ich vertraue auf mein Bauchgefühl und auch auf das meiner Schwester Colleen und wir beide haben ein ungutes Gefühl bei Julien und dem, was er Zayden predigt.«

Ich runzelte die Stirn. »Was meinst du?«

»Nun, ich kenne Julien. Er ist sanftmütig, gesprächig und

gesellig gewesen, als er und Colleen zusammengekommen sind, doch die Zeit im Hades hat ihn verändert. Das oder etwas anderes«, fügte er leiser an und schüttelte den Kopf. »Zayden war schon immer sehr fixiert auf seinen Vater, im Gegensatz zu seinen Geschwistern. Vermutlich ist er deswegen Juliens Bitte gefolgt, sich dem Eisritual zu unterziehen.«

»Sind Colleen und die anderen deswegen weggezogen? Weil sich Julien so verändert hat?«

Raphael nickte betrübt. »Ja und weil wir verhindern wollen, dass Julien auch die anderen zu diesem veralteten Ritual treibt. Er hat Zayden ins Gewissen geredet, ihm seine bisherigen Fehler vorgehalten und gesagt, durch das Ritual könnte er vieles wiedergutmachen.«

»Bullshit«, stieß ich hervor.

»Besser kann ich es nicht ausdrücken, Hoheit.« Raphael zwinkerte mir zu. »Bei dem Ritual werden junge *Iljos* gebrochen, um den dunklen, gefährlichen Teil unserer Fähigkeiten freizusetzen.«

»Das Eis«, sagte ich und verschränkte die Arme vor der Brust.

»Das Eis«, bestätigte er und fuhr sich über das Kinn. »Ich glaube, als du deinen Platz im Hades eingenommen hast, war Zayden bewusst, dass Welten zwischen euch liegen und dass sich eure Wege trennen. Er hat einen neuen Pfad für sich gesucht und den falschen gewählt.«

Etwas Hartes und Schmerzhaftes krallte sich in meinen Magen und ließ mich die Zähne zusammenbeißen.

»Aber das werde ich dir ganz sicher nicht zum Vorwurf machen, Elyanor. Wenn jemand Schuld an dieser Misere trägt, dann Julien und seine vergifteten Vorstellungen unserer Gesellschaft.«

»Du sagtest, die Zeit im Hades oder etwas anderes hätte Julien verändert. Was meinst du damit?«, fragte ich, als ich seine vorigen Antworten noch einmal im Geiste durchging.

Raphaels Gesichtsausdruck wurde beinahe unheilvoll. »Ich fürchte, ich kann dir darauf keine eindeutige Antwort geben, Elyanor, aber wir wissen beide, wie schnell man den Geist eines lebenden Wesens vergiften kann. Und dieser Zeiten gibt es mehr Gift da draußen, als wir vielleicht ahnen.«

»Raphael ...«, bat ich und machte unwillkürlich einen Schritt auf ihn zu, als ich seine Andeutung gedanklich weiterführte.

Er schüttelte den Kopf. »Ich hoffe nur, dass wir mit unseren dunklen Vermutungen falschliegen und uns in ihnen irren. Denn wenn nicht ...«

»Vielleicht sollten wir eine diskrete Einheit auf ihn und Julien ansetzen, um mehr herauszufinden«, sagte ich leise und zog die Unterlippe zwischen die Zähne.

»Ich fürchte, dafür ist es zu spät. Falls wir richtig vermuten, dann wissen *sie* längst alles, was sie brauchen, um uns zu vernichten und haben den ultimativen Schachzug gemacht. Wir sollten jetzt verhindern, ihnen noch mehr Informationen zu liefern.«

Spione direkt im Herzen des Übernatürlichen, einen *Iljos*, der mir nähergekommen war, als jemals jemand zuvor. Der alle meine Geheimnisse, Fähigkeiten und Schwächen kannte ...

Ich unterdrückte den Schauder, der mir über den Rücken lief, und krallte meine Fingernägel in meine Haut.

Raphael legte eine kühle Hand auf meine Schulter und drückte sie. »Pass auf dich auf, Elyanor, und halte dir stets deine eigenen Wege offen. Emanuel mag dir eine Allianz anbieten, aber du solltest ihm einen Schritt voraus sein. Zu jeder Zeit.«

Ich nickte wortlos und sah ihm fest in die Augen.

Er erwiderte das Nicken und tätschelte meine Wange, dann wandte er sich um und lief die Treppe wieder nach oben, ohne sich noch einmal umzusehen.

Ich blieb mit einem beklemmenden Gefühl im Magen und seinen unheilvollen Worten im Ohr zurück.

Falls wir richtig vermuten, dann wissen sie längst alles, was sie brauchen, um uns zu vernichten und haben den ultimativen Schachzug gemacht.

Dann war es nun an mir, besser zu sein und sie schachmatt zu setzen, ehe sie ihren Vorteil ausbauen konnten.

Kapitel 16

Ich konnte es nicht fassen. Ich saß hier, hörte mir in aller Seelenruhe etwas über die Geschichte der englischen Sprache an, während meine Leute zusammen mit den *Iljos* da draußen waren und Jagd auf die *Madúr* machten.

Dabei könnte ich sie begleiten, mit Roy auf die Jagd gehen und diese Mistkerle selbst in das Loch schicken, aus dem sie gekrochen waren. Ich war der Teufel, die tödlichste Waffe des Hades und jetzt ... jetzt saß ich auf der Ersatzbank.

Was in diesem Fall eine Sitzbank in einem stufenförmigen Hörsaal bedeutete.

Neben mir war Annie dabei, wie eine Wilde jedes einzelne Wort der dicklichen Dozentin mitzuschreiben, die unmöglich noch schneller hätte reden können.

Frustriert stützte ich meinen Kopf in die Hände und fixierte das Gekritzel an der Tafel.

Royath und ich hatten beinahe die gesamte Nacht von Sonntag auf Montag und den Montag selbst gestritten. Bei der Versammlung hatte er nicht gewagt, mir zu widersprechen, aber in unserer Suite? Da waren die Fetzen geflogen und zwar nicht im angenehmen Sinne.

Zuerst war er an die Decke gegangen, als ich ihm von Raphaels und meiner Vermutung erzählt hatte, und hatte sofort einen seiner besten Männer auf die beiden angesetzt – auch wenn es dafür schon zu spät war.

Und dann hatte er das leidige Thema meiner Präsenz auf der Erde wieder aufgegriffen. Dass ich zurück in den Hades gehen, auf meine Sicherheit achten und nicht wie ein gewöhnlicher Dämon frei herumspazieren sollte.

Blabla.

Letztlich hatte das eine zum anderen geführt und unser Streit war so weit eskaliert, dass ich unseren Esstisch und die Kochinsel in Staub verwandelt hatte, wohingegen er die Couch in Brand gesetzt hatte.

Pauls Ausdruck, als er die Zerstörung gesehen hatte, würde ich nie wieder vergessen und die heiße Scham, die mich danach durchflutet hatte, genauso wenig.

Von dem nervtötenden Feueralarm, der gefolgt war, einmal ganz zu schweigen.

Roy und ich hatten uns wie Kinder benommen, während wir eigentlich deutlich Wichtigeres zu tun hatten, als uns wegen Dingen, die bereits in Stein gemeißelt waren, in die Wolle zu kriegen.

Schließlich hatte ich mich, nachdem wir auf die Terrasse umgezogen waren, dazu bereit erklärt, mich weiter im Hintergrund zu halten – was in diesem Fall hieß, Annie bei einer sterbenslangweiligen Vorlesung Gesellschaft zu leisten und meine Signaturen – dämonischer und iljonischer Art gleichermaßen – zu verbergen. Auch wenn ich vermutete, dass das ohnehin keinen besonders großen Unterschied mehr machen würde. Aber wenn Roy dann besser schlafen konnte, bitte. Und vielleicht würde ich ihn ja doch noch dazu bekommen, mit mir auf die Jagd zu gehen, wenn ich ihm vorher ein paar Zugeständnisse machte.

Annie stupste mich an, ohne den Blick von der Dozentin zu nehmen. »Welche Laus ist dir denn über die Leber gelaufen?«

Ich hatte ihr noch nichts von der Versammlung und unseren Plänen im Hinblick auf die radikale Intervention erzählt, aber ich wusste, dass sie mich spätestens in der Pause ausquetschen würde.

»Such es dir aus«, murmelte ich nur und pustete mir eine Strähne aus der Stirn. Auch wenn es Winter, beinahe Frühling, war und die Sonne kaum schien, waren schon jetzt helle Strähnchen in meinen Haaren aufgetaucht. Die Erdenluft tat mir augenscheinlich gut.

»Dafür bräuchte ich erst mal eine Liste. Aber vielleicht hat einer von den Läusen goldene Augen?«

Ich zuckte nur mit einer Achsel und legte den Kopf auf die verschränkten Arme. »Wann hört sie endlich auf zu reden?«

Annie lachte leise und schaute auf die elegante Uhr an ihrem rechten Handgelenk. »Du musst sie noch etwa zwölf Minuten ertragen. Danach habe ich für heute aus.«

»Der Hölle sei Dank. Triffst du dich dann wieder mit deinen Schreibfreunden?«

Kopfschüttelnd notierte sich Annie etwas, ehe sie zu mir schaute. »Wir haben ab morgen ein paar Tage frei und wollen die Zeit nutzen, um selbstständig weiterzuarbeiten. Nächste Woche vergleichen wir dann und setzen die Teile zusammen.«

Ich verzog das Gesicht zu einem schiefen Grinsen. »Auch wenn ich mich geschmeichelt fühle, dass du den Mist, den wir erlebt haben, in eine Geschichte packst, finde ich es immer noch merkwürdig. Schließlich ist das alles Wirklichkeit und du verkaufst es ihnen als Märchen.«

Die Dozentin warf finstere Blicke in unsere Richtung, doch ich gab ihr nur einen leichten, mentalen Schubs, sodass sie scheinbar von selbst das Interesse an unserer Unaufmerksamkeit verlor. Ja, manchmal war es wirklich praktisch, ich zu sein.

»Was sollte ich sonst tun? Ihnen das nächste Mal sagen, dass ich mir nichts davon aus den Fingern gezogen habe, sondern der Hades wirklich existiert und dich am besten gleich noch als Königin der Hölle vorstellen?«

Mein Grinsen wurde breiter. »Ich könnte sogar eine Krone aufsetzen – um das Bild zu unterstreichen – und einen Höllenhund mitbringen.«

Kopfschüttelnd legte Annie den Stift zur Seite. Anscheinend war die Vorlesung beendet. »Du bist schräg. Noch schräger als sonst, also, was brennt dir auf der Seele?«

Mit einem merkwürdigen Ausdruck auf den Zügen erwiderte ich ihren Blick. »Manchmal frage ich mich, wie oft ich dir noch sagen muss, dass ich keine Seele habe, Annie.«

»Ups, mein Fehler.«

Der Saal um uns herum leerte sich und auch meine Freundin begann, ihre Sachen einzupacken. »Die Frage bleibt trotzdem dieselbe. Wollen wir was trinken gehen und quatschen?«

Ich nickte und folgte ihr aus dem Hörsaal. In einer Menge aus Studenten bahnten wir uns einen Weg nach draußen in den grauen Nachmittag. Zumindest hatte es endlich aufgehört zu regnen.

»Aber vorher werden wir noch eine Kleinigkeit erledigen.«

»Du spinnst! Ernsthaft, du hast sie nicht mehr alle.« Annie verschränkte die Arme vor der Brust und blieb stehen wie ein sturer Esel, als ich näher an den Empfangstresen des Tattoostudios trat und die Finger auf den dunklen Marmor klacken ließ.

»Muss wohl an den Schwefeldüften des Hades liegen«, erwiderte ich ungerührt und grinste sie schief an. Was auch immer es über mich aussagte, ich genoss Annies Verhalten in diesem Moment in vollen Zügen.

»Es ist mir egal, woran das liegt, ich werde mir kein Tattoo stechen lassen, weder jetzt noch sonst irgendwann.« Ihre Wangen hatten eine rötliche Färbung angenommen und ihre Augen blitzten angriffslustig. Immer wieder glitt ihr Blick unruhig durch das Studio, das im Herzen von Camden Town lag und eines meiner Favoriten war. Die Einrichtung war vollständig in Schwarz, Weiß, Rot und Gold gehalten und erinnerte ein wenig an einen barocken Salon. Außerdem hatten sie hier die nötigen Techniken, um einem Dämon bleibende Tattoos zu verpassen – ein gar nicht so leichtes Unterfangen.

»Wir reden noch mal.«

Ein schlanker Latino mit Tunnel, Beanie und schwarzen Tattoos auf den nackten Armen kam an den Empfang und begrüßte uns. »Hey, was kann ich für euch tun?«

»Hi, ich bin Lya und möchte zu Charles.«

»Ah«, machte er und seine Augen begannen zu funkeln. »Klar, kommt mit.«

Wir folgten dem Latino – kein Dämon – durch einen Vorhang ein paar Stufen nach oben in den Tattooraum, in dem Charles seine kleinen Wunder vollbrachte.

Ich hatte ihn vor einer Ewigkeit im Hades kennengelernt. Dort hatte er bis zu seinem Umzug nach London ein Studio betrieben, in dem Avan, Ree und ich ständig rumgehangen hatten. Sehr zum Missfallen meines Vaters, der mehr als einmal Tattoos von meiner Haut hatte verschwinden lassen.

Charles war ein kleiner, schlanker, weißblonder Typ, auf dessen Haut beinahe kein einziger Fleck mehr frei war. Jeder Quadratzentimeter war mit bunten Bildern zugekleistert,

239

die zum Großteil dämonischen Flair in sich trugen und beeindruckend waren.

»Jo, Charly, deine Lieblingskundin ist wieder da.«

Der Dämon erhob sich von seinem Sketchboard und breitete die Arme aus, sodass ich einen ungehinderten Blick auf die Höllenhunde hatte, die dort über seine Haut jagten. Er hatte mir einmal anvertraut, dass es für ihn auf der Erde sehr leicht war, Jobs zu bekommen, weil die Menschen seine Tattoos für unglaublich kreativ und frisch hielten. Wenn die wüssten.

»Lya! Wenn das nicht die Königin persönlich ist! Und du hast Frischfleisch dabei.«

Der Latino warf mir einen schrägen Seitenblick zu, den ich nur mit einem Schulterzucken quittierte, dann ließ er uns alleine.

Annie trat unruhig von einem Bein aufs andere. Das sah ihr so gar nicht ähnlich.

»Hey Charles. Schön, wieder hier zu sein. Ich fürchte, ich muss deine Dienste ein weiteres Mal in Anspruch nehmen.« Lächelnd erwiderte ich seine Umarmung.

»Du weißt, es ist mir ein Vergnügen. Wen hast du mir da mitgebracht?« Seine dunklen, fast schwarzen Augen richteten sich auf meine beste Freundin, die sich zu einem höflichen Lächeln zwang.

»Ich bin Annie.«

»So, Annie, und was kann ich für dich tun?«

Kopfschüttelnd winkte sie ab. »Lya hat mich mitgeschleppt. Gegen meinen Willen und ohne mein Wissen.«

Lachend warf Charles den Kopf in den Nacken. »Sieht ihr ähnlich. Na dann, mach es dir erst mal auf der Couch bequem. Und was machen wir bei dir, Mylady?«

Ich ließ mich auf der weichen Liege nieder, meine Beine baumelten in der Luft. »Erinnerst du dich noch an die Feder, von der wir gesprochen haben?«

Charles spielte an den drei Ringen herum, die seine Unterlippe durchbohrten, und ein beinahe beängstigendes Leuchten trat in seine Augen. »Auf diese Worte warte ich schon eine kleine Ewigkeit, Lya.« Er zog ein dickes Skizzenbuch aus einer Schublade und hielt mir die offene Zeichnung hin. Eine filigrane Feder, die schwarz und weiß war, genauso wie meine Flügel und einige kleine, goldene Elemente enthielt. Daneben stand ein einziges Wort: Ewigkeit.

Annie stand von der Couch auf und beugte sich über Charles' Schulter, um sich die Skizze anzusehen, ihre Lippen verzogen sich zu einem leisen Lächeln. »Wohin möchtest du das Tattoo haben?«

»In die rechte Armbeuge«, antwortete ich und zog meinen Ärmel hoch. »Das verhängnisvolle Tattoo Nummer dreizehn.«

»Es wird mir eine Ehre sein.« Voller Tatendrang klatschte Charles in die Hände und begann damit, alles für sein Werk vorzubereiten. Meine beste Freundin zog unterdessen einen Hocker näher an mich heran.

Die Tätowiernadel, die Charles nutzte, war eine Sonderanfertigung aus Dämonenstahl und der Tinte war ein Mittel beigemischt, das den Selbstheilungskräften von Dämonen entgegenwirkte. Nur so hielt das Werk später auch unter meiner Haut.

Während Charles sich ans Werk machte, nahm Annie ihre Augen nicht eine Sekunde von seinen Fingern, die das Kunstwerk unter meine Haut trieben. Ich erfuhr, dass sie noch nie gesehen hatte, wie tätowiert wurde und ich beantwortete ihr lächelnd jede Frage, genauso wie Charles selbst.

Nach einer guten Dreiviertelstunde war das nächste Stück meines Lebens auf meinem Körper verewigt, wo es für meine eigene Ewigkeit bleiben würde.

»Danke, Charles. Ich hoffe wirklich, du überlegst es dir noch einmal und kommst zurück in den Hades, auch wenn ich es dir nicht verübeln kann, London ist ein genialer Ort. Ree vermisst dich.«

Charles lachte. »Das glaube ich dir nicht, Reena vermisst nur die Drinks, die es immer bei mir gab.«

»Vielleicht auch das.« Ich reichte ihm zwei Goldmünzen und schnappte mir meine Tasche. »Wir sehen uns, Charles. Können wir, Annie?«

Meine beste Freundin zog die Unterlippe zwischen die Zähne und ihr Blick flog zwischen dem Stuhl, Charles und mir hin und her, dann blieb er schließlich an dem Tätowierer hängen. Ich grinste.

»Wäre es möglich, dass ich vielleicht auch noch schnell auf diesen Stuhl springe?«

»Ich dachte schon, du würdest gar nicht mehr fragen, Kleines.«

Später an diesem Tag schlugen Annie und ich einvernehmlich den Weg zu dem kleinen Café ein, in dem sie diese herrlichen Donuts anboten, und fanden uns kurz darauf in einer der Bücherregalnischen wieder, jeder ein Stück frischen Kuchen und einen Kaffee vor sich.

Meine beste Freundin fuhr immer wieder über die Folie, unter der ihr neues, erstes Tattoo prangte. Das Lächeln, das dabei auf ihre Züge trat, löste ein warmes Gefühl in mir aus, genauso wie die Erinnerung an ihr verzogenes Gesicht, als Charles ihr dasselbe Tattoo, das er mir gestochen hatte, auch auf ihren Unterarm tätowiert hatte. Eine Feder, allerdings mit dem Wort *Moment*, statt meiner *Ewigkeit*.

Als ich sie gefragt hatte, warum sie sich gerade dafür entschieden hatte, hatte sie nur geschmunzelt, meine Hand genommen und gesagt, sie hätte genauso zwischen Licht und Finsternis gestanden und schließlich ihren Platz gefunden. Und dass es für sie nichts Kostbareres gab, als Momente. Momente mit mir, ihren Freunden, und stille, ruhige Momente mit sich selbst.

Ich war stolz auf sie, in so vielerlei Hinsicht.

Mit einem leichten Lächeln griff ich nach meiner Tasse und nippte an meinem Kaffee. Ich würde diese Erinnerung wie einen kleinen Schatz hüten.

Annie beugte sich weiter über den Tisch in meine Richtung, einzelne Krümel des Zitronenkuchens hingen an ihrem Mundwinkel. »Also jetzt sag schon, Lya. Oder muss ich es dir aus der Nase ziehen?«

Seufzend überschlug ich die Beine und stellte die Tasse ab. Zurück in die Realität. »Ich habe Zayden gefunden. Oder er mich, besser gesagt. Er und sein Onkel hängen vermutlich irgendwie mit den Feinden zusammen, und die *Iljos* und ich haben die offene Jagd auf die *Madúr* ausgerufen, aber Roy hat mich auf die Ersatzbank verbannt, weil ich eventuell der Grund für die Vernichtung alles Übernatürlichen sein könnte. Tja, und dann habe ich noch herausgefunden, dass meine Gefühle für Zayden nicht das waren, was ich geglaubt habe«, fügte ich mit einem Achselzucken an und atmete tief durch.

Annies Mund klappte auf und wieder zu, ohne dass ein Ton dabei herauskam. Dann schüttelte sie perplex den Kopf. »Ich weiß gar nicht, wo ich anfangen soll.«

»Mir geht es ganz genauso. Nur, dass man von mir erwartet, das zu wissen.« Mir kam ein trockenes Lachen über die Lippen und mein Blick glitt nach draußen, dorthin, wo meine aktuelle Wache abgestellt war.

»Okay, da ich diesen Konflikt mit den *Madúr* noch nicht ganz verstanden habe, bleibe ich bei deinem Jungsproblem.«

Ich sah ruckartig zu meiner Freundin. »Annie, ich habe kein Jungsproblem.«

»Oh doch, das hast du, und zwar eines von übernatürlichen Ausmaßen«, hielt sie grinsend dagegen und steckte sich das letzte Stück Zitronenkuchen in den Mund. »Aber vielleicht hat es sich jetzt geklärt?«

Seufzend verdrehte ich die Augen. »Ganz so optimistisch würde ich jetzt mal nicht sein, aber ich bin ein Stück weiter. Zayden hat sich sehr verändert – eine lange und unschöne Geschichte – und das zwischen uns ... als ich ihm in die Augen gesehen habe, hat das Prickeln gefehlt, weißt du, was ich meine?«

Sie nickte langsam. »Weil jetzt jemand anderes dieses Prickeln bei dir auslöst.«

Eine Feststellung, keine Frage.

Zögerlich neigte ich den Kopf. »Ich habe Roy gebeten, uns Zeit zu geben. Bei uns ist viel los und wir haben noch eine Ewigkeit Zeit, uns mit dem, was zwischen uns ist, zu beschäftigen. Da kommt es auf ein paar Wochen auch nicht mehr an. Außerdem brauche ich selbst Zeit, um mir über das alles klar zu werden.«

»Lass dir nicht zu viel Zeit, Lya. Du magst unsterblich sein, aber auch du hast nur eine gewisse Anzahl an Momenten und in meinen Augen wartet ihr ohnehin schon zu lange.«

Schnaubend griff ich nach meiner Tasse, um sie zu erhitzen. »Ach, seit wann bist du denn eine Expertin für *mein* Gefühlsleben?«

»Schon länger, als du denkst«, erwiderte sie undurchsichtig. »Mir war schon damals auf dem Parkplatz, als ich Royath und dich das erste Mal zusammen erlebt habe, klar, dass da mehr dahintersteckt.«

»Du hast geglaubt, er wäre mein Bruder.«

Vielsagend hob Annie eine Augenbraue und lehnte sich zurück. »Ganz sicher nicht. Das wolltest du mir vielleicht verklickern, aber selbst ein Blinder mit Krückstock hätte gesehen, dass da mehr ist.«

Darauf erwiderte ich nichts. »Was wirst du an deinen freien Tagen machen?«

Für einen Moment sah es so aus, als wollte sie zu der Roy-Thematik zurückrudern, aber dann beließ sie es glücklicherweise dabei. »Puh, ich muss lernen. Die Frühlingsexamen stehen bald an und na ja, ich hatte gehofft, die Zeit mit meiner besten Freundin verbringen zu können – falls Ihre Königliche Hoheit nicht zu beschäftigt ist.«

Meine Augen begannen zu leuchten. »Oh ich denke ich werde in meinem Kalender Zeit für dich finden.«

»Perfekt.« Annie klatschte in die Hände. »Womöglich hast du schon heute Abend Zeit? Ein Kumpel von mir – Mik – hat im *Dark Panther* einen Tisch reserviert.«

Dieser Club hatte es mir schon bei meinem ersten Besuch hier angetan und gegen eine gute Untergrundparty hatte ich ohnehin nie etwas einzuwenden. Zumal mich mein Erster Offizier ja quasi dazu verdammt hatte, unterzutauchen und wo würde das besser gehen, als dort zwischen den vielen willenlosen Menschen?

»Und da fragst du überhaupt? Sag mal, willst du Reena immer noch kennenlernen?«

Mit der Tasse an den Lippen nickte sie. »Klar. Bring sie einfach mit, ich denke nicht, dass irgendjemand ein Problem damit hat.«

Grinsend schüttelte ich den Kopf. »Du hast ja keine Ahnung, wen du dir damit ins Haus holst, kleine Annie.«

»Ist mir egal, ich will das volle Lya-Paket und dazu zählen auch deine Freunde aus dem Hades. Du hast so viel über Reena erzählt, da möchte ich auch endlich ein Gesicht dazu haben.«

»Einverstanden«, erwiderte ich und stützte die Ellenbogen auf den Tisch. Der Geruch nach Kaffee und Büchern zog mir in die Nase und ich lächelte. »Wann geht es los?«

»Heute um halb elf am Club. Aber wir könnten uns vorher fertig machen, so wie in alten Zeiten«, schlug Annie mit einem Funkeln in den Augen vor.

Ich nickte. »Gerne. Treffen wir uns bei mir? Ich schicke dir einen Wagen, der dich um – sagen wir halb sieben bei dir abholt und zu mir bringt.«

»Wow, ich kann auch einfach die U-Bahn nehmen, Lya.«

Eine Hand gehoben unterbrach ich sie und beugte mich weiter über den Tisch. »Nix da, der Wagen holt dich ab. Soll ich Reena schon dazubestellen?«

Lächelnd schüttelte sie den Kopf. »Du bist einmalig, aber klar, warum nicht?«

»Ich bin Königin, Annie, warum sollte ich das nicht auch ausnutzen?«

Zumindest solange ich das noch kann. Aber das sprach ich nicht laut aus, um diesen düsteren Gedanken nicht mehr Macht zu verleihen, als er in den letzten Tagen ohnehin schon gewonnen hatte.

Annie griff nach einer meiner Hände und drückte sie. »Ich freue mich schon drauf.«

Ich zwang mich zu einem Lächeln. »Mal sehen, ob du das immer noch sagst, wenn du Reena erst mal kennengelernt hast.«

Als ich nach einem kurzen Abstecher zur *Shard* auf der Dachterrasse landete, fand ich Royath bereits im Gewächshaus in seine Arbeit versunken vor. Er hatte Kopfhörer in den Ohren und seine Finger fuhren mit schnellen, exakten Bewegungen durch die Erde.

An den Türrahmen gelehnt beobachtete ich ihn einen Augenblick, ehe ich meine Mauern herunterließ und somit meine Signatur zu erkennen gab.

Roy zuckte zusammen und fuhr zu mir herum, während er sich gleichzeitig die Musik aus den Ohren zog. »Lya.«

»Hi Roy. Du bist schon zurück?«

Er nickte und wischte sich die Hände an der schwarzen Jeans ab. »Wir haben knapp ein Dutzend von ihnen erledigt, keine wichtigen Bastarde, aber dennoch genug für den ersten Tag, nehme ich an.«

Ich verschränkte die Arme vor der Brust und sah ihn eindringlich an. Dunkle Schatten lagen unter seinen goldenen Augen und er wirkte erschöpft. »Ist alles gut?«

»Weißt du, Prinzessin, ich habe schon so oft getötet. Monster, *Iljos*, Menschen, Dämonen … und ich bin gut in meinem Job, aber es wird nicht leichter. Das wird es nie. Ich mag keine Seele haben, aber trotzdem fühlt es sich so an, als würde ich ein Stück nach dem anderen aus meinem Inneren reißen.«

Ich stieß mich vom Rahmen ab und ließ mich auf der Bank in der Mitte des Gewächshauses nieder. Royath setzte sich nach kurzem Zögern neben mich, die Stirn in Falten gelegt.

»Ich bin froh, dass es so ist, Roy. Was würde uns von den Kreaturen unterscheiden, die wir vernichten, wenn wir dabei nichts empfinden würden?«

Roys aufmerksamer Blick glitt über mein Gesicht. »Es würde einiges leichter machen.«

Unwillkürlich griff ich nach einer seiner großen, starken Hände und drückte sie. »Ich hoffe, dass irgendwann der Tag kommt, an dem wir es nicht mehr müssen. Töten, meine ich.«

»Wunschdenken, Prinzessin«, erwiderte er genauso leise und schüttelte den Kopf, sodass ihm die dunklen Haare in die Stirn fielen.

»Vielleicht im Augenblick, aber nicht für immer. Ja, wir stecken gerade in einer echt beschissenen Situation, aber wir haben die Möglichkeit, etwas Besseres, etwas Gutes daraus zu machen und die Zukunft zu gestalten, Royath.«

Seine Mundwinkel zuckten, aber er sagte nichts und sah nur auf unsere ineinander verschränkten Finger herab.

Wir saßen eine Weile schweigend da, hielten uns an den Händen und ließen den Blick über die vielen Pflänzchen und Töpfe gleiten, die Roy hier angeschleppt hatte.

»Ich gehe heute Abend mit Annie und Reena feiern. Möchtest du mitkommen?«, fragte ich dann und sah ihn von der Seite an. Vielleicht würde ihm das Abschalten unter Freunden guttun.

Roy erwiderte kurz meinen Blick und schüttelte dann den Kopf. »So gerne ich auch sehen würde, wie sich die beiden an die Kehle gehen – und das wird geschehen, darauf kannst du Gift nehmen – Vannor und ich wollen heute Abend nach Camden Town. Er ist ein harter Knochen und legt ein ungnädiges Tempo an den Tag, aber ich denke, uns bleibt, was das betrifft auch nichts anderes übrig.«

»Kommst du mit Vannor klar?«

Ein schiefes Lächeln teilte seine Lippen. »Ich komme mit dir klar, oder nicht? Dann werde ich ja wohl mit so einem Federvieh fertig.«

Daraufhin versetzte ich ihm einen kräftigen Schlag gegen die Schulter, was ihn nur noch mehr zum Lachen brachte. Mistkerl.

Royath schnappte sich meine Hände und hielt sie fest umschlungen, nur um mich dann mit einem Ruck zu sich zu ziehen. Atemlos kam ich kaum eine Handbreit vor seinem Gesicht zum Stehen. Unsere Augen waren auf einer Höhe und wir teilten uns die Luft zum Atmen.

»Keine schiefen Dinger heute Abend, Lya«, murmelte er und sah für einen kurzen Moment auf meine Lippen herab.

»Nicht, wenn ich nicht in der Nähe bin, um dich davon abhalten zu können.«

Ich schluckte und schüttelte den Kopf. »Du kennst mich doch.«

»Ja, genau aus diesem Grund sage ich es ja auch.« Seine Worte strichen sanft über meine Haut und lösten einen angenehmen Schauer in mir aus.

Ich lächelte und zog behutsam meine Hand aus seinen rauen Fingern, er ließ es wortlos geschehen und schien den Atem anzuhalten, als ich langsam über seine Schläfe strich und seinen markanten Wangenknochen nachfuhr.

Sein Körper spannte sich unter mir an und ich spürte sein Herz rasen, genauso wie seine Energie, die ungebremst um uns herumwirbelte.

»Roy ...«, begann ich leise, mein Hals war plötzlich wie ausgetrocknet, als ich noch näher kam.

Royath schloss die Augen und ein Beben ging durch ihn

hindurch, als sich unsere Lippen so nahe waren, dass nur noch ein Blatt Papier dazwischen gepasst hätte.

»Hör nicht auf«, murmelte er heiser und legte eine Hand an meine Wange.

Genau diesen Moment suchte sich Paul aus, um in das Gewächshaus zu treten. Vermutlich sollte ich ihm dankbar sein, denn das, was Roy und ich hier taten, war das genaue Gegenteil davon, uns Zeit zu geben und war wahrscheinlich im Moment unseren aufgeriebenen Nerven geschuldet.

Trotzdem fuhr ich unseren Butler Paul mit leuchtenden Augen an, als er zum Sprechen ansetzte und kam schneller auf die Beine, als es das menschliche Auge hätte verfolgen können.

»Was wollen Sie?«

Unter der Wucht meiner Worte zuckte er zusammen und neigte rasch das Haupt. »Ich bitte um Verzeihung für die Störung, aber Sie haben Besuch, Miss Edenmore.«

Ich fuhr meinen rasenden Puls herunter und kniff mir resigniert in die Nasenwurzel. »Ich muss um Entschuldigung bitten, Paul. Sie haben mich erschreckt.«

War das etwa ein Lächeln auf dem Gesicht meines verklemmten Butlers?

»Wie soll ich mit dem Gast verfahren?«

»Lassen Sie sie rein, ich komme gleich nach. Und danke, Paul.«

Er verbeugte sich nur ein weiteres Mal und verschwand wieder nach drinnen.

Hinter mir erhob sich auch Royath, seine Stirn lag in tiefen Falten und eine leichte Röte war auf seine Wangen getreten. »Ich mache mich auch wieder an die Arbeit, Lya. Es gibt noch einiges zu tun. Ich wünsche dir einen schönen Abend und sei verdammt noch mal vorsichtig.«

Ich sah ihn fragend an und schüttelte dann kaum merklich den Kopf. Vermutlich brauchte er jetzt Luft zum Atem, genauso wie ich, denn was gerade beinahe zwischen uns geschehen war, hatte uns beiden zugesetzt.

Ich machte kurzerhand einen Satz auf ihn zu und hauchte einen Kuss auf seine Wange, wofür ich mich auf die Zehenspitzen stellen musste. »Bitte pass auf dich auf und lass dich nicht zu sehr von Vannor herumkommandieren.«

Ein beinahe sanfter Ausdruck trat in seine Augen. »Das mache ich, Lya.«

Dann wandte ich mich ab und lief über die Terrasse zurück in die Suite, wo bereits Annie auf dem neuen Sofa, das Paul besorgt hatte, saß und in ein angeregtes Gespräch mit meinem Butler vertieft war. Ich glaube, es ging um Scones.

Als ich das Wohnzimmer betrat, fuhren sie auseinander und Paul entschuldigte sich mit einem knappen Diener in meine Richtung.

Annie sprang auf und nahm mich in den Arm. »Ich kam mir vor wie ein Star, als da plötzlich diese schwarze Limousine vor meinem Hochhaus gehalten hat. Was meinst du, wie die anderen geschaut haben.« Sie grinste über das ganze Gesicht und nahm mich bei den Schultern.

»Vielleicht noch etwas Input für deinen zweiten Band?«

»Definitiv, dieser Moment muss rein. Ist Reena schon da?«

Ich schüttelte den Kopf und fasste meine Haare zu einem unordentlichen Knoten zusammen. »Nee, aber sie müsste jeden Moment von oben kommen.«

Annies Augenbrauen hüpften. »Dann hat sie auch Flügel?«

»Jap. Eine echte Rarität unter den gemeinen Dämonen«, erwiderte ich und führte sie in mein Schlafzimmer, das gleichzeitig auch Zugang zu meinem begehbaren Kleiderschrank und dem großen Bad aus schwarzem Marmor bot. Seit meinem letzten Aufenthalt auf der Erde hatte sich hier nicht viel verändert. Wenn überhaupt war alles noch schicker und mein Kleiderschrank größer und voller geworden. Aber ansonsten: Dasselbe gigantische Himmelbett mit durchscheinenden, hellen Vorhängen, dieselbe schwarze Seidenbettwäsche und die gleichen schweren, dunkelroten Gardinen, die die gewaltigen Fenster flankierten. Der Raum selbst hatte eine schwindelerregend hohe Stuckdecke, einen ausladenden, goldenen Lüster und dunkles Parkett, das in einem so komplizierten Muster verlegt worden war, dass einem ganz anders wurde, wenn man zu lange darauf starrte.

Annie lief, den Kopf in den Nacken gelegt, in den Raum hinein und sah sich staunend um, als müsste sie sich jedes Detail einprägen. Mit einem schiefen Lächeln auf den Lippen blieb ich im Türrahmen stehen, die Arme vor der Brust verschränkt und beobachtete sie. »Du bist schon mal hier gewesen, Annie.«

Sie warf mir einen vielsagenden Blick zu und lief einmal um die dunkelrote Samtsitzgarnitur herum, die auf einem schneeweißen Hochflorteppich um einen goldenen Beistelltisch arrangiert war, und ließ sich dann auf die größte der Couches fallen. »Egal wie oft ich einen Fuß hier reinsetze, es ist jedes Mal beeindruckend. Du hast meine Besenkammer ja gesehen.«

Ich stieß mich vom Türstock ab und ließ mit einem Blick die Stabkerzen auf dem Tisch aufleuchten. Annie fuhr zusammen und kicherte dann über sich selbst.

»Du könntest auch woanders wohnen, ich habe einige Immobilien in London.«

Nickend legte sie einen Arm auf die Lehne. »Das weiß ich zu schätzen, wirklich Lya, aber weißt du, meine Kammer hat irgendwie auch Charme. Sie gehört zum Studentenleben und außerdem fühlte ich mich da ein bisschen wie Harry Potter unter der Treppe.«

Ratlos zog ich die Augenbrauen zusammen und setzte mich neben sie, die Beine unter mich gezogen. »Das mit dem Charme verstehe ich ja noch. Irgendwie. Aber wer ist dieser Harry und warum sollte man unter einer Treppe wohnen?«

Annies Lippen verzogen sich zu einem breiten Grinsen, dann winkte sie ab. »Ach, nicht so wichtig.«

Paul klopfte höflich an die sperrangelweit offen stehende Tür und neigte das Haupt. »Darf ich Tee und Gebäck bringen?«

Die Augen meiner Freundin begannen zu leuchten, also nickte ich. »Gerne, und drei Cocktails, sei so gut, Paul.«

Paul verschwand genauso lautlos aus dem Raum, wie er gekommen war und lehnte die Tür hinter sich an.

»Drei?« Annie warf mir einen kurzen Seitenblick zu. »Ist Reena schon da?«

»Nein, aber dem Kribbeln der Luft nach zu urteilen, landet sie in diesem Moment auf dem Dach. Gut, dass Roy schon weg ist«, den letzten Teil des Satzes murmelte ich eher zu mir selbst. Eine Szene zwischen den beiden wäre genau das, was mir heute noch gefehlt hätte.

Ich hatte Ree über einen Boten von Annies Einladung und dem Club berichtet und für meinen Geschmack war ihre Antwort etwas zu schnell und enthusiastisch gekommen. Deswegen überraschte es mich auch nicht weiter, als sie ohne anzuklopfen oder um Zutritt zu bitten, in hautenger, knapper Ledermontur mein Zimmer stürmte.

Seufzend fuhr ich mir über das Gesicht, wohingegen Annie die Augen aufriss und dann langsam den Kopf in meine Richtung drehte.

»Auch auf der Erde gibt es gewisse Benimmregeln, Ree«, begrüßte ich sie und deutete auf die Tür.

Reena zuckte unbeeindruckt mit den Schultern und nahm dem förmlichen Paul, der nicht einmal durch eine Vollblutdämonin in glänzendem, schwarzem Leder aus der Ruhe zu bringen war, das Tablett mit den Cocktails aus den Händen. »Wen kümmert's? Wir sind nicht im Hades oder deinem Elfenbeinpalast.«

»Nein, aber ich bin immer noch deine Königin«, erwiderte ich mit einem schiefen Grinsen, ließ meine Augen aufflackern und einen der Drinks zu mir, den anderen zu Annie schweben. Ich fragte mich, wann wir dieses sinnfreie Spiel sein ließen, aber ich konnte nicht leugnen, dass ich Spaß daran gefunden hatte.

Mit einem Schulterzucken ließ sie sich in dem Sessel nieder, die Beine über eine der Lehne baumelnd, als wäre das hier ihr Schlafzimmer, und richtete ihre blauen Augen das erste Mal auf Annie. »Und wer ist das niedliche Ding?«

Prompt verschluckte sich Annie an ihrem Cocktail und richtete sich dann ruckartig auf. »Niedlich? Ist das dein Ernst?«

Reena wandte den Kopf ganz in Richtung meiner Freundin und nickte langsam, während sie an ihrem Drink nippte und den Blick über Annie fliegen ließ. Ein gefährliches Funkeln trat in ihre Augen. Vielleicht hätte ich Ree doch nicht mit Annie bekannt machen sollen.

»Oh, ich fange gerade erst an, kleines Täubchen.«

»Ree«, knurrte ich warnend und schickte eine Spitze meiner Macht in ihre Richtung.

Die Dämonin erschauderte und das Funkeln verschwand. »Ja, ja. Spielverderberin. Aber dafür ist später hoffentlich auch noch Zeit. Also, Täubchen, ich bin Ree und du vermutlich die berühmte Annie. Lya hat gar nicht erwähnt, dass du süß bist.«

Annies Wangen färbten sich dunkelrot. So hatte ich sie noch nie gesehen. »Freut mich«, sagte sie verzögert und dann mit etwas mehr Stärke in den Worten: »Von dir hat sie noch gar nichts erzählt.«

Ich lehnte mich mit einem undurchsichtigen Lächeln zurück. Das könnte interessant werden – auch wenn ich Annie keine Sekunde mit Reena alleine lassen würde.

Rees weiße Zähne blitzten auf, während sie sich eine Strähne ihrer schwarzen Haare um den Finger wickelte. »Dieses Spielchen möchtest du spielen? Das gefällt mir. Mit welchem Einsatz gehst du ins Rennen, *Zyrkrav*?«

Das Augenverdrehen konnte ich mir beim besten Willen nicht verkneifen – und eigentlich wollte ich das auch gar nicht. *Zyrkrav* war ein fragwürdiger Kosename aus der Ursprache der Dämonen, für den es kein Wort in der menschlichen Sprache gab. Am ehesten würde ich es noch mit *Kleine Flammenzunge* übersetzen – gut, dass Annie kein *Dämonisch* sprach.

Ich klatschte in die Hände. »Zurück zu den wichtigen Dingen. Annie und ich müssen uns noch für den Abend fertig machen.«

»Was für ein Einsatz?«, fragte Annie, ungeachtet meiner Aussage und lehnte sich weiter nach vorne in Richtung Reena, wie eine Motte, die dem Licht nicht widerstehen konnte. Ironisch, wenn man bedachte, dass Ree alles, aber kein Licht war. Ich kannte diese Masche von Reena und wusste, wie viele arme Seelen sie damit bereits ins Verderben gestürzt hatte – Dämonen und Menschen gleichermaßen, wohlgemerkt.

Die Mundwinkel meiner dämonischen Beraterin zuckten, doch ich war es, die antwortete. »Glaub mir, das willst du gar nicht wissen, Annie.«

Kapitel 17

Mein letzter Besuch im *Dark Panther* schien in einem anderen Leben stattgefunden zu haben. In einem gänzlich anderen Jahrhundert, auf einem anderen Planeten.

Es war derselbe Club, dieselben grellen Neonbuchstaben, die den Namen in die Nacht hinausschrien, dieselben dunklen Gestalten, die vor dem unscheinbaren Gebäude herumlungerten.

Und trotzdem hätte sich die jetzige Situation von der vorigen nicht deutlicher unterscheiden können.

Das lag nicht nur an der aufgedrehten Dämonin neben mir, deren Augen beinahe gierig funkelten und die letztes Mal nicht dabei gewesen war, oder meiner besten Freundin in dem knappen, blutroten Kleid und den mörderischen High Heels.

Es lag an mir. An mir und den Emotionen und Erinnerungen, die dieser Ort in mir hervorriefen.

Hier hatte ich scheinbar vor einer kleinen Ewigkeit Ruby, Zaydens Schwester, vor einem Überfall gerettet und war anschließend mit ihnen nach Hause gefahren. Wäre ich damals nicht in diesem Club gewesen, wäre ich Zayden vielleicht niemals so nahe gekommen, wie in dieser Nacht. Dann wäre ich niemals derart zusammengebrochen, dass ich Trost in seinen Armen und widersprüchlichen Energie gesucht hätte.

Aber wusste ich das mit Sicherheit?

Meine Hände ballten sich zu Fäusten, als ich so lange auf die grellen Buchstaben starrte, bis sie vor meinen Augen verschwammen und zu hellen Lichtpunkten wurden.

Womöglich hätte es absolut nichts geändert. Ich würde genauso hier stehen, mit demselben Resultat. Die Nacht im *Dark Panther* und Rubys Schwierigkeiten damals mochten die Sache beschleunigt haben, aber der Grund für das alles hatte an ganz anderer Stelle gelegen.

Mein Atem entwich mit einem leisen Seufzen, dann wandte ich den Blick resolut ab und straffte die Schultern.

Annie war, die Hände an ihrem Saum, um ihn nach jedem Schritt wieder nach unten zu ziehen, bereits auf die Schlange zugegangen, die sich vor dem Eingang gebildet hatte, und blieb nun stehen.

»Worauf wartet ihr? Mik ist mit den anderen schon drin. Wir müssen da hin«, rief sie über das Donnern hinweg, das rumpelnd über London rollte.

Reena rümpfte die Nase und verschränkte die nackten Arme vor der Brust. Tintenschwarze Tattoos blitzten auf ihrer Haut auf, ich kannte die Bedeutung jedes einzelnen und war beinahe bei jedem dabei gewesen.

»Um was zu tun? Uns anzustellen?«

Annies helle Augenbrauen hüpften bei Rees scharfem Tonfall nach oben. »Ähm, ja? Oder hast du deine Meinung geändert?«

Die Mundwinkel der Dämonin zuckten. »Falls es dir noch nicht aufgefallen ist, Lya ist die verfluchte Herrscherin über den Hades und Königinnen *stellen sich nicht an.*«

Ich legte Reena eine Hand auf die Schulter. »Wir sind nicht in der Hölle, Ree.«

»Noch nicht«, murmelte Annie mit einem schiefen Grinsen und nickte auf die lange Schlange. »Was schlägst du vor, Reena?«

Mir fielen beinahe die Augen aus dem Kopf. Ree hatte einen ganz schlechten Einfluss auf meine beste Freundin und dem gefährlichen Funkeln nach, das nun in Rees blaue Augen trat, war ihr das nicht nur bewusst, es gefiel ihr ganz offensichtlich auch.

»Oh, Lya hat da diesen Trick drauf«, antwortete sie mit einem Achselzucken und wischte sich die Hände an ihrer schwarzen Lederhose ab. »Oder bist du aus der Übung, Majestät?«

Ein tiefes Knurren kam aus meiner Kehle, dann lockerte ich meine Haltung und schüttelte kaum merklich den Kopf. »Wenn du dann Ruhe gibst, Ree.« Ich hatte ohnehin keine große Lust, zwei Stunden auf meinen Drink zu warten und wenn ich mir all die Menschen ansah, die dort warteten, würde es definitiv so lange dauern – unabhängig davon, ob wir einen Tisch hatten oder nicht.

Sie schenkte mir ein breites Grinsen, bei dem ihre weißen Zähne aufblitzten, dann folgte sie mir. Vermutlich fehlte nicht mehr viel und sie würde sich in freudiger Erwartung die Hände reiben.

Gefolgt von unzähligen finsteren Blicken und dem herannahenden Gewitter ließen wir die Schlange links liegen und traten direkt zu den beiden Typen, die den Einlass regelten. Einer von ihnen war ein bulliger Kerl mit Stiernacken, bunten Tattoos und einem Shirt, das so eng saß, dass es jeden einzelnen Muskel betonte. Der andere Mann war das genaue Gegenteil. Erschreckend dünn und lang und in schickem Dreiteiler stand er neben dem Gorilla und kontrollierte akribisch die Liste auf seinem Klemmbrett, wann immer jemand verlangte, den Club zu betreten.

»Es tut mir leid, Schätzchen, aber heute ist hier der Teufel los, wir lassen niemanden rein, der nicht auf der Liste steht.«

Die Brünette mit dem tiefen Ausschnitt und dem goldenen Schlauchkleid zog einen Schmollmund. »Du lässt mich doch sonst immer rein, Percy.«

»Heute nicht, Honigschnute«, erwiderte Percy in angemessen bedauerndem Tonfall und legte den Kopf leicht schief. »Aber morgen haben wir das Cocktail-Special, warum kommst du nicht dann wieder, Daliah?«

Die Leute hinter der *Honigschnute* begannen sich bereits zu beschweren, was so lange dauerte, doch das schien sie gar nicht zu bemerken.

»Showtime, Lya«, verkündete Reena und stieß mich in Richtung der beiden Typen, als wäre ich ein kleines Kind am ersten Schultag. Die Londoner Luft schien Ree regelrecht zu elektrisieren. Die Luft oder vielleicht auch Annie. Beides keine besonders erstrebenswerten Gedanken.

Ich sandte einen winzigen Vorgeschmack meiner Energie zu den Männern und hatte beinahe noch im selben Moment ihre volle Aufmerksamkeit, was *Honigschnute* gar nicht passte.

»Stellt euch in die Schlange, wie jeder andere auch«, warf uns Percy entgegen und deutete nach links.

Meine Lippen teilten sich zu einem scharfen Lächeln, dann drängte ich mich mit einem gezielten Gedanken in seinen Geist und machte mich darin breit.

Lass uns durch, ohne großes Theater. Und die süße Honigschnute hier auch, fügte ich mit einem Seitenblick auf die Brünette an und zog mich dann aus seinem Kopf zurück. Das alles geschah innerhalb von Sekundenbruchteilen.

Percy blinzelte, dann begann er regelrecht zu strahlen und nickte dem Gorilla zu, der daraufhin die rote Kordel zur Seite nahm und uns Einlass gewährte. »Willkommen im *Dark Panther*, Ladies. Genießt euren Abend!«

»Vielen Dank«, erwiderte ich und nahm die überraschte Daliah an der Hand, um sie mit uns zu ziehen, als wir in den oberen Teil des Clubs traten.

Das *Dark Panther* bestand im Prinzip aus zwei Areas. Oben befand sich eine Bar mit vielen Tischen, Sitznischen und einer leuchtenden Theke, die sich einmal durch den gesamten Raum zog. Die hohe Decke, der Boden, die Sitze, alles war schwarz gehalten und nur einige bunte Lampen und Schilder setzten neonfarbene Akzente, genauso wie die beleuchteten Regale hinter der Theke, in denen unzählige Flaschen standen.

Eine breite, ebenso schwarze Treppe führte in den unteren Teil des Clubs. Dort befanden sich mehrere Ebenen, auf denen unterschiedliche, ohrenbetäubend laute Musik gespielt wurde: Die Dancefloors, das Herzstück des Nachtclubs. Neben einigen weiteren Bartheken und DJ-Pulten fand man dort nichts als schier endlose, finstere Weiten, in denen man sich wortwörtlich verlieren konnte.

In London mochte es mehrere Dämonennester und Höllenportale geben, aber dieser Ort war dem Hades in meinen Augen am ähnlichsten.

Wir hatten kaum den Barteil betreten, da trennte sich Daliah auch schon von uns und verschwand in dem dunklen Schlund des *Dark Panther.* Vermutlich wusste sie nicht einmal, dass wir der Grund dafür waren, dass sie jetzt drinnen war, oder aber sie wollte untertauchen, ehe wir unsere Meinung ändern konnten. Mir nur recht.

»Ich habe Mik gesehen«, rief Annie über die tiefen Bässe hinweg und griff nach meiner Hand. Ich verstärkte sofort meine Mauern und ließ mich von ihr führen, eine faszinierte Reena im Schlepptau.

Die Musik war hier oben deutlich leiser, als auf den Dancefloors, dennoch pulsierte sie in meinem Inneren und ließ einen Cocktail an Glücksgefühlen in mir hochkochen. Es war verdammt schön, wieder hier zu sein.

Annie brachte uns zu einem Tisch, an dem bereits vier andere vor ihren Drinks saßen. Eine von ihnen erkannte ich als Hazel wieder, die anderen drei Jungs kamen mir nicht bekannt vor.

»Hey Mik«, begrüßte Annie einen schlanken, blonden Kerl mit braunen Augen und schlang ihre Arme um ihn.

»Annie«, erwiderte er lachend und hauchte ihr zwei Küsschen rechts und links auf die Wangen. »Und wen hast du mitgebracht?«

Reena trat vor mich, ihre linke Hand dort, wo eine ihrer gebogenen Dämonenklingen verborgen lag, die rechte ausgestreckt. »Reena.«

Kurz wirkte Mik überrumpelt, dann schüttelte er ihre Hand und schenkte ihr ein warmes Lächeln. »Freut mich. Und dann musst du die berühmte Lya sein. Annie hat viel über dich erzählt.«

»Hat sie das?«, antwortete ich mit einem Zwinkern. »Vermutlich war die Hälfte untertrieben oder frei erfunden.«

Mik lachte. Ein warmes, helles Lachen. »Das glaube ich sofort.« Seine Hand deutete über seine Schulter. »Das sind Hazel – ich glaube ihr kennt euch schon –, Wayne und mein Freund Kyle.«

Kyle, ein großer Asiate, erhob sich und legte einen Arm um Miks Schultern. »Hi. Ich hoffe, ihr mögt Tequila. Wayne hat uns einen Eimer besorgt.«

Wir setzten uns an den Tisch und hatten wenig später jeder die erste Runde Tequila vor der Nase.

Ich hasste dieses Zeug.

»Okay, der Grund, warum wir euch hierher geschleppt und mit Drinks bestochen haben, ist, dass es etwas zu feiern gibt«, verkündete Mik dann und hob sein Glas.

»Und ich habe mich schon gefragt, warum ihr gleich einen ganzen Eimer von diesem Teufelszeug bestellt«, kommentierte Hazel und verzog das Gesicht.

»Mein Bruder hat das organisiert«, erwiderte Wayne. »Ihm gehört ein Drittel der Bar. Vermutlich darf ich nur deswegen an diesem heiligen Tisch mit euch sitzen.«

Mik warf ihm einen schiefen Blick zu. »Du bist hier, weil du mein bester Freund bist, du Idiot. Aber zurück zum Thema.«

Kyle begann zu strahlen. »Wir feiern mein offizielles Coming-out. Ich habe meinem Dad endlich erzählt, dass ich mit Mik zusammen bin. Und nur mit *ihm* zusammen sein möchte.«

Mik schenkte ihm einen warmen Blick und drückte seine Hand, dann küsste er ihn und strich ihm liebevoll über die Wange. »Ja, endlich.«

Annie klopfte auf den Tisch und Hazel fiel begeistert ein. »Das freut mich so für euch!«, rief Annie und verschüttete beinahe ihren Drink, als sie sich zu Kyle beugte und ihm einen Kuss auf die Wange hauchte. »Hat ja auch lange genug gedauert.«

»Das kannst du laut sagen. Und ich lebe noch.« Mik grinste und breitete die Arme aus.

»Ein Wunder bei meinem Dad und seinen Anwandlungen. Darauf sollten wir trinken. Darauf und auf die Liebe. Egal, was man macht, wie sehr man sich auch dagegenstellen mag, sie findet immer ihren Weg.«

Wir kippten den ersten Tequila und ich erinnerte mich

wieder an den Grund für meine Abneigung gegen das widerliche Zeug.

Ree stieß einen Pfiff aus und füllte ihr Glas sofort ein zweites Mal. »Du hattest recht, Lya, die Drinks sind hier oben bei Weitem besser.«

Wayne drehte den Kopf in ihre Richtung. »Woher kommst du? Auch aus Neuseeland?«

Bevor Ree den Mund aufmachen konnte, war ich schon in ihrem Geist. *Sie denken, ich wäre eine Austauschstudentin aus Neuseeland. Bitte belass es dabei.*

Reena zuckte zusammen, als meine Präsenz durch ihr Bewusstsein zog. *Neuseeland? Wie kommt man auf so etwas?*

Ein schiefes Lächeln zupfte an meinen Mundwinkeln. *Das war Dads Einfall, fürchte ich. Frag nicht weiter.* Mit diesen Worten zog ich mich aus ihrem Kopf zurück.

»Ja, man könnte sagen, Lya und ich wohnen zusammen«, erwiderte Reena dann verzögert und kippte den nächsten Drink.

»Cool!« Wayne hob sein Glas in Rees Richtung.

Wir stießen ein zweites Mal an und ein drittes und viertes. Der Eimer leerte sich und ich genoss, trotz des widerlichen Geschmacks, das kurze benebelte Gefühl, das der Tequila in mir auslöste. Ein Gefühl, das das Gedankenkarussell in meinem Inneren und die Sorgen zum Verstummen brachte. Was bewirkte, dass ich zu dem Mädchen wurde, das ich hier allen vorspielte.

Wir tranken, sprachen über unsere Leben, über Annies Buch und auch den zweiten Teil, den sie bereits vor Augen hatte, und das, was wir uns für diese Nacht vorgenommen hatten.

Irgendwann tauschte Mik mit Ree den Platz, sodass sie

neben Annie saß und ich Gelegenheit hatte, mehr über das, was Annie in der Zeit ohne mich erlebt hatte, zu erfahren.

Mik erzählte mir, wie er Annie kennengelernt hatte – sie war ziemlich verloren durch den Supermarkt gelaufen, weil sie Rohrreiniger gesucht hatte, und dort auf Mik getroffen, der noch Wäscheklammern gebraucht hatte – und, dass sie tatsächlich sehr oft über mich gesprochen hatte.

»Du scheinst jemand Besonderes zu sein, wenn du es schaffst, Annie auf diesem Level zu berühren. Ich kenne sie noch nicht sehr lange, aber ich weiß, dass sie niemanden leichtfertig in ihr Herz lässt und schon gar nicht für jeden das tut, was ihr füreinander getan habt.«

Ich verschluckte mich beinahe an meinem Drink. »Was hat sie dir erzählt?«

Mik lächelte und nippte an seinem Bier. »Vermutlich nicht einmal die Hälfte, wie du gesagt hast, aber ich weiß, dass ihr zusammen eine echt harte Zeit durchgestanden habt. Der Grund, warum Annie in Therapie ist.«

Mein Griff um das Glas verstärkte sich, als ich meinen Blick auf Annie richtete, die in ein angeregtes Gespräch mit Ree verwickelt war. Vermutlich sprachen sie gerade über die peinlichen Dinge, die Reena und ich in unserer *wilden Phase* gemacht hatten.

»Ich bin der Grund, warum sie eine Therapie braucht. Es ist meine Schuld.«

Überraschenderweise lachte Mik. »Annie hat gesagt, du würdest das behaupten.«

Ich schnaubte. »Es ist wahr. Ich habe sie in die Hölle gezogen.«

»Mag sein, aber sie ist dir bereitwillig gefolgt, mit dir

durchs Feuer und zurück an die Oberfläche gegangen, oder nicht?«

Meine Augenbrauen zogen sich zusammen, dann nahm ich einen Schluck von meinem Getränk, genoss das leichte Brennen in meiner Kehle. »So kann man es natürlich auch sehen.«

Mik legte seine Hände auf den Tisch und seufzte. »Weißt du, ich kann ziemlich gut nachvollziehen, wie du dich fühlst.«

Skeptisch runzelte ich die Stirn und sah ihn an. »Ich glaube, dass du nicht mal ansatzweise ahnst, was alles dahintersteckt.«

»Mag sein«, konterte er, »aber das tut nichts zur Sache. Ich bin – war – in einer ähnlichen Lage. Meine Eltern sind sehr liberal, in jeder Hinsicht. Auch, was meine sexuelle Orientierung angeht. Kyles Vater hingegen ist sehr konservativ und das wusste ich. Ich wusste, dass Kyle nach dem Tod seiner Mutter sehr an seinem Dad hängt, dass er sein Ein und Alles ist und ihm seine Meinung unglaublich viel bedeutet. Ich wusste auch, dass sein Vater niemals gutheißen würde, dass Kyle schwul ist und sich in mich verliebt hat. Trotzdem habe ich ihn immer weiter gedrängt, hab ihn verführt, mich ihm aufgedrängt, bis sein Widerstand zerbrochen ist. Ich habe ihn in seine persönliche Hölle, unzählige Streits, Lügen und Dunkelheit geführt und glaub mir, ich habe mich lange Zeit dafür gehasst.« Mik trank einen Schluck und sah mich direkt an. »Aber dann ist mir klar geworden, dass nicht ich alleine diesen Weg geebnet habe, sondern Kyle genauso daran beteiligt war. Er hat das zugelassen, ist mir gefolgt. Wäre das nicht das gewesen, was er wollte, dann wäre er niemals mit mir gegangen, verstehst du?«

Ich kniff die Lippen zu einer schmalen Linie zusammen und drehte das Glas in meinen Händen.

»Es mag nicht der perfekte Weg gewesen sein. Hölle, es war sogar verdammt beschissen, aber wir sind ihn gemeinsam gegangen und sieh, wo wir gelandet sind.«

Meine Augen hefteten sich wieder auf Annie. Auf meine beste Freundin, die strahlend dasaß, sich mit einer Dämonin unterhielt und von der Hölle wusste. Ein dünnes Lächeln erschien auf meinen Lippen und ein winziger Knoten in meinem Inneren löste sich. »Danke, Mik.«

Er klopfte mir auf die Schulter. »Nicht dafür. Annie ist eine starke Persönlichkeit und ich glaube, das hat sie zu großen Teilen dir zu verdanken, Lya.«

Kopfschüttelnd leerte ich meinen Drink und füllte sofort nach. »Nein, sie war schon immer die Stärkste von uns. Auch ohne meinen zweifelhaften Einfluss.«

Lachend hob Mik sein Glas und stieß mit mir an. »Du gehst zu hart mit dir ins Gericht. Auf mich machst du einen sehr vernünftigen Eindruck.«

»Oh, wenn du wüsstest, Mik.«

Wir leerten den Eimer Tequila und die anderen Getränke, die noch auf dem Tisch gestanden hatten, bezahlten und tauchten dann in den Untergrund ab. Als wir die Treppe hinunterglitten fühlte es sich beinahe so an, als würden wir eine fremde, dunkle Welt betreten, die uns mit gierigen, finsteren Armen begrüßte. Bunte Lichter schossen blitzartig durch die weitläufigen Areas, gewaltige Discokugeln warfen ihre Reflexe bis in die entferntesten Ecken zurück. Eine ganz eigene Art von Magie füllte den Nachtclub und ich war nur allzu bereit, mich von dieser davontragen zu lassen.

Ree stieß mich an, als wir auf der obersten Empore stehen blieben, von welcher aus man einen ungehinderten Blick auf den Haupt-Dancefloor hatte. »Mir gefällt es hier. Vielleicht sollten wir einfach hier abtauchen, bis sich der ganze Mist in Luft aufgelöst hat.«

Ich schenkte ihr ein ironisches Grinsen und legte die Unterarme auf das goldene Geländer. »Klar und dann verlege ich den Hades auch gleich hierher. Eine besonders große Umgewöhnung ist es ja nicht.«

Sie nickte und drehte einen der unzähligen Ringe an ihren Fingern. Es war mir schon immer ein Rätsel gewesen, wie ihre Sucht nach Kämpfen und Blut mit ihrem exzentrischen Geschmack für Mode und Schmuck zusammenpasste. »Noch ein Grund mehr, oder nicht? Außerdem, hier sind schon jetzt mindestens ein Dutzend Dämonen, die sich in ihre Hosen machen würden, wenn sie wüssten, dass der verdammte Teufel auf der Bildfläche erschienen ist.«

»Genau aus diesem Grund sind wir undercover, Ree, und das sollte auch so bleiben.« Ich sandte eine Warnung an meinen inneren Dämon und verstärkte meine mentalen Barrieren, sodass sowohl meine *Iljos*-Signatur als auch mein inneres Höllenfeuer vom Radar verschwanden.

Annie legte mir eine Hand auf die Schulter und drückte sie. In ihren Augen lagen bereits die ersten Anzeichen des Alkohols in ihrem Blut und einige helle Strähnen hatten sich aus der komplizierten Frisur, die Ree ihr verpasst hatte, gelöst. »Bereit für die Nacht?«

Ich nickte lächelnd, die Wirkung der Drinks war längst aus meinem Körper gewichen. »Was denkst du denn? Ich habe so etwas hier bitter nötig nach all den langweiligen Stunden mit den alten Dämonen.«

Reena nahm das als ihr Stichwort, hakte sich bei Annie unter und strich ihr einige Haare aus dem Gesicht. »Damit meint Lya ganz sicher nicht meine Art zu feiern oder mich. Glaub mir, ich bin ein Naturtalent in solchen Dingen.«

Annie sah zwischen Ree und mir hin und her und lachte hell und klar. »Das überrascht mich nicht im Geringsten, aber ich fürchte, du wirst mich noch überzeugen müssen.«

Das Lächeln der Dämonin wurde breiter, dann lehnte sie sich noch näher an Annie und flüsterte ihr irgendetwas ins Ohr. Ich konnte nicht verstehen, was genau es war, aber Annies Gesichtsausdruck gab mir einen gewissen Hinweis auf Rees Worte und das reichte mir voll und ganz.

Kyle und Mik tauchten in meinem Blickfeld auf, sie standen, wenn überhaupt möglich, noch enger als Annie und Ree beieinander. »Wir würden in Richtung Metal Floor gehen. Was ist mit euch?«

Wayne und Hazel waren bereits verschwunden, keine Ahnung wohin genau.

Ich wandte mich zu den beiden um und deutete hinter mich. »Vermutlich werden wir auf den Main Floor gehen. Sehen wir uns später?«

»Klar«, gab Mik grinsend zurück und ich hatte die leise Vermutung, dass es ihnen ganz gelegen kam, dass sie sich zurückziehen konnten. Alleine.

Reena und Annie folgten der breiten Treppe in die Masse, die bereits in der Musik, den wummernden Bässen und der stickigen Hitze des Clubs abgetaucht war; ich schloss mich ihnen nach einem letzten Blick auf die beiden Jungs, die die andere Treppe nutzten, an.

»Wie sehen die Clubs im Hades aus?«, hörte ich Annie fragen und zog die Augenbrauen hoch.

Reena lachte dunkel und warf ihre freie Hand in die Luft. »So viel Unterschied gibt es da gar nicht, aber wer weiß, vielleicht nehme ich dich mal mit.«

Ich trat neben die beiden und schüttelte den Kopf – sowohl als Antwort auf Rees Angebot, als auch Annies Zustimmung, die ihr augenscheinlich bereits auf der Zunge lag. »Vergesst es. Ihr beide. Keine Menschen im Hades.«

Von Zeit zu Zeit hatten Dämonen Sterbliche in die Tiefen der Hölle gezogen, aus Vergnügen oder Gier und bisher hatte es kein Gesetz gegeben, das dies für illegal erklärte. Eine meiner ersten Handlungen als Königin war es gewesen, einen solchen Gesetzesentwurf zu verfassen und in Kraft zu setzen. Nach allem, was Menschen – was Annie – im Hades erlebt hatten ... ich ballte die Hände zu Fäusten und drängte die dunklen Erinnerungen zurück.

»Entspann dich, Majestät. Die Nachricht ist angekommen«, erwiderte Reena und warf mir einen schiefen Seitenblick zu.

Annie zuckte die Achseln und schaute von Ree zu mir, ehe sie die Sache abtat. »Uns bleibt ja noch ganz London und der Rest der Welt, um Spaß zu haben, oder nicht?«

»Sicher«, gab Reena zurück, ohne den Blick von mir zu nehmen. Der Ausdruck in ihren hellen Augen gefiel mir ganz und gar nicht.

Wir erreichten die Menschen, die sich als wabernde Einheit zum Beat bewegten, und tauchten binnen Sekundenbruchteilen darin ab. Sobald die Energien der Sterblichen um mich herum meinen inneren Kern ansprachen, begann ich mich zu entspannen. Ich saugte das Vibrieren der Luft in mich auf und ließ zu, dass sich meine Sorgen verflüchtigten. Sorgen, die auch Annies Sicherheit betrafen.

Reena löste ihren Klammergriff um Annie und riss ihre Arme in die Luft, als der Song wechselte und an Geschwindigkeit und Intensität gewann. Der letzte Rest des Gewichts auf meinen Schultern verschwand, als ich Reenas Beispiel folgte und mich voll und ganz auf die Musik einschoss.

Ich spürte Annie an meiner Seite und griff nach ihren Händen, um gemeinsam mit ihr zu springen, mich zu drehen und den Kopf in den Nacken zu legen, um lauthals mitzusingen. Wer hätte gedacht, dass manche Lieder sowohl in den Clubs im Hades als auch in London gespielt wurden?

Ein Song ging nahtlos in den nächsten über, die Grenzen verschwammen bis nur noch ein einziger wummernder Bass das Tempo und unseren Tanz bestimmte.

Ich lachte, wirbelte Annie herum und ließ zu, dass ein winziger Teil meiner Energie durch meine Blutbahnen rauschte, sodass meine Augen golden aufleuchteten.

Im nächsten Moment erstarrte ich.

Der winzige Teil meiner Macht reichte aus, um die kalte, bekannte Signatur in meinem Rücken zu identifizieren.

Binnen Sekundenbruchteilen hatte auch Reena aufgehört zu tanzen, ihre beiden Dämonenklingen gezogen und war an meine Seite getreten, bereit, ihre Königin zu verteidigen.

Ich gab ihr einen stummen Befehl zu bleiben, wo sie war, dann drehte ich mich langsam um. Gewissermaßen fühlte ich mich in ein dunkles Déjà-vu zurückversetzt.

Grüne Augen begegneten meiner wirbelnden Energie und sorgten dafür, dass sich jedes einzelne meiner Härchen aufstellte.

»Hallo Lya.«

Kapitel 18

»Hallo Lya.« Seine warme Stimme schien sich mühelos über die laute Musik hinwegzusetzen und traf jeden einzelnen meiner Nerven.

Ich ballte die Hände zu Fäusten und machte einen Schritt auf ihn zu, sodass uns nur noch wenige Handbreit trennten. Sein kühler Atem strich über meine verschwitzte Haut hinweg. »Was willst du?«

Zayden blinzelte nicht einmal. »Mit dir reden. Hast du einen Moment? Oder hetzt du mir deine kleine Freundin sofort auf den Hals?«

»Lass es doch drauf ankommen, Federvieh«, spuckte Ree in Zaydens Richtung und schob Annie hinter sich, auf deren Stirn sich eine tiefe Falte gebildet hatte.

»Nenn mir einen guten Grund, warum ich deiner Bitte nachkommen sollte, Zayden. In meinen Augen hast du deinen Standpunkt sehr deutlich gemacht und ich bin nicht besonders scharf auf eine Fortsetzung unseres Gesprächs.«

Er verschränkte die Arme locker vor der Brust und legte den Kopf ein wenig schief. »Bitte«, war alles, was er sagte und dieses eine verdammte Wort reichte aus.

Ich hasste mich dafür, dass er trotz allem noch diese Wirkung auf mich hatte.

»Lya?«, hörte ich Ree ungläubig hinter mir, als ich nickte. »Du wirst nicht alleine mit diesem Idioten mitgehen.«

Ohne den Blick von dem *Iljos* zu nehmen, antwortete ich: »Und du wirst deiner Königin nicht vorschreiben, was sie zu tun und zu lassen hat, Reena. Warte hier und hab ein Auge auf Annie. Wenn ich in zwanzig Minuten nicht zurück bin, hast du die Erlaubnis Zayden zu filetieren.«

Annies kleine Hand legte sich auf meinen Arm. »Lya ...«

»Wir sehen uns«, wimmelte ich sie ab und folgte Zayden, der sich abwandte und sich einen Weg durch die Menge suchte, die sich bereitwillig vor ihm zu teilen schien.

Reenas Fluchen folgte mir, bis es von der Musik verschluckt wurde, dann richtete ich meine volle Konzentration auf Zayden.

Ich hatte sowohl Roy als auch Raphael, Zaydens Onkel, gegenüber meinen Verdacht, dass Zayden in irgendwelche Intrigen verstrickt war, erwähnt und mir war bewusst, dass die Möglichkeit bestand, dass ich mich geradewegs in eine missliche Lage manövrierte, aber irgendetwas an Zaydens Haltung hatte mich zustimmen lassen.

Außerdem waren wir hier von Menschen umzingelt und ich hatte bereits unzählige Dämonen auf meinem Schirm – Reena nicht zu vergessen, die förmlich nach einer Auseinandersetzung lechzte.

Wir verließen schweigend die Main Area über die breite Treppe, liefen durch den oberen Teil des Nachtclubs, der jetzt deutlich leerer war, und traten in die Nacht hinaus. Ein leichter Nieselregen hatte eingesetzt und noch immer donnerte es irgendwo in der Ferne.

Percy und der Gorilla ließen uns wortlos raus, hatten nicht mal einen zweiten Blick für uns übrig, als wir zu den anderen unter das Vordach traten. Raucher standen in kleinen Gruppen, mit glimmenden Zigaretten und Drinks in den Händen und schenkten uns keinerlei Beachtung, als wir unter der Absperrung hindurchtraten – hinaus in den Regen.

»Wo zur Hölle willst du hin?«, fragte ich und blieb stehen, die Arme gegen die nächtliche Kälte vor der Brust verschränkt.

Zayden drehte sich zu mir um und deutete nach oben. Als er sprach, klang er beinahe wie der Zayden aus meinem anderen Leben. Beinahe. »Kannst du noch fliegen, Lya? Oder hast du das mit dem Erhalt deiner Krone verlernt?«

Ich schnaubte und legte den Kopf in den Nacken. »Das Dach?«

Nickend machte er einige Schritte rückwärts in eine Seitengasse, die im Schatten lag. Dank meiner dämonischen Gene konnte ich trotzdem mitverfolgen, wie er dort im Halbdunkeln die Schultern senkte und seine schneeweißen Flügel entfaltete. Schneeweiße Flügel, die nun einen leicht bläulichen, kühlen Schimmer ausstrahlten. Ich bildete mir ein, die Kälte, die sie verströmten, fast auf meiner warmen Haut zu spüren.

Bewegungslos blieb ich stehen, wo ich war und überkreuzte die Arme vor der Brust. »Muss es unbedingt im Regen sein?«

Ein freudloses Grinsen teilte Zaydens Lippen. »Seit wann bist du aus Zucker? Stell dich nicht so an, Mylady.«

Ich sandte einige Verwünschungen in seine Richtung, ehe ich mich in Bewegung setzte und im Zwielicht der Gasse abtauchte. Zayden trat einige Schritte zurück, als würde er mir Platz für meine eigene Verwandlung machen und sah mich abwartend an.

Kopfschüttelnd senkte ich meine Barrieren und flüsterte einen leisen Befehl an meine Flügel, die binnen eines Wimpernschlags aus meinem Rücken brachen. Schwarz. Gänzlich schwarze Schwingen, die mit den Schatten der Nacht zu verschmelzen schienen.

Ein kaum zu deutender Ausdruck huschte über Zaydens

Gesicht, dann wandte er sich ab und war mit ein paar Flügelschlägen verschwunden. Ich folgte ihm und blinzelte gegen den leichten Regen an, dessen Tröpfchen sich funkelnd auf meine mitternachtsfarbenen Federn legten.

»Also hier bin ich, rede«, sagte ich als ich zwei Meter von ihm entfernt landete und meine Flügel hinter mir zusammenfaltete.

Zayden taxierte mich, ließ den Blick seiner grünen Augen einmal über meine Gestalt wandern und blieb dann an meinem Gesicht hängen. »Unsere Begegnung auf dem Revier lief nicht besonders erstrebenswert ab«, begann er und fuhr sich durch die feuchten Haare.

Ungläubig sah ich ihn an und verengte die Augen. »Ist das dein Ernst? *Erstrebenswert?* Was auch immer das hier werden soll, ich habe gemeint, was ich gesagt habe. Ich habe keine Lust, das Gespräch, das wir dort begonnen haben, fortzusetzen. Du hast gesagt, was du zu sagen hattest, und ich habe es verstanden, okay?«

Zayden knirschte mit den Zähnen. »Nein, du hast absolut gar nichts verstanden. Du warst – bist – verletzt und hast meine Worte an dir abprallen lassen.«

Darauf gab ich ihm gar nicht erst eine ernst gemeinte Antwort. Hatte er mich wirklich für diesen Mist aufs Dach geschleppt? Im Regen und während unten meine besten Freunde warteten?

»Aber ich will, dass du es verstehst. Dass du *mich* verstehst und den Grund, warum ich gehen und tun musste, was ich getan habe. Das bin ich dir schuldig.«

Ich wandte mich ab und ließ den Blick über die Londoner Skyline wandern. »Nach deinem Auftritt auf dem Präsidium steht dir diese Art nicht besonders, also lass es bleiben.«

Der Kies, der auf dem flachen Dach des Nachtclubs lag, knirschte, als Zayden zu mir trat. »Lya ...«

»Mich interessiert nicht, warum du dich für das Eisritual entschieden hast, okay? *Du* interessierst mich nicht mehr.« Die Worte, leise Lügen, bohrten sich wie stumpfe Klingen in meine Eingeweide und bissen sich regelrecht darin fest, trotzdem nahm ich sie nicht zurück und fixierte stattdessen Zaydens Blick. »Du hast mir die Welt bedeutet, Zayden. Du hast mir alles bedeutet, aber in dem Moment, in dem du dich dazu entschlossen hast, mich aus deinem Leben zu werfen, ist es zerbrochen.« *Bin ich zerbrochen*, hätte ich beinahe gesagt, aber diese Worte würde er nicht von mir zu hören bekommen, denn sie stimmten nicht. Ich war nicht zerbrochen, ich stand noch hier, stark, aufrecht und am Rand eines Krieges, der meine volle Aufmerksamkeit verlangte.

Und ich hatte Roy an meiner Seite.

Ich schluckte den Ärger, der in mir hochzukochen drohte, herunter und atmete tief durch, den Blick auf ein blinkendes Flugzeug geheftet. »Wir sollten das hier nicht künstlich in die Länge ziehen, Zayden. Sag, was du zu sagen hast, aber versuche nicht, mir irgendwelchen Mist zu erzählen.«

Seine Augenbrauen zogen sich zusammen und eine eisige Kälte schlich sich in seine hellen Augen. Nach einer Weile erwiderte er: »Es geht hierbei nicht nur um dich oder mich, Lya. Was ich dir zu sagen versuche, hat eine weitaus wichtigere Bedeutung. Das Eisritual hat mir einiges klargemacht und diese Erkenntnisse können auch für dich wichtig sein.«

Langsam wandte ich den Kopf in seine Richtung. »Wenn du jetzt über die Motive und Absichten deines fragwürdigen Handelns sprechen möchtest –«

Etwas blitzte in seinen Augen auf. »Fragwürdig?«

Ich nickte, ohne von seinem Blick abzulassen. »Was auch immer du treibst, was auch immer du und dein Vater macht, ihr habt keine Ahnung, was ihr damit anrichtet«, antwortete ich bestimmt.

Zaydens Hände schossen schneller vor, als es das menschliche Auge hätte wahrnehmen können und schlossen sich schraubstockartig um meine Handgelenke.

»Du solltest vorsichtig mit deinen Vermutungen sein, *Majestät*. Vor allen Dingen, wenn du keinen blassen Schimmer davon hast.«

Also hatte ich richtiggelegen, Zayden war Teilnehmer in diesem verdammten Spiel aus *Madúr*, *Iljos* und Dämonen und offensichtlich spielte er auf keiner der guten Seiten.

»Was bieten sie dir an, Zayden?«

Er mahlte mit den Kiefern und hob ruckartig das Kinn, als würde er etwas wittern. Ich löste mich von seinem Gesicht, streckte meine mentalen Fühler aus – und spürte eine prickelnde Kälte, die sich von allen Seiten aus in unsere Richtung zu bewegen schien. Beinahe so, als würde eiskalter Nebel um uns aufziehen.

Gänsehaut breitete sich auf meinem Körper aus und ließ mich zusammenfahren. Mit einem Ruck entriss ich mich seinem Griff und trat einen Schritt zurück. Kalte Klauen gruben sich in meine Innereien und zerquetschten sie. »Zayden, was –?«

Meine Hände wurden zu Fäusten und meine Energie flutete meine Blutbahnen, als ich spürte, dass sich jemand – etwas – mit erschreckender Geschwindigkeit näherte.

Eine Falle.

Kies wirbelte auf, Wasser spritzte, als eine dunkle Gestalt mit einem dumpfen Knall hinter dem *Iljos* landete, gewaltige, lederne Schwingen ragten aus ihrem Rücken und eine gezackte, finstere Klinge schien auch die letzten Reste des schwachen Lichts zu absorbieren. Goldene Augen blitzten auf. »Ich habe mich schon gefragt, wann wir uns wiedersehen würden, *Iljos*.«

Die Krallen in meinem Inneren lösten sich und Erleichterung trat an ihre Stelle. Der kalte Nebel hatte sich mit einem Schlag verzogen.

Zayden ließ sich alle Zeit der Welt, als er sich zu Royath umwandte und den Hohedämon abschätzig taxierte. »Und ich kann mich nicht daran erinnern, dich zu diesem Gespräch unter vier Augen eingeladen zu haben.«

Roy winkte ab und ließ seine Klinge in den Händen kreisen. Das hier machte ihm viel zu viel Spaß. »Ich brauche keine Einladung, um meine Königin zu beschützen.«

Ich zog meine vernarbte Augenbraue hoch und verschränkte die Arme vor der Brust. »Roy ...«

»Beschützen? Wovor? Einem ehrlichen Gespräch?« Zayden sah sich provokativ um. »Ich sehe hier weit und breit nichts, was deiner *Königin* Schaden zufügen könnte. Einmal abgesehen von dir und deiner grobschlächtigen Dämonenklinge.«

Ein Muskel unterhalb von Roys rechtem Auge zuckte, aber das war auch das einzige Anzeichen dafür, dass ihn Zaydens Worte getroffen hatten. »Pass auf, dass diese Klinge nicht gleich in deinem gepuderten Hintern landet.«

Auch wenn Royath diese Drohung im Spaß gesagt hatte, bezweifelte ich nicht, dass er diese Aktion wirklich durchziehen würde.

»Versuch es doch«, schleuderte ihm Zayden herausfordernd entgegen und spannte die Schultern an, als würde er sich für einen Angriff bereit machen.

Roy schnaubte nur und wechselte sein Schwert von der einen in die andere Hand. »Ich habe schon gehört, dass du ein paar neue Superkräfte dazubekommen hast. Auch wenn ich bezweifle, dass das irgendeinen nennenswerten Unterschied machen würde.«

»Wenn du mich lässt, werde ich dich gerne vom Gegenteil überzeugen«, entgegnete Zayden kühl. Ein helles, bläuliches Licht erschien in seinen geballten Fäusten.

Ich verdrehte die Augen und ließ meine Energie an die lange Leine, um mir die Aufmerksamkeit der beiden zu sichern. »Wir sind nicht hier, um uns gegenseitig an die Gurgel zu gehen, okay?«

Zwei Augenpaare richteten sich auf mich.

»Was machst du hier, Roy?«, fuhr ich fort und sah in die Richtung meines Ersten Offiziers. Der Nieselregen sorgte dafür, dass seine schwarzen Haare in seinem Gesicht klebten und die ledernen Flügel glänzten. Seine dunkle Kleidung hing auf seiner Haut, anscheinend war er schon länger draußen unterwegs.

Royaths Gesichtsausdruck veränderte sich, wurde ernster und bedeutungsvoller. »Ich hatte da so eine Ahnung. Nenn es Intuition, Prinzessin.«

Zayden murmelte einige Worte und ließ seine Flügel hervorschnellen. »Was auch immer es war, wir waren sowieso grade fertig.«

Ich schoss einen finsteren Blick in Zaydens Richtung. Erst holte er mich aus dem Club, weil er mit mir reden wollte, dann sprach er über irgendwelche Dinge, die nichts zur Sache taten, und dann verschwand er einfach, nur, weil Roy auftauchte?

»Reisende soll man nicht aufhalten. Warum verschwindest du nicht einfach, *Iljos*?«, kommentierte Roy und strich mit einem Finger beinahe zärtlich über die Klinge seines Schwertes. Wenn er noch einmal damit herumfuchteln würde, würde ich ihm sein verfluchtes Dämonenschwert aus den Händen reißen.

Zaydens Blick heftete sich auf mich, dann nickte er knapp. »Wir holen das hier nach.«

»Ich wüsste nicht wieso«, antwortete ich tonlos und umschlang meinen Oberkörper mit den Armen, als mich eine neue Welle Kälte erreichte. Für einen Moment sahen wir uns direkt in die Augen, dann hatte sich Zayden auch schon vom Dach abgestoßen und in den nachtschwarzen Himmel geschwungen. Innerhalb weniger Sekunden war er verschwunden. Seine eisige Kälte blieb in meinen Knochen zurück.

Roy stieß hörbar den Atem aus und steckte seine Klinge mit einem metallischen Schrammen in die Scheide an seiner Seite.

Ich fuhr zu ihm herum. »Roy –!«

»Nicht«, unterbrach er mich und tippte an seinen Kopf.

Mit gerunzelter Stirn drängte ich mich in seinen Geist und ging zu ihm, bis uns nur noch eine Unterarmlänge voneinander trennte.

Wir sind nicht alleine, sagte er in Gedanken zu mir, die Muskeln an seinem Kiefer zuckten.

Ich kämpfte das Bedürfnis, mich umzusehen, nieder und konzentrierte mich stattdessen auf den Ausdruck in seinen goldenen Augen. *Warum bist du wirklich hier? Doch nicht, weil du Angst hattest, ich würde meine Meinung in Bezug auf Zayden ändern, oder?*

Seine Lippen verzogen sich zu einem dünnen Lächeln. *Glaub mir, wenn ich sage, dass das definitiv nicht der Grund ist. Vannor und ich waren eigentlich woanders unterwegs, aber*

dann habe ich diese Kälte gespürt und ... was auch immer Zay-
den wirklich von dir gewollt hat, er ist nicht alleine gekommen.

Ich biss die Zähne zusammen. Diese Kälte, von der Roy gesprochen hatte, war mir auch aufgefallen. *Noch mehr Iljos,*
die das Eisritual durchgezogen haben?

Vielleicht. Was auch immer es war, ich würde es sehr begrü-
ßen, wenn du solche Alleingänge in Zukunft sein lassen wür-
dest. Vor allen Dingen, ohne deine Signaturen zu verbergen. Du
stehst hier wie ein Leuchtfeuer. Ein ganz persönlicher Snack auf
dem Silbertablett. Ein –

Ich habe es verstanden, Roy, danke.

Sein Lächeln wurde breiter, sodass die helleren Punkte in seinen Augen aufblitzten. *Gut. Wo sind die anderen?*

Unten. Im Club.

Roys schwarze Augenbrauen flogen nach oben. »Du hast Annie mit Reena alleine gelassen? In einem dunklen Nacht-club?«

Ich zog mich aus seinen Gedanken und machte eine weg-werfende Geste. »Die beiden sind alt genug und Ree würde Annie nie zu nahe kommen, weil sie weiß, dass sie sonst ein Problem mit mir bekommt.« Seufzend fuhr ich mir über das Gesicht. »Vermutlich sollte ich trotzdem nach ihnen sehen. Nachdem sich die Sache hier ohnehin geklärt hat.«

Royath neigte den Kopf und legte seine großen Hände auf meine Schultern. »Keine Alleingänge, okay? Irgend-etwas ist da draußen und bis wir nicht wissen, was es ist ... Versuche zumindest, dich unsichtbar zu machen, auch wenn es dir schwerfällt.« Eine seiner Hände löste sich von meiner Schulter und strich behutsam über meine Wange. »Obwohl es in diesem Outfit vermutlich unmöglich ist, nicht aufzu-fallen.«

Ich legte eine Hand auf seine warmen Finger und schloss die Augen. »Danke, Roy. Ich werde mir Mühe geben.«

Royath trat einen Schritt zurück und breitete die Schwingen aus, ein beeindruckender Anblick. »Bleib bei Annie und Reena. Sie mag ein Geschwür sein, aber ich gebe zu, dass sie ein tollwütiges Biest sein kann, wenn es um ihren Beschützerinstinkt dich betreffend geht. Sie wird auf dich aufpassen.«

»Wow, war das etwa ein Kompliment an Reenas Art? Lass sie das bloß nicht hören, sonst meint sie am Ende noch, du kannst sie leiden.«

Roy lachte kurz auf und schüttelte den Kopf. »Niemals. Pass auf dich auf, Lya.«

»Du auch«, gab ich leise zurück. Unsere Blicke verhakten sich ineinander, dann war Royath auch schon in der Nacht verschwunden, so wie Zayden Sekunden zuvor.

Den Kopf in den Nacken gelegt sah ich in den finsteren Nachthimmel. Der Regen hatte endlich aufgehört und hinter einigen grauen Schleierwolken schien der Mond.

Dann wandte ich mich ab, um nach Reena und Annie zu sehen – bevor sie noch irgendetwas anstellen konnten, das uns in eine mittelgroße Katastrophe stürzen würde.

Ein unangenehmes Prickeln im Nacken folgte mir, als ich wieder in die Atmosphäre des *Dark Panthers* trat.

Der Himmel färbte sich schon wieder rosa und London erwachte aus seinem Schlaf, als wir vor dem *Royal Park Hotel* aus dem Taxi stiegen. Annie an Rees Seite, die einen Arm um ihre Schultern gelegt hatte, und ich direkt hinter ihnen.

Malcom tippte sich mit einem höflichen Lächeln an den Zylinder – schlief dieser Mann überhaupt irgendwann? – und öffnete uns die Tür.

»Guten Morgen, Miss Edenmore. Ich hoffe, Sie hatten eine angenehme Nacht.«

Ich schenkte ihm ein müdes Lächeln und nickte. Dann betraten wir das warme Hotel. Die Lobby war bis auf die Mitarbeiter hinter der Rezeption leer gefegt und eine angenehme Ruhe hatte sich über das sonst so lebendige Gebäude gelegt. Mir war das nur recht. Ich hatte für eine gute Weile erst mal genug von Menschenansammlungen und mehr als genug, über das ich nachdenken musste.

Im Fahrstuhl lehnte ich mich an den kühlen Spiegel und löste die ersten Spangen aus meiner Frisur, als ich einen Blick von Reena auffing. Meine Locken fielen mir auf die Schultern.

»Du hast bisher kein Wort über Zaydens Auftauchen verloren«, sagte sie leise und verschränkte die Arme vor der Brust.

»Weil es nichts zu sagen gibt.«

»Und warum hast du dich dann die restliche Nacht lang ständig umgeschaut, als würdet du nach ihm Ausschau halten?«, fuhr Annie mit dem Verhör fort, das Ree begonnen hatte. Um halb sechs an einem Donnerstagmorgen von einem vorlauten, neugierigen Menschen und einer höllisch direkten Dämonin mit meinen Problemen konfrontiert zu werden, stand nicht gerade auf meiner Liste von Lieblingsdingen vor dem ersten Kaffee.

»Habe ich nicht«, murmelte ich und fuhr mir mit den Fingern durch die Haare.

Reena und Annie wechselten einen vielsagenden Blick, der mich die Augen verdrehen ließ.

»Hör mal, Lya, mir ist bewusst, dass du eine ganze Menge an Mist hast, mit dem du dich alleine beschäftigen musst und bei dem du keine Unterstützung annehmen kannst und willst – ob es nun daran liegt, dass du es dir als Königin der Hölle nicht leisten kannst oder es lediglich an deiner vermaledeiten Sturheit liegt«, begann Annie und unterdrückte ein Gähnen. Ich war ohnehin erstaunt, dass sie noch nicht im Stehen eingeschlafen war und jetzt so eine Rede raushaute. »Aber bei den anderen Angelegenheiten ist es völlig okay, Hilfe anzunehmen. Also, in drei Teufelsnamen, lass uns dir helfen.«

Ree grinste schief und versetzte Annie eine Schulternuss. »Du gefällst mir wirklich von Sekunde zu Sekunde besser, Täubchen.«

Mittlerweile machte sich Annie nicht einmal mehr die Mühe, auf die dämlichen Namen, die Ree ihr verpasste, einzugehen, sondern schenkte ihr nur eine liebevoll obszöne Geste.

»Hilfe bei Zayden? Bei aller Liebe, aber ich glaube, die kommt zu spät«, erwiderte ich nur und trat aus dem Fahrstuhl, als sich die Türen geöffnet hatten und ließ den Eingang zu unserem Penthouse lautlos auffliegen. »Ich muss mir in dieser Hinsicht über ein paar Dinge klar werden und sobald ich mehr weiß, lasse ich es euch wissen.«

Reena schnaubte und stolzierte an mir vorbei in das große Wohnzimmer, als würde sie hier wohnen. »Ich habe es noch nie ausstehen können, wenn du in Rätseln sprichst.«

»Was Lya meint, ist, dass sie keine Ahnung hat, wie wir ihr helfen sollen, Ree, aber wenn sie es herausgefunden hat, wird sie auf uns zukommen.«

Ich warf Annie einen schiefen Blick zu und verschränkte die Arme vor der Brust. »So etwas in der Art. Ich weiß nicht, wie es euch geht, aber ich brauche jetzt Schlaf und Ruhe. Meine Ohren dröhnen immer noch von der Musik.«

»Und das Thema wechseln, das konntest du auch schon immer hervorragend, Majestät«, kommentierte Reena nur und kickte sich ihre schwarzen Stiefel von den Füßen. »Du wirst schon wissen, was du tust, aber ich meine es ernst. Wenn dieser Idiot dir zu nahe kommt, auf welche Art auch immer, oder eine Bedrohung darstellt, dann mache ich ihn fertig.«

»Das hast du mehr als deutlich gemacht, Ree«, sagte ich trocken und nickte, als Zeichen meines Dankes.

Sie erwiderte die Geste und klopfte mir im Vorbeigehen auf die Schulter, dann lief sie an Annie vorbei, hauchte ihr einen Kuss auf die Wange und verschwand in einem der Gästezimmer.

Hörbar entwich der Atem aus meiner Lunge und meine Schultern sackten eine Etage nach unten.

»Lya? Worum geht es hier wirklich?«

Ich spürte, wie Annie näher kam und schließlich ganz nah vor mir stehen blieb. Ihre braunen Augen suchten die meinen und ihre hellen Brauen waren beinahe sorgenvoll zusammengezogen.

Die Lippen zu einer schmalen Linie zusammengepresst deutete ich lautlos hinter mich und schüttelte den Kopf. Meine beste Freundin verstand und folgte mir schweigend auf die Dachterrasse, wo wir uns beide eine Decke schnappten und ans Geländer traten.

»Ist es wegen Zaydens Verbindung zu diesen Jägern?«

»Vielleicht. Das ist definitiv ein Teil davon, aber im Grunde ist es etwas ganz Banales …« Meine Stimme wurde leiser, zögerlicher, weil ich wusste, welche Bedeutung die nächsten Worte für mich persönlich haben würden.

Ich gestand sie mir selbst nie ein, weil sie für mich einer Schwäche gleichkamen. Etwas, das ich mir in meiner Stellung und schon gar nicht in meiner derzeitigen Lage leisten konnte.

Und doch war es nicht von der Hand zu weisen.

Ich wandte den Blick von den Lichtern der Stadt, die langsam eines nach dem anderen erloschen und dem jungen

Tageslicht Platz machten, das von Osten her über London hereinzog. Dieser Moment, wenn das rote Licht des Morgens den Himmel in Brand setzte, dieser Moment war mir der liebste hier auf der Erde.

»Du weißt, du kannst mir alles sagen. Ich würde dich nie verurteilen, Lya. Egal, was es ist.« Flüsterte Annie und griff nach meiner Hand.

Ich drückte ihre Finger und neigte den Kopf. »Ich glaube ... ich glaube, ich habe einfach Angst.« Plötzlich war mein Hals wie zugeschnürt und mir fiel das Atmen entsetzlich schwer.

»Ich habe Angst davor, zu versagen. Sowohl die *Iljos* als auch die Dämonen in die Verdammnis zu führen. Alles zum Scheitern zu verurteilen. Ich habe Angst, dass ich der Auslöser für noch mehr Leid und Chaos sein werde, dafür, dass dir etwas zustößt. Dir und Roy und Reena. Und allen anderen, die bereit sind, mir zu folgen. Ich habe Angst vor der Verantwortung, die auf meinen Schultern lastet, davor, dass ich darunter zusammenbreche und mir niemand mehr aufhilft.«

Meine Worte verklangen, irgendwo hupte ein Bus und ein Vogel schrie.

Annie sah mich aufmerksam an, dann schloss sie mich in die Arme und drückte mich fest an sich. »Ich verstehe dich, Lya, und es ist okay, Angst zu haben. Ich habe auch Angst. Aber vor einer Sache musst du dich niemals fürchten – davor, dass niemand an deiner Seite sein wird, um dir unter die Arme zu greifen. Du wirst niemals alleine sein, Lya. Und wenn morgen die Welt untergeht und die *Madúr* die Apokalypse einleiten, dann gehen wir zusammen, Hand in Hand.«

Mik und ich hatten absolut recht gehabt, Annie war wirklich die Stärkste von uns allen.

Kapitel 19

»Bitte sag mir, dass du eine Ahnung von dem hast, was du tust.« Annie klang zweifelnd, beinahe skeptisch und ihr Blick huschte unruhig von Reena zu mir und zurück. »Sie weiß doch, was sie tut, oder Lya?«

Ich hob abwehrend die Hände und zog die Augenbrauen hoch. »Sieh' mich nicht so an. Ich kann dir nur versichern, dass Ree ein Genie ist, wenn es um Klingen geht.«

»Um Klingen, ja, aber doch nicht um Haarscheren«, antwortete Annie und fuhr sich durch ihre hellen Strähnen.

Reena lehnte im Türrahmen meines großen Badezimmers und ließ zwei Scheren in ihren Fingern kreisen. Dabei kaute sie ein Kaugummi und lachte leise in sich hinein. »Du kannst mir vertrauen, Schätzchen, ich weiß, was ich tue.«

Als wir heute aufgewacht waren, war es längst früher Nachmittag und keiner von uns wusste so recht, was er mit sich anfangen sollte. Zwar hätte es durchaus Dinge gegeben, mit denen sich jeder von uns hätte beschäftigen können, beziehungsweise sollen – mein Papierkram stapelte sich bereits in astronomische Höhen –, aber keiner von uns hatte auf irgendetwas davon Lust gehabt. Also waren wir zu einem Mädelstag umgeschwenkt. Und mal ganz ehrlich, ich war die verdammte Königin der Hölle, wenn ich keinen Nerv für Papierkram hatte, dann sollte sich doch bitte jemand anders damit beschäftigen.

Wir hatten bei Kaffee, Tee und einem sehr verspäteten Frühstück auf der Terrasse gesessen, über alles Mögliche gequatscht und waren irgendwie auf das Thema gekommen, dass Annie dringend zum Friseur wollte, ehe der Frühlingsball der Universität stattfinden würde.

Und na ja, da hatte Ree gewissermaßen Blut geleckt und sich den Tag kurzerhand unter den Nagel gerissen. Mir war das nur ganz recht, denn es bedeutete, dass erst mal keine lästigen Fragen zu all den Themen kommen würden, für die ich im Augenblick keinen Kopf hatte.

»Was bearbeitest du denn sonst mit deinen Messern?«, fragte Annie und ihre Stimme sprang dabei eine Oktave höher.

»Das solltest du lieber nicht fragen. Reena liebt die Drecksarbeit im Hades und blüht regelrecht dabei auf.« Meine Zähne blitzten, als ich ihr im Spiegel zuzwinkerte.

Reena stieß sich vom Türrahmen ab und drehte dabei weiterhin die Scheren in ihren Händen. Die tiefsten Abgründe der Hölle alleine wussten, wo Paul diese Dinger aufgetrieben hatte. »Hör gar nicht auf sie, Annie-Bunny, und lass dir mal etwas Mut wachsen.«

Annie schickte einen Fluch in ihre Richtung, nickte dann aber geschlagen und schob das Kinn vor. »Gut, meinetwegen. Aber nur, weil ich zufällig deinen Boss kenne und weiß, dass sie dir den Hintern versohlt, wenn du Scheiße baust.«

Ree schenkte ihr einen anerkennenden Blick, legte die Scheren zur Seite und stützte sich auf die Lehne des Stuhls, auf dem Annie saß. »Geht doch.«

Kopfschüttelnd ließ ich mich auf dem Rand der Badewanne nieder und verfolgte, wie Ree Annies hellen Haare, die ihr ein gutes Stück über die Schultern fielen, beinahe zärtlich durchbürstete, ehe sie nach der Sprühflasche griff.

»Und du willst ihr wirklich freie Bahn lassen?«, fragte ich

und strich über den seidigen Stoff meines schwarzen Morgenmantels.

Annie biss sich auf die Lippe. »Ja. Ich mag Reena noch nicht vertrauen, aber dir, und du hast anscheinend eine hohe Meinung von ihr.«

»Autsch«, antwortete Reena und grinste diabolisch. »Du hast ja doch Krallen.«

Die beiden tauschten einen Blick im Spiegel aus, der mich lächeln ließ. Irgendwann im Laufe der Nacht hatten sich Annie und Ree anscheinend auf einem anderen Level getroffen.

Reena unterbrach den Augenkontakt und hängte eines der schwarzen Handtücher über den Spiegel, weil das Endresultat ihrer Laune, die sie gerade auslebte, eine Überraschung bleiben sollte.

»Wo ist eigentlich dein Schoßhündchen geblieben?«, fragte die Dämonin dann, als sie gerade die obere Haarpartie von Annie hochsteckte und nach Kamm und Schere griff.

»Unterwegs mit Vannor und einigen Clanchefs.«

Mit geschickten Fingern machte sie sich an die untere Partie von Annies Haaren. »Hatten sie denn mittlerweile Erfolg? Irgendein dicker Fisch, den du ausnehmen kannst?«

»Nope. Bisher nichts. Als hätten sie Wind davon bekommen, dass wir den Spieß umgedreht und die Jagd eröffnet haben. Sie sind in ihren Löchern verschwunden und warten die Frist ab, planen vermutlich ihre nächsten kranken Anschläge, mit denen sie die Welt verbessern wollen – auch wenn Roy und Vannor ihr Bestes geben und so viele wie möglich in die ewigen Abgründe schicken.«

»Und auf eurer Seite? Gab es weitere ... Opfer?«, wollte Annie dann wissen und drehte den Kopf in meine Richtung, woraufhin Ree sie harsch anwies, stillzuhalten.

»Nichts Bedeutendes. Von den *Iljos* habe ich ebenfalls nichts gehört, kann aber auch gut sein, dass sie mich raushalten.« Auch wenn ich mir Mühe gab, meinen Frust über die Situation und meine auferlegte Untätigkeit zu verbergen, meine Stimme strafte mich Lügen.

»Keine Sorge, der Moment, in dem du deine hübschen Teufelshörner rausholen und ihnen in den Arsch treten kannst, kommt noch«, meinte Reena nur und schnitt Zentimeter um Zentimeter von Annies Haaren ab. »Du wirst schon noch Gelegenheit bekommen, dir deine königlichen Hände schmutzig zu machen.«

Ich fixierte einige der angeschnittenen Strähnen, als sie gerade zu Boden segelten, und ließ sie aufsteigen, sodass sie um uns herum in der Luft tanzten.

»Hörner?«, fragte Annie und schmunzelte. »Gehören die zur Ausstattung der Höllenkönigin?«

»Nein, glücklicherweise nicht«, gab ich zurück und stand auf. Reena schien von meiner Anwesenheit gänzlich unbeeindruckt. Während ich einmal um Annie herumging, was sie sichtlich nervös machte, arbeitete die Dämonin ungerührt weiter, teilte die Haare auf, schnitt und nahm wieder neue Strähnen dazu – wobei ihre Finger öfter als nötig Annies Wange streiften oder ihr einige Haare hinter die Ohren schoben.

Ich schmunzelte und verschränkte die Arme vor der Brust. »Was hast du für das Wochenende geplant, Annie?«

»Aufräumen, Waschen und Lernen – oh nein, du musst gar nicht so schauen, Lya. Nicht jeder von uns hat so ein aufregendes Leben wie du.«

Eine meiner Augenbrauen wanderte hoch, dann drehte ich mich um und ließ mich auf der dunkelgrauen Chaiselongue nieder. Vermutlich erfüllte ich in meinem Seidenmantel und den aufgesteckten Haaren auf diesem schicken Polster gerade jedes Klischee, das man mit Herrschern in Zusammenhang brachte. »Du findest den Mist, mit dem ich mich rumschlagen muss, aufregend? Vielleicht solltest du deine Definition von *aufregend* noch einmal überdenken.«

»Absolut. Diese ganze Diplomatie ist stinklangweilig, niemand geht irgendjemandem an die Gurgel, keine Kämpfe, nur endlos lange Diskussionen, die zu nichts führen«, brummte Ree und wischte einige Strähnen von Annies schmalen Schultern. »Du hättest diese aufgeblasenen *Iljos* bei der Tagung mal sehen sollen.«

Ich konnte die steile Falte, die sich zwischen Annies Augenbrauen gebildet hatte, zwar nicht sehen, aber dafür aus ihren Worten heraushören. »Kann ich mir irgendwie nicht vorstellen. Nicht mit euch beiden in einem Raum.«

»Du überschätzt unsere Entertainment-Talente über alle Maßen, Annie-Schätzchen.«

Reena nickte und arbeitete sich nun an den Seiten entlang. So langsam konnte man erahnen, was sie dort mit Annies Haaren zauberte, und ich war mehr als gespannt, was sie sagen würde.

»Kann ich mal mitkommen?«, fragte Annie und schaffte es, dass ihre Stimme wie die einer Fünfjährigen klang.

Leise lachend zupfte Ree an den Strähnen, die Annies Gesicht einrahmten, und überprüfte, ob sie gleich lang waren, ehe sie die vorderen von der letzten Spange befreite. »Was bei der Hölle willst du da?«

Annie zuckte elegant mit einer Achsel.

»Ich werde Journalistin, mich interessiert so etwas und wer kann von sich schon behaupten, dass er mit dem Teufel befreundet ist und an diplomatischen Krisenbesprechungen teilnehmen kann?«

»Kannst du aber nicht«, antwortete ich und rutschte weiter in die Zierkissen.

Mit schnellen Fingern maß Reena die vorderen Haare und schnitt dann beherzt Strähne für Strähne, sodass Annies Stirn von einem hellen Pony bedeckt wurde.

»Herrje, einen Pony hatte ich zuletzt mit fünf Jahren und es war schrecklich«, brummte Annie, als ihr klar wurde, was die Dämonin gerade veranstaltete.

»Hör auf zu jammern und vertrau mir mal ein bisschen«, neckte Reena sie und trat einen Schritt zurück, um ihr Werk zu betrachten.

Hätte man mir gesagt, dass eine meiner Assassinen einmal *so* mit einem Menschen reden würde ... ich hätte denjenigen ausgelacht und auseinandergenommen.

Ich gab mir einen Ruck und stand auf. »Fertig?«

Ree ließ die Scheren ein letztes Mal kreisen, dann verschränkte sie die Arme vor der Brust. »Absolut. Bereit für dein neues Ich?«

Annie nickte und richtete sich in ihrem Stuhl auf. Ich fegte das Handtuch vor dem Spiegel mit einem Wink meiner Energie herunter und grinste, als ich den Ausdruck auf Annies Zügen zu sehen bekam.

»Bei den Ewigen Flammen!«, stieß meine sonst so brave, menschliche beste Freundin hervor und erhob sich, während ihre Finger unablässig über ihre Haare strichen.

»Sieh einer an, du fluchst schon wie eine von uns«, sagte ich lachend und stützte die Hände in die Hüften.

Annies Haare tanzten nun knapp über ihren schmalen Schultern, sodass ihre Locken wieder mehr herauskamen und ihre feinen Gesichtszüge betont wurden. Im Nacken waren sie ein wenig kürzer, der fransige Pony rundete den modernen Longbob ab. Sie sah großartig aus.

»Wow, ich meine, danke, Ree. Das ist ... genial. Ich weiß gar nicht, was ich sagen soll.«

»Mir fällt sicher eine Art ein, wie du dich revanchieren kannst, *Zyrkrav*.« Ree trat näher zu ihr und stupste sie an, wobei ein helles Glänzen in ihre Augen trat.

Ich räusperte mich und nickte in Richtung Tür. »Lust auf einen Drink und etwas frische Luft?«

Wir zogen uns wieder auf die Terrasse zurück, wo ich mit dem Zucken meiner Finger einige der Feuerschalen entzündete, die den frühen Abend ausleuchteten und kleine Rauchsäulen in den dunkler werdenden Himmel schickten.

Annie und Reena ließen sich auf der Korbcouch nieder, so nah, dass sich ihre Oberschenkel beinahe berührten, ich setzte mich mit angezogenen Beinen in einen der Sessel ihnen gegenüber. Dann griff ich nach einem der rötlichen Cocktails, die Paul uns hingestellt hatte, und seufzte zufrieden, als der zuckrige Alkohol meine Kehle hinabbrann.

Es ging mir ziemlich gegen den Strich, dass ich nicht selbst Hand anlegen, jagen und Roy dort draußen unterstützen konnte, aber es gab zweifelsohne schlimmere Arten, seine Zeit hier oben zu verbringen.

»Oh Mann, so viel zum Thema, ich nutze die freie Zeit, um für die Frühjahrsprüfungen zu lernen«, murmelte Annie und nahm einen großen Schluck ihres Drinks.

»Wie ich dich kenne, hast du ohnehin schon vorgelernt und bist bereits seit Monaten bestens vorbereitet. Also mach dir keinen unnötigen Stress.«

Sie warf mir einen vielsagenden Blick zu und zog die Knie

an. »Zwischen Schule und Studium liegen Welten, Lya. Außerdem hat sich einiges geändert.«

Meine gehobenen Augenbrauen mussten ihr Antwort genug sein, denn sie seufzte leise und setzte sich aufrechter hin. »Ich hoffe, du bekommst das jetzt nicht in den falschen Hals ...«

»Oh-oh, das fängt ja gut an«, steuerte Reena wenig hilfreich bei und nippte an ihrem Drink.

Annies Wangen wurden warm und ihr Ausdruck zerknirscht. »Seit allem, was passiert ist – was wir gemeinsam durchgemacht haben, kann ich mich nicht einfach nur auf die Dinge konzentrieren, die ich sehe, verstehst du, Lya?«

Nein, ich verstand es nicht. »Was meinst du? Sprichst du davon, dass es dir ... na ja, dass du Schwierigkeiten damit hast, das alles zu verarbeiten?«

Sofort winkte Annie ab. »Himmel, nein! Also, klar, es ist kein Geheimnis, dass ich eine Therapie mache, aber die hat auch viel mit den Problemen in meiner Familie zu tun. Denk dir doch nur mal, wie der Psychologe schauen würde, wenn ich ihm erzählen würde, dass ich mit dem leibhaftigen Teufel durch die Hölle gegangen bin.«

Reena verschluckte sich an ihrem Cocktail und lachte dann rau. »Das Gesicht würde ich gerne sehen.«

»Vermutlich wäre es das Letzte, was ich zu sehen bekomme, bevor man mich einweisen würde.« Annie zuckte mit den Schultern. »Aber nein, darum geht es nicht. Zumindest nicht nur. Das meiste davon verarbeite ich in meinen Geschichten und dem kreativen Schreiben. Was ich meine, ist, dass ich jetzt weiß, dass da draußen mehr ist, als das, was die Menschen sehen.«

»Warte mal«, Ree hob eine Hand und die Armreifen klimperten leise. »Was meinst du mit Geschichte? Schreibst du eine Story über das Chaos, das sich Lyas Leben schimpft?«

»Vielen Dank«, knurrte ich in ihre Richtung und schickte eine sanfte Energiespitze in ihre Richtung, sodass Reena quiekend zusammenzuckte und einen Teil ihres Drinks über ihre Hose verschüttete. Voller Genugtuung nahm ich einen Schluck und lächelte, als Ree mich mit tödlichen Blicken bombardierte. »Du elende ...«

»So etwas in der Art. Es macht irgendwie Spaß und meine Professorin fand die Idee außergewöhnlich«, erwiderte Annie schließlich und unterbrach hastig das, was Ree gerade beginnen wollte. »Jedenfalls, um zurück zum eigentlichen Thema zu kommen, es gibt für mich nicht länger bloß die Schule oder nur das Studium. Da ist mehr. Mehr, das mich interessiert.«

Ich runzelte die Stirn und betrachtete meine beste Freundin eingängig. »Hm, ich weiß nicht, ob mir das gefällt bei all dem Mist, der hier gerade abgeht.«

Ree verdrehte die Augen. »Leute, was ist aus unserem Mädelstag geworden? Ich dachte, wir halten uns heute von schweren Gesprächen und dem ganzen Kram, der jeden Moment hochgehen kann, fern?«

Annie und ich tauschten einen Blick, der so viel sagte wie *das hier ist noch nicht geklärt.* Ich musste ihr dringend diese ungesunde Faszination für das Übernatürliche ausreden. Auch wenn es oft nicht so schien und wir Dämonen nicht für alles Übel auf der Welt verantwortlich waren, hatte es schon einen Grund, warum die Menschheit seit Anbeginn der Zeit die Hölle und ihre Bewohner als das *Böse* sah.

»Schon gut, Ree, ich weiß, du hast es nicht so mit tiefschürfenden Unterhaltungen. Warum schlägst du stattdessen nicht irgendetwas vor?« Ich nickte ihr auffordernd zu und leerte meinen Cocktail.

»Und ich dachte schon, du fragst überhaupt nicht mehr. Ich würde ja –«

Ein elektrisierendes Prickeln rauschte einmal über meine Wirbelsäule und ließ mich aus dem Sessel hochfahren und auch Reena unterbrach sich selbst, als würde sie Ähnliches spüren.

Sekundenbruchteile später landeten zwei dunkle Schatten auf dem Dach, unweit unserer Sitzgruppe und schickten eine Welle aus heißer Energie und kühlem Wind über uns.

Hohedämonen.

Ich entspannte mich ein Stück und stellte das Glas ab, ehe ich mich langsam zu ihnen umdrehte. Ree schob Annie hinter sich und bezog dann neben mir Stellung, die Klingen in ihren Händen blitzten auf.

Vor mir standen zwei Boten, zu erkennen an den blutroten Schärpen, die schräg über ihren Oberkörpern lagen, in tiefe Verneigungen versunken. Hinter ihnen ragten gewaltige, orangebraune Schwingen auf, die große Ähnlichkeit mit der Oberfläche von glatter Baumrinde hatten. Beide waren kräftig gebaut, trugen die Schwerter meiner Höllenkrieger an der Seite und trugen ihre dunklen Haare traditionsgemäß kurz geschoren.

»Ich höre«, begrüßte ich die Boten und gewährte ihnen mit einer raschen Handbewegung, sich aufzurichten.

»Mylady, bitte verzeiht die Störung, aber es gibt wichtige Neuigkeiten aus Livingston. Mein Kommandeur Bleek hat uns zu Euch gesandt.« Der kleinere der beiden ergriff als Erster das Wort und hielt dabei die ganze Zeit über den Blick auf den Boden gerichtet. Ob das nun an meinem Aufzug aus

Morgenmantel und unordentlichem Knoten lag oder daran, dass er sich vor mir fürchtete, vermochte ich nicht zu sagen.

Ich hob das Kinn und nickte knapp. In Livingston hatte sich das Lager aus Dämonen und *Iljos* gebildet, die sich auf einen vermeintlichen Krieg mit den *Madúr* vorbereiteten, falls wir keine sauberere Lösung für das Problem finden würden. »Fahrt fort.«

»Danke, meine Königin. Im Namen von Kommandeur Bleek sollen wir Euch eine Einladung überbringen, Euch den Standort anzusehen und von dem Fortschritt der Truppen zu überzeugen. Der Kommandeur und selbstverständlich auch die Truppen würden sich geehrt fühlen, Euch dort begrüßen zu dürfen.«

»Wo begrüßen zu dürfen?«

Ein dritter Schatten senkte sich in schwindelerregendem Tempo vom Himmel herab und landete mit einem hörbaren Krachen auf der Terrasse. Ich musste mich nicht umdrehen, um zu wissen, wer hinter mir stand. Diese Energie würde ich vermutlich auch noch erkennen, wenn mein verfluchtes Herz längst zu schlagen aufgehört hatte.

So viel zum Thema Mädelstag.

Sofort standen die beiden Boten noch ein Stück strammer, falls das überhaupt möglich war.

»Royath«, wies ich ihn scharf zurecht. Er mochte mein Erster Offizier sein, und in vielerlei Hinsicht noch viel mehr, aber selbst ihm stand es nicht zu, eine meiner Unterhaltungen einfach zu unterbrechen.

Reena ließ die Klingen kreisen und fixierte Royath, als überlegte sie, wie sie ihm am besten die Haut von den Knochen ziehen konnte, während Annie alles mit großen Augen und schweigend verfolgte.

Roy kam unbeeindruckt von der Situation mit angelegten Flügeln um mich herum, um sich der Etikette nach vor mir zu verbeugen, wobei er die Augen nicht einen Moment von mir nahm. Das wiederrum entsprach *nicht* der Etikette. Eine gefährliche Hitze machte sich in mir breit. Eine Hitze, die ich im Moment so gar nicht gebrauchen konnte.

Der größere der Boten räusperte sich leise. »Mylady?«

»Für wann hat Bleek diese Einladung ausgesprochen?«, fragte ich, nachdem ich den Blick resolut von Roy genommen hatte. Von ihm und seiner dunklen Kleidung, die keinen Hehl aus seinem muskulösen Körper machte, von seinen leuchtenden Augen und dem, was darin stand.

»Dieses Wochenende, meine Königin. Es ist alles vorbereitet«, kam die Antwort vom Größeren wie aus der Pistole geschossen.

Roys Blick kribbelte noch immer auf mir und ich wusste, was er mir sagen wollte. Mein Geist schlüpfte in den seinen und verband uns auf diesem Weg.

Was meinst du? Was hältst du von dem Angebot?

Sein wohlwollendes Brummen hallte als Vibration durch meinen Kopf. *Es ist deine Entscheidung, Prinzessin, aber ich halte es für sehr klug, denjenigen, die bereit sind, ihr Leben in diesem verfluchten Krieg zu lassen, einen Besuch abzustatten. Viele von ihnen träumen davon, ihre Herrscherin einmal von Angesicht zu Angesicht zu sehen.*

Beinahe hätte ich die Augen verdreht. *Roy.*

Außerdem begrüße ich jede Aktion, die dich aus London und dem Konflikt hier rausbringt. Mach das, schaue nach dem Rechten, festige deinen Namen und zeig ihnen, dass du ihren Einsatz zu ehren weißt. Dein Vater hat sich mit so etwas selten aufgehalten, mach es besser.

Ich kam nicht umhin, zusammenzuzucken. *Mach es besser,* das hatte mir mein Vater gesagt, als ich ihn getötet hatte, als er mir das Höllenmal unter die Haut getrieben hatte. Unwillkürlich wanderten meine Finger zu der Stelle, wo das Zeichen des Hades prangte.

Ich schüttelte die Erinnerungen an Beliar und das, was an jenem Tag geschehen war, ab und verschränkte die Arme vor der Brust. »Richte deinem Kommandeur aus, dass ich die Einladung annehme und vermutlich Gäste mitbringen werde.«

Die beiden Boten verneigten sich ein weiteres Mal tief vor mir, dann sagte der Kleinere: »Vielen Dank für diese Ehre, Mylady. Wir erwarten Euch am Freitag in Livingston. Es wird alles zu Eurer vollen Zufriedenheit sein.«

»Das wird sich zeigen«, entgegnete ich und sah die beiden herausfordernd an, sodass sie sofort wieder die Augen senkten. »Richtet Bleek meinen Dank aus.«

»Natürlich, Mylady.«

Royath schnaubte und fuhr sich durch die dunklen Haare, als die beiden Boten vom Dach verschwunden waren. »Bleek hat anscheinend Angst.« Dann richteten sich seine Augen auf Annie, über Reena sah er geflissentlich hinweg. »Hallo Annie, schön, dich wiederzusehen.«

Annie hob eine Hand und trat hinter Reena hervor, die nun langsam, beinahe zögernd, ihre Klingen sinken ließ, als überlegte sie noch immer, Roy damit zu attackieren.

Ich fuhr zu meinem Ersten Offizier herum. »Angst?«

»Ihm geht der Arsch auf Grundeis. Die Frist ist bald abgelaufen und dass er nach dir schickt – es als schicke Einladung tarnt –, spricht Bände. Er hofft auf deine direkte Unterstützung.«

Ich zog die Augenbrauen zusammen und löste meine Arme. »Was sollte ich ändern?«

»Ist das ein Witz?« Reena schnaubte. »Du kannst die Welt in ihren Grundmauern erschüttern, Lya. Du bist die pure Zerstörung, wenn man dich einmal entfesselt hat.«

Ihre Worte lösten bei mir eine Gänsehaut aus. »Und weiter?«

»Vermutlich hofft Bleek, dass du die Truppe aus *Iljos* und Dämonen anführst, wenn es zum Showdown kommt. Etwas, von dem ich dir dringend abraten würde, Prinzessin. Trotzdem schadet es nicht, sich dort blicken zu lassen.«

Annie legte eine ihrer kleinen Hände auf meine Schulter. »Truppen? Was kann ich mir darunter vorstellen? Eine Zeltstadt mit Soldaten in Mittelalterklamotten und Schwertern?«

Ich wechselte schiefe Blicke mit Roy und Reena und grinste dann. »Ist dir das jetzt genug Übernatürliches?«

Annie streckte mir als Antwort nur die Zunge raus.

»Das entscheide ich, wenn es so weit ist, Royath.« Ich klatschte in die Hände und setzte mich wieder in den Sessel. »Scheint, als hätte ich jetzt etwas am Wochenende vor. Ein kleiner Trip an die Westküste Englands.«

Royath baute sich vor meinem Stuhl auf und legte die Stirn in Falten. »Wer wird dich begleiten? Einmal abgesehen von mir. Denn alleine werde ich dich sicherlich nicht dahin lassen und ich kann nicht den ganzen Tag ein Auge auf dich haben.«

Darauf ging ich erst gar nicht ein.

Rees Hand schoss nach oben. »Ich melde mich freiwillig.«

Ich winkte ab. »Du wirst zu Tellin gehen und ihm zur Hand gehen. Deswegen bist du hier oben, Reena.«

Sie murmelte einen Fluch und steckte die Klingen zurück.

Mein Blick fand Annies und meine Lippen teilten sich zu

einem diabolischen Grinsen. »Aber ich kenne zufällig die vernünftigste Person auf diesem Planeten und weiß, dass sie noch nichts Besseres zu tun hat.«

Alle Augen richteten sich auf die zierliche Annie, die mit einem Schlag blass wurde und rasch vom einen zum anderen schaute. »Ich? Unter diesen ganzen muskelbepackten Unsterblichen? Und was ist mit den Klausuren, die ich nächste Woche schreiben muss? Die Prüfungen? Und meine Geschichte?«

»Theoretisch gesehen sind nur die Dämonen unsterblich. Wir waren schon immer die überlegene Rasse, weißt du?«, erwiderte Royath und fasste sich an die Brust.

Reena, Annie und ich rollte beinahe synchron mit den Augen.

»Komm mal runter, Annie. Du bekommst das schon hin und seit wann bist du so vehement gegen einen Mädelsausflug? Du wolltest doch mehr über die Lage erfahren? Besser so, als über irgendwelche Wege, bei denen ich keinen Blick drauf werfen kann.«

»Lya«, begann sie und schüttelte den Kopf. »Ich weiß nicht ...«

Doch in ihren braunen Augen konnte ich bereits lesen, dass sie sich längst entschieden hatte.

»Wie sollen wir überhaupt dahin kommen? Ich habe kein Auto und auch keine Flügel, falls dir das entfallen ist.«

Ich lehnte mich in dem weichen Polster zurück und überschlug die Beine, als mich alle drei abwartend ansahen.

»Schon mal per Höllenportal gereist, Annie?«

Kapitel 20

Um Punkt fünfzehn Uhr am Freitag informierte mich unser Butler Paul darüber, dass Annie im Flur auf mich wartete. Mit Reisetasche in der Hand und in olivgrünem, gefüttertem Parka, bereit unser Wochenende anzutreten. Vermutlich war sie bereiter, als ich es war, denn ich stand in Jogginghose und mit noch feuchten Haaren in meinem Kleiderschrank und hatte keinen blassen Schimmer, was man zu einer Truppenbesichtigung anzog. Ja ich weiß, es gab Wichtigeres, aber ich wollte trotz allem einen guten Eindruck hinterlassen.

Eines meiner üblichen Gewänder, die ich im Hades zu offiziellen Anlässen trug, kam mir vollkommen überzogen vor. Und Jeans und T-Shirt waren auch nicht das Wahre.

Meine Zimmertür öffnete sich leise und Annie betrat mein gewaltiges Schlafzimmer, wobei sie sich den gestreiften Schal und die passende Mütze vom Kopf zog.

»Hi, Lya.«

Ich winkte ihr hilflos zu und lächelte. »Warst du schon mal auf einer Truppenbesichtigung?«

»Sorry, da muss ich passen.« Sie durchquerte den Raum und trat zu mir ins Ankleidezimmer, nachdem sie sich aus ihrer Jacke geschält hatte. Annie hatte sich für eine schwarze Hose und einen dunkelroten dicken Pullover entschieden. Dazu trug sie dicke, schwarze Boots. Ihre nun kürzeren Haare hatte sie ein wenig gelockt und die vorderen Strähnen zurückgesteckt. Im Gegensatz zu mir sah sie ungezwungen locker und gleichzeitig schick aus.

Ich seufzte und pustete mir ein paar Haare aus der Stirn. »Es ist leichter, sich für eine Beerdigung anzuziehen, als für dieses Wochenende.«

Annie lachte leise und legte mir eine Hand auf die Schulter. »Es ist doch völlig egal, was du trägst, du machst auch in einem Müllsack Eindruck. Das hast du einfach in deiner Art und Ausstrahlung.«

Ich lächelte und schüttelte den Kopf. »Also?«

»Lass mich mal.« Bestimmt schob sie sich an mir vorbei und verfrachtete mich auf die Bank in der Mitte des Ankleidezimmers, wo ich mich mit einem leisen Ächzen hinsetzte. Meine beste Freundin verschwand im wahrsten Sinne des Wortes kopfüber in meinen Klamotten und murmelte dabei die ganze Zeit vor sich hin.

Ich kam nicht umhin, diese Situation mit einem schiefen Grinsen zu betrachten. Vor einiger Zeit war es genau andersherum gewesen und ich hatte ihr die passende Kleidung rausgesucht, weil sie nicht weitergewusst hatte. Wie sich die Dinge doch ändern konnten.

»Was genau trainieren sie dort eigentlich?«

Ich überschlug die Beine und lehnte mich nach hinten. »Schwertkampf in erster Linie. In den meisten Fällen besitzen nur Hohedämonen besondere Fähigkeiten, die sich in einem Kampf als nützlich erweisen. Also greifen die Niederen auf mehr oder weniger gewöhnliche Waffen zurück.«

Annie hielt inne, um mich mit großen Augen anzusehen. »Du verarschst mich, oder? Schwerter? Als Nächstes erzählst du mir noch, dass die mit Pfeil und Bogen jagen gehen und Dolche auf einander schleudern.«

Meine Augen blitzten auf. »Ganz genau, kleine Annie.«

Sie tauchte wieder in meinem Kleiderschrank ab und

warf mir dann als Erstes eine schwarze Skinny-Jeans zu, die ich mittels meiner Fähigkeiten fing und in meinen Schoß gleiten ließ. Dann landete eine durscheinende schwarze Bluse, die mit Goldfäden durchwoben war, darauf und ein gleichfarbiges Bustier. Aus den Tiefen meines Schuhregals zauberte sie ein Paar schwarze Doc Martens hervor und zwischen den Jacken fand sie einen Parka, der ihrem nicht unähnlich war.

»Was meinst du?«

Anerkennend neigte ich den Kopf und strich über den seidigen Stoff. »Und die Haare?«

Annie verschränkte die Arme vor der Brust und sah mich mit schief gelegtem Kopf an. »Hochstecken und vielleicht ... hast du ein Haarband, das einem Diadem nahekommt? Du bist schließlich ihre Königin, oder nicht?«

Mit einem Wink entriegelte ich die Vitrine, in der meine Kronen und der Schmuck, den ich aus der Schatzkammer des Hades mitgenommen hatte, lagerten. Die Türen sprangen mit einem leisen Klicken auf und gaben den Blick auf unzählige Juwelen, Gold und Silber frei.

Annies Augen begannen zu leuchten, als sie wie in Trance auf den Schrank zulief. »Wahnsinn. Ich fühle mich wie in *Plötzlich Prinzessin*!«

Verständnislos schaute ich sie an. »Bitte?«

Ohne mich anzusehen winkte sie ab und richtete ihre Aufmerksamkeit stattdessen auf die Auslage. »Ach vergiss es. Wie im Märchen. Diese Kette hier ... oder das hier!«

Mir kam ein leises Lachen über die Lippen, als ich ihren freudigen Tonfall hörte, dann stand ich auf und folgte ihr. Ihre Augen hingen an einer filigranen Goldkette, mit einem tropfenförmigen Smaragdanhänger. Nun, mir stand ohnehin kein Grün. Kurzerhand griff ich danach und hielt sie ihr hin. »Nimm.«

Ihre hellen Augenbrauen schossen nach oben. »Was? – Nein! Das sind deine Kronjuwelen, dein Schatz ...«

Ich schmunzelte und ließ sie vor ihrer Nase baumeln. »Ja und ich kann mit *meinem* Schatz machen, was ich will. Mir steht das ohnehin nicht. Es beißt sich mit meinen Augen und der Schwärze meiner Seele, weißt du?«

Annie verdrehte die Augen und zögerte noch einen Moment länger, dann jedoch hatte sie auch schon nach der Kette gegriffen und hielt sie ehrfürchtig in den Händen. »Sie ist ... sie ist wunderschön, Lya. Ich weiß gar nicht, was ich sagen soll.«

Achselzuckend half ich ihr, sie anzulegen und nickte zufrieden, als der Anhänger auf ihrem Dekolleté ruhte. »Was hältst du davon, wenn du mir mit meinem Schmuck hilfst?«

Annies Lippen teilten sich zu einem wissenden Lächeln. »Weißt du, du tust immer so tough und glatt, dabei bist du tief in dir drin ein echter Softie.«

»Bei der Hölle, ich hoffe, du hast nicht vor, so etwas vor den Truppen zu erwähnen.«

Schnaubend stieß sie mich an und widmete sich dann wieder dem funkelnden Schmuck vor uns.

»Du hast mir immer noch nicht verraten, was genau dieses Höllenportal ist«, fragte sie ein paar Augenblicke später, als ich mich gerade in die enge Jeans geschoben hatte und mir die Bluse über den Kopf ziehen wollte.

Nachdem ich Annie am gestrigen Abend zu diesem Trip eingeladen hatte, war Reena beleidigt abgedampft und Roy davongerauscht, um alles vorzubereiten – was auch immer er damit meinte. Royath würde ohnehin nicht die ganze Zeit über an meiner Seite sein und zwischen London und Livingston pendeln. Ich konnte und wollte London während meiner Abwesenheit nicht sich selbst überlassen.

Kurz danach war auch Annie nach Hause gefahren, um sich ihrerseits auf unseren Trip einzurichten. Wahrscheinlich hatte sie die ganze Nacht über gelernt, um die Zeit, die wir im Lager sein würden, aufzuholen. Als hätte sie das nötig.

Ich schob die Ärmel der Bluse ein Stück hoch und verschränkte dann die Arme vor der Brust. »Es ist genau das, was du dir darunter vorstellst. Teleportation, Achterbahnfahrt, Dematerialisierung und anschließende Materialisierung an einem völlig anderen Ort.«

Hörbar entwich ihr Atem, dann kam sie mit dem Schmuck, den sie ausgesucht hatte zu mir. »Ist das gefährlich? Für Menschen meine ich?«

Kopfschüttelnd nahm ich die drei filigranen, goldenen Ringe entgegen und steckte sie auf meine Finger. Das ebenfalls goldene Haarband, das einem feinen Diadem nachempfunden und mit vielen kleinen Saphiren besetzt war, würde Annie mir später in die Haare setzen. »Nein. Alle Portale gehen über den Kern der Hölle, von dort kommt die Energie des Transportnetzes. Quasi ein Netz aus Energieadern, die die gesamte Welt durchziehen. Und außerdem, du bist längst durch solche Portale gegangen, Annie.«

»Mag sein, aber das eine Mal war ich bewusstlos und das andere Mal ... auch.« Ihre Stirn legte sich in Falten.

Ich nahm ihre Hand. »Du wirst es überleben, das verspreche ich dir. Du machst die Augen zu, genießt das Kribbeln und wenn du sie wieder aufmachst, ist schon alles vorbei.«

Zweifelnd sah sie mich an und strich über das Haarband in ihren Händen. Dann kam ihr ein ungläubiges Lachen über die Lippen. »Oh Mann, wenn mich die anderen jetzt sehen könnten. Ich meine, wir diskutieren ständig darüber, wie wir unsere Geschichte gestalten können, als wäre das alles rein hypothetisch. Und jetzt ... jetzt sitze ich hier und rede mit dir darüber, wie sich die Reise durch ein Portal anfühlt.«

Ich zwinkerte ihr zu und reichte ihr die Haarbürste, die neben mir auf dem Polster lag. »Willkommen in meiner Welt.«

Die große Standuhr in unserem Wohnzimmer schlug siebzehn Uhr, ihre dröhnenden Schläge füllten das Penthouse mühelos und das erste Mal fiel mir auf, wie nervtötend diese Tonlage eigentlich war.

Annie und ich traten mit unseren Reisetaschen zu Royath, der mit vor der Brust überkreuzten Armen neben dem erloschenen Kamin an der Wand lehnte. Ein nachdenklicher Ausdruck lag auf seinen Zügen, der sich sofort veränderte, als er aufblickte und uns entdeckte. Seine karamellfarbenen Augen bekamen ein dunkles Schimmern, als sein Blick über mich flog, und ich sah die Muskeln an seinem Kiefer zucken. Ein zufriedenes Lächeln trat auf meine Lippen.

Royath hatte seine schwarze Uniform angelegt – inklusive Schwert und den obsidianfarbenen Dolchen an seinem Gürtel. Ganz Erster Offizier der Hölle.

»Nettes Schwert«, kommentierte Annie und schenkte ihm ein breites Strahlen.

Roy klopfte auf das Heft. »Ja, ich bin auch ziemlich stolz darauf.«

»Ist alles vorbereitet? Hat dir Vannor freigegeben?«

Seine Augen richteten sich wieder auf mich, dann nickte er knapp. »Ja und er hat mir gesagt, dass er mich schrecklich vermissen wird. *Madúr* zu jagen und ihnen ihre hässlichen

Köpfe von den Schultern zu schlagen, macht alleine einfach nicht so viel Spaß wie zu zweit.«

Kopfschüttelnd umrundete ich die Couch vor dem Kamin und ließ das Feuer darin auflodern. Meine Energie füllte knisternd den Raum und binnen Sekundenbruchteilen breitete sich die flackernde Hitze aus.

»Aber ich habe ihm versichert, ich werde an ihn denken und ihm eine Postkarte aus dem wunderschönen Livingston schicken. Vielleicht kaufe ich auch eine dieser Spardosen, auf denen sein Name steht, oder eine winkende Robbe.«

Ich warf ihm nur einen schiefen Blick zu.

»Soweit ich weiß, gibt es dort gar keine Robben, Roy«, erwiderte Annie zuckersüß und schulterte ihren Duffel.

Roy schnaubte und stieß sich von der Wand ab, um sich neben mich zu stellen – so nah, dass ich seine Wärme kribbelnd auf meiner Haut spürte und sich unsere Energien mischten. Wir tauschten einen weiteren Blick und unsere Augen verhakten sich für einige Herzschläge ineinander. Wenn das hier alles vorbei war und wir eine Lösung gefunden hätten, dann würden wir endlich miteinander reden müssen. *Richtig miteinander reden*, nicht nur diese halben Gespräche zwischen Tür und Angel, wie wir sie in der letzten Zeit gehabt hatten. Es hatte sich viel verändert, anderes war schon immer dagewesen und nur stärker hervorgetreten und wir würden dem allen einen Namen geben müssen.

Nur nicht jetzt.

Der egoistische Teil von mir war froh darüber, diesen Aufschub zu bekommen und den Konflikt mit den Jägern als Ausrede nutzen zu können, denn selbst wenn ich gewollt hätte, ich hätte keine Antworten auf die vielen Fragen gehabt, die zwischen uns in der Luft standen.

Ich nickte kaum merklich und richtete dann den Blick auf Annie. »Bereit?«

»Nein«, antwortete sie prompt und machte einen Schritt rückwärts, als sich ihre Augen auf die Flammen richteten. »Ich werde ganz sicher nicht durch das Feuer gehen. Ihr beide mögt ja feuerfest sein, aber ich bin nur ein stinknormaler Sterblicher, okay?«

»Mach dir mal nicht in dein kleines Höschen, Annie«, sagte Royath und breitete einladend einen Arm in ihre Richtung aus. »Tief durchatmen und dann einfach durch. Ist kinderleicht.«

Ihre Augenbrauen berührten sich beinahe, so sehr zog sie sie zusammen. »Können wir nicht einfach fliegen?«

»Falls es dir nicht aufgefallen ist, du hast keine Flügel, Annie«, murmelte ich grinsend. »Erinnerst du dich? Augen schließen und wenn du sie öffnest, ist alles vorbei.«

Sie sah noch immer wenig begeistert aus. Beinahe so wie ein Tier, das ganz genau wusste, dass man ihm in nächsten Moment eine ätzende Spritze verpassen würde. Ihre braunen Augen waren geweitet und Schweiß stand auf ihrer Stirn.

»Kannst du mir nicht einfach mein Bewusstsein nehmen oder sonst irgendeinen Hokuspokus mit mir veranstalten?«

Ich spitzte die Lippen und deutete auf den Platz neben mir. »Nein, ich werde ganz sicher nicht in deinem Kopf herumpfuschen. Annie, ich gebe Roy ja nur ungerne recht und du kannst dir wirklich nicht vorstellen, wie sehr es mir jetzt gerade widerstrebt, aber er *hat recht*. Entspann dich. Du wirst nichts merken.«

Ihre Schultern sackten herab, dann trat sie geschlagen neben mich und umfasste ihren Duffel fester, sodass ihre Knöchel weiß hervortraten. »Warum habe ich bloß zugestimmt?«

»Weil du neugieriger bist, als für jemanden wie dich gesund ist, kleine Annie«, antwortete Roy mit einem Zwinkern und klatschte dann in die Hände. »Können wir dann, Kinder?«

Ich nickte und streckte die Hand aus, nur um sie dann doch wieder sinken zu lassen. »Annie?«

»Hm?«, machte sie eine Oktave höher als gewöhnlich.

»Wenn wir dort sind. Auf dem Truppengelände meine ich. Unter den Dämonen und *Iljos*, dann ... na ja, bitte sieh mich nicht mit anderen Augen, wenn ich mich dort nicht so verhalte, wie du es gewöhnt bist.«

Ihre braunen Augen richteten sich direkt auf mich und schienen mir geradewegs in den Kopf schauen zu können. »Lya, egal, was du machst oder tust, nichts wird jemals etwas daran ändern, wie ich dich wahrnehme. Du bist gütig, stark und hast dein Herz an der richtigen Stelle.«

Ich nickte und hatte plötzlich einen großen Kloß im Hals. »Vergiss das nicht, okay? Auch nicht, wenn ich dort auftrete, wie du es vielleicht nicht von mir kennst.« Meine Stimme war mit jedem Wort leiser geworden und ich verfluchte mich innerlich dafür.

Annie griff nach meiner Hand, drückte sie und verflocht dann ihre schlanken Finger mit meinen. »Du bist die Königin der Hölle, Lya, ich erwarte nicht, dass du ihnen ein Ballettstück in rosa Röckchen vortanzt.«

Roy gab ein Hüsteln von sich, das verdächtig nach einem Lachen klang. »Das wäre mal etwas anderes. Es würde auf jeden Fall Eindruck schinden.«

»Das bezweifle ich stark, Royath«, gab ich zurück und atmete aus. »Was auch immer geschieht, ich möchte, dass du ein Auge auf Annie hast, Roy, verstanden? Ich werde für deine

Sicherheit sorgen, Annie, aber falls sich irgendeiner der weniger intellektuellen Individuen dazu entschließt, meine Befehle zu verweigern, wird Roy an deiner Seite sein.«

Wieder drückte sie meine Finger. »Ich komme schon klar.«

Das sagten sie immer und dann ging alles den verdammten Bach runter.

Ich zupfte an meinem Parka und ließ Annie los, um mich auf die Flammen zu konzentrieren. Es war schwer zu beschreiben, wie die Höllenportale im Detail funktionierten. Aber im Endeffekt fühlte es sich so an, als würde man das Energienetz, das seinen Ursprung im Höllenfeuer hatte, mit seiner eigenen Energie ansprechen und um die Ader zu dem gewünschten Ort bitten. In unserem Fall Livingston. Das alles geschah innerhalb eines Wimpernschlages und dann stand die Verbindung.

»Halt die Luft an«, rief Royath Annie unnötigerweise zu und ich vermutete, dass es ihm eine ungesunde Freude bereitete, Annie einmal ratlos zu sehen.

Meine beste Freundin warf ihm nur einen raschen Blick und einen unterdrückten Fluch zu, dann krallten sich ihre Finger auch schon in meinen Unterarm.

Ich griff mit meiner freien Hand nach den Flammen, machte sie mir untertan und riss sie förmlich aus dem Kamin, schlang sie um uns wie feuerrote Nebelschwaden, bis wir gänzlich von ihnen eingehüllt wurden. Das Penthouse verschwand vor unseren Augen und ich spürte entfernt, wie Annie noch näher an mich rückte, doch meine ganze Aufmerksamkeit lag auf der Kontrolle des Feuers, das uns den Boden unter den Füßen entriss und uns Stück für Stück auseinandernahm, bis wir Teil der Flammen wurden.

Ich stieß den Atem aus, zog meine Kontrolle zurück und schloss die Augen.

Für einige Momente schienen wir in der Schwebe zu hängen, es gab kein Oben, kein Unten, keine Regeln, nur noch die brennenden Farben um uns herum, die gleichzeitig alles und nichts zu sein schienen.

Es war friedlich, ruhig und ich fühlte mich schwerelos. Einen wundervollen Augenblick lang.

Im nächsten Moment kehrte unser Gewicht mit einer Intensität zurück, die mir den Atem raubte. Portalreisen in der Hölle waren ein Witz gegen das hier.

Mit einem leisen Ächzen kam ich auf dem morastigen Untergrund unter meinen Füßen auf und sackte einige Zentimeter ein, bis ich wieder halbwegs festen Boden unter mir spürte. Neben mir strauchelte Annie, die noch immer an mir hing, wie eine besonders anhängliche Klette und gab ein erleichtertes *Uff* von sich, als sie ihr Gleichgewicht wiedergefunden hatte. Roy landete federleicht rechts von mir, aber ich meinte seine Flügel als Unterstützung aufblitzen gesehen zu haben.

Kühle Luft, die nach Regen und Salzwasser schmeckte, ersetzte die Hitze des Portals und legte sich wie eine Decke um uns. Ich hörte Möwen schreien und Wellen rauschen und Stimmen in weiter Ferne. Die Luft summte vor Energie. Wind strich über die hohen Gräser, in denen wir gelandet waren, und wiegte sie hin und her, sodass sie wie ein zweites Meer wirkten. In einiger Ferne konnte ich die schroffe Felsküste ausmachen und dahinter den Ozean, der sich in unendliche Weite ausbreitete. Über uns spannte sich das dunkler werdende Himmelszelt, das über und über mit dunklen, grauen Wolken verhangen war, die scheinbar jeden Strahl Sonnenlicht absorbierten.

Direkt an der Küste, ein gutes Stück von der kleinen Stadt Livingston entfernt, lag das Lager, das Dämonen und *Iljos* gemeinsam aufgebaut hatten. Dort, wo sich selten Menschen hin verirrten, geschützt von unsichtbaren Wällen aus dämonischer und iljonischer Energie, um ungewollte Besucher abzuhalten. Niemand, der nicht explizit eingeladen war, konnte die Zeltstadt, die dort errichtet worden war, finden, wenn er nicht wusste, wonach er eigentlich genau suchen musste.

Ich ließ die Augen über die Graswüste um uns herum schweifen, die leicht hügelige Landschaft und die wenigen Sträucher und Bäume. Ein so ganz anderes Bild als das, was London bot.

»Lya«, flüsterte Annie und tippe meinen Ellenbogen an, nachdem sie sich von mir gelöst hatte.

Ich riss meinen Blick von unserer Umgebung und richtete ihn auf die Gruppe dunkel gekleideter Gestalten, die mit großen Schritten auf uns zumarschierten. Ihre Energien erreichten mich in starken Wellen, eine wirre Mischung aus Hitze und Kälte.

Royath ging neben mir in Stellung und zog sein Schwert, einen tödlich entschlossenen Ausdruck in den leuchtenden Augen und auch Annie spannte sich merklich an, doch ich rief meinen Ersten Offizier zurück und stellte mich stattdessen vor sie.

Die fünf Personen – zwei *Iljos* und drei Dämonen – kamen knappe drei Meter vor uns zum Stehen und verneigten sich unisono, als hätten sie dieses Kunststück stundenlang geübt.

Ich erkannte den vordersten der Männer als Kommandeur Bleek.

Dieses Gesicht würde ich niemals vergessen können – er war derjenige gewesen, der die erste Exekution durchgeführt hatte, der ich beigewohnt hatte, und sein vernarbtes Antlitz hatte sich unweigerlich in mein Gedächtnis gebrannt. Sein Ruf eilte ihm voraus und ich konnte mir keinen besseren Dämon für diesen Job vorstellen.

Langsam richtete er sich auf und legte eine Faust an seine gegenüberliegende Schulter. »Majestät, es ist mir und meinen Männern eine Ehre, Euch und Eure Gäste hier begrüßen zu dürfen. Willkommen im Lager der vereinten Truppe, wir haben Euch bereits erwartet.«

Kapitel 21

Unsere Schritte hinterließen schmatzende Geräusche auf dem aufgeweichten Boden und der Geruch von Feuer und Rauch lag in der Abendluft über der Zeltstadt. Annie lief einen knappen Meter neben mir und beugte sich immer wieder zu mir, um Fragen zu stellen oder mir ihre Gedanken zu verraten, während wir Kommandeur Bleek und dem befehlshabenden *Iljos* folgten. Royath lief direkt hinter uns, Bleeks Männer bildeten die Nachhut.

»Ich fühle mich, als wäre ich in ein Kaninchenloch gefallen und im Mittelalter wieder aufgewacht«, sagte Annie leise, als sie mich ein weiteres Mal antippte. Ihre braunen Augen flogen über die breite Gasse zwischen den weißen und schwarzen Zelten, sogen jedes Detail in sich auf. Wann immer wir an Kriegern, *Iljos* wie Dämonen, vorbeikamen, hielten sie in ihren Arbeiten inne, um sich respektvoll zu verbeugen.

»Dann warte mal ab, bis du die Drachen und Burgfräulein siehst«, erwiderte ich mit einem schiefen Grinsen.

Daraufhin versetzte sie mir einen raschen Schlag gegen die Schulter. »Witzig, Lya.«

Der Himmel hatte bereits ein tiefes, beinahe samtiges Dunkelblau angenommen, die dunklen Regenwolken waren zu hellen Schwaden davor geworden und mittendrin leuchtete ein beinahe voller, silbriger Mond, der die Zeltstadt in ein unheimliches Licht tauchte. Annie lag gar nicht so falsch mit ihrem Gefühl, wir hätten uns gut und gerne auch im zwölften Jahrhundert befinden können.

»Wie kommt es, dass das alles hier überhaupt existieren kann, während nur ein paar Meilen hiervon normale Menschen leben?«

Ich drehte den Kopf zu meiner besten Freundin, die ihre Arme vor der Brust verschränkt hielt, um sich gegen den kühlen Wind, der durch die Zeltgassen fegte, zu schützen. »Ein Schleierzauber.«

Als Antwort hob sie nur eine Augenbraue.

»Menschen sehen nur das, was sie sehen wollen, und unsere Magie, die der *Iljos* und auch die Dämonische, unterstützt die Menschen dabei. Wo eigentlich Hunderte von Zelten, Kriegern und Waffen stehen, ist für fremden Augen nichts als Natur, Gras und endloses Brachland auszumachen.«

Bleek ließ sich etwas zurückfallen, sodass er neben uns lief. »Und wenn ich anmerken darf, der Schleier wurde so verstärkt, dass selbst die verfluchte Magie der *Madúr* ihn nicht durchbrechen kann, Mylady.« Bei der Art, wie er das R in *Madúr* rollte, stellten sich mir die kleinen Härchen in meinem Nacken auf.

»Sehr gut. Wir können keine Komplikationen gebrauchen, genauso wenig wie Spione der Jäger auf unserem Gebiet«, gab ich mit einem knappen Nicken zurück.

»Ich werde persönlich dafür sorgen, dass es nicht so weit kommt. Wenn ich mir die Frage erlauben darf, meine Königin, was ist der Grund Eurer ... *ungewöhnlichen* Begleitung?« Kommandeur Bleeks kalte Augen richteten sich für einen Moment auf Annie, ehe er wieder mich fixierte.

Ich blieb stehen, sodass auch der Rest unserer Gruppe zum Halten gezwungen wurde. Dann wandte ich langsam den Blick in seine Richtung und setzte ein schmallippiges Lächeln auf. »Gewöhnlich wartet man bei der Frage nach einer Erlaubnis auf die Bestätigung, oder nicht?«

Bleeks Kiefermuskulatur zuckte. »So ist es.«

»Und warum hast du dann mit deiner Frage nicht gewartet, bis ich sie dir gewährt habe?«

Er schluckte und sah mich schweigend an, als wüsste er nicht, wie er angemessen auf meine Haltung reagieren sollte. Bleek war auf der Hut. Schlauer Mann.

Seufzend versenkte ich die Hände in den Taschen meines Parkas. »Denn du hattest weder die Erlaubnis, mir eine Frage zu stellen, noch dich in Angelegenheiten einzumischen, die dich nichts angehen. Annie steht unter meinem persönlichen Schutz und sollte mir zu Ohren kommen, dass ihr jemand auch nur zu nahe kommt, werde ich dich dafür verantwortlich machen. Also ist es demnach auch in deinem Interesse, für ihre Sicherheit zu sorgen.« Ich wartete einen Moment und verfolgte, wie sich seine Schultern anspannten und die Farbe aus seinen Wangen verschwand, als meine Stimme mit jedem Wort schärfer und härter geworden war. »Habe ich mich klar ausgedrückt?«

Im Augenwinkel sah ich, wie Royath eine Hand an seine Klinge legte und Annie die Lippen zusammenpresste.

Kommandeur Bleek verneigte sich – auch wenn ich Widerwillen in seinen Augen lesen konnte, aber seine Furcht vor mir war einfach größer – und verharrte einen Moment so, ehe er sich wieder aufrichtete. »Bitte verzeiht, Mylady. Es stand mir nicht zu, nach Euren privaten Belangen zu fragen. Ich sehe es als meine persönliche Aufgabe, für die Sicherheit Eurer Begleitung zu sorgen.«

Ich nickte und ließ etwas Wärme zurück in meine Züge gleiten. »Danke.«

Wir setzten uns wieder in Bewegung und ich spürte, dass die Männer um mich herum angespannter, wachsamer waren. Das war gut. Ich war nicht so naiv zu glauben, dass sie vor mir in die Knie gingen, nur weil ich nun die Krone der Hölle auf meinem verfluchten Haupt trug. Vielen musste ich erst beweisen, dass ich dieser auch würdig war, und das hier war ein guter Anfang. Niemand musste mich mögen, aber sie sollten mich respektieren, wenn nicht sogar fürchten.

»Würden Ihr und Eure Begleiter uns die Ehre erweisen und mit uns zu Abend essen? Im Hauptzelt ist dafür bereits ein Bankett angerichtet«, meldete sich der befehlshabende *Iljos*, ein schmalschultriger, großer Mann mit rötlichen Haaren, zu Wort, als wir in die Hauptgasse traten, an deren Ende das Versammlungszelt stand.

Ich fing einen vielsagenden Blick von Annie auf und lächelte ihr kaum merklich zu, ehe ich mich an den *Iljos* wandte. »Vielen Dank für die Einladung, aber wir werden heute in unserem Zelt essen. Morgen stoßen wir gerne dazu.«

Der *Iljos* neigte den Kopf. »Dann werde ich alles dafür vorbereiten lassen.«

Wir erreichten das Ende des Hauptganges, der die gesamte Zeltstadt einmal durchschnitt und in einem rundlichen Platz endete, an den sich die wichtigsten Zelte schmiegten. Auch das imposante, dunkelrote Zelt, in dem ich mit Annie wohnen würde.

»Ich hoffe, es ist alles zu Eurer Zufriedenheit, Mylady. Solltet Ihr irgendetwas benötigen, zögert bitte nicht, danach zu fragen. Es stehen Euch acht Diener und insgesamt zwanzig unserer besten Soldaten zur Verfügung«, sagte Bleek, als wir das Zelt erreichten und zwei Krieger die Plane, die den Eingang bildete, zur Seite schoben.

»Vielen Dank. Wir wissen Eure Gastfreundschaft sehr zu schätzen«, antwortete ich und neigte kurz den Kopf.

»Wir würden uns freuen, Euch morgen auf dem Trainingsplatz begrüßen und von der Fähigkeit unserer Soldaten überzeugen zu dürfen«, fügte der rothaarige *Iljos* an und seine blauen Augen blitzten hell auf.

»Davon überzeuge ich mich sehr gerne selbst, Jacuzzo«, murmelte Royath neben mir und verzog die Lippen zu einem schiefen Grinsen. Nur die Ewigen Flammen selbst wussten, was er schon wieder im Schilde führte. »Jacuzzo war doch richtig, oder?«

Der *Iljos* biss sichtlich die Zähne zusammen und seine offene Miene fiel wie ein Kartenhaus in sich zusammen, als er sich kühl an Roy wandte. »Ja. Es ist lange her, Royath.«

Die beiden Krieger taxierten sich und ich konnte förmlich spüren, wie sich die Luft mit wirbelnder Energie füllte.

»Wann findet das Training morgen statt?«, unterbrach ich die offenkundige Feindschaft, bevor sie noch zu etwas ganz anderem werden konnte.

Jacuzzos Ausdruck wurde wieder etwas wärmer, als er von Roy abließ, der ein viel zu selbstgefälliges Lächeln auf den Lippen trug, und den Kopf in meine Richtung neigte. »Die ersten Einheiten beginnen um sieben Uhr am Morgen, das letzte Training endet um sechs Uhr abends. Wenn ich Euch einen Vorschlag machen dürfte?«

Ich bedeutete ihm fortzufahren und verschränkte die Arme vor der Brust.

»Stattet doch den Trainingsplätzen nach dem Frühstück einen Besuch ab, um zehn Uhr finden dort die Übungskämpfe der ersten Ordnung statt.«

Aus einer der unzähligen und verdammt langweiligen Unterrichtsstunden, die ich im Laufe meines noch gar nicht so langen Lebens erhalten hatte, wusste ich, dass die Soldaten von *Iljos* als auch Dämonen in *Ordnungen* unterteilt waren. Die erste war dabei die wichtigste und fähigste, die unterste nicht mehr als Laufburschen und Kanonenfutter, wenn man so wollte.

»Ich werde da sein«, entgegnete ich mit einem Nicken, das signalisierte, dass wir hier fertig waren.

Kommandeur Bleek, der in den letzten Minuten sehr still gewesen war, räusperte sich leise und machte einen Schritt nach vorne. »Ich wünsche Euch einen angenehmen Abend und wie bereits erwähnt, solltet Ihr etwas brauchen, zögert nicht.«

»Wir kommen klar, Bleek, danke«, antwortete Royath an meiner Stelle und trat näher an meine Seite.

»Bis Morgen, Mylady.« Bleek, Jacuzzo und die restlichen Krieger verneigten sich, ehe sie sich umdrehten und den Zeltplatz in entgegengesetzte Richtung überquerten.

Roy stieß hörbar den Atem aus und lief an den beiden Wachen ins Innere des Zelts, Annie und ich folgten ihm. Die Plane wurde hinter uns geschlossen, sperrte die Geräusche der Zeltstadt aus und ich spürte, wie Schultern herabsackten.

»Warum genau habe ich dieser Einladung zugesagt?«, murmelte ich und schälte mich aus meinem Parka.

Das Zelt – ein hell erleuchtetes, achteckiges Monstrum von einem Zelt – war eingerichtet wie eines meiner Gemächer im Hades. Es gab zwei große, hohe Doppelbetten, die von einem zarten, dunkelroten Himmel überdacht wurden, einen gewaltigen Kamin, in dem Flammen an Holzspalten leckten, mehrere goldene Kerzenleuchter, die alles in ein orangefarbenes Licht tauchten und einen riesigen, schweren Perserteppich, den man auf die festgetretene Erde gelegt hatte. In der einen Ecke des Zeltes stand ein dunkler Paravent, hinter dem sich die Waschstelle befand, direkt gegenüber davon stand ein ausladender Schreibtisch aus dunklem Mahagoni. Eine dunkelrote Chaiselongue, passend zu den Vorhängen der Betten, ragte vor dem Kamin ins Innere des Zelts. Von der Decke hingen mehrere gläserne Kugeln, in denen stummes Dämonenfeuer brannte, an kaum sichtbaren, goldenen Seilen herab, sodass es beinahe wirkte, als würden sie schweben.

»Weil es ein kluger Schachzug war, Lya«, sagte Royath, schnallte sich den Waffengürtel ab und ließ sich dann auf das weiche Polster der Chaiselongue fallen.

Ich drehte den Kopf in seine Richtung. »Sollte ich etwas über dich und Jacuzzo wissen, bevor ich mich morgen Abend mit ihm an einen Tisch setze?«

»Sie schienen sich prächtig zu verstehen, findest du nicht?« Annie lachte leise, zog ebenfalls ihre Jacke aus und setzte sich auf eines der Betten.

»Nichts Weltbewegendes, Lya. Wir hatten in der Vergangenheit eine etwas unschöne Begegnung. Das ist alles.«

Zweifelnd hob ich eine Augenbraue in Roys Richtung und fuhr mir dann über das Gesicht. »Versuch einfach, ihm nicht das Genick zu brechen, solange wir hier sind. So ungerne ich es auch zugebe, wenn wir keine saubere Lösung für den *Madúr*-Konflikt finden, ist die vereinte Truppe die beste Chance, die wir haben. *Mit* den *Iljos*.«

Royath nahm sich eine Weintraube aus der goldenen Schüssel, die auf dem niedrigen Tisch vor dem Kamin stand. »Mach dir keine Sorgen, Prinzessin«, erwiderte er nur und ich wusste, er sprach nicht nur von seinen offensichtlichen Ungereimtheiten mit dem befehlshabenden *Iljos*.

Eine Gänsehaut kroch über meinen Körper, obwohl es im Zelt angenehm warm war, und ließ mich die Arme vor der Brust verschränken. »Das sagt sich so leicht.«

Annie schlüpfte aus ihren Schuhen und zog die Beine auf das Bett. »Ist es denn wahrscheinlich? Dass das alles hier notwendig sein wird, meine ich. Ich weiß zwar nicht alles über das Problem, aber bisher bin ich davon ausgegangen, dass sich ein … *Krieg* verhindern lässt.« Ihre Stimme war ruhig und erstaunlich fest, obwohl ich spürte, dass sie sich hier nicht ganz wohlfühlte. Etwas, das wir gemeinsam hatten.

Ich löste die Arme und setzte mich neben sie. »Ganz ehrlich? Ich weiß es nicht. Momentan ist unsere beste Chance, die Drahtzieher der *Madúr* zu finden und zu vernichten, ehe die Frist abgelaufen ist und sie ihre kranken Pläne in die Tat umsetzen. Wie auch immer diese letztlich aussehen.«

Annies Augenbrauen zogen sich zusammen.

»Wir haben nur die Anhaltspunkte, die uns der letzte Konflikt mit den Jägern geliefert hat. Und gemessen an diesen ist das alles hier absolut notwendig«, ergänzte Roy und streckte die langen Beine von sich, eine weitere Weintraube in den Händen.

»Was ist damals passiert?«

»Es war das erste und letzte Mal in der Geschichte von *Iljos* und Dämonen, dass sie Seite an Seite gekämpft haben. Eine blutige, brutale Schlacht, die auf offenem Feld ausgetragen wurde. Dabei sind viele Menschen gestorben, der Himmel hat gebrannt, die See getobt. Eine wahrhaftig biblische Schlacht.« Royath verschränkte die Arme hinter dem Kopf. »Es ist schon eine Weile her, ein paar Hundert Jahre, und die Folgen waren schon zu dieser Zeit gravierend, aber würde etwas Derartiges heute passieren …«

Annie schluckte. »Die modernen Waffen, die vielen Menschen und großen Städte ...«

»Nicht zu vergessen die ganze Technik, die eine Schlacht zwischen dem Übernatürlichen und Jägern auf Abwegen in Sekunden auf der ganzen Welt verbreiten kann.«

Die braunen Augen meiner besten Freundin weiteten sich. »Alles wäre anders. Jeder würde von ... euch wissen. Von der Hölle, den *Iljos*. Die Welt, so, wie wir sie kennen, würde nicht länger existieren.«

Mir war bewusst gewesen, dass es so enden konnte, wenn dieser ganze Mist wirklich übel ausgehen würde, aber jetzt, wo Annie es laut aussprach, hatte ich das Gefühl, man würde mir die Luft abdrücken. Es wurde still zwischen uns. Eine schwere, unangenehme Stille, die das Atmen schwer machte und die Geräusche von draußen, die Geräusche der Kriegsvorbereitung, so bedeutend und laut erscheinen ließ.

»Dann müssen wir das verhindern«, durchbrach Annies klare Stimme nach einigen Momenten das Schweigen. »Wir haben für das Chaos im Hades doch auch eine Lösung gefunden. Können wir nicht mit ihnen verhandeln? Es kann doch nicht im Sinne der Jäger sein, die Erde zu zerstören.«

Eine Lösung, die darin bestanden hatte, dass ich meinen Vater vernichtet und mir die Last der Hölle auf die Schultern gelegt hatte. Ich seufzte und löste die ersten Spangen aus meinen Haaren.

»Doch, weil diese Bastarde absolut durchgeknallt sind und keine Ahnung haben, welche Schäden sie mit ihren fanatischen Handlungen anrichten.« Roys Worte kamen wie Schwerthiebe, hart, schnell und glasklar. Ich erkannte die Sorge darin. Sorge um die Welt, den Hades, mich.

»Man kann nicht mit ihnen verhandeln, Annie. Sie haben

bereits deutlich gemacht, was sie wollen, und davon lassen sie sich nicht abbringen.« Eine weitere Spange landete auf der Bettdecke und gab eine gelockte Strähne meiner Haare frei. »Selbst wenn wir es könnten, es ist sinnlos.«

Ich ahnte Annies nächste Frage, noch bevor sie sie laut aussprach. »Was wollen sie denn? Einmal abgesehen von der Vernichtung des Übernatürlichen?«

»Mich, Annie.«

Sie winkte ab. »Das ist Blödsinn, du bist nicht die Super-vernichtungswaffe, die sie in dir sehen, Lya.«

»Das wissen wir nicht«, hielt ich dagegen und lehnte mich, abgestützt auf meine Arme, nach hinten.

»Und es spielt auch keine Rolle, ob Lya ist, was die *Madúr* glauben, oder nicht. Sie wird nicht ausgeliefert, ganz einfach.« Roys goldener Blick traf meinen und ich spürte eine intensive Hitze in mir aufsteigen. »Nur über meine Leiche.«

Einen Moment lang hielt ich an seinen Augen fest, in denen wilde, tiefe Gefühle tanzten, dann löste ich mich davon und fixierte einen der Weinkelche, um ihn zu mir kommen zu lassen. »Wenn ich die übernatürliche Welt mit meiner Auslieferung retten könnte, würde ich es tun, Roy«, begann ich langsam und hob eine Hand, um seinen Protest zu unterbinden. »Aber sollten die *Madúr* mehr über diese ganze *Superwaffen-Sache* wissen und davon gehe ich aus, so dringend wie sie mich in die Finger bekommen wollen, dürfen wir nicht riskieren, dass sie mit mir das Mittel bekommen, das sie brauchen, um ihren kranken Plan in die Tat umzusetzen.«

Es sei denn, ich würde mich ihnen ausliefern und dort die Hölle auf sie loslassen ... ein Angriff von innen, mit dem sie von einer niedergeschlagenen Königin, die scheinbar aufgegeben hatte, nicht rechnen würden.

Royath mahlte mit den Kiefern und sah zur Seite. Seine Stimme klang tief und grimmig, als er brummte: »Es hat noch nie etwas gebracht, den Märtyrer zu spielen, Lya.«

Darauf erwiderte ich nichts.

Annie schlang die Arme um die angezogenen Knie und ich nahm einen Schluck Wein.

Die Schatten, die das Feuer heraufbeschwor, tanzten flackernd durch das Zelt.

»Also was dann? Wie halten wir sie auf?«

Royath stieß hörbar den Atem aus, stand auf und schnappte sich zwei weitere Kelche, wovon er einen an meine Freundin reichte und den anderen selbst in einem Zug leerte. »Der Schlange den Kopf abschlagen und hoffen, dass nicht zwei weitere nachwachsen.«

»Und wie finden wir die Schlange? – Ich nehme mal an, damit meinst du denjenigen, der hinter der Bewegung steht.« Annie nippte am Wein.

»Ich bin stark dafür, dass wir uns Zayden vorknöpfen. Oder seinen Vater.«

»Das ist keine Option, Roy.«

Ein Muskel an seinem Kiefer zuckte. »Warum? Weil du ihn immer noch magst?«, fragte er verächtlich.

»Nein, weil sein Kopf nach dem Eisritual besser geschützt ist als Fort Knox. Ich komme da nicht rein. Und ich bezweifle, dass er einfach ausplaudern wird, was er weiß«, entgegnete ich scharf.

Royath knirschte mit den Zähnen und stellte den Kelch zur Seite. »Es bringt aber auch nichts, wenn sich Vannor und ich Nacht für Nacht in London umschauen, in der Hoffnung, die *Madúr* würden irgendwo Leuchtreklame aufhängen und uns zu ihrem Nest führen.«

»Ich weiß«, sagte ich nur und tauschte einen Blick mit Annie, die ihr Denkergesicht aufgesetzt hatte.

»Und wenn ihr versucht, sie rauszulocken? Eine Falle zu stellen? Sie wollen Lya, oder nicht? Wir könnten sie als Lockvogel einsetzen.«

»Das kommt nicht infrage!«, rief Roy hitzig, sodass seine Augen golden aufleuchteten. »Lya bleibt aus dem Spiel.«

»Lya kann das selbst entscheiden«, ging ich dazwischen und hob herausfordernd die Augenbrauen, als er zu einer Antwort ansetzte. »Ich bin kein Fan davon, Roy, aber vielleicht ist das unsere einzige Möglichkeit. Das oder ein offener Krieg.«

Ein leises Klopfen unterbrach uns.

»Diese Unterhaltung ist noch nicht beendet, Prinzessin«, schoss Roy in meine Richtung, dann ging er zum Eingang, um unser Essen in Empfang zu nehmen.

Ich spürte, wie Annie nach meiner Hand griff und meine Finger drückte. »Lya, ich weiß, worüber du nachdenkst.«

Langsam nickte ich und starrte in meinen Schoß.

»Bist du dir sicher?«, flüsterte sie. »Ist das Risiko nicht zu groß?«

Langsam wandte ich den Kopf in ihre Richtung und suchte ihren Blick. »Es ist unsere einzige Chance, oder nicht? Die einzige Chance, die Welt, wie wir sie kennen, zu retten.«

Annie lag neben mir zu einem kleinen Bündel zusammengerollt in dem breiten Bett und schlief ruhig. Eine Haarsträhne, die an ihrem Mund lag, hob und senkte sich mit jedem Atemzug und ein leichtes Lächeln lag auf ihren Lippen. Die gesteppte Decke, die wir uns teilten, war verrutscht und entblößte eine nackte Schulter. Ein Wunder, dass Annie in dem dünnen Trägertop, auf dem grinsende Avocados prangten, nicht fror.

Ich zog ihre Decke etwas höher und hob sie dann langsam auf meiner Seite an, um aus dem Bett zu schlüpfen. Das Zelt lag in absoluter Finsternis, es musste kurz nach Mitternacht sein, und auch im Lager war Ruhe eingekehrt. Das Hämmern, das sich wie ein stetes Rauschen über die Zeltstadt gelegt hatte, war verstummt und bis auf das beinahe lautlose Marschieren der Soldaten vor unserem Zelt, hörte ich nichts.

Roy erkannte ich als Umriss unter der Decke auf dem Bett, das auf der gegenüberliegenden Seite stand. Zumindest er konnte nach den vielen schwierigen Themen, die wir gestern besprochen hatten, ruhig schlafen. Bei mir war da gar nicht dran zu denken. Ich hatte mich stundenlag hin und her gewälzt, mir war abwechselnd kalt und warm gewesen und meine Gedanken waren wie irre durch meinen Kopf gegeistert.

Ich brauchte frische Luft, weiten Raum um mich herum und kühlen Wind auf meiner erhitzten Haut.

Leise stieg ich in meine Stiefel, band mir meine Dolchscheide um und schnappte mir den Parka von der Stuhllehne, ehe ich in meinem kurzen Schlafanzug aus dem Zelt schlüpfte – und prompt gegen eine harte Brust knallte.

»Was zum?!«, rief eine tiefe Stimme, dann packten mich zwei feste Arme schraubstockartig und rissen mich vom Zelteingang fort. »Was hast du am Zelt der Königin zu suchen?!«

Ich ließ meine Augen aufleuchten und wurde mit einem erschrockenen Keuchen belohnt. Die Finger der Wache lösten sich so schnell von mir, als hätte er sich verbrannt, Sekundenbruchteile später sank er in eine tiefe Verbeugung. »Mylady, ich ...«

»Kein Grund, sich zu entschuldigen. Du machst gute Arbeit hier.«

Seine dunklen Augen weiteten sich und wanderten ungläubig über meine Erscheinung, die im Augenblick nicht besonders viel hermachen durfte. Ich hatte in dem kurzen, schwarzrosa-farbenen Schlafanzug, dem dicken Parka und meinen Doc Martens absolut nichts mit der Höllenkönigin gemein. »Ich verstehe nicht ganz ...«

»Vergiss dieses Treffen und gehe zurück auf deinen Posten. Ich möchte nur ungestört etwas Luft schnappen«, fuhr ich ungerührt fort und sah ihm fest in die Augen.

»Sicher, natürlich, meine Königin.« Der dämonische Soldat beeilte sich zu nicken und trat einen Schritt zurück. »Soll ich Euch einen Begleitschutz besorgen?«

Kopfschüttelnd fasste ich meine Haare zu einem Pferdeschwanz zusammen. »Nicht nötig. Ich komme zurecht.«

Mit diesen Worten drehte ich mich um und verschwand in der schmalen Gasse zwischen unserem Zelt und dem benachbarten. Der Boden war mittlerweile fester, der Himmel klarer und neben dem Mond konnte ich nun einige Sterne ausmachen.

Mit jedem Schritt, den ich mich von unserem Zelt, den Wachen und dem Zentrum der Zeltstadt entfernte, spürte ich die frische Luft mehr auf meiner Haut, bekam mehr Luft und konnte freier atmen. Ich beschleunigte meine Schritte, huschte schneller zwischen den Zelten hindurch und setzte mich lautlos wie eine Katze über Hindernisse hinweg.

Als ich die äußeren Reihen erreichte, wo der größte Teil der Fläche durch Übungsplätze eingenommen wurde, war ich in einen schnellen Laufschritt verfallen, sodass mir das Blut in den Ohren laut rauschte. Meine Füße flogen über das höher werdende Gras, das sich im leichten Wind wog und meine nackten Beine kitzelte. Einem Impuls folgend, gab ich meine Energie, die pulsierend in mir ruhte, frei. Wie eine gewaltige Welle brach sie über mich herein, brachte jede Zelle meines Körpers zum Kribbeln und riss jede Mauer, die sie zurückgehalten hatte, mühelos ein. Innerhalb eines Wimpernschlages sprangen meine Flügel aus dem Rücken, die beinahe dieselbe Farbe hatten, wie der mitternachtsschwarze Himmel. Der frische Wind strich wispernd über meine dunklen Federn und ließ die kleinen Perlen darin leise klingeln, als ich mich abstieß und den Sternen entgegenflog.

Meine Haare peitschten um mein Gesicht, mit jedem Flügelschlag wurde ich schneller und die Welt unter mir kleiner. Annies Worte kamen mir wieder in den Sinn, dass, sollten wir den Konflikt mit den *Madúr* nicht lösen können, das alles nicht mehr existieren würde. Es würde noch da sein, ja, aber längst nicht mehr so, wie es gerade war. Nichts davon.

Ich flog eine große Schleife, genoss die Anstrengung, die an meinen Muskeln zupfte, und steuerte dann eine halbverfallene Burgruine an, von denen es auf den großbritannischen Inseln unzählige gab. Diese hier war aus graubraunem, grobem Stein gehauen, mit einem schmalen, hohen Turm, auf dem Zinnen wie Zähne saßen. An den Fuß des Turmes schmiegte sich ein kantiges, großes Gebäude, von dem nur noch die Hälfte stand. Eine brüchige, eingefallene Mauer umschloss die kleine Burg, die mehr ein Anwesen oder ein Späherpunkt, als eine wirkliche Festung war.

Lautlos setzte ich auf dem Dach des Turmes auf und setzte mich auf eine der Zinnen, ein Bein angewinkelt, das andere an die Brust gezogen. Meine Flügel hielt ich hinter meinem

Rücken gefaltet. Mein Blick huschte über die hügelige Landschaft, die sich vor mir erstreckte. Das Gras wirkte beinahe wie ein Spiegelbild des Ozeans, der hinter mir lag, genauso finster und unendlich.

Tief in mir spürte ich, wie der Knoten, der mir den Schlaf raubte, und die sich drehenden Gedanken ein wenig nachgaben. Wie mich die Freiheit hier draußen beruhigte.

Seufzend schloss ich die Augen.

Ich durfte nicht zulassen, dass die *Madúr* die Welt, wie wir sie kannten, vernichten konnten, aber ich wusste nicht, wie ich das alles lösen sollte. Es gab keinen Masterplan. Und doch erwartete jeder von mir, dass ich einen finden würde. Eine schnelle, schmerzlose Lösung, bei der niemand zu Schaden kommen würde. Weil ich die Königin war, weil es mein verfluchter Job war.

Doch die Wahrheit sah anders aus.

Ja, ich trug die Krone der Hölle auf meinem Kopf, aber ich war immer noch die junge Dämonin, die ich davor gewesen war. Ich hatte keine Ahnung von Strategie und Diplomatie, ich war gerade erst dabei zu lernen, meinen Platz in dem Gefüge aus hochrangigen Strategen zu finden und ich hatte das Gefühl, dass ich jämmerlich dabei versagte. Denn während Unsterbliche da draußen ihr Leben aufs Spiel setzten, Pläne schmiedeten oder hier trainierten, hielt ich mich versteckt, zog mich aus allem zurück, weil es *sicherer* war. Was sagte das über mich als Königin aus?

Annie hatte recht, mir war mehr als einmal der Gedanke gekommen, mich auszuliefern oder als Köder zu nutzen. Es war ein Risiko, mich den Jägern zu nähern, aber ich hatte es satt, nur herumzusitzen und nichts zu tun. Ich musste etwas unternehmen und wenn ich dadurch das Schreckliche, das unweigerlich mit den *Madúr* einziehen würde, aufhalten konnte ...

Ich legte meinen Kopf auf das Knie und schloss die Augen.

Die Jäger brauchten vermutlich meine Energie, um mich als Superwaffe einzusetzen, wenn ich einen Weg finden würde, sie zu blockieren, dann –

Ruckartig hob ich den Kopf, als ich eine bekannte Energie in meinem Nacken spürte, die dafür sorgte, dass sich meine kleinen Härchen aufstellten. Mit einem Sprung kam ich auf die Beine und verfolgte, wie sich die beeindruckende Gestalt von Royath dem Turm näherte und schließlich mir gegenüber landete. Im Gegensatz zu mir trug er seine normale Kleidung und wirkte kein bisschen, als würde ihm irgendetwas den Schlaf rauben.

»Prinzessin«, begrüßte er mich leise. Ich fragte mich, wann er aufhören würde, mich so zu nennen.

»Was machst du hier, Roy?«

Er legte seine ledrigen, klauenbesetzten Flügel an und verschränkte die Arme. »Das sollte ich eher dich fragen. Alleine, hier draußen, ohne Wachen oder Geleitschutz.«

Schnaubend drehte ich mich und setzte mich wieder auf die Zinne. »Du weißt, dass ich nichts davon brauche.«

Royath schwang sich neben mich und faltete die Hände locker in seinem Schoß. Der Wind spielte mit seinen dunklen Strähnen und blies sie ihm ins Gesicht. Es kribbelte mir in den Fingern, sie ihm aus der Stirn zu streichen, doch stattdessen umklammerte ich mein Knie nur fester.

»Konntest du nicht schlafen?«, fragte er dann sanfter. Sein Blick kitzelte wie die Flamme einer kleinen Kerze auf meiner Haut.

»Ich brauchte frische Luft und ... Platz. Weite. Mir ist dort unten alles zu eng geworden.«

Nickend richtete er seinen Blick in die Ferne. »Hier draußen kann man viele Dinge klarer vor sich sehen, das stimmt. Aber es scheint nicht nur das zu sein, was dich hierher gebracht hat.«

Royath kannte mich zu gut.

»Es ist zu viel in meinem Kopf und ich weiß einfach nicht, wie ich das alles bewältigen soll, Roy.« Ich warf ihm einen schnellen Blick zu, ehe ich wieder den Horizont fixierte. »Die Erwartungen, die Gefahr, die droht und ich ... ich soll für das alles eine Lösung finden. Aber ich weiß nicht wie.«

»Lya, niemand erwartet, dass du dafür einfach so eine perfekte Lösung aus dem Ärmel schüttelst.«

»Vielleicht erwarte ich es ja von mir selbst. Es ist meine Verantwortung und ich versage. Wann immer ich glaube, ich hätte einen Anhaltspunkt gefunden, werde ich im nächsten Moment eines Besseren belehrt. Die Dämonen verneigen sich vor mir, aber womit habe ich das verdient? Was habe ich getan, um mir diese Art von Respekt zu verdienen?«

»Soll ich dir das wirklich aufzählen? Du hast in den vergangenen Monaten unzählige Dinge vollbracht, die das rechtfertigen. Dinge, für die dein Vater Jahre gebraucht hat. Und du bist hier, oder nicht?«

Frustriert schüttelte ich den Kopf. »Das reicht aber nicht. Es reicht nicht, um die Menschen zu schützen, die Hölle, die Dämonen ... *dich*.«

Sein Atem entwich hörbar. »Lya ... wenn ich dir irgendwie das Gefühl gegeben habe, ich würde das alles von dir erwarten, dann ... das war nicht meine Absicht. Liegt es an dem, was ich vorhin über Zayden gesagt habe? Dass du nicht das Nötige tust, weil du ihn noch magst?«

Ich schluckte. Lag es daran? Vielleicht teilweise. Vielleich, weil ein Funken Wahrheit darin steckte und ein Teil von mir noch immer daran glaubte, dass Zayden doch einer von den Guten war und ich mich nicht so sehr in ihm getäuscht hatte.

»Royath, was ich für Zayden empfunden habe – empfinde – und das, was ich fühle, wenn du in meiner Nähe bist, wenn ich an dich denke, das ist so verschieden, wie Eis und Feuer. Und wenn ich einen Weg wüsste, das, was Zayden mit den Jägern verbindet, offenzulegen, dann würde ich es tun, unabhängig davon, was einmal zwischen uns gewesen ist. Weil ich in erster Linie meinem Volk verbunden bin und deswegen ...«, ich atmete tief durch, »deswegen kann ich mich mit meinen Gefühlen auch nicht weiter auseinandersetzen. Und du kennst die Gesetze, Roy.«

Seine Augen glühten, als er mich ansah. »Ja, ich kenne die Gesetze. Aber du kannst nicht ewig so denken und weitermachen, Lya.«

Mein Magen wurde zu einem harten Klumpen, der schmerzhaft auf meine Lunge drückte und mir das Atmen schwer machte. »Ich kann es, solange es erforderlich ist. Und im Augenblick ist es das.«

»Ich weiß, du – wir haben gerade unzählige andere Dinge, über die wir uns Gedanken machen müssen. Wichtige Dinge, die keinen Aufschub dulden und über unsere Zukunft entscheiden. Ich weiß, wem deine erste Verpflichtung gilt, dass du deine Bedürfnisse zurückstellen musst.«

Ich sah ihn mit großen Augen an und presste die Lippen zu einer schmalen Linie zusammen.

Roys Blick war in die Ferne gerichtet. »Aber diese Sache,

die duldet auch keinen Aufschub und anders als du bin ich in dieser Hinsicht niemandem außer mir selbst verpflichtet«, fuhr er dann mit leiserer Stimme fort und wandte den Kopf zu mir, sodass sich unsere Blicke ineinander verhakten. Seine bernsteinfarbenen in meine grauen. »Weil ich nicht weiß, wie lange uns noch bleibt, um uns damit zu befassen. Ob es überhaupt ein Danach gibt.«

Meine Lippen öffneten sich und schlossen sich wieder, ohne, dass ein Ton herausgekommen war.

»Und ganz ehrlich, Lya, ich möchte es auch nicht länger aufschieben. Ich bin egoistisch und selbstsüchtig, es liegt nicht in meiner Natur, meine Bedürfnisse zurückzustellen.«

»Roy ...«

Royath schüttelte nur den Kopf, dann legte er eine Hand an meine Wange, zog meinen Kopf mit einem Ruck zu sich und presste seine weichen, warmen Lippen auf die meinen. Wir hatten uns schon unzählige Male geküsst, früher hatten wir sogar das Bett miteinander geteilt, wenn wir die Gelegenheit dazu gefunden hatten, aber das hier ... das hier war etwas vollkommen anderes. In so vielerlei Hinsicht. Dieser Kuss entstand nicht einfach aus körperlicher Lust und Anziehung. Er war aus etwas ganz anderem geboren.

Aus Leidenschaft, aus Vertrauen und tiefer Freundschaft, die zu etwas Neuem geworden war.

Aus Liebe.

Ich schloss die Augen, legte eine Hand auf seine warmen Finger und erwiderte seinen Kuss. Eine Welle seiner Energie brach über mich herein, riss mich mit sich und verband sich mit der meinen, bis sie zu einem Ganzen wurden.

Tief in mir drin wusste ich, dass das hier ein kleiner Traum war, der für einige wenige Augenblicke Wirklichkeit wurde.

Ein Traum, der von so vielen Faktoren bedroht wurde, die ihn binnen Sekundenbruchteilen vernichten konnten. Zweifel, Ängste, Befürchtungen, Regeln, Gesetze und die unwiderrufliche Vergangenheit, die man nicht mehr zu ändern vermochte. Ich wusste, dass meine Bedürfnisse keine Rolle spielen durften.

Doch für diesen kostbaren Moment schob ich das alles beiseite, drängte mich näher an Royath – an meinen Traum, hielt daran fest.

Und ich erlaubte mir zu hoffen, dass dieser wunderschöne Traum eines Tages vielleicht meine Realität werden könnte.

Kapitel 22

»Guten Morgen, Schlafmütze«, begrüßte ich Annie am nächsten Tag, als sie sich unter der Decke zu regen begann. »Wer hätte gedacht, dass du umzingelt von Dämonen und *Iljos*, die noch dazu die Elite meiner Streitkräfte präsentieren, so gut schlafen würdest?«

Annie drehte ihren Kopf in meine Richtung, brummte etwas und richtete sich dann ruckartig auf, bis sie kerzengerade im Bett saß. Ich hockte im Schneidersitz vor ihr und betrachtete sie grinsend.

»Bitte sag mir nicht, dass du mir die ganze Zeit beim Schlafen zugesehen hast, wie so ein kranker Stalker.«

Mein Grinsen wurde breiter.

Kopfschüttelnd wischte sie sich einige Strähnen aus dem Gesicht und gähnte. »Weißt du was, ich will es auch gar nicht wissen. Wo ist Roy?«

»Schon unterwegs, um sich die Rekruten anzuschauen. Und wir müssen uns auch beeilen, wenn wir pünktlich zum Training kommen wollen.« Ich sprang vom Bett und warf ihr ein paar ihrer Klamotten zu, die meinen nicht unähnlich waren. Dunkle, enge Jeans, ein schwarzer Pulli und feste Schuhe – wobei ich Letzteres nicht nach Annie warf.

Grummelnd kam sie auf die Beine und verkniff sich ein weiteres Gähnen. »Ich dachte, eine Königin müsste sich an keinen Zeitplan halten. Schon gar nicht eine, die über die Hölle herrscht.«

Die Augenbrauen gehoben musterte ich sie und griff nach

meinem Dolch. »In welchem Märchenbuch hast du das denn gelesen? Außerdem habe ich Hunger.«

»Wie lange bist du schon wach, Lya?«

Die Frage war wohl eher: Wie kurz hatte ich geschlafen?

Nach meinem nächtlichen Ausflug und der Begegnung mit Roy war erst recht nicht mehr an Schlaf zu denken gewesen. Und das hatte ausnahmsweise einmal nicht an den Bergen von Gedanken in meinem Kopf gelegen, sondern schlicht und einfach an dem Kribbeln meiner Lippen, dem schnellen Schlagen meines Herzens und dem Prickeln auf meiner Haut, das Roy ausgelöst hatte. Er hatte recht, er war selbstsüchtig und egoistisch gewesen, als er mich geküsst hatte, aber ich war froh, dass er es getan hatte. Sein Kuss und seine Worte hatten mich daran erinnert, dass das eine nicht ohne das andere funktionieren konnte.

Eine hingebungs- und aufopferungsvolle Königin, die sich nicht auch ab und zu ihren Wünschen widmete, konnte genauso wenig eine gute Herrscherin werden wie jemand, der sich nur auf seine eigenen Bedürfnisse konzentrierte und seine Pflichten vernachlässigte. Wenn ich mich darauf versteifte, eine Lösung zu finden und alles andere zur Seite schob, dann würde ich vielleicht den Konflikt lösen können, aber zu welchem persönlichen Preis? Ich würde daran zerbrechen, mich verlieren.

Aber jetzt ... jetzt fühlte ich mich lebendiger, ich hatte das Gefühl, klarer sehen zu können.

Und irgendwie hing das alles mit Royath zusammen.

Royath, der sich nach dem Kuss sanft, aber bestimmt von mir gelöst und gemurmelt hatte: »Du kannst beides sein, Lya, du musst es nur zulassen.« Dann war er verschwunden und bis jetzt hatte ich ihn nicht noch einmal zu Gesicht bekommen, aber er hatte gelächelt, als er seine gewaltigen Schwingen ausgebreitet hatte und in den Nachthimmel aufgestiegen war. Ich hatte beinahe die ganze Nacht auf der Zinne gesessen, die Beine baumeln lassen, den Blick auf den Horizont gerichtet, während die Sonne langsam aufgegangen war und ich Stunde um Stunde über Roys Worte nachgedacht hatte. Erst im Nachhinein hatte ich verstanden, was er wirklich mit seinem letzten Satz gemeint hatte.

Ich konnte beides sein. Königin und die ganz normale Lya, die normalerweise nicht weiterdenkt, als ein paar Stunden in die Zukunft. Ich brauchte beides – ein Gleichgewicht aus beidem, so wie bei den beiden Teilen in meinem Inneren. Und Royath schien sie beide miteinander zu verbinden. Er war schon immer fester Bestandteil in meinem Leben als sorglose Lya gewesen und zu meiner rechten Hand als Herrscherin über den Hades geworden, ohne dass ich ihn darum hätte bitten müssen. Er war da. Immer. Ich hatte es nur nicht gesehen.

»Lya?« Annies helle Stimme riss mich aus meinen Gedanken zurück in das Zelt. Ein einzelner Sonnenstrahl war durch einen der Schlitze in der Zeltwand gedrungen, der Staub tanzte darin, wie kleine Diamantsplitter.

»Ja?«

»Ich bin so weit. Was ist mit dir? Du sahst gerade aus, als wärst du mehrere Welten entfernt.« Annies helle Augenbrauen hoben sich fragend.

Das winzige Lächeln, das auf meinen Lippen lag, wurde breiter. »Das erzähle ich dir später. Lass uns etwas frühstücken und dann den Truppen einen Besuch abstatten.«

Ich hatte ein gezwungenes, ungemütliches Frühstück erwartet, das eher einem diplomatischen Bankett, als einer wirkli-

chen Mahlzeit entsprach. Mit vielen wichtigen Dämonen und
Iljos, nur gut durchdachten Fragen und Antworten und einer
Luft, die man förmlich schneiden konnte.

Aber als Annie und ich das Zelt, das für Versammlungen
und Essen eingerichtet worden war, betraten, standen wir vor
einem beinahe kleinen gedeckten Tisch, an dem neben Jacuzzo nur eine junge *Iljos* in einem weißen Gewand saß, das
beinahe an einen Kriegerengel erinnerte.

Beide erhoben sich, als sie uns bemerkten und verneigten
sich höflich, ehe sie uns entgegenkamen.

»Guten Morgen, Mylady«, begrüßte uns der *Iljos* und lächelte kurz. Ohne Bleek an seiner Seite wirkte er weniger
angespannt, auch wenn ich mir denken konnte, dass er sich
bessere Gesellschaft vorstellen konnte als die Höllenkönigin,
gegen die *Iljos* unter normalen Umständen vorgingen.

Ich hoffte, diesen Umstand irgendwann beenden und die
Dinge zwischen *Iljos* und Dämonen ändern zu können. Falls
mir dafür noch Zeit oder überhaupt die Möglichkeit blieb.

Ich neigte den Kopf und erwiderte das Lächeln. »Das wünsche ich euch auch. Wo sind die anderen?«

»Bereits in die Vorbereitungen und Abläufe in der Zeltstadt
eingebunden. Aber wenn Ihr erlaubt, werden meine Tochter
Malaya und ich Euch Gesellschaft leisten.«

Die *Iljos*, Malaya, machte einen kurzen Knicks und strich
sich das Kleid glatt. Sie konnte nicht viel älter als Annie und
ich sein, hatte wunderschöne, dunkelbraune Locken und hell-
blaue Augen. Genau wie ihr Vater war auch Malaya groß und
schmal gebaut, auch wenn sie offensichtlich die weiblichen
Rundungen von ihrer Mutter geerbt hatte.

»Es freut mich, dich kennenzulernen, Malaya. Mein Name
ist Lya und das hier ist Annie«, stellte ich uns beide vor.

»Die Freude ist auf meiner Seite. Ich habe schon viel über Euch gehört, Mylad... Lya«, erwiderte sie in einem leichten Singsang, und ich fragte mich, ob sie immer so redete. Auf jeden Fall machte es sie sympathisch und ich war froh, dass sie mir nicht von vorneherein mit Misstrauen begegnete, weil ich eine Dämonin war und sie eine *Iljos*.

»Hoffentlich nur Gutes.«

Wir setzten uns an den Tisch, ich zwischen Annie und Malaya, Jacuzzo uns gegenüber. Niedere Dämonen brachten frischen Kaffee und einen Blütentee, der ein typisches Getränk der *Iljos* war und leicht nach Rose und Minze roch. Ich nahm kurzerhand beides.

»Was ist deine Aufgabe hier, Malaya?«, fragte ich, nachdem ich einen Schluck Kaffee genommen hatte.

Malaya wechselte einen kurzen Blick mit ihrem Vater, der nickte, woraufhin sie wieder zu mir sah. »Ich bin Schwertmeisterin.«

Überrascht und beeindruckt hob ich die Augenbrauen. Eine Schwertmeisterin war mehr, als ein gewöhnlicher Schmied, sie erschuf Dämonentöter. Die Klingen, die es brauchte, um einen Dämon zu verletzen, waren keine gewöhnlichen Waffen, sondern mit Magie verwoben, die die Energie eines Dämons vernichtete und ihn verwundbar machte. Über die Jahrhunderte hatten Dämonen herausgefunden, wie sich diese Klingen anfertigen ließen, aber die *Iljos* waren seit jeher die Meister in dieser Kunst.

»Das ist wirklich beeindruckend«, sprach ich meine Gedanken laut aus und nickte. »Wo hast du das gelernt?«

Ihre Wangen färbten sich rötlich. »Vielen Dank. Mein Großvater hat es mir beigebracht. Eure Dolche«, sie nickte in Richtung meiner Dolchscheiden, »stammen aus seinen Händen.«

Unwillkürlich glitten meine Finger zu den verzierten Klingen, die seit einer kleinen Ewigkeit ein Teil von mir waren.

»Wie lange dauert es, diese Kunst zu erlernen?« Die Frage kam von Annie, die nach der Karaffe mit dem Orangensaft griff und sich dann einschenkte, als wäre es ganz normal, mit übernatürlichen Wesen am Frühstückstisch zu sitzen. Ich konnte nicht anders, als Annie ein weiteres Mal für ihren Mut und ihre Art zu bewundern.

Malaya sah zu Annie und schenkte ihr ein warmes Lächeln. »Ich habe mit vier Jahren angefangen, meinen Grandpa zu unterstützen. Er hat hier in Livingston gewohnt und seine Schmiede dort habe ich dann mit achtzehn übernommen. Wenn ich nicht gerade für die *Iljos* oder einen anstehenden Krieg schmiede, stelle ich Zierwaffen und Schwerter für mittelalterliche Spektakel her. In der Stadt findet heute ein Markt statt, wo Einheimische ihre Ware verkaufen und ihr Handwerk zeigen. Ich stelle zwar dieses Jahr nicht aus, aber wenn Ihr möchtet, kann ich Euch die Schmiede und Livingston zeigen«, sagte sie mit leuchtenden Augen. Ihre Stimme war mit jedem Wort schneller und begeisterter geworden.

Jacuzzo legte ihr eine Hand auf die Schulter. »Meinst du nicht, dass die Königin hier genug andere Angelegenheiten zu klären hat?«

Malayas Wangen wurden noch röter und sie senkte beschämt den Kopf.

Ich winkte ab und legte mein Besteck zur Seite. »Schon gut, Jacuzzo. Es ist mehr als genug Zeit. Ich würde mir Livingston und deine Schmiede sehr gerne ansehen, Malaya. Was meinst du, Annie?«

Meine beste Freundin lächelte und schob sich einen Bissen des Shortbreads in den Mund. »Bin dabei.«

Eine knappe halbe Stunde später begleiteten uns Jacuzzo und Malaya zu dem Platz, auf dem die Krieger der ersten Ordnung ihre Übungskämpfe abhielten. Der Himmel hatte sich etwas zugezogen, aber es war deutlich wärmer als gestern Abend.

»Ich kann immer noch nicht fassen, dass ihr mit *Schwertern* aufeinander losgeht. Was ist mit Pistolen und konventionellen Waffen?«

»Den *Madúr* bleiben keine anderen Möglichkeiten, um Dämonen zu verletzen«, antwortete ich Annie, die sich staunend umsah. Ihr Ausdruck erinnerte mich ein wenig an unseren Ausflug zum Jahrmarkt mit Zayden und seinen Geschwistern. Das schien so lange her zu sein ... resolut schob ich die Erinnerungen zur Seite. »Eine Kugel tut einem Dämon weh, aber nur eine Dämonenklinge tötet ihn.«

Meine beste Freundin sah mich mit geweiteten Augen an. »Und *Iljos*?«

»Da reicht ein Buttermesser, wenn du mich fragst«, meinte ich lachend, woraufhin mir Malaya einen belustigten Blick zuwarf.

Wir erreichten die Ausläufe der Zeltstadt und die ersten Rufe und Pfiffe drangen zu uns, als wir die Trainingsplätze erreichten: Abgezäunte, runde Flächen, die mit Sand und Kies ausgelegt waren. An den Zäunen standen *Iljos* und Dämonen gleichermaßen in dunklen Hosen und mit nackten Oberkörpern. Ein schiefes Grinsen breitete sich auf meinen Lippen aus, ohne dass ich etwas dagegen hätte unternehmen können.

»Heilige Scheiße«, murmelte Annie und legte die Hand gegen das Sonnenlicht, das sich in diesem Moment durch die Wolkenschicht kämpfte. »Ist das Royath?«

Seufzend zog ich mir den Parka von den Schultern und nickte. »Sieht so aus, als müsste er sich abreagieren.«

Royath, mein Erster Offizier und begnadeter Krieger, stand nur mit Stiefeln und dunkler Trainingshose bekleidet auf der Kampffläche, eine der Übungsklingen in der Hand. Schweiß glänzte auf seiner gebräunten Haut und seine Augen waren konzentriert auf seinen Gegner gerichtet, während sie sich umkreisten und nach Schwachstellen suchten. Am Rand der Fläche standen Kommandeur Bleek und ein weiterer Dämon, den ich nicht kannte. Beide verfolgten den Kampf mit angespannten Zügen.

»Ich wusste gar nicht, dass der Erste Offizier am Training teilnehmen wird«, sagte Malaya leise neben mir.

Annie sah an mir vorbei zu der *Iljos*. »Ich glaube nicht, dass Roy *trainiert*. Er gibt das Training.«

In diesem Moment machte Roy einen Ausfallschritt nach links, täuschte an und schlug dann von rechts zu. Unter normalen Umständen hätte das seinen Kontrahenten, einen breitschultrigen, dunkelhäutigen *Iljos*, das Leben gekostet.

»Erwarte nie, dass dein Gegner das tut, was du glaubst, dass er tut«, belehrte ihn Royath laut, sodass es alle hörten. Ich erwartete genervte, feindselige Blicke zu sehen, aber die Krieger hingen förmlich an seinen Lippen.

»Und verlasst euch nicht auf eure verdammten Augen. Ihr müsst eins mit eurem Gegner werden, *mit* ihm kämpfen, um ihn zu schlagen. Nur wenn ihr euch auf ihn einlasst, ihn zu verstehen versucht, habt ihr eine Chance.«

Roy wirbelte sein Schwert in den Händen, als würde es nichts wiegen, und wedelte dann mit der freien Hand. »Noch einmal.«

Wieder gingen beide in Stellung. Der *Iljos* war sichtlich

angespannt und biss die Zähne zusammen, die hellen Augen auf Royath geheftet.

»Sollen wir näher gehen?«, fragte Annie mit leuchtenden Augen und deutete in Richtung der Fläche. Da hatte wohl jemand eine Schwäche für die mittelalterliche Kampfkunst.

»Klar«, antwortete ich und hängte mir die Jacke über den Arm. Jacuzzo verabschiedete sich mit einer knappen Verbeugung und ging dann zu Bleek und den anderen, während Malaya, Annie und ich uns einen freien Platz am Zaun suchten.

»Mylady!« Kommandeur Bleeks Stimme hallte laut über den Platz und unterbrach den Kampf zwischen Roy und dem *Iljos* – er hätte ohnehin wieder verloren, weil er gerade den nächsten Fehler begangen hatte.

Alle Blicke richteten sich auf mich, dann sanken die Krieger in eine Verneigung, die mich mit den Zähnen knirschen ließ. Genau das hatte ich gestern gemeint, als ich mit Roy gesprochen hatte.

»Nicht nötig«, antwortete ich. »Fahrt bitte fort.«

Royaths goldene Augen bohrten sich für einen Moment, der mir die Hitze in die Wangen trieb, in meine, dann nahm er sein Schwert wieder auf.

»Daran werde ich mich nie gewöhnen«, flüsterte ich in Annies Richtung und legte die Unterarme auf den Zaun.

»Wenn ich das richtig verstanden habe, dann hast du eine Ewigkeit Zeit dafür.«

»Nur, wenn wir diesen verfluchten Krieg verhindern können. Und daran werde ich alles mir Mögliche setzen.«

Annies Augenbrauen zogen sich zusammen, sodass sich eine steile Falte dazwischen bildete. »Was genau hast du vor, Lya? Ich kenne diesen Ausdruck in deinen Augen. Den hattest du gestern Abend bei unserer Diskussion mit Royath auch schon.«

Langsam schüttelte ich den Kopf. »Nicht jetzt, Annie.«

Ein Anflug von Sorge und Ärger glitt über ihre Züge, dann richtete sie ihre braunen Augen wieder auf den Kampf – oder was auch immer der *Iljos* da gerade versuchte.

»Beinarbeit«, rief Roy. »Nutze deine Beine!«

Neben mir nickte Malaya anerkennend, als Royath in einer schnellen Bewegung nach vorne glitt und seinen Gegner mit einem kaum ersichtlichen Kreisen seiner Klinge entwaffnete. »Er ist verdammt gut.«

»Sag das nicht zu laut, sein Ego ist auch so schon groß genug«, murmelte Annie und verzog die Lippen.

»Wo du recht hast«, entgegnete ich und lachte leise, als ich Malayas entgeisterten Blick sah. »Alles okay?«

»Graf Royath ist Euer Erster Offizier...«

»... und unser Freund. Die Dinge laufen bei uns anders ab, als du vielleicht denken magst«, antwortete ich ihr mit einem sanften Lächeln.

Sie strich sich die Haare hinter die Ohren. »Ihr seid ganz anders, als ich es mir vorgestellt habe.«

»Ich nehme das einmal als Kompliment.«

Malaya erwiderte mein Lächeln und neigte den Kopf.

»Der Nächste!«, forderte Roy und fuhr sich mit dem Unterarm über die Stirn, wobei seine Muskeln ein interessantes Spiel zur Schau trugen. Das schwarze Lederband, an dem ein ähnliches Wappen wie um meinen Hals hing, blitzte im Sonnenlicht auf.

»Vielleicht sollte einmal jemand seinem Ego einen Dämpfer verpassen«, meinte ich und spitzte die Lippen.

Annies und Malayas Augen richteten sich auf mich, mein

345

Lächeln wurde zu einem Grinsen, dann hatte ich mich auch schon über den Zaun geschwungen und kam mit großen Schritten auf Royath zu.

Seine Augen blitzten auf. »Mylady«, murmelte er und verbeugte sich, ohne mich aus den Augen zu lassen.

Ich spürte unzählige Augen auf mir kribbeln, als ich mich ebenfalls verbeugte, ehe ich den Kopf ein Stück in den Nacken legte, um ihm in die Augen zu sehen. »Suchst du immer noch einen Gegner, Royath?«

Er biss die Zähne zusammen, sodass die Muskeln an seinem Kiefer zuckten. »Lya ...«, begann er kaum hörbar.

Roy hatte mir neben meinem Vater und meinen Brüdern das Kämpfen beigebracht. Früher hatte er mich mit Leichtigkeit geschlagen und immer weiter mit mir trainiert, bis ich das erste Mal als Siegerin aus dem Ring gestiegen war. Aber hier war das etwas völlig anderes. Würde er mich hier besiegen, würde er meinen Titel untergraben, gleichzeitig wusste ich auch, dass es gegen seine Moral ging, sich in einem Kampf zurückzuhalten.

»Blende sie aus, Roy, dann gibt es nur noch uns zwei und die Klingen. Nichts anderes als ein gewöhnliches Training. Wie immer. Außerdem schuldest du mir noch eine Revanche, wenn ich mich recht erinnere.«

»Ich fasse es nicht, dass du das hier wirklich machst.«

Achselzuckend legte ich den Kopf schief. »Hast du Angst?«

Sein schiefes Grinsen erschien und erinnerte mich an den Kuss in der vergangenen Nacht. Gedanken, die ich gerade gar nicht gebrauchen konnte. Ich machte einen Schritt zurück und wandte mich an Malaya. »Hast du ein passendes Schwert für mich?«

Sie beeilte sich zu nicken, während Annie neben ihr

schmunzelnd den Kopf schüttelte. Kurz darauf reichte mir Malaya eine perfekt ausbalancierte Übungsklinge, die sich sofort in meine Hand schmiegte.

»Was hältst du davon, wenn wir es interessanter machen, Roy? Damit du dich auch anstrengst.«

Er mahlte mit den Kiefern und nickte. »Ich werde mich nicht zurückhalten.«

»Sehr gut. Also, wenn du gewinnst, hast du einen Wunsch frei, wenn ich gewinne, gehört der Wunsch mir.«

Die Energie flackerte in seinem Blick auf, dann neigte er den Kopf. »Die Abmachung gilt, Mylady.«

Noch einen Moment lang hielten unsere Blicke einander stand, dann zog ich mich ein Stück zurück und ließ das Schwert in der Hand kreisen, so wie Roy zuvor.

Wir gingen in Stellung, nur Sekundenbruchteile später griff er an. So war es schon immer gewesen, Roy eröffnete, ich konterte. Sein erster Angriff ging in Richtung meiner Mitte. Ich tänzelte zur Seite, hob das Schwert über den Kopf und parierte, ehe ich aus der Drehung heraus auf seinen Hals zielte.

Ich hörte gesammeltes Keuchen und die ersten Rufe der Zuschauer und sah im Augenwinkel, dass es mehr geworden zu sein schienen, aber da machte Royath auch schon den nächsten Schlag und mein Umfeld verschwand aus meinem Blick.

Unsere Abfolgen wurden immer schneller, komplizierter und ausgefuchster. Jeder von uns suchte eine Lücke bei dem anderen und innerhalb weniger Momente lief mir der Schweiß über den Körper. Wir tänzelten umeinander her, fixierten und umkreisten uns. Staub, den wir aufgewirbelt hatten, tanzte in der Luft und unsere Schritte knirschten auf dem lockeren Boden.

Wann immer Roy eine Bewegung machte, wusste ich, was er als Nächstes tun würde, anders herum schien er immer sofort zu wissen, was ich vorhatte, und ging sofort in die entsprechende Abwehr. Es war, wie er gesagt hatte, wir kämpften zusammen, ließen uns aufeinander ein und verstanden die Art und Weise des anderen.

Ich wusste, dass er immer kurz die Zähne zusammenbiss, bevor er von links angriff, und dass seine rechte Seite ein wenig langsamer war.

Mein Herzschlag raste und das Blut pochte laut in meinen Ohren, ich fühlte mich berauscht von diesem Moment und der Energie, die in mir pulsierte. Berauscht von dem Mann mir gegenüber, der jedes Zucken meines Körpers zu kennen schien. Der *mich* kannte.

»Wie lange wollen wir dieses Spiel noch durchziehen?«, fragte Roy, als sich unsere Schwerter erneut kreuzten und wir nur eine knappe Unterarmlänge voreinander standen. Seine Brust hob und senkte sich genauso schnell wie meine eigene und ich sah die gleiche, unbändige Energie in seinen Augen flackern.

»Wieso? Willst du dich ergeben?«, fragte ich ein wenig atemlos und verzog die Lippen zu einem spöttischen Lächeln.

Er stieß so heftig gegen die Klingen, dass ich einige Schritte zurücktaumelte, dann griff er sofort wieder an.

Die Zuschauer hatten sich mindestens verdreifacht, die Rufe, Pfiffe und Anfeuerungen waren immer lauter geworden und Roy und ich in diesem Rausch gefangen. Ich hatte mich schon lange nicht mehr so lebendig gefühlt.

»Hast du über meine Worte gestern nachgedacht?«

»Willst du wirklich *jetzt* darüber sprechen?«

Roy schwang das Schwert über meinen Kopf und ich ging

in die Hocke, nur um im nächsten Moment mit einem Angriff von meiner Seite zu kontern.

»Vielleicht kann ich dich ablenken und dadurch diese Zurschaustellung beenden.«

Schnaubend glitt ich in eine schnelle Abfolge von Hieben
und Stichen. »Also gibst du zu, dass du mich nur schlagen
kannst, wenn ich abgelenkt bin?«

»Ich bin Manns genug zugeben zu können, dass du eine
ebenbürtige Gegnerin bist. Du bist sehr gut geworden. Zu
gut.« Roy parierte und trat einen Schritt zurück. »Also hast
du?«

»Das habe ich. Und du hast recht, Royath. Ich kann beides sein.«

Seine Augen begannen zu leuchten, so wie sie nach dem
Kuss geleuchtet hatten. Ich versank förmlich darin, in dem
Glühen, den Gefühlen, die in ihnen lagen und spürte, wie
mein Herz aus einem ganz anderen Grund schneller zu schlagen begann.

Im nächsten Moment spürte ich etwas Kühles an meinem
Hals. »Ergib dich, Prinzessin«, murmelte Royath so nah vor
mir, dass ich seinen heißen Atem auf meiner Haut spürte.

Ich atmete scharf ein und sah zu ihm auf. »Es scheint, als
hättest du einen Wunsch frei.«

Er nickte lächelnd, sein Blick fiel auf meine Lippen und
einen Moment wirkte es so, als würde er mich hier auf dem
Platz vor allen anderen küssen. Eine beinahe beängstigende
Vorstellung. »Und ich weiß auch schon, was ich mir wünsche.«

Kapitel 23

Der Geruch nach frischem Brot, Rauch und Leder lag in der Luft, als wir durch eine verwinkelte Gasse auf den Marktplatz von Livingston traten. Annie hatte sich bei mir untergehakt und sah sich mit staunenden Augen um, Malaya lief ein Stück vor uns.

»Da sind wir auch schon«, verkündete sie nun und wandte sich zu uns beiden um. Mittlerweile hatte sich ihr Verhalten mir gegenüber ein Stück gelockert und ich hatte sie endlich dazu überreden können, mich zu duzen und mit meinem Vornamen anzusprechen.

»Willkommen auf dem mittelalterlichen Markt von Livingston.«

Ich ließ den Blick von ihrem offenen Lächeln zu dem großen, ovalen Platz gleiten, der sich vor uns ausbreitete. Unzählige bräunliche und weiße Zelte in den verschiedensten Formen und Größen waren ohne jede erkennbare Ordnung auf der Fläche, die von Fachwerkhäusern gesäumt wurde, aufgestellt worden. Kleine Gässchen bildeten ein Netz aus schmalen Wegen, das sich durch die Zelte schlängelte. Auf manchen Zelten wehten bunte Fahnen in dem leichten Wind und auf der Mitte des Platzes ragte ein massiver Springbrunnen aus grobem, grauem Stein auf. Von überallher drangen Gemurmel, Rufe und Gesprächsfetzen zu uns, die sich mit dem Summen, das über dem Markt lag, verbanden.

Es war ein bisschen so, als würden wir an der Grenze zu einer anderen Welt stehen. Wir sahen sie, konnten mitverfolgen, was dort geschah, aber noch nicht aktiv daran teilnehmen, bis wir den ersten Schritt in diese fremde Welt gemacht hatten.

Ich versenkte die Arme in den Taschen meines Parkas und nickte. »Du hast nicht untertrieben, Malaya.«

Zwischen den Zelten liefen unzählige Besucher in normaler Kleidung und Schausteller, die sich dem Mittelalter angepasst hatten, umher. Es wurde gefeilscht, gehandelt und an anderen Ständen die Auslage oder ein Handwerk erklärt. Mich erinnerte dieses Bild, das sich uns bot, ein wenig an die verwinkelten Gassen von Camden Town, in denen man sich nur allzu leicht verlieren konnte, wenn man nicht achtgab.

»Danke. Livingston ist für diesen Markt bekannt. Die Besucher kommen teilweise sogar aus Schottland, Frankreich und Deutschland nur für diese eine Woche. Und es gibt eine Schaustellergruppe aus Brasilien, die jedes Jahr wieder auftritt.«

Wir setzten uns in Bewegung und tauchten ein. In die Gerüche, das Gewusel, diese andere Welt, die uns mühelos umfing und ihre Arme um uns schlang.

»Sieht es so auch bei dir aus? Im Hades, meine ich«, fragte mich Annie und stupste mir leicht in die Seite.

Auch Malaya wandte sich interessiert zu uns um, um meine Antwort mitzubekommen.

Belustigt sah ich die beiden an und schüttelte den Kopf. »Nein, die Hölle und dieser Markt haben absolut gar nichts miteinander gemeinsam. Wir stecken dort nicht im Mittelalter fest, Annie.«

»Woher soll ich das wissen? Du machst immer so ein großes Geheimnis um den Hades.«

Ich zupfte an einem losen Faden in meiner Hosentasche.

»Aus gutem Grund. Die Hölle ist nichts für die Lebenden.«
Ihre braunen Augen bohrten sich in meinen Blick, dann unterbrach ich den Kontakt und sah Malaya an. »Also, wo gehen wir als Erstes hin?«

Die junge Schwertmeisterin räusperte sich verlegen und deutete auf die Gasse, der wir folgten. »Dieser Weg führt direkt zu dem Friedensbrunnen, dort finden Vorstellungen von Schaustellern und Akrobaten statt, wenn euch das interessiert. Dann könnten wir noch irgendwo etwas Typisches essen und anschließend einen Blick in meine Schmiede werfen.«

Annie klatschte in die Hände. »Akrobaten fand ich schon immer beeindruckend und gegen etwas zu essen habe ich absolut nichts einzuwenden. Nach der Show, die Lya und Roy da abgezogen haben, brauche ich erst mal wieder etwas im Magen.«

Jetzt war es an mir, sie anzustoßen. »Was soll denn das heißen?«

Meine beste Freundin zuckte nur die Achseln und betrachtete einen Stand neben ihr, der Edelsteine, Ketten und Amulette anbot. »Euer Kampf war sehr aufschlussreich. In vielerlei Hinsicht.«

Malaya unterdrückte ein Lachen und kaschierte es mehr oder weniger erfolgreich mit einem Hüsteln. Als sie meinen Blick bemerkte, kniff sie rasch die Lippen zu einer schmalen Linie zusammen.

»Annie ...«, begann ich mit leiser, fester Stimme und fixierte sie mit einem meiner durchdringenden Blicke, die ich mir sonst für Versammlungen aufbewahrte.

Annie blieb stehen und stemmte die Hände in die Hüften. »Warum, Lya? Warum versteckst du es? Spätestens nach diesem Kampf sollte auch dem letzten Idioten klar geworden sein, was ihr füreinander seid. Wo ist das Problem? Du bist schließlich ihre Königin, solltest du da nicht wählen können, wen immer du möchtest?«

Bei ihren Worten versteifte ich mich und biss die Zähne zusammen.

»Du verleugnest deine Gefühle immer noch. Vor den anderen, aber in erster Linie vor dir selbst.«

»Ja und das nicht ohne Grund«, erwiderte ich kühl und setzte mich wieder in Bewegung. Mir gefiel überhaupt nicht, in welche Richtung dieses Gespräch gewandert war, und schon gar nicht das, was es in mir auslöste.

Ich hatte gerade keinen Kopf für das ganze komplizierte Chaos, das damit zusammenhing. Ja, ich war Königin, ich stand ganz oben in der Hierarchie und hatte das Kommando, aber genau das war ja das Problem an der ganzen Sache.

Als ich nichts sagte, meldete sich Malaya leise zu Wort. »Vermutlich geht es mich nichts an, Lya, aber hat es mit dem Bindungsgesetz zu tun? Gibt es das wirklich im Hades?«

Seufzend nickte ich. Annie sah uns verständnislos an.

Wir erreichten das Ende der Gasse, die sich vor uns zu einer kleinen Fläche erweiterte, auf der der sprudelnde Brunnen stand. Filigrane Drachen aus grauem und schwarzem Stein tanzten auf den verschiedenen Ebenen des Brunnens, auf der höchsten war die Figur eines typischen Helden aufgesetzt worden, der die Drachen zähmte und im Zaum hielt.

Vor dem Springbrunnen hatte sich eine Menschentraube um etwas gebildet, dass wir von unserem Standpunkt aus noch nicht sehen konnten.

»Ein Gesetz, das besagt, dass herrschende Dämonen, egal ob Grafen, Fürsten oder Könige sich nur ein einziges Mal binden dürfen. Für die Ewigkeit. Sollte ich das mit Roy, was

353

auch immer genau es ist, öffentlich machen und mich dazu bekennen, dränge ich ihn in diese Bindung. Und ich möchte ihm das nicht antun, ihn nicht an diesen Platz bringen, auf dem ich stehe.«

Annie legte eine Hand auf meinen Arm und hob einen ihrer Mundwinkel. »Hast du Royath denn gefragt, was er davon hält?«

»Von einer Ewigkeit mit mir? Der Herrschaft über den Hades an meiner Seite? Ich denke, dafür ist es noch ein bisschen früh«, murmelte ich. »Einmal abgesehen davon, dass wir gerade ganz andere Dinge haben, um die wir uns kümmern müssen.«

»Das verstehe ich, nur vergiss dabei nicht dich selbst, Lya, ja?«

Etwas Ähnliches hatte Roy auch zu mir gesagt. Mit gerunzelter Stirn sah ich meine Freundin an und zog die Unterlippe zwischen die Zähne. Annie drückte meinen Arm und lächelte mir zu. *Wir reden später*, sagte ihre Geste und ich nickte.

Wir schafften es, dieses Thema zur Seite zu schieben, zumindest für den Moment und suchten uns einen Weg durch die Zuschauer, wobei uns meine Energie zugutekam. Die Menschen wichen instinktiv ein Stück zurück, als wir drei uns dazwischenschoben und ich meine Macht von ihrer Leine ließ, sodass wir schließlich einen Platz direkt vor der provisorischen Bühne ergatterten. Die drei Schausteller, zwei junge Männer und eine Frau, hatten ein Seil auf den Boden gelegt, das ihren Platz von dem Publikum trennte und ihnen Freiraum für ihre Vorstellung bot.

»Die drei sind jedes Jahr hier, auch wenn sie nicht ganz so spektakulär wie die Brasilianer sind. Sie kommen aus Frankreich und beherrschen ihre Feuerspiele so gut ...«

»... dass man meinen könnte, sie wären Dämonen?«, vervollständigte ich Malayas Satz und nickte in Richtung der Fackeln, die sie gerade vorbereiteten. Anscheinend waren wir genau richtig für eine neue Show gekommen.

»Wie praktisch, dass im Hintergrund gleich ein Brunnen voller Wasser wartet. Für alle Fälle«, meinte Annie grinsend und griff nach meiner Hand, als einer der Männer, zwei Fackeln in den Händen, nach vorne trat. Obwohl es ziemlich kalt war, trug er nur eine dünne Weste, die freien Blick auf seine muskulöse, glänzende Brust gab. Seine blonden Haare hatte er sich zurückgebunden und seine Augen funkelten wie elektrisiert von dem Feuer. Ich musste Malaya recht geben, er wirkte tatsächlich ein wenig wie ein Dämon.

»Meine Damen und Herren«, begann er in brüchigem Englisch und ließ die noch erloschenen Fackeln kreisen, »willkommen in Livingston und willkommen bei den Vorboten der Hölle.«

Ich verkniff mir ein amüsiertes Schnauben und verlagerte das Gewicht auf mein rechtes Standbein.

»Wir entführen Sie heute in eine Welt des Feuers, der Flammen und der Magie. Öffnen Sie Ihren Geist und geben Sie sich der Faszination des Feuers hin. Im Namen der Vorboten der Hölle wünsche ich Ihnen viel Spaß!«

Der Mann machte einen Schritt zurück und winkte die junge Frau, deren dunkelblonde Dreadlocks mit einem bunten Band zurückgebunden waren, zu sich heran. Sie trug eine dritte, bereits brennende Fackel in den Händen, die schwarzen Rauch in den Himmel schickte.

Unwillkürlich verzogen sich meine Lippen zu einem Lächeln, als ich das Flüstern der Flammen hörte, ihre knisternde Energie auf meiner Haut spürte. Mein innerer Dämon reckte den Kopf und ich sah, wie das Feuer für einen Moment höher schlug als gewöhnlich, als spürte es die Anwesenheit seiner Herrin.

»Du bist ganz heiß, Lya. Alles gut?«, flüsterte Annie und ließ prompt meine Hand los, ihre großen Augen auf mich gerichtet.

»Mir geht's gut«, erwiderte ich genauso leise, zog meine mentalen Mauern höher und drängte meinen dämonischen Kern resolut zurück. Hier war nicht der richtige Ort für eine Zurschaustellung meiner Fähigkeiten.

Die Frau entzündete die Fackeln des Mannes und gab ihm dann auch die dritte. Mit einem konzentrierten Gesichtsausdruck begann er zu jonglieren, wobei die Flammen jedes Mal haarscharf an seiner Haut und seinen Haaren vorbeizischten. In schwindelerregendem Tempo warf er die Fackeln hoch, sodass sie Feuerschweife hinter sich herzogen, ließ sie in seinen Händen tanzen, als wäre er tatsächlich ihr Beschwörer.

»Wow«, sagte Annie leise neben mir und klatschte, als der Mann sein erstes Kunststück beendete und Applaus aufkam.

Der zweite Mann kam dazu, ebenfalls drei Fackeln in den Händen, und stellte sich dem ersten gegenüber. Dann begannen sie, sich das Feuer zuzuwerfen, während sie gleichzeitig mit den verbliebenen Fackeln jonglierten. Das Publikum hielt hörbar den Atem an, als die Frau weitere brennende Gegenstände ins Spiel brachte und sich dann zeitgleich mit einer brennenden Peitsche zu drehen begann, bis sie scheinbar von einem Feuerinferno eingeschlossen zu tanzen schien.

Die Flammen zogen sich enger um ihre schlanke Gestalt und ich hörte ihr gieriges Flüstern und Zischen, das mir einen Schauer über den Rücken jagte. Ich kam nicht umhin, diese Menschen für ihren Mut zu bewundern.

Feuer war unberechenbar – selbst mir gehorchte es nur widerwillig – und die Schausteller setzten sich freiwillig dieser zerstörerischen Gewalt aus, ohne etwas dagegen ausrichten zu können. Und das mit einer derartigen Präzision und Disziplin. Sie spielten mit den Flammen, als würden sie tatsächlich über sie gebieten, führten die Feuerzungen an der Nase herum und wurden zu einer Einheit mit ihnen.

Es war schlichtweg wunderschön.

Als das Kunststück endete und die Schausteller die Flammen in Eimern erstickten, klatschte ich genauso wie die anderen Zuschauer. Malaya warf mir einen belustigten Blick zu und neigte den Kopf, eine Geste, die ich mit einem ehrlichen Lächeln erwiderte.

Dann fanden Annies Finger wieder zu den meinen und umschlangen sie so fest, dass ich für einen Moment fürchtete, sie würde mir das Blut darin abschnüren. »Ich bin froh, dass du mich in deine Welt mitgenommen hast, Lya.«

»Ich auch, Annie.«

Eine knappe Stunde später sahen Annie und ich uns alleine auf dem Markt um, probierten an verschiedenen Ständen Essen und Getränke und horchten auf Erzählungen, die manche Aussteller boten.

Malaya hatte uns ihre Schmiede gezeigt – auch den verborgenen Teil, in dem sie die Magie ausführte, die nötig war, um die Dämonenklingen zu erschaffen – und hatte sich dann verabschiedet, um noch zwei Aufträgen nachgehen zu können. Wir würden sie später in der Zeltstadt wiedertreffen.

Da sowohl Annie als auch ich noch keine Lust gehabt hatten, wieder zu der Vereinten Truppe zurückzukehren, hatten wir uns entschieden, den restlichen Nachmittag in Livingston zu verbringen und erst später zum Abendessen zurückzukehren. Außerdem hatte Annie es sich in den Kopf gesetzt, noch ein Souvenir für Hazel zu kaufen – auch noch nachdem ich ihr gesagt hatte, dass das hier nur ein Wochenendtrip war.

»Wird das alles hier auch in deinem Buch Platz finden?«, fragte ich Annie mit einem Zwinkern und ließ die Finger über ledergebundene Tage- und Notizbücher gleiten. In manche waren verworrene Muster eingeprägt worden, in andere einzelne Zeichen oder Worte.

»Wer weiß. Interessant genug wäre es auf jeden Fall. Ich meine, eine verborgene Armee aus *Iljos* und Dämonen, die sich formiert, um die Menschheit vor einer Gruppe von kranken Fanatikern zu beschützen?«

Die Verkäuferin, eine ältere Dame mit grauem Knoten und brauner, einfacher Stoffkleidung, hob die Augenbrauen und sah uns beide erschrocken an.

Ich schenkte ihr ein beruhigendes Lächeln und nahm eines der Bücher in die Hand. Das Zeichen, das in das dunkelbraune Leder geprägt worden war, war dem Wappen meines Hauses sehr ähnlich. »Absolut. Ich bin gespannt, was deine Schreibgruppe davon hält, wenn du ihnen davon erzählst.«

Annie zuckte nur die Schultern und verschränkte die Arme vor der Brust. »Sie werden begeistert sein. Ree meinte auch, dass ich definitiv über diesen Konflikt schreiben sollte.«

Ihre Worte ließen mich innehalten. »Ree? Sag mal, was genau läuft da eigentlich zwischen euch beiden?«

Meine beste Freundin errötete und wusste auf einmal nicht mehr, wohin mit ihren Händen. »Wieso?«

Mehr als ein vielsagendes Lächeln hatte ich nicht als Antwort für sie übrig.

Annie seufzte und zupfte am Saum ihres Pullovers herum,

ihre Augen auf ihre Schuhspitzen gerichtet. »Ree ist … anders. Sie sieht mich auf andere Weise, und das ist … schön. Irgendwie. Ganz schön verdreht, wenn man bedenkt, dass sie eine klingenschwingende Dämonin ist, was?«

Ich packte das Buch zur Seite und legte einen Arm um ihre Schultern. »Du bist die beste Freundin des Teufels, meinst du nicht, dass du über den Punkt, an dem du dir Gedanken darüber machst, wie abgedreht die ganze Situation ist, weit hinaus bist?«

Beinahe hilflos sah sie mich an und grinste schief. »Auch wieder wahr.« Ihr Atem entwich mit einem hörbaren Zischen. »Wir verstehen uns gut. Sehr gut und sie ist eine ziemlich gute Zuhörerin und außerdem … keine Ahnung, wie ich das beschreiben soll. Es prickelt.«

Mir kam ein leises Lachen über die Lippen. »Wenn du Reena dazu bringen kannst, dass sie dir zuhört, dann musst du in ihren Augen etwas Besonderes sein, glaub mir. Aber es wundert mich nicht, dass sie das so sieht. Ich wusste von Anfang an, dass du außergewöhnlich bist.«

Ein ehrliches Strahlen trat in ihre braunen Augen. »Dann hast du nichts dagegen, wenn, na ja, wenn wir uns mal treffen. Alleine?«

»Reena ist absolut durchgeknallt, irre und unberechenbar, aber wenn ihr jemand oder etwas am Herzen liegt, dann tut sie alles dafür. Mehr kann ich mir für meine beste Freundin gar nicht wünschen, oder?«

Annie sah mir direkt in die Augen und zog mich dann in ihre Arme. »Danke, Lya. Ich weiß zwar nicht, wohin das zwischen Ree und mir führen wird, bisher ist da nur dieses Kribbeln zwischen uns, aber ich habe das Gefühl, dass es vielleicht mehr sein könnte, verstehst du? Irgendwann mal.«

Ich drückte sie als Antwort fest an mich. Dieses Gefühl kannte ich zu gut.

Nach einer kleinen Weile, in der wir so beieinandergestanden hatten, löste ich mich von ihr und schob sie eine Unterarmlänge von mir, ohne sie loszulassen. »Und jetzt erzählst du mir mal ganz genau, wie das zwischen Reena und dir passiert ist.«

»Glaubst du mir, wenn ich sage, dass Reena einfach angefangen hat und ich gar keine Wahl hatte?«

Mir kam ein trockenes Lachen über die Lippen, dann hakte ich mich bei ihr unter, ehe wir uns wieder in Bewegung setzten. »Absolut. Das klingt genau nach ihr.«

Annie erzählte mir von ihrem Gespräch mit Reena, als ich mit Zayden auf dem Dach des Clubs gewesen war, von den bedeutungsvollen Blicken, die sie sich zuwarfen und dem unbeschreiblichen Gefühl, das sich immer in ihrer Brust breitmachte, sobald Reena im Raum war. Sie beschrieb es als eine verrückte Mischung aus Panik, Nervosität, Vorfreude und dem Achterbahnkribbeln – was auch immer Annie damit genau meinte, aber jedes ihrer Worte klang, als würde sie meine dämonische Freundin beschreiben.

Als Annie mir verriet, dass sie von sich selbst überrascht war, dass sie für eine andere Frau derartige Gefühle empfinden konnte, lächelte ich nur. »Es gibt keine Gesetze für so etwas, Annie. Was zusammenpasst, das findet zusammen und überwindet dabei so banale Grenzen wie Geschlecht oder Art. Wichtig ist doch nur, was sich richtig anfühlt, und wenn es sich für dich richtig anfühlt, mit Reena zusammen zu sein, dann ist es das auch.«

Daraufhin sah sie mich nur mit einem kaum zu deutenden Ausdruck an und nickte.

Wir fanden ein passendes Souvenir für Hazel – eines der Bücher, die ich vorhin in der Hand gehalten hatte – und machten uns dann, jeder mit einem Stockbrot, auf den Rückweg in die Zeltstadt.

Dort zogen wir uns in unser Zelt zurück, um unsere Einkäufe zu verstauen und in andere Kleidung zu schlüpfen. Man teilte uns mit, dass Royath nach London aufgebrochen war, aber zum Abendessen wieder in Livingston sein wollte und dass das Bankett für neunzehn Uhr geplant war. Annie und ich entschieden uns, bis dahin noch etwas durch die Zeltstadt zu schlendern und uns umzusehen, wofür wir bisher noch keine Zeit gehabt hatten. Ich vermutete insgeheim, dass sie nur noch mehr Inspiration für ihre neue Leidenschaft suchte.

Auf dem Weg zum Hauptzelt, in dem das Essen stattfinden würde, trafen wir wieder auf Malaya, die ein längliches, in dunklen Stoff eingeschlagenes Paket unter dem Arm trug und Ruß auf den Wangen hatte. Sie wirkte abgehetzt und beunruhigend aufgekratzt.

»Lya, Annie!«, rief sie und hob ihre freie Hand. »Gut, dass ich euch gefunden habe.«

»Wir waren nie weg. Was ist los?«, erwiderte ich und sah sie auffordernd an.

Ihre hellen Augen huschten zwischen Annie und mir hin und her und blieben schließlich an meinem Gesicht hängen. »Ich, ich war in der Schmiede, weil ich noch diesen Auftrag beenden sollte.« Malaya deutete auf das Paket in ihren Händen. »Einer von Dads Männern ist aufgetaucht und hat mich sofort zurückbeordert. Es ist ein Bote aus London eingetroffen.«

Ich verstand nur Bahnhof und machte einen Schritt auf sie zu. »Malaya, was ist los?«

Sie schluckte. »Mein Vater erwartet euch zusammen mit

Kommandeur Bleek im Zelt. Der Bote will nur mit dir sprechen, Lya. Es ist ein roter Bote.«

Die Worte hatten kaum Malayas Mund verlassen, da hatte
ich mich auch schon an ihr vorbeigeschoben und rannte in
Richtung Versammlungszelt.

Ein roter Bote. Diese Boten überbrachten nur die schlimms-
ten Nachrichten.

Meine Schritte donnerten über die Erde, während ich die
Gasse entlanglief, mich nicht mit den Soldaten aufhielt, an
denen ich vorbeikam, und alles, was mir in den Weg kam,
resolut zur Seite stieß.

Ein Bote aus London.

Ein *roter* Bote aus London.

Royath war in London. Ree war dort ... Annies ganze
Freunde.

Mein Magen wurde zu einem harten Knoten, der mich jeden Moment in die Knie zu zwingen drohte.

Ich würde spüren, wenn etwas mit Roy geschehen wäre.
Ich würde es ganz einfach wissen. Es musste ihm gut gehen.
Ihm und all den anderen.

Endlich tauchte das dunkelrote Hauptzelt vor mir auf. Die
Wachen vor dem Eingang rissen die Plane gerade rechtzeitig
hoch, dann stürmte ich auch schon mitten in die Gruppe, die
sich hier versammelt hatte.

Bleek, Jacuzzo, ein paar andere *Iljos* und Dämonen mit Ab-
zeichen auf den Uniformen. Neben Bleek stand Vannor. Der
Iljos, der eigentlich mit Royath unterwegs sein sollte, doch von
meinem Ersten Offizier fehlte jede Spur. Mir wurde schlecht.

Zwischen den Soldaten stand ein junger Dämon in schwarzer Kleidung mit einem roten Band um den linken Oberarm – der Bote.

Ich befreite mich aus meiner Starre, packte den Boten und riss ihn mit glühenden Augen zu mir herum.

»Was ist passiert?!«, fuhr ich ihn an und spürte, wie er unter der Wucht meiner Worte zusammenzuckte. Angst trat in seine dunklen Augen. »Was für eine Nachricht bringst du? Wo ist mein Erster Offizier? Wo ist Royath?«

Er starrte mich mit großen Augen an und ich sah seine Energie unruhig in seinem Inneren flackern. »Mylady ...«

»Ich bin hier, Lya«, erklang eine warme, feste Stimme. Ich ließ sofort von dem Boten ab und drehte mich um. Roy kam mit großen Schritten aus dem Schatten zu der Gruppe, ohne mich aus den Augen zu lassen.

Der Knoten in meinem Inneren löste sich mit einem Ruck, dann dachte ich nicht mehr nach und warf mich in seine Arme. In diesem Moment war es mir gleich, dass ich hier von ranghohen *Iljos* und Dämonen umgeben war. Es zählte nur, dass er hier war. Dass Roy hier bei mir war.

Ich vergrub meinen Kopf an seiner Schulter, atmete seinen Geruch nach Schatten, Feuer und Zeder ein und hielt ihn fest, als könnte er sich in Luft auflösen, wenn ich ihn losließ. Roys Energie verband sich mühelos mit meiner, nahm einen Teil meiner Anspannung, während seine Hand beruhigend über meinen Rücken fuhr.

Aus dem Augenwinkel sah ich, wie Annie und Malaya das Zelt betraten. Dann spürte ich, wie mich Roy sanft, aber bestimmt von sich schob.

»Lya, die *Madúr* haben eine weitere Warnung abgegeben«, sagte er, ohne mich aus den Augen zu lassen.

Ich strich mir einige Strähnen aus dem Gesicht und zog die Augenbrauen zusammen. »Was für eine Warnung?«

Royath bedeutete dem Boten vorzutreten. Der verschreckte

Dämon beeilte sich, in eine Verbeugung zu sinken und presste dann die Arme an die Seiten. »Es hat einen Anschlag auf den Hauptsitz der *Iljos* gegeben, Mylady. Das Gebäude in Temple wurde gesprengt. Und der Kopf der *Madúr*, eine gewisse Natalia Grisberger, hat sich uns gegenüber dazu bekannt.«

Wut flutete heiß durch meinen Körper und ließ meine Energie aufflammen. »Was bedeutet das?«

»Das bedeutet, dass sie unsere Zentren kennen, unsere Stützpunkte und Zugang zu unseren sensibelsten Bereichen haben«, antwortete Jacuzzo anstelle des Boten und verschränkte grimmig die Arme vor der Brust.

»Und dass uns die Zeit davonläuft, Lya«, fügte Royath an. Die Muskeln an seinem Kiefer zuckten. »Die Frist ist fast vorbei, wir sind kein Stück weitergekommen, haben keinen anderen Weg gefunden.«

Annie trat an meine Seite, die Augen weit aufgerissen. »Was bedeutet das jetzt? Was heißt das für uns?«

Kommandeur Bleek trat vor und griff nach dem länglichen Paket, das Malaya noch immer abwesend in den Händen hielt. Dann reichte er es mir und sah mir fest in die Augen. »Das heißt, dass es Krieg geben wird. Einen Krieg, den Ihr anführen werdet, Mylady.«

TEIL DREI

Kapitel 24

Ein schwarzes Loch. Trümmer. Eingestürzte Wände und Gesteinsbrocken.

Mehr war von dem historischen Bau, in dem die *Iljos* in London ihren Hauptsitz gehabt hatten, nicht mehr übrig.

Es war der Schauplatz einer Katastrophe und ein Mahnmal an das Übernatürliche dieser und jeder anderen Welt. Eine schmerzhafte Erinnerung daran, dass uns die Zeit davonlief.

Rauch stieg von dem Trümmerfeld in den Abend auf, der in das rot-blaue Licht der Einsatzfahrzeuge getaucht wurde. Eine große Menschenmenge hatte sich an den Absperrungen versammelt, verfolgte schweigend, wie die Polizei und mehrere Bergungsteams in Sicherheitskleidung die Unglücksstelle untersuchten und Opfer bargen.

Die Presse sprach von einem terroristischen Akt. Von politischen Spannungen und Gegnern der kommenden Reformen.

Wie falsch sie doch lagen. Das hier war eine Botschaft. An die *Iljos*. An die Dämonen. An mich.

Die *Madúr* hatten das Herzstück der Londoner *Iljos* in die Luft gejagt, ihren Anführer Emanuel MacLeran und einundfünfzig weitere Lichtgeborene getötet. Dazu elf menschliche Passanten, die einfach zur falschen Zeit am falschen Ort gewesen waren.

Sie hatten uns den Krieg erklärt, die Frist frühzeitig beendet und binnen Sekundenbruchteilen das pure Chaos auf die Welt losgelassen.

Ich biss die Zähne zusammen und wandte den Blick ab.

Von dem Dach eines benachbarten Gebäudes aus hatte ich die uneingeschränkte Aussicht auf den Tatort. Ich sah, wie die Menschen mit Spürhunden über die Trümmer liefen, die von großen Scheinwerfern in grelles Licht getaucht wurden. Ich sah, wie sie immer mehr leblose Körper in schwarze Plastiksäcke legten und abtransportierten und wie Reporter erste Interviews führten und die Welt über das Unglück informierten.

Ich hatte schon lange genug gesehen.

»Lya, wir sollten hier verschwinden«, murmelte Royath und legte mir eine Hand auf die Schulter.

Ich zuckte zusammen und schüttelte den Kopf. »Das ist meine Schuld, ich ... ich hätte das verhindern müssen.« Langsam machte ich einen Schritt von ihm weg und trat an die Dachkante, dann ließ ich mich nieder und zog die Knie an.

»Wie hättest du das tun sollen? Wir wussten nicht, dass so etwas geschehen würde. Jeder von uns hat angenommen, dass wir noch Zeit hätten.« Unterdrückte Wut brodelte in seinen Worten.

Ich kniff die Augen zusammen. Zeit. Wie wir uns doch geirrt hatten. Wie hatten niemals Zeit gehabt, das hätte ich sehen müssen, das hätten wir alle sehen müssen. Und jetzt stand ich alleine vor einer Aufgabe, die sekündlich größer, unlösbarer wurde.

Zittrig atmete ich ein und fuhr mir über die Oberschenkel. Das erste Mal in meinem Leben fror ich, obwohl ich im Vollbesitz meiner Fähigkeiten war. Ich fror, bebte innerlich wie äußerlich und war unfähig, mich zu rühren.

Krieg. Wir befanden uns im Krieg. Von der einen auf die andere Sekunde.

Eben hatten Annie und ich noch auf dem mittelalterlichen Markt in Livingston über Souvenirs gelacht und jetzt standen wir im Trümmerfeld eines Kriegs, der niemals hätte ausbrechen dürfen.

»Ich hätte es verhindern können, Roy, und das weißt du auch.«

Royath kam näher und stellte sich neben mich, den Blick auf das eingestürzte Gebäude gerichtet. »Dieses Risiko durften und dürfen wir nicht eingehen, Lya.«

Ich drehte den Kopf in seine Richtung. »Warum? Wir wissen doch überhaupt nicht, was für eine Waffe ich in ihren Augen bin! Ob ich überhaupt zu einer solchen werde! Das hier hätte nicht passieren müssen, wenn ich mich nicht verkrochen hätte!«

Die Augen zusammengekniffen fuhr sich Roy über das Gesicht. »Ich habe gewusst, dass du so denken würdest.«

»Und ich kann nicht zulassen, dass sie weitermachen, Royath. Ich kann nicht zulassen, dass so etwas noch einmal geschieht, dass die *Madúr* die Menschheit zugrunde richten, weil sie uns vernichten wollen.«

Seine goldenen Augen richteten sich wie Pfeilspitzen auf mich. »Und ich kann nicht zulassen, dass du dich dafür opferst.«

»Das ist lächerlich und das weißt du. Mein Leben ist ein geringer Preis dafür, dass alles, wie wir es kennen, weiterbestehen kann«, schoss ich zurück. »Es ist egoistisch von dir, mich über alle anderen zu erheben.«

»Du kannst dir gar nicht vorstellen, wie scheißegal es mir ist, ob meine Wünsche und Ansichten egoistisch sind oder nicht. Ich werde dich nicht ziehen lassen. Nicht, wenn es absolut sinnlos ist.« Seine Energie wirbelte wild um ihn herum und zeugte von dem inneren Tornado, der in ihm tobte. »Selbst wenn du einen Weg finden solltest, dich zu opfern, ohne dass du ihnen eine Waffe in die Hand gibst, mit der sie alles vernichten können, werden sie danach nicht aufhören. Dieser Krieg würde andauern, so lange, bis sie ihr Ziel erreicht haben. Darüber haben wir schon gesprochen, Lya.«

Ich vergrub das Gesicht in den Händen. »Was soll ich tun, Roy? Was soll ich nur tun? Emanuel ist tot, die *Iljos* vorrübergehend ohne Führung hier in London und wir brauchen eine Lösung. Mehr als je zuvor.«

Royath setzte sich neben mich und ließ den Blick über das Geschehen am Boden gleiten. »Das, was heute passiert ist, ist grausam, aber du darfst jetzt nicht ohne nachzudenken handeln. Genau das wollen die *Madúr*. Dich dazu bringen, kopflos einen Fehler zu begehen, der dich angreifbar macht.«

Einen Fehler hatte ich schon begangen. Unzählige Fehler.

»Wir haben einen Namen. Natalia Grisberger. Meine Leute sind bereits dabei, Informationen zu sammeln, sodass wir einen Plan machen können. Gemeinsam mit Bleek und Jacuzzo. Wir finden einen Weg, Lya.«

Ich zog die Knie an und legte mein Kinn darauf. Das reichte nicht. Es würde nicht ausreichen, Informationen zu sammeln, Pläne zu schmieden. Wir mussten handeln, bevor es noch schlimmer werden konnte, als es ohnehin schon war. Und bevor London zu einem Schauplatz des Todes werden konnte. Erneut.

Roy griff nach meiner Hand, als würde er meine düsteren Gedanken hören können. »Wir finden einen Weg«, sagte er noch einmal, leiser, dennoch fester und eindringlicher. »Ich werde nicht zulassen, dass das so endet oder dir etwas geschieht. Du hast mein Wort, wir werden das hier zu Ende bringen.«

Langsam wandte ich den Kopf in seine Richtung und fing das goldene Funkeln darin auf. »Versprich nichts, was du nicht halten kannst, Royath.«

Darauf erwiderte er nichts und richtete stattdessen den Blick in die Ferne. Die Themse lag wie ein glitzerndes Band im Herzen der Stadt, die Lichter der Häuser spiegelten sich darin und ließen sie funkeln. Am Himmel zogen Flugzeuge vorbei und wurden zeitweise zu Sternen, die sich in die nächtlichen Himmelsbilder einfügten.

Es gab einen Weg, ja, nur war ich bisher nicht bereit gewesen, ihn auch zu gehen. Und jetzt, jetzt blieb mir keine andere Wahl.

Eine weitere Leiche wurde auf einer Trage aus den Trümmerbergen zu einem der schwarzen Wägen getragen. Ich riss mich aus meinen Gedanken und kam auf die Beine. Roy folgte mir.

»Wir sollten gehen, Lya«, sagte er leise und legte eine Hand an meinen Oberarm.

Ich nickte nur.

»Unsere Leute sind in Position, Bleek und Jacuzzo haben die wichtigsten Stützpunkte gesichert, nächstes Mal sind wir vorbereitet. Wie sollten schauen, dass wir etwas Ruhe bekommen, und morgen mit klarem Kopf an die Sache herangehen.«

Ruhe. Wie sollte ich jetzt Ruhe bekommen? Oder auch nur daran denken?

»Es ist bereits für morgen ein Treffen bei uns einberufen worden, dort werden wir das weitere Vorgehen besprechen, aber bis dahin bringt es niemandem etwas, wenn du dich in die Dunkelheit verziehst, Lya. Wir alle brauchen dich bei klarem Verstand.« Roy drehte mich so, dass ich direkt vor ihm stand, dann hob er sanft mein Kinn an. Unsere Blicke verhakten sich ineinander. »Ich brauche dich«, flüsterte er und fuhr mit dem Daumen die Linie meines Kiefers nach.

Ich schluckte erstickt und versuchte mich auf das Gefühl, das seine Berührung bei mir auslöste, zu konzentrieren. Hielt mich daran fest, denn zu mehr war ich in diesem Moment nicht imstande.

Royath glaubte an mich. Vermutlich glaubte die gesamte übernatürliche Welt auf die eine oder andere Art und Weise an mich.

Aber wie beim Namen des Ewigen Feuers sollte ich diesen Konflikt lösen, wenn ich nicht auch selbst an mich glaubte?

Unser Penthouse im *Royal Park Hotel* hatte sich innerhalb kürzester Zeit in ein waschechtes Krisenzentrum verwandelt.

Der große Esstisch war in die Mitte des Wohnzimmers geschoben, Pläne, Informationen und alles, was wir hatten, darauf ausgebreitet worden. Und es war bei Weitem zu voll in dem Raum. Ich hätte nie geglaubt, dass ich das einmal sagen würde, aber heute kam mir unser Penthouse klein, beengt und viel zu laut vor.

Nach einer unruhigen Nacht, die ich größtenteils alleine auf dem Balkon damit verbracht hatte, in den verhangenen Himmel zu starren und auf irgendeine Eingebung zu warten, hatten sich die Führungsebenen der *Iljos* und Dämonen um Punkt zwölf hier versammelt. Jedem Einzelnen von ihnen sah man an, wie sehr sie das alles mitnahm. Die *Iljos* hatten ihren Anführer verloren, aber keine Zeit, diesen Verlust zu betrauern, und die Dämonen ... die Grundstimmung war düster. Meine Leute waren nicht für ihre besondere Geduld oder Zurückhaltung bekannt und verlangten endlich nach Taten und Rache.

Und ich konnte sie verstehen. Es ging mir nicht anders.

Annie brachte mir eine Tasse Tee und stellte sich dann neben mich an den Tisch, über den wir gebeugt standen.

Royath, Tellin, Reena, Bleek und Solea von meinen Leuten, Jacuzzo, der vorübergehend die Leitung der Londoner *Iljos* übernommen hatte, Hugo, Griffin und ein dunkelhäutiger, schlanker Mann mit eisblauen Augen, der sich mir als Ninan vorgestellt hatte, auf der anderen Seite.

Raphael McJeenish, Zaydens Onkel, fehlte. Er war, wie so viele andere, unter den Trümmern bei der Explosion begraben worden und hatte es nicht mehr herausgeschafft.

Ich würde nicht so weit gehen zu sagen, wir wären Freunde gewesen, aber Raphael und ich hatten uns gegenseitig respektiert und er hatte mir viel beigebracht. Seine Abwesenheit riss ein großes Loch in diese Runde, genauso wie es Emanuels Fehlen tat.

»Es gibt rein gar nichts über diese Natalia Grisberger«, verkündete Hugo und stützte sich auf den Tisch. »Das ist ein totes Ende. Vermutlich nur ein weiterer Versuch der *Madúr* uns in die Irre zu führen. Warum sollten sie uns sonst einfach diesen Namen vor die Füße werfen?«

Tellin nickte nachdenklich. »Außerdem hilft uns ein Name auch nicht weiter, wenn wir die Beweggründe dieser Person nicht kennen. Wir sitzen in dieser Hinsicht nach wie vor im Dunklen.«

»Was interessieren uns die Gründe? Sie bringen eure und unsere Leute um, das ist es, was uns wirklich interessieren sollte«, hielt Reena dagegen und pustete sich eine Strähne ihrer dunklen Haare aus dem Gesicht.

Royath brummte und zog eine der magischen Karten unten den anderen Papieren hervor, die mein Schriftführer angefertigt hatte. Kleine Punkte verrieten, wo unsere Patrouillen standen und wie sie sich in der Stadt bewegten. »Die Gründe interessieren uns insofern, dass wir ihr zukünftiges Handeln nur ableiten können, wenn wir wissen, was diese Person, die hinter den *Madúr* steht, erreichen will, Reena.«

Ree schoss einen finsteren Blick in seine Richtung und schnaubte.

Ich nahm einen Schluck von meinem Tee und stellte die Tasse dann zur Seite. »Die Suche in unserem Archiv hat nichts hervorgebracht, was wir nicht schon wussten. Die Befragungen der *Madúr* nach ihren Beweggründen damals haben nichts ergeben und danach hat man sie ohne Ausnahme hingerichtet. Besiegt wurden sie nur durch unsere zahlenmäßige Überlegenheit, keine Besonderheiten. Einmal abgesehen davon, dass ich recht hatte, was den Spion angeht. Im ersten Krieg gegen die *Madúr* hatte ein Dämon vertrauliche Informationen an die Jäger weitergeleitet und ihnen so die Macht verliehen, unsere Völker beinahe für immer auszulöschen. Dieses Mal scheint es einer aus den Reihen der Lichtgeborenen zu sein.«

Es wurde still im Raum. Es war kein Geheimnis mehr, dass ein *Iljos*, mit großer Wahrscheinlichkeit sogar mehrere von ihnen, auf der Seite der *Madúr* stand und sie mit Informationen versorgte.

Und es war ebenso wenig ein Geheimnis, dass wir Zayden und seinen Vater Julien des Verrats bezichtigten.

»Wir übersehen irgendetwas«, murmelte Annie nach einer kleinen Weile und zog damit die Aufmerksamkeit auf sich, was ihr die Röte auf die Wangen trieb. Ich nickte ihr ermutigend zog, woraufhin sie sich leise räusperte und etwas weiter aufrichtete. »Die *Madúr* wollen alles Übernatür-

373

liche aus der Welt schaffen, so viel wissen wir. Aber warum?«

»Vermutlich würden wir ihre Gründe nicht verstehen, selbst wenn wir davon wüssten. Vorausgesetzt, sie haben überhaupt Gründe und schlagen nicht blindlings nach allem, was in ihren Augen nicht natürlich ist«, antwortete Griffin und rümpfte die Nase. Sein Ausdruck hatte sich seit unserem letzten Treffen deutlich verändert. Seine Züge waren härter geworden, das Leuchten in seinen Augen dunkler.

Jacuzzo fuhr sich übers Kinn. »Wir drehen uns im Kreis. Für sie ist alles Übernatürliche gegen die Natur. Weil Dämonen und *Iljos* ihrer Meinung nach nicht von Gott geschaffen wurden und nicht das Recht haben, auf der Erde zu wandeln. Sie wollen uns zerstören, den Part in ihrem Gefüge, der nicht passt, und somit das weltliche Gleichgewicht herstellen. Das wissen wir bereits, ich wüsste nicht, inwiefern uns das weiterbringen sollte.«

Ich starrte auf einen Punkt irgendwo hinter Tellins Kopf und wiederholte Jacuzzos Worte wieder und wieder in meinen Gedanken.

Und dann setzten sich plötzlich ein paar Teile an die richtige Stelle. Mein Kopf ruckte hoch.

»Du siehst aus, als hättest du ein Ei gelegt«, kommentierte Reena und verschränkte die Arme vor der Brust, als ich mich aufrichtete. Ich überging ihre Anmerkung geflissentlich und holte Luft. »Sie wollen nicht uns als Kreaturen zerstören, sondern unsere Energie. Das, was uns von den Menschen unterscheidet«, sagte ich und spürte, wie sich mein Herzschlag beschleunigte.

Tellin schüttelte bestimmt den Kopf. »Mit Verlaub, Majestät, aber ich glaube nicht, dass das möglich ist.«

Meine Augen richteten sich direkt auf ihn. »Sind wir uns da sicher? Wieso sonst hätten sie nach all den Jahren den Krieg neu aufnehmen sollen, den sie einst verloren haben, wenn sie nicht einen Weg gefunden hätten, sicher zu siegen? Ein für alle Mal?«

Royath runzelte die Stirn. »Das musst du genauer ausführen, Lya.«

Ich nickte und legte die Hände auf den Tisch. »Die *Madúr* werden niemals die Fähigkeit haben, unsere Rasse zu vernichten, nicht, solange die Urmagie – egal ob Licht oder Dunkelheit – existiert.«

Annies Augen weiteten sich. »Also werden sie nach einem Weg gesucht haben, den Ursprung zu zerstören und damit die Energien, die durch eure Körper fließen.«

»Bei der Hölle«, stieß Royath zwischen den Zähnen hervor.

Mein Blick heftete sich auf meinen Ersten Offizier. »Als Rickson uns von dem Eisstein und dem Auftauchen der *Madúr* berichtet hat, habe ich ihn gefragt, warum es gerade jetzt geschieht, und er hat geantwortet, dass es an mir liegt. Dass ich als Wesen zwischen Licht und Finsternis den entscheidenden Vorteil für die *Madúr* liefere. Wir hatten recht, ich bin die ultimative Waffe. Nur anders, als wir es bisher betrachtet haben.«

Unruhige Blicke wurden ausgetauscht und die Luft schien förmlich zu summen. Die kleinen Härchen in meinem Nacken stellten sich auf.

»Du bist nicht nur ihr Schlüssel, um *Iljos* und Dämonen vernichten zu können, du bist ihr Weg, den Ursprung des Übernatürlichen zu zerstören. Wir würden aufhören zu existieren und ohne den Ursprung gibt es auch kein Zurück mehr«, schloss Reena mit ungewöhnlich ernster Stimme und etwas, das ich bisher noch nie an ihr gesehen hatte, huschte über ihre Züge: Verunsicherung. »Das ist nicht möglich, oder? Also ja, man kann Dämonen und *Iljos* ausradieren, aber die Urmagie?«

Schweres Schweigen legte sich über die Runde. Weil wir alle die Antwort auf diese Frage kannten, auch wenn sie niemand von uns laut aussprach. Das brauchten wir auch gar nicht.

Vielleicht war es bisher nicht möglich gewesen, den Ursprung zu vernichten, aber bisher hatte es auch kein Wesen wie mich gegeben.

»Warum dann diese ganzen Anschläge und das Blutvergießen?«, durchbrach Hugo schließlich die Stille und sah uns der Reihe nach an.

»Das ist ihre Art uns aufzuscheuchen und dazu zu bringen, ihnen Lya auszuhändigen«, gab Royath zurück und strich sich durch die Haare, die ihm mittlerweile wild vom Kopf abstanden. »Etwas, das wir unter keinen Umständen tun dürfen. Jetzt noch viel weniger als zuvor.« Bei diesen Worten sah er mich direkt an. »Das sollte unser oberstes Ziel sein.«

Alle in der Runde nickten einvernehmlich – einschließlich mir. Mit der Erkenntnis, die ich in den letzten Minuten gewonnen hatte, war mein Vorhaben, mich zu stellen, um die Welt des Übernatürlichen zu beschützen, hinfällig geworden. Ich würde das genaue Gegenteil bewirken.

»Wie wollen wir vorgehen? In den vergangenen Tagen haben wir viele kleine Fische erlegt und kleine Siege eingefahren, aber gestern hat sich gezeigt, dass es die *Madúr* herzlich wenig juckt, was wir treiben. Sie sitzen nach wie vor am längeren Hebel, weil sie alles über uns zu wissen scheinen, uns einen Schritt voraus sind, während wir noch immer ganz am

Anfang stehen.« Tellin deutete mit der Hand auf den Stadtplan von London, wo der gestrige Anschlag mit einem roten Kreuz markiert worden war.

»Es wird Zeit, dass wir mit denselben Waffen kämpfen und uns zurück auf Position bringen. Die *Madúr* sind nur durch ihren Maulwurf in der Lage, uns zu treffen. Wir nehmen ihnen diesen Vorteil«, erwiderte ich und überkreuzte die Arme vor der Brust.

»Lya«, begann Royath und mahlte mit den Zähnen. »Das hatten wir schon, ich werde dich nicht als Köder für diesen Mistkerl Zayden rauslassen.«

Reena zog die Augenbrauen hoch und spitzte die Lippen. »Jetzt wird es interessant.«

Ich begegnete Royaths Blick mit kühler Gelassenheit, etwas, das so sehr im Kontrast zu dem stand, was wirklich in mir tobte. »Das ist auch gar nicht nötig. Seit unserem letzten Gespräch habe ich viel darüber nachgedacht und mir ist die eine oder andere Idee gekommen. Ich weiß, wie wir ihn bekommen. Ohne dass ich Gefahr laufe, den *Madúr* zu nahe zukommen. Und Zayden wird uns dann direkt zu dieser ominösen Natalia Grisberger führen.«

Am anderen Ende des Raumes knallte eine Tür und sämtliche Köpfe flogen in Richtung der beiden Neuankömmlinge.

Meine Lippen verzogen sich zu einem schiefen Grinsen, als ich Vannor erkannte und seine offensichtlich unfreiwillige Begleitung in Augenschein nahm. »Und ich habe so ein Gefühl, dass Vannor mir dazu gerade das letzte noch fehlende Teil geliefert hat.«

Reenas Zähne blitzten auf und sie begann eine ihrer Klingen in den Händen kreisen zu lassen. »Da bin ich aber gespannt.«

Der breitschultrige Vannor kam, nass vom Regen, der seine Kleidung wie eine zweite Haut auf seinem Körper kleben ließ, weiter in den Raum und schleifte seine Beute hinter sich her. Dann warf er die rothaarige junge Frau direkt vor unseren Tisch und wischte sich die Hände an der nassen Hose ab.

»Entschuldigt die Verspätung, Mylady, aber ich dachte, mein kleines Geschenk würde Euch sicherlich freuen.«

Ich kam um den Tisch herum und hob eine Augenbraue. »Und was genau haben wir da?«

Die Frau stieß einen Fluch aus und fuhr sich über Nase und Mund, wobei sie das Blut, das ihr aus einem Nasenloch lief, verschmierte.

Vannor zog die Schultern zurück und versenkte die massigen Hände in den Hosentaschen. »Ich bin der Spur nachgegangen, die Roy vor ein paar Tagen entdeckt hat. Gestern hat er mir den letzten Hinweis geliefert.«

Mein Erster Offizier trat an meine Seite.

»Deswegen warst du in London«, sagte ich in seine Richtung.

Roy nickte. »Aber ich hätte nicht gedacht, dass uns diese Spur wirklich etwas bringen würde.«

Der Kriegsführer der *Iljos* lachte freudlos und griff wahllos nach einem der Gläser auf dem Tisch, um den Inhalt runterzukippen. »Das dachte ich auch nicht, aber dann durfte ich die Bekanntschaft dieses reizenden Wesens hier machen.«

Wieder verwünschte die Frau Vannor und spuckte in seine Richtung, was ihn nur breiter grinsen ließ.

»Mylady, darf ich vorstellen, das ist Hanna Grisberger. Die äußerst ungezogene, abtrünnige Tochter von Natalia, die in sämtliche Machenschaften ihrer Mutter eingeweiht worden ist, ehe sie mit einem Versager von Kerl durchgebrannt ist.

Und jetzt wird sie uns mit ihrem Wissen helfen, wieder Frieden zu verbreiten.«

»Einen Scheiß weiß ich!«, warf Hanna ein, das Gesicht zu einer fiesen Grimasse verzogen. »Ich will mit dieser ganzen Freakshow nichts mehr zu tun haben.«

Ich machte einen Schritt nach vorne und ging vor ihr in die Knie, sodass sich unsere Gesichter auf einer Höhe befanden. »Ich fürchte, ich muss dich enttäuschen, Hanna. Du hast soeben eine der Hauptrollen in der Show ergattert. Herzlichen Glückwunsch.«

Kapitel 25

Das Knistern des Kamins und das leise Flüstern der Flammen waren lange Zeit die einzigen Geräusche in dem großen Zimmer mit der hohen, stuckverzierten Decke. Die Wärme des Feuers breitete sich in meinem Rücken aus, während mein ausdrucksloser Blick auf Hanna ruhte. Ihre grünen Augen bohrten sich trotzig in meine und ich erkannte nicht einen Hauch von Angst darin. Entweder hatte sie keine Ahnung, wer ich war und was ihr bevorstand, oder aber sie wusste es ganz genau und war dumm genug, sich nicht zu fürchten. Keine der beiden Optionen würde ihr etwas nützen. Ohne von ihr abzulassen verschränkte ich die Arme vor der Brust und legte den Kopf schief.

»Mach schon«, spuckte Hanna mir entgegen und funkelte mich herausfordernd an. Damit brach sie das erste Mal das Schweigen, das anhielt, seit wir den Raum vor einer knappen halben Stunde betreten hatten.

Hanna gehörte also in die Kategorie *dummer Mut*. Ich schüttelte bedauernd den Kopf und lehnte mich mit der Hüfte an den wuchtigen Schreibtisch hinter mir, dehnte mein eigenes Schweigen noch ein wenig länger aus. Ich wusste, was das mit einem anstellen konnte, wie effektiv es war, um das Gegenüber zu zermürben.

Auf meinen Befehl hin hatte ich mich nur zusammen mit Tellin, Jacuzzo und Roy in eines der ungenutzten Zimmer unserer Suite zurückgezogen, um das hier hinter mich zu bringen. Seit meiner Krönung wusste zwar ein Großteil der übernatürlichen Welt von meinen speziellen Fähigkeiten, aber davon gehört zu haben und sie tatsächlich in Aktion zu sehen, waren zwei gänzlich verschiedene Dinge.

»Ich bin kein Freund von Klischees, aber du weißt, dass du eine Wahl hast, oder?«

Hanna rutschte auf ihrem Stuhl herum – wir hatten sie nicht gefesselt, das erschien mir nicht förderlich – und verzog die Lippen zu einem spöttischen Lächeln. »Ach ja? Habe ich die? Als ob du mich gehen lässt, wenn ich dir ein paar Antworten gebe. Ich weiß, wie ihr tickt und dass für euch nur zählt, wer meine Mutter ist und nicht, wer *ich* bin. Es ist doch völlig schnuppe, was ich sage und was nicht.«

»Nein, das ist es nicht«, erwiderte ich scharf und löste die Arme. »In jeder Sekunde, die wir hier vergeuden, bieten wir Natalia die Möglichkeit, ihre kranken Pläne zu verfolgen.«

»Noch mal: Es interessiert mich nicht, was sie vorhat. Meine Mutter interessiert mich nicht. Und schon gar nicht ihr Geschwafel über die Ordnung der Welt.« Ihre Wangen röteten sich, dann richtete sich ihr Blick auf Royath, der hinter mir am Kamin lehnte. »Ich finde es ehrlich erschreckend, dass es anscheinend sehr viel mehr Personen gibt, die Natalias Märchen Glauben schenken.«

Offensichtlich wusste sie doch nicht alles. Oder sie glaubte ganz einfach nicht daran, schwer zu sagen. »Der Anschlag und die Menschen, die dabei gestorben sind, sind keine Märchen. Sie sind Realität, Hanna.«

Bei der Erwähnung ihres Namens biss sie sichtlich die Zähne zusammen, ihre schlanken Finger krallten sich in die gepolsterten Armlehnen. »Ich hatte nichts damit zu tun und hege auch nicht den Wunsch, da mit reingezogen zu werden.«

Roy räusperte sich und versenkte die Hände in den Taschen seiner schwarzen Jeans. »Dafür ist es ein bisschen spät, meinst du nicht? Warum lassen wir dieses Geplänkel nicht einfach, reden Klartext und bringen die Sache hinter uns?«

Hanna schnaubte nur. »Mein Wissen ist im Moment das Einzige, was mich am Leben hält. Ich werde den Teufel tun und diesen Vorteil verspielen.«

Wenn das nicht mein Stichwort war.

»Vielleicht nicht freiwillig«, murmelte Roy und wechselte einen kurzen Blick mit mir. Plötzlich lagen die Blicke der anderen schwerer auf meiner erhitzten Haut. Ich hatte gewusst, worauf es letztlich hinauslaufen würde, aber das bedeutete nicht, dass es diese Angelegenheit bedeutend angenehmer machen würde.

»Hanna, auch wenn es vielleicht nicht so wirken mag, aber wir versuchen hier, das Richtige zu tun. Du willst weg hier, schon klar. Glaub mir, ich kenne mich mit schwierigen Eltern aus, aber du bist im Augenblick unsere einzige Chance, eine *saubere* Lösung für diesen Konflikt zu finden und solange du uns nicht hilfst, können wir dich nicht gehen lassen«, versuchte ich es noch mal und bemühte mich, den genervten Unterton aus meinen Worten zu streichen. Allem Anschein nach gelang mir das nicht besonders gut.

»Mylady, meint Ihr nicht, wir haben genug Zeit darauf verwendet, Zugang zu suchen?« Tellin erhob sich aus dem dunkelgrünen Samtsessel und taxierte Hanna mit dunklen Augen. »Uns läuft die Zeit davon.«

»Freaks«, stieß Hanna unterdrückt hervor und sah von Tellin, der in seiner dunklen Uniform wie ein historischer Soldat wirkte, zu Roy und zurück zu mir und meinen flauschigen Hausschuhen. Vielleicht hätte ich die Schuhe doch auslassen sollen. Ich konnte mir vorstellen, dass wir einen *ungewöhnli-*

chen Anblick boten, ganz ohne Flügel, glühende Augen und umherwirbelnde Flammen.

»Ich weiß, Tellin«, antwortete ich und fuhr mir über die Finger. Als müsste man mich daran erinnern. »Letzte Chance«, sagte ich an Hanna gewandt und trat vor sie, sodass ich ihren schnellen Atem hören konnte. Offensichtlich meldete sich bei ihr gerade jener Überlebensinstinkt, der ihr unterbewusst mitteilte, dass ich kein gewöhnlicher Mensch war.

»Oder was?«

Auch wenn es ihr nichts brachte, musste ich doch zugeben, dass mich die Hartnäckigkeit, mit der sie an ihrer furchtlosen Maske festhielt, beeindruckte. Vielleicht, weil Hanna mich in diesem Moment ein wenig an mich selbst erinnerte.

Zeig keine Schwäche.

Wie oft hatte mir mein Vater diese Worte, diesen Grundsatz, unter die Haut getrieben?

»Wirst du sie dir dann mit irgendeinem Voodoo-Kunststück aus meinem Kopf ziehen? Ich glaube nicht an solche Zaubertricks oder magische Monster.«

Langsam schüttelte ich den Kopf und stützte die Hände auf die Armlehnen, nur Millimeter von ihren Fingern entfernt, sodass sie die Hitze spürte, die von meinem inneren Dämon, der gerade zum Leben erwachte, ausging. Ihre Hände zuckten zurück.

»Voodoo ist nicht so mein Ding«, erwiderte ich und suchte ihren Blick, biss mich mit meinen Augen an ihren fest.

»Was zur Hölle bist du?«, hauchte Hanna tonlos und wollte zurückweichen. Ihre Augen weiteten sich und ihre sorgsam aufgebaute Maske zerbrach in tausend Teile, als ich meine goldene Energie aufflammen ließ.

Binnen Sekundenbruchteilen hüllte sie den gesamten Raum

ein, füllte jeden Zentimeter und ließ meinen Körper prickeln, als würde er unter Strom stehen. Die beiden Wesen in meinem Inneren prallten aufeinander, gold und weiß, dunkel und hell und zogen mich in den Bereich zwischen Licht und Finsternis. Dorthin, wo die Fähigkeit saß, nach der ich griff.

»Vielleicht solltest du anfangen, an Monster zu glauben, Hanna«, hauchte ich und brachte mein Gesicht näher an ihres. Dann drängte ich mich mühelos in ihren Kopf und machte mich dort mit all meiner unheimlichen Macht breit. Hanna fuhr zusammen und stieß ein leises Wimmern aus, bevor sie ganz still wurde, die grünen Augen auf das grausame Wesen gerichtet, das sie in diesem Moment zu sehen bekam.

Monster sind real, fuhr ich in ihrem Geist fort, während ich meine Krallen tiefer in ihr Inneres schlug. *Und ich, ich bin das Schlimmste von ihnen allen.*

Die junge Frau erschauderte, kämpfte innerlich gegen mich an, aber sie hatte keine Chance. Hatte sie nie gehabt.

Gedanken lesen war eine Sache, das innere Wesen eines anderen nach Informationen, die Wochen, Monate zurückliegen konnten, zu durchwühlen, stand auf einem ganz anderen Blatt. Dafür musste ich zu etwas anderem werden, zu dem, was die übernatürliche Welt zu Recht fürchtete. Dem, was meinen Vater getötet hatte.

Und jetzt verrate mir, was du über Zayden und die Vernichtung des Ursprungs weißt.

Ich verabscheute diese Fähigkeit nicht nur, weil ich damit meinen Vater vernichtet hatte oder sie das war, das mich so offensichtlich von allen anderen unterschied. Ich verabscheute sie, weil ich mich danach jedes Mal fühlte, als hätte man meinen Kern aus mir herausgerissen, darauf herumgetrampelt und ihn dann wieder brutal zurück in meine leere Hülle gestopft.

Heute war keine Ausnahme.

Als ich wieder zu mir kam, war mir kotzübel, ich zitterte am ganzen Körper und hatte das Gefühl, keine Luft zu bekommen. Alles drehte sich um mich, obwohl ich auf einer weichen Unterlage lag und in unzählige Decken gehüllt war.

Warme Finger strichen mir einige verschwitzte Strähnen aus dem Gesicht und ich zwang meine müden Augen dazu, sich endlich an das grelle Licht zu gewöhnen, das mich blendete.

»Lya? Hey, Lya, kannst du mich hören?« Eine helle Stimme drang durch den umherwirbelnden Nebel, der meinen Kopf belagerte, und die Finger an meiner Schläfe verharrten regungslos, wo sie waren.

»Hm«, brachte ich über die Lippen, kniff die Augen ein letztes Mal zu, ehe ich sie ganz öffnete.

Ein stechender Schmerz jagte durch meinen Schädel und ließ mich leise Stöhnen. Warum hatte ich überhaupt zugestimmt, die Informationen aus Hannas Kopf zu ziehen? Vermutlich wäre sie früher oder später ohnehin eingeknickt, oder?

»Bei der Hölle, ich dachte schon, du würdest gar nicht mehr wach werden.« Die Stimme, jetzt war ich auch in der Lage, sie als Annies zu erkennen, bekam einen erleichterten Unterton.

»Wie lange war ich weg?«, fragte ich leise und fasste mir an die Stirn. Meine Haut war kalt, ungewöhnlich kalt, dafür, dass ich der Teufel war, und mein Kopf pochte, als hätte ich eine Runde Wrestling mit meinen Höllenhunden gespielt. Mit meinem Schädel als Einsatz.

Annie schaute auf ihre schlanke Armbanduhr und schenkte mir ein aufmunterndes Lächeln. »Dreieinhalb Stunden.«

»Verflucht«, murmelte ich und machte Anstalten, mich aufzurichten, was mein Körper mit einer neuen Welle von Übelkeit und Schwindel bestrafte. Ich hatte mich geirrt. Heute war es nicht wie sonst, heute war es bei Weitem schlimmer.

Die hellen Augenbrauen meiner besten Freundin zogen sich besorgt zusammen. »Du klingst, als hätte es nicht so lange sein dürfen.«

»Nein, sonst dauert es nicht so lange und ist nicht ganz so ätzend wie jetzt. Vielleicht liegt es daran, dass ich so lange Zeit im Hades war und die helle Energie in mir geflissentlich ignoriert und zurückgedrängt habe.«

»Was auch immer es ist, Roy wäre fast durchgedreht. Ich habe ihn mit den anderen weggeschickt.«

Mir kam ein heiseres Husten über die Lippen. »Du hast was?«

Annie zuckte mit den Achseln, sprang von meinem Bett und reichte mir ein Glas Wasser. »Ihn weggeschickt. Als du dich in die Dunkelheit verabschiedet hast, hat Roy dich in dein Zimmer gebracht und dann die ganze Zeit über abwechselnd geflucht, mit den Zähnen geknirscht oder den armen Paul angeschrien, der dir einen Arzt besorgen wollte. Ich habe das irgendwann nicht mehr ausgehalten und ihn zu den anderen geschickt, die ungeduldig im Wohnzimmer gesessen und auf Ergebnisse gewartet haben.«

Dankbar nahm ich das Glas und trank ein paar Schlucke. »Du bist wirklich unverbesserlich.«

Lächelnd machte sie es sich wieder neben mir bequem.

»Wo sind alle? Und was ist mit Hanna?«

»Ich war nicht dabei, als du Hanna befragt hast, aber Roy meinte, du hättest ihr Gedächtnis manipuliert. Das hat dich letztlich ganz umgehauen.« Sie warf mir einen raschen Seitenblick zu. »Soweit ich weiß, haben sich Royath und die anderen noch eine Weile laut im Wohnzimmer unterhalten und dann waren sie weg.«

Ich fuhr mir über die Stirn, als könnte ich so das unangenehme Stechen dahinter verbannen. *Weg* war in diesem Fall ein dehnbarer Begriff. Es mochte so scheinen, als wäre Royath weg, aber ich wusste, er würde nie wirklich weit weggehen, nicht jetzt, wo wir knapp am Rande einer Katastrophe standen.

Und Dank Hanna wusste ich auch, *wie* knapp.

»Ich muss mit ihnen reden«, sagte ich schließlich, reichte ihr das Glas und schlug die Decke zur Seite. Die abrupte Bewegung ließ mich Sternchen sehen. Wofür hatte man diese außergewöhnlichen Fähigkeiten, wenn man sie nicht nutzen konnte, ohne sich danach zu fühlen, als hätten einen die widerlichen Spinnenviecher aus dem Hades zerfleischt?

»Hey, ganz ruhig. Du warst gerade quasi im Koma, meinst du nicht, dass du dir noch ein paar Minuten geben kannst, bevor du wieder in dieses Wespennest zurückgehst?«

Kopfschüttelnd zog ich die Augenbrauen zusammen. »Nein. Wir wussten schon, dass uns die Zeit davonläuft, aber jetzt … das, was ich in Hannas Erinnerungen gelesen habe, lässt uns quasi keine Zeit mehr.«

Sorge huschte über Annies Züge. »Was bedeutet das? Was hast du gesehen?«

»Ich weiß jetzt, wie sie den Ursprung zerstören werden, und ich weiß auch, wann sie es tun werden.«

Annie wurde blass. »Dann ist es wirklich möglich. Man

kann die Energie der *Iljos* und die der Dämonen vernichten.«
Eine Feststellung, keine Frage, die laut durch mein Schlafzimmer hallte und mir tief in die Knochen fuhr.

»Ja. Morgen. Und damit habe ich auch endlich die Antwort darauf, warum das alles jetzt passiert und sie die Frist bis heute Nacht gesetzt haben.«

Einen Augenblick lang starrte Annie konzentriert auf meine schwarze Bettdecke, dann riss sie die Augen auf und sah mich an. »Morgen ist die erste absolute Sonnenfinsternis seit Jahren.«

Ich nickte. »Sie brauchen ein Wesen aus Licht und Finsternis, gefangen zwischen den zwei gegensätzlichsten Energien der Erde und die Finsternis, wenn sich die beiden Mächte der Natur aufheben: Tag und Nacht. Eine Urquelle der Dämonen ist die Hitze, die von der Sonne ausgeht ...«

»... und lass mich raten, die der *Iljos* bezieht sich auf den Mond.« Annie stieß hörbar den Atem aus. »Klar, was auch sonst? Der Mond steht schließlich im direkten Zusammenhang mit den Meeren, einer weiteren Quelle der *Iljos*.«

Anerkennend neigte ich den Kopf. »Du wirst noch zu einer richtigen Expertin.«

Für einen kurzen Augenblick lächelte sie, dann kehrte der ernste Ausdruck auf ihre Züge zurück. »Und wie halten wir das alles auf? Es muss doch einen Weg geben, oder?«

»Um das Ritual aufzuhalten, wenn es einmal begonnen hat? Nein. Sollten sie mich in die Finger bekommen und das Ganze durchziehen, dann ist es vorbei«, antwortete ich tonlos und strich eine Falte auf der Decke glatt. »Aber Hanna hat mir einen Hinweis auf den Aufenthaltsort ihrer Mutter und der *Madúr* gegeben. Das ist unsere einzige Chance im Augenblick.«

»Verdammt«, murmelte Annie und legte den Kopf in den Nacken. »Wie lautet der Plan?«

In diesem Moment liebte ich Annie noch ein Stück mehr, falls das überhaupt möglich war. Wir standen vor einer gewaltigen, übernatürlichen Krise, die aktuell ziemlich aussichtslos wirkte, und Annie, meine liebe, unschuldige Annie breitete die Arme aus und hieß sie willkommen, ohne mit der Wimper zu zucken. Mehr noch, sie stellte sich der Katastrophe bereitwillig in den Weg.

Ich wünschte mir in diesem Augenblick, ein bisschen mehr so zu sein wie sie. Dasselbe Vertrauen in unser Vorhaben zu besitzen und an uns zu glauben.

Nach einem tiefen Atemzug nahm ich ihre Hand und drückte sie. »Ich habe eine Idee, aber dafür brauche ich die Talente der anderen. Uns bleiben nur ein paar Stunden, um den Untergang der übernatürlichen Welt zu verhindern.«

»Schieß los.«

Als wir fertig waren, war die Sonne längst untergegangen. Paul hatte zweimal das Holz im Kamin nachlegen müssen und uns mit Häppchen und Drinks versorgt, aber das meiste war unangerührt stehen geblieben. Wir hatten beinahe die ganze Zeit über ununterbrochen geplant, diskutiert, Für und Wider abgewogen und versucht, das alles in einen Plan zu verpacken, der uns nicht umbringen würde.

Ein beinahe unmögliches Unterfangen, wie sich herausgestellt hatte.

Aber mit dem, was wir zusammengeschustert hatten, hatten wir zumindest eine Chance. Ich hoffte, dass es eine reelle Chance sein würde.

In Hannas Kopf war immer wieder das *Houses of Parliament*

in Westminster aufgetaucht, der Big Ben und Fragmente des neugotischen Gebäudekomplexes. Etwas, das ich nicht erwartet hatte. Also hatte ich tiefer gebohrt und herausgefunden, dass *Grisberger* der Mädchenname der Frau des letzten McIntyers war. Nachdem die berühmte *Madúr*-Familie McIntyr für ihre brutalen Handlungen gegen die übernatürliche Welt im letzten Krieg bekannt geworden war, hatte man großes Augenmerk darauf gelegt, diese auszumerzen. Vor knapp zwanzig Jahren hatte man den letzten McIntyr getötet. Rea McIntyr, Hannas Vater und Natalias Mann, war an einem kalten Wintermorgen durch die Hand eines Dämons gestorben. Seine Familie war meinen Leuten augenscheinlich durch die Lappen gegangen.

Mit seinem Tod war Natalias Rachedurst und Hass auf die übernatürliche Welt geboren, sie hatte ihren Mädchennamen angenommen, war untergetaucht und jetzt, nach zwanzig Jahren, zurückgekehrt, das gefährliche Wissen über die Zerstörung des Ursprungs in den Händen.

Und nun war es an mir, diesen Fehler auszubügeln und dieses Wissen ein für alle Mal zu begraben, ohne dass es dabei zu einem interweltlichen Super-GAU kommen würde.

Ich schloss die Augen, genoss den kühlen Wind, der über meine Haut strich, und legte mein Kinn auf die Hände, die auf der Umrandung der Dachterrasse ruhten. Noch immer schlug mein Herz viel zu schnell und meine Gedanken rasten, sobald ich auch nur in die Nähe dieses Themas kam. Keine Ahnung, wie ich die Zeit bis zum morgigen Tag hinter mich bringen sollte.

Oder auch nur eine weitere Stunde. Bei dem bloßen Gedanken daran, was passieren würde, sollten wir scheitern ... ich krallte die Nägel in den Stein, bis meine Fingerkuppen schmerzhaft pochten.

Annie hatte Vertrauen in unseren Plan. Reena, Tellin, Jacuzzo, Vannor, sie alle glaubten daran und ich glaubte an diese Leute. Ich vertraute ihnen. Müsste das nicht eigentlich reichen?

Aber das tat es nicht. Bei Weitem nicht.

Vielleicht lag das daran, dass ich mich verändert hatte. Dass ich Königin geworden war und so unglaublich viel Verantwortung auf meinen Schultern ruhte.

Daran, dass ich wusste, wie dieses Ritual, das mich zur Bombe machen konnte, genau aussah und wie ich es aufhalten konnte. Ich hatte Annie gegenüber nicht ganz die Wahrheit gesagt: In Hannas Erinnerungen war ich auf einen Weg gestoßen, das angelaufene Ritual zu beenden. Es gab eine Prophezeiung, die die übernatürliche Welt retten konnte, sollten beide Energien zusammengeführt werden, aber darin hatte auch gestanden, was dieser Weg mit mir machen würde ...

Eine Gänsehaut breitete sich auf meinen Armen aus und ließ mich frösteln. Ich würde diese Bilder und Worte nie wieder vergessen, sie hatten sich in meinen Schädel gebrannt. Mahnmale an das, was ich würde tun müssen, um das Übernatürliche zu retten, sollten wir scheitern.

Und deswegen hatte ich auch dafür gesorgt, dass es *danach* weitergehen würde. Meine Brüder und der Hades wussten Bescheid, auch wenn ich ihnen nicht im Detail anvertraut hatte, was geschehen könnte. Aber ich wollte Vorkehrungen treffen. Für alle Fälle und ich wusste, dass Avan und Xaver die Hölle in meinem Sinne führen und die Vereinigung von *Iljos* und Dämonen fortsetzen würden.

Ein warmes Prickeln zwischen meinen Schulterblättern ließ mich hochfahren. Roy.

Royath glaubte auch an den Plan. Er glaubte an mich.

Natürlich tat er das, aber ich fragte mich, ob der Glauben der anderen in mich überhaupt gerechtfertigt war.

Ich spürte, wie er sich näherte und schließlich neben mir zum Stehen kam. »Eine schöne Nacht, nicht wahr?«

»Ja«, sagte ich leise und sah zu dem großen Mond auf. Winzige Sterne spickten den dunklen Himmel und nur einzelne, helle Schleierwolken überzogen das Firmament wie Zuckerwatte.

»Wo sind die anderen?«, fragte ich nach einer Weile und sah zu Roy. Er drehte den Kopf in meine Richtung und seine goldenen Augen trafen die meinen.

»Die letzten Vorbereitungen treffen. Bleek und Jacuzzo beschaffen uns die benötigten Soldaten, zusätzlich zu meinen Leuten, und sorgen für die Sicherung Londons. Annie ist mit Reena verschwunden und Tellin, Solea und Vannor treffen sich ein letztes Mal mit den Clanchefs von London. Genauso, wie du es angeordnet hast.«

Ich nickte. »Meinst du, das reicht? Das alles?«

Ein kleines Lächeln teilte Roys Lippen. »Du bist die Königin der Hölle und wirst mit dem Regiment der *Iljos* und ausgebildeten Elitesoldaten angreifen. Natürlich wird das reichen.« Seine Antwort klang unumstößlich, als würde er ohne jeden Zweifel daran glauben.

Ja, wir würden kurz nach Sonnenaufgang den Unterschlupf, der sich unterhalb des *Houses of Parliament* befand, stürmen und die Sache beenden. Eine kleinere Gruppe, ein schneller, effizienter Einsatz. Dafür hatten sich sowohl Royath, mein Erster Offizier, und Tellin als auch Jacuzzo und Bleek ausgesprochen und sie hatten mehr Erfahrung in der Kriegsführung, als ich jemals haben würde.

Die *Iljos* würden von der Wasserseite angreifen, durch die

unterirdischen Tunnel, die direkt in das Wasser der Themse führten. Die Dämonen vom Land aus.

Eigentlich sollten die *Madúr* keine Chance haben. Sie waren Menschen, Menschen, die zwar Waffen besaßen, die uns innerhalb von Wimpernschlägen töten konnten, aber es waren immer noch Menschen.

Doch ich hielt mich nicht daran, denn sie hatten die Unterstützung von Zayden und Julien und womöglich noch anderen übernatürlichen Wesen und diese Tatsache könnte uns das Genick brechen.

»Lya«, Roys warme Stimme holte mich aus meinen Gedanken. »Wir haben jede Möglichkeit mehrfach durchdiskutiert. Wir kennen sämtliche Schwächen und Stärken der Architektur und wissen, wo wir angreifen müssen. Außerdem ist das Überraschungsmoment auf unserer Seite. Hör auf, dir deinen hübschen Kopf darüber zu zerbrechen, was alles schiefgehen könnte. Wenn der morgige Tag vorüber ist, dann ist dieser Albtraum vorbei. Denk daran und nur daran.«

»Und gerade, weil wir uns so sicher fühlen, sollten wir zweifeln«, entgegnete ich und zog die grobe, dunkle Strickjacke fester um meinen Körper. »Ich traue dem Ganzen nicht ... ich traue Zayden nicht.«

Roys Augen weiteten sich ein Stück. »Wie kommst du auf ihn?«

Mein Blick wanderte wieder zum Hyde Park, der im Dunkeln vor uns lag. »Er kennt mich. Er kennt uns, die Hölle, meine Fähigkeiten, Schwächen und Stärken. Und er kennt die *Iljos* und ihre Magie. Ich glaube einfach nicht, dass er untätig sein wird.«

Ein tiefes Knurren kam Royath über die Lippen. »Völlig egal, was er vorhat oder nicht, der Verräter hat keine Chance gegen das, was wir auf unserer Seite haben. Er hat sich für Natalia und die *Madúr* entschieden, also wird er auch mit ihnen untergehen.«

Roy hatte recht, doch der schale Geschmack in meinem Mund blieb. Ein bisschen wie eine schlechte Vorahnung, die tief in meinem Inneren brodelte und mir keine Ruhe ließ.

Eine von Roys rauen Händen legte sich auf meine. Dann zog er daran, bis ich mich aufrichtete und an seiner harten, warmen Brust landete. Meine Arme schlossen sich automatisch um seine schlanke Hüfte, während mich sein herber, vertrauter Geruch einhüllte. Roy strich langsam und beruhigend über meinen Rücken, ohne meinen Narben zu nahe zu kommen.

Wieder einmal musste ich daran denken, was er schon alles für mich getan hatte, wie weit er gegangen war, um mich zu beschützen, um an meiner Seite zu bleiben.

Ich drückte ihn fester an mich und genoss seine Wärme. »Danke, Roy.«

Royath brauchte nicht nachzufragen, wofür ich mich bedankte, er erwiderte schlicht meine Umarmung und hauchte einen Kuss auf meine Haare. Wir standen eine Weile beieinander, ganz nah, ohne dass ein Blatt Papier zwischen uns gepasst hätte und horchten einfach auf den Herzschlag des anderen.

Wir beide wussten, dass das hier womöglich unsere letzten gemeinsamen Stunden waren, denn auch wenn sein Vertrauen in den Plan unerschütterlich zu sein schien, blieb die Angst vor dem morgigen Tag tief in uns verankert.

»Roy?«, fragte ich nach einer Zeit leise, ohne mich von ihm zu lösen.

»Hm?«

»Du hast mir gar nicht gesagt, was du dir wünschst.«

Er schob mich sanft ein Stück von sich und sah zu mir herab. Dann strich er mir mit zärtlichen Fingern ein paar Strähnen hinter die Ohren. Mein Herzschlag beschleunigte sich.

»Wovon sprichst du?«

»Du hast mich besiegt. In unserem Schwertkampf.«

Lächelnd nickte er und legte seine Hände um mein Gesicht.

»Ach das. Nein, das habe ich nicht vergessen.«

Meine Wangen wurden unter seinem intensiven Blick warm. Ich schluckte. »Und, was wünschst du dir? Du kannst frei wählen.«

Seine goldenen Augen begannen zu leuchten, dann beugte er sich weiter zu mir herab, bis sich unsere Lippen beinahe berührten. Ich spürte seinen warmen Atem, der nach dem Wein roch, den Paul uns vorhin gebracht hatte, als er hauchte: »Einen Kuss. Ich wünsche mir, dass du mich noch einmal küsst.«

Kapitel 26

Einen Sekundenbruchteil blieb mein Herz stehen. Und dann, dann stellte ich mich auf die Zehenspitzen und überwand die restlichen Millimeter zwischen uns. Ich presste meine Lippen auf die seinen, schloss die Augen und genoss den Moment, in dem sich unsere Energien verbanden, mit einem leisen Seufzen.

Roys Finger umfassten mein Gesicht bestimmter, zogen mich fester an sich und ließen mich nicht mehr los. Als hätte meine stumme Antwort auf seinen Wunsch die letzten Leinen gelöst, die ihn noch zurückgehalten hatten, übernahm er die Führung, erforschte meinen Mund, wie er es früher getan hatte.

Und doch war es jetzt etwas gänzlich anderes.

Die Hitze, die durch mich hindurchschoss, war eine andere, das Prickeln, das meine Wirbelsäule entlanglief, fühlte sich anders an und mein Herzschlag stolperte viel zu schnell und heftig in meiner Brust.

Alles war anders.

Roy kam ein Knurren über die Lippen, dann löste er eine Hand von meinem Gesicht und griff nach meiner Taille. Unsere Körper schmiegten sich aneinander, passten zusammen, wie sie es früher getan hatten. Noch nie hatte sich etwas so richtig angefühlt, wie in diesem Moment bei Royath zu sein.

»Ich habe geglaubt, du würdest Nein sagen«, sagte er leise in einem Augenblick, in dem wir uns lösten, um zu Atem zu kommen, und strich mit seinem Daumen über meine Unterlippe. Ein angenehmes Zittern glitt durch mich hindurch. »Wegen der Gesetze, der Regeln, all der Dinge, die uns trennen«, fuhr er fort, zeichnete die Linie meines Kiefers mit federleichten Fingern nach.

»Uns kann nur etwas trennen, dem wir die Macht dazu geben, Royath. Und ich werde nicht länger zulassen, dass so etwas existiert. Du hattest recht, wir wissen nicht, was in ein paar Tagen sein wird. Bei den Ewigen Flammen, im Moment kann ich nicht einmal sagen, wie die Welt nach morgen aussehen wird, aber ich weiß, dass ich zu dir gehöre. Dass ich mir noch nie in einer Sache so sicher war, wie in dieser.« Ich legte eine Hand an seine raue Wange und strich darüber, Roy erschauderte merklich unter meiner Berührung. »Und du hattest recht damit, dass ich meine eigenen Wünsche nicht immer zurückstellen darf. Dass ich auch an mich denken muss. Aber wenn ich an das denke, was ich mir wünsche, dann sehe ich immer nur dich.«

In Royaths Augen trat ein Schimmern, das ich noch nie zuvor bei ihm gesehen hatte. Er öffnete den Mund und schloss ihn wieder, als hätte er vergessen, wie man sprach.

Aber das musste er auch gar nicht.

Roy packte mich bei der Hüfte, hob mich hoch und hauchte einen zarten Kuss auf meine Lippen. Dann wandte er sich um und trug mich nach drinnen. Meine Beine schlangen sich um seine Taille und ich vergrub die Finger in seinen seidigen, schwarzen Locken.

Es war wie ein Déjà-vu, die Suite, Roy, ich – und doch hätte sich diese Situation nicht stärker von der vorigen unterscheiden können. Wo früher nur Leidenschaft und Lust gebrannt hatten, stand nun etwas Stärkeres, Ehrlicheres, das tiefer ging, als ich mir jemals hätte vorstellen können.

Wir erreichten sein Schlafzimmer, eine kleinere Kopie meines eigenen, warfen die Tür hinter uns zu und überwanden die letzten Hindernisse, die uns noch gehalten hatten.

Roys Hände wanderten über meinen Körper, zogen mir die Strickjacke und das Shirt aus, dann legte er mich auf das große, weiche Bett. Sein Geruch war überall, berauschte mich, während ich nur Augen für den Dämon vor mir hatte.

Ich stützte mich auf die Unterarme und leckte mir über die Lippe, als Royath sich die Jacke seiner Uniform von den breiten Schultern schob und das schwarze Hemd, das er darunter trug, aufknöpfte. Sein gebräunter, muskulöser Oberkörper mit den schwarzen, verschlungenen Tattoos, von denen ich jedes einzelne auswendig kannte, kam zum Vorschein. Roys Blick grub sich in meinen, als er sein Piercing zwischen die Lippen zog und näher kam.

»Lya«, raunte er und kam zu mir auf das Bett. Ohne, dass ich etwas dagegen hätte unternehmen können, sank ich zurück auf die schwarze Satinbettwäsche, verlor die Kontrolle über meine Bewegungen, während Roy sie sich nahm. Geschmeidig kletterte er über mich, nahm sich die Zeit, jeden einzelnen Zentimeter meines Körpers zu betrachten. Meine helle Haut, den schwarzen Spitzen-BH mit den beinahe durchscheinenden Körbchen, meine Brust, die sich schnell hob und senkte.

Gier loderte in seinem Blick auf. Gier, Lust, Verlangen. Mir wurde heiß.

»Bei der Hölle«, murmelte er, dann stemmte er sich über mich und senkte seinen Mund auf meinen. Meine Augen fixierten diesen unglaublichen Mann, bis ich nur noch fühlte, nicht länger dachte und es nur noch Royath für mich gab.

»Du bist so wunderschön«, hauchte Roy. »So verflucht

schön.« Seine Hände wanderten über meine Seiten, ließen mich erschaudern und wanderten dann an meinem Hosenbund entlang. Jede einzelne Berührung setzte meinen Körper in Flammen, brachte ihn zum Prickeln und verwandelte meine Energie in einen tobenden Tornado.

Ich spürte, wie meine Augen zu leuchten begannen und sich meine Macht wie eine zweite Haut auf mich legte, sodass jede Stelle, an der wir uns berührten, knisterte.

Ich hatte nicht gewusst, dass es so sein könnte.

Royath atmete scharf ein, als kleine Funken zwischen uns übersprangen, und löste sich von meinem Mund, um eine Spur von Küssen über meinen Hals und mein Schlüsselbein zu hauchen, während seine Finger meine Hose öffneten und sie mir über die Beine zogen.

Kühle Luft strich über meine nackte Haut und mischte sich mit der Hitze, die in mir loderte. Ich stöhnte leise und blinzelte. Dann packte ich nach seinen starken Oberarmen, schlang die Beine um seine Mitte und warf ihn herum, bis ich rittlings auf ihm saß – und spürte, wie sehr er mich begehrte. Unwillkürlich verstärkte sich mein Griff um ihn.

Mit einem schiefen Lächeln stützte er sich hoch, bis sich unsere Nasenspitzen berührten und hauchte dann einen Kuss darauf. Ich umfasste sein Gesicht, strich über seine markanten Wangenknochen, das Piercing in seiner Lippe. »Wie auch immer es morgen ausgeht ...«

»Lya, nicht. Ich möchte dieses Gespräch nicht führen. Nicht jetzt und auch nicht irgendwann später.«

Ohne ihn aus den Augen zu lassen fuhr ich sein stoppeliges Kinn nach, seinen Hals und genoss, wie er sich unter mir merklich anspannte.

»Wir müssen aber darüber reden.«

»Nein«, erwiderte er, nahm eine meiner Hände und hauchte einen Kuss in die Handfläche. »Müssen wir nicht. Weil es nach dem Morgen ein Übermorgen gibt. Und danach noch ganz viele Tage, die wir haben. Vielleicht sogar eine Ewigkeit.«

Ich öffnete den Mund und sah ihn an, unfähig etwas zu erwidern. Eine Ewigkeit. Unsere Ewigkeit.

Sein Lächeln wurde sanft, dann legte er meine Hand gemeinsam mit seiner auf die Stelle, unter der sein Herz raste. »Ich liebe dich, Lya. Schon seit ich dich kenne und daran wird sich nichts ändern. Morgen nicht und auch nicht in zehn oder hundert Jahren.«

»Roy, du weißt ...«

Er nickte ernst und sah mir tief in die Augen. »Ja, das weiß ich und es ist mir gleich. Ich würde meine Ewigkeit genauso gerne mit Lya verbringen, wie mit meiner Königin Elyanor. Es spielt keine Rolle, wer du bist oder wer ich bin. Eine Ewigkeit ist eine Ewigkeit, bis wir sie zu der unseren machen.«

Ich erwiderte seinen Blick, spürte seinen Herzschlag unter meinen Fingern und das Summen, das er in mir auslöste. »Das ist ... du würdest alles aufgeben, für mich.«

»Hast du denn immer noch nicht verstanden, dass ich alles für dich tun würde, Lya?«

Ein Lächeln breitete sich auf meinen Zügen aus, dann beugte ich mich nach vorne, hauchte einen Kuss auf seine Lippen. »Ich liebe dich, Royath. Ich liebe dich mit jeder Faser meiner zwei Wesen.«

Roy packte mich, drehte mich auf den Rücken und holte sich die Kontrolle zurück. Und ich übergab sie ihm bereitwillig. Hatte ich schon immer getan, ohne zu zögern, weil ich tief in mir schon immer gewusst hatte, dass ich Royath liebte. Ich ließ zu, dass er seine süße Qual fortsetzte, bis jedes meiner Nervenenden pulsierte und sich meine Hände in seine Haare gruben.

»Roy ...«, seufzte ich.

Im nächsten Moment durchbrach plötzlich ein lauter Knall die Stille, der den Boden und die Wände erzittern ließ.

Eine Explosion.

Ich hörte Schreie, irgendwo ging eine Sirene los.

Binnen Sekundenbruchteilen war ich auf den Beinen, schnappte mir Roys Hemd und meine Dolche und lief auf die Tür zu. Roys Energie brodelte hinter mir.

»Lya, wir sollten nicht einfach ...«, begann Royath, doch da hatte ich die Tür schon aufgerissen und war in den Flur getreten.

Schwerer Staub lag in der Luft und ließ mich husten. Ich sah Flammen, Gesteinsbrocken, zerstörte Möbel. Das Wohnzimmer war ein Trümmerfeld. Die Couch brannte, dort, wo die Glaswand und die Dachterrasse gewesen waren, klaffte nur noch ein Loch, das den Blick auf die darunterliegenden Stockwerke freigab. Das Portal war weggesprengt worden, genauso wie Roys Gewächshaus und unsere Sitzecke. Diese Explosion musste viele Hotelbesucher im Schlaf erwischt haben. Mir kam ein erstickter Laut über die Lippen.

Sie sind hier.

Roys Hand legte sich schraubstockartig um meinen Unterarm und riss mich zurück. »Nicht! Wir müssen verschwinden. Sofort!«

Wieder hörte ich das Schreien. *Paul.* Die Finger um Royath schlossen sich fester um mein Gelenk, drückten zu, doch ich riss mich mithilfe meiner Energie los und stürmte in den

Staub. Was für eine Königin wäre ich, wenn ich ihn sterben ließ, wo ich doch die Möglichkeit hatte, Paul zu retten.

»Lya!«, rief Roy hinter mir und kam mir nach.

Ich folgte dem schmerzerfüllten Stöhnen, das mit jeder Sekunde leiser wurde, als würde ihm die Zeit davonlaufen. Mühelos setzte ich über den zerbrochenen Esstisch und stolperte in die Küche hinter den Tresen, wo ich Paul am Boden fand.

Das weiße Hemd seiner Uniform war blutdurchtränkt, irgendetwas hatte ihm den Bauch aufgeschlitzt. Der Geruch nach Eisen und Tod lag in der Luft und ließ mich die Zähne zusammenbeißen.

»Paul!«, stieß ich hervor und ließ mich neben ihm nieder. Sekunden später stand Roy an meiner Seite.

Der Butler drehte träge den Kopf in meine Richtung. Schmerz hatte seine Miene verzerrt. »Miss Edenmore, Sie müssen verschwinden«, röchelte er.

»Nein, erst helfe ich Ihnen«, erwiderte ich verbissen und zog meinen Dolch hervor. Meine einzigartige Kombination von *Iljos*- und Dämonenmagie ermöglichte es mir, mithilfe meines Blutes andere Wesen zu heilen.

Pauls kühle Hand griff nach meinen Fingern und drückte sie erstaunlich fest. »Nein, Sie verstehen nicht, Sie *müssen* gehen. Er ist hier.«

Ich setzte die Klinge an und hielt inne. »Wer?«

»Der, der das Penthouse in die Luft gejagt hat«, antwortete er kaum hörbar, ein dünner Blutfaden lief aus Pauls Mund auf den Kragen seines Jacketts.

Ein Ruck ging durch Royath hindurch, dann spürte auch ich sie, die eiskalte Energie, die plötzlich den Raum füllte.

Zayden war hier.

Roy fluchte und bleckte die Zähne. »Dein Fehler, hier aufzutauchen. Du bist so gut wie tot, *Iljos*.«

Eine dunkle Gestalt kam in aller Seelenruhe durch den aufgewirbelten Staub, weiße Schwingen, die einen bläulichen Schimmer in sich trugen, ragten hinter ihr auf. Bei der Hölle, mein Bauchgefühl hatte mich nicht getäuscht.

»Das glaube ich nicht, Royath. Und es wird mir eine Freude sein, dich vom Gegenteil zu überzeugen.«

Langsam kam ich auf die Beine und umfasste meine Dolche fester, meine Energie ließ sie auflodern. »Was machst du hier, Zayden? Du weißt, dass du keine Chance gegen uns beide hast.«

Mittlerweile war er so nahe, dass ich seine Gesichtszüge erkennen konnte und den dunklen Schatten, der darüberhuschte, als er meine Kleidung bemerkte. »Ja, das weiß ich«, erwiderte er schlicht. »Und deshalb bin ich auch nicht unvorbereitet gekommen.«

Aus Roys Mund drang ein tiefes Grollen, dann zog er mich in einer fließenden Bewegung hinter sich. »Du bist ein Verräter, Zayden. Ein wertloses Stück Scheiße, das ich mit Vergnügen in die tiefsten Abgründe der Hölle katapultieren werde.«

Zayden lächelte nur kalt und machte einen weiteren Schritt auf uns zu. Ich spürte die eisige Energie, die ihn seit dem Eisritual umgab und jedes bisschen Wärme im Keim erstickte. Der Wind, der durch das aufgerissene Gebäude fegte, ließ seine Haare fliegen.

»Weißt du, was dein Problem ist, Royath?«

»Du«, stieß Roy hervor und ballte die Hände zu Fäusten. Seine Macht fegte über das, was von dem Penthouse noch übrig geblieben war, hinweg und ließ die Flammen auflodern. Ich machte einen Schritt hinter Roys Rücken hervor.

Leise lachend schüttelte er den Kopf. »Du bist verletzlich. Lya ist dein schwacher Punkt.« Mit diesen Worten zog er eine Waffe – ein silbernes, glänzendes Ding – und schoss.

Zwei laute, klare Schüsse durchschnitten die Luft, schneller, als ich es hätte sehen können, und fanden mühelos ihr Ziel.

Ich spürte den Schmerz erst, als ich auf dem Boden aufschlug und mein Blickfeld schwindelerregend schnell von der unheilvollen Schwärze übernommen wurde. Mein Körper wurde taub und schwer, auf meiner Brust schien mit einem Mal das Gewicht einer Tonne zu liegen. Das waren keine gewöhnlichen Kugeln gewesen.

Royath stieß ein lautes Brüllen aus, fiel neben mir auf die Knie und zog mich in seinen Schoß. »Lya! Bei der Hölle, Lya!«

»Sie kann dich nicht mehr richtig hören oder sehen. Geschweige denn spüren. Es ist Gift, Royath. Grausames, lähmendes Gift, das ihren Körper mit jeder Sekunde, die vergeht, weiter auffrisst.«

Ich versuchte zu blinzeln, ein Zeichen zu geben, irgendetwas, aber da war nichts – gar nichts.

»Und wenn du nicht willst, dass sie stirbt, dann rate ich dir: Lass sie und mich jetzt gehen!«

»Den Teufel werde ich tun!«, fuhr Royath auf. Ein schwaches Echo seiner goldenen, wundervollen Energie erreichte mich. Tränen rannen über meine Wangen. »Ich lasse nicht zu, dass ihr den Ursprung vernichtet.«

»Dann wird Lya hier und jetzt in deinen Armen sterben. Ich habe das Gegenmittel nicht bei mir, Royath. Es ist deine Entscheidung. Ihr Leben liegt in deinen Händen.« Er schnalzte mit der Zunge, irgendetwas knirschte. »Sie oder die übernatürliche Welt, wie entscheidest du dich? Ihre Zeit läuft ab.«

Roy fluchte. Laut und schnell und viel. Ich wünschte, ich könnte sein Gesicht sehen, seine wundervollen Züge, seine goldenen Augen, aber da war nur noch Schwärze, die mich auseinanderriss. Ich driftete ab, spürte nichts mehr bis auf einen dumpfen Schmerz, der mit jeder Sekunde zunahm und mir den Atem raubte. Roy durfte sich nicht für mich entscheiden. Damit würde er das Todesurteil aller unterzeichnen.

Schreien, ich wollte schreien, aber nicht einmal das konnte ich mehr.

»Tick-tack«, murmelte Zayden kalt. Eine eisige Welle rauschte über mich hinweg. Mein Kopf schien jeden Moment zu bersten und in unzählige Teile zu zerspringen.

Nein, Roy. Nein. Nein. Nein.

Und dann, aus scheinbar unendlicher Ferne, drangen die Worte zu mir, vor denen ich mich so sehr gefürchtet hatte.

»Sie. Ich würde jedes verdammte Mal sie wählen.«

Nein!

Mein Bewusstsein wurde mit einem Schlag aus meinem Körper gerissen und in die ewige Finsternis geschleudert. Die unbarmherzige Kälte von hellblauem, klarem Eis empfing mich, bis ich nichts mehr spürte als Schmerz.

Kapitel 27

Kälte. Dunkelheit. Eine schwere undurchdringbare, eiskalte Finsternis, die sich durch meinen Körper fraß und mich immer weiter in den Abgrund zog.

Das war alles, was ich spürte, als ich irgendwann wieder zu mir kam. Ich wusste nicht, wo ich war, wie spät es war, ich hatte ja schon Schwierigkeiten, mich daran zu erinnern, wer *ich* eigentlich war.

Nichts, nur gnadenlose Kälte, die mich bis auf die Knochen durchdrang.

Ich hatte schon ein paar Mal ein bisschen gefröstelt, war erschaudert, aber mehr nicht. Schließlich wohnte das Feuer in mir, aber jetzt ... war davon nichts mehr übrig. Nicht einmal ein winziger Funke, der mich hätte warm halten können.

Der dunkle Raum, in dem ich zusammengekauert in einer Ecke hockte, war ein Monstrum aus glänzendem Stahl, auf dem sich hellblaues, funkelndes Eis ausgebreitet hatte. Irgendwo lief leise eine Lüftung – eine Kühlung –, die dafür sorgte, dass diese Eiskammer bestehen blieb, und ich spürte ihre frostige Luft auf meinem erstarrten Körper. Eine Reifschicht überzog meine nackte Haut und das schwarze Hemd von Roy, das Einzige, was ich außer meiner Unterwäsche trug. Meine Haare hingen mir in schweren Strähnen über die Schultern und ins Gesicht, winzige Eiskristalle glitzerten darin.

Würde ich die Kälte und das Eis nicht so verabscheuen, würde ich sie vielleicht bewundern.

Mit Mühe zog ich meine Beine an und schlang meine steifen Arme darum. Die Kälte hatte dafür gesorgt, dass meine Haut einen bläulichen Ton angenommen hatte und jedes bisschen Blut daraus verschwunden war. Meine Zähne klapperten leise und jeder Zentimeter meines Körpers zitterte. Es war so kalt, so leblos hier drin. So leise.

Müde. Ich war so unendlich müde. Wäre ich dazu imstande gewesen, hätte ich gegähnt. Mein Oberkörper sackte in Zeitlupe zur Seite, aber ich war nicht in der Lage, mich selbst vom Fallen abzuhalten. Mit einem dumpfen Schlag kam ich auf dem Metall auf und blieb einfach liegen, die Augen auf die geschlossene Tür mit einem winzigen Fenster gerichtet, an dem unzählige Eisblumen gesprossen waren.

Ich wusste, dass mich die Kälte nicht umbringen würde. Ich würde nicht einschlafen, erfrieren und sterben. Nein, ich würde leiden, diese quälende Eiseskälte bei vollem Bewusstsein ertragen müssen, bis mich jemand rausholen würde. Eine grausame Art von Folter.

Kleine, helle Wölkchen meines mühsamen Atems schwebten vor mir in der Finsternis, der einzige Beweis dafür, dass ich lebte – das ein Teil von mir noch am Leben war.

Meine trägen Gedanken flossen wie kristallklares Wasser durch meinen Kopf, brachten ihn zum Pochen und gaukelten mir schwarze und weiße Punkte vor, die in meinem Blickfeld tanzten. Mir war schwindelig und übel.

Ein Bild von mir selbst tauchte vor meinen Augen auf. Ich wurde von zwei Fremden gehalten, meine Haare klebten mir schweißnass in der Stirn, ich war blass und übergab mich. Wieder und wieder. Getrocknetes Blut klebte auf dem dunklen Hemd, das an meinem zittrigen Körper hing. Ein dritter Typ stand daneben, eine leere Spritze in den Händen.

Langsam blinzelte ich. Die Bilder verschwanden.

Meine kalten, beinahe bewegungsunfähigen Finger glitten über den steifen Stoff des Hemdes, das Eis darauf und fanden die Stelle, an der das Blut hing.

Real. Die Szene war real gewesen.

Die Spritze. Das Gift.

Ich blinzelte noch einmal, aber die Bilder kamen nicht zurück. Meine Hand fiel kraftlos von meinem Oberkörper, landete auf dem mit Frost überzogenen Metallboden. Dann dämmerte ich endlich weg.

Ich war nicht alleine. Dieses Mal war etwas anders, als ich zu mir kam. Die Kälte war noch da, durchdringender und beißender, als zuvor, falls überhaupt möglich, aber es war hell, zu hell und ich spürte eine Präsenz, die mir einmal das Gefühl von Sicherheit und Geborgenheit vermittelt hatte.

Jetzt spürte ich nur noch den bitteren Geschmack von Verrat, Enttäuschung und Furcht.

Ich fürchtete mich.

Nicht vor meinem Schicksal, sondern dem der ganzen übernatürlichen Welt.

Mit schweren Lidern blinzelte ich gegen das grelle Licht an, das die gefrorene Metallzelle flutete, und erkannte eine Gestalt, die mit verschränkten Armen neben der geschlossenen Tür lehnte. Der kalte Blick ihrer hellen Augen durchfuhr mich bis in meinen innersten Kern.

»Hallo, Lya«, sagte Zayden tonlos, ohne die Miene zu verziehen. Er war kalt und starr und wunderschön, wie er da stand, wie das glitzernde Eis um mich herum. Sein schlanker, starker Körper steckte in einer blauen Jeans, die ihm tief auf der Hüfte saß, und einem weißen Hemd, das er an den

Armen aufgekrempelt hatte. Seine dunkelblonden Haare waren durcheinander.

Ich versuchte mich aufzurichten, ich wollte nicht länger vor ihm am Boden kauern, während er aufrecht und unerschütterlich vor mir aufragte. Aber ich war nicht dazu imstande, auch nur den kleinen Finger zu rühren. Die Kälte hatte mir die Kontrolle entrissen.

»Spar dir die Mühe, Lya.«

»Ich werde nicht ewig bewegungsunfähig vor dir liegen, Zayden ... und ich werde keine Sekunde von dem, was du mir angetan hast, vergessen«, brachte ich stockend hervor. Meine Zunge und meine Lippen waren schwerfällig, mein Hals völlig ausgedörrt.

Sein Mundwinkel zuckte. »Meinst du deine Hoffnung auf Rettung? Es mag sein, dass deine Leute wissen, wo du bist – nehmen wir mal an, es wäre so –, aber das wird weder dir noch ihnen etwas nützen. Denn wenn sie hier auftauchen, dann wird es zu spät sein. Für sie. Für dich. Für die ganze verdammte Welt da draußen.«

»Hörst du dir eigentlich selbst zu?« Meine Stimme war leise und schwach. Ich hatte nie wieder so klingen, mich so hilflos fühlen wollen. »Du bist Teil der übernatürlichen Welt.«

Zayden nickte langsam, stieß sich von der Wand ab und kam auf mich zu. Einen halben Meter vor mir ging er in die Knie und fuhr mit einem Finger, der genauso kalt war, wie das Eis um uns herum, über die nackte Haut meiner Beine. Ich biss die Zähne zusammen, bis sie leise knirschten.

»Noch, ja, aber heute werden wir Geschichte schreiben, Lya. Die *Madúr* werden uns von diesen niederen, unnatürlichen Lasten befreien.«

Fassungslos sah ich ihn an. Was hatten sie ihm nur bei

diesem Eisritual in den Kopf gepflanzt? Zayden war ein Beschützer, ein Hüter der Menschen, wann hatte er seine Meinung darüber geändert? Ich hatte immer angenommen, dass er stolz war auf seine Aufgabe, seine Fähigkeiten und das, wofür sie standen.

»Und auch du wirst dann nicht mehr die Bürde der ganzen verdammten Hölle tragen müssen. Wir werden frei sein. Du und ich und alle anderen.«

Mein Mund öffnete sich und es kam nur ein einziges, gehauchtes Wort heraus. »Warum?«

Zaydens kühler Blick bohrte sich in meinen, krallte sich darin fest und ließ mich zusammenfahren. »Weil wir genug gelitten haben, meinst du nicht? Alleine du, Lya, wie viel hast du in deinem Leben schon gelitten?« Seine Hand wanderte zu meinem Rücken, dorthin, wo die grausamen, langen Narben meine Haut entstellten. Gezackte Male, die einen Teil meiner Geschichte erzählten. Sie zeugten von dem Leid, von dem Zayden sprach, aber sie erinnerten mich auch an etwas anderes, viel Bedeutenderes.

»Das war es wert. Das alles«, flüsterte ich und meinte es auch so. Ich würde das alles noch einmal durchstehen ohne zu zögern, oder noch Schlimmeres, wenn es zu dem führen würde, was ich jetzt war.

Mit einem fast traurigen Ausdruck strich er über meinen Rücken, zeichnete die Narben nach, was mir beinahe körperliche Schmerzen bereitete. »Es muss nicht so sein. Es muss nicht nötig sein, Leid zu durchleben, um etwas zu erreichen.«

»Ohne Leid kann es kein Glück geben, Zayden«, antwortete ich und versuchte etwas von ihm abzurücken, aber ich lag bereits an der Wand, war schwach und kraftlos.

»Ich hoffe, dass du nach dem heutigen Tag anders denken

wirst. Dass sie dir die Augen öffnen können, so wie sie sie mir geöffnet haben. Du wirst das alles beenden, ein für alle Mal, und dann, dann können wir neu beginnen. Jeder von uns mit einem neuen Leben.«

»Du bist doch irre«, stieß ich hervor und verengte die Augen. »Vollkommen irre.«

Seufzend richtete er seinen Blick auf mein Gesicht und klopfte sich ein paar Eissplitter von der Kleidung. »Nein, Lya, ich habe eine Vision. Eine Vision für eine Welt ohne das Böse, ohne die Gefahr, dass Menschen in die Fänge von Dämonen geraten und die *Iljos* sie davor bewahren müssen. Eine friedliche Welt.«

Dämonen waren nicht der Auslöser für das Böse, sie waren keine Wesen, die vernichteten, töteten oder Schlimmeres. Die Menschen entschieden selbst über ihre Handlungen, wurden von alleine zum Guten oder Schlechten gezogen. Sie waren selbstbestimmt, eine der Grundmanifeste in unserer Welt. Ich war davon ausgegangen, Zayden wäre das bewusst gewesen.

»Mein Vater hat jahrelang gelitten, es hat Kriege gegeben, in denen unzählige ermordet worden sind, meinst du nicht auch, dass es reicht? Ich dachte, du würdest das verstehen. Mehr als sonst irgendwer. Solange es Dämonen und *Iljos* gibt, wird es immer Krieg geben und jetzt ist es an uns, das zu ändern. Du wirst uns dabei helfen.«

»Ich werde gar nichts tun«, entgegnete ich schwach und unterdrückte ein Keuchen, als seine Hand über meine nackte Schulter fuhr, dort wo das Hemd heruntergerutscht war, und dem Schlüsselbein folgte – dorthin, wo das Mal der Hölle auf meiner Haut prangte.

»Du wirst keine Wahl haben. Ich hatte nur gehofft, du würdest einsehen, dass es notwendig ist.« Ohne mich aus den Augen zu lassen, richtete er sich auf und lief zu der breiten Tür. Die Eisblumen auf dem Fenster wuchsen.

»Zayden?«

Er hielt inne und wandte sich zu mir um, eine Augenbraue fragend gehoben.

»Hast du mich eigentlich jemals wirklich geliebt?«

Für einen kurzen Moment brach die Schale aus Eis, die sich über den jungen Mann gelegt hatte, den ich in London kennengelernt hatte, und ein Teil seines alten Wesens kam zum Vorschein. »Ja, das habe ich, Lya, aber ich habe immer gewusst, dass du mich niemals so lieben wirst, wie ich dich. Ich habe es am ersten Tag in deinen Gedanken gelesen und wusste es auch, als ich mich auf dem Dach von dir verabschiedet habe und du mit Roy zurück in die Hölle gegangen bist. Unsere Wege haben sich gekreuzt, waren kurz miteinander verflochten, aber sie waren nie für die Ewigkeit bestimmt gewesen.« Zayden sah mir noch einen Moment lang in die Augen, dann wandte er sich ab und verschwand aus dem Raum, die Tür laut hinter sich zuwerfend.

Meiner Kehle entrang sich ein leises Schluchzen.

Zayden hatte es gewusst, ja, und tief in mir drin, da hatte ich das auch. Nur hatte ich es nicht sehen wollen, nichts von alledem.

Ich dämmerte wieder weg, versuchte in der Finsternis, in der ich kurz nach Zaydens Abgang zurückgelassen worden war, Trost zu finden, aber es war unmöglich. Die Sekunden fühlten sich an wie Stunden oder Tage, während ich in dem Strudel meiner Gedanken, Erinnerungen und Gefühle versank.

Immer wieder sah ich Royath, die Wärme in seinem Blick, dann Zayden. Ich sah mein Zuhause, den Hades und

London, eine Stadt, die zu meinem zweiten Zuhause geworden war, und im nächsten Augenblick lag das alles in Trümmern.

Eisblaues Feuer fraß meine Heimat, meine Freunde, meine Liebe. Ich spürte ihren Schmerz, ihren Tod, ihre Ängste und wusste, dass mich die Kälte, in der sie mich gefangen hielten, in den Wahnsinn trieb. Das hätte nie passieren dürfen. Ich hätte niemals hier landen dürfen, nicht an dieser Stelle, nicht heute.

Das, was mir bevorstand, kehrte mit einer unbarmherzigen Klarheit zurück. Das Ritual, das sie durchziehen würden, die totale Sonnenfinsternis, die Folgen ...

Warum hatte Roy mich gehen lassen?

Weil er dich liebt. Weil er dich nicht sterben lassen konnte.

Ich erinnerte mich an die Explosion, an Zayden, der plötzlich in den Trümmern gestanden hatte, Paul und das Gift, das mich innerlich verätzt hatte.

»Dann wird Lya hier und jetzt in deinen Armen sterben. Ich habe das Gegenmittel nicht bei mir, Royath. Es ist deine Entscheidung. Ihr Leben liegt in deinen Händen. Sie oder die übernatürliche Welt, wie entscheidest du dich? Ihre Zeit läuft ab.«

Er hatte sich für mich entschieden. Natürlich hatte er das. Ich hätte dasselbe getan, so war es nun mal, wenn die Liebe im Spiel war. Hatte Zayden dort nicht genau das Gleiche gesagt? Dass ich Royaths Schwäche war?

Verdammt, Roy.

Ich machte mich noch kleiner, kniff die Augen zusammen, als könnte ich das alles so aussperren. Aber es half nichts. Meine Gedanken wurden nicht leiser, das schmerzhafte Pochen in meinem Kopf nicht weniger.

Die Bilder von dem Ritual, die ich in Hannas Geist gesehen hatte, drängten sich mit aller Macht in das Chaos, und brachten das Fass zum Überlaufen.

Keine Ahnung, woher ich die Kraft nahm, aber ich schaffte es, mich auf die Seite zu rollen und würgte. Es kam nichts, mein Magen war längst leer, aber die Übelkeit brach wieder und wieder in großen Wellen über mich herein und begrub mich unter sich, bis ich als kraftlose Hülle zusammensank und ein weiteres Mal in der Finsternis verschwand.

In den kommenden Stunden, vielleicht waren es auch nur Minuten, wanderte ich zwischen diesen beiden Zuständen. Ich wurde wach, driftete in meinem inneren Chaos ab und dämmerte weg. Das Einzige, was mich dabei stetig begleitete, waren der Druck und der Schmerz in meinem Kopf. Die Kälte spürte ich in meinen steifen Gliedern schon gar nicht mehr, sie war längst ein Teil von mir geworden.

Nach einer kleinen Ewigkeit, unmöglich zu sagen, ob Sekunden oder Tage vergangen waren, sprang die Tür auf und zwei Männer betraten den eisigen Raum. Sie hatten dicke Jacken an, schwere Stiefel – Menschen.

Ohne zu zögern rissen sie mich grob vom Boden hoch, wobei eine neue Welle der Qual durch meinen Körper lief, und zogen meine Arme unsanft auf den Rücken, wo sie mir viel zu enge Fesseln anlegten. Dann schleiften sie mich ohne ein Wort aus dem Raum.

Das Erste, was ich spürte, war die Wärme, als meine nackten Füße den Betonboden streiften. Er war so warm und es war hell. Blinzelnd sah ich mich in dem langen, fensterlosen Gang um, an dessen Ende eine breite Treppe lag. Rechts und links gingen einige weitere Türen ab, ohne Fenster und geschlossen, und die Schritte der Männer hallten laut von den Wänden wider.

Mein Körper sog die Wärme in sich auf, sie flutete wie flüssiges, heißes Gold durch meine Adern und ließ meinen Körper innerlich brennen. Ich biss die Zähne zusammen, um nicht laut zu keuchen.

Wir erreichten die Treppe, folgten ihr zwei Stockwerke nach oben und traten dann in einen ähnlichen Flur.

Tunnel. Wir befanden uns in einem weitverzweigten Tunnelsystem, das auf mehreren Ebenen verlief. Ich hatte recht gehabt, das hier musste der geheime Untergrund des *Houses of Parliament* sein.

Das Gefühl kehrte langsam in meine Fingerspitzen zurück, sodass sie unangenehm prickelten und tief, tief in mir drin spürte ich meinen inneren Dämon, der gegen die Eisschicht ankämpfte, die ihn einschloss. Er war noch da, meine Fähigkeiten waren noch da. Wenn auch geknebelt und eingesperrt.

Selbstverständlich waren sie das. Die *Madúr* brauchten sie, um ihr Hexenwerk durchzuziehen. Trotzdem war ein Teil von mir für einen kurzen Augenblick unglaublich erleichtert darüber.

Der Tunnel beschrieb eine Kurve, dahinter kam eine doppelflügelige Tür zum Vorschein, vor der zwei weitere Männer in schwarzen Uniformen standen. Mit Maschinengewehren, Pistolen und Messern am Gürtel. Aus irgendeinem Grund hatte ich nicht angenommen, dass die *Madúr* wie Agenten in einem dieser schlechten Filme aussahen, an denen Roy so einen Narren gefressen hatte.

Sie umfassten ihre Waffen fester, als wir in ihr Blickfeld traten, und nickten den Kerlen, die mich zwischen sich herschleiften, knapp zu. Ich bezweifelte nicht, dass jede ihrer

Waffen für das Übernatürliche absolut tödlich war. Genauso wie diese Kugeln, die Zayden auf mich abgefeuert hatte.

Die Tür öffnete sich wie von Geisterhand und gab den Blick auf einen großen, hell erleuchteten Raum frei, den ich schon einmal in Hannas Kopf gesehen hatte. Ein hochmodernes Labor, an denen die *Madúr* an ihren Waffen forschten und Versuche mit *Iljos* und Dämonen durchführten, die ihnen in die Falle gegangen waren.

Ich erschauderte.

Wohin das Auge blickte, standen glänzende Metalltische, auf denen komplizierte, wissenschaftliche Anordnungen aufgebaut waren. Es gab Messkammern, große Tafeln und riesige Gefäße, in denen Dinge schwammen, über die ich nicht weiter nachdenken wollte. Alles war in grelles, künstliches Licht gehüllt, das keinen Hehl aus den Grausamkeiten machte, die hier verübt wurden. Das hier war eine ganz andere Form der Hölle.

Meine Wachen brachten mich durch die Gasse, die sich zwischen den Tischreihen und Versuchsaufbauten gebildet hatte, direkt vor einen großen Schreibtisch, hinter dem eine zierliche, rothaarige Frau mit tiefdunkelbraunen Augen saß und auf ihrem Laptop tippte, ohne den Blick zu heben. Eine große randlose Brille saß auf ihrer spitzen Nase und ihre Züge waren hart und kalt.

Hannas Mutter, Natalia Grisberger – die letzte *Madúr*.

Ich wurde auf die Knie gestoßen, spürte, wie meine Haut aufriss, und blieb, wo ich war. Meine Kräfte reichten nicht einmal aus, um mich wieder aufzurichten.

Ein hochgewachsener Mann trat hinter einer der Versuchskammern hervor, ein Klemmbrett in den Händen und einen konzentrierten Ausdruck auf den Zügen. Als er uns erblickte, huschte ein Schatten von Furcht über sein knochiges Gesicht, ehe er sich wieder an seine Chefin wandte. Wovor er sich auch immer fürchtete, ich konnte es ganz gewiss nicht sein. Vermutlich würde sich nicht einmal mehr ein kleines Häschen vor mir erschrecken.

»Mrs Grisberger, wir wären so weit«, sagte er und legte die Dokumente auf ihren Schreibtisch.

Erst jetzt blickte Natalia auf, klappte ihren Computer zu und nickte. »Das wurde auch Zeit.« Ihre dunklen Augen hefteten sich auf mich, die Unterlagen nahm sie erst gar nicht in die Hand. »Wir wurden einander noch nicht vorgestellt. Mein Name ist Natalia Grisberger. Ich leite diese Organisation.«

Unter Anstrengung hob ich den Kopf und sah ihr direkt ins Gesicht. »Ich habe kein Interesse daran, deine Bekanntschaft zu machen«, stieß ich atemlos hervor.

Ihre rot angemalten Lippen zuckten in Richtung eines Lächelns. »Das ist bedauerlich, denn gemeinsam werden wir heute Großes bewirken. Ein wahrlich historischer Moment.«

Daraufhin hob ich nur eine Augenbraue. Noch immer fühlte sich mein Körper eiskalt und steif an und ich wünschte mir in diesem Moment mehr denn je, etwas Beeindruckenderes als diese lächerliche Geste ausrichten zu können.

»Ich habe schon gehört, dass du sehr eigenwillig sein kannst ... vermutlich muss man das sein, wenn man die Hölle leitet. Kalt, verdorben, grausam. Ich hoffe für dich, dass auch du nach dem heutigen Tag deinen Frieden findest. Und das meine ich absolut ehrlich.«

Ich konnte sie nur fassungslos anstarren. Wenn ich geglaubt hatte, Zayden hätte den Verstand verloren, was war dann mit Natalias Kopf passiert? »Nur fürs Protokoll«, antwortete ich und konzentrierte mich darauf, dass meine Stimme stärker klang, als ich mich fühlte, »ich hatte meinen Frieden, bevor du ... deine Irren geschickt hast, die mein verdammtes Penthouse in die Luft gejagt, mich vergiftet und ... anschließend tiefgefroren haben. Also entschuldige bitte meine *Eigenwilligkeit*.«

Ein bedauernder Ausdruck trat in ihre Augen. »Notwendigkeiten, wenn auch keine schönen, das gebe ich zu. Aber dennoch notwendig. Für das große Ganze.« Natalia winkte jemandem außerhalb meines Blickfeldes zu, aber ich musste auch gar nicht sehen, wen sie zu sich rief. Ich *spürte* es auch so.

Zayden und sein Vater Julien gesellten sich zu unserer wachsenden Gruppe, beide mit grimmigen, angespannten Gesichtern. Keiner von ihnen würdigte mich eines Blickes.

»Dann sind wir ja endlich vollzählig«, begrüßte Natalia die beiden *Iljos* und faltete die Hände vor ihrem dunkelblauen Kostüm. »Und ich möchte auch nicht noch länger Zeit verlieren, unser Rahmen ist knapp und wir haben nur diesen einen Versuch.«

Einen Versuch, den ich mit allen Mitteln zu verhindern versuchen würde. Ich biss die Zähne zusammen und keuchte auf, als mich meine Wächter an meinen Fesseln hochrissen. Das unnachgiebige Metall der Handschellen grub sich in mein ohnehin schon wundes Fleisch und machte jeden Atemzug zu einer Qual.

»Sie kennen Ihre Aufgaben und den Ablauf des Prozesses. Ich möchte keine Komplikationen und wünsche einen reibungslosen Verlauf. Sind die Stationen vorbereitet?«

Der hagere Mann beeilte sich zu nicken und richtete die Brille auf seiner Nase, damit seine Hände etwas zu tun hatten. »Ja, das sind sie, Mrs Grisberger. Die Systeme funktionieren einwandfrei.«

Natalia schenkte ihm ein schmallippiges Lächeln, das mich an einen hungrigen Höllenhund erinnerte, bevor er zubiss.

»Wundervoll«, erwiderte sie und kam um ihren Schreibtisch herum, ihre turmhohen Absatzschuhe hinterließen klare Klickgeräusche auf dem Betonboden. »Was ist mit dir, Elyanor? Bist du auch bereit?«

Ich zwang den spöttischsten Ausdruck, den ich zu bieten hatte, auf meine Züge. »Bereit, diesen Zirkus hier zu beenden? – Oh ja. Ich weiß, was du vorhast, was ihr mit mir machen werdet, aber wenn du glaubst, dass ich mich freiwillig verwandeln und zwischen meinen Wesen wechseln werde, dann muss ich dich enttäuschen.« Jedes einzelne Wort kam gepresst und mühsam von meiner Zunge und schien mir den ausgetrockneten Hals zu verbrennen.

Eine ihrer perfekt gezupften Augenbrauen hob sich kaum merklich. »Mir ist schon zu Ohren gekommen, dass du meine missratene Tochter getroffen hast. In dieser Hinsicht jedoch, fürchte ich, dass du keine Ahnung hast, was geschehen wird. Für keinen der Einzelschritte brauchen wir deine Einwilligung oder Kooperation.«

Mein Herz setzte einen Schlag aus, meine Augen verengten sich. »Wovon sprichst du, zum Teufel?«

Mit langen Schritten kam sie auf mich zu, stellte sich so nah vor mich, dass ich ihr süßliches Parfüm riechen und die helleren Punkte in ihren Augen sehen konnte. »Wir werden dich dazu bringen, dich zu transformieren, Elyanor, und du wirst nicht das Geringste dagegen ausrichten können.«

Auch wenn ich mich dafür verabscheute, ich konnte nicht bestreiten, dass ihre Worte eine Dunkelheit in mir heraufbeschworen, die verräterisch nach Angst schmeckte. Einer Angst, die ich im Moment überhaupt nicht gebrauchen konnte.

Ihr kalter Blick bohrte sich in meine Augen, während ich um meinen Atem rang und der Druck auf meine Brust mit jeder Sekunde größer zu werden schien. »Wir werden dich an deine Grenzen treiben, Elyanor, wieder und wieder. Bis du brichst.«

Kapitel 28

Ich war nicht der ängstliche Typ. Ganz im Gegenteil. Vermutlich lag das an meiner Herkunft oder der Tatsache, dass ich zwischen blutrünstigen Höllenhunden, Kampfstunden und meinen Brüdern aufgewachsen war. Unter der strengen Hand meines Vaters, des Teufels. Es gab nicht vieles, vor dem ich mich wirklich fürchtete, meistens tat ich Gefahren mit einem Schulterzucken ab oder stellte mich diesen mit grimmiger Miene in den Weg, ganz dem Motto *Du kannst mich mal!* Ich hatte den Unterschied zwischen der Furcht bei einer echten Gefahr und der Angst, die in einer unangenehmen Situation im Nacken prickelte, schnell gelernt.

Und aus diesem Grund wusste ich auch, dass das dunkle, zähflüssige Gefühl, das mich Stück für Stück zu lähmen drohte, echte, tiefsitzende Angst war. Angst, die Natalia mit ihren Worten gesät und die die Bilder in meinem Kopf zum Wachsen gebracht hatte.

Ich riss an meinen Fesseln und biss die Zähne zusammen, als sie sich wieder und wieder in meine bereits geschundene Haut gruben. Es brachte nichts. Das alles hier brachte nichts und doch konnte ich nicht zulassen, dass diese gefährliche Angst noch mehr meines Körpers und Verstandes beherrschte. Ich musste wach bleiben, offen, fokussiert. Meine Haltung war das Einzige, was zwischen der übernatürlichen Welt und ihrem Untergang stand.

Natalias schmale Lippen verzogen sich zu einem spitzen Lächeln voller Genugtuung. »Beginnen wir.«

»Nein«, antwortete ich. Angestachelt von meiner Angst und getrieben von der wahnwitzigen Vorstellung, ich könnte noch irgendetwas ausrichten.

»Wie war das?« Ihr süßliches Parfüm stieg mir in die Nase, ließ mich würgen.

»Ich habe gesagt: Nein. Nein, ich werde nicht zerbrechen. Genauso wenig wie die *Iljos* und Dämonen. Vielleicht gelingt es dir, unseren Ursprung zu zerstören, aber du wirst niemals uns alle vernichten können. Wir sind mehr als unsere Energie, mehr als die Macht, die uns zu den Monstern aus euren Geschichten macht. Und ich gebe dir mein Wort, wenn das hier vorbei ist, dann werden wir dich finden. Mit oder ohne Ursprung, das ist völlig gleich. Wir finden dich und wir vernichten dich.«

Noch immer dieses überhebliche Lächeln auf den Lippen klatschte Natalia in die Hände und gab dann ein leises Lachen von sich. »Eine mitreißende Ansprache, wirklich. Nur spielt sie aus deinem Mund keine Rolle. Denn wenn wir hier fertig sind und du deine Aufgabe erfüllt hast, wirst du nicht länger existieren, um eine derartige Revolte anführen zu können.«

Ich konnte es nicht verhindern, dass meine Augen sich für einen Sekundenbruchteil weiteten. Ein Detail, das Natalia nicht entging. »Wusstest du das noch nicht? Du musst dir keine Gedanken über die neue Welt machen, die nach diesem Tag wartet, denn du wirst sie überhaupt nicht erleben, Elyanor. Also entspann dich, das macht es für uns alle wesentlich angenehmer.«

Aus dem Augenwinkel sah ich, wie Zaydens Kopf sich ruckartig zu seinem Vater drehte, der ihm nur warnend eine Hand an den Arm legte.

»Und nachdem wir dieses brisante Detail auch geklärt haben, können wir endlich beginnen.«

Natalia richtete sich auf, strich sich den glatten Stoff ihres Kostüms glatt und lief mit langen Schritten in Richtung der breiten Gasse zwischen den Versuchsaufbauten und Tischen. Ihre Absätze hallten laut in dem großen Labor wider. Unsere Gruppe, bestehend aus Zayden und Julien, dem Labormitarbeiter und meinen Wachen, schloss sich an.

Ich würde dieses Ritual nicht überleben.

Dieser Satz schwamm durch meinen Kopf, band sich um jeden klaren Gedanken, den ich fassen wollte, bis er das Einzige war, das in mir pulsierte. Ich hatte keine Angst davor zu sterben, dafür war ich dem Tode viel zu oft viel zu nahe gekommen, aber ich fürchtete mich vor dem, was mein Tod auslösen würde. Was mein Tod mit Roy, Annie, meinen Brüdern machen und wohin er führen würde.

Natalia hatte recht gehabt, dieses Detail hatte ich in Hannas Geist nicht gefunden, vermutlich, weil es ihr Trumpf gewesen war. Ein Trumpf, der sein Ziel nicht verfehlt hatte.

Ich zog die Augenbrauen zusammen und starrte auf den grauen Beton unter meinen nackten Füßen, über den mich meine Wächter schleiften. Royaths Hemd hing wie ein Sack an mir und verdeckte kaum, dass ich darunter bis auf meine Unterwäsche nichts trug. Aber es war mir gleich. Das alles zählte nicht. Nicht mehr.

Es überraschte mich nicht, als wir vor zwei großen Kammern zum Stehen kamen. Zwei Kammern, zwei Energien, ein Ursprung.

Die eine Kammer bestand gänzlich aus Glas, wie ein großes Aquarium und war an zwei dicke Rohre angeschlossen, die andere war eher ein Käfig, rechts und links davon standen zwei hohe Gasflaschen mit spitzen Aufsätzen, die in den Käfig zeigten. Ich unterdrückte ein Schaudern.

Auf einen Wink von Natalia traten drei weitere Labormitarbeiter in weißen Kitteln zu uns und machten sich mit dem vierten daran, die letzten Vorbereitungen an den Folterkammern durchzuführen. Das hier war eine weitere Demonstration ihrer Macht über mich. Ich musste mit ansehen, wie vier Menschen, die unter normalen Umständen keine Chance gegen mich hätten, meinen Tod vorbereiteten, und war absolut machtlos.

»Wir beginnen mit dem Wasser«, ordnete Natalia an und nahm ein weiteres Klemmbrett entgegen. Ein beinahe irres Funkeln trat in ihre Augen, als sie die Blätter durchsah.

Einer der Mitarbeiter betätigte einige Knöpfe an dem Glaskasten, woraufhin sich die vordere Wand mit einem schmatzenden Geräusch öffnete. Ich wurde grob in die Kammer gestoßen und knallte gegen die gegenüberliegende Glasscheibe, dann wurde die Tür hinter mir geschlossen.

Der Labormitarbeiter machte sich an dem Steuerpanel zu schaffen und ein leises Gurgeln erklang aus einem der angeschlossenen Rohre. Mein Magen zog sich zusammen und ich wich in eine der Ecken des knapp ein Mal ein Meter großen und zwei Meter hohen Kastens zurück. Eiskaltes Wasser strömte zu mir herein, verschlang meine Füße und Knie innerhalb weniger Momente.

Mein Kopf ruckte nach rechts und traf Zaydens grüne Augen, die nun deutlich dunkler wirkten. Eine tiefe Falte hatte sich zwischen seine Augenbraue gebohrt.

»Natalia, das Wasser wird sie ersticken«, sagte er, ohne von mir abzulassen. Eine Gänsehaut breitete sich über meinen Körper aus.

»Es scheint mir, dass du nicht mehr auf dem neusten Stand bist, Zayden«, erwiderte sie in einem tadelnden Ton. Ihre Stimmen drangen nur gedämpft zu mir und wurden beinahe von dem lauten Rauschen des Wassers, das mittlerweile meine Hüfte erreicht hatte, übertönt.

»Das Wasser kann ihr nicht schaden, genauso wenig wie das Feuer. Elyanor hat beide Energien in sich aktiviert und kann zwischen ihnen wechseln. Ein hübscher kleiner Trick.«

Zaydens grüne Augen weiteten sich und ich wusste, er dachte an die Nacht zurück, in der er mich aus dem Pool gefischt hatte und ich beinahe gestorben wäre. Damals hatte ich noch nichts von meiner *Iljos*-Seite gewusst und auch nicht geahnt, dass ich beide Teile von mir nutzen konnte, wenn ich mich darauf einließ.

Doch heute würde ich mich nicht darauf einlassen. Ich durfte es nicht, egal wie schmerzhaft es werden würde, sich dagegen zu wehren.

Das eiskalte Wasser umspülte meinen Buchnabel, durchtränkte den Stoff des Hemdes und ließ meine Zähne klappern. Es stach wie unzählige Nadelstiche auf meiner Haut, durchdrang jede Pore und rief ein unangenehmes, kaltes Prickeln in mir hervor. Meine *Iljos*-Magie begann zu summen, reagierte auf ihr ursprüngliches Element. Ich drängte es zurück, befahl ihm, in seinem Käfig zu bleiben. Mir kam ein schmerzerfülltes Stöhnen über die Lippen.

Es war eine Sache, sich freiwillig für eine meiner Magien zu entscheiden, meiner Macht zu gewähren und die Ketten zu lösen. Besonders bei der *Iljos*-Magie fiel es mir sehr schwer, meine Mauern so weit zu senken, dass sie übernehmen konnte. Aber dazu gezwungen zu werden, während man innerlich durch irgendein Gift blockiert war … war schmerzhaft. Eine Qual, die brannte, mich innen wie außen versengte, ob nun Dämon oder *Iljos*.

Keine Macht, die auf Emotionen beruhte, reagierte gut auf Zwang.

Ich zerrte an meinen Fesseln, drückte meinen prickelnden Rücken gegen das Glas, aber ich war gefangen. Gefangen in meinem eigenen Körper und gefangen in diesem verdammten Aquarium, das mich zu einer Verwandlung trieb, gegen die ich mit aller Macht anzukämpfen versuchte. Ein Kampf, von dem ich wusste, dass ich ihn verlieren würde.

Am liebsten hätte ich getobt, mit den Händen gegen die Scheiben geschlagen, aber ich war machtlos.

Neun Augenpaare verfolgten, wie die Magie in mir wie Säure hochstieg, gegen das Gift ankämpfte und mich dabei verletzte. Ich kniff die Augen zusammen und biss mir von innen auf die Wangen, um keinen Laut von mir zu geben. Normalerweise war es eine Erleichterung die inneren Ketten wie zu enge Kleidung abzuwerfen und mich einem meiner Wesen hinzugeben, aber in diesem Moment war es eine Qual, die mich bis tief in meinen Kern erschütterte und auffraß. Meine Beine begannen zu zittern, trugen kaum noch das Gewicht meines Körpers. Mir war gleichzeitig zu heiß und zu kalt und schwarze Punkte begannen vor meinen Lidern zu tanzen.

Ich wollte, dass es aufhörte. Das alles.

Das Wasser erreichte mein Kinn mit einer eisigen Berührung und ich spürte, wie meine Augen aufleuchteten. Nicht golden, wie sonst, sondern weißlich. Mein eigenes Spiegelbild starrte mir in der Scheibe entgegen, fremd, gepeinigt und schwach. Dann schlug das Wasser über mir zusammen.

Meine Beine gaben unter mir nach, ich sank auf den Bo-

426

den des Glaskastens, zusammengerollt, eingeschlossen vom Wasser, und ließ die ungnädige, wilde *Iljos*-Energie in meinem Körper wüten. Es war auf einmal so still. Eine tiefe, schwere Stille, die mich an den unterirdischen See im Hades erinnerte, in dem ich mir erlaubte, der Lichtmagie in mir nachzugeben. Wenn ich die Augen geschlossen hielt, mich ganz klein machte, dann konnte ich mir fast vorstellen, ich wäre dort.

Ein leichtes Lächeln trat auf meine Lippen, als sich der Stein vor meinen Augen zu der großen Grotte formte, ich das helle Wasser sah und seinen Geschmack auf meiner Zunge zu spüren glaubte ...

»Genug!« Eine durchdringende Stimme durchschnitt die Mauern in meinem Kopf, die ich zu ziehen begonnen hatte, und riss mich schmerzhaft zurück in die Realität, wo nichts außer Qualen wartete.

»Holt sie da raus!«

Das Wasser wurde abgepumpt, verschwand schneller, als es gekommen war und ließ mich als bebendes Bündel am Boden des Aquariums zurück. Der nasse, kalte Stoff hing schwer auf meiner Haut.

Dann wurde ich gepackt, schwielige Hände zerrten mich hoch, trugen mich aus dem Glaskasten und schleiften mich vor Natalias verzerrtes Gesicht. Das Glühen meiner Augen verblasste.

»Ich weiß, was du versuchst, Elyanor. Du willst fliehen, du willst deinen Geist an einen anderen, schöneren Ort bringen«, ihre Nägel stachen in die Haut an meinem Kinn, als sie mich packte, »aber es wird dir nichts nützen. Du wirst hierbleiben, mit Kopf und Körper und hier sterben.« Mit diesen Worten stieß sie mich von sich, sodass ich gefallen wäre, hätten mich ihre Wachen nicht aufgefangen und gestützt. »Beginnen wir mit dem zweiten Teil.«

Ich wurde in den Käfig geschoben, meine Fesseln an den Gitterstäben in meinem Rücken befestigt, sodass ich nicht fallen konnte, und die Tür verschlossen.

Feuer. Der zweite Teil schloss mein Element ein.

Feuer konnte mir nicht schaden, mich nicht verbrennen, aber ich wusste, dass das heute anders aussah. Dass meine Kräfte blockiert waren und mich die Energie des Feuers an meine andere Grenze zwingen würde, weil ich ihr nicht bereitwillig nachgeben konnte und durfte.

Natalia hatte richtiggelegen, als sie gesagt hatte, sie würde mich brechen. Das würde sie. Wieder und wieder. Jedes Mal würde etwas in mir zu Bruch gehen, weil ich keiner der Energien freiwillig nachgeben konnte und mich doch beide zu sich riefen und an meinen Wesen rissen und zerrten.

Ein leises Zischen erklang und ich hob kraftlos den Kopf. Meine Haare hingen in schweren, nassen Strähnen in mein Gesicht, klebten mir auf der Haut, am Hals, genauso wie Roys Hemd.

Royath ...

Hoffentlich kümmerte er sich darum, dass es allen gut ging, und stürzte sich nicht in irgendeine sinnlose Aktion. Die Hölle konnte abgeriegelt werden, meine Brüder und auch Roy wussten das, und ich hoffte aus ganzem Herzen, dass sie es taten. Dass sie die Dämonen, den Hades, die dunkle Magie dort retteten.

Auch wenn ich bezweifelte, dass das Ritual vor den alten Toren der Hölle haltmachen würde.

Das Zischen wurde lauter, es stank nach scharfen Chemikalien und Gasen, dann loderten die ersten Flammen zu meinen Füßen auf. Ihre rötlichen Zungen leckten gierig an meiner Haut, das Wasser darauf verdampfte mit einem leisen Flüstern und das erste Mal in meinem Leben spürte ich den Schmerz, den Feuer verursachte. Das Lichtwesen in mir zog sich kreischend zurück, ein Kreischen, das mir durch Mark und Bein ging und mich die Augen verdrehen ließ, während der dunkle Teil in mir brüllend nach den Flammen griff. Nur war die Dunkelheit nicht stark genug, sie lag in Ketten, riss und zerrte, während mich das Feuer schmerzhaft berührte.

Bei der Hölle ... sie verbrannten mich wie eine Hexe auf dem Scheiterhaufen, in dem Wissen, dass es meine Finsternis anstacheln, mich quälen, aber nicht entfesseln konnte. Natalias krankes Ritual führte mich an meiner Grenze entlang, richtete meine eigene Energie gegen mich und vernichtete Stück für Stück, was in mir steckte.

Meine Brust hob und senkte sich hektisch, ich wand mich in den Flammen und warf den Kopf in den Nacken, als mir die Tränen in die Augen traten.

Nein! Zieht euch zurück. Seht ihr denn nicht, wen ihr vor euch habt?! Zurück!, schrie ich dem Feuer entgegen, meine Augen begannen zu glühen, doch ihr Zwicken und Beißen blieb.

»Hör auf, dich zu wehren, Elyanor«, hörte ich Natalias Stimme, die von irgendwoher zu mir drang. »Lass dich fallen, dann ist es schneller vorbei.«

Auch wenn es kaum einen Nerv in meinem Körper gab, der nicht brannte, gab ich ihr nicht die Genugtuung einer Antwort. Ich kniff die Lippen zusammen und kämpfte weiter. Das hier war mein Element. Mein Feuer. Mein Wesen. Es konnte mich nicht verletzen, ich beherrschte es.

Aber Natalia hatte mir diese Macht genommen und lieferte mich nun dem Ungeheuer, zu dem das Feuer für mich geworden war, aus.

Schweiß lief über meinen bebenden Körper und tropfte auf den Boden, wo er zischend verdampfte, während mir das Blut kochend heiß durch die Adern rauschte. Zu schnell, zu heiß, zu unkontrolliert. Noch einmal flackerte die Energie in mir auf, golden, heiß und finster, dann verstummte sie. Ich gab ein Stöhnen von mir und sackte zusammen, sodass mich nur noch die Fesseln aufrecht hielten.

Das Zischen erlosch und die Flammen zogen sich wie wütende Schlangen zurück, die Hitze im Käfig blieb. Erschöpft sank mein Kinn auf die Brust, meine Augen schlossen sich. Ich fühlte mich ausgelaugt, erschöpft, als hätte man mich zerrissen und nur halb und falsch zusammengesetzt. Bereits jetzt fehlte ein Teil von mir und ich wusste, dass Natalia so lange weitermachen würde, bis gar nichts mehr von mir vorhanden war.

Ich wurde zurück in den Glaskasten gebracht, danach wieder in den Feuerkäfig. Wieder und wieder. Mir wurde keine Pause gegönnt. Ich hatte keine Zeit zum Durchatmen oder Wunden lecken und sie erlaubten mir nicht, mich zu heilen oder auszuruhen.

Natalia brachte mich an jede nur erdenkliche Grenze, überschritt sie und brach diesen Teil in mir. Sie wütete in meinem innersten Wesen und hinterließ nichts außer einem einzigen Trümmerfeld.

Ich hörte auf zu zählen, wie oft mich das Wasser ertränkte, wie oft mich die Flammen verbrannten und existierte irgendwo dazwischen. Ich dachte nicht mehr an das

Ende dieses Rituals, sondern nur noch an den nächsten Atemzug. Und danach an den übernächsten.

Irgendwann setzte das Nasenbluten ein, aber selbst das bekam ich nur noch am Rande mit. Ich versuchte nur zu atmen, weil das alles war, was ich noch tun konnte: Am Leben bleiben.

Die alles verzehrende Leere in mir breitete sich aus, fraß Stück für Stück mich und damit auch den Ursprung auf und ich wusste, dass es mit meinem Tod besiegelt wäre.

Also musste ich am Leben bleiben. Daran klammerte ich mich mit all der wenigen, mir noch verbliebenen Macht.

Auch wenn mir längst klar war, dass ich scheitern würde. Das hier war ein Kampf, den ich nicht gewinnen konnte.

Die Sekunden wurden zu Minuten, ich hatte schon längst kein Gefühl mehr für die Zeit, das Einzige, woran ich mich hielt, war mein stolpernder Herzschlag.

Das Wasser verschwand ein weiteres Mal, nahm einen Teil der Magie aus meinem Körper mit sich, genauso wie ein Stück des Ursprungs und hinterließ ein klaffendes schwarzes Loch voller Leere.

Ein weiteres Mal brach ich zusammen, schlug hart auf dem Boden auf und rollte mich zu einer Kugel. Ich wünschte, es würde aufhören, und gleichzeitig hoffte ich, dass es noch ewig dauern würde. Denn mit jeder Sekunde, die ich länger durchhielt, gab ich der übernatürlichen Welt mehr Zeit, sich zu retten. Wie auch immer diese Rettung aussehen mochte.

Etwas Warmes lief mein Schienbein entlang, vermutlich war die zarte Kruste an meinem aufgeschlagenen Knie wieder aufgerissen und vermischte sich mit dem eisigen Wasser, das gluckernd in dem zweiten Rohr abtauchte.

Es war egal, es spielte keine Rolle.

»Natalia«, eine klare, feste Stimme mischte sich unter das Gemurmel der anderen, das ich ausgeblendet hatte. Meine Konzentration war völlig damit ausgelastet, mich am Atmen zu halten und nicht in meinem Geist und Wunschvorstellungen zu verschwinden.

Arme packten mich, zerrten meinen zitternden Körper hoch. Ich hatte schon lange nicht mehr die Kraft, mich zu halten, geschweige denn zu wehren.

»Sie ... sie braucht eine Pause.« Zayden. Das war Zaydens Stimme.

So gerne ich auch in sein Gesicht gesehen hätte, ich schaffte es nicht, den Kopf zu heben, nicht einmal die Augen zu öffnen.

»Ich kann mich nicht daran erinnern, dich nach deiner Meinung gefragt zu haben, *Iljos*«, erwiderte sie scharf.

»Nein, aber ich weiß, wie Lyas Magie funktioniert, und ich weiß, was wir ihr hier abverlangen. Es wird sie zerstören.« Den letzten Teil seines Satzes sagte er leiser, vorsichtiger. Seine Worte erinnerten mich an eine andere Zeit, der Klang darin an den *Iljos*, für den ich ihn gehalten hatte.

Absätze klackten auf Beton, irgendetwas raschelte. »Ja, das wird es und mit ihrem Tod wird sie unzählige Menschen und die Welt retten. Ein wahrlich außergewöhnliches Opfer und einer Königin mehr als angemessen, findest du nicht? Vergiss nicht, wo dein Platz ist, Zayden, oder ich werde ihn dir zeigen müssen.«

Zayden knurrte, sagte aber nichts. Damit war die Diskussion beendet, zumindest nahm ich das an, denn ich wurde weiter über den Boden geschleppt und spürte kurz darauf den warmen Boden aus Metall, in den Schlitze eingearbeitet worden waren, durch die in wenigen Augenblicken wieder Feuer brennen würde.

Die Wächter machten sich nicht die Mühe, mich an den Käfig zu fesseln, ich konnte ohnehin nicht mehr stehen, geschweige denn fliehen oder kämpfen.

Das Schloss rastete ein und ich zuckte zusammen, presste mich enger an das Gitter. Ich wollte stark sein, das, was mein Volk in mir sah, eine starke Königin, die vor niemandem kniete, die sich niemandem beugte und kämpfte.

Aber die Wahrheit war, ich konnte es nicht mehr. Nicht mehr kämpfen, nicht mehr atmen.

Vielleicht war das letzte Stück, das mir dieses Ritual aus dem Körper gerissen hatte, mehr, als ich hatte ertragen können. Mehr, als der Ursprung geben konnte.

»Ich denke, das ist der letzte Durchgang«, sagte einer der Labormitarbeiter, dann füllte der Gestank nach dem Gas, das sie entzündeten, um den Käfig in Flammen zu setzen, die Luft. Ich hustete, spuckte das restliche Wasser aus meiner Lunge und keuchte bei den Schmerzen, die daraufhin durch meinen Körper rauschten.

Zeig keine Schwäche, hatte mein Vater gesagt. Unzählige Male, bei jeder Gelegenheit.

Aber war nicht jeder von uns irgendwann schwach? Erreichte nicht jeder irgendwann eine Grenze und zerbrach daran?

»Sehr gut. Bereiten Sie die Klinge und den Stein vor. Wenn dieser Schritt abgeschlossen ist, beenden wir das Ritual.« Natalia klang zufrieden mit sich selbst und auch wenn ich sie nicht sah, konnte ich mir den Ausdruck auf ihrem Gesicht zu gut vorstellen.

Das Zischen des Gases wurde lauter, es ließ mich husten,

trieb mir ein Brennen in die Augen. Ich wollte das nicht länger durchhalten. Ich wollte nicht länger atmen.

Etwas blitzte hell hinter meinen Lidern auf – der Funke, der das Gas entzündete, dann hüllte mich auch schon die Hitze des Feuers ein.

Sei stark, Lya. Eine tiefe, feste Stimme hallte durch meinen Geist, der immer wieder in die Finsternis abdriftete.

Mein Kopf fuhr herum, knallte gegen die erhitzten Stäbe und doch sah ich durch die Flammen hinweg klar und deutlich das weiße Schimmern in seinen grünen Augen. Das helle Schimmern darin brannte sich in meine goldenen Augen, blendete mich beinahe.

Sei stark.

Ich schluckte, versuchte die wenigen Worte in Einklang mit dem zu bringen, was ich sah. Bildete ich mir das ein? Waren das die ersten Anzeichen der allesverzehrenden Leere, die dieses Ritual in mir hinterließ? Wahnvorstellungen? Falsche Hoffnungen?

Mein Mund öffnete sich, aber es kam kein Laut daraus hervor. Ich blinzelte. Langsam, träge und ich spürte, wie der Druck auf meiner Brust immer schwerer wurde. Jeder Atemzug verlangte mehr von mir, mehr Kraft, mehr Aufmerksamkeit. Mein Herzschlag wurde langsamer, ungleichmäßig.

Welche Ironie, dass es gerade das Feuer war, das mich umbrachte, dass ich inmitten von Flammen starb, eingehüllt von Feuerzungen, über die ich einst geherrscht hatte.

Das Schicksal hatte anscheinend eine Schwäche für Ironie.

Ich hatte meinen Vater getötet und war an die Hölle gebunden worden.

Ich hatte versucht, eine gute Königin zu sein und den Konflikt zu lösen, für den es eigentlich keine Lösung gab, und jetzt würden mich die Flammen verzehren.

Ein winziges Lächeln zupfte an meinen Mundwinkeln, dann schlossen sich meine Augen. Das Feuer schien mit einem Mal nicht mehr schmerzhaft an mir zu nagen, sondern mich mit seiner Wärme zu liebkosen und ich begab mich nach all der Kälte nur allzu bereit in diese bekannte Wärme. Ich kehrte heim.

»Natalia, wir verlieren sie.«

»Gut, dann ist es so gut wie erledigt. Lassen Sie sie in dem Käfig, bis es vorbei ist, und bringen Sie sie dann auf den Tisch in Sektor B.« Die Worte klangen, als wären sie Teil eines anderen Lebens und meilenweit entfernt – und doch erschreckend klar und deutlich.

Dann vernahm ich durch das Rauschen der Flammen plötzlich ein lautes Krachen, gefolgt von schweren Stiefeln, die auf den Boden trafen. Gehörte das zum Ritual? Was würden sie noch mit mir machen?

»Was hat das zu bedeuten?«

»Mrs Grisberger, es hat eine Explosion gegeben. In den Tunneln C bis K sind Feuer ausgebrochen und das untere Level ist überflutet worden.« Diese tiefe Männerstimme kannte ich nicht, aber ich spürte die Unruhe darin, und die Furcht, die meiner so ähnlich war.

Das klang nicht nach etwas, das zu Natalias Plan gehörte.

»Das ist unmöglich. Alle Schleusen sind für Dämonen und *Iljos* unpassierbar und abgeriegelt«, erwiderte Natalia scharf. Ein Klatschen von Haut auf Haut erklang, jemand keuchte auf. »Was haben Sie getan? Wie konnte das geschehen!?«

»Er hat gar nichts getan, Natalia. Vermutlich wäre er nicht einmal in der Lage, die Mechanismen zu manipulieren«, gab die Stimme aus meinem Kopf fest und erstaunlich ruhig zurück, irgendwo hörte ich Wasser plätschern und entfernt, ganz entfernt ein tiefes Summen. »Ich schon und ich fordere die sofortige Freilassung der Königin der Hölle.«

Kapitel 29

Alles geschah auf einmal und gleichzeitig schien die Zeit plötzlich ganz langsam abzulaufen, als wollte sie uns die Gelegenheit geben, jedes grausame Detail des Chaos' in vollen Zügen zu genießen.

»Was hast du getan?«, wiederholte eine tiefere Stimme. Julien, Zaydens Vater, und Fassungslosigkeit schwang in seinen Worten mit.

»Etwas, das ich vermutlich früher hätte tun sollen. Das einzig Richtige.«

Schwer zu sagen, was genau es war, aber das war der Moment, in dem das Lächeln auf meinen Lippen breiter wurde und ich bereit war, loszulassen.

Mein Körper wurde taub, die Schmerzen zogen sich zurück und wurden zu einem dumpfen Pochen irgendwo am Rande meiner Wahrnehmung. Ein gnädiger Zustand nach allem, was in den letzten Stunden gewesen war. Blinzelnd öffnete ich die Augen und versuchte durch die Flammen hindurch, die sich noch immer an meinem Körper und meiner Magie labten, einen Blick auf die Gruppe erhaschen zu können. Ich musste wissen, ob das wirklich Zayden war. Ob diese Worte wirklich aus seinem Mund gekommen waren.

»Woher willst du wissen, was das Richtige ist?«, spuckte Natalia aus, ich konnte nicht viel erkennen, aber vermutlich waren ihre Augen geweitet, der Mund angespannt und vor Ungläubigkeit verzogen.

»Mein Ursprung hat es mir gesagt«, antwortete Zayden ruhig und ich meinte ein Lächeln in seinen Worten hören zu können.

Zayden, es war Zayden.

Ein weiteres Krachen erklang, dann hallte das Geräusch von berstendem Metall und bröckelndem Beton durch das Labor. Irgendetwas traf mich am Rücken und ließ mich zusammenfahren. Dann folgte ein zweiter Knall und ein dritter. Rauch und Staub lagen in der Luft, ich schmeckte beides auf meiner trockenen Zunge und sah die kleinen Körnchen tanzen.

Eine Horde – anders konnte man es nicht bezeichnen – aus schwarz gekleideten Soldaten mit Schwertern stürmte durch das gewaltige Loch, das sie in die Wand gerissen hatten, wo vorher die Tür gewesen war. Die Augen der Kämpfer glühten und ihre Macht, die innerhalb von Sekundenbruchteilen den gewaltigen Raum erfüllte, ließ mich keuchen.

Dämonen und *Iljos*. Die vereinte Truppe als ein einziges, schwarzes, Unheil verkündendes Omen – das, das konnte nicht sein. Oder?

Mein von Schmerzen und Gift vernebelter Kopf musste mir dieses Märchen vorspielen.

Ich versuchte mehr zu erkennen, mich in die Richtung des breiten Gangs und der herausgesprengten Tür zu drehen, aber es war zwecklos. Keiner meiner Muskeln reagierte, ich spürte sie nicht einmal mehr.

Schreie ertönten, hallten wie Peitschenhiebe durch das Labor und es war unmöglich zu sagen, wessen Schreie das waren. Ich sah Feuer aufblitzen, hörte Schüsse und Stahl, der auf Stahl traf. Schwere Schritte, die auf Beton trafen, legten sich wie ein tiefer Bass über den Kampf. Soldaten.

Noch mehr Soldaten, doch diese besaßen keine leuchtenden Augen, keine ursprüngliche Macht. *Madúr.*

Das hier mochte dem Ritual dienen, aber es war gleichzeitig auch eine Todesfalle für alle *Iljos* und Dämonen, die es wagten, einen Fuß in die Tunnel zu setzen. Und ich war der Köder gewesen.

Meine gefesselten Hände ballten sich kraftlos zu Fäusten. Ich verfluchte die Taubheit in meinen Gliedern und meinem Inneren, die Leere und alles, was mich daran hinderte, meinen Leuten zu Hilfe zu eilen.

Glas splitterte, ein Kreischen ertönte und der unverkennbare Geruch nach Blut und verbranntem Fleisch füllte die Luft. Der Boden erzitterte unter meinem bebenden Körper und ich machte mich noch kleiner. Von mir war ohnehin nicht mehr viel übrig und das wenige, das noch existierte, wurde mit jeder Sekunde, die das Feuer an meiner Haut und meinem Wesen nagte, kleiner. Sie sollten fliehen. Sie alle.

Hatte ich nicht den Befehl gegeben, sie sollten die Hölle abriegeln und mein Opfer akzeptieren? Ich – Den Gedanken konnte ich nicht zu Ende führen, denn ein stechender Schmerz jagte von meiner Brust aus durch meinen Körper, als hätte man mir mein Herz herausgerissen. Ich kniff die Augen zusammen, holte zittrig Luft, aber ich schien das Atmen mit einem Schlag verlernt zu haben.

»Lya! Mein Gott, Lya!«

Hektisch versuchte ich Luft in meine verkrampfte, brennende Lunge zu bekommen, aber es gelang mir nicht. Mein Herz stolperte, setzte aus, schlug dann viel zu schnell. Was eben noch taub gewesen war, war nun voller Qual. Und mein vernebelter Verstand wusste, was das zu bedeuten hatte.

»Lya! Kannst du mich hören?!«

Atme. Atme. Atme. Ich wollte nicht sterben. Etwas Nasses lief über meine Wangen und wurde sofort von den Flammen fortgetragen.

»Lya, verdammt! – Zayden! Hierher!«

Meine Nägel fuhren kraftlos über den heißen Boden. Heiß, alles schien so fürchterlich heiß zu sein. Alles, bis auf meinen innersten Kern, der vor endlos langer Zeit erfroren zu sein schien. Zittrig fuhr der wenige Atem, der mir noch geblieben war, über meine spröden Lippen ...

»Zayden, ich – ich bekomme sie da nicht raus! Ich glaube sie, sie ... Hölle, das Feuer!«

Mein Körper wurde mit einem Ruck hochgerissen, weg von dem erhitzten Metall, den Flammen, den Gitterstäben, die sich in meinen Rücken gedrückt hatten. Stattdessen lag ich an etwas hartem Kalten. Eis. Die Zelle. Ich war wieder in der Zelle ... aber die Zelle bewegte sich. Sie schwankte, schaukelte. Alles drehte sich.

Wann hörte das endlich auf?

»W-was tust du da?!«

Ein spitzer Schmerz breitete sich an meinem Hals aus, eiskalte Krallen und kochend heiße Lava schossen durch mich hindurch und ließen mir ein Stöhnen über die Lippen kommen.

Bei den Ewigen Flammen!

Eine kühle Hand fuhr über meine Stirn, meine Wange, eine federleichte Berührung. Finger fuhren durch meine Haare, strichen mir Strähnen aus dem Gesicht und ... ich spürte diese Berührungen. Spürte sie bis in mein Innerstes, spürte, dass keine Energie darin lag. Ein Mensch. Ein Mensch hielt mich in seinen Armen.

»Was hast du ihr gegeben?« Eine helle Stimme. Dieselbe

helle Stimme, die mich hierhergeführt hatte. Annie. Aber was machte Annie hier?

»Ein Gegenmittel, aber sie braucht Ruhe und Zeit. Sie muss hier raus.« Zayden machte sich an den Fesseln an meinen Handgelenken zu schaffen, umschloss meine Hände mit seinen kühlen Fingern und legte sie auf meinen Bauch.

Gegenmittel. Ein Teil von mir erinnerte sich daran, dass meine inneren Wesen – *Iljos* und Dämon – in Ketten lagen.

»Wie?«

»Ich hole Roy. Lya muss in den Hades. Sofort.«

Ein Schauer durchfuhr mich, als das Mittel, das mir Zayden injiziert hatte, meine Mitte erreichte. Sofort schlossen sich Annies Arme fester um mich. Noch immer tobte der Kampf um uns herum, ich konnte ihn hören, riechen, *fühlen*, und mit jeder Sekunde wurde das alles klarer.

»Zayden, warte! Deine Arme, du – das solltest du anschauen lassen.«

»Ich werde es überleben.« Schritte entfernten sich, genauso wie die kühle Energie, die Zayden umgab. Energie, die auf meiner geschundenen Haut kribbelte. Ich fühlte ihn. Ich fühlte Annies menschliche Energie und die verworrene, gemischte Macht, die das Labor durchflutete.

»Roy wird gleich hier sein und dich in Sicherheit bringen. Es ist vorbei. Du bist sicher«, murmelte Annie wieder und wieder. Ihre klare Stimme, in der Furcht, Sorge und Entschlossenheit lagen, umgab mich, während das Gefühl in meine Arme und Beine wiederkehrte und sich die schreckliche Kälte in meiner Brust langsam zurückzog. Der Druck auf meiner Brust wurde leichter und ich schaffte es, zu atmen. Ein keuchendes, stockendes Atmen, aber endlich, endlich strömte wieder Luft in meine Lunge.

Mir kam ein Husten über die Lippen, das wie Säure in meiner Kehle brannte und mir die Tränen in die Augen trieb.

»Lya? Dem Himmel sei Dank! Kannst du mich hören, Lya?« Und irgendwo zwischen dem Eis und Feuer, das in mir wütete, konnte ich das tatsächlich. Tief in mir drin.

Ich brachte ein unverständliches, heiseres Murmeln zustande und schaffte es, meine rechte Hand ein paar Zentimeter zu heben. Annie griff sofort nach meinen Fingern und drückte sie, so wie sie es schon unzählige Male getan hatte. Ich hörte ihr leises Schluchzen, ein erleichtertes Schluchzen, das mir durch Mark und Bein ging.

»Ich dachte, du ... du wärst da drin ...« Annie brachte den Satz nicht zu Ende, aber ich wusste auch so, was sie hatte sagen wollen. Ich hatte dasselbe gedacht. Es hatte sich angefühlt, als wäre ich gestorben und vielleicht war ich das ja auch und in einer Welt aufgewacht, in der Annie, Roy und Zayden noch rechtzeitig gekommen waren. Aber wenn es so war, dann konnte ich damit leben.

»Ich bin ... hier.« Meine Antwort war kaum hörbar, ein leises Krächzen.

Eine Welle heißer, goldener Magie erreichte uns, fuhr über meine brennende Haut und umschloss mich, wie ein verloren geglaubtes Kind.

Royath.

Im nächsten Augenblick lag ich auch schon in seinen starken, warmen Armen, eingehüllt von seiner Energie, die sich anfühlte wie kitzelnde Sonnenstrahlen. Ich sog seine Macht in mich auf, ließ zu, dass sie jede Zelle meines Körpers durchdrang und mein Innerstes traf.

»Verflucht noch mal, Lya. Ich ... es tut mir leid. Es tut mir

442

so unsagbar leid«, flüsterte er, warme Lippen trafen meine Stirn, ich seufzte leise. »Ich werde dich nach Hause bringen.«

Seine Worte, seine Energie gaben mir die nötige Kraft, die ich brauchte, um endlich meine Augen öffnen zu können und dann sah ich ihn. Seinen goldenen Blick, die dunklen Schatten unter seinen Augen, die Platzwunde an seiner Stirn, die Sorge in seinem Blick.

»Ich bin zu Hause«, erwiderte ich kaum hörbar, aber ich wusste, Roy hatte mich gehört, denn sein Griff wurde merklich fester und ein feuchter Glanz trat in seine Augen. »Und ich ... ich kann hier nicht weg.«

»Lya, bei allem Respekt, aber du bist gerade so am Tod vorbeigeschrammt. Ich werde den Teufel tun und dich hierlassen. Du bist verletzt. Mehr als das.«

Annie trat an Roys Seite und nahm wortlos meine Hand.

Ja, ich war beinahe gestorben, ich spürte noch immer jede Art von Schmerz in meinem Inneren und hatte keinen Zugriff auf meine Fähigkeiten – weder die dämonischen noch die iljonischen – aber ich konnte nicht hier weg. Nicht bevor ich nicht dafür gesorgt hatte, dass sich so etwas niemals wiederholen würde.

»Ich bin deine Königin, Roy«, sagte ich nur und meine Lippen verzogen sich zu einem erschöpften Lächeln. »Lass mich nur das tun, dann kannst du mich von hier fortbringen.«

Royaths Miene verdunkelte sich. »Lya«, knurrte er warnend, doch ich legte ihm nur kraftlos eine Hand auf die Brust, was ihn herzlich wenig interessierte. »Ich hätte dich beinahe an diesem verfluchten Ort verloren, ich lasse dich nicht noch einmal dort hineingehen.«

Ich sah an ihm vorbei, erkannte Beton und flackernde Leuchtstoffröhren über unseren Köpfen, aber die Geräusche des Kampfes drangen nur noch gedämpft zu uns. Wir mussten uns in einem Nebenraum befinden oder einer ruhigeren Ecke des großen Labors.

»Roy hat recht«, bemerkte Annie und auch in ihren braunen Augen lag Angst. Angst um ihre Freundin.

Ich hasste mich dafür, dass sie wegen mir wieder in eine solche Situation geraten war, dass sie sich fürchten musste, aber ich konnte ihr diese Angst im Augenblick nicht nehmen.

»Ich weiß, aber das ändert nichts an meiner Meinung.« Meine Stimme klang fester und stärker, als ich mich fühlte. »Ich mag gerade nicht in der ... der perfekten Verfassung sein, aber ich habe euch. Deinen Verstand, Annie, und deine Klinge, Roy. Wir müssen ... dieses Wissen um die Vernichtung des Ursprungs zerstören.«

»Natalia wird kein Problem mehr darstellen, Lya«, erwiderte Roy und zog die schwarzen Augenbrauen zusammen.

Ich bewegte mich in seinen Armen und er verstand. Vorsichtig, als wäre ich zerbrechlich, kostbar und nicht die verdammte Königin der Hölle, setzte er mich auf dem Boden ab, behielt die Hände jedoch an meiner Taille, bereit mich zu halten. Dankbar lehnte ich mich an seine starke Brust. Noch immer trug ich nur das schwarze Hemd von Roy, das mittlerweile Löcher, Risse und Flecken aufwies, und meine Unterwäsche und spürte seine Hitze kribbelnd auf meiner Haut. »Das meinte ich nicht. Royath.« Ich räusperte mich, versuchte meinen Mund zu befeuchten. »Es gibt eine besondere Klinge und einen Stein. Wir müssen beides finden und in den Hades bringen. Und dann brennen wir diese verdammte Hölle hier nieder.«

»Lya ...« Roys Griff wurde fester, seine Energie wilder, ehe ich seine Resignation spürte. »Bei den Ewigen Flammen, deine Starrköpfigkeit wird dich eines Tages den hübschen Kopf kosten. Gut, ziehen wir es durch.«

Ich nickte langsam, nahm den Arm, den mir Annie als Stütze anbot, und lächelte grimmig. »Und Natalia gehört mir.«

Royath lief vor, Annie und ich dicht hinter seinem Rücken, als wir die schützende, hintere Ecke verließen und einen Blick auf den Kampf – das Gemetzel – erhielten, der mich schlucken ließ. Ich fühlte mich zurückversetzt in die Schlacht, die an dem Tag im Hades gewütet hatte, als ich meinen Vater getötet hatte und zur Königin der Hölle geworden war.

Iljos und Dämonen kämpften Seite an Seite gegen die *Madúr* in ihren hochmodernen Rüstungen. Klingen trafen aufeinander und Schüsse fielen aus den Waffen der Jäger, die alles Übernatürliche innerhalb eines Wimpernschlags vernichten konnten. Es war unmöglich zu sagen, wer die Oberhand hatte. Leiber waren ineinander verkeilt, in einen Todeskampf verwickelt. Eine einzige Masse aus Waffen, Armen und Beinen. Es stank nach Blut, Tod und Leid. Keuchen, Stöhnen und Schreie füllten das Labor, das zu einem Schlachtfeld unterhalb von London geworden war. An mehreren Stellen brannte es flackernd. Schwerer, schwarzer Rauch lag in der Luft und legte sich wie ein dunkler Schatten über die Szenerie.

»Hölle, noch mal«, murmelte Annie neben mir, ihre Finger gruben sich in meine Haut.

»Sehen wir zu, dass wir hier wegkommen. Vannor und Tellin haben eine Bombe deponiert und ich möchte ungern in meine Einzelteile zerlegt werden«, sagte Royath angespannt und wandte sich nach rechts. Dorthin, wo die beiden Kammern standen. Mir wurde übel, als ich das Aquarium und die Gitterstäbe sah und alles in mir wurde mit einem Mal stocksteif.

»Lya?«, fragte Annie sanft. »Was ist los?«

Ich starrte den Käfig an, sah die Flammen darin, obwohl sie längst erloschen waren und biss die Zähne zusammen. Nein. Ich stand hier, ich stand aufrecht, Natalia hatte mich nicht gebrochen. Vielleicht an meine Grenze getrieben, mich gefoltert, aber nicht gebrochen.

Ein Ruck ging durch mich hindurch, dann stolperte ich von Annie fort, riss Roy eine seiner Klingen aus der Hand, die er eher aus Überraschung freigab, und humpelte so schnell es mir möglich war zu den Kammern. Mein Arm, der das große Schwert hielt, zitterte unter dem Gewicht, aber ich schaffte es zu dem Glaskasten, schaffte es, die Klinge zu heben und auf das Steuerpanel heruntersausen zu lassen. In einem Funkenregen explodierte die Steuereinheit, eine Welle der Genugtuung flutete über mich hinweg. Dann schlug ich ein weiteres Mal zu.

Jemand fluchte. Glas splitterte, flog glitzernd durch die Luft, als Royaths schwarzes Schwert hindurchschnitt. Im selben Moment wurde ich zurückgerissen, sodass mir der Atem aus der Lunge gepresst wurde und zusammen mit Annie unter Roy begraben, während die Splitter zu Boden rieselten und die drei Leichen, die neben den Kammern lagen, beinahe wie Schneeflocken bedeckten.

Zittrig kam ich auf meine wackeligen Beine und fühlte mich dabei wie ein Knochenpferdfohlen, das gerade erst das Laufen lernte. Glas schnitt mir in die nackten Fußsohlen, doch alles, was ich verspürte, war grimmige Genugtuung.

Roy und Annie folgten mir zu dem Käfig, mit dem ich mit ihrer Unterstützung ebenso kurzen Prozess machte.

Als das Gittergerüst in sich zusammensackte, fiel ich erschöpft nach hinten, stolperte gegen Roy und ließ die Klinge fallen. Royath fing mich sofort auf und hielt mich aufrecht. »Ich habe dich, Lya.«

Für einen kurzen Moment starrten wir auf die Trümmer, die von den Kammern noch übrig waren mit dem Kampflärm in den Ohren, dann legte Annie eine Hand auf meine Schulter und drückte sie. »Bringen wir es zu Ende.«

Wir stiegen über die Leichen der Labormitarbeiter hinweg, ohne dass ich einen zu genauen Blick an sie verschwendete, und stiegen um gefallene Tische und zerbrochene Versuchsaufbauten hinweg. Unser Ziel war der Tisch in Sektor B, zumindest hoffte ich, dass sich das gesamte Wissen über das Ritual dort befand.

»Das kann nicht dein Ernst sein!«, fuhr Royath auf und biss die Zähne zusammen. »Wir werden ganz sicher nicht das komplette Schlachtfeld überqueren. Nicht in deinem Zustand und nicht mit Annie.«

Annie schnaubte nur, bückte sich und hatte im nächsten Moment ein Schwert in den Händen. Ein schiefes Lächeln trat auf meine Lippen. In diesem Moment war ich verdammt stolz auf meine Freundin.

»Was soll das denn heißen? Wir machen das zusammen.«

Roy fluchte unterdrückt und reichte mir zwei der Dolche von seinem Gürtel. »Lya hat einen schlechten Einfluss auf dich, Kleine.«

Und dann betraten wir das Schlachtfeld.

Roy hatte nicht übertrieben, ich war in einer schlechten Verfassung und selbst die Dolche schienen viel zu schwer für meine müden Arme, aber ich sah meine Leute kämpfen. Sah sie sterben und wusste, dass nur ich das beenden konnte. Wie auch immer es mir gelang, aber ich nahm meine ganze Kraft zusammen, die sich nur langsam und dank des Mittels, das Zayden mir gespritzt hatte, regenerierte, stolperte langsam zwischen den Dämonen, *Iljos* und Soldaten umher und kämpfte. Ich schlug Klingen zur Seite, auch wenn meine Ohren von der Wucht klingelten und mir kurz schwarz vor Augen wurde. Ich stach und durchtrennte Kehlen, wann immer ich die Gelegenheit dazu bekam, und ich gab nicht auf. Annie und Royath begleiteten mich, hielten das meiste von mir fern und blieben an meiner Seite, genau dort, wo sie hingehörten.

Ein *Madúr* zielte mit seiner Spezialwaffe auf mich und ich schleuderte, ohne zu zögern, eine meiner Klingen in seine Richtung. Der Dolch bohrte sich bis zum Heft in seine Stirn, sein warmes Blut spritzte, benetzte meine nackte Haut, dann sank er in sich zusammen. Mit einem Ruck riss ich die Waffe aus der Leiche und sah mich um. Links von uns entdeckte ich das Schild mit dem großen B.

»Roy, Annie!«, rief ich, so laut es mir möglich war, und deutete nach links. Die beiden verstanden. Mehr Zeit blieb mir auch nicht, denn im nächsten Moment brauchte ich bereits meine ganze Aufmerksamkeit und Kraft, um einen *Madúr* mit einem schwarzen Schwert abzublocken.

Wir bewegten uns langsam, aber stetig in die richtige Richtung, schlugen Gegner nieder und tränkten den Beton mit Blut und Tod. Ich mochte weit entfernt von meiner eigentlichen Stärke und meinen Fähigkeiten sein, aber der Kampf, meine Freunde an meiner Seite, das alles berauschte mich und verlieh mir neue Kraft.

Aus dem Augenwinkel sah ich, wie Annie vor einem Jäger mit Pistole zurückwich, und nutzte eine meiner Klingen ein weiteres Mal als Wurfgeschoss. Und traf. Mein Training hatte sich ausgezahlt, keine Frage. Wir nickten einander zu und in ihren Augen stand dasselbe, was ich auch tief in mir verspürte.

Dann packte mich Royath plötzlich am Oberarm, riss mich herum, um einen Hieb, der mir den Kopf von den Schultern getrennt hätte, abzuwehren und mich nach links zu schieben. »Wenn man dir nicht ständig hinterherräumt, Prinzessin«, stieß er angespannt hervor und schob mich zu Annie, um uns dann beide aus dem Getümmel zu bringen.

Annie fuhr sich über das Gesicht, Blut und Schweiß vermischten sich auf ihrer hellen Haut und ich wusste, dass es bei mir nicht anders aussah.

»Dort ist ... ist Sektor B«, brachte ich atemlos hervor und versuchte mühsam, mein rasendes Herz zu beruhigen. Lange würde ich das nicht mehr durchhalten, das Adrenalin verschwand bereits und ließ das Chaos zurück, das das Ritual in mir hinterlassen hatte. Roy schien das zu spüren, denn er nickte knapp und hob mich auf seine Arme, damit wir schneller vorankamen.

Sektor B war ein durch halbhohe Wände abgetrenntes Labor in dem riesigen Raum mit Regalen und Metalltischen an den Seiten und einem breiten, glänzenden Operationstisch in der Mitte. Der Tisch, auf dem ich hätte endgültig sterben sollen.

Schwer atmend stützte ich mich auf Roy, als er mich herunterließ und hielt mir den Oberkörper. Vor meinen Augen tanzten bunte Punkte.

»Was hat euch diese Rebellion gebracht?« Die scharfe Stimme ließ uns nach rechts schauen, dorthin, wo Natalia hinter einem breiten Kühlschrank hervortrat. Julien und ein Soldat waren an ihrer Seite.

»Freiheit«, knurrte ich nicht halb so laut, wie ich es gerne gewollt hätte. »Und die Genugtuung, dich zu töten.«

Natalia lachte nur und wiegte die zwei Gegenstände in ihren Händen: Den Stein und die Klinge. »Ich fürchte, dazu wirst du nicht mehr in der Lage sein.«

»Mag sein ... Aber dieses Mal bin ich nicht alleine.« Ich drängte den Schwindel resolut zurück und grub meine Finger in Roys Arm.

»Und dann? Was wirst du dann machen? Solange *Iljos* und Dämonen, solange die Magie besteht, wird es immer Krieg, Leid und Tod geben. Das wirst du nicht ändern können.« Natalias Augen blitzten auf und ich erkannte den Wahnsinn darin. Wahnsinn und Schmerz über die Verluste, die sie erlitten hatte.

»Vielleicht nicht, Natalia, aber ich kann es versuchen.«

Als wäre das Roys Stichwort gewesen, stürzte er sich auf Julien, riss seine Klinge hoch und attackierte den *Iljos* mit einem tiefen Knurren, das aus seiner Kehle kam.

Der andere Soldat schubste Natalia grob aus der Schusslinie und kam dann mit seiner Waffe auf Annie und mich zu. Ich sog so viel Luft in meine Lunge, wie ich konnte, schob den Schwindel, Schmerz und Erschöpfung ein letztes Mal zur Seite und sah zu meiner besten Freundin.

Und sie verstand.

Annie kam dem *Madúr* entgegen, das Schwert erhoben, während ich nach rechts stolperte, dorthin, wo Natalia am Boden lag und sich mühsam wieder aufrichtete. Noch bevor sie sich auf den zweiten Arm hätte stützen können, war ich über ihr und stellte einen nackten, blutigen Fuß auf ihre Kehle. Röchelnd sank sie zu Boden, als ich den Druck verstärkte, ihre Hände packten meinen Knöchel, dort, wo meine

Haut verbrannt war, aber ich hatte sie längst, wo ich sie haben wollte. Am Boden, vor mir kriechend, mit derselben Angst, die ich Stunden zuvor verspürt hatte.

»Du hast etwas Entscheidendes bei all deinen Plänen vergessen«, sagte ich kalt und leise, den Blick fest auf ihre schreckensgeweiteten Augen gerichtet. »Es hat einen Grund, warum ich die Königin der Hölle bin, Natalia. Warum mir die Dämonen und das Feuer gehorchen, warum sich selbst mein eigenes Volk vor mir fürchtet. Ich bin der Teufel und ich knie vor niemandem.«

Kapitel 30

Ich spürte die Erschütterung der Detonation noch Stunden, nachdem die Bombe in den Tunneln des *Houses of Parliament* hochgegangen war. Wie das Zucken eines Muskels, das immer wiederkehrte, zupften die Nachwirkungen noch an mir, als ich mich am Tag nach der totalen Sonnenfinsternis erschöpft auf meinem Thron niederließ und in das Polster sank.

Ich war mir sicher, ich würde dieses Ereignis noch Jahrzehnte spüren und das war gut so. Ich wollte nicht vergessen, was beinahe dort geschehen war. Ich wollte nicht vergessen, was Verlust Grausames mit einem Menschen anstellen konnte und was wir dort erreicht hatten.

Gemeinsam. *Iljos und* Dämonen.

Anaïs, meine Zofe, brachte mir einen Krug Wein und zog sich dann mit einer leichten Verbeugung zurück, als Royath auf den Thron zulief. Man sah ihm die Strapazen der letzten Tage genauso an, wie jedem anderen. Die Zeit hatte bei uns allen Spuren hinterlassen. Sichtbare und unsichtbare Spuren und Narben, die wir immer tragen würden.

»Mylady«, er sank in eine kurze Verneigung, dann bezog er rechts von mir Stellung, »bist du dir sicher, dass du das schon jetzt machen möchtest? Du brauchst noch immer Ruhe, Lya. Das brauchen wir alle.«

Ich legte die Hände auf die Armlehnen und nickte. »Das ist etwas, das nicht warten kann, Roy, und jetzt ist genau der richtige Moment, um dort anzuknüpfen.«

Royath seufzte leise und schüttelte lächelnd den Kopf. »Warum versuche ich es eigentlich noch? Mittlerweile müsste ich längst wissen, dass du sowieso tust, was du möchtest.«

Schmunzelnd überschlug ich die Beine und richtete die weiten Beine meiner schwarzen Hose. »Ich bin die Königin, schon vergessen?«

»Das ist mir durchaus bewusst, aber Menschen und *Iljos* in den Höllenpalast einzuladen, ist selbst für deine Verhältnisse außergewöhnlich.«

Ich war mir ziemlich sicher, dass er ursprünglich etwas anderes als *außergewöhnlich* hatte sagen wollen. Und Roy hatte recht. Ich hatte die Tore geöffnet. Für die *Iljos* und für Annie. Weil ich sie alle hier brauchte, um zu tun, was mir vorschwebte.

Um es besser zu machen. So, wie mein Vater es von mir verlangt hatte, als er mir die Hölle in die Haut trieb.

»Die Grenzen existieren nur, weil wir glauben, dass es sie gibt. Aber wenn wir eines aus diesem ganzen Mist gelernt haben, dann, dass wir alle denselben Ursprung haben. Egal, ob *Iljos*, Dämon oder Mensch.«

Roys Augen leuchteten auf, als er den Kopf neigte. »Wann bist du so weise geworden, Lya?«

Seine Worte ließen mich erröten, dann gab ich den Wachen am Haupteingang ein Zeichen, die Besucher in den Thronsaal zu lassen. Jedem Einzelnen von ihnen hatte ich nach der Explosion, der endgültigen Zerstörung der *Madúr*, die Möglichkeit gegeben, im Hades unterzukommen, bis sich die Lage etwas gelichtet und neue Abkommen beschlossen waren. Viele hatten dieses Angebot angenommen und Roy hatte den Verdacht geäußert, dass ich für viele *Iljos* ebenfalls zu einer Anführerin geworden war.

In all den Jahrtausenden, die die Hölle nun schon existierte, hatte der Palast niemals so viele Gäste aus so vielen Bereichen des Lebens gesehen und es war ein gutes Gefühl, dass es jetzt so war. Die Festung summte vor Lebendigkeit, etwas, das wir nach den letzten Wochen gut gebrauchen konnten.

Mit Royaths Hilfe erhob ich mich und winkte meine Gäste näher zu mir, dann lief ich die Stufen des Podests herunter und blieb auf der untersten stehen, bis sich ein Halbkreis um mich herum gebildet hatte. Annie löste sich als Erste mit geröteten Wangen aus der Reihe und schlang mir die Arme um den Hals, sodass Roy uns beide auffangen musste. In der vergangenen Nacht war mir keiner von beiden von der Seite gewichen, in keiner wachen und keiner schlafenden Sekunde. Wir hatten einander zugehört, getröstet und gemeinsam geruht.

Ich erwiderte ihre Umarmung und schloss die Augen. »Danke, Annie«, flüsterte ich in ihre Haare.

»Ich danke dir.«

Wir ließen einander los, beide ein Lächeln auf den Lippen, dann wandte ich mich an die Gruppe vor mir. Eine Gruppe aus alten Freunden und solchen, die zu Freunden geworden waren. Jeder Einzelne von ihnen hatte dazu beigetragen, dass wir diesen Krieg überstanden hatten und jedem Einzelnen würde ich ohne zu zögern mein Leben in die Hände geben. Auch wenn Royath mich für diesen Gedanken vermutlich vierteilen würde.

Mein Blick glitt über Vannor und Tellin, die sich leise unterhielten, Solea, die grimmig daneben stand und wartete, Kommandeur Bleek und Jacuzzo, der seine Hände ordentlich vor dem Körper gefaltet hielt. Ich nickte Hugo und Griffin zu und lächelte bei dem gelangweilten Ausdruck, den Reena aufgesetzt hatte.

Dann traf mein Blick den von Zayden und für einige Wimpernschläge verhakten sie sich ineinander. Zayden und ich würden vermutlich irgendwann über all das reden müssen, was zwischen uns geschehen war, und das, was er getan hatte. Sein Verrat an den *Iljos* und Dämonen, an der gesamten übernatürlichen Welt und den Menschen.

Ich hatte nichts davon vergessen, nicht, wie er mich in der Zelle behandelt hatte und nicht wie er stundenlang neben Natalia gestanden und keinen Finger gerührt hatte. Aber letztendlich hatte er mich gerettet. Das Richtige getan. Denn die Wahrheit war, ohne ihn würde ich hier vermutlich nicht mehr stehen. Niemand von uns.

Und er hatte diesen Heldenmut teuer bezahlt. In den Augen vieler eine gerechte Strafe, wie ich wusste. Zayden hatte mich aus den Flammen gezogen und sich dabei schwere Verbrennungen an den Armen zugezogen. Diese Narben würde er ewig tragen, sie würden ihn immer markieren und an seinen Verrat erinnern.

Ich sah, wie er sich unter meiner Musterung anspannte und die Zähne zusammenbiss, ehe er knapp den Kopf neigte – eine Geste, die ich mit Verzögerung erwiderte.

Ja, wir würden sprechen müssen. Irgendwann.

Neben ihm stand Malaya, deren Blick unauffällig schnell von Zayden zu mir und zurückhuschte, ehe sie auf ihre Füße starre. Trotzdem entging mir nicht, wie nahe sie bei Zayden stand, und mir war auch nicht entgangen, dass sie es gewesen war, die seine Arme behandelt hatte.

Ich lächelte und ließ von den beiden ab.

»Danke, dass ihr alle gekommen seid. Gerade nach dieser schweren Zeit. Im Namen des Hades und aller Dämonen möchte ich euch in der Festung willkommen heißen. Ihr seid unsere geschätzten Gäste und werdet selbstverständlich alles erhalten, was ihr benötigt.« Langsam holte ich Luft, als ich spürte, wie eine neue Welle von Schwindel auf mich zukam. Zwar hatte ich im Laufe der Nacht wieder Zugang zu meinen Fähigkeiten bekommen, aber mir steckte die Zeit in dem Eisverlies und den Kammern nach wie vor schwer in den Knochen und meine Selbstheilungskräfte reagierten nur verzögert.

Royath reichte mir meinen schwarzen Gehstock, in den goldene Verzierungen eingearbeitet worden waren, und ich stützte mich dankbar darauf. Im Augenwinkel sah ich, wie Zayden sich mit versteinerter Miene abwandte. Ich wusste, seine Scham über das, was er getan hatte, quälte ihn und ich hoffte, dass sie ihn daran erinnern würde, wie knapp er daran gewesen war, den größten Fehler seines Lebens zu begehen.

Jacuzzo trat vor und deutete eine leichte Verbeugung an. »Ich danke Euch, Königin Elyanor, stellvertretend für die *Iljos*.«

»Bleibt, solange ihr es braucht, meine Tore stehen euch allen offen. Außerdem habe ich gehofft, auf diesem Wege ein paar vorläufige Abmachungen treffen zu können«, erwiderte ich mit einem ehrlichen Lächeln und strich eine Strähne, die sich aus meiner komplizierten Hochsteckfrisur, auf der meine Krone ruhte, gelöst hatte.

»Abmachungen?«, fragte Solea und verschränkte die Arme. »Mit Verlaub, Mylady, aber die *Iljos* haben keinen offiziellen Anführer, keinen festen Sitz in London, wie sollen da Abmachungen getroffen werden?«

Bei der Schroffheit ihrer Worte sog Malaya hörbar die Luft

ein und Reenas blaue Augen hefteten sich scharf wie Dolche auf die ältere Kontinentführerin.

»Und diese Meinung steht dir voll und ganz zu, Solea. Aber deine Bedenken sind ungerechtfertigt. Jacuzzo hat die Leitung der *Iljos* übernommen, ich werde Verhandlungen mit ihm und seinem selbst gewählten Rat führen und ich bin mir ziemlich sicher, dass sich in absehbarer Zeit ein Standort für die Londoner Abteilung finden wird.«

Solea murmelte etwas Unverständliches, brachte aber keine weiteren Einwände. Dafür machte Vannor, der Kriegsführer der *Iljos*, einen Schritt nach vorne und beugte elegant das Knie. Bis jetzt hatte ich nicht einmal geglaubt, dass er dazu überhaupt in der Lage war. »Wir sprechen uns ebenfalls für eine Zusammenarbeit und neue Verhandlungen aus. Die jüngsten Ereignisse haben gezeigt, dass wir diese weiß Gott brauchen. Allerdings haben wir eine Bedingung.«

Ich hob eine Augenbraue und bedeutete Vannor fortzufahren. »Das hier ist eine offene Runde. Sprich frei aus, was dir auf der Zunge liegt.«

»Die *Iljos* stellen die Forderung, dass wir Zayden vor eines unserer Gerichte führen dürfen. Zusammen mit seinem Vater, der in Eurer Zelle sitzt.«

Meine Augen verengten sich und flogen zu Zayden, der die Zähne fest zusammenbiss und die Hände zu Fäusten an seinen Seiten ballte.

»Ich kann den *Iljos* nicht verbieten, einen der Ihren zu verurteilen«, begann ich und spürte, wie sich Zaydens Blick ruckartig auf mich richtete und regelrecht auf meiner Haut brannte. »Aber ich spreche mich für eine Begnadigung aus, sofern mein Name in diesem Fall Einfluss auf das Urteil hat.«

»Lya ...«, sagte Roy neben mir, so leise, dass nur ich ihn hören konnte. »Erinnerst du dich an das, was ich dir über deine Starrköpfigkeit erzählt habe?«

Ich ging nicht darauf ein, sondern fixierte Vannor mit durchdringendem Blick. »Zayden hat viele Fehler begangen, Fehler, die dazu geführt haben, dass viele geliebte Personen leiden mussten oder gestorben sind. Aber als es darauf ankam, hat er richtig gehandelt und das wiegt in meinen Augen vieles wieder auf.«

Es wurde sehr still. Dann löste sich Zayden aus der Reihe und trat vor mich. Seine grünen Augen waren geweitet, sein Blick herausfordernd, ehe er den Kopf senkte und auf die Knie ging.

Mein Atem stockte.

»Lya, ich ... ich weiß nicht, wo ich anfangen soll«, seine Worte kamen leise, stockend und in meinem Hals bildete sich ein Kloß von besorgniserregenden Ausmaßen.

»Aber ich weiß, dass ich so unglaublich viel falsch gemacht habe. Fehler, die ich niemals wieder werde gutmachen können, aber das Mindeste, was ich tun möchte, ist, es zu versuchen. Ich werde mich einem Urteil unterwerfen, egal, wie es aussehen mag.«

Ich ging von der Stufe herunter, stellte mich vor ihn und legte eine Hand auf seine verkrampfte Schulter. »Steh auf, Zayden. Heute kniet niemand.«

Ungläubig schaute er zu mir auf und kam zögerlich auf die Beine, sodass ich den Kopf ein Stück in den Nacken legen musste, um zu ihm aufzusehen.

»Unsere Fehler sind das, was uns menschlich bleiben lässt, Zayden. Wir mögen der übernatürlichen Welt angehören, aber in unserem Inneren tragen wir auch Menschlichkeit mit uns.

Das sollten wir niemals vergessen. Weder bei der Verurteilung eines anderen noch bei unseren täglichen Aufgaben draußen. Uns trennt weniger, als wir glauben.«

Jacuzzo räusperte sich und stellte sich neben Zayden. »Ich denke, mir wird etwas einfallen, bei dem du Wiedergutmachung leisten kannst. Und was die Neuverhandlungen anbelangt, je früher, desto besser. Die übernatürliche Welt ist im Umbruch und mir ist sehr daran gelegen, einige der alten, starren Gerüste durch neuere zu ersetzen.«

Ich nickte dankbar, nicht nur wegen der Verhandlungen, sondern vor allem wegen Zayden. »Das klingt wunderbar. Warum unterhalten wir uns darüber nicht bei einem guten Abendessen?«

Der Himmel brannte in einem wundervollen Orangerot und Aker, die Hauptstadt des Hades, streckte ihm seine gierigen Finger entgegen. Die Stadt pulsierte, ich konnte es bis hierher spüren. Die Energie der Dämonen und Ungeheuer, die hier zu Hause waren. In meinem Zuhause.

»Ich hätte nie gedacht, dass ich das einmal sage, aber die Hölle ist wunderschön.« Annie lehnte sich seufzend auf die Umrandung des größten Turmes der Festung und saugte den Anblick in sich auf. Sie trug ein dunkelgrünes Kleid mit goldenen Akzenten und ein kleines, funkelndes Diadem. Wie es sich für ihren adeligen Stand als Ritter der Hölle gehörte.

»Der Schein trügt, glaub mir, Annie«, erwiderte ich lächelnd und hievte mich mühsam auf die Brüstung, sodass meine Beine über den Abgrund baumelten. »Aber sie ist meine Heimat. Ein Teil davon.«

»Und der andere Teil?«

Ich zwinkerte ihr zu. »Der wird vermutlich immer in

London bei einer ganz besonders nervigen Blondine bleiben.«

Annie zwickte mich in die Seite und setzte eine böse Miene auf, die sie ungefähr drei Sekunden aufrechthalten konnte. »Zu der du kommst, wenn dir hier alles über den Kopf wächst und zu viel wird, was?«

Seufzend nickte ich. »Definitiv. Und es wird viel werden. Die Verhandlungen mit den *Iljos* werden anstrengend und nervenaufreibend werden, von meinen Kontinentführern ganz zu schweigen. Dieser verdammte, konservative Haufen. Kann sein, dass ich in der nächsten Zeit den einen oder anderen Mädelsabend brauchen werde.«

»Meine Tür steht dir immer offen, Lya. Auch, wenn wir das Zimmer vermutlich mit Hazel teilen müssen.«

»Dito«, antwortete ich und fuhr gedankenverloren über die rötlichen Narben, die sich wie Armbänder um meine Handgelenke wanden. »Ich habe lange darüber nachgedacht, ob ich dich in den Hades lassen möchte. Nicht, weil ich dich nicht hier haben möchte, sondern weil das hier kein Ort für Menschen wie dich ist. Gute, ehrliche, starke Menschen, aber dann habe ich daran gedacht, wie du mit einem Schwert einfach in den Kampf gegangen bist, ohne zu zögern, ohne dich zu fürchten, als ich es nicht konnte.«

Annie zuckte die Achseln und stützte ihren Kopf in die aufgestellten Arme. »Oh, ich habe mich gefürchtet, Lya. Ich hatte eine Scheißangst. Aber nicht davor, verletzt zu werden, sondern davor, dich zu verlieren. Das alles hier zu verlieren.«

Ich griff nach ihrer Hand und drückte sie. »Ich auch, Annie.«

Wir blieben eine Weile schweigend im Licht der Hölle stehen, ließen unsere Gedanken schweifen und genossen einfach, dass wir einander hatten. Etwas, das ich niemals wieder für selbstverständlich nehmen würde.

Wer hätte gedacht, dass ausgerechnet das Mädchen, das mich an meinem ersten Schultag in London vor der Klasse gerettet hatte, meine beste Freundin werden würde? Dass die schüchterne, naive Annie zu einer starken Kriegerin werden würde?

Aber wenn ich ehrlich mit mir war, dann überraschte es mich nicht. Dieses Gefühl hatte ich schon ganz zu Beginn bei ihr gespürt. Annie war etwas Besonderes und ich wusste, wir würden einander immer beschützen, wie auch immer die Gefahren letztlich aussehen würden.

»Was wirst du jetzt machen? Einfach weiter studieren?«, fragte ich nach einer Weile und schloss die Augen, als ein frischer Wind über mein Gesicht fuhr und meine Haare verwirbelte.

»Ja, auf jeden Fall und ich werde mehr Augenmerk auf meine Geschichte legen. Die letzten Tage haben mir genug Input für eine ganze Reihe gegeben.«

»Vielleicht sollten wir deine Schreibgruppe doch einweihen. Nur der Gesichter wegen«, schlug ich vor und malte mir bereits aus, wie ich mit leuchtenden Augen, meinen Flügeln und einem meiner Höllenhunde bei ihrem Schreibtreffen aufkreuzte. Womöglich würde ein flammendes Schwert auch gut kommen …

»Lya, auch wenn ich keine Gedanken lesen kann, weiß ich trotzdem ziemlich genau, was du gerade aussheckst – vergiss es. Das bleibt unser kleines, schmutziges Geheimnis.«

»Ich bin dein schmutziges Geheimnis? Große Worte für einen Menschen, der mit einem Dämon zusammen ist.«

Prompt errötete meine beste Freundin und sah überall hin,

nur nicht zu mir. »Frag mich nicht, wie es dazu gekommen ist, aber Ree kann ziemlich überzeugend sein.«

Die Tür, die zu der Treppe im Turm führte, knallte und ließ Annie und mich herumfahren. Was für ein Timing.

»Hier seid ihr. Warum verkriecht ihr euch hier oben, wenn da unten die Party steigt?« Reena hauchte Annie einen Kuss auf die Lippen und schwang sich dann neben mich auf die Umrandung. »Oder störe ich etwa?«

Ich verdrehte die Augen und rang den Drang, Ree in die Tiefe zu schubsen, was sie dank ihrer Flügel überleben würde, zurück. »Ach was, setz dich doch, wir haben gerade von dir gesprochen.«

Reena schnaubte und schnappte sich einen Dolch, den sie in den Fingern kreisen ließ. »Die Stimmung unten ist mir etwas zu angespannt geworden.«

»Was ist passiert?«

Achselzuckend erwiderte sie Annies Blick und strich ihr eine Strähne hinters Ohr. »Süße Krone. Wie dem auch sei, die alten Säcke aus dem Rat diskutieren über *Territorialvorstellungen* mit den *Iljos*, die sie dir bei der nächsten Versammlung vorstellen wollen, Lya. Nicht gerade mein Thema. Und außerdem spießt mich dein Schoßhündchen bei jeder Gelegenheit mit seinem goldenen Blick auf.«

Schmunzelnd legte ich den Kopf in den Nacken. »Vielleicht solltet ihr euch noch einmal neu beschnuppern.«

Annie lachte. »Ja, das würde ich auch vorschlagen.«

»Beschnuppern? Der Idiot soll mich endlich herausfordern. Offen und ehrlich in einem Duell, aber das traut er sich nicht«, entgegnete Reena spöttisch und warf ihre langen, dunklen Haare zurück. »Männer.«

»Oder er weiß ganz einfach, dass er gewinnen würde, und

möchte dir die Blamage vor deiner Königin ersparen?« Roys tiefe, warme Stimme ließ mich den Kopf zur Tür drehen. Dort stand er, angelehnt an die Mauer, die Arme vor der Brust verschränkt, in seiner offiziellen Uniform, die ihm verboten gut stand.

»Wenn man vom Teufel spricht«, murmelte Ree und seufzte theatralisch.

»Du wirst es überleben.« Royath stieß sich ab und kam mit langen Schritten zu uns, bis er hinter mir stand und ich mich an ihn lehnen konnte. Sein Geruch und seine Energie umnebelten mich gleichermaßen. »Es tut mir leid, wenn ich störe, aber man verlangt nach dir, Lya.«

Annie legte den Kopf schief und sprang ebenfalls auf die Umrandung des Turmes. »Also eigentlich störst du schon, in Anbetracht der Tatsache, dass wir hier wichtige Mädchengespräche führen.«

Roy hob nur eine Augenbraue und hauchte mir einen Kuss auf die empfindliche Haut unterhalb meines Ohrs.

»Sehr wichtige Mädchengespräche«, bestärkte ich meine Freundin lächelnd und zwinkerte ihr zu.

»Ich kann mir vorstellen, dass sie bedeutend wichtiger sind als die zukünftige Zusammenarbeit von *Iljos* und Dämonen.«

Ich wandte mich zu ihm um und legte ihm eine Hand auf die Brust. »Hey, das hat noch Zeit, okay? Wir haben in den letzten Tagen genug darüber diskutiert, ich denke, sie können sich den restlichen Abend auch alleine amüsieren.«

Wieder knallte die Tür und langsam, aber sicher wurde es eng hier oben. Was war aus meinem geheimen, ruhigen Rückzugsort geworden?

»Hallo Leute, hey Reeny«, begrüßte uns Avan, dem Xaver dicht auf den Fersen folgte, schlang einen Arm um Reenas

Taille und drückte ihr einen dicken, feuchten Kuss auf die Wange. Ich verzog das Gesicht, genau wie Annie, Roy und Xav. Schön, dass sich manche Dinge nicht änderten, auch dann nicht, wenn die Welt, wie wir sie kannten, kurz vor dem Ende gestanden hatte.

Reena versetzte ihm einen festen Stoß und wischte sich die Wange ab. »Widerling. Pass auf, dass ich dir deine Zunge nicht irgendwann aus dem Mund schneide.«

»Ist das ein Angebot?«

Kopfschüttelnd rutschte ich zur Seite und machte meinen Brüdern Platz. Schon verrückt, wie sich die Dinge entwickeln. Wenn mir jemand vor ein paar Monaten gesagt hätte, dass ich als Königin der Hölle nach einem Krieg mit den *Madúr* gemeinsam mit einem Menschen, meinen Brüdern, Reena und Roy hier sitzen würde ... vermutlich hätte ich denjenigen gegrillt. Oder Schlimmeres.

Aber ich war froh, dass es so gekommen war. Dass wir all diese Umwege hatten gehen müssen und sie uns hierhergeführt hatten, auch wenn jeder von uns dafür bezahlt hatte. Das alles war es wert gewesen. Den Schmerz, das Leid, die Liebe, die Freundschaft, den Frieden.

Und das erste Mal in meinem Leben glaubte ich daran, dass ich es wirklich besser machen konnte. Nicht alleine, aber mit der Unterstützung all jener, die an meiner Seite standen.

Die meine Heimat waren.

Jetzt

Dampf steigt aus den zwei Recyclingbechern in meinen Händen auf und es riecht himmlisch nach Kaffee. Annie hat mir diese Becher angedreht – Umweltschutz und so weiter – und nachdem wir uns vor knapp einem Monat so viel Mühe gegeben haben, diese Welt zu retten, habe ich eingewilligt. Außerdem gefällt mir mein Becher mit der Skyline von London, über die Annie mit Edding einen kleinen Teufel mit Flügeln gezeichnet hat, ziemlich gut.

Angelehnt an eine Laterne auf dem Vorplatz der Universität lasse ich meinen Blick über die Studenten, die den Frühling genießen, schweifen und sorge immer wieder dafür, dass der Kaffee warm bleibt. Es hat schon seine Vorteile, eine Dämonin zu sein.

Ein einzelner Sonnenstrahl bricht durch die hellgraue, leichte Wolkendecke und trifft mein Gesicht. Mit einem leisen Seufzen schließe ich die Augen und sauge die Wärme in mich auf. Ich mag den Hades, die Dunkelheit, die Hitze dort – schließlich ist er mein Zuhause –, aber London ist es genauso für mich geworden. Wer hätte gedacht, dass die Königin der Hölle einmal so viel Gefallen an einer Menschenstadt finden würde?

Die breiten Türen der Universität öffnen sich ein weiteres Mal und meine beste Freundin tritt umringt von ihrer Schreibgruppe aus dem Gebäude.

Annie hat sich verändert. Alles, was sie hat durchstehen müssen, wofür sie gekämpft hat, hat sie verändert, sie stärker gemacht, selbstbewusster. Ihr Titel als Ritter der Hölle tut vermutlich sein Übriges.

Das goldene Amulett mit dem Wappen meines Hauses blitzt auf ihrer Brust auf, wo sie es seit der offiziellen Zeremonie trägt. Ein Lächeln breitet sich auf meinen Zügen aus. Ich bin so unendlich dankbar dafür, dass ich Annie meine beste Freundin nennen darf und sie an meiner Seite habe.

Auch wenn ich sie häufig mit Reena teilen muss, wenn sie mich im Hades besucht oder ich in London bin, nachdem Ree nun fest für Tellin arbeitet.

In der Gruppe erkenne ich Hazel, ihre Mitbewohnerin, John, Allie, Marty und Jenny und sie alle scheinen in ein angeregtes Gespräch vertieft zu sein. Wenn man Annie so mit ihren Freunden sieht, würde man nie darauf kommen, was alles unter ihrer zarten Fassade steckt.

Ein weiteres Mal heize ich die beiden Kaffees auf, dann stoße ich mich von der Laterne ab und laufe auf die Gruppe, die mich bisher noch nicht bemerkt hat, zu. Annie ist die Erste, die mich sieht, und stößt einen leisen Freudenschrei aus.

»Lya!«

Lachend reiße ich die Becher aus der Gefahrenzone, als sie mich in den Arm nimmt und an sich drückt. In den letzten Wochen hatten wir es nicht geschafft, uns zu sehen. Annie wegen all dem Stress in der Uni und ihren Projekten und ich, weil die Verhandlungen mit den *Iljos* langsam, aber sicher Gestalt annehmen und meine gesamte Zeit fressen. Aber ich weiß, dass wieder andere Zeiten kommen werden und dass es das alles mehr als wert ist. Es herrscht Frieden in der Übernatürlichen Welt und wir arbeiten zusammen, nicht länger gegeneinander.

»Hey, Annie.«

Ihre braunen Augen fliegen über mich und ein wissendes Grinsen tritt in ihre Züge. »Harter Tag?«

Ich hebe eine Augenbraue und reiche ihr einen Becher. Nach sieben Stunden Verhandlungen mit Jacuzzo, seinen Beratern und meiner Führungsebene kann man definitiv von einem harten Tag reden. »Wieso?«

»Du hast dein Diadem noch in den Haaren«, gibt sie zurück und nippt an dem Kaffee, nur um den Schluck im nächsten Moment wieder hustend auszuspucken. »Hölle, Lya, hast du den gerade frisch aufgekocht?«

»Schon möglich«, gebe ich achselzuckend zurück und betaste das goldene Band auf meinem Kopf, in das winzige Smaragde eingesetzt sind. Anaïs hat es heute Morgen mühevoll in eine Flechtfrisur eingebunden und sobald die Sitzung für heute beendet war, bin ich durch ein Portal nach London gereist. Keine Zeit für einen großen Outfitwechsel.

»Hi, Lya!«, begrüßt mich nun auch Hazel, die mit dem Rest der Gruppe zu uns stößt. »Du hast die spannendste Stunde unserer Schreibgruppe verpasst.«

Fragend sehe ich sie an. »Was ist passiert?«

John legt einen Arm um Annies Schulter und grinst. »Unsere kleine Annie hier wird die nächste J. K. Rowling, das ist los. Unsere Dozentin hat das Manuskript an *UK Publishing* gegeben und der Verlag will mit Annie zusammenarbeiten.«

Ich reiße die Augen auf und lasse beinahe den Kaffee fallen. »Unsere – deine Geschichte wird verlegt?«

Annies Wangen werden rot. »Ich habe nichts davon gewusst, bis mich die Dozentin vor vollendete Tatsachen gestellt hat.«

»Das ist ... wow, ich weiß gar nicht, was ich sagen soll«, erwidere ich und drücke meine beste Freundin an mich. Die ganze Welt wird unsere Geschichte lesen. Wie wir uns kennengelernt haben, unsere Fehler und Siege. Sie werden von Royath lesen, von Zayden, dem Hades ... lächelnd schüttele ich den Kopf. »Das wird ... interessant.«

»Das kannst du laut sagen und außerdem hat Annie gleich einen zweiten Teil bestätigt bekommen«, wirft Jenny ein, die bis eben auf ihrem Handy herumgetippt hat. »Keine Ahnung, woher du deine ganzen Ideen bekommst.«

Marty nickt und rückt den Träger seiner Tasche zurecht. »Ja, besonders die Sache mit dem Überfall in dem Gruselhaus oder die Tatsache, dass der Teufel überhaupt Kinder hat. Ich meine, wer kommt auf so etwas?«

»Oh ihr wärt überrascht, glaub mir«, gebe ich zurück und hake mich bei Annie unter. »Und wusstet ihr, dass eben jene Teufelstochter zu gerne einen Abstecher nach London macht? Ein Vögelchen hat mir gezwitschert, dass diese Stadt sogar zu ihren liebsten Orten zählt.«

Annie knufft mich in die Seite und unterdrückt ein Lachen. »Ja und sie ist schrecklich selbstgefällig und sarkastisch und wehe, man spricht sie morgens vor ihrem ersten Kaffee an ... whuuu, dann wird man wie ein Marshmallow geröstet.«

Hazel räuspert sich. »Jetzt wird es irgendwie schräg.«

»Mir gefällt der Aspekt mit dem Marshmallow«, kommentiert John und grinst breit. »Also was ist, gehen wir zur Feier des Tages noch irgendwo etwas trinken oder essen? Ich könnte so etwas nach all den Stunden voller Literaturdiskussionen gut gebrauchen.«

»Da sagst du was«, meint Allie und rückt ihre Brille zurecht. »Wir könnten in die Pizzeria um die Ecke gehen, da ist um diese Uhrzeit auch nicht viel los.«

»Heute leider ohne Lya und mich«, erwidert Annie mit einem entschuldigenden Blick. »Wir haben schon etwas anderes vor.«

Eine Augenbraue gehoben mustert uns Jenny. »Ach ja? Ein neues Geheimprojekt? Oder ein mysteriöses Doppeldate?«

»Bei den Ewigen Flammen, das würde niemals gut gehen«, sage ich lachend. »Stell dir mal Reena und Roy an einem schicken Tisch vor? Sie würden sich innerhalb von Sekundenbruchteilen zerfleischen.«

Annie steigt in das Lachen ein und schüttelt den Kopf. »Oh das würde wirklich nicht gut gehen. Aber nein, auch kein Geheimprojekt. Lya braucht bei etwas meine Hilfe. Wir sehen uns morgen, Leute!«

Wir verabschieden uns voneinander und ich verspreche, bald zu einer neuen Schreibgruppensitzung zu kommen, nachdem es nun auch einen zweiten Teil geben wird – und nun ja, ich bin sehr gespannt darauf, zu sehen, wie Annie und ihre Freunde die chaotischen Ereignisse der letzten Wochen zwischen zwei Buchdeckel bringen wollen. Dann laufen wir die Straße bis zur nächsten U-Bahnstation entlang, während London um uns herum langsam in den Feierabend geht.

Der Krieg mit den *Madúr* hat viele Narben hinterlassen. Bei meinen Soldaten, Freunden und in London. Der Platz in Temple, wo der Hauptsitz gestanden hat, ist noch immer ein Trümmerhaufen, das *Houses of Parliament* – eines der Wahrzeichen der Stadt – ist durch die Explosion in den Tunneln an vielen Stellen eingestürzt und abgebrannt und auch das *Royal Park Hotel* hat Schaden genommen. Die Seite, auf der mein Penthouse gelegen hat, ist zusammengebrochen und nach wie vor nur dürftig mit Planen abgedeckt. Kräne sind bereits aufgestellt worden, um das denkmalgeschützte Gebäude schnell wiederaufzubauen.

In den Trümmern dort ist Paul, mein Butler, gestorben, weil er zur falschen Zeit am falschen Ort gewesen ist. Genauso wie dreiundzwanzig weitere unschuldige Menschen.

Ich habe Zayden vieles vergeben, was er im Zuge seiner Zusammenarbeit mit den *Madúr* getan hat, aber die Explosion, bei der Paul ums Leben gekommen ist, wird immer zwischen uns stehen, weil er die Chance gehabt hat, diesen Tod zu verhindern und sie nicht genutzt hat.

Den Kopf in den Nacken gelegt schaue ich zu dem Hotel auf und reibe mir über die Arme. Am Haupteingang hängt ein Schild, das erklärt, dass bis einschließlich November keine Gäste empfangen werden können. Ich hoffe, dass es schneller geht und Londons Narben rasch verschwinden.

Annie legt mir einen Arm um die Schultern und drückt mich an sich. »Können wir?«

Ich nicke und wende mich von dem Hotel ab. Jetzt ist Zeit, nach vorne zu schauen.

Vom Hades aus habe ich eine Maisonette-Wohnung auf der anderen Seite des *Hyde Parks* für meine Zeit in London gekauft. Eine riesige, lichtdurchflutete Wohnung mit Dachterrasse und Gewächshaus für Royath. Mir wird das Penthouse fehlen, aber vielleicht ist es auch Zeit für einen Neuanfang.

Gemeinsam schlendern wir durch den Park, Annie erzählt mir von allem, was durch den Verlag und ihr Manuskript auf sie zukommt, und fragt mich nach den Geschäften im Hades und meinen Brüdern. Sie hat sich mit Xaver angefreundet, nachdem er ihr die große Bibliothck gezeigt und sie stundenlang herumgeführt hat.

Ich berichte ihr von den Fortschritten mit den *Iljos* und ih-

rem neuen Hauptquartier, das sie am *Piccadilly Circus* eingerichtet haben, und den neuen Gesetzen für Dämonen, die an
der Oberfläche arbeiten.

»Kommt Roy auch noch dazu?«

Ich nicke und lasse die Tür zu meiner Wohnung mit einem
Wink auffliegen. Weitläufiges, helles Weiß begrüßt uns, ich
atme auf. Als ich die Maisonette-Wohnung das erste Mal gesehen habe, war ich sofort verliebt. Der erste Stock besteht
aus einem weitläufigen Raum mit hoher Decke, offener Küche, Kamin und gewaltiger Glasfront, hinter der die Dachterrasse liegt. Eine gewundene Treppe in der Mitte des riesigen Raumes führt auf die zweite Ebene, wo sich ein zweites
Bad, vier Schlafzimmer und mein Arbeitszimmer befinden.
Alles hier ist groß, weit und hell – genau, was ich gesucht
habe. Der einzige dunkle Fleck in der Wohnung ist das dunkelbraune Parkett.

»Später, ja. Er ist noch mit Vannor und Tellin bei einer
Versammlung der Londoner Clans – anscheinend hat es in
Vauxhall Ärger gegeben.«

»Sie sind und bleiben eben Dämonen, was?« Annie geht
weiter in den Hauptraum, breitet die Arme aus und dreht
sich einmal um sich selbst. Ich folge ihr durch den großzügi-
gen Eingangsbereich.

»Es ist wunderschön hier, vielleicht sollte ich doch in diese
Wohnung einziehen und mein Wohnheimzimmer hinter mir
lassen. Schließlich bin ich jetzt ein Ritter der Hölle. Eine Ade-
lige, also fast eine Prinzessin.«

Ich verschränke lachend die Arme vor der Brust und sehe
mich in der leeren Wohnung um. »Ich hab es dir mehrfach
angeboten, Annie.«

Seufzend bleibt sie stehen und nickt. »Ja, ich weiß. Ich

werde es mir durch den Kopf gehen lassen. Also, was machen wir zuerst?«

Als ich mich für diese Wohnung, einen Neuanfang, entschieden habe, habe ich mich auch dazu entschlossen, selbst anzupacken. Im Hades wird mir jeder Wunsch von den Augen abgelesen, aber in London möchte ich das nicht. Das passt irgendwie nicht hierher. Hier bin ich keine Königin, sondern einfach Lya.

Und genau aus diesem Grund hoffe ich jetzt, meine Leidenschaft für das Heimwerken zu finden. Irgendwie.

»In ein paar Minuten müsste die erste Möbellieferung kommen. Die können wir aufbauen und ich würde gerne eine Wand im Schlafzimmer streichen.«

Annie krempelt die Ärmel ihrer karierten Bluse, über die sie eine Latzhose trägt, hoch und nickt eifrig. »Klingt nach einem Plan. Macht es dir etwas aus ...?« Sie deutet zu dem Kamin. »Ist ein bisschen frisch hier. Ich sorge solange für Musik.«

Ein geflüsterter Befehl an das Feuer in meinem Inneren und die Flammen im Kamin lodern auf, kurz darauf schallt Musik durch die große Wohnung. In dem gähnend leeren Kühlschrank finde ich den Weißwein, den ich gekauft habe, und schenke uns beiden ein, während wir auf die Lieferung warten.

»Lya?«

»Hm?«

»Was ist eigentlich aus Zayden geworden? Jacuzzo hat doch etwas von einer Stelle bei ihm gesagt.«

Ich nehme einen Schluck von dem Wein und nicke. »Er hat Zayden mit nach New York zu den *Iljos* dort genommen. Keine Ahnung, was genau sie dort machen, aber ich denke, dass ihm der Abstand guttun wird. Außerdem ist seine Familie in Kanada auch nicht mehr so weit weg.«

»Ich hoffe, dass er wieder auf die Beine kommt. Er hat viel Scheiße gebaut, aber er ist immer noch Zayden, oder nicht?« Annie sieht mich mit zusammengezogenen Augenbrauen an und dreht das Weinglas in ihren Fingern.

»Das hoffe ich auch. Er wird Zeit brauchen, wie wir alle, aber er ist nicht alleine dort und das wird ihm helfen. Malaya ist schließlich mit ihrem Vater gegangen und das letzte Mal, als ich die beiden gesehen habe, haben sie sich gut verstanden.« Ich lehne mich mit der Hüfte an die Umrandung der Dachterrasse und lächele. »Sie hat mir erzählt, dass sie sich von früher kennen.«

Meine beste Freundin stößt ihr Glas gegen meines, sodass ein helles *Pling* ertönt. »Das könnte interessant werden.«

Ich seufze leise und nippe an dem Wein. »Ich bin sowieso gespannt, was noch alles kommen wird. Wie es weitergeht ... es steht vieles an, viele Veränderungen.«

Annies warme Finger schlingen sich um meine. »Was auch immer kommt, manche Dinge verändern sich nicht und bleiben für die Ewigkeit. Wir haben schon so einiges durchgestanden, ich glaube nicht, dass es irgendetwas gibt, das uns noch aus der Ruhe bringen kann.«

In diesem Moment klingelt es. Die Lieferung.

Ich erwidere ihren Druck. »Außer vielleicht die Herausforderung, diese Möbel aufzubauen. Ich habe schon gehört, dass die Schweden schrecklich komplizierte Anleitungen schreiben.«

Später an diesem Abend lasse ich mich mit zwei raschen Flügelschlägen auf einem der Türme der Tower Bridge nieder und falte die Schwingen ordentlich hinter meinem Rücken zusammen. Roy landet einen Wimpernschlag später neben mir.

»Erzählst du mir jetzt, warum wir hierherfliegen mussten, anstatt in unserer neuen Wohnung zu Abend zu essen?«

Ich setze mich auf das Dach und lasse die Beine über die Kante baumeln. Unter mir fahren Busse und Autos über die Tower Bridge, Boote gleiten auf dem Wasser der Themse entlang und unzählige Menschen wuseln auf den Bürgersteigen umher, um das Wahrzeichen mit ihren Handys und Kameras festzuhalten.

»Wir haben noch nicht mal einen Esstisch«, erwidere ich mit einem angespannten Schmunzeln und genieße die letzten Sonnenstrahlen. Doch auch der Anblick dieser wunderschönen Stadt kann das Kribbeln in meinem Bauch nicht beruhigen, das sich vor gut zweieinhalb Stunden dort eingenistet hat. Ich werfe einen kurzen Seitenblick zu Roy und bemerke, dass er mich aus ruhigen, bernsteinfarbenen Augen ansieht. Der leichte Wind hier oben verwirbelt seine schwarzen Haare und die Sonne lässt den Ring in seiner Unterlippe aufblitzen.

»Ich dachte, du und Annie habt schon Möbel aufgebaut?«

Lächelnd winke ich ab. »Ach weißt du, das ... hat sich irgendwie erledigt, nachdem wir den Farbeimer entdeckt haben.«

Ein leises, tiefes Lachen dringt aus Roys Brust, dann tippt er mir auf die Nase. »Kann ich mir denken, du hast noch Farbe auf deiner Nasenspitze.«

»Quatsch.« Dabei ist es gut möglich. Annie und ich haben uns prächtig mit dem Wein, der Farbe und passender Musik amüsiert.

»Okay, also zurück zu dem eigentlichen Grund für unseren kleinen Ausflug hierher«, sagt Royath dann und winkelt locker die langen Beine an. Seine ledrigen, krallenbesetzten Flügel ragen hinter ihm auf.

Ich schlucke und das Lächeln verschwindet aus meinen Zügen. »Wir ... wir sollten reden, Roy.«

Eine tiefe Falte erscheint zwischen seinen dunklen Augenbrauen, seine Lippen werden schmal. Lippen, die ich zu gerne küssen würde, aber vorher muss ich dieses Gespräch hinter mich bringen.

»Reden? Das klingt nicht gut. Ist etwas vorgefallen?«

Ich lache nervös und räuspere mich dann. Irgendwie habe ich mir das bedeutend leichter vorgestellt.

»Roy, ich weiß, dass es eine Last ist und alles verändert. Eine lebenslange Bürde, die in unserem Fall eine Ewigkeit anhält. Und mir ist bewusst, wie viel du dafür aufgeben musst und dass es keine Entscheidung ist, die man leichtfertig fällt.« Meine Finger zittern, als ich mir eine gelockte Strähne meiner Haare hinter das Ohr streiche. Es ist wirklich verdammt lange her, dass ich so nervös gewesen bin.

Unter unseren Füßen lacht jemand laut und hell, Reifen quietschen, Autos rauschen. Das war London, so lebendig und pulsierend.

Und genau aus diesem Grund habe ich London für dieses Gespräch gewählt. Die Stadt beschreibt Roy und mich mit all unseren Zügen. Die alten Stadtteile, die für das stehen, was uns schon seit meiner Kindheit miteinander verbindet, die neuen, modernen Bauten, die das Neue, die Veränderung zwischen Roy und mir präsentieren, und die Themse, die diese Stadt beständig durchfließt, unabhängig davon, was an den Ufern geschieht. Das Vertrauen zwischen uns, die Tatsache, dass wir zusammengehören, das ist der Fluss. Denn egal, was um uns herum geschieht, daran hat sich nie etwas geändert und das wird es auch nicht.

»Du machst mich nervös, Lya. Was ist los? Warum hast du mich hergebeten?«

Das Licht der untergehenden Sonne verleiht Roys Haut einen warmen Schimmer und lässt seine Augen funkeln. Er trägt die offizielle Uniform meines Ersten Offiziers, eine Stellung, die er liebt und für die er hart gearbeitet hat. Ich will ihm das alles nicht nehmen, nicht mit der selbstsüchtigen Frage, die mir auf der Zunge liegt.

Seufzend ziehe ich die durchscheinenden Ärmel meines schlichten, dunkelroten Kleides weiter über meine Hände, sodass die Narben an meinen Handgelenken von meiner Zeit bei den *Madúr* darunter verschwinden. »Du bist hier, weil ich dich etwas fragen möchte, Roy. Keine Frage, eigentlich eher eine Bitte.«

Ich spüre seine Augen auf meinem Körper kribbeln, aber er schweigt abwartend.

Das macht es nicht besser.

Betont langsam hole ich Luft, balle die Hände zu Fäusten und zwinge mich, ihm tief in die Augen zu sehen. Mir ist bewusst, dass ich die Worte nicht zurücknehmen kann, wenn sie einmal raus sind und dass ich mit den Konsequenzen leben muss, egal, wie sie aussehen mögen. Aber ich kann und möchte nicht länger warten. Nicht bei etwas, das mir so sehr am Herzen liegt.

»Roy, ich liebe dich. Ich liebe dich mehr, als ich es jemals mit Worten werde beschreiben können und ich weiß, dass ich die verdammte Ewigkeit, die auf mich wartet, nur mit dir ertragen kann. Mit dir an meiner Seite, deiner Hand in meiner.«

Ich schlucke, atme tief durch. »Ich bitte dich darum, deine und meine Ewigkeit zu der unseren zu machen, Royath.«

Ein zartes Lächeln zupft an seinem Mundwinkel und ein warmes, goldenes Glühen flutet seine Augen. »Erinnerst du dich noch an den Wunsch, den ich gewonnen habe?« Roy stupst mich an, während die Sonne als rote Scheibe über London untergeht und die Spitze des Big Ben küsst.

Ich lasse meinen Blick aufmerksam über seine Züge gleiten und nicke lächelnd, wenn auch verwirrt. »Wenn ich mich recht erinnere, dann hast du ihn bereits eingelöst und gegen einen Kuss eingetauscht.«

Royath lacht leise und greift nach meinen Händen, dann haucht er einen Kuss auf die Handfläche und fährt mit sanften Fingern über die Narben. »Das stimmt. Wie gut also, dass du mir meinen zweiten Wunsch von ganz alleine erfüllt hast.«

Ein warmes Gefühl breitet sich in meiner Brust, meinem ganzen Körper aus, als seine Energie auf meine trifft und mich die ganze Bedeutung seiner Worte erreicht. »Das heißt ... ja?«

»Lya, ich warte seit Wochen darauf, dass du mich endlich darum bittest. Ich hätte es ja selbst getan, aber du weißt ja, wie das mit Traditionen und dem Protokoll so ist.« Ein Schmunzeln teilt seine Lippen, lässt seine Augen leuchten. »Aber spätestens nächste Woche wären mir die Regeln auch egal gewesen. Ich will dich, Lya, nicht mehr und nicht weniger und normalerweise hole ich mir, was ich will.«

Meine Wangen werden warm.

Dann verändert sich Royaths Ausdruck, wird ernster, seine Augen tiefer und dunkler. »Wenn du es zulässt, dann werde ich diese Ewigkeit mit dir verbringen und jede, die darauffolgen wird. Mehr habe ich nie gewollt.«

Ich spüre, wie Tränen in mir aufsteigen, dann senke ich den Blick auf seine Hände, die einen goldenen, filigranen Ring mit einem schwarzen Diamanten, der von winzigen Rubinen umrahmt ist, auf meinen Ringfinger schiebt. Meine Hände zittern ein wenig, doch Roy hält sie fest und küsst zuerst den Ring, dann unsere ineinander verschlungenen Finger. »Und? Lässt du es zu, Lya?«

Anstatt ihm eine Antwort zu geben, beuge ich mich nach vorne und küsse ihn mit allem, was ich in mir trage. Jedem Gefühl, das ich für ihn hege, meinem ganzen Wesen. Roy umfasst mein Gesicht, zieht mich zu sich, bis sich unsere Flügelspitzen berühren, und lässt mich nicht mehr los.

Und wenn ich ehrlich bin, dann möchte ich das auch gar nicht.

Die Sonne verschwindet am Horizont, versinkt mit einem letzten Aufleuchten und bringt die Nacht über London. Ihr letzter Sonnenstrahl kribbelt auf meiner Haut, wärmt mich liebkosend, während der Mond bereits am Himmel steht und die ersten Sterne erscheinen. Die Lichter in London gehen an, bringen die Stadt zum Leuchten wie ein ganz eigenes Sternenzelt am Boden.

Es ist beinahe schade, dass dieser Tag endet. Wenn es nach mir ginge, hätte er noch ewig dauern können, solange ich mit Roy hier in London sitzen und die neue Welt genießen kann.

Aber letztlich spielt es keine Rolle, denn ich weiß, dass ich den nächsten Tag mit Royath an meiner Seite beginnen werde.

Den ersten Tag unserer Ewigkeit.

Und irgendetwas sagt mir, dass unsere Ewigkeit eine ganz besondere sein wird.

Danksagung

Nach all der Zeit zu Lya, Roy, Annie und Zayden zurückzukehren, hat sich ein bisschen so angefühlt, als würde ich nach Hause kommen. Ein Wiedersehen, auf das ich so sehr gehofft habe und das endlich in Erfüllung gegangen ist. Auch wenn es mir die Bande am Anfang schwierig gemacht hat und es ähnlich schwer war, wie all der Kram, mit dem sich Lya zu Beginn der Geschichte herumschlagen muss. Aber letztlich ist alles gut gegangen, oder nicht?

Ich hoffe sehr, dass es euch genauso gefallen hat, zurückzukehren, wie mir, auch wenn der zweite Teil so ganz anders ist, als der erste. Lya ist in diesem Buch erwachsen geworden, was natürlich an ihrer Aufgabe und Stellung liegt, aber zum großen Teil auch an allem, was mir so passiert ist – und das ist eine ganze Menge. Sowohl Lya als auch ich mussten beide über viele Hürden hinwegsteigen, zwischen verschiedenen Pfaden wählen und irgendwie unseren Wege gehen – und das Wichtigste: Ankommen.

Nichts davon hätte ich ohne die unzähligen lieben Menschen um mich herum bewerkstelligen können, denn hinter so einer Geschichte versteckt sich immer ein ganzer Ozean voller Helfer, Tröster, Ansporner und Unterstützer.

Ihr alle seid unbezahlbar und eine Inspiration. Jeder von euch.

Aber natürlich gibt es ein paar Herzensmenschen, die ich ganz einfach hier erwähnen muss, weil ihr das Herzstück dieser Geschichte seid.

Maren, ohne dich würde es Elyanor überhaupt nicht geben. Und zwar im wahrsten Sinne des Wortes. Du bist meine Annie, in jeder Lebenslage, und stehst mir immer mit Rat, Tat, Humor und einem perfekten Mädelsabend zur Seite. Danke, dass es dich gibt, und danke, dass du mich begleitest. Dieses Buch ist für dich.

Maximilian, ich glaube, du bist der Allererste, der von Anfang an gesagt hat, dass das etwas wird. Du glaubst immer an mich, zweifelst nie und schiebst mich immer weiter, wenn ich es selbst nicht mehr kann. Danke, dass du mein Licht bist, zu jeder Zeit.

Mama, ich weiß, Fantasy ist nicht so deins, aber ich liebe dich für deine Begeisterung, die du in jede einzelne meiner Geschichten steckst. Vermutlich musst du das irgendwie, denn du bist schließlich meine Mutter, aber das ändert nichts daran, dass ich dir dankbar bin. Für das und alles andere. Du weißt, was ich meine.

Meine geniale, absolut fantastische Bloggergruppe, die sich würdevoll *Core Team* nennt, ihr seid der Motor hinter diesen und anderen Büchern, denkt euch die besten Aktionen aus und seid einfach da. Ich liebe euch dafür und weiß nicht, was ich noch sagen soll, außer danke! Danke an *Kathi, Jess, Lisa, Julia, Hannah*. Ihr wart diejenigen, die aus Teil Eins von Elyanor die Mission Print gemacht haben, und die Ersten, die ausgeflippt sind, als es dann so weit war. Ich hoffe, ihr wisst, dass ihr aus der Nummer nicht mehr rauskommt.

Larissa, ich kann dir gar nicht sagen, wie dankbar ich dir bin, dass du Elyanor zu Loomlight geholt und damit diesen Traum ins Rollen gebracht hast. Ich liebe unsere Telefonate und Mailunterhaltungen und danke dir dafür, dass du Elyanor zu dem gemacht hast, was es nun ist. Danke, dass du dich für das Print, den zweiten Teil und das ganze Drumherum eingesetzt hast. Du bist ein wundervoller Mensch!

Sonja, du hast Elyanor 2 unter deine Fittiche genommen, dich durch den Salat aus Buchstabendrehern, Satzverstrickungen und Formulierungen gekämpft und nicht aufgegeben. Danke dir für deine Mühe, deine Geduld und Unterstützung. Ohne dich wäre Elyanor 2 nie, was es jetzt ist.

Und zu guter Letzt: Danke an euch. An die Community auf Bookstagram und alle Leser von Elyanor. Ohne euch würde ich jetzt nicht hier sitzen und diese mittlerweile viel zu lange Danksagung schreiben. Ein Buch kann nur wachsen, wenn es Leute gibt, die es lesen und die Geschichte ins Herz schließen, also danke, dass ihr Lya und die anderen auf ihren Wegen begleitet (wer weiß, vielleicht gibt es ja doch irgendwann noch ein Wiedersehen ;)). Ihr seid klasse!

Eure Alexandra